TOILETTES POUR FEMMES

Marilyn French est née à New York. Elle eut une enfance difficile : « A l'école, j'étais de deux ans plus jeune que mes camarades, intellectuellement précoce, socialement arriérée, très perdue et solitaire. » A quatorze ans, elle était excellente pianiste, publiait en l'imprimant elle-même son petit journal avec les nouvelles du quartier et écrivait de petits romans. A seize ans, elle entrait à l'université et conquérait brillamment ses diplômes jusqu'au doctorat ès lettres (qu'elle passa à vingt et un ans, déjà mariée et ayant deux enfants). Après avoir divorcé, elle a enseigné notamment à la célèbre université Harvard. Elle vit aujourd'hui non loin de Boston. Toilettes pour femmes *est son premier roman. Il a été vendu à plusieurs millions d'exemplaires aux Etats-Unis et traduit en plus de douze langues.*

Toilettes pour femmes est une somme non pas d'une vie, mais de vies de femmes, étalant la violence de ce qui fermente dans les cœurs sous la grisaille des routines, avec la guerre des sexes qui se poursuit sans répit ni pitié derrière la façade d'une coexistence pacifique sournoisement entretenue par les hommes pour assurer leur règne. Au centre de ce foisonnement et du monde de problèmes psychologiques, sociaux, sociologiques, métaphysiques qu'il illustre, il y a l'arête d'un personnage : Mira, qui représente l'expérience de vie féminine fondamentale, peut-être la plus banale, mais aussi la plus riche, puisque toute cette foule de personnages passe par elle, gravite autour d'elle : ce sont ses hommes, mais surtout ses amies (et incidemment leurs hommes). Mira a eu comme tant d'autres une enfance stricte laissant au hasard le soin des découvertes qui, à cause de cela, n'en sont pas et ne lui épargneront pas les *vraies* épreuves, les *vraies* leçons — celles que lui infligeront, comme à tant d'autres aussi, le mariage (qui tue la grande illusion de l'amour), le sacrifice aux ambitions du mari, la médiocrité, la fatigue des enfants, les lessives, l'abandon de toute existence personnelle, la réussite sociale intervenant juste un peu trop tard pour elle, juste à temps pour son mari (à temps pour qu'il la trompe), et le divorce, naturellement. Après quoi, une vie à reconstruire. Mais avec quoi ? Un autre amour ? Elle n'y croit plus. Et c'est pourtant alors que tout est noir qu'éclate la lumière. Le monde se sépare. D'un côté les rapports avec les mâles, mannequins empruntés ou animaux prédateurs (« tous le viol en tête, foncièrement »). De l'autre, la lumière des amitiés et des solidarités féminines, engagées dans la même lutte pour survivre, refuser l'humiliation, obtenir la reconnaissance de l'existence d'un monde de la femme, égal de celui de l'homme. Elles « résistent », les vaillantes, *et l'essentiel est qu'elles ne sont plus seules.* Qu'elles soient féministes militantes, comme Val (dont la fille sera en effet violée par un animal prédateur), ou tragiquement lesbiennes comme Iso, peu importe, elles *existent,* elles se battent et, même si elles savent qu'elles ne vaincront pas (il n'y a que la vie et que la mort qui gagnent au bout du compte), elles auront vu briller la lumière...

MARILYN FRENCH

Toilettes pour femmes

ROMAN

TRADUIT DE L'AMÉRICAIN
PAR PHILIPPE GUILHON

LAFFONT

Titre original :

THE WOMEN'S ROOM

A Isabel, à Janet...
mes sœurs, mes amies

I

1

Mira se cachait dans les toilettes pour dames. Elle les appelait ainsi, même si quelqu'un avait gratté le mot *dames* sur la plaque de la porte et écrit *femmes* au-dessous. Elle les appelait comme ça par trente-huit ans d'habitude et n'y avait jamais réfléchi avant de voir la biffure sur la porte. « Toilettes pour dames » était un euphémisme, pensait-elle; elle n'aimait pas les euphémismes, par principe. Mais elle détestait également ce qu'elle appelait la vulgarité et n'avait jamais prononcé le mot *merde*, même quand elle nageait dedans. A présent, à l'âge de trente-huit ans, elle était blottie dans une toilette du sous-sol de Sever Hall et regardait, non, étudiait ce mot-là et les autres du même genre gribouillés sur le gris brillant de la porte et des murs.

Elle était perchée tout habillée sur le bord de la cuvette, se trouvait idiote et désarmée et regardait sans cesse sa montre. Tout cela aurait été racheté et même changé en situation excitante si un Walter Matthau en trench-coat, visage menaçant, main dans la poche gonflée par le pistolet, ou un Anthony Perkins en pull à col rond et au regard farouche, aux mains impatientes d'étrangleur, se serrant et se desserrant alternativement, si, en tout cas, quelqu'un de charmeur et de terrifiant à la fois l'avait attendue dans le couloir et que, folle de peur, elle se fût tapie là en cherchant comment en sortir. Mais, bien sûr, si tel avait été le cas, il y aurait eu également un Cary Grant ou un Burt Lancaster, calme et désespéré, se glissant le long des murs d'un autre couloir et attendant que Walter se montrât. Et cela, songea-t-elle avec tristesse et en se sentant, d'une certaine façon, terriblement accablée, cela lui aurait bien suffi. Si l'un de ces hommes, n'importe lequel, l'avait attendue chez elle, elle ne se serait pas cachée dans une toilette du sous-sol de Sever Hall. Elle aurait été dans un couloir, là-haut, avec les autres étudiants, adossée à un mur, ses livres à ses pieds, ou passant devant ces visages qui ne la voyaient pas. Oui, si elle avait été sûre d'être ainsi attendue chez elle, elle aurait pu se surpasser et, de ce fait, trouver la force de marcher seule dans la foule. Le paradoxe la déconcerta; pas longtemps : les graffiti étaient trop intéressants.

A bas le capitalisme et cette saloperie de complexe militaro-industriel. MORT AUX VACHES FASCISTES!

Réponse au-dessous :

Tu simplifies trop. Il faut trouver d'autres moyens de tuer les flics : de leur mort renaissent aussitôt de nouveaux flics, comme les hommes d'armes jaillis des dents de taureau plantées par ce phallo de Jason. Des flics repus de sang de flics. La route est longue et dure. Il faut purifier notre esprit de toute cette merde, il faut travailler dans le silence, l'exil et la ruse, comme ce phallo de Joyce. Il faut une révolution de la sensibilité.

Un tiers entrait dans la discussion, à l'encre rouge :

Reste dans ton cocon. Qui a besoin de toi? Ceux qui ne sont pas avec nous sont contre nous. Quiconque soutient le statu quo appartient à l'autre camp. PAS DE TEMPS A PERDRE. L'HEURE DE LA RÉVOLUTION A SONNÉ! MORT AUX FLICS!

La rédactrice n° 2 aimait apparemment bien ces toilettes et y était revenue, car l'inscription suivante était de la même main et de la même plume :

QUI VIT PAR L'ÉPÉE MEURT PAR L'ÉPÉE.

Une inscription au feutre rouge suivait, en grandes et grosses lettres :

FOUTUE CONNE DE CATHO! GARDE TES MAXIMES ET BOUFFE-LES! IL N'Y A QUE LE POUVOIR! LE POUVOIR AU PEUPLE! LE POUVOIR AUX PAUVRES! NOUS SOMMES EN TRAIN DE PÉRIR PAR L'ÉPÉE!

Ce dernier déchaînement clôturait le symposium; mais il y en avait d'autres du même genre sur les murs. Presque tous étaient politiques. Il y avait aussi des affiches de meetings du S.D.S., de « le Pain et les Roses » et des « Filles de Bilitis ». Mira détourna les yeux d'une représentation sommaire des organes génitaux féminins avec les mots *le Con c'est beau* gravés au-dessous. Du moins présuma-t-elle que c'était bien ce que représentait le dessin, car cela ressemblait étrangement à une fleur aux larges pétales; elle n'en aurait pas juré, n'ayant jamais pu observer le sien puisque c'est une partie de l'anatomie qui ne s'offre pas directement à la vue.

Elle consulta de nouveau sa montre : maintenant, elle pouvait sortir. Elle se leva et (force de l'habitude) se tourna pour tirer la chasse d'eau. Derrière celle-ci, on avait tracé de grandes lettres anguleuses, avec ce qui semblait être du vernis à ongles. Le vernis rouge avait coulé et chaque trait se terminait par une perle épaisse. On aurait dit que c'était écrit avec du sang. IL Y A DES MORTS QUI PRENNENT UNE ÉTERNITÉ, lisait-on. Elle eut un demi-sanglot et quitta les toilettes.

C'était en 1968.

2

Force de l'habitude encore, elle se lava vigoureusement les mains et coiffa ses cheveux, qui étaient arrangés en boucles soigneuses. Elle fit un pas en arrière pour les examiner dans la lumière éblouissante des toilettes. Ils avaient une drôle de couleur. Depuis qu'elle avait cessé de les teindre, l'année précédente, ils avaient poussé, non seulement plus gris, mais avec une nuance de marron souris, si bien qu'elle avait dû les colorer, et, cette fois, cela avait donné une sorte d'orange, un peu excessif peut-être. Elle se rapprocha de la glace et contrôla ses sourcils et l'ombre bleue qu'elle avait mise à ses paupières, tout juste une heure auparavant. Rien n'avait bougé.

Elle recula de nouveau et essaya de se voir en entier. Elle n'y parvint pas. Depuis qu'elle avait changé de genre dans son habillement – c'est-à-dire depuis son entrée à l'unversité Harvard – son moi refusait de se solidifier dans une glace. Elle pouvait voir des morceaux, des parties – cheveux, yeux, jambes – mais ces parties ne s'assemblaient jamais. Les cheveux et les yeux, oui; la bouche, non; tout avait changé ces dernières années. Les jambes, ça allait, mais pas avec ces grosses chaussures et cette jupe plissée : elles paraissaient trop fines sous le buste plus plein... Et pourtant, son poids n'avait pas changé depuis dix ans. Elle commençait à sentir une boule lui monter dans la poitrine, et elle détourna vivement les yeux de la glace. Pas le moment de se laisser démonter. Elle ramena ses yeux sous son reflet et, sans regarder rien de précis, prit son tube de rouge et s'en colla sur la lèvre inférieure en prenant soin de ne voir que sa bouche. Cependant, malgré elle, son regard embrassa tout le visage et, en un instant, celui-ci se couvrit de larmes. Elle appuya son front brûlant à la fraîcheur du mur carrelé; puis, se rappelant qu'elle était dans un lieu public plein de microbes, elle se ressaisit rapidement et sortit de l'endroit.

Elle grimpa les trois très vieilles marches qui grinçaient, en songeant que ces toilettes pour dames étaient peu commodément situées parce qu'on les avait ajoutées longtemps après la construction du bâtiment. L'établissement avait été conçu pour des hommes, et il y avait des coins, lui avait-on dit, où les femmes n'étaient tout bonnement pas autorisées à pénétrer. Bizarre. Pourquoi ? se demanda-t-elle. Les femmes avaient, de toute façon, si peu d'importance – à quoi bon se soucier de les empêcher d'entrer? Elle arriva un peu en retard dans le couloir. Plus personne n'y flânait ni ne déambulait devant la porte des salles de cours. Les yeux sans expression, les visages vides, les jeunes corps qui, dix minutes plus tôt, arpentaient encore le couloir n'étaient plus là. C'étaient eux qui, en passant devant elle sans la voir, en la voyant sans la regarder, l'avaient poussée à se cacher. Ils lui avaient donné le sentiment qu'elle était invisible. Et quand on ne possède rien qu'une surface visible, l'invisibilité, c'est la mort. La mort peut prendre une éternité, se répéta-t-elle en entrant dans la salle de cours.

3

Sans doute trouvez-vous Mira un peu ridicule? Moi aussi, mais j'ai également de la sympathie pour elle — plus que vous, probablement. Vous trouvez qu'elle s'est montrée futile, superficielle. J'imagine que ce sont là des mots qu'on aurait pu lui appliquer; mais ce ne sont pas les premiers qui me viennent à l'esprit. Je pense qu'elle était ridicule de se cacher dans les toilettes, mais je lui en tiens moins rigueur que de la mesquinerie qu'elle a essayé de dissimuler avec son rouge et qu'elle avait elle-même perçue sur sa lèvre. C'était une forme de dédain bourgeois, une façon de claquer dans sa tête les portes de la prétention au nez de la charité. Mais j'en suis aussi un peu désolée pour elle; du moins, je l'étais. C'est fini maintenant.

Parce que, d'une certaine façon, peu importe que l'on ouvre ou que l'on ferme les portes, on n'en finit pas moins dans une boîte. Je ne suis pas parvenue à trouver de différence. Objective entre tel et tel mode de vie. La seule différence que je puisse voir — et j'ai presque honte de le dire — réside entre des niveaux de bonheur variables. Si ce bon Schopenhauer a raison, le bonheur n'est pas du domaine du possible pour l'homme, puisqu'il signifie absence de douleur, ce qui, comme aimait à le dire un de mes oncles, exige que l'on soit mort ou ivre mort. Mira, avec toutes ses portes closes, comme moi avec toutes mes portes ouvertes, nous sommes malheureuses comme des pierres.

Je passe beaucoup de temps seule, ici. Je marche sur la plage par tous les temps, et je pense et repense à Mira et à toutes les autres, Val, Isolde, Kyla, Clarissa, Grete; je nous revois à Harvard, en 1968. Cette année-là était elle-même une porte ouverte, mais magique. Dès lors qu'on l'a franchie, impossible de jamais revenir en arrière. On reste là, planté de l'autre côté, à contempler ce qu'on a laissé derrière soi et qui ressemble à un pays de contes de fées, où tout n'est qu'un petit damier de bigarrures, champs, fermes, châteaux à tourelles, oriflammes et murs crénelés. Toutes les demeures sont confortables, cottages aux toits de chaume rôtissant doucement au soleil de l'après-midi, et les gens, qu'ils habitent châteaux ou cottages, offrent tous la même simplicité de silhouette qui les rend immédiatement reconnaissables. Un bon prince généreux, une gentille princesse, une bonne fée ont les cheveux blonds et les yeux bleus. Les méchantes reines et les marâtres ont toujours les cheveux noirs. Je crois qu'il y a une petite fille qui a les cheveux noirs, bien qu'elle soit bonne, mais c'est l'exception qui confirme la règle. Les bonnes fées portent des tutus de gaze bleu pâle et brandissent des baguettes magiques en or; les mauvaises sont habillées de noir, bossues, avec un gros menton en galoche et un long nez. Il n'y a pas de méchants rois au pays des fées, bien que l'on y trouve quelques géants de mauvaise réputation. Cependant, il y a des tas de méchantes belles-mères, de vieilles sorcières et d'horribles commères. Quand j'étais petite, le pays des fées, tel qu'il m'apparaissait dans les livres, était l'endroit où je voulais habiter et je jugeais tout ce qui m'entourait selon le degré de rapport avec lui. La beauté, c'était le pays des fées et non la vérité. J'essayais de me concentrer assez fort pour que le pays des fées se matérialisât pour de vrai dans ma tête et, si j'avais pu y réussir, j'aurais joyeusement déserté le monde réel pour me rendre là-bas, en abandonnant mes parents d'un cœur léger. Sans doute dira-t-on que c'était de la schizophrénie naissante, mais il me semble que c'est bien ce que j'ai fini par faire : vivre au pays des fées, où il n'y a que cinq couleurs de base, où tout est clair et où l'herbe ne disparaît pas sous les boîtes de bière vides.

L'une des raisons pour lesquelles j'aime tant la côte du Maine est qu'elle n'accorde que très peu de place à de telles fantaisies. Le vent y est cru, glacial, dur; j'ai la peau du visage un peu gercée tout l'hiver. La mer pilonne le rivage, et je peux voir ce spectacle des centaines de fois : il m'excite comme m'excite New York, profilé sur le ciel que j'ai vu je ne sais combien de fois. Les mots sont banals : « Magnifique », « puissant », « irrésistible » ? Oh ! peu importe ! La chose, telle quelle, représente l'idée la plus approximative que je puisse me faire de Dieu. Pure et authentique force des énormes vagues déferlant constamment en un grondement menaçant, cognant sur les rochers et projetant en l'air de pleins ciels d'écume blanche. C'est si puissant, magnifique et terrifiant à la fois que c'est pour moi le symbole de tout le sens de la vie. Et il y a le sable, les rochers et toute la vie qui y frissonne – coques, crabes et moules. Je souris souvent en me disant que les rochers sont les H.L.M. des moules, les ghettos des crustacés. Et c'est vrai, vous savez : on y trouve plus de moules entassées que de gens à Hong Kong. Le sable n'a pas été fait pour faciliter la marche et le ciel gris du Maine semble ouvrir sur le vide même. Ce ciel-là ne connaît pas – n'a jamais pu connaître – les terres éclatantes où pousse l'olivier, où la tomate tourne au rouge sang, où l'orange resplendit parmi le feuillage vert des arbres, derrière les murs de stuc poussiéreux sous le soleil, et où le ciel est presque aussi bleu que la mer. Ici, tout est gris : mer, ciel, pierre. Le ciel ne regarde que vers le nord, vers le pôle glacé. Tout juste si l'on ne voit pas la couleur se faner et passer à mesure que le ciel s'incline vers le nord, jusqu'à ce qu'il n'y ait plus de couleur du tout. C'est le monde blanc de la Reine des Neiges.

Bon, j'avais dit que j'essaierais de ne pas me laisser aller à des chimères de contes de fées; apparemment, je suis incorrigible. Bref, je me sens seule et un peu supérieure, debout sur ce seuil et me retournant pour regarder encore un pays de contes de fées, presque heureuse de mon chagrin. Peut-être devrais-je lui tourner le dos carrément. Mais je ne peux pas, je ne peux pas encore regarder *devant* – rien qu'en arrière. D'ailleurs, tout cela est ridicule. Vu que j'étais partie pour dire que Mira avait passé toute sa vie au pays des contes de fées et que, lorsqu'elle avait franchi le seuil, elle avait la tête encore pleine d'images du pays des fées et ignorait tout de la réalité. Mais c'était une erreur, car le pays des fées était sa réalité. Si bien que si l'on veut porter un jugement sur elle, il faut déterminer si sa réalité était bien la même que celle des autres – c'est-à-dire si oui ou non, elle était folle. Dans son économie personnelle, la méchante reine était reconnaissable à son visage et à la forme de son corps; la bonne fée aussi. La bonne fée surgissait toutes les fois que Mira avait besoin d'elle, ne demandait jamais un sou pour ses coups de baguette magique et savait disparaître commodément. Libre à vous de décider de l'état mental de Mira.

4

Je n'essaie plus de coller des étiquettes sur les choses. Ici, où tout a l'air si aride et austère, la vie déborde partout : dans la mer, dans le ciel, sur les rochers. J'y viens pour fuir un vide plus grand encore; à trois kilomètres à l'intérieur des terres, se dresse le petit semblant d'université locale où je donne des cours sur des sujets comme « Contes de fées et folklore » (impossible d'y échapper!) et Grammaire niveau 12 à des élèves où dominent les filles et qui tâchent de faire de leur mieux pour entrer à l'université de l'Etat, décrocher un diplôme de prof et goûter les joies de l'année de dix mois. Et moi, je pense : attendez, mes petites, attendez seulement de savoir ce que c'est, ce genre de joies!

Regardez cette grappe de moules, là sur le rocher. Il y en a des milliers de moules, sur les pierres amoncelées, entassées comme les habitants d'une vieille ville. Elles sont superbes, toutes luisantes des couleurs qu'elles ont depuis des milliers d'années : rouge, or, bleu, blanc, orange. Elles vivent toutes ensemble. Je trouve cela extraordinaire. Chacune occupe sa petite place à elle, sans jamais avoir l'air de pousser les autres pour l'agrandir. Croyez-vous que les moules qui manquent de place se laissent tout simplement mourir? Il est clair que leur vie doit être avant tout intérieure. J'aime à venir ici pour les contempler. Je ne les touche jamais. Mais tandis que je les regarde, je me dis qu'elles n'ont pas besoin d'inventer leur ordre à elles, pas besoin de s'inventer une vie — ces choses-là sont programmées à l'intérieur d'elles. Tout ce qu'elles ont à faire, c'est de vivre. Ou bien est-ce une illusion, vous croyez ?

Je me sens terriblement seule. J'ai assez de place, mais c'est du vide. Ou peut-être pas; peut-être que place signifie plus qu'espace. D'après Clarissa, qui dit isolement, dit folie. Et elle n'avance jamais rien à la légère; les mots sortent de sa bouche comme un fruit parfaitement mûri. Les fruits verts ne l'intéressent pas; c'est pourquoi elle se tait le plus souvent. Soit donc; qui dit isolement, dit folie. Qu'y puis-je ? Aux deux ou trois mondanités auxquelles je suis invitée chaque année, il me faut écouter les commérages universitaires, les répliques mordantes (invention pure) du recteur et les plaisanteries méchantes sur la médiocrité du doyen. Dans un endroit comme Harvard, le potinage académique est prétentieux et creux, plein de noms tus et de lâche respect, ou poisseux de complaisance, cette invulnérabilité de l'élite. Mais dans un endroit comme ici, où tout le monde se sent perdant, le bavardage est petit et venimeux; il regorge de cette sorte de haine et de mépris qui n'est, en réalité, que le dégoût de soi devant une vie ratée. Il n'y a pas beaucoup de célibataires ici, en dehors de quelques très jeunes enseignants mâles. Il y a sacrément peu de femmes, et pas une qui ne soit pas mariée, à part une veuve de soixante ans qui tricote aux réunions de professeurs. C'est-à-dire que tout ne se passe pas dans la tête, n'est-ce pas ? Faut-il vraiment que j'assume l'entière responsabilité de mon destin ? Je ne crois pas que ce soit complètement ma faute si je suis seule. Les gens disent — enfin, Iso m'a écrit (et c'est bien d'elle !) — que je devrais descendre à Boston pour les week-ends et aller dans les bars où l'on drague. Elle, oui, elle en serait capable, et je parie qu'elle dénicherait quelqu'un d'intéressant. Moi, non, je le sais. Je rencontrerais un mec d'âge moyen, dans le vent, bien bronzé, à favoris (pas vraiment à barbe), s'habillant genre minet (veste rose et pantalon marron) et le ventre rentré par trois heures hebdomadaires de gymnastique ou de tennis – et dont le vide intérieur me tuerait encore plus que le mien.

Alors, je marche au bord de la mer. Je viens sans cesse ici depuis septembre dernier, un mouchoir noué autour de la tête, un blue-jean maculé par la peinture dont je me suis servie pour essayer de rendre mon appartement un peu plus vivable, un poncho brodé que Kyla m'a rapporté du Nouveau-Mexique et, pendant les mois d'hiver, un gros blouson de nylon fourré que j'enfile par-dessus le tout. Je sais que l'on me montre déjà du doigt et que l'on chuchote que je suis folle. C'est si facile pour une femme d'avoir l'air d'une folle, si elle s'avise de trahir *l'Image*, comme Mira quand elle s'est acheté des jupes ridiculement courtes et plissées, sous prétexte qu'elle retournait à la fac. N'empêche, peut-être ces gens ont-ils raison ? Peut-être suis-je folle ? Il n'y a pas foule ici – quelques surfeurs, quelques jeunes femmes avec leurs enfants et des gens venus là comme moi, simplement pour marcher. Mais tous, ils me regardent d'un drôle d'air.

Oui, ils me regardent d'un drôle d'air. C'est que j'ai *d'autres* problèmes. Comme l'année scolaire s'est terminée la semaine dernière dans un déluge de papiers et d'examens, je n'avais pas eu le temps d'y réfléchir, et soudain la réalité a été là : deux mois et demi sans rien faire ! Les joies de l'année de dix mois ! J'avais l'impression d'un Sahara s'étalant à l'infini sous un soleil fou furieux – et vide, vide. Bon, me suis-je dit, je vais organiser mes cours pour l'année prochaine; j'analyserai d'autres contes de fées (« Contes de fées et folklore »), je m'efforcerai de mieux comprendre Noam Chomsky (Grammaire niveau 12) et de trouver un meilleur manuel de style (Composition niveau 1-2).

Seigneur !

Je me rends compte que c'est la première fois depuis des années, et peut-être de toute ma vie, que je suis complètement seule et désœuvrée. Sans doute est-ce pour cela que tout reflue sur moi maintenant. Ces choses qui forcent l'entrée de mon esprit me donnent à penser que mon sentiment de solitude n'est peut-être pas entièrement une question de lieu, et que d'une façon ou d'une autre – quoique cela m'échappe – je l'ai bien voulu.

Je fais de mauvais rêves, des rêves pleins de sang. Nuit après nuit, on me poursuit, et nuit après nuit, je me retourne et frappe le poursuivant, frappe à coups de bâton, à coups de couteau. On dirait de la peur. De la haine. Mais la haine est une émotion que je ne me suis jamais permise. D'où pourrait-elle bien venir ?

Tandis que je marche le long de la plage, ma mémoire ne cesse de revenir à Mira autrefois, les premières semaines du séjour à Cambridge, Mira chancelant sur ses hauts talons (elle a toujours eu du mal à marcher sur des hauts talons, mais elle en a toujours porté), dans son tailleur trois-pièces en laine tricotée, les cheveux bien coiffés et laqués, et regardant presque avec terreur les visages qui la croisaient, guettant désespérément le coup d'œil perçant, le sourire un peu flatteur qui lui prouverait qu'elle existait. Quand je songe à elle, mon ventre a un léger tressaillement de mépris. Mais à quel titre puis-je éprouver du mépris pour elle, pour cette femme qui me ressemble tant, qui ressemble tant à ma mère ?

Et vous, qu'en pensez-vous ? Vous savez qui je veux dire : cette dame d'un certain âge, blonde décolorée, très maquillée, un peu pompette après son deuxième « Manhattan » et qui joue au bridge au Country Club. Dans les pays musulmans, on force les femmes à porter la jubbah et le yashmak, ce qui les rend invisibles – blanches apparitions spectrales voguant dans les rues pour acheter un morceau de poisson ou des légumes, tournant dans des ruelles sombres et étroites pour disparaître par une porte qui claque bruyamment et réveille l'écho des vieilles pierres. On ne les voit pas, elles sont plus indistinctes que les chiens qui courent au milieu des cageots de fruits. Ici, seules les formes diffèrent. On ne voit pas vraiment la femme qui fourrage au rayon « gants » ou « bas », tripote des boîtes de céréales ou prend six steaks pour les mettre dans son chariot. On voit ses vêtements, son casque de cheveux laqués, et l'on cesse aussitôt de la prendre au sérieux. Son apparence proclame sa respectabilité, ce qui signifie qu'elle est exactement pareille à toutes les femmes qui ne sont pas des putains. Mais si c'en était une, hein ? La distinction par le vêtement n'est plus ce qu'elle était. Les femmes sont capables de tout. Ça n'a pas vraiment d'importance. Epouses ou putains, les femmes constituent la classe sociale la plus méprisée d'Amérique. On peut haïr les Nègres, les Portoricains et les Jaunes, on a tout de même un peu peur d'eux. Les femmes ne jouissent même pas du respect qui vient de la peur.

Qu'a-t-on à craindre, après tout, d'une espèce d'idiote qui court sans cesse jusqu'à son miroir pour voir qui elle est ? Mira vivait à portée de son miroir, exactement comme la reine de *Blanche-Neige*. Beaucoup d'entre nous en faisaient autant : nous avalions et croyions tout ce que les gens disaient de nous. Je faisais régulièrement les tests des magazines : Etes-vous bonne épouse ? Bonne mère ? Entretenez-vous la flamme de l'amour dans votre mariage ? Je croyais Philip Wylie quand il déclarait que les mères étaient une engeance de vipères, et je me jurais de ne jamais, jamais agir de la sorte. Je croyais que « l'anatomie, c'est le destin », comme dit Sigmund Freud, et j'essayais de développer en moi compassion et sensibilité ! Je me souviens de Martha expliquant qu'elle n'avait pas eu de vraie mère; la sienne ne faisait rien de ce que les mères sont censées faire : elle collectionnait les vieux journaux et les bouts de ficelle, se souciait peu du ménage et emmenait Martha manger tous les soirs dans une cafétéria misérable. Si bien que, quand Martha s'était mariée et avait voulu se lier d'amitié avec d'autres couples, elle n'avait pas su comment s'y prendre. Elle ignorait que l'on était censé servir à boire et à manger. Elle se contentait de rester assise auprès de son George et de parler aux invités. Les gens étaient toujours pressés de filer, ne revenaient jamais, ne l'invitaient jamais. « Alors, disait-elle, je suis allée acheter tous les magazines féminins, et je les ai lu pendant des années, religieusement, comme la Bible, pour essayer de découvrir comment on fait pour être une femme. »

J'entends souvent la voix de Martha, tandis que je marche sur la plage. Et de beaucoup d'autres aussi... Lily, Val, Kyla. Parfois, j'ai l'impression d'avoir avalé toutes les femmes que j'ai connues. J'ai la tête pleine de voix. Elles se mêlent au vent et au bruit de la mer pendant que j'arpente la plage, telles des forces naturelles désincarnées, telle une tornade tourbillonnante autour de moi. J'ai la sensation d'être un médium que toute une armée d'esprits envahirait en réclamant à grands cris la parole.

Et, ce matin (ombres du passé !), c'est décidé; j'ai mon idée pour combler le vide de cet été interminable. Je coucherai tout sur le papier, je remonterai aussi loin qu'il le faudra et j'essaierai de donner un sens à tout cela. Pourtant je ne suis pas un écrivain. J'enseigne la grammaire (et déteste ça avec la composition); mais, comme toute personne qui a suivi un cours de compo le sait, il est inutile de savoir quoi que ce soit de l'art d'écrire, pour l'enseigner. En fait, moins on en sait et mieux cela vaut, parce que alors, on peut avancer selon des règles, tandis que, si l'on sait réellement écrire, il n'y a pas de règle qui tienne en matière d'attaque, d'alinéas et de style. Je peine quand j'écris. Le mieux que je puisse faire est de consigner sur le papier des bouts de ceci et de cela, des fragments de temps, des fragments de vies.

Je vais essayer de donner libre cours aux voix. Peut-être m'aideront-elles à comprendre comment les autres ont fini comme elles ont fini et comment j'ai atterri ici, avec ce sentiment d'être englobée et abandonnée à la fois. D'une certaine façon, tout commence avec Mira. Comment s'était-elle débrouillée pour en arriver, à l'âge de trente-huit ans, à se cacher dans des toilettes ?

5

Mira était une petite fille indépendante, qui aimait à ôter ses vêtements et à flâner, les jours d'été, jusque chez le marchand de bonbons. La deuxième fois qu'elle fut ramenée à la maison par un agent à qui elle avait indiqué le chemin, Mme Ward commença à l'attacher. Cela n'avait rien de méchant : Mira avait traversé un boulevard à grande circulation. Mme Ward prit une longue corde pour permettre à Mira de continuer à se déplacer, et elle l'attacha par un bout à la poignée de la porte d'entrée. Mira n'en garda pas moins son habitude déconcertante d'ôter tous ses vêtements. Mme Ward ne croyait pas à l'efficacité des châtiments corporels; elle les remplaçait par de sèvères remontrances et par la privation d'affection. Cela réussit. (Mira eut du mal à se déshabiller le soir de ses noces.) Avec le temps, ses larmes et sa fureur de se voir attachée se calmèrent et elle apprit à opérer dans un espace restreint, à creuser les choses, puisqu'elle n'avait pas le droit de caracoler à l'extérieur. Alors, on lui enleva sa laisse et Mira se révéla une enfant docile, voire timide, mais parfois encline à la maussaderie.

C'était une petite fille brillante : elle lut jusqu'au bout tous les manuels le premier jour de classe et, parce qu'elle s'ennuyait, passa le reste du trimestre à mettre de la vie dans sa classe. La solution à laquelle on s'arrêta fut de la faire monter dans une classe « davantage de son niveau », selon les mots de la maîtresse. Elle « monta » ainsi plusieurs fois sans jamais trouver la classe en question. En revanche, elle trouva des camarades de classe plus vieilles de plusieurs années, plus grandes de plusieurs centimètres, plus lourdes de plusieurs kilos et cent fois plus dégourdies. Faute de pouvoir leur parler, elle se rabattait sur des romans qu'elle cachait dans son pupitre. Elle lisait même sur le chemin aller et retour de l'école.

Mme Ward, persuadée que sa fille était destinée à de « grandes choses », ce qui, pour cette femme de bien, voulait dire un bon mariage, grappilla de l'argent pour lui payer des leçons. Mira fit deux années d'élocution, deux de danse, deux de piano et deux d'aquarelle (Mme Ward, dans sa jeunesse, avait aimé les romans de Jane Austen). A la maison, Mme Ward lui apprenait à ne jamais croiser les jambes au niveau des genoux, grimper aux arbres avec les garçons, jouer à chat dans la rue, parler fort, porter plus de trois bijoux à la fois, mélanger l'or et l'argent. Quand elle l'eut bien pénétrée de ces principes, elle jugea Mira « accomplie ».

Seulement, Mira avait une vie privée. Comme elle était beaucoup plus jeune que ses camarades de classe, elle n'avait pas d'amies mais ne semblait pas s'en soucier. Elle passait son temps à lire, à dessiner, à rêvasser. Elle aimait tout spécialement les contes de fées et les mythes. Puis, on l'envoya faire deux années d'instruction religieuse et ses centres d'intérêt changèrent.

A douze ans, sa grande préoccupation était de déterminer les rapports précis entre Dieu, le ciel, l'Enfer et la terre. Elle passait ses nuits, allongée, à regarder la lune et les nuages. Son lit se trouvait à côté d'une fenêtre; elle pouvait s'étendre confortablement, la tête sur l'oreiller, et lever les yeux vers l'extérieur. Elle essayait d'imaginer tous les morts, debout là, partout dans le ciel. Elle essayait de les discerner; nul doute qu'ils regardaient vers la terre et rêvaient d'y voir un visage amical. Mais elle n'en apercevait jamais un seul et, après avoir étudié un petit peu l'histoire et réfléchi aux millions de personnes qui avaient en fait habité la terre, elle se mit à s'inquiéter du problème de la surpopulation de l'au-delà. Elle s'imaginait cherchant sa grand-mère, morte à présent depuis trois ans, et déambulant à jamais parmi des masses de gens sans la trouver. Puis elle songea que tout ce monde devait peser très lourd et qu'il était impossible que tout cela s'entassât là-haut sans que le ciel s'écroulât. Peut-être alors n'y en avait-il que très peu au ciel, et le reste était-il en enfer.

Mais les manuels de sociologie élémentaire de Mira donnaient à entendre que les pauvres — que Mira savait déjà être les méchants — n'étaient pas vraiment méchants, au fond; c'était seulement l'environnement qui les frustrait. Dieu, Mira en était certaine, s'il avait la moindre valeur, était capable de lire jusqu'à l'âme par-delà tant d'injustice et se refuserait à consigner en enfer tous les jeunes délinquants dont le portrait figurait dans le *New York Daily News* que son père ramenait chaque soir de la ville. Ce problème épineux lui coûta plusieurs semaines de profond labeur intellectuel.

Elle trouva nécessaire, pour le résoudre, de regarder en elle-même, non seulement pour éprouver ses sentiments, mais pour les analyser. Elle croyait vouloir réellement aimer et être aimée, être gentille et mériter l'approbation de ses parents et de ses maîtres. Mais, d'une manière ou d'une autre, elle n'y parvenait jamais. Elle faisait constamment des remarques méchantes à sa mère; elle reprochait à son père d'être tatillon et aux deux de la traiter comme une enfant. Ils lui mentaient et elle le savait. Quand elle questionna sa mère à propos d'une réclame dans un magazine, celle-ci lui répondit qu'elle ne savait pas ce qu'étaient des serviettes hygiéniques. Elle lui demanda ce que voulait dire *baiser* – elle avait entendu ce mot dans la cour de récréation. Sa mère dit qu'elle l'ignorait; mais, plus tard, Mira l'entendit murmurer à Mme Marsh : « Comment expliquer une chose pareille à une enfant ? » Et puis, il y avait d'autres choses, des choses dont elle ne pouvait pas vraiment saisir le sens, mais qui lui disaient que ses parents n'avaient pas la même idée du bien qu'elle. Elle aurait été incapable de dire pourquoi, mais les idées de ses parents à propos de ce qu'elle devait faire lui donnaient la sensation qu'on l'étranglait, l'étouffait. Elle se souvenait d'un soir où elle avait été très effrontée en parlant de quelque chose avec sa mère – effrontée parce qu'elle avait raison et que sa mère refusait de l'admettre. Sa mère l'avait réprimandée sévèrement. Elle avait couru jusqu'à l'entrée de la maison, s'était assise par terre dans le noir pour bouder, convaincue d'avoir été victime d'une injustice. Elle avait refusé de rentrer pour le dîner. Sa mère était venue dans l'entrée et lui avait dit : « Allez, viens, Mira, ne fais pas la sotte. » Sa mère n'avait encore jamais rien dit de pareil. Elle avait même tendu la main à Mira pour l'aider à se relever. Mais Mira était restée assise à bouder en refusant cette main. Sa mère était retournée à la salle à manger. Mira était au bord des larmes : « Pourquoi faut-il que je sois si méchante et têtue ? » s'était-elle dit intérieurement, s'apostrophant et songeant qu'elle aurait dû saisir la main et qu'elle eût aimé que sa mère revînt. Elle n'était pas revenue. Mira s'était assise plus confortablement et une phrase lui avait couru dans la tête : « Ils m'en demandent trop, c'est trop cher payé. » Quant à savoir ce que cela coûtait exactement, elle n'en était pas certaine; elle y mit l'étiquette « moi ». Elle adorait sa mère et savait qu'en étant maussade et effrontée, elle perdait son amour; parfois, Mme Ward ne lui parlait pas pendant des jours. Mais elle continuait d'être méchante. Elle était gâtée, égoïste et effrontée. Sa mère le lui disait à tout bout de champ.

Elle était méchante mais ne le faisait pas exprès, Dieu le savait, sans aucun doute. Elle serait gentille, si seulement cela ne lui coûtait pas tant. Et, dans sa méchanceté, elle n'était pas vraiment méchante. Elle voulait tout simplement faire... ce qu'elle voulait : était-ce si terrible? Dieu comprendrait sûrement. Il comprenait, oui, parce qu'on disait qu'Il voyait dans le cœur des gens. Et s'Il la comprenait, alors Il comprenait tout le monde. Et personne ne voulait vraiment être méchant, tout le monde voulait être aimé et apprécié. Donc il n'y avait personne en enfer. Mais s'il n'y avait personne dedans, alors pourquoi un enfer? L'enfer n'existait pas.

A quatorze ans, Mira avait lu tous les livres intéressants qu'on lui avait permis de prendre à la bibliothèque — elle n'avait pas le droit de piocher dans la section « pour adultes ». Elle se rabattit donc sur la bibliothèque, peu engageante, de sa famille, laquelle ne savait même pas ce qu'elle contenait : les livres s'étaient rassemblés d'eux-mêmes, vestiges de greniers de parents défunts. Mira trouva *Le Sens commun* de Payne, *Par-delà le bien et le mal* de Nietzsche et *Le Puits de solitude* de Radclyffe Hall, livre qu'elle lut sans y comprendre goutte.

Elle fut bientôt convaincue de la non-existence non seulement de l'enfer mais encore du ciel. Cependant, sans le ciel, un nouveau problème se posait avec acuité : s'il n'y avait ni ciel ni enfer, il n'y avait ni récompense ni punition finale — ce monde constituait tout ce qui existait. Mais ce monde — même à quatorze ans on sait cela — est une vallée de larmes. Mira n'avait pas besoin de lire les journaux, de voir des photos de bateaux explosant et de villes en flammes, de lire des échos parlant d'endroits appelés camps de concentration, pour réaliser combien tout était terrible. Il lui suffisait de regarder autour d'elle. Partout ce n'était que brutalité et cruauté : en classe, dans la cour de récréation, dans son immeuble. Un jour, alors qu'elle allait faire une commission chez l'épicier, elle entendit un garçon crier et le claquement d'une courroie dans la maison du fond. Comme elle avait été élevée avec douceur, Mira fut horrifiée et se demanda pourquoi des parents faisaient une telle chose à un enfant. Si ses parents lui avaient fait ça à elle, elle aurait été encore pire qu'elle n'était; elle aurait cherché à les défier de toutes les façons possibles; elle les aurait haïs. Mais l'épouvantable existait même chez elle. C'était un monde clos et silencieux; on parlait peu à table. Il y avait toujours entre son père et sa mère des tensions qu'elle ne comprenait pas, et souvent aussi entre sa mère et elle. Elle avait l'impression de se trouver au cœur d'une guerre dans laquelle les armes étaient comme des rayons de lumière bondissant à travers la pièce et blessant tout le monde sans que l'on pût les éviter. Mira se demanda si l'intérieur de chacun était aussi tumultueux, explosif que le sien. Elle regarda sa mère et vit un amer chagrin et de la rancune sur son visage; sur celui de son père, de la tristesse et de la déception. Elle-même leur portait des sentiments débordant de fougue – amour, haine, rancune, colère et un douloureux manque d'affection physique – mais elle ne bronchait jamais, ne se jetait jamais sur l'un ou l'autre avec amour ou haine. Les règles de la famille interdisaient un tel comportement. Elle se demanda si quelqu'un au moins était heureux. Elle avait plus de raisons de l'être que beaucoup : elle était bien traitée, nourrie, habillée et protégée. Mais elle était un champ de bataille vociférant.

Et les autres ? Si c'était là le seul monde qu'il y eût, il ne pouvait pas y avoir de Dieu. Aucun esprit bienveillant ne pouvait avoir créé cette terre-ci. Finalement, elle ajourna la question en se passant de la divinité.

Plus tard, elle se mit à imaginer un monde où l'injustice et la cruauté ne pourraient pas exister. Il était fondé sur la douceur et la liberté des enfants et se développait en tenant l'intelligence pour la seule qualité supérieure. Les souverains de ce monde – elle ne pouvait pas imaginer un monde sans souverains – étaient ses membres les plus intelligents et les plus sages. Chacun avait suffisamment à manger et personne trop, comme le gros M. Mittlow. Bien qu'elle ne sût encore rien de Platon, elle arriva à une structure étonnamment semblable à la sienne. Mais, au bout de quelques mois, elle écarta également cela. Simplement parce qu'une fois qu'elle avait parfaitement organisé quelque chose, ce quelque chose l'ennuyait invariablement.

De même, lorsqu'elle imaginait des histoires à propos d'elle-même, des histoires dans lesquelles elle était adoptée; un beau jour, un très bel homme, un homme avec un vrai visage, pas comme celui de Papi Warbuck, mais doté des mêmes pouvoirs, arrêtait sa belle voiture noire devant la porte des Ward et l'appelait. Il l'emmenait vers de magnifiques et lointaines contrées et l'aimait à jamais. La même chose aussi quand elle pensait que les fées existaient vraiment : elles n'apparaissaient plus parce que les gens avaient cessé de croire en elles, mais elles existaient. L'une d'entre elles venait la voir et lui proposait de faire trois vœux; elle réfléchissait très longuement, en hésitant beaucoup sur son choix, mais finissait par décider que le meilleur vœu serait que ses parents pussent être heureux, en bonne santé et riches; s'ils l'étaient, ils l'aimeraient et à partir de ce jour ils seraient tous heureux. L'inconvénient, c'était que les fins de ces histoires étaient toujours ennuyeuses et qu'on ne pouvait jamais aller au-delà de la fin. Elle essaya d'imaginer ce que serait la vie quand tout serait parfait, mais n'y parvint jamais.

Plus tard, beaucoup plus tard, elle se souvint de ces années-là et réalisa avec étonnement que, vers quinze ans, elle avait déjà décidé de beaucoup d'hypothèses qu'elle porterait en elle pour le restant de ses jours : que les gens n'étaient pas fondamentalement mauvais, que la mort était la perfection, que la vie valait mieux que l'ordre et qu'un peu de confusion était bon pour l'âme. Et, le plus important, que cette vie-ci était tout.

Elle oublia, malheureusement, toutes ces choses et ne se les rappela que dans des circonstances douloureuses.

6

Tandis qu'elle faisait tous ces choix, quelque chose la minait. Le sexe. Vous aviez deviné ? Toute cette histoire d'Eden n'avait pas duré tant d'années pour rien. Quoique la Genèse le suggère et que Milton insiste quand il dit que ce n'est pas le sexe lui-même qui a provoqué la Chute, mais qu'il n'a été que le premier lieu des corps où l'on en ait senti les répercussions, nous continuons de l'identifier avec la Chute parce que c'est ainsi que ça se passe pour nous. Le plus grand problème avec le sexe, j'en suis convaincue (voilà ! je me mets à parler comme Val !), c'est qu'il nous tombe dessus alors que nous sommes déjà formées. Peut-être ne serait-ce pas un tel choc si nous étions chouchoutées et dorlotées pendant toute notre vie; mais nous ne le sommes pas, ou du moins je ne l'ai pas été, pas plus que Mira, si bien que le désir ardent de contacts physiques nous tomba dessus comme un viol.

A la veille de ses quinze ans, Mira eut ses premières règles et fut enfin mise dans le secret des serviettes hygiéniques. Peu après, elle se mit à ressentir d'étranges mouvements de fluides à l'intérieur de son corps, et son esprit, se persuada-t-elle, commença à pourrir. Elle sentait la corruption se développer mais se trouvait impuissante à la contrecarrer. Le premier signe, ce fut que, lorsqu'elle était étendue, la nuit, sur son lit et qu'elle essayait d'aller au-delà de ses conceptions de Dieu et de l'Ordre Parfait vers quelque chose de plus pratique, elle ne parvenait pas à se concentrer. Son esprit errait, battait la campagne. Elle fixait la lune et pensait à des chansons, mais pas à Dieu. Elle humait l'air de la nuit d'été tandis qu'une puissante sensation de plaisir s'emparait de tout son corps. Elle était agitée, ne pouvait ni dormir ni penser et se levait pour s'agenouiller sur son lit, se pencher à la fenêtre, regarder dehors les branches qui s'agitaient doucement, et respirer l'air de la nuit. Elle avait de soudaines et irrésistibles envies de mettre la main sous son pyjama et de frotter la peau de ses épaules, de ses hanches et de ses cuisses. Et, quand elle le faisait, des jets étranges se répandaient sous elle. Elle se recouchait et essayait de penser, mais seules, des images s'affrontaient dans sa tête. Ces images montraient toujours, ce qui l'effrayait, les mêmes choses. Elle avait un nom à elle pour qualifier sa déchéance : elle l'appelait *garçon*.

Depuis plus de quinze ans qu'elle était sur terre, Mira avait vécu complètement seule et presque uniquement dans sa tête. Elle avait méprisé les enfants qu'elle voyait sauter à la corde et jouer à chat dans les rues : elle trouvait ça bête. Elle méprisait le vide et l'ennui de la vie des adultes, qu'elle avait pu observer quand ses parents recevaient des amis, et trouvait leur conversation idiote. Elle ne respectait que deux personnes : son professeur d'anglais, Mme Sherman, et Friedrich Nietzsche. Mais, de toutes les créatures idiotes qui s'entassaient sur la terre, les plus idiotes étaient les garçons. Ils étaient, comme chacun sait, bruyants, brutaux, négligés, sales, méchants, turbulents et mauvais en classe. Elle, en revanche, était distinguée, propre, élégante, sage, douée et décrochait des dix-huit même sans travailler. *Toutes* les filles étaient mieux que les gars jusqu'à ces dernières années; depuis, elles s'étaient mises à être bêtes, elles aussi. L'une après l'autre, elles avaient commencé à se lécher sans cesse les lèvres pour les faire briller, ce qui se terminait toujours par des gerçures autour de la bouche. Elles se pinçaient les joues pour les faire rosir, et fumaient dans les cabinets, en dépit du fait que l'on était renvoyée si l'on était prise. Des filles qui étaient bien en cinquième faisaient les idiotes en quatrième et en troisième. Elles se déplaçaient en bandes, se chuchotaient des choses à l'oreille et ricanaient bêtement. Mira n'arrivait même pas à trouver quelqu'un avec qui aller à l'école. Mais elle s'aperçut que, si elle se refusait obstinément à se comporter comme elles, en revanche elle voulait absolument savoir ce qui les faisait chuchoter et rire bêtement. Que son mépris facile pour elles tournât à la vulnérable curiosité la mettait en colère.

Quant aux garçons ! Elle leur jetait des coups d'œil à la dérobée quand elle avait fini d'écrire ses déclinaisons latines dix minutes avant le reste de la classe. Elle voyait des cous maigres, des cheveux plaqués et humides, des visages boutonneux. Ils crachaient, faisaient des avions en papier et ne savaient jamais répondre quand le professeur les interrogeait. Ils ricanaient sans raison. Et les filles les regardaient en souriant et en gloussant, comme s'ils faisaient quelque chose de bien. C'était inexplicable : à peine l'un d'entre eux la regardait-il qu'elle sentait son cœur battre et devenait toute rouge.

Elle avait un autre problème, encore plus profond, parce qu'elle le comprenait encore moins que ce qui lui arrivait face à autrui. Cela concernait la transformation des garçons en hommes, en messieurs. Car tout le monde méprisait les garçons, chacun les regardait d'un air de reproche, les professeurs, sa mère, même son père. « Des garçons ! » s'exclamaient-ils avec dégoût. Mais tout le monde admirait les hommes. Quand le principal pénétrait dans la classe, les professeurs (uniquement des femmes) devenaient nerveuses, tremblantes, et souriaient beaucoup. Exactement comme quand elle suivait des cours d'instruction religieuse et que le prêtre entrait : les bonnes sœurs s'inclinaient jusqu'au sol comme si c'était un roi et faisaient lever les enfants pour dire : « Bonjour, mon père. » Comme s'il était vraiment leur père ! Et quand M. Ward revenait du travail, quoiqu'il fût l'homme le plus charmant de la terre, toutes les amies de Mme Ward détalaient en abandonnant leurs tasses de café à moitié pleines.

Les garçons se bagarraient tout le temps et étaient ridicules, ennuyeux, poseurs et bruyants; les hommes, eux, allaient à grands pas et d'un air décidé jusqu'au milieu de toutes les réunions pour y monopoliser l'attention. Mais pourquoi cela ? Elle commença à comprendre que quelque chose clochait dans le monde. Sa mère dominait à la maison; à l'école, l'autorité était entre les mains des femmes, exception faite pour M. le principal. Mais il n'en allait pas de même dans le reste du monde. Les nouvelles des journaux parlaient toujours d'hommes, sauf quand, de temps en temps, une femme était assassinée, et puis il y avait Eleanor Roosevelt, mais tout le monde se moquait d'elle. Seule la page qui donnait des recettes de cuisine et des modèles de robes était destinée aux femmes. Lorsqu'elle écoutait la radio, les programmes n'étaient consacrés qu'à des hommes, ou à des gars comme Jack Armstrong; elle les détestait tous et refusait de manger des *corn flakes* quand sa mère en achetait. Jack, Doc et Reggie faisaient des choses passionnantes; les femmes, de leur côté, étaient toujours de bonnes secrétaires amoureuses de leur patron ou de belles héritières criant : « Au secours ! » Tout ressemblait à Persée et Andromède, ou à Cendrillon et le Prince charmant. C'est vrai, il y avait aussi dans les journaux des photographies de dames en maillots de bain avec un bouquet de roses à la main et, à la gare de Sonnoco, une photo grandeur nature d'une dame en maillot de bain brandissant un objet appelé « bougie d'allumage ». Le rapport entre ces deux choses lui échappa et elle y réfléchit fréquemment et longuement. Et pire que tout – si désagréable qu'elle n'y pensa pas beaucoup – elle prit conscience que les notions de son enfance, lorsqu'elle avait lu des choses sur eux et adoré J.-S. Bach, Mozart, Beethoven, Shakespeare et Thomas E. Dewey, et qu'elle s'était dit qu'elle serait comme eux, que ces notions étaient d'une certaine façon impropres.

Elle ne savait pas comment résoudre le moindre de ces problèmes; aussi sa peur et sa rancœur donnèrent-elles naissance à un orgueil obstiné. Elle ne serait jamais la secrétaire de personne, elle ferait elle-même sa vie. Elle ne permettrait jamais à personne de la sauver du danger. Elle ne lirait jamais ni les recettes ni les modèles de robes, mais uniquement les propos des garçons, elle ne leur offrirait jamais l'occasion de s'en rendre compte. Elle ne se lécherait jamais les lèvres, ne se pincerait pas les joues, ne ricanerait ni ne chuchoterait comme les autres filles. Elle ne permettrait jamais à un garçon de s'apercevoir qu'elle le regarderait. Elle n'abandonnerait jamais son idée que les hommes n'étaient que des garçons vieillis en possession de quelques belles manières et auxquels il ne fallait jamais se fier car ils étaient, eux aussi, membres du genre inférieur. Elle ne se marierait jamais; ce qu'elle avait vu des amis de ses parents l'avait suffisamment prévenue contre cette situation. Et jamais, au grand jamais, elle ne ressemblerait aux femmes aux gros ventres et toutes déformées qu'elle voyait courir les rues.

7

Elle revint à la littérature. Elle chercha des livres parlant de l'adolescence, des livres où elle pourrait se retrouver, elle et ses problèmes. Il n'y en avait pas. Elle lut tous les petits livres à l'eau de rose « pour jeunes filles » et laissa tomber. Elle se mit à lire des romans à cent sous, tout ce qu'elle put trouver dans la bibliothèque familiale et qui sembla devoir parler des femmes. Elle engloutit tout indistinctement : Jane Austen, Fanny Burney, George Eliot, des romans gothiques de toute sorte, Daphné du Maurier, Somerset Maugham, Frank Yerby et John O'Hara, en même temps que des centaines de contes, de mystères sans nom et d'histoires d'amour et d'aventures. Mais rien ne l'aida. Comme quelqu'un qui grossit parce qu'il mange des aliments peu nourrissants, et qui a donc toujours faim et mange toujours, elle plongea dans des mots qui étaient incapables de lui apprendre à nager. Elle avait toujours mal à la tête; des fois, elle se disait qu'elle lisait pour fuir la vie, car cette fuite, elle au moins, existait. Sa tête était toujours comme quand, des années plus tard, elle fumerait trois paquets de cigarettes dans la journée. Elle n'aimait pas aller en classe et faisait souvent semblant d'être malade; elle n'aimait pas manger sans lire. Elle lisait aux toilettes et dans son bain; elle lisait tard la nuit et, quand sa mère insistait pour qu'elle éteigne la lumière, elle lisait sous ses draps avec une lampe de poche.

Elle avait commencé à faire du baby-sitting et fouillait dans les maisons où elle se rendait, à la recherche de bouquins, de bouquins qu'elle n'aurait pas le droit de prendre dans la bibliothèque.

Elle fit une belle trouvaille le jour où elle découvrit *Ambre* et qu'elle le lut en fascicules périodiques, toujours attentive à bien le remettre en place quand elle entendait la voiture des Evans approcher. Finalement, une camarade de classe lui prêta *La Source*. Voilà ce qu'il lui fallait ! Elle faillit s'en trouver mal. Elle le lut par deux fois et, quand sa camarade la pria de lui rendre le livre, Mira demanda à sa mère de le lui offrir pour Noël.

Et pourtant, ce livre dans lequel elle se retrouvait avec tant de fièvre et qui lui avait complètement occupé l'esprit pendant plus d'un an était, d'après elle, *bas*. Il lui apparaissait comme quelque chose de fou, quelque chose dont elle ne pouvait pas s'extraire, qui n'était pas bon. Cela flottait comme une eau rosâtre dans la partie inférieure de son cerveau, alors qu'elle essayait de s'élever au-dessus – de se servir de l'autre partie. Bien qu'ennuyée par les lectures qu'on exigeait d'elle à l'école – *Silas Marner, Jules César. L'autobiographie de Lincoln Steffans* – elle comprit qu'elles étaient « supérieures », quoi que ce mot signifiât. La bonne littérature, ou du moins ce que ses professeurs appelaient « bonne littérature », n'avait aucun rapport avec le monde réel. Avoir un rapport avec le monde est plus *bas* que de ne pas en avoir. Le monde est une fosse d'aisances, la chair est vile, vive l'âme et la raison ! Descendre dans le monde de la matière revenait à plonger un corps pur dans une mare boueuse. Sans doute pouvait-on pardonner cela au nom de l'expérience, mais uniquement si l'on en tirait une leçon et si l'on remontait ensuite dans le monde supérieur. Il était clair que les femmes ne faisaient jamais cela. Seul, le sexe inférieur le faisait. Bon, d'accord, un petit nombre de méchantes femmes le faisaient également, mais elles ne revenaient jamais dans le monde de l'âme et de la raison. Les femmes étaient toujours pures, vraies et propres, comme Cordelia, Marina et Jane Eyre. Et elles étaient, aussi, toujours vierges, du moins jusqu'à leur mariage. Qu'était donc le sexe pour que le seul fait d'en posséder un suffît à vous condamner à jamais dans la fosse d'aisances ! Elle voulait être bonne, pure et vraie comme elles, mais elle ne voulait pas subir tous les avatars qui leur incombaient. Elle essayait de ne pas descendre dans la fosse d'aisances, mais cependant s'y enfonçait chaque jour davantage. Elle s'était fait quelques amies; elle se mit même à chuchoter et à rire bêtement avec elles. Elle ne savait pas comment c'était arrivé. Elle résista pendant un certain temps aux magazines que les autres lisaient, mais en emprunta un, un jour; pour finir par les acheter à son tour. *17 ans* était plein de conseils aux jeunes filles concernant l'habillement, la coiffure, le maquillage, et les garçons. Elle lut *La Mégère apprivoisée* en cours d'anglais; on lui donna *La Source* pour Noël; elle le relut. Elle essaya de reprendre Nietzsche et découvrit qu'il disait que les femmes étaient menteuses, calculatrices et désireuses de dominer les « mâles ». Il disait qu'il fallait prendre un fouet lorsque l'on allait voir une femme. Qu'est-ce que cela signifiait ? Sa mère dominait son père, d'accord, mais elle n'était pas menteuse. Mira, elle, mentait, mais uniquement pour ne pas aller en classe. Pourtant, il était impossible de ne pas respecter Nietzsche; il était plus fort que les professeurs eux-mêmes, que M. Woodiefield, le patron de son père, qui était venu dîner un soir avec sa grosse épouse et dont la mère de Mira avait dit après son départ qu'il était « très chic ». Mais pourquoi Nietzsche disait-il de prendre un fouet ? Le père de Mira aimait être dominé par sa femme. Il l'aimait. Chaque fois qu'il grognait et grondait, c'était contre Mira, pas contre son épouse. Kate était son chien, son cheval, disait Petruchio; le professeur avait dit que c'était comme ça dans le temps. Mais quand ils allaient dîner chez les Mittlow, l'énorme M. Mittlow hurlait : « Du lait ! » à sa femme et, quoiqu'elle fût aussi grande que lui et passablement corpulente, elle sortait de table en quatrième vitesse et courait chercher le pot au lait. Et, des fois, on entendait des cris retentir dans la nuit, et Mme Ward murmurait à Mira que M. Willies battait sa femme. Elle lui raconta également que le boucher allemand qui habitait de l'autre côté de la rue, avec sa fille, l'attachait à son lit quand il allait boire un coup le soir, et la battait à son retour. Mira ne demanda pas à sa mère comment elle savait cela.

A partir du jour où elle avait commencé à acheter des magazines, elle laissa ses yeux se promener librement sur les porte-revues et vit, quoiqu'elle détournât aussitôt la tête, que beaucoup d'entre eux montraient des photographies de femmes portant des dessous noirs, ou enchaînées et nues avec, debout à côté d'elles, des hommes qui brandissaient des fouets. Ces choses-là survenaient aussi au cinéma. Et pas seulement à l'Emporium, la salle où ni elle ni ses amies n'avaient le droit d'aller bien qu'il y eût des photos du même genre plein les rues; mais, même dans les films normaux, le héros donnait la fessée à l'héroïne qui avant cela était insolente et narquoise comme Mira elle-même. Il entrait en enfonçant la porte, l'allongeait sur ses genoux, elle hurlait, mais après elle l'adorait, le suivait des yeux et lui obéissait aveuglément; et l'on comprenait qu'elle l'aimerait toujours. Ça s'appelait conquête et reddition; l'homme faisait l'une et la femme l'autre, tout le monde savait cela.

8

Elle était couchée. Toutes ces choses glissèrent dans son imagination en même temps que ses mains le long de son corps : sans doute était-il inéluctable qu'une rencontre des deux éléments intervînt. Ses premières expériences de cet acte dont elle connut le nom – masturbation – bien des années plus tard seulement, furent maladroites, mais incroyablement excitantes. Cela la poussa à continuer bravement, terrifiée par le mal qu'elle pourrait se faire, mais décidée à aller courageusement de l'avant. Et, invariablement, alors qu'elle se pénétrait et frottait, son esprit dérivait vers ce qu'elle ne sut qualifier de fantaisies masochistes que bien après. Elle s'arrêtait sur tout, et le matériel à fantasmes ne lui faisait jamais défaut : leçons d'histoire sur le traitement infligé aux femmes de Chine, lois de l'Angleterre d'avant le xxe siècle ou coutumes des paysans musulmans lui fournissaient de nouvelles fantaisies pour des semaines. *La Comédie des méprises* de Shakespeare et des pièces écrites par Romains, Grecs et Anglais lui offrirent une vision d'un monde où de telles choses étaient permises. Et puis il y avait toute une quantité de films, comme *Autant en emporte le vent*, d'autres avec des nazis s'emparant d'une petite ville des Pays-Bas et prenant possession de la grande maison dans laquelle vivait la fille de son propriétaire, d'autres avec des minables, du genre James Mason, menaçant de belles femmes. Même des scènes moins animées étaient susceptibles de servir de détonateur à sa féconde imagination.

Elle choisissait un cadre, une date et un lieu, et brodait tous les détails. Au centre, il y avait nécessairement une lutte physique. Des années plus tard, quand elle finit par découvrir la pornographie, elle la trouva ennuyeuse et triste en comparaison de ses brillantes fantaisies personnelles à mises en scène, costumes d'époque et lutte physique acharnée. Elle réalisa, après des centaines d'heures de déambulation mentale dans les couloirs glacés de la cruauté des mâles envers les femmes, que l'ingrédient essentiel de son excitation était l'humiliation; et pour cela, une lutte physique était nécessaire. Ses personnages féminins pouvaient être nobles, braves, courageux et résistants, ou vulnérables, passifs et rancuniers, mais, dans tous les cas, il leur fallait une lutte. Ses personnages mâles étaient toujours les mêmes : arrogants, convaincus de la suprématie des mâles et cruels, mais toujours intensément dépendants des femmes. La soumission des femmes est la chose la plus importante du monde pour eux; elle est digne de tous les efforts. Etant donné qu'ils possèdent la force, la seule façon qu'elles aient de les défier, c'est de résister. Mais l'instant de la reddition, le moment de l'orgasme semblait toujours à Mira une reddition des deux personnages. A ce moment, toute la crainte et toute la haine que le personnage féminin ressentait se changeaient en amour et gratitude; et elle savait que le personnage masculin devait éprouver la même chose. Pendant ce court instant, le pouvoir même était abrogé et tout s'harmonisait.

Mais s'il est vrai que Mira fantasmait de façon masochiste, elle n'agissait pas ainsi. Elle reconnaissait qu'il y avait une grande différence entre la vie et l'art. Dans les films comme dans ses fantasmes, ce que l'on faisait à l'héroïne la blessait sans la blesser. Cela ne laissait pas de cicatrices. Elle n'éprouvait par la suite aucune haine envers le héros. Mais il n'en allait pas de même dans la vie. Dans la vie, de tels actes blessaient, laissaient des traces et suscitaient des haines incroyables. M. Willis battait Mme Willis – elle était maigre et frêle, il lui manquait plusieurs dents, elle avait les épaules voûtées et regardait son mari avec des yeux sans expression. Mira n'arrivait pas à imaginer M. Willis, qui était lui aussi plutôt décharné, frêle et inexpressif, en train d'agir comme Rhett Buttler. Tous les deux, M. et Mme Mittlow étaient gros et autoritaires. Il portait des lunettes, elle avait une énorme poitrine, et ils vivaient dans une maison impeccable où l'on parlait voisins et voitures. Même si elle bondissait dès qu'il lui demandait quelque chose, Mira n'arrivait pas à l'imaginer, lui, en train de l'attacher et de la torturer.

Le sexe lui-même, décida Mira, constituait l'humiliation. Voilà pourquoi elle avait de telles pensées. Deux ans plus tôt, elle était elle-même, son esprit était à elle, espace clair et propre où elle trouvait des solutions à des problèmes clairs, propres et intéressants. Les mathématiques, délicat puzzle, lui avaient plu, et les gens avaient constitué autant de distractions malvenues pour les jeux de son esprit. Soudain, son corps avait été envahi par une substance dégoûtante, malodorante, qui avait occasionné douleurs à la partie inférieure de son corps et anxiété à son esprit. Les autres pouvaient-ils le sentir ?

Sa mère lui dit qu'elle aurait cela pour le reste de sa vie, du moins jusqu'à la vieillesse. Le reste de sa vie ! Le sang formait une croûte sur la serviette et l'irritait. Ça sentait mauvais. Il lui fallait la rouler dans du papier toilette – elle utilisait presque le quart d'un rouleau – puis l'emmener dans sa chambre, la mettre dans la corbeille à papiers, et, plus tard, descendre l'escalier et la mettre à la poubelle. Cinq ou six fois par jour cinq ou six jours par mois, elle devait faire ça. Son pur et tendre corps avait ça à l'intérieur ! Mme Mittlow avait dit que les femmes créaient du poison à l'intérieur de leurs corps et qu'il fallait qu'elles s'en débarrassent. Les femmes en parlaient toujours en murmurant, parce que les hommes, comprit-elle, n'y étaient pas sujets. Ils n'avaient pas les mêmes poisons à l'intérieur d'eux, dit Mme Mittlow. La mère de Mira dit : « Oh ! Doris ! », mais Mme Mittlow insista. Le prêtre le lui avait dit. Ainsi les hommes restaient maîtres de leurs corps : ils n'étaient pas envahis par un flot douloureux, dégoûtant et sanglant qu'ils ne pouvaient pas maîtriser. Tel était le grand secret, voilà ce que les garçons savaient et dont ils riaient, voilà pourquoi ils se poussaient du coude en regardant les filles en riant. Voilà pourquoi ils étaient des conquérants. Les femmes étaient – par nature – des victimes.

Le corps allait donc mal; mais même son esprit était envahi par de vagues désirs, des aspirations si profondes et imprécises que, tandis qu'elle était assise dans son lit, près de la fenêtre, elle se disait que seule la mort pourrait les apaiser. Elle tomba amoureuse de Keats. Les mathématiques ne l'amusaient plus; elle cessa de faire du calcul. Le latin ne parlait que de gens faisant des choses stupides, et l'histoire aussi. Seul l'anglais demeurait intéressant – là, il y avait des femmes, du sang, de la souffrance. Elle restait toujours fière. Une partie de son esprit circulait hors du monde, mais elle gardait ses sentiments strictement pour elle. Quoi qu'elle éprouvât, se disait-elle, il était inutile de le montrer aux autres. Elle avait été timide et effacée; elle devint guindée, distante, raide, mécanique. Son maintien et sa façon de marcher se firent également guindés — sa mère la poussa à porter une gaine bien qu'elle fût mince, parce que son derrière pourrait remuer en marchant, et les garçons le remarqueraient. Son attitude vis-à-vis des garçons était hostile, furieuse même. Elle les haïssait parce qu'ils savaient. Elle savait qu'ils savaient et qu'ils n'étaient pas soumis, qu'ils étaient libres et qu'ils se moquaient d'elle comme de toutes les femmes. Les femmes qui riaient avec eux savaient aussi mais n'avaient aucun orgueil. C'était parce que les garçons étaient libres qu'ils gouvernaient le monde. Ils roulaient en moto (certains avaient même leurs propres voitures), sortaient seuls le soir, et leur corps était libre, propre et clair, leur esprit leur appartenait; elle les méprisait. Dès que l'un d'entre eux osait, ne fût-ce que lui parler, elle se détournait, prête à griffer si besoin était. Ils pouvaient bien régner sur son imagination la nuit; mais elle serait perdue s'ils la marquaient autant le jour.

9

Petit à petit, à mesure que son corps prit des proportions d'adulte et que les garçons se mirent à l'approcher, Mira s'aperçut qu'ils désiraient autant les filles qu'elles les désiraient. Elle entendit également quelques histoires murmurées à propos d'une chose appelée... carte de France. Et si elle ne voyait toujours pas les mâles comme des êtres semblables à elle — de toute façon, elle ne voyait pas non plus les femmes comme des êtres semblables à elle — du moins n'étaient-ils plus tout à fait les étrangers terrifiants qu'ils avaient été. Eux aussi, ils étaient soumis à la nature; c'était déjà une consolation. Et leurs corps avaient également changé : ils étaient moins maigres et moins boutonneux, et l'odeur de l'eau de Cologne pour hommes et de la crème pour les cheveux confirmait son impression que, autant que les femmes, ils se souciaient de leur apparence. Sans doute, certains de leurs éclats de rire jaillissaient-ils du fond d'une gêne aussi profonde que la sienne. Peut-être ne dédaignaient-ils pas autant les filles qu'elle le pensait ? Peut-être...

Elle fréquentait une petite université locale, toujours très seule. Elle avait perdu son « handicap » d'âge, car elle avait travaillé comme employée dans un grand magasin pendant un an après son bac, pour pouvoir aller plus loin dans ses études. Les Ward étaient dans une mauvaise passe. Elle atteignit ainsi dix-huit ans, comme presque tout le monde, à l'exception des gars de retour en masse de la seconde guerre mondiale. Les filles essayaient d'être gentilles avec elle, mais elle ne leur parlait que pour s'apercevoir qu'elles étaient aussi idiotes que les filles du lycée; elles ne s'intéressaient qu'aux garçons et aux vêtements. Elle fit retraite, comme à son habitude, dans ses livres. En 1948, le rendez-vous du samedi soir était un devoir pour quiconque se voulait quelqu'un : Mira était souvent... personne. Mais son esprit lui était revenu, et s'il n'était pas aussi clair qu'autrefois, il comprenait davantage de choses. Elle aimait s'asseoir, lire et se colleter avec la philosophie morale de Hawthorne ou se représenter les implications politiques de celle de J.-J. Rousseau. Cela l'ennuyait toujours de retrouver certaines de ses découvertes critiques dans des livres, ce qui était presque toujours le cas. Elle s'asseyait dans la cafétéria, buvait du café, lisait et levait les yeux pour les voir – les garçons – s'agiter et se grouper autour d'elle. Elle était désorientée, surprise, déconcertée, et flattée. Ils s'asseyaient autour d'elle, lançaient des plaisanteries et la chahutaient. Quelques-uns lui demandaient un rendez-vous pour le samedi soir; elle alla donc au cinéma avec l'un d'entre eux. Ils voulaient « flirter », mais elle détestait cela. Elle avait donné une gifle au premier mâle qui lui avait donné un léger baiser sur la bouche, et trouvé ça humide et sale; elle détestait le contact d'une autre peau contre la sienne. Quelques-uns l'accusèrent (elle qui avait si peur de son désir de se voir infliger la violence mâle) d'avoir une attitude violente à leur égard. Cela lui donna un répit. Quoi qu'il en fût, ce jour-là, elle sortit de la voiture : « Mes parents ne veulent pas que j'aille en voiture avec des garçons », expliqua-t-elle fermement.

Ils rôdaient dans la cafétéria. Ils riaient et blaguaient pour attirer son attention. Elle avait l'impression d'être la seule spectatrice d'un cirque plein de singes, qui sautaient l'un après l'autre sur la table de la cafétéria pour faire leur numéro en se grattant les aisselles et multipliant les grimaces, avant d'être chassés par d'autres membres vociférants de la même troupe qui exécutaient des culbutes en grognant. Si leur comportement ne l'attirait que peu – Mira était très sérieuse – la question qu'elle se posait de savoir pourquoi ils l'avaient choisie, elle, la maintenait dans un silence craintif. Elle riait à leurs plaisanteries, qui étaient la plupart du temps scatologiques et parfois sexuelles, car elle en savait assez pour comprendre ce dont ils parlaient – du moins dans la majorité des cas. Ce qu'elle ne savait pas, c'était pourquoi ils étaient drôles. Elle cachait son ignorance derrière ses sourires, et fut étonnée d'apprendre par la suite qu'elle s'était acquise une réputation assez avantageuse grâce à son acceptation tolérante de leur étrange langage.

Elle n'apprit cependant cela qu'au bout d'un certain temps, et ce ne fut qu'alors qu'elle fut en mesure d'établir le rapport entre ça et ses problèmes en voiture. Tout serait allé bien pour elle si elle avait fait confiance à ses désirs, mais elle avait lu des bouquins de psychologie. Elle avait appris dedans que sa forme d'orgasme était immature et montrait qu'elle n'était pas encore entrée dans le stade « génital » de son développement. La maturité était le grand but : tout le monde s'accordait sur ce point. Une femme mûre a des relations avec des hommes : tout le monde sait cela aussi. Aussi, quand ils glissaient le bras autour de sa taille, ou essayaient de la prendre dans leurs bras, elle restait assise passivement et tournait même son visage vers la fenêtre. Ils inclinaient alors la tête et l'embrassaient. Puis ils essayaient d'introduire leurs langues pointues à l'intérieur de sa bouche. Ho ! Et comme elle ne décampait pas tout à fait comme autrefois, ils avaient le sentiment – au terme d'un raisonnement qu'elle ne saisit jamais – qu'elle leur devait quelque chose. Ils l'attiraient contre eux et luttaient pour passer une main sous son corsage ou sur ses hanches en dessous de sa jupe. Ils se mettaient à respirer fort. Cela la mettait hors d'elle. Elle se sentait envahie, violée. Elle ne voulait pas de leurs bouches étroites, de leurs mains maladroites et bizarres, de leur souffle sur sa bouche, son corps pur et ses oreilles délicates. Elle ne pouvait pas supporter cela. Elle s'écartait avec violence, heureuse qu'ils soient garés dans sa rue, et sans se soucier de ce qu'ils penseraient ou diraient, sautait hors de la voiture et courait jusqu'à chez elle. Parfois, ils la suivaient et s'excusaient, parfois ils se contentaient de claquer la portière qu'elle avait laissée ouverte et démarraient dans un crissement de pneus. Peu importait. Elle s'en fichait. Elle cessa d'aller aux rendez-vous du samedi soir.

10

Par un beau soir d'automne (Mira avait dix-neuf ans), un grand type dégingandé du nom de Lanny, qui suivait avec elle le cours de structure de la musique, s'approcha d'elle alors qu'elle traversait le campus et lui adressa la parole. Elle l'avait remarqué au cours : il avait l'air intelligent, il s'y connaissait en musique. Ils parlèrent quelques minutes; soudain, sans aucune grâce, il lui demanda si elle voulait bien « sortir ». Cela la surprit. Elle le regarda dans les yeux; ils lui souriaient. Elle aimait sa gaucherie, son manque de savoir-faire : quel changement par rapport aux manières creuses et suaves qu'empruntaient la plupart des jeunes gens. Elle accepta de « sortir ».

Alors qu'elle s'habillait, le soir de leur rendez-vous, elle remarqua qu'elle était énervée, que son cœur battait et que ses yeux avaient un éclat particulier. Pourquoi ? Quoiqu'elle eût aimé ses manières, il n'y avait en lui rien d'extraordinaire, non ! Elle eut l'impression d'être en train de tomber amoureuse, mais ne comprit ni pourquoi ni comment. Pendant la soirée qu'ils passèrent ensemble, elle fut courtoise, souriante à chacune de ses remarques, et lui trouva un très beau visage. Quand il la raccompagna jusqu'à chez elle, elle se tourna vers lui et, quand il l'embrassa, elle lui rendit son baiser; ce baiser pénétra dans tout son corps. Terrifiée, elle se recula. Mais il savait. Il la laissa partir; mais deux jours après, ils sortirent de nouveau.

Lanny vint à elle avec une espèce d'intensité. Il avait beaucoup d'imagination : il était incorrigible, gai, fantaisiste. Il avait été gâté — complètement accepté, complètement approuvé — par sa famille, et était un esprit libre, plein de gaieté, d'excentricité. Il lui dit que, quand il se levait, il se mettait immédiatement à chanter, emmenait sa guitare dans les cabinets et chantait et jouait en déféquant. Cela la stupéfia, car elle était elle-même l'une de ces personnes qui doivent s'arracher à leur lit chaque matin dans une maison silencieuse où une telle attitude serait considérée comme une invraisemblable atteinte à la paix domestique. Il était tout le temps comme ça. Il rassemblait des gens, l'appelait à brûle-pourpoint, passait la prendre et une pleine voiturée partait pour une taverne, la maison de quelqu'un ou Greenwich Village. Où qu'ils allassent, il était sans cesse en mouvement, voulait rester dehors encore, pour manger une pizza, faire de la musique ou rendre visite à quelqu'un à qui il venait seulement de penser mais qui devenait aussitôt son meilleur copain. Il la faisait découcher, mais la pressait très peu sexuellement. Elle était ravie. Elle se sentait peu originale à côté de lui, tenue à des obligations comme remettre une copie, aller travailler, devoir lire des livres — bref, des responsabilités. De telles trivialités lui faisaient hausser les épaules, la vie ça n'était pas du tout ça, disait-il. La vie, c'était la joie. Elle se penchait vers lui, pleine de désir, elle voulait être comme lui. Elle n'y parvenait pas. Aussi vécut-elle sa vie à lui en plus de la sienne. Elle restait dehors toute la nuit, nuit après nuit, et dormait pendant la plus grande partie de la journée, mais travaillait tout autant qu'auparavant. Elle devint hagarde et surmenée, et commença à éprouver du ressentiment parce qu'il lui semblait que Lanny ne voulait qu'un auditoire. Il lui faisait la tête quand elle essayait de participer, quand elle bondissait parmi ceux qui chantaient et passait ses bras autour de ses amis à lui (qui, croyait-elle, étaient aussi les siens). Pour lui, elle était le sourire d'approbation, l'applaudissement incarné : son reflet admiratif.

Ils étaient rarement seuls le soir, parce que, quand elle devait rentrer, tout le monde s'entassait dans la voiture pour la raccompagner. Ou alors il était trop soûl pour conduire et quelqu'un d'autre la raccompagnait. Mais dans les rares occasions où il la voyait seule et l'enlaçait dans la voiture, elle lui revenait complètement, aimait l'embrasser et le prendre dans ses bras comme être prise dans les siens. Les impulsions de son corps ne l'effrayaient plus; elle était en extase. Elle aimait son odeur, non pas, comme celle de la plupart des garçons, d'eau de Cologne, mais bien à lui. Elle aimait sentir ses mains sur son corps – il ne la serrait jamais trop fort. Elle se disait qu'elle était amoureuse. Au bout d'un certain temps, elle se mit à l'inviter chez elle. Il prit cela pour une invitation à autre chose – il avait sans doute raison – mais elle voulait attendre d'être assez passionnée avant de s'abandonner.

Ils en parlèrent, lui rassurant, elle pleine de doutes. Elle ne pouvait pas décider. Elle le désirait : son corps désirait le sien et son esprit faire l'expérience. Mais les implacables propos de sa mère sur le sexe étaient gravés dans son cerveau. Cela n'avait rien à voir avec la saleté et le péché : c'était bien plus fort. Le sexe, disait Mme Ward, menait à la grossesse : quoi qu'en disent les hommes, il n'y a aucun moyen sûr de l'éviter. Et la grossesse menait au mariage, à un mariage contraint pour les deux, ce qui signifiait : pauvreté, rancune, un bébé tout de suite, et « une vie comme la mienne ». Mme Ward s'interrompait alors, et son visage à lui seul montrait le sens de cette phrase. Mira avait depuis longtemps remarqué et détesté l'adoration de son père pour sa mère et le mépris de sa mère pour lui. La joue qu'elle tendait quand il essayait de lui dire bonsoir en l'embrassant, les grimaces amères qu'elle faisait quand il parlait, les arguments qu'elle murmurait avec violence dans l'obscurité de la nuit quand Mira était censée dormir, l'agaçante pauvreté de leur vie qui commençait à marcher vers sa fin : tout cela représentait une vie que quelqu'un qui pouvait choisir ne choisirait jamais. Elle raconta en partie cela à Lanny et lui parla de sa peur d'être enceinte. Il lui dit qu'il « mettrait quelque chose ». Elle lui parla de l'avis de sa mère selon lequel rien n'était sûr : il dit que, si elle était enceinte, ils se marieraient. Il lui proposa même à la fin de se marier avant.

En y repensant, Mira parvint à comprendre une partie de ce qu'elle éprouvait. Il avait fait, devait-il se dire, plus de la moitié du chemin, et elle n'avait pas cédé. Pour elle, c'était un flirt, une petite toquade. Il lui avait proposé le mariage : qu'est-ce qu'une femme pouvait demander de plus ?

Mais ce que Mira aimait en Lanny lui faisait craindre de le prendre pour époux. Mira comprit – et quelle jeune femme ne le comprend pas ? – que choisir un mari, c'est choisir un genre de vie. Elle n'avait pas eu besoin de Jane Austen pour apprendre cela. C'est, d'une certaine façon, le premier, le dernier et le seul choix d'une femme. Un mari et un enfant la rendent complètement dépendante de l'homme, selon qu'il est riche ou pauvre, responsable ou non, qu'il choisit d'habiter ici et pas ailleurs et de faire tel travail plutôt que tel autre. Je pense que c'est toujours vrai; je ne sais pas, je suis un peu hors du coup, mais, des fois, j'entends à la radio de ma voiture une chanson qui a l'air de très bien marcher ces temps-ci. Elle est bonne, ses paroles donnent quelque chose comme : « Si j'étais un charpentier, et toi une dame, m'aimerais-tu encore, me donnerais-tu un enfant ? » On demande à la femme de « suivre » son mari, dans quelque condition qu'il choisisse de vivre, comme si un seul homme pouvait remplir une vie. De toute façon, je comprends les hésitations de Mira. Ce qu'elle découvrit tout à coup, c'est qu'elle voulait faire sa propre vie. Ce fut pour elle une révélation à couper le souffle, terrifiante aussi, car elle ne savait pas comment elle allait être capable d'y parvenir. Elle reconnut dans ce sentiment le choquant, déconcertant et arrogant salaire de l'usine sociale; il était effectivement. Même convaincre, par exemple, ses parents qu'elle aimerait vivre en dehors de la maison serait une immense prouesse. Et que ferait-elle alors? Elle avait une petite idée sur le genre de boulots qu'elle souhaitait faire. mais elle n'avait jamais entendu dire que des femmes les aient faits. Elle savait qu'elle voulait être libre sexuellement : mais comment faire?

Chaque fois qu'elle se voyait mariée avec Lanny, l'image qui se présentait à elle la montrait à quatre pattes en train de frotter le carrelage de la cuisine un bébé pleurant dans la pièce d'à côté tandis que Lanny faisait la fête avec ses copains. La vie, c'est la joie, insistait-il, mais si elle lui demandait d'être responsable, elle devenait la femme oppressive, revendicatrice – le boulet et la chaîne, la sinistre et hagarde mégère qui ne comprenait pas que les hommes étaient les hommes. Elle se voyait se plaindre de lui en pleurant, et lui s'échapper de la maison pour aller se consoler avec ses copains. Son film ne se déroulait jamais autrement : elle n'arrivait pas à trouver une image plus agréable. Le rôle qu'il lui attribuait, elle n'en voulait pas. Elle continua à refuser de coucher avec lui.

Il se mit à lui téléphoner moins souvent et, quand ils sortaient ensemble il ne lui parlait pas. Il était toujours au centre d'un groupe d'amis. Parfois, il l'abandonnait complètement et quelqu'un d'autre devait la ramener chez elle. Mais personne ne lui fit d'avances. Il était évident qu'elle était la propriété de Lanny. Elle s'aperçut qu'elle avait une réputation, sans jamais comprendre comment elle avait pris naissance. Elle était franche en cours comme à la ville et acceptait de parler de tout. Elle parlait souvent de la morale, même du sexe, qu'elle connaissait si peu. Elle se disait athée, crachait sur les bigots et supportait mal la sottise.

Petit à petit, les gens la regardèrent de travers et firent des remarques. Tout cela ne s'adressait ni à son intelligence ni à ses manières, mais à ses mœurs. Elle était dissolue, une putain, avec tout ce que cela signifie. Il était clair que les gens étaient persuadés qu'elle ne couchait pas qu'avec Lanny, mais tout aussi volontiers avec d'autres. Elle sollicita une place à la bibliothèque de la faculté; son directeur, un jeune homme d'une vingtaine d'années au cou maigre et au visage couvert de boutons, lui dit que non seulement il ne la prendrait pas, mais qu'en plus il plaignait l'homme qui l'épouserait. Cela l'étonna parce qu'elle ne l'avait jamais rencontré auparavant, mais il secoua la tête d'un air entendu : il en avait... entendu, lui dit-il, des vertes et des pas mûres à son sujet. C'était une castratrice, une dominatrice. Des gens lui dirent que d'autres la trouvaient snob. Un jour, un jeune homme qui fréquentait son cours d'histoire vint vers elle sur le campus, la pipe à la bouche. Il donnait l'impression d'avoir envie de lui parler, et cela lui fit plaisir. Elle l'aimait bien – il avait l'air d'être un type doux et intelligent. Il lui posa quelques questions : Ses parents étaient-ils divorcés? Lui avait-on jamais enseigné la doctrine chrétienne? Tandis qu'elle devenait circonspecte et le fixait intensément, il montra du doigt sa cigarette et lui dit qu'elle devait savoir qu'elle n'avait pas le droit de fumer en traversant le campus. C'était interdit aux femmes, dit-il.

La présomption de ces mâles de lui dire ce qu'elle devait être la mettait en rage, mais, sous la colère et la rancune, il y avait un profond sentiment de malaise, d'injustice. Elle avait l'impression que les gens étaient ligués contre elle pour tenter de la contraindre à abandonner ce qu'elle continuait d'appeler son « moi ». Elle avait cependant quelques amis sincères – Lanny, Biff, Tommy, Dan – qui étaient toujours gentils et respectueux et avec lesquels elle se sentait bien et s'amusait beaucoup. Elle ne se souciait pas le moins du monde de ce que les gens disaient dans son dos et, quoiqu'elle souhaitât qu'ils ne lui jettent pas de pareilles choses à la face, elle les rejeta, eux et leurs commentaires, comme débiles et insignifiants.

Elle ne s'inquiétait pas davantage de ce que les gens pouvaient bien dire d'elle à Lanny. Elle était certaine qu'il savait qu'elle l'aimait, et aussi qu'elle se méfiait de lui; elle était certaine qu'il savait que, si elle ne couchait pas avec lui, elle ne couchait pas avec quelqu'un d'autre. Mais leurs rapports tournèrent à l'aigre. Ils eurent plusieurs grands affrontements. Quand ils ne se battaient pas carrément, ils tiraient chacun vers soi, comme s'ils avaient été aux deux bouts d'une corde de cinquante centimètres qui n'allait jamais franchement dans un camp. Il l'appela de moins en moins souvent. Il lui dit qu'à cause d'elle il avait dû avoir recours aux bons offices d'Ada, la prostituée du campus. Elle se sentit jalouse pour la première fois de sa vie.

Mais elle ne pouvait toujours pas céder. Elle ne voulait pas engager une lutte physique avec lui, et chacune de ses actions la convainquait de l'exactitude de son premier jugement, selon lequel on ne pouvait pas se fier à lui. Elle avait trop peur des rapports sexuels pour en prendre le risque sans sentir qu'il était et qu'il serait là pour elle. A présent, quand ils se trouvaient ensemble, il ne parlait que pour dire combien il s'était amusé avec ses copains; et il la poussait à faire l'amour. Rien d'autre en elle ne semblait l'intéresser; quand elle parlait, il écoutait à peine. Il ne lui demandait jamais de parler d'elle-même. Finalement, il cessa de l'appeler.

Elle était malheureuse. Elle se replia sur elle-même. Elle avait le sentiment qu'elle devait faire retraite, qu'elle était battue, et se disait qu'après tout elle voulait connaître le monde, ce monde qu'elle était en train de rejeter. Mais elle n'avait pas le choix. Elle essaya de se dire que la vie qu'elle souhaitait serait possible un jour, qu'un jour elle aurait tout ça, aventure, sensations fortes et indépendance. Mais elle savait également qu'une telle vie devait, pour elle, inclure des rapports sexuels, et elle ne parvenait absolument pas à concilier ce danger avec ses aspirations. Elle vit clairement qu'elle avait le choix entre le sexe et l'indépendance, et cela la paralysa. Etant donné qu'elle courait tout le temps le risque d'être enceinte, ce qui voulait dire dépendance, une femme qui avait des rapports sexuels vivait toujours avec l'épée de Damoclès au-dessus de la tête. Sexe voulait dire reddition au mâle. Si Mira voulait mener une vie indépendante, elle devait cesser d'être sexuée. Cette situation était une terrible incarnation de ses fantasmes masochistes. Les femmes étaient en fait des victimes par nature.

11

Les jeunes gens aiment à dire que les jeunes filles désirent être violées; nul doute qu'une telle affirmation ne soit partiellement énoncée pour alléger leur sentiment de culpabilité à propos des pressions qu'ils exercent sur les jeunes filles; mais il y a là une sorte de vérité. Les jeunes filles retenues par des freins psychologiques, comme l'était probablement Mira, attendent, parfois, une solution violente à leur dilemme. Mais le genre de viol qu'elles imaginent ressemble à celui que l'on trouve dans *The Fountaihead :* jaillir de la passion et de l'amour, il n'a pas plus de conséquences sérieuses que les coups de fouet et les tortures pour le corps de la Justine de Sade. Pas d'os cassés, de cicatrices, de plaies. Actes sans conséquences, flèches à embouts de caoutchouc, comédie : comme dans les dessins animés où le chat est roué de coups et littéralement écrasé, mais renaît toujours de ses cendres. La révocabilité, c'est l'idéal : elle libère du sérieux et de l'insistance puritaine sur la gravité de toute chose.

Le sexe, tel que l'être humain le vit, est une drôle de pagaille pour les jeunes! D'après Val, les jeunes ne savaient rien faire. Elle disait qu'ils combinaient l'apogée du désir avec celle de la bêtise. Je lui disais, moi, qu'elle avait trop lu Shaw. Cela ne la faisait même pas sourire. Elle continuait avec sérieux et confortait son affirmation : les mâles avaient le plus grand désir. Quant aux femmes, que cela fût par peur ou physiologique, elles n'atteignaient au sommet du désir que vers la trentaine. Elle pensait que c'était la nature qui avait fait les humains de façon étrange; elle avait créé des jeunes gens pour violer les jeunes filles puis s'en aller, comme les dieux le faisaient dans le Mythe grec. Les jeunes femmes devaient avoir des enfants et les élever toutes seules. Puis, vers trente ans, elles devenaient « chargées » sexuellement – si elles n'étaient pas mortes en cours de route – et c'est alors qu'elles devenaient terrifiantes pour les mâles de l'espèce. Ils reniflaient la vengeance de la femelle et identifiaient de telles femmes avec des mères interdites, ou des scorpions, des sorcières, des sibylles. A cette époque, tous les mâles d'un certain âge étaient morts de guerre ou de débauche, aussi les femmes d'un certain âge essayaient-elles de séduire les jeunes gens, mais sans la violence des jeunes gens envers les jeunes filles. Elle disait que le mariage idéal intervenait entre des hommes d'âge moyen fatigués et de jeunes femmes, ou entre des femmes d'âge moyen et des jeunes gens. Un jeune homme mettait une jeune femme enceinte, alors un plus vieux la prenait en main et s'occupait d'elle sans lui demander de trop grandes prouesses sexuelles, et quand il faisait l'amour, il savait ce dont il s'agissait et lui donnait au moins un peu de plaisir. Puis, quand elle était plus âgée et que le vieux type avait cassé sa pipe, elle envoyait ses gosses faire leur vie et se dégottait un jeune gars plein de santé qui pût la satisfaire sexuellement après qu'elle lui eut enseigné tout ce qu'elle avait appris pendant les années passées avec son vieux type.

Val nous faisait bien rire le soir avec tous ses propos de ce genre, mais je trouvais que cela avait un sens, du moins autant que la façon dont les choses se passent aujourd'hui. J'ai dit que le plus grand problème, c'est d'élever des enfants. C'était différent quand tout le monde vivait à la terre et qu'une femme pouvait s'occuper en même temps de la récolte et de ses mômes. Elle disait que si la société voulait des enfants, il lui fallait payer autant pour eux que pour des fusils-mitrailleurs ou des bombardiers; et que, si elle payait pour eux, il fallait les estimer un peu plus et les gâter un peu moins.

En tout cas, il me semble vrai qu'une jeune femme puisse parfois se comporter d'une manière que l'on peut appeler « émoustillante », et que les hommes considèrent une telle attitude comme entièrement destinée à les attirer. Et il ne fait aucun doute pour moi que la plupart d'entre nous sont un peu plus fines, un peu plus attirantes et un peu plus électriques quand nous sommes dans la même pièce que quelqu'un qui nous attire sexuellement. J'ai souvent vu des jeunes gens rougissants aux yeux brillants se comporter de cette façon; mais personne ne dit d'eux qu'ils désirent être violés. Si, après avoir fait quelques pas en avant, ils décident soudain de battre en retraite, personne ne les accuse d'être des allumeurs. Et, de fait, la femme désappointée se dit probablement que tout est de sa faute. Le jeu de l'amour est aussi compliqué que les danses qui en dérivent – par exemple le terrible, le merveilleux et macho flamenco. Peut-être était-il plus facile dans le temps, quand il se jouait avec des gardes du corps appelés chaperons : les filles pouvaient être aussi libres, gaies et insouciantes que les garçons sans avoir à se soucier des conséquences possibles d'une telle attitude. Aujourd'hui, nous avons la pilule, mais ça ne fonctionne pas tout à fait de la même façon. Quoique ça aurait pu aider cette pauvre Mira. Il n'y avait pas de solution rationnelle à son dilemme : elles capotaient toutes, elles s'anéantissaient. Comme si elle était dans un immeuble en flammes, le feu sur les talons, deux fenêtres en face d'elle, l'une donnant sur un petit groupe de pompiers tenant une toile qui ne semblait pas plus grande que le pouce, l'autre sur la dégoûtante Hudson River. Lorsqu'on est dans une situation de ce genre, il n'y a d'autre solution que de fermer les yeux et de plonger. Aucune longue ratiocination ne peut vous aider à décider si le feu ne s'étend que sur un couloir et si vous pouvez atteindre l'escalier, ou si vous avez plus de chances de vous en tirer en plongeant dans l'eau ou dans la toile.

12

Un beau soir, après un long silence, Lanny téléphona à Mira pour l'inviter à sortir. Son cœur palpita quelque peu, comme un oiseau resté posé longtemps, dont l'aile brisée a guéri et qui essaie de voir si elle fonctionne à nouveau. Peut-être accepterait-il sa façon de faire – être amis, proches l'un de l'autre, et s'aimer jusqu'au jour où elle serait prête à courir le risque. Mais elle sut dès qu'elle lui ouvrit la porte qu'elle, ou du moins son corps, aimait cette silhouette maladroite et dégingandée aux yeux pâles et un peu fous, et aux grandes et douces mains. Il était guindé et poli; dans la voiture, il parla à peine.

« Tu as l'air en colère, avança-t-elle.

– Et pourquoi j' s'rais en colère ? » Il y avait un frémissement sarcastique dans sa voix. Cela la fit taire.

Après un long moment, elle lui demanda doucement :

« Mais alors, pourquoi m'as-tu appelée ? »

Il ne répondit pas. Elle l'observa. Sa bouche était agitée.

« Pourquoi ? insista-t-elle.

– Je sais pas », dit-il à voix basse.

Elle avait l'esprit en tumulte. Il l'avait appelée, lui sembla-t-il, contre sa volonté. Qu'était-ce, sinon de l'amour, quelque chose qui allait au-delà du simple désir ? Elle voulut aller dans un endroit tranquille où ils pourraient parler, mais il l'emmena à Kelley, un troquet près du campus où ils étaient souvent allés. C'était un saloon : panneaux de pin pleins de nœuds et fanions universitaires, un grand bar, quelques tables et un juke-box dans le fond. Nappes rouges à carreaux blancs, musique assourdissante et odeur de bière. Comme tous les samedis soir, c'était plein à craquer; il y avait quatre rangs devant le bar. Elle n'aimait pas se tenir au bar; alors Lanny l'emmena au fond et, inhabituellement poli, l'aida à ôter son manteau. Elle s'assit; il alla chercher leurs consommations au bar. Il y avait bien un serveur mais avec cette foule, il leur aurait fallu l'attendre longtemps. Lanny disparut dans la presse du bar. Mira alluma une cigarette. Puis en fuma une autre. Les hommes s'arrêtaient et la reluquaient en allant aux toilettes. Elle se sentait humiliée et anxieuse. Aucun doute, il avait rencontré des amis. Elle observa la foule mais ne parvint pas à le voir. Elle fuma une autre cigarette.

Elle battait la semelle quand Biff et Tommy entrèrent par la porte de derrière et l'aperçurent. Ils vinrent près de sa table, demandèrent où était Lanny et restèrent à côter à parler. Tommy fit un saut au bar et revint, au bout de quelques minutes, avec une cruche de bière; Biff et lui s'assirent avec elle. Elle discuta avec eux, mais elle se sentait mal à l'aise et les coins de sa bouche tremblaient. Quand la cruche fut presque vide, Lanny apparut soudain avec un verre – le Canadian Club de Mira. Il fixa froidement ses amis, puis elle, posa violemment le verre devant Mira et retourna au bar d'un air guindé. Biff et Tommy se regardèrent avant de se tourner vers Mira : tous les trois haussèrent les épaules, déconcertés. Ils continuèrent de discuter.

Le ventre de Mira tremblait. Elle en voulait à Lanny mais était encore confuse, mal à l'aise et même effrayée. Pourquoi l'avait-il appelée le premier? Voulait-il sortir avec elle et l'ignorer toute la nuit? Elle se souvint avec tristesse des nombreuses nuits où il avait agi ainsi, mais il y avait toujours eu une bande de copains avec eux. Elle se sentait surtout humiliée, et cela la rendait forte. Qu'il aille au diable. Elle ferait comme si elle s'en fichait. Elle ferait semblant de s'amuser. Elle s'amuserait. Elle s'anima soudain, et ses amis lui renvoyèrent la balle de bon cœur.

D'autres gens se joignirent à eux. Biff alla chercher une autre cruche de bière et lui apporta un Canadian. Cela la toucha, Biff était si pauvre... Elle lui sourit; il la regarda en rougissant. Biff la traitait toujours comme si elle avait été fragile et innocente; il tournait autour d'elle d'un air protecteur mais ne lui faisait jamais la moindre avance. Ses joues maigres, ses manchettes en haillons la choquaient. Elle voulut lui donner quelque chose. Elle savait qu'il ne l'approcherait jamais sexuellement. Sans doute à cause de sa claudication. Il était en faculté grâce à la bourse allouée aux gens pauvres affectés d'une infirmité. Biff avait eu la polio. Ainsi, tout intelligent qu'il était, aussi attirant qu'il aurait pu être s'il avait eu suffisamment à manger, il ne faisait jamais le premier pas avec les femmes. Et, comme elle se sentait tranquille avec lui, elle était en mesure d'être amoureuse de lui. Elle lui sourit donc amoureusement. Il en fit autant. Tommy lui souriait également, Dan aussi. Ils chantaient maintenant tous ensemble devant une troisième ou quatrième cruche elle avait perdu le compte, car elle en était à son troisième Canadian.

Elle n'avait plus besoin de jouer la comédie : elle *était* en train de s'amuser. Elle était en train de s'amuser plus qu'elle ne le faisait quand Lanny était là. Il lui donnait toujours l'impression qu'elle ne faisait pas partie, qu'elle ne devait pas se joindre aux autres mais rester assise sur une chaise contre la porte du living-room, regarder les hommes boire et manger à table et sourire à peine. Le problème, se dit-elle, venait du sexe. Avec ses copains, cela n'arrivait pas, aussi pouvaient-ils être simplement amis et s'amuser ensemble. C'étaient ses copains, ses frères, elle les aimait tous. Ils avaient croisé les bras et se donnaient la main tout autour de la table en chantant la chanson de Whiffenpoof.

Lanny ne revenait pas. Des gens faisaient marcher le juke-box, et Tommy invita Mira à danser. Elle accepta : on jouait un vieil air de Glen Miller qu'elle aimait bien. Cela continua. Ils mirent *Sentimental Journey*, *String of pearls* et *Baby, it's cold outside.* Elle continua à danser. Ils continuèrent de prendre des cruches de bière, et un quatrième Canadian fondit et transpira sur la table. D'autres personnes arrivèrent, des gens qu'elle ne connaissait pas mais qui allaient aux mêmes cours et savaient son nom. On jouait maintenant Stan Keaton; la musique, et sa tête aussi, lui parurent plus fortes, plus violentes. Tandis qu'elle dansait, elle remarqua qu'il n'y avait pas d'autres filles dans cette partie de la salle, qu'elle était la seule à danser, que tous les garçons se tenaient debout sur un rang et attendaient. Mais tout paraissait O.K. parce que, réfléchit-elle, un seul type dansait à la fois.

Le jerk est une danse d'hommes. Le mâle doit lancer et faire tourner sa partenaire au-dessus du sol et peut, lui, rester immobile; ça a dû être inventé par des hommes qui ne savaient pas danser. Mira avait la tête qui tournait à force de se démener, mais elle aimait ça. Elle se trémoussait et tourbillonnait, et ça battait dans sa tête, mais le monde extérieur avait disparu, elle n'avait plus à se soucier de Lanny. Elle n'était que musique et mouvement. Elle était irresponsable, incapable de penser à son partenaire qui, quel qu'il fût, ne l'intéressait absolument pas. Elle virevoltait dans une grande salle de bal et n'était que mouvement.

A la fin d'une chanson, Biff s'approcha brusquement d'elle et prit son coude dans sa main. Il lui murmura à l'oreille :

« Je crois qu'il vaudrait mieux que tu partes. »

Elle se tourna vers lui, indignée.

« Mais pourquoi ?

– Mira... – sa voix était pressante – viens donc.

– Il faut que j'attende Lanny.

– Mira... » Il parlait à voix basse mais presque désespérée. Elle était complètement renversée.

« Fais-moi confiance », dit-il, et comme ce fut le cas, elle l'autorisa docilement à la guider à travers la foule jusqu'à la porte de derrière. Ils restèrent immobiles un instant, puis il lui dit :

« Montons. »

En haut se trouvait un appartement que Biff, Lanny et deux autres jeunes gens partageaient. Elle était venue là à de nombreuses surprises-parties et Biff avait souvent été celui qui l'avait raccompagnée avec la voiture de Lanny quand ce dernier était écroulé dans un coin. Aussi n'éprouva-t-elle pas la moindre nervosité. Mais l'air frais la fit se rendre compte combien elle était soûle : quatre Canadian, c'était plus que ce à quoi son organisme était habitué et, quand ils furent arrivés, elle se laissa tomber sur le canapé.

« Non », dit Biff en indiquant la chambre du doigt.

Elle lui obéit sans rechigner, le laissa l'aider à se rendre dans une chambre qui, elle le savait, était celle de Lanny. Il l'aida doucement à se mettre au lit et, quand elle fut dedans à regarder la pièce tourner autour d'elle, il mit délicatement un drap sur elle, sortit et ferma la porte. Elle crut se rendre compte qu'il faisait tourner la clef, mais son étourdissement l'indisposait tellement qu'elle se força à dormir.

Au bout d'un certain temps, elle se réveilla et se posa

des questions. Il lui semblait entendre du bruit, des cris, des coups, une dispute. Cela s'intensifia. Elle essaya de s'asseoir. La pièce tournait toujours; elle s'assit à moitié en s'appuyant sur un coude. Elle écouta et essaya de se rendre compte de ce qui se passait. Les bruits se rapprochèrent : elle avait l'impression qu'ils venaient du couloir jusqu'à la chambre à coucher. Elle entendit un coup, un claquement, on aurait dit que des gens se battaient. Elle sauta sur ses pieds, alla vers la porte et essaya de l'ouvrir. Elle était fermée à clef. Elle fit demi-tour et s'assit sur le lit, chaussures enlevées, pelotonnée dans la couverture écrue. Les bruits redoublèrent. Des portes, plusieurs portes, claquèrent. Puis ce fut le silence. Elle commença à se lever de nouveau, envisagea de cogner à la porte pour que Biff la fasse sortir, quand celle-ci s'ouvrit brusquement. La lumière l'aveugla et une silhouette se dressa sur le pas de la porte.

« J'espère que tu es contente, sale putain », hurla Lanny.

Elle battit des paupières. Il claqua la porte. Elle resta assise à battre des paupières. D'autres portes claquèrent, le silence, puis la porte se rouvrit. Biff entra et alluma une petite lampe sur le bureau. Elle cligna des yeux dans sa direction. Il s'approcha et s'assit à côté d'elle sur le lit.

« Qu'est-il arrivé? »

Il avait la voix basse, comme celle de quelqu'un d'autre. Il parla et parla encore; elle ne saisissait pas ce qu'il ne lui disait pas. Elle lui posa des questions; il essaya de les éviter. Elle insista. Elle comprit enfin. La danse, dit-il, et Lanny qui la laissait toute seule... Tout était de sa faute, à ce salaud. Ainsi donc ces types avaient mal compris. Elle n'y était pour rien. Ils ne la connaissaient pas comme Biff la connaissait, ils ignoraient qu'elle était innocente, « pure » comme il disait. Alors...

« Ils lui ont dit : tous...? » lui demanda-t-elle, effarée.

Il fit oui d'un air sombre.

Elle retourna tout ça dans sa tête. Comment arrangeraient-ils la chose?

« L'un après l'autre? » lui demanda-t-elle.
Il haussa les épaules d'un air dégoûté.
Elle posa la main sur son avant-bras.
« Biff, tu as dû leur résister tout seul? Oh! Biff... »
Il n'était pas costaud et pesait moins lourd qu'elle :
« Ça a été. Pas une vraie bagarre, juste quelques claques et quelques cris. Pas de dégâts. » Il se leva : « Je vais te ramener chez toi; j'ai les clefs de la bagnole de Lanny. »
Il avait fait tout son possible pour lui épargner la laideur... Comme si savoir était moins laid que ne pas savoir. Mais rien ne pouvait l'empêcher de la voir. Il la reconduisit chez elle dans un silence de connivence et, alors qu'elle lui était éternellement reconnaissante non seulement d'avoir fait ce qu'il avait fait pour elle, mais d'être l'homme qu'il était, elle n'arriva pas, de son côté, à dire les mots qu'elle aurait voulu prononcer. Elle le remercia encore et encore de façon monotone, mais ne put pas lui dire autre chose. Elle monta dans sa chambre, s'allongea sur le lit, tomba immédiatement dans un profond sommeil et dormit quatorze heures d'affilée. Le lendemain, elle ne se leva pas du tout. A sa mère, elle dit ne pas se sentir bien. Elle resta couchée tout le samedi et le dimanche.

13

Elle était accablée. Voilà donc tout ce que cela voulait dire, tous les trucs bizarres qu'on lui avait appris. Tout s'éclairait, tout s'expliquait. Et ce tout était trop lourd pour elle. D'autres filles allaient dans des bars, d'autres filles dansaient. La différence était qu'elle avait donné l'impression d'être seule. Qu'une femme ne fût pas marquée comme propriété d'un mâle en faisait une putain en chaleur susceptible d'être attaquée par n'importe quel mâle, ou même par tous en même temps. Qu'une femme ne pût pas sortir et s'amuser à danser sans se soucier de ce que penseraient (ou pire, c'était bien probable) tous les mâles, voilà qui lui semblait une si grande injustice qu'elle n'arrivait pas à l'avaler.

Elle était femme et cela seul suffisait à la priver de liberté, quoi que pussent dire les livres d'histoire, qui prétendaient que le droit de vote pour les femmes avait marqué la fin de l'inégalité ou que l'on déformait les pieds des femmes uniquement dans un pays anachronique, pas à la page et étrange comme la Chine. Elle n'était constitutionnellement pas libre. Elle ne pouvait pas sortir seule le soir. Elle ne pouvait pas, dans un moment de solitude, sortir dans une taverne pour boire un verre en compagnie. Les deux fois où elle avait pris un train de jour, pour visiter les musées de New York, elle avait été draguée sans arrêt. Elle n'avait même pas le droit de donner l'impression d'être sans escorte, si cette escorte décidait de la laisser tomber, elle était perdue. Et elle n'avait pas même le droit de se défendre : il lui fallait s'en remettre à un mâle là aussi. Et quoique frêle et boiteux, Biff était plus à même qu'elle de s'occuper de toutes ces choses-là. Si ces types s'en étaient vraiment pris à elle, toute sa colère, toute sa hauteur et toute sa force ne lui auraient jamais servi à rien.

Elle ne serait jamais libre, jamais. Jamais. Cela serait toujours ainsi. Elle pensa aux amies de sa mère et les comprit brusquement. Où qu'elles allassent et quoi qu'elles fissent, elles devaient toujours se préoccuper de ce que les hommes pensaient, comment ils les regardaient, ce qu'ils pouvaient faire. Un jour, quelques mois plus tôt, dans l'ascenseur qui la conduisait au cabinet de son dentiste, elle avait vu une affreuse vieille bonne femme aux cheveux teints en rouge et au dos voûté parler avec une autre, une grosse mégère d'une cinquantaine d'années, du viol. Toutes les deux faisaient claquer leurs langues en parlant des verrous aux portes et aux fenêtres; et elles la regardaient, comme pour l'impliquer dans leur conversation, comme si elle était l'une d'entre elles. Elle avait détourné les yeux, pleins de haine pour elles. Qui aurait bien pu vouloir les violer? Elle se dit qu'elles exprimaient un souhait. Pourtant, quelques jours plus tard, elle lut dans le journal un article qui parlait d'une vieille femme de quatre-vingts ans tuée et violée dans son appartement.

Elle réfléchit à ce qui se serait passé si Biff n'avait pas été là, et son esprit fut envahi par l'horreur, le sang et la profanation répercutés par l'article. Ce n'était pas à sa virginité qu'elle tenait beaucoup, mais à son droit à elle-même, à son propre corps et à son propre esprit. Horrible, horrible, ça aurait été, et son petit ami de Lanny l'aurait sans aucun doute traitée de pute en lui disant qu'elle n'avait que ce qu'elle méritait. Il l'aurait tout simplement rayée de la liste des femmes à traiter avec respect. Voilà la vérité. Et, quand bien même elle garderait la tête haute, quand bien même elle cheminerait toute seule, les choses resteraient ainsi. C'était ridicule de parler de justice; il était inutile de protester. Elle savait, de par le peu de discussions qu'elle avait eues sur la liberté des femmes, que de telles protestations étaient toujours prises par les hommes comme autant d'invitations à prendre encore plus de libertés avec elles.

Mira battit en retraite. Elle était vaincue. Son orgueil, du moins ce qu'il en restait, fut entièrement employé à ne pas laisser voir sa défaite. Elle marchait seule dans le campus, tête haute, le regard glacé. Elle s'asseyait seule à la cafétéria, ou avec Biff ou une fille de son cours. Elle détournait les yeux de tous les mâles qui passaient et ne leur souriait jamais quand ils la saluaient. Elle ne savait jamais très bien lesquels d'entre eux étaient présents le fameux soir, il y avait trop de visages familiers, émoustillés et finauds. Quand elle apercevait Lanny de loin, elle faisait demi-tour.

A la fin de l'année scolaire, elle rencontra Norm. C'était le fils d'amis d'amis de sa famille; elle le rencontra à un dîner de famille. Il était doux et intelligent, il la traitait avec respect, et ne la serrait jamais de trop près. Son rêve de se donner une vie bien à elle était dissipé. Toute vie dans laquelle elle serait seule contiendrait le risque de se trouver nez à nez avec ce tas de sauvages. Elle se dit avec amertume qu'elle était injuste envers les gens habituellement appelés « sauvages » qui, probablement, ne se comportaient jamais comme ça : seuls les hommes civilisés agissaient ainsi. L'amertume la fit se renfermer. Elle avait perdu sa vie. Elle ne vivrait qu'une demi-vie, comme toutes les autres femmes. Elle n'avait pas le choix, il fallait qu'elle se protège contre un monde sauvage qu'elle ne comprenait pas et qui, pour son sexe, se refusait à tout compromis honnête. C'était le mariage ou le couvent. Elle fit retraite dans l'un comme s'il s'agissait de l'autre, et pleura à son mariage. Elle était consciente de renoncer au monde, ce monde qui, un an plus tôt, resplendissait de tentations et d'attraits. On lui avait appris où se trouvait sa place. Elle avait découvert les limites de son courage. Elle avait perdu. Elle avait été défaite. Elle se consacrerait à Norm et se cacherait derrière ses bras comme derrière les remparts d'une forteresse. On avait raison de dire : la place de la femme est à la maison. Quand Biff apprit qu'elle allait se marier, il accourut la voir à la cafétéria et la félicita devant toute une bande de jeunes gens :

« Je félicite *réellement* Norm, dit-il à haute voix. Il épouse une vierge, que je sache. »

Il avait dit cela, comprenait-elle, pour lui rendre justice d'une certaine façon; mais aussi pour lui en faire compliment. Alors elle se refusa à penser davantage à lui. Ils pensaient comme ci ou comme ça, mais le fond était toujours le même.

14

Un certain sens dramatique, émanant sans doute de mes lectures de pièces de théâtre ou de *Bildungromans*[1] féminins qui se terminent toujours par le mariage de l'héroïne, m'incite de m'arrêter ici, à faire une pause formelle, comme un baisser de rideau. Le mariage devrait signifier un grand changement, une vie nouvelle. Mais, dans le cas de Mira, ce fut moins un nouveau départ qu'une simple continuation. Bien que sa vie

1. Roman de « formation » (*N.d.T.)*

extérieure eût changé, l'intérieur demeura à peu près le même. Oh! bien sûr, Mira fut capable de quitter la chaude demeure de ses parents, de trouver les petites choses – serviettes, jetés de lit, rideaux – qui transformèrent leur appartement meublé en son « chez-soi »; et cela lui plut. elle et Norm avaient loué un petit meublé près de Coburg, où Norm faisait médecine. Elle, elle avait abandonné ses études, avec un peu de regrets. Elle ne voulait plus retourner là-bas, ni revoir ces têtes-là. De toute façon, elle lisait beaucoup toute seule, se dit-elle, et en apprendrait autant chez elle qu'à la faculté. Norm terminerait sa médecine et son internat pendant qu'elle travaillerait pour les faire vivre et, lorsqu'il aurait fini, l'avenir serait assuré. Ils avaient pensé à tout.

Après une lune de miel passée dans la villa du New Hampshire des parents de Norm, ils revinrent, lui à ses bouquins, elle à la recherche d'un boulot. Elle était handicapée du fait qu'elle ne savait pas conduire; elle demanda à Norm de lui apprendre. Il fut réticent. D'abord, il avait besoin de la voiture tous les jours, ensuite, elle ne connaissait rien en mécanique et serait mauvaise conductrice. Il la prit dans ses bras : « Je ne pourrais pas continuer à vivre s'il t'arrivait quoi que ce soit. » Quelque chose gronda en elle, mais elle était si anesthésiée par son amour, si reconnaissante, qu'elle n'essaya même pas de découvrir ce que c'était. A force de prendre le bus et de supplier sa mère de la conduire, elle finit par trouver un boulot de dactylographe à trente-cinq dollars par semaine. Ça lui permettait de vivre, mais mal; aussi décida-t-elle d'essayer de se trouver un job à New York, ce qui impliquerait un aller et retour quotidien New Jersey-New York-New Jersey. Cela effraya Norm. La grande ville! C'était si dangereux! Les transports lui boufferaient le tiers de son salaire. Il faudrait qu'elle se lève aux aurores et rentre à la tombée de la nuit. Et puis il y aurait les hommes...

Mira n'avait jamais parlé de la nuit au Kelley's à Norm, mais il avait néanmoins les mêmes craintes qu'elle, à moins qu'il n'eût senti les siennes, parce que la menace implicite contenue dans ces mots – des hommes – en fut une qu'il continua à employer au cours des années qui suivirent – bien sûr : jusqu'à ce qu'elle ne fût plus nécessaire. S'il n'avait pas agi ainsi, Mira aurait pu apprendre à surmonter ses craintes. Bardée du titre de *Madame*, propriété d'un homme, elle se sentait plus forte, face au monde. On l'agresserait sans doute moins en voyant qu'un homme la tenait sous sa protection.

Elle abandonna l'idée de la grande ville et accepta le boulot de dactylo; Norm prit un travail à mi-temps, passa la plus grande partie de ses journées à lire d'avance les textes qu'il étudierait plus tard, et tous deux s'installèrent dans cette vie-là.

Elle avait été heureuse durant sa lune de miel. Quel plaisir de pouvoir embrasser et étreindre sans peur! Norm mettait seulement des capotes, mais, d'une certaine façon, être mariée rendait la chose moins effrayante. Elle était timide et montrait peu son corps. Et, de ce fait, Norm aussi. Et tous les deux roucoulaient et jouissaient dans leur mutuelle innocence, leur mutuel plaisir. Un seul problème, pourtant, Mira n'avait pas d'orgasme.

Au bout d'un mois, elle décida qu'elle était frigide. Norm déclara que c'était ridicule, elle n'était qu'inexpérimentée. Il avait des copains mariés et savait bien que ça passerait avec le temps. Elle lui demanda, timidement, s'il lui était possible de se retenir un peu car elle sentait qu'elle était tout près de l'orgasme; il éjacula et perdit toute possibilité d'érection. Il dit que les mâles de mauvaise santé pouvaient ou devaient se retenir. Elle lui demanda, encore plus timidement, s'ils ne pouvaient pas essayer une deuxième fois. Il répondit que cela serait mauvais pour sa santé à lui, et probablement impossible. Il était étudiant en médecine, et elle le croyait. Elle se laissa retomber en arrière et attendit qu'il soit endormi pour se masturber, jusqu'à l'orgasme. Il s'endormait toujours très vite après l'amour.

Ils continuèrent ainsi. Ils fréquentaient de temps en temps des amis : elle apprit à faire la cuisine. Il partageait toujours les travaux de blanchissage avec elle et l'emmenait faire des achats tous les vendredis soir, jour où elle était payée. Si elle lui cassait suffisamment les pieds à ce sujet, il l'aidait à faire le ménage de l'appartement le samedi. Parfois, elle se sentait beaucoup vieillie : quand elle offrait un verre à un invité, par exemple, ou quand elle se maquillait et mettait des bijoux avant d'aller quelque part avec son époux. Mais la plupart du temps elle avait l'impression d'être une enfant qui avait fait un faux pas et atterri là où elle ne devait pas mettre le pied. Son boulot était ridiculement ennuyeux; et les longs trajets en autobus avec d'autres gens gris et fatigués la faisaient se sentir triste et misérable. Le soir, Norm allumait la télévision (le seul gros achat qu'ils aient fait avec l'argent-cadeau de mariage), et comme ils n'avaient qu'une cuisine et un living-chambre à coucher, elle n'avait pas la possibilité de ne pas l'entendre. Elle essayait de lire, mais sa concentration était perpétuellement rompue. La télé, c'est exigeant. La vie lui semblait hideusement vide. Mais elle se disait que ce n'était que parce que les femmes étaient dressées à penser que le mariage serait une immédiate panacée à tous les vides intérieurs que, en dépit de tous ses efforts pour aller contre de telles idées, elle avait sans aucun doute été contaminée par elles. Elle se disait également que c'était de sa faute, car si elle avait voulu faire de vraies études et un travail intellectuel, elle aurait pu. Mais, se répondait-elle, elle était trop fatiguée après huit heures de boulot, deux d'autobus, la préparation du dîner, la vaisselle – un truc que Norm refusait tout simplement de faire. De plus, Norm regardait la télévision tous les soirs. Oui mais, ajoutait-elle, ça serait mieux quand il aurait repris ses cours; il lui faudrait alors étudier le soir. Quand même, elle allait bientôt avoir vingt ans : regarde un peu, lui disait l'autre partie de son moi, ce qu'un Keats avait déjà fait à vingt ans. A la fin, son moi entier reprenait le dessus et faisait place nette de toutes ces considérations. Oh! la paix avec tout ça! Je fais de mon mieux!

Une partie d'elle-même savait qu'elle ne faisait que survivre de la seule façon possible. Jour gris après jour gris, elle évitait de prendre ses responsabilités et se dirigeait vers un but qu'elle ne parvenait pas à discerner. Le mot de *liberté* s'était enfui de son vocabulaire, remplacé par celui de *maturité*. Et, obscurément, elle avait l'impression que la maturité consistait à savoir comment survivre. Elle était plus seule que jamais; sauf des fois, la nuit, quand elle et Norm, pelotonnés l'un contre l'autre, discutaient sérieusement. Un jour, elle parla de ce qu'elle désirait faire : reprendre ses études et peut-être décrocher un doctorat de philosophie pour enseigner. Norm fut horrifié. Il parla des problèmes que cela posait, de leurs difficultés financières, de sa fatigue à elle – elle devrait faire ça en même temps que continuer à faire la cuisine et le ménage, car quand il recommencerait à aller à la fac, il n'aurait plus le temps de lui donner un coup de main. Elle répliqua qu'ils devraient se partager les tâches ménagères. Il lui rappela qu'après tout c'était à lui seul de gagner de quoi les faire vivre : il n'insista pas, ne fut pas péremptoire et n'exigea pas. Il affirma simplement cela et lui demanda si ce n'était pas vrai. Sourcils froncés, déconcertée, de mauvaise grâce, elle acquiesça. C'était ce qu'elle avait voulu : Norm était un homme responsable, pas comme Lanny. Il ne la laisserait jamais toute seule pour sortir et se soûler avec ses copains pendant qu'elle, frottant le carrelage de la cuisine, écouterait les cris de leur bébé. Médecine, c'était dur, exigeant, ajouta-t-il. Elle se sentait capable de le faire, insista-t-elle; que lui fasse ce qu'il disait ne pas pouvoir faire : aller à la fac de médecine et continuer à l'aider à la maison. Il sortit la grosse artillerie : il y avait des types qui lui casseraient les pieds, et des profs mâles qui insisteraient pour qu'elle se dégotte ses diplômes à la force du vagin. Il était trop clair cette fois-ci. Elle réfléchit.

« Des fois, je me dis que tu aimerais m'enfermer dans un couvent. Norm, un couvent où tu serais le seul à pouvoir me rendre visite.

– C'est vrai, j'aimerais. »

Il parlait sérieusement. Elle lui tourna le dos, et il s'endormit. Au bout de trois mois, la protection qu'elle avait recherchée était déjà devenue oppressante. C'était aussi ce qu'elle avait voulu, pas vrai ? Si elle avait été moins malheureuse, elle aurait éclaté de rire.

15

Survivre est un art. Qui réclame engourdissement de l'esprit et des sens, et tendre prédilection pour l'attente, sans qu'il soit nécessaire de trop insister sur la nature de ce que l'on attend. Mira considérait vaguement comme « FIN » le jour où Norm aurait fini sa médecine et son internat, mais c'était si loin, et cinq années de l'ennui dans lequel elle baignait semblaient si insupportables, qu'elle préférait ne pas penser du tout.

Norm retourna à la fac et, comme elle s'y était attendue, ne regarda plus la télévision. Mais elle s'aperçut qu'elle ne parvenait plus à se concentrer même quand elle était éteinte. Elle soupçonna que ce problème n'était pas dû à sa seule fatigue; quand elle prenait un livre sérieux, de ceux qui la faisaient réfléchir, elle réfléchissait. Et cela lui était insupportable, car le fait de penser comprend celui de penser à la vie que l'on mène. Elle lut la nuit, beaucoup. Comme au début de son adolescence. Elle lut des conneries : romans à suspense, écrivains satiriques discrètement sociaux genre O'Hara, Marquand ou Somerset Maugham. Elle se sentait incapable de se consacrer à quelque chose de plus authentique.

Elle ne reprochait rien à Norm. Elle le dorlotait, se faisait des cheveux pour lui, cuisinait les plats qu'il aimait et ne lui réclamait rien. Ce n'est pas Norm qu'elle méprisait, mais sa propre vie. Mais, faite comme elle l'était, quelle autre vie aurait-elle pu mener? Bien que Norm fût souvent de mauvaise humeur, il disait avec insistance l'aimer et être heureux avec elle. C'était cette saleté d'école qu'il détestait, ces sales petits profs tatillons. Ça ne marchait pas très fort : il réussit sa première année avec la mention passable. Il justifia ses mauvaises notes par les soucis qu'elle lui causait. Car elle était enceinte.

En mai, elle n'eut pas ses règles. Cela la rendit nerveuse car elle était régulière mais aussi parce que, après ses premières tentatives (désastreuses) avec un diaphragme, Norm avait insisté pour qu'ils continuent de procéder comme avant. Il n'aimait pas la voir trifouiller dans la salle de bain pendant dix minutes quand il était plein d'ardeur. Et elle le soupçonnait de vouloir lui-même contrôler la situation. Les risques que présentaient les capotes l'inquiétaient, mais parfois, quand ils étaient très fauchés, Norm ne mettait rien et se retirait avant l'orgasme. Elle trouvait cela risqué; il l'assurait que non.

La façon dont elle se donnait à lui dans cette période lui sembla étrange par la suite. Elle n'aimait pas se servir d'un diaphragme. Elle en était venue à détester complètement faire l'amour, car cela l'excitait et la laissait insatisfaite; maintenant, quand elle se masturbait, elle pleurait. Se retournant sur son passé, elle réalisa qu'elle lui avait abandonné sa vie exactement de la même façon qu'elle l'avait fait par force, à ses parents. Elle avait simplement transféré son enfance. Et Norm, bien qu'il n'eût que sept ans de plus qu'elle, qu'il eût fait son service pendant la guerre et eût quelques aventures, n'était pas assez vieux pour avoir un enfant de vingt ans. Peut-être, dans quelque endroit sombre et retiré de son esprit, avait-elle voulu un enfant; et peut-être que ce qu'elle attendait, ce qu'elle appelait la maturité, entraînait que l'on en ait un; qui aidait à accepter cette maturité. Peut-être.

Sur le moment, cela sembla désastreux. Comment allaient-ils vivre? Pâle et les traits tirés, elle courut chez un gynécologue. Quand elle rentra, au soir, Norm était en train d'étudier pour un examen important. Elle était épuisée par son travail, les trajets en autobus et l'heure d'attente au cabinet du médecin; tandis qu'elle parcourait les quelques mètres qui séparaient leur maison de l'arrêt du bus, elle se dit que Norm aurait peut-être préparé un dîner. Mais, quand elle entra, il était assis et étudiait en mangeant du fromage et des petits gâteaux, et irrité de la voir rentrer si tard, bien qu'il sût parfaitement où elle était allée et pourquoi. Elle le regarda de l'autre côté de la pièce en entrant : il la regarda silencieusement à son tour. Ils ne s'étaient presque rien dit depuis trois semaines, il était inutile de parler.

Brusquement, il jeta son bouquin à travers la pièce.
« Tu as tout bonnement ruiné ma vie, tu comprends ? »

Elle s'assit sur le bord du rocking-chair.

« *Moi,* j'ai ruiné *ta* vie ?

– Il va falloir que j'abandonne la fac, comment on f'ra sinon ? »

Il alluma une cigarette d'un geste nerveux.

« Et comment veux-tu que je bosse pour cet examen quand tu rentres comme ça ? Si je suis coulé ce coup-là, je rate mon année. Est-ce que tu te rends compte de ça ? »

Elle se rencogna dans le rocking-chair, les yeux mi-clos, désinvolte. Elle souhaitait lui démontrer tout ce qu'il y avait d'illogique dans ses dernières phrases. Elle souhaitait lui démontrer l'injustice de ses attaques. Mais qu'il se sentît dans son bon droit en les faisant, qu'il crût avoir le droit de la traiter comme une vilaine petite fille, la désarçonnait. C'était une force à laquelle elle ne pouvait pas s'opposer, car sa légitimité était soutenue par tout le monde extérieur, et elle savait cela. Elle essaya pourtant. Elle se pencha en avant :

« Est-ce que c'est moi qui te cherche au lit ? Tu as dit que ton moyen était sûr. *Tu* l'as dit, Monsieur l'Etudiant en Médecine !

– Il est sûr !

– Ah bon ! c'est pour ça que je suis enceinte.

– Il est sûr, j' te dis. »

Elle le fixa. Son visage était presque bleu sur les côtés et sa bouche formait un pli serré, cruel, accusateur.

Sa voix tremblait.

« Es-tu en train de dire que tu n'es pas le père de cet enfant ? Es-tu en train d'insinuer qu'il a été fait autrement ? »

Il lui lança un regard furieux et plein de haine amère :

« Qu'est-ce que j'en sais ? Tu me dis que tu ne couches jamais avec d'autres que moi, mais qu'est-ce que j'en sais ? On a assez jasé à propos de toi et Lanny... Tout le monde parlait de vous. Vous étiez libres à cette époque-là, pourquoi est-ce que ça serait différent aujourd'hui ? »

Elle se rencogna de nouveau. Elle avait parlé à Norm de sa peur de l'amour, des hommes, de sa timidité à l'égard d'une composante du monde qu'elle ne comprenait pas. Et il l'avait écoutée gentiment, en lui caressant le visage, en la serrant tendrement dans ses bras. Elle s'était dit qu'il comprenait, et même très bien, parce qu'il semblait, en dépit des histoires de ses aventures de régiment, qu'il partageait ces sentiments – retenue, peur et timidité. Elle pensait lui avoir échappé, mais tout ce qu'elle avait fait, ça avait été de laisser l'ennemi s'introduire dans sa maison, dans son corps, où il grandissait à présent. Il pensait exactement de la même façon que les autres; il pensait comme eux qu'il avait des droits innés sur elle parce qu'il était un mâle et elle une femelle; comme eux, il croyait à des choses qui s'appelaient virginité et pureté, ou corruption et putasserie, chez les femmes. Mais il était délicat et respectueux, parmi les meilleurs des hommes. Si lui aussi était comme eux, il n'y avait aucun espoir. Inutile de vivre dans un tel monde. Elle se laissa complètement aller contre le dossier du rocking-chair, ferma les yeux et se mit à se balancer doucement. Elle se tapit dans un endroit tranquille et sombre de son esprit. Il y avait plusieurs façons de mourir, inutile d'y penser dès maintenant. Tout ce qu'elle avait à faire, c'était de trouver un moyen de se sortir de cette situation, et elle y était parvenue. Elle mourrait, et tout serait fini. Tout disparaîtrait. Elle n'aurait plus jamais à ressentir ce qu'elle ressentait maintenant, et qui n'était que ce qu'elle avait ressenti pendant des années, en moins intense toutefois. Des rockets explosaient sur tout son corps. Son cœur ne lui faisait pas plus mal que son estomac ou que son cerveau. Le tout explosait dans des larmes et du feu : et les larmes étaient aussi chaudes et dangereuses que les feux de la colère. Il n'y avait rien à dire. De toute façon, il n'aurait pas compris. C'était trop grave, et elle avait le sentiment d'être complètement seule, la seule personne à sentir les choses de cette manière. Peut-être, après tout, bien qu'elle crût avoir totalement raison, avait-elle tort ? Aucune importance. Rien n'avait d'importance.

Après plusieurs minutes, Norm s'approcha d'elle. Il se mit à genoux à côté du rocking-chair.

« Chérie, dit-il tendrement, chérie ? »

Elle se balançait.

Quand il posa la main sur son épaule, elle s'écarta en frissonnant.

« Laisse-moi tranquille, dit-elle d'une voix faible tandis que sa langue heurtait le haut de son palais; laisse-moi seule. »

Il tira un tabouret et s'assit à côté d'elle en mettant son bras autour des jambes de Mira et sa tête sur ses genoux :

« Chérie, je suis désolé... tout ça parce que je ne sais pas comment je vais finir mes études... peut-être que mes parents nous aideront. »

Elle savait que c'était vrai. Elle savait qu'il avait tout simplement peur, autant qu'elle-même. Mais il avait le sentiment d'avoir le droit de lui reprocher des choses. Abasourdie comme elle l'avait été en apprenant cela, elle n'avait même pas songé à lui reprocher quoi que ce soit. Elle s'était simplement dit que ça les mettait tous les deux dans de beaux draps. Elle posa la main sur sa tête. Ce n'était pas la faute à Norm. Simplement que tout était empoisonné. Ça n'avait pas d'importance. Elle mourrait et se sortirait de tout ça. Quand elle le toucha, il se mit à pleurer. Il *avait* aussi peur qu'elle, et peut-être même plus. Il serra davantage ses jambes, sanglota et s'excusa. Il n'avait pas voulu dire ça, il ne savait pas ce qui lui était passé par la tête, c'était un enfantillage ridicule, il était désolé. Il s'agrippa à elle en pleurant, et elle se mit à lui caresser le visage. Il la regarda en souriant, lui caressa la joue, blagua, essuya les larmes qui coulaient sur le visage de Mira et blottit sa tête contre sa poitrine. Elle pleura à chaudes larmes, secouée de gros sanglots; il la serra contre lui, étonné, n'ayant pas compris, et dit : « Je suis désolé, chérie, oh ! mon Dieu, je suis désolé... » en pensant, supposa-t-elle, qu'elle était en train de pleurer parce qu'il avait douté de sa fidélité, et sans savoir, incapable de savoir et de comprendre jamais. A la fin, il lui sourit et ses sanglots se firent moins fréquents et moins abondants; il lui demanda si elle n'avait pas faim. Elle comprit. Se leva et prépara le dîner. Et, en janvier, elle eut le bébé et, un an et demi plus tard, un autre. Les parents de Norm leur prêtèrent de l'argent sur bordereau : huit mille dollars qu'ils rembourseraient quand il serait installé. Après cela, elle s'acheta un autre diaphragme. Mais elle était déjà quelqu'un d'autre.

16

Virginia Woolf, que je vénère, reproche des choses à Arnold Bennett. Dans un manifeste, elle s'en prend à sa façon d'écrire des romans. Elle pense qu'il accorde trop d'importance aux faits, aux personnages et à ces sacrés dollars – ou livres – aux éléments extérieurs, qui n'appartiennent pas aux moments diaprés qui font une personne. Cette essence habite, croit-elle, chaque accent, à travers dix ans de manteau d'hiver et de sacs de corde pleins de légumes et de spaghetti, habite l'éclat d'un œil, un soupir, la lourdeur d'un pas accablé descendant les trois marches d'un train pour gagner l'obscure clarté de Liverpool. Il est inutile de connaître l'état du compte en banque de quelqu'un pour comprendre son caractère. Bennett m'importe assez peu, et j'aime Virginia Woolf, mais je pense que les sacrés livres et pennies du premier ont eu pour ses Rhoda et Bernard plus d'importance qu'elle ne veut l'admettre; oh! bien sûr, elle comprenait que l'on eût besoin de cinq cents livres par an et d'une chambre à soi. Elle pouvait imaginer ce qui était arrivé à la sœur de Shakespeare. Mais elle y voyait une fin violente et apocalyptique, alors que je sais que ce n'est pas ce qui est arrivé. Car, voyez-vous, ce n'est pas nécessaire. Je sais que des tas de Chinoises, données en mariage à des hommes qu'elles méprisaient, se suicidaient en se jetant dans le puits familial. Je ne dis pas que cela n'arrivait pas, mais simplement que ce n'était pas ce qui se passait le plus souvent. Autrement, on n'aurait pas de problèmes de surpopulation. Il y a tellement de moyens plus aisés pour détruire une femme. Inutile de la violer ou de la tuer : inutile même de la battre. Il suffit de l'épouser. Et même ça aussi, c'est inutile. Il suffit de la faire travailler dans un bureau à sept cents francs par mois. Il est vrai, comme le pense Woolf, que la sœur de Shakespeare partit pour Londres avec lui, mais elle n'y arriva jamais. Elle fut violée la première nuit et, profondément blessée, saignant abondamment, se traîna jusqu'au plus proche village pour se mettre à l'abri. Réalisant assez vite qu'elle était enceinte, elle chercha un moyen d'assurer sa survie et celle de son enfant. Elle trouva un type qui en pinçait pour elle, comprit qu'il était crédule, et le baisa. Quand elle lui annonça qu'elle attendait un enfant, deux mois plus tard, il fit son devoir et l'épousa. La naissance de l'enfant un peu avant terme le rendit un peu soupçonneux : ils se battent, il la cogne, mais finit par se soumettre. Parce qu'il y a quelque chose qui lui plaît dans cette situation : il a toutes les commodités d'un chez-soi, y compris quelque chose que sa maman ne lui donnait pas, et s'il est obligé de composer avec un bébé hurlant dont il n'est pas sûr qu'il vient de lui, il se sent à présent comme tous les types de l'auberge du village, dont aucun n'est sûr d'être le fils de son père ou le père de son fils. Mais la sœur de Shakespeare avait appris la leçon que toutes les femmes apprennent : les hommes sont l'Ennemi avec un grand E. Elle sait qu'elle ne peut pas se passer de l'un d'entre eux. Alors elle se sert de son génie, un génie qu'elle aurait pu employer à composer des pièces de théâtre ou des poèmes, pour parler, pas pour écrire. Elle tient l'homme par son langage : elle chicane, cajole, taquine, séduit, calcule et contrôle cette créature à qui Dieu donne la puissance de la dominer, ce gros crétin qu'elle déteste parce qu'il est obtus et craint parce qu'il peut lui faire du mal.

Voilà pour les relations naturelles entre les sexes.

Mais, voyez-vous, il est inutile qu'il la batte beaucoup, et il n'est certainement pas nécesaire qu'il la tue : s'il le fait, adieu, servante. Les livres et les pennies sont en eux-mêmes une arme puissante. Ils comptent pour les hommes, c'est évident, mais plus encore pour les femmes, quoique leur travail ne soit généralement pas payé. Car les femmes, même non mariées, se voient contraintes de faire le même travail quels que soient leur degré d'instruction et leurs inclinations; elles ne peuvent pas y échapper sans ces scintillants livres et pennies. Des années à gratter la merde des cabinets avec un couteau de cuisine, à trouver l'endroit où les haricots coûtent cinq centimes de moins la livre, à apprendre à se réveiller au moindre toussotement, à consacrer son intelligence à imaginer le moyen le plus efficace et le plus rapide pour repasser les chemises blanches des hommes ou pour laver et cirer le plancher de la cuisine, ou à s'occuper de la maison et des gosses en travaillant en même temps pour économiser de l'argent en le cachant au poivrot pour que les mômes puissent aller un jour à l'université — tout cela ne demande pas simplement énergie, courage et intelligence, ça peut bel et bien constituer l'essence véritable d'une vie.

D'accord, direz-vous d'un air las, mais qui est-ce que ça intéresse? Lisez si vous voulez des bouquins sur les baleines, les parcs à bestiaux, les bouterolles ou même *Une journée d'Ivan Denissovitch*. A vrai dire, je déteste tous ces tristes détails autant que vous. J'aime Dostoïevski parce qu'il n'y insiste pas, mais les suggère. Ils sont toujours présents à l'arrière-plan, comme le beau chariot ailé du Temps. Mais ces détails sordides ne se trouvent pas à l'arrière-plan de la vie de la plupart des femmes; ils en constituent tout le décor.

Mira avait flanché deux fois, et allait le faire de nouveau. Elle coula. Après toutes ses années de croissance et de préparation, elle atteignit à la maturité — car n'est-ce pas le premier accouchement qui fait entrer dans la maturité? Alors commença le dépérissement. Virginia Woolf a bien et souvent noté combien les femmes rétrécissent après leur mariage. Mais la chute de Mira, son plongeon même, s'appelle aussi santé, acceptation d'un inévitable que l'on n'est pas assez fort pour changer. Et pourtant elle avait raison lorsqu'elle pleurait d'être mariée, dans les rues et dans le rocking-chair où l'idée de la mort lui était venue.

Notre culture commune considère que les individus forts peuvent transcender leurs vies. Personnellement, je n'aime pas beaucoup les livres de Hardy, Dreiser et Wharton dans lesquels le monde extérieur est si fort, si accablant, que l'individu n'a pas sa chance. Cela me rend nerveuse, car je continue à penser que, d'une façon ou d'une autre, les cartes sont distribuées inéquitablement. C'est vrai, bien entendu; voilà pourquoi je me dis que, si c'est vrai, je me refuse à jouer. J'aime mieux aller à une autre table où je puisse conserver mon illusion, si illusion il y a, de lutter contre ce qui ne sont que des probabilités, et donc d'avoir une chance de l'emporter. Car si je perds alors, je peux n'accuser que la faiblesse de mon jeu. C'est un sentiment de tragique imperfection qui, comme celui de culpabilité, est bien réconfortant. Je peux continuer à me dire qu'il y a vraiment un chemin et que, simplement, je ne l'ai pas trouvé.

Des gens que je respecte beaucoup comme Cassirer, une vraie belle âme, insistent sur le fait que l'intérieur n'est jamais atteint par l'extérieur. Est-ce vrai, à votre avis? Ma vie durant, j'ai lu que la vie de l'esprit est prééminente, et qu'elle peut transformer n'importe quelle dégradation physique. Mais ce n'est pas tout à fait ce que j'ai éprouvé. Quand le corps doit chaque jour s'occuper de merde et de haricots verts, l'esprit fait de même. Et la seule manière de transcender ça, c'est d'*aimer* la merde et les haricots verts. Oui, le secret, c'est ça.

17

Le sentiment confiant de Norm selon lequel, d'une façon ou d'une autre, le bébé était l'affaire de la seule Mira, la contamina. Bien qu'elle sût que c'était complètement ridicule, le comportement de Norm – excuses à ses parents d'avoir une femme rebelle qui avait fait exactement ce qu'ils lui avaient dit de ne pas faire, tendre tolérance pour la condition de Mira, jusqu'à reconnaître que ses mauvaises notes de fin de première année n'étaient pas *vraiment* sa faute à elle – était plus fort que n'importe quel argument rationnel. Et à présent, bien sûr, c'était complètement l'affaire de Mira. Cela grossissait en elle. Elle se mit à avoir des nausées, goutte d'huile piétinée par une botte. L'entreprise de charpenterie pour laquelle elle travaillait n'aimait pas avoir des femmes enceintes dans ses bureaux : la grossesse était quelque chose d'obscène et devait être dissimulée, comme des serviettes hygiéniques usagées. Mira fourra ce qu'il lui restait de fierté dans sa petite boîte à souvenirs et alla supplier. Elle expliqua que son mari était étudiant – étudiant en médecine. Ce fut un mot tragique. On lui promit par pure gentillesse de cœur de travailler jusqu'à son huitième mois en la priant seulement d'être toujours propre, élégante et bien soignée.

Elle se sentit mal pendant toute sa grossesse : constantes nausées et maux d'estomac. Il ne lui vint jamais à l'esprit que cela pouvait avoir des causes autres que physiques. Son corps fragile se développa énormément avec le bébé, et, vers le septième mois, elle se sentit terriblement mal. Elle mangeait sans cesse pour apaiser son estomac et grossit de dix-huit kilos. Au cours des deux derniers mois, après qu'elle eut cessé de travailler, elle se sentit si mal que même marcher lui coûtait beaucoup et que rester au lit ne la soulageait guère. La plupart du temps, elle restait assise dans l'obscurité du living-room, son gros ventre tenu des deux côtés par des coussins, les pieds sur un tabouret, et lisait *Souvenirs d'autrefois.* Elle faisait les courses, le ménage, la cuisine, et portait le linge à la laverie (en rêvant un peu qu'après la naissance du bébé cela deviendrait l'un de ses plus grands plaisirs – le bonheur de sortir seule, ou du moins uniquement accompagnée par un grand et silencieux sac à linge). Elle repassait les draps et les chemises de Norm, réglait des factures et regardait la rubrique des recettes des journaux en cherchant un moyen intéressant ou différent d'accommoder des plats bon marché. La chose qu'elle ne faisait le plus notablement pas : penser.

Je ne sais pas ce que cela fait d'être volontairement enceinte. Je présume que c'est une expérience très différente de celles des femmes que je connais. Sans doute est-ce gai, quelque chose que la femme partage vraiment avec son type. Mais, pour les femmes que je connais, la grossesse fut une chose terrible. Non que ce soit douloureux – ça ne l'est pas; c'est uniquement incommode. Mais comme ça vous abat, ça vous use. Vous n'êtes plus vous-mêmes, vous devez oublier qui vous êtes. Si vous voyez une pelouse dans un square, que vous ayez chaud et que vous aimeriez vous asseoir dans l'herbe et vous rouler dans son humidité, vous ne pouvez pas; il vous faut vous diriger d'un pas chancelant vers le banc le plus proche et vous laisser tomber tout doucement dessus. Tout est un effort – prendre une boîte de conserve sur un rayon haut placé est toute une affaire. Vous ne pouvez pas vous permettre de tomber, mal équilibrée comme vous l'êtes, parce que vous êtes responsable d'une autre vie en plus de la vôtre. Un tout petit coup d'aiguille dans un préservatif vous a transformée en un véhicule parlant et, quand cela s'est produit contre votre gré, c'est terrifiant.

La grossesse est une longue attente au cours de laquelle vous apprenez ce que perdre le contrôle de votre vie veut vraiment dire. Il n'y a ni pause café ni jours de congé au cours desquels vous reprenez votre forme normale et vos esprits, et qui vous permettent de continuer votre tâche en étant reposée. Vous ne pouvez pas vous débarrasser, ne serait-ce qu'une heure, de la chose qui gonfle à l'intérieur de vous, se cramponne à votre estomac jusqu'à vous donner l'impression que la peau va éclater, et vous donne des coups de l'intérieur jusqu'à ce que vous soyez complètement meurtrie. Vous ne pouvez même pas répliquer sans vous faire mal. Votre condition et vous-même êtes la même chose : vous n'êtes plus une personne, mais une grossesse.

Vous êtes comme un soldat dans une tranchée qui a chaud, se sent enfermé et déteste la nourriture, mais qui doit rester là pendant neuf mois. Il en arrive à appeler la bataille de ses vœux, même s'il risque d'y être tué ou grièvement blessé. Vous regardez loin en avant, jusqu'au jour douloureux de l'accouchement, parce qu'il mettra fin à l'attente.

C'est ce sentiment de ne pas être quelqu'un, qui fait que les yeux des femmes enceintes ont si souvent l'air vide. Elles ne se laissent pas aller à y penser parce que c'est intolérable et parce qu'elles ne peuvent rien y faire. Et quand elles y repensent, par la suite, cela les déprime. Après tout, la grossesse n'est que le commencement.

Une fois terminée, vous y êtes vraiment : le bébé est là, il est vôtre, il vous réclame pour le reste de votre vie. Le reste de votre vie : toute votre vie se tient devant vous dans ce gros ventre maintenu par des coussins. De là, elle ressemble à une éternelle succession de biberons, couches, petits pots et cris. Vous n'avez pas d'être mais une attente, pas d'avenir mais une douleur, et pas d'espoir mais la banalité des tâches ménagères. La grossesse est le plus grand éducateur, le plus grand moule disciplinaire de toute l'expérience humaine. Comparée à elle, la discipline militaire, qui aspire à humilier l'individu et à le faire rentrer dans le rang impersonnel susceptible de fonctionner comme une machine, est douce. Le soldat a des permissions, au cours desquelles il reprend son identité propre, il peut, s'il est décidé à en courir le risque, répliquer à ses supérieurs, et même foutre le camp. La nuit, alors qu'il est allongé sur son châlit, il peut jouer au poker, écrire des lettres, se souvenir de trucs, faire des projets pour le jour de la quille.

Tout cela, c'est ce à quoi Mira ne pensait pas, ou, du moins, essayait de ne pas penser. C'est au cours de ces mois-là que prirent forme la moue de ses lèvres et le froncement rigide de ses sourcils. Elle considéra sa situation comme la fin de sa vie personnelle. Depuis qu'elle était enceinte, sa vie était due à une autre créature.

Qu'est-ce qui n'allait pas dans cette femme? vous demandez-vous. C'est la Nature, il n'y a pas de recours possible, il faut qu'elle se soumette et tirc le meilleur parti de choses qu'elle ne peut pas changer. Mais il n'est pas facile de soumettre un esprit. La rancune et la révolte grandissent en lui – rancune et révolte contre la Nature elle-même. Certaines volontés sont écrasées, mais celles qui ne le sont pas renferment pour le reste de leurs jours et de leurs nuits des germes de haine. Toutes les femmes que je connais se sentent un petit peu hors la loi.

18

Vers la fin de sa grossesse, Mira ne pouvait dormir que quelques minutes. Son corps était si gros et douloureux qu'il la faisait souffrir au bout de quelque temps. Elle se levait tout doucement, pour ne pas réveiller Norm, mettait la robe de chambre de coton qui était le seul vêtement qui lui allât encore, et se rendait à la cuisine sur la pointe des pieds. Elle se faisait du thé, qu'elle buvait assise à la table, et fixait des yeux vagues sur les murs que quelqu'un avait recouverts de toile cirée jaune à motifs de petites maisons rouges dont les cheminées dégageaient de la fumée et à côté desquelles se dressaient autant de petits arbres verts.

Une nuit, elle ne réussit pas à s'asseoir. Elle arpenta la cuisine pendant une heure, la tête vide, à l'écoute de son corps. Les douleurs commencèrent : elle réveilla Norm. Il l'examina et dit quand cela aurait lieu en blaguant à propos de la chance qu'il avait eue que ses cours de gynécologie aient eu lieu le semestre précédent. Il dit qu'elle avait encore le temps, qu'il l'emmènerait à l'hôpital.

Les infirmières furent froides et brusques. Elles l'assirent et lui posèrent les questions habituelles : nom du père, nom de la mère, adresse, religion, numéro de sécurité sociale. Puis elles lui donnèrent une blouse et lui dirent d'aller se déshabiller dans une petite pièce froide et humide qui ressemblait à un vestiaire de gymnase, odeur comprise. Elle souffrait quelque peu et l'air violent qui battait contre sa peau lui faisait mal. On lui ordonna de monter sur une table et on lui rasa les poils du pubis. L'eau était chaude, mais elle devint froide dès qu'elles la versèrent sur son corps qui frissonnait déjà. Puis on lui fit un lavement : cela la rendit folle, elle n'arrivait pas à croire qu'on lui faisait ça. Son thorax et son abdomen lui faisaient de plus en plus mal, comme si une partie de ses viscères s'arrachaient au reste, tordaient ses organes et cognaient sur les os de son pelvis comme des coups de marteau réguliers. Pas de trêve, pas de répit, cela arrivait. Pendant ce temps, on lui introduisit de l'eau chaude dans l'anus. Elle monta plus ou moins rapidement avant de la faire se plier en deux sous l'effet d'une douleur violente. Quand ce fut terminé, on lui dit de se relever et on l'emmena dans une autre salle qui était nue et fonctionnelle : des murs blancs et quatre lits, face à face deux à deux, têtes contre pieds. On lui mit les pieds dans des étriers, on posa une couverture sur ses genoux. A chaque fois qu'une infirmière ou un infirmier entrait dans la pièce, il soulevait la couverture et observait. Dans le couloir, des lits à roulettes étaient alignés et attendaient d'entrer dans la salle d'accouchement. Les femmes qui étaient dedans gémissaient, d'autres pleuraient et d'autres restaient silencieuses. L'une d'entre elles gémit : « Mon Dieu, oh ! mon Dieu, Jésus, Marie, Joseph, aidez-moi, aidez-moi. » Les infirmières passaient dans les couloirs d'un air arrogant. Une femme aboya : « Arrêtez de faire l'enfant, vous ! On croirait que vous êtes mourante ! »

Le lit qui se trouvait derrière Mira était entouré par un rideau rose tenu par des anneaux de fer accrochés à une tringle fixée dans le mur. La femme qui était couchée derrière rejetait l'air en grandes bourrasques : « Ouou, Ouou ! » Elle appela l'infirmière, mais personne ne vint. Elle appela encore plusieurs fois, avant de pousser un cri perçant. Une infirmière entra en courant.

« Qu'y a-t-il encore, madame Martinelli ? » Il y avait

irritation et colère dans sa voix. Mira ne pouvait pas voir l'infirmière, mais elle l'imaginait debout les mains sur les hanches et une grimace méchante sur le visage.

« C'est le moment de me faire la piqûre, gémit la pauvre femme, victime consciente et complaisante, d'entre les coups coléreux de l'enfant. Appelez le médecin, c'est maintenant. »

L'infirmière se taisait : on entendit le bruit d'un drap tiré :

« Pas encore le moment. »

La voix de la femme devint hystérique :

« Si, si, c'est le moment! Je le sais, j'ai quatre gosses... je sais quant ça commence... il sera trop tard... ça m'est déjà arrivé... c'était trop tard et ils ont pas pu... dites-lui, dites-le au docteur! »

L'infirmière sortit et, quelques instants plus tard, un homme à l'air sombre et au costume chiffonné entra. Il s'approcha du lit de Mme Martinelli :

« Alors, qu'est-ce qu'on me dit : vous faites du remue-ménage, madame Martinelli? Moi qui croyais que vous étiez une femme courageuse... »

La voix de la femme s'atténua pour geindre :

« Oh! docteur, s'il vous plaît, faites-moi ma piqûre. C'est le moment, je sais que c'est le moment... j'ai eu cinq gosses... vous savez que je vous ai dit quand j'suis venue vous voir ce qui est arrivé la dernière fois. Je vous en prie...

— Il n'est pas encore temps, madame Martinelli. Calmez-vous à présent, et ne dérangez pas les infirmières. Ne vous alarmez pas : faites-moi confiance. Tout se passera bien. »

Elle était silencieuse; il marcha péniblement vers la porte avec, Mira en était certaine, une moue de mépris pour cette bonne femme ennuyeuse. Elle serra les dents. Elle se refusait à cela, décida-t-elle. Elle ne geindrait pas, ne ferait plus l'enfant et ne pleurerait pas. Elle ne ferait pas un bruit. Elle tiendrait le coup. Quelque forte que serait la douleur, elle leur montrerait qu'une femme peut être courageuse.

Mme Martinelli était obstinée. Elle ne garda le silence que jusqu'au départ du médecin, comme un enfant à qui l'on a dit qu'un autre cri lui vaudrait une autre claque et qui attend que père ou mère ait quitté la pièce avant de se remettre à crier. Elle pleurait doucement, se parlait à elle-même et murmurait sans cesse ni répit : « Je le sais bien, j'ai eu cinq gosses, il sera trop tard, oh ! mon Dieu, je sais qu'il sera trop tard, j' le sais, j' le sais. »

Mira essayait de ne rien éprouver. Ce n'était pas le travail qui l'angoissait : ça faisait mal, mais pas trop. C'était l'endroit – sa froideur et sa stérilité, le mépris des infirmières et des médecins, l'humiliation d'être attachée à des étriers et de voir des gens observer ses organes génitaux quand ils le voulaient. Elle essaya de s'évader dans un lieu intérieur où tout cela n'existait pas. Une phrase lui trottait sans cesse par la tête : il n'y a pas d'autre issue.

Soudain, Mme Martinelli cria de nouveau. Une infirmière entra en soupirant. Elle ne dit pas un mot; Mme Martinelli hurlait carrément à présent. L'infirmière sortit en courant et revint avec l'une de ses collègues. Elles écartèrent en hâte le rideau rose. Mira s'assit à moitié. Une troisième infirmière entra avec le médecin et l'aperçut.

« Allez, recouchez-vous ! » ordonna-t-elle à Mira, mais celle-ci se souleva et tourna maladroitement la partie supérieure de son corps pour voir. On commençait à transporter le lit de Mme Martinelli hors de la pièce. Mira regarda : entre les genoux soulevés de Mme Martinelli, une petite tête brune furieuse émergeait d'une porte rose. L'une des infirmières jeta un coup d'œil à Mira et posa rapidement une serviette sur les genoux de Mme Martinelli. La femme criait : « Oh ! Jésus, aidez-moi, mon Dieu, aidez-moi... » Il était trop tard pour le cordon, trop tard pour les reproches. On la transporta dans la salle d'accouchement.

19

Une heure et demie plus tard, on renvoya Mira chez elle. Son travail avait complètement cessé. Elle resta assise à la maison et se tourna les pouces. Norm alla en cours mais lui dit qu'il resterait toute la journée à proximité d'un téléphone. Elle s'assit dans la cuisine, les yeux fixés sur la toile cirée. Au milieu de l'après-midi, les douleurs reprirent, mais elle ne bougea pas. Elle ne mangea ni ne but. Quand Norm rentra, plus tôt que d'habitude, il jeta un coup d'œil et cria :

« Mais qu'est-ce que tu fais, chérie ? Tu devrais être à l'hôpital ! »

Il la mit sur ses pieds et l'aida à descendre l'escalier. Elle le laissa faire.

Ils la mirent de nouveau dans le même lit, la même pièce. Le bébé venait, elle le savait. Ça faisait mal, mais la douleur n'était pas physique. Son esprit pensait à autre chose, bien pire. Elle n'arrêtait pas de se dire : c'est une chose qui, une fois qu'on est entré dedans, n'a pas d'autre issue. Elle se rebella. Elle refusa de composer avec ça. Tout était arrivé contre sa volonté, malgré elle. La salle, les gémissements des femmes, les infirmières disparurent. Une claire et limpide surface s'étendait juste au-dessus de sa douleur; elle souleva la tête pour respirer à l'intérieur. Elle se rendit vaguement compte que quelqu'un lui faisait une piqûre et qu'on la transportait quelque part. Elle entendit la voix de son médecin la gronder :

« Allez, poussez ! Il faut que vous aidiez !

– Allez au diable ! » dit-elle, ou pensa-t-elle qu'elle disait, avant de s'évanouir.

On sortit le bébé avec des instruments. Il arriva avec deux grosses bosses sur les tempes et une tête allongée. Son médecin vint la voir de bonne heure le lendemain matin.

« Pourquoi vous êtes-vous hypnotisée ? »

Elle le regarda vaguement :

« J'ignorais que je l'avais fait. »

Elle était étendue derrière les rideaux roses dans une autre salle. La lumière passait à travers les rideaux; le monde était rose.

On ne lui permit pas de voir le bébé; après quelques heures, elle se mit à poser des questions; on lui répondit que c'était un garçon et qu'il était mignon. Mais on ne lui amenait pas.

Elle se souleva.

« Infirmière », cria-t-elle d'une voix péremptoire, et c'était la première fois de sa vie qu'elle parlait sur ce ton-là.

Quand l'infirmère ouvrit les rideaux roses, Mira lui dit avec une fureur contenue :

« Je veux voir mon bébé. C'est *mon* bébé! J'en ai le droit! Allez le chercher! »

Surprise, l'infirmière sortit précipitamment. Environ vingt minutes plus tard, une infirmière apparut avec un enfant dans une couverture. Elle se plaça à trente centimètres de Mira, présenta l'enfant, mais sans permettre à Mira de le toucher.

Elle était furieuse.

« Allez me chercher le médecin! » cria-t-elle.

Par chance, il était encore dans l'hôpital et entra en courant environ une demi-heure plus tard. Il la regarda d'un air soucieux; il lui posa quelques questions. Pourquoi voulait-elle voir l'enfant?

Elle explosa : Parce que c'est mon enfant! puis, voyant de l'anxiété sur son visage, elle se laissa retomber contre les oreillers :

« La façon dont on m'empêche de le voir me fait penser qu'il y a quelque chose qui ne va pas », dit-elle plus calmement.

Il secoua la tête d'un air compréhensif :

« Je vais vous le faire apporter », dit-il en lui tapotant la main.

Elle commença à comprendre qu'étant donné son comportement pendant l'accouchement, ils la croyaient folle et capable de s'en prendre au bébé. Quelques jours plus tard, une infirmière lui confirma que des femmes le faisaient parfois. Parfois même elles se suicidaient ou essayaient de le faire. Cela avait un nom : dépression post-partum. Elle sourit avec amertume. Bien sûr que c'était fou. Toutes les femmes adoraient être enceintes, étaient folles de joie d'accoucher et faisaient de leur mieux pour aider les gentils médecins. Elles étaient toutes de gentilles petites filles et, quand leurs bébés étaient nés, elles étaient si heureuses! Et serraient leurs petits chouchous en gazouillant. E-vi-dent. Et si vous ne faisiez pas ça, vous étiez cinoques. Personne ne s'était jamais demandé pourquoi des femmes tuaient les bébés qui leur avaient causé tant de douleurs, ou se suicidaient alors que les douleurs avaient cessé. Elle avait pris une bonne leçon. Ils détenaient le pouvoir. Il fallait agir de la façon que l'on voulait vous voir adopter, sinon ils étaient capables de garder l'enfant de votre propre corps et de votre douleur. Il fallait deviner ce qu'ils attendaient de vous et vous y conformer, et, si vous le faisiez, vous pouviez vous en tirer sur cette terre. Quand l'infirmière revint avec l'enfant, Mira lui sourit. Elle l'interrogea de nouveau à propos des deux bosses et de la forme de la tête car elle ne se fiait pas à ce que lui avait dit l'infirmière du matin. Elle comprit que ces marques étaient un stigmate, non pour l'enfant, mais pour elle : elle *n'avait pas poussé.* Finalement, l'infirmière lui laissa le nouveau-né dans les bras et, après l'avoir observée pendant quelques minutes, quitta la pièce.

C'était marrant. L'infirmière avait dit de ne pas laisser son cou sans soutien parce qu'il n'arrivait pas à tenir sa tête tout seul. Et de ne pas toucher sa fontanelle parce que c'était encore mou, le crâne n'était pas encore refermé. C'était terrifiant. Le bébé avait l'air vieux et parcheminé comme un homme âgé. Il avait un peu de duvet sur la tête. Lorsqu'elle fut certaine que l'infirmière était partie, elle arrêta de sourire et ouvrit la couverture. Elle scruta son contenu. Deux bras, deux jambes, des mains et des pieds intacts. Elle observa avec surprise les minuscules ongles des pieds et des mains. Ils étaient un peu plus bleus que le reste du corps, qui était taché de bleu et de rouge. Nerveusement, en regardant si l'infirmière n'était pas revenue, Mira défit les épingles à nourrice d'un côté de la couche. Un pénis minuscule comme un ver se dressa soudain et lui fit pipi juste dans l'œil. Cela la fit rire.

Elle referma la couche, et contempla le nouveau-né. Elle découvrit des ressemblances familiales, surtout avec l'un de ses oncles défunt. Il était couché les yeux fermés, mais sa bouche remuait et ses mains minuscules se serraient convulsivement. Il devait avoir peur, se dit-elle, après tant de journées passées dans la chaude obscurité de son ventre. Elle mit son auriculaire dans la toute petite main quand elle s'ouvrit; le bébé l'agrippa et le tint fort. Les minuscules doigts devinrent bleus sous l'effort, et les ongles complètement blancs.

Quelque chose se passa en elle tandis qu'il continuait de serrer son auriculaire. On aurait dit qu'il essayait de le mettre dans sa bouche. Elle sourit : toujours, toujours, dès le tout début, je veux, je veux. Elle abandonna son doigt à son étreinte et l'aida à l'introduire dans sa bouche. Il essaya de le sucer, bien qu'il ne parût pas très bien savoir comment s'y prendre. Elle le serra davantage contre son cœur et se laissa tomber en arrière avec lui. Il s'installa tout contre elle, presque tourné vers elle, et se détendit. Quelques minutes plus tard, l'infirmière entra et l'emporta avec elle.

Mira était allongée, la tête sur l'oreiller, le corps complètement calme. Ses bras se sentaient vides. Elle sentit que quelque chose se passait dans son corps, un tiraillement qui partait de vers son sexe et qui perçait à travers son estomac, sa poitrine et son cœur, tout droit vers sa gorge. Ses seins lui faisaient mal. Elle avait envie de les mettre dans la bouche du bébé; elle avait envie de le tenir dans ses bras. Elle avait envie de mettre un doigt dans sa main et de l'étendre contre elle et que, réchauffé par son corps, il sente son cœur battre. Elle avait envie de s'occuper de lui. Ce qu'elle éprouvait, elle le savait, était de l'amour, un amour plus aveugle et même plus irrationnel que l'amour sexuel. Elle l'aimait parce qu'il avait besoin d'elle; qu'il fût à elle et issu de son corps était secondaire. Il était désarmé et se déplaçait contre le corps de Mira comme s'il s'agissait du sien, comme s'il était la source de tout ce dont il avait besoin. Elle savait qu'à partir de ce jour sa vie serait dictée par cette minuscule créature, que ses désirs seraient la chose la plus importante de sa vie, qu'elle essaierait à jamais d'être l'objet de cette étreinte convulsive, ce gentil petit bouton de rose, se dit-elle en épongeant l'urine de son œil. Mais, d'une certaine façon, tout allait bien grâce à cet amour, qui n'était pas que de l'amour, qui était encore plus qu'un besoin : c'était un désir impérieux et la solution à tous ses maux.

20

Au cours de la journée, elle avait entendu des voix de l'autre côté du rideau rose. Elles étaient basses, des murmures même, et elle n'avait pas saisi leurs propos. Maintenant, l'infirmière, ayant apparemment décidé qu'elle était à tout bien considérer saine d'esprit, ouvrit les rideaux autour du lit. Elle était dans une grande salle bien éclairée avec trois autres femmes; tous les lits avaient leurs têtes placées contre les murs. Les trois femmes la saluèrent comme une invitée en retard qu'elles auraient attendue.

« Oh ! vous êtes réveillée ! On essayait de ne pas vous déranger.

– Comment vous sentez-vous ? Est-ce que vos points de suture vous font mal ?

– Votre bébé est très beau. Je l'ai vu quand l'infirmière l'a amené. Il vendra à la criée quand il sera grand ! Il a réveillé toute la maternité la nuit dernière. » Elle éclata de rire, ce qui révéla l'absence de plusieurs dents.

Mira rit aussi :

« Ça va bien, je vous remercie. Et vous ? »

Tout le monde allait bien. Elles étaient en pleine conversation. Par la suite, Mira fut incapable de se rappeler de quoi il avait été question. Peu importait : leurs propos n'étaient jamais linéaires, ils n'avaient ni début ni fin, et c'était là l'important. La conversation fit tours, retours et détours. Elles pouvaient parler de n'importe quoi, l'important n'était pas dans ce qu'elles disaient. Mira les écouta quatre jours durant; parfois même, elle se joignit à elles. Elles comparaient leurs nombres de points de suture respectifs mais ne se plaignaient jamais, sauf une fois, quand, rideau tiré, alors que l'infirmière la lavait, Mira entendit Amelia murmurer un peu anxieusement qu'elle avait très mal « là ». Elles comparèrent les livres et grammes de chair de bébés produite, gazouillèrent devant le bébé de treize livres de la minuscule Amelia; comparèrent le nombre et l'ordre de leurs enfants. Grace en avait sept, Amelia quatre, Margaret deux, et c'était le premier de Mira : « Votre premier ! » s'exclamèrent les trois autres en souriant de plaisir, comme si Mira avait accompli un acte prodigieux. Elle l'avait fait. Elle était avec elles à présent.

Elles parlèrent de leurs autres enfants. Margaret se faisait de la bile pour son gosse de trois ans : accepterait-il le bébé ? Grace éclata de rire, puis s'arrêta et se mit la main au côté en haletant. On lui avait fait une césarienne. Elle ne se faisait plus de soucis à ce propos, répliqua-t-elle. Ses enfants seraient ennuyés s'ils ne trouvaient pas un nouveau-né dans une petite crèche tous les deux ans ! Quel âge avait son aîné ? lui demanda Mira. Seize ans, dit-elle. Mira voulut lui demander – mais n'osa pas – quel âge elle avait elle-même. Elle devait se situer entre trente-quatre trente-cinq et cinquante et quelques, calcula Mira, mais elle en paraissait cinquante et quelques. C'était celle à qui des dents manquaient. Lorsque Mira vit son époux – il lui rendit visite ce soir-là – elle sut que Grace devait avoir la trentaine. Son mari était jeune.

Elles parlèrent, reparlèrent et parlèrent encore, mais avec beaucoup de délicatesse. Si l'une d'entre elles se rencognait contre son oreiller et fermait les yeux, les trois autres baissaient la voix et parfois même tombaient dans un silence complet. Elles parlèrent de bébés, enfants, boutons, coliques, formules sanguines, nourriture, chagrins. De la meilleure façon de réparer un tapis troué, de leurs recettes de hamburgers favorites, des moyens faciles de faire un maillot de bain. Elles avaient caractérisé leurs enfants et en parlaient ainsi : l'un avait du caractère, l'autre était timide, le troisième était doué, le quatrième se heurtait avec son père. Mais elles semblaient ne pas du tout juger ces faits. Elles ne lui permirent pas de voir si elles étaient contentes ou mécontentes de ce caractère, de cette timidité et intelligence ou harmonie. Leurs enfants étaient, voilà tout, ils étaient ce qu'ils étaient, et ces femmes les aimaient tels qu'ils étaient. C'était leurs enfants qu'elles avaient en tête; elles parlaient rarement de leurs maris. Lorsqu'elles le faisaient, c'était au passage, comme quelqu'un qui vit emprisonné dans une institution se doit d'en mentionner les structures. Les maris étaient d'étranges, d'inexplicables créatures qu'il fallait respecter, une contrainte qu'il fallait subir. L'un mangeait du poisson, l'autre pas de légumes, un autre refusait de manger en même temps que les enfants. L'un jouait au bowling trois soirs par semaine et devait manger tôt. L'autre interdisait tout ménage pendant qu'il était là. Leurs relations privées avec leurs hommes, leurs sentiments étaient cachés, et Mira eut la très forte sensation qu'ils étaient secondaires à côté de la grande, de l'absorbante chose : les enfants.

Elle était attirée par ces femmes parce qu'elles étaient chaleureuses et l'acceptaient sans problèmes. Elle se dit que, si elle avait habité le même bloc d'immeubles que n'importe laquelle d'entre elles, elles auraient été moins bienveillantes. La salle d'hôpital, comme tout collectif artificiel, facilite l'amitié. Leurs conversations lui cassaient souvent les pieds, même si elles lui apprenaient des choses : quand elle rentra chez elle, elle raccommoda le tapis du living-room de la façon qu'avait dite Amelia, et cela tint. Mais ce n'était pas leurs conversations elles-mêmes qu'elle écoutait : elle écoutait ce qu'il y avait derrière. Quand elles allèrent mieux et que la douleur des sutures s'estompa, elles rirent plus souvent et de meilleur cœur. Maris, belles-mères, enfants, tout était prétexte à rigoler. Mais elles ne parlaient jamais d'elles-mêmes.

Elles ne se plaignaient pas, elles n'insistaient pas, elles ne réclamaient rien, elles semblaient ne rien désirer. Mira, habituée au monde égoïste des mâles (elle-même, après tout, en faisait partie) et à ses incessants « JE », était étonnée de l'absence d'égoïsme de ces femmes. Elle, avait toujours aimé faire valoir *son* intelligence, *ses* opinions, *ses* connaissances, mais quand elle écoutait ce qui, un mois plus tôt, lui aurait semblé être une conversation idiote, elle entendait ce que les femmes disaient vraiment et cela lui faisait honte. C'était : oui, je suis comme vous, je me préoccupe des mêmes choses que vous – le quotidien, l'ordinaire, menues dépenses et petites réparations. Et je sais, comme vous, que d'une certaine façon ces choses terre à terre comptent davantage que les grandes actions qui se déploient, fusions de sociétés, violations territoriales, dépressions et décisions du cabinet du Président. Non que les choses dont je m'occupe soient importantes. Mon Dieu, non, ce ne sont que des petites choses, mais elles comptent, vous savez, elles comptent beaucoup dans un vie. Dans ma vie, celle de mes enfants, même celle de mon mari, quoiqu'il ne veuille jamais l'admettre. Mon mari a piqué une colère parce qu'il n'y avait pas de café à la maison un matin. Le croiriez-vous ? Un homme d'âge mûr. Oui... ces choses comptent beaucoup pour eux. Tous. Et ma propre vie – oui, ma vie est remplie de choses de ce genre. Lorsque Johnny s'est bien amusé à la Little League; lorsque le soleil jaillit d'une façon particulière à travers la fenêtre de la cuisine un matin d'automne; lorsque je réussis à transformer de la viande bon marché en un délicieux ragoût, ou ma pièce de rangement en quelque chose de presque – pas tout à fait – beau; tels sont les moments où je suis heureuse. Lorsque je me sens utile, quand l'harmonie peuple mon monde.

Elle écoutait et entendait leur acceptation, leur amour, leur désintéressement et, pour la première fois de sa vie, trouva que les femmes étaient grandes. Leur grandeur faisait ressembler tous les exploits des guerriers et des chefs d'Etat à de pompeux auto-agrandissements, faisait ressembler même les poètes et les peintres à des marmots égoïstes qui se démenaient dans toutes les directions en criant : « Maman, regarde-moi ! » Leurs douleurs, leurs problèmes étaient secondaires pour l'harmonie du grand tout. Les mêmes qui avaient gémi et invoqué Dieu en bas, dans la salle de préparation, avaient oublié la douleur, l'amertume. Braves, elles étaient : braves, de bonne humeur et soumises, elles reprenaient les mailles qui avaient sauté et terminaient de tricoter quelque chose de chaud pour quelqu'un, en laissant leurs dents pourrir, en portant des vêtements étriqués pour payer la note de dentiste de Johnny et en laissant de côté leur désir, comme une fleur fanée de leur premier bal enfoncé entre les pages d'un livre d'enfant.

Elle les regarda avec des yeux aveuglés par le soleil et leur sourit; Margaret s'inquiétait à nouveau : Est-ce que son gamin de trois ans était malheureux sans elle ? – et Amélie : Est-ce que sa mère se rappelait de mettre plutôt des fruits que des bonbons dans le panier-repas de Johnny ? Et Grace, silencieuse et le front plissé par les soucis, qui espérait que Johnny avait fait réparer sa bicyclette et que Stella se débrouillait bien avec la cuisine. Elle sourit avec elles, rit avec elles de l'absurdité du monde. Elle était incapable d'être à leurs côtés avec autre chose que son cœur, mais ça, elle le faisait. Elle se dit qu'elle était enfin arrivée à l'état de femme.

21

Valerie ricana, évidemment, en entendant cela. Nous étions assises un soir chez Val, Iso, Ava, Clarissa, Kyla et moi, et Mira nous parlait de son expérience de l'accouchement. C'était pendant l'hiver – février ou mars – de 1969, et nous ne nous connaissions pas beaucoup comme bande. Nous en étions toujours à longer les murs de la politesse, pas encore assez sûres les unes des autres pour nous laisser aller complètement, mais pas loin d'en arriver là.

Quoique nous n'en fussions alors pas conscientes, nous nous étions assemblées par mépris des mêmes choses – valeurs et attitudes que nous voyions partout autour de nous à Harvard. Notre mépris était d'un genre particulier : tous les étudiants de première année de licence étaient malheureux ici. Mais nous n'étions pas tant malheureuses qu'outragées, et notre mépris, comme nous devions le comprendre par la suite, était l'expression d'un profond et positif sentiment de la façon dont les choses *auraient dû* être. Ce soir-là, toutefois, nous nous sentions différentes les unes des autres.

Nous faisions des compliments à Val à propos de la beauté de son appartement. Elle avait peu d'argent, mais l'avait peint, rempli de plantes et parsemé de trucs et de machins rapportés de ses nombreux voyages. C'était un endroit délicieux.

Et Mira a dit – de la façon exubérante et banlieusarde qui était la sienne – combien les femmes étaient merveilleuses, regardez le magnifique appartement de Val, aucun homme n'aurait eu le courage ou l'imagination de faire cela, surtout avec si peu d'argent. Et Kyla, qui avait également magnifiquement aménagé l'appartement qu'elle partageait avec Harley, approuva complètement. C'est alors que Mira dit qu'elle avait brusquement découvert combien les femmes étaient grandes après avoir donné le jour à Normie et qu'elle décrivit la chose. Et Val ricana.

« Euh, ma vieille ! On t'a complètement eue ! »

Mira battit des paupières.

« Comme c'est pratique d'avoir toute une classe sociale qui abandonne sa vie pour d'autres gens ! Comme c'est chouette : pendant que vous sortez faire des trucs qui satisfont votre « ego », vous avez quelqu'un qui lave le carrelage de la salle de bain et qui ramasse vos caleçons sales ! Et qui ne fait jamais de choux de Bruxelles parce que vous n'aimez pas ça ! »

Tout le monde voulut dire son mot.

« C'est vrai, c'est vrai ! chantonna Kyla.

– Pourquoi est-ce que tu ne me fais pas tout ça ? » dit Isolde en souriant à belles dents à Ava.

Clarissa, l'air sérieux, essaya de placer un mot...

« Je ne pense pas que... »

Mais on ne pouvait pas interrompre Val.

« Je veux dire, Mira, est-ce que t'entends ce que t'es en train de dire ? La grandeur des femmes réside dans leur désintéressement ! Tu pourrais aussi bien dire que la place de la femme est à la cuisine !

– Absurde ! – Mira se mit à rougir légèrement – Je ne prescris pas, je décris ! Il y a des carcans. Quoi que tu dises de la façon dont les choses devraient être, elles sont ce qu'elles sont ! Et, si le monde changeait demain, ça serait trop tard pour ces femmes-là !

– Et pour toi, c'est trop tard ? » lui lança Kyla.

Mira se rencogna en riant à moitié :

« Ecoute, tout ce que je dis, c'est que les femmes sont grandes parce qu'elles ont très peu et donnent énormément...

– Mais oui ! » dit Val avec colère.

Isolde rit nerveusement :

« On ne leur permettra jamais de s'en sortir.

– Elles tiennent très peu de place, continua Mira avec obstination, mais elles ne deviennent pas amères et mesquines, elles essaient de rendre ce peu de place plein de grâce et d'harmonie.

– Va dire ça à celles des cellules pour schizophrènes, à celles qui se bourrent la gueule à mort dans leurs cuisines, à celles que leur mari couvre de bleus quand ils se sont bourrés, ou à celles qui brûlent les mains de leurs gosses.

– Je ne dis pas que toutes les femmes...

– D'accord, commença Clarissa sur un ton autoritaire – et la pièce se calma un peu – mais toutes ces choses n'ont pas la même racine. Les hommes aussi ont des carcans.

– Je ne m'occupe pas des hommes !... s'exclama Val... qu'ils le fassent tous seuls ! Ils ont joliment pris soin d'eux-mêmes au cours des quatre mille années écoulées. Et les problèmes des femmes *ont* tous la même racine : ce sont des femmes.

– C'est comme si tu disais qu'elles n'ont aucune identité individuelle, objecta Iso.

– Elles n'en ont pas. Pas quand on parle de la grandeur des femmes ou des carcans des femmes : si tu dis ça, tu admets une identité entre toutes les femmes, ce qui implique un manque d'individualité. Kyla a posé la question de savoir si Mira avait été détruite par ces carcans; la réponse est « oui », ou presque « oui ». Ecoutez! – elle posa violemment son verre sur la table – ce que je veux dire en fait, c'est que de dire aux femmes qu'elles sont grandes parce qu'elles ont renoncé à elles-mêmes, ça revient à leur dire de continuer à le faire. »

Mira leva la main d'un geste dont un flic fait *stop* :

« Attends, ordonna-t-elle. Je voudrais que tu te taises une minute, Val, parce que je veux te répondre, mais il faut que je réfléchisse à ce que je vais dire. »

Val se leva en souriant :

« Qui veut encore un peu de vin ? »

Quand elle revint, Mira dit : « O.K. » à la manière songeuse que nous avions toutes prise à Clarissa, dont l'esprit découpait les choses, comme une horloge mesure des espaces temporels précis, en précédant chacune d'un « O.K. » :

« Oui, je veux qu'elles continuent à le faire. »

Hurlements dans la salle.

« Je le pense. Qu'adviendra-t-il du monde si elles ne le font pas ? Ce serait insupportable. Qui donc le ferait ? Les hommes vont au travail pour rendre la vie possible et les femmes travaillent pour la rendre supportable.

– Pourquoi que t'es en licence alors ? – Kyla était à deux petits doigts de sauter de sa chaise. – Pourquoi vis-tu dans ce, excuse-moi, minuscule, incommode et minable appartement ? Pourquoi n'arranges-tu pas un beau et confortable foyer pour ton mari et tes gosses ?

– Je l'ai fait ! Je le faisais !

– Et ça te plaisait ?

– Je détestais ça. »

Tout le monde rigola, et Mira grimaça un sourire avant de rire à son tour.

« O.K. ! Tu ne dis donc pas – dis-moi si je me trompe, Mira – tu ne dis donc pas que tout ce que les femmes doivent faire, c'est créer du bonheur. Tu dis que c'est seulement une partie de ce qu'elles doivent faire, hein ? C'est bien ça ? »

Kyla se pencha encore plus en avant, comme si la réponse de son amie était pour elle la chose la plus importante du monde.

« Non. Je suis en train de dire que c'est ce qu'elles font, et c'est très beau.

– O.K. – c'était Clarissa cette fois – mais si elles ont envie et sont capables de faire également d'autres choses, tout à fait d'ac, pas vrai ? »

Mira fit « oui » de la tête et tout le monde se calma. Une sorte de paix s'empara de chacune. Elles étaient heureuses que leurs points de vue s'accordent enfin. Mais la paix ne fut que momentanée.

Val se laissa aller dans son fauteuil et croisa les bras :

« Bon, bon, bon, du moment que les femmes font ce qu'elles sont censées faire, et qu'elles ont toujours fait, comme on nous le dit (mais j'en doute : quand elles poussaient la charrue dans les champs, ou tiraient des filets de pêche, ou marchaient à la guerre comme elles l'ont fait en Ecosse et dans d'autres pays, elles n'avaient guère le temps pour la décoration intérieure... ou la cuisine fine. Toute cette merde à propos du travail que la femme est censée devoir faire ne remonte qu'à une centaine d'années... Vous vous rendez compte ? Elle n'est pas plus vieille que la Révolution industrielle et elle a probablement commencé pour de bon et sur une grande échelle à l'époque victorienne). Bon, quoi qu'il en soit, si les femmes font ce que l'on conçoit aujourd'hui comme étant leur travail propre et naturel et qu'elles parviennent à épargner un peu de temps ou d'énergie, elles ont le droit de faire tout ce qu'elles veulent. Mais, dans la réalité, si on vous a lavé le cerveau jusqu'à faire de vous un être désintéressé, il ne vous viendra jamais à l'esprit de faire ce que vous avez envie de faire; vous ne penserez même pas dans ces termes-là... Il n'y a pas assez de *vous* pour vouloir.

– C'est pas vrai ! s'exclama Kyla. Moi, je fais les deux. Je m'occupe vraiment de Harley, je m'occupe de l'appartement, je fais la cuisine... Harley prépare, bien sûr, toujours le petit déjeuner, ajouta-t-elle rapidement. Et je fais aussi tout ce que je veux. »

La voix calme d'Isolde se mit soudain violemment de la partie :

« Mais regarde-toi ! »

Tout le monde se tourna pour regarder Isolde, même Kyla, qui sauta presque sur sa chaise pour l'avoir en face d'elle.

« Tu n'es qu'une épave nerveuse, tu as des poches sous les yeux, tu deviens hystérique dès que tu as bu trois verres...

– Minute, j' suis pas si...

– Pour Superwoman... dit Val en souriant à Kyla, ça peut être possible, même si c'est dur à faire ! Mais les mortelles plus ordinaires ? »

Cela continua sur le même ton. Ce fut Clarissa qui, en fin de compte, apporta une solution, qui suggérait que la seule et unique manière de résoudre ce problème était d'insister sur la nécessité pour chacune d'être un peu désintéressée et de tenir tour à tour les deux rôles. Tout le monde approuva.

Mais, vous savez, ça ne servit à rien. C'était là une solution purement rhétorique. Parce que la réalité est que tout le monde ne tient pas tour à tour les deux rôles et probablement ne le peut pas; que tout le monde n'accepterait pas ça. Ainsi, toute cette discussion me donna l'impression que nous avions parlé du plan des rues et de l'architecture du paradis. En réalité, ça n'avait pas grand sens, même pour nous, d'insister sur le fait qu'hommes et femmes devaient être désintéressés car, quoique nous fussions toutes en faculté, à la maison nous tenions toutes le rôle féminin, particulièrement Kyla et Clarissa, qui étaient mariées, et Val, qui avait un enfant et parfois un homme à la maison. Même Ava, qui accomplissait peu de tâches domestiques, courait du boulot à la maison quand elle et Isolde avaient des invités à dîner, parce qu'elle était convaincue que la façon de cuisiner d'Iso empoisonnerait tout le monde, tôt ou tard. Elle faisait du poulet à l'estragon et du risotto d'un air affairé. Et nous étions censées être « libérées » !

Je soulignai cela; Isolde laissa échapper un soupir :
« J'ai horreur des discussions sur le féminisme qui se terminent en disant qui fait la vaisselle, dit-elle. Moi aussi. Mais, à la fin, il y a toujours cette damnée vaisselle... »

II

1

APRÈS sa grande joie de l'hôpital, c'est de la vaisselle sale que Mira retrouva à la maison, et sa vie, pendant des années, ressembla à une gigantesque montagne de vaisselle sale. Elle et Norm restèrent quelque mois encore dans leur deux-pièces, mais il était trop petit; aussi prirent-ils un appartement avec chambre et living-room. Quand elle fut de nouveau enceinte, elle ne demeura déprimée que peu de temps. Autant l'avoir maintenant, se dit-elle, sans achever sa pensée. Maintenant, voulait-elle se dire, que je ne suis déjà plus personne et que, de toute façon, je n'ai pas d'autre vie.

Pendant des mois, sa journée commença à deux heures du matin, quand la faim réveillait l'un des bébés. Elle se levait en vitesse dès que le bébé pleurait, le prenait dans une couverture et le sortait de la chambre avant qu'il ne pût réveiller Norm. Elle le couchait par terre dans le living-room et fermait doucement la porte de la chambre avant que ses cris ne deviennent trop forts. Serrant son peignoir de bain de vieille flanelle – l'appartement était toujours froid à cette heure-là – elle allait dans la cuisine, allumait le four en laissant la porte ouverte et chauffait le biberon. Quand le bébé savait tenir sa tête, elle l'emmenait avec elle et le serrait contre son corps tandis qu'elle s'agitait devant la cuisinière. Elle fermait la porte de la cuisine, s'asseyait à la table avec le bébé et lui donnait à manger dans la pièce bien chaude.

Une fois le bébé rassasié et changé, elle retournait généralement se coucher et pouvait dormir jusqu'à six heures et demie ou sept heures, quand Normie ou Clark réalisaient de nouveau que leur estomac était vide. Norm se levait aussi à ce moment-là; c'était parti pour une heure de pagaille : les bébés criaient, Norm lui tombait dessus et Mira essayait de chauffer un biberon, de faire du café et cuire des œufs pour Norm. Après la naissance de Clark, la pagaille s'accrut du fait de la présence du petit Normie, assez âgé pour se déplacer mais pas encore sur ses pieds, et qui se traînait sans cesse au milieu des chaises de la cuisine et dans les jambes de Mira, en quête d'aventure. Après le départ de Norm, Mira pouvait s'asseoir et donner au bébé ou aux bébés des œufs durs et des céréales, les baigner et les habiller, remettre le plus petit dans un lit propre après l'avoir posé sur le sol – impossible à désencombrer – pendant qu'elle changeait les draps trempés de pipi. Vers neuf heures, elle mettait dans de l'eau les vêtements des bébés et faisait bouillir les couches sales dans une grande marmite. C'était alors le moment de faire le lit, nettoyer la salle de bain, mettre les biberons dans le poupinel, s'habiller, et faire le ménage de l'appartement qui, parce qu'il abritait tant de monde et était tout petit, était sans cesse rempli de poussière. Vers onze heures et demie, elle avait récuré les habits des bébés et les couches sur une planche à laver et les pendaient à un fil de fer tendu entre la fenêtre de l'appartement et un poteau dressé dans l'arrière-cour. C'était délicat, surtout lorsqu'il faisait froid et que ses doigts gelaient. Si elle laissait tomber quelque chose, il fallait qu'elle laisse les enfants tout seuls, pour descendre quatre à quatre les trois étages, se précipiter dans l'arrière-cour, prendre ce qui lui avait glissé des mains, remonter quatre à quatre et, haletante, relaver la chose en question, en espérant qu'elle ne répéterait pas son erreur. Alors elle mettait des pommes de terre à cuire sur la cuisinière après l'avoir allumée et commençait à réchauffer les petits pots de viande sélectionnée. Ça aussi, c'était délicat : Normie n'aimait ni le foie ni le mouton; il les recrachait quand elle lui en donnait. Clark n'aimait pas le poulet. Des fois, ils recrachaient des choses qu'ils avaient avalées la veille.

Les bébés ont besoin de prendre l'air, aussi, après avoir fait la vaisselle (et avoir avalé un peu de thé en leur donnant à manger, et mangé la peau des pommes de terre à l'eau), elle s'habillait, mettait quelque chose de chaud aux gosses, prenait le bébé sur un bras et la petite voiture sur l'autre, et entraînait les deux dans les trois étages de l'escalier.

Les vrais problèmes commençaient en bas, quand elle avait besoin de ses deux mains pour ouvrir la poussette et qu'il lui fallait trouver un endroit où poser un instant le bébé. Parfois, un voisin l'aidait. Parfois, elle devait le poser tout simplement sur le trottoir. Le problème était d'autant plus grand quand ils furent deux et alors qu'aucun des deux ne savait marcher. Après les avoir assis, elle se rendait au grand magasin. Elle devait aller tous les jours acheter des denrées périssables, car elle ne pouvait pas en porter beaucoup à la fois. Cela fait, elle allait jusqu'au square où d'autres jeunes mamans étaient assises sur des bancs verts et faisaient prendre l'air à leurs enfants.

Elle aimait bien ces femmes et leur souriait en les apercevant. Elles constituaient souvent les seules personnes auxquelles elle parlât durant toute la journée, car Norm était fréquemment absent le soir et même quand il rentrait, il fallait qu'il travaille. Toutes ces femmes s'aimaient bien les unes les autres. Elles parlaient avec animation de couleurs de tabourets, d'ordonnances, de coliques et de leurs causes; elles comparaient des factures, faisaient des suggestions judicieuses et admiraient les gosses. On aurait dit qu'il y avait là une communauté religieuse secrète, un mouvement marginal auquel toute personne ayant un bébé était invitée à adhérer. Toutes les jeunes femmes qui passaient avec des petits gosses dans des poussettes étaient chaleureusement accueillies, étaient tout de suite des amies. Mais il n'y avait presque jamais de conversations traitant d'autre chose. Au bout d'un an ou deux de fréquentation de ces femmes, Mira n'avait rien appris de leurs maris, sauf leurs prénoms et, parfois, leurs métiers.

Cela n'était pas dû à de la réticence : simplement, ces femmes ne s'intéressaient qu'aux enfants; elles se prenaient vraiment – même si elles avaient été incapables de le dire – pour des membres d'un culte secret qui reposait sur la fascination des enfants, de l'accouchement et de l'éducation. Il leur était inutile de tenter de conférer un caractère secret à leur assemblée, elles n'avaient aucun besoin de rites, de poignées de main ou de livres de référence : personne d'autre ne s'intéressait à elles. Elles se sentaient unies par leur profonde et difficile science : tacitement, d'un sourire ou d'un geste de la tête, elles se signifiaient que c'était là la chose la plus importante, non, la seule chose importante dans la vie. Les gens qui n'étaient pas comme elles leur paraissaient coupés de la réalité profonde des choses.

Mira restait assise là avec elles aussi longtemps qu'elle le pouvait. Lorsqu'il sut marcher, Normie se mit à jouer dans l'herbe – ou la neige – avec d'autres petits enfants. Mais, vers trois heures et quart, il se mettait à grogner et à pleurer. Tout le monde comprenait. Tous les gosses avaient leurs mauvais moments. Si une femme partait de bonne heure ou était trop distraite pour beaucoup parler, personne ne faisait de commentaires. Les enfants d'abord! Les enfants étaient tout; personne n'attendait autre chose de la vie.

Mira rentrait à la maison en tenant Normie, fatigué et grognon, sur un bras et en poussant la petite voiture avec l'autre. Monter l'escalier était un peu difficile. Elle le faisait en deux temps : d'abord le bébé, les victuailles et son sac à main, avec quoi elle entrait dans l'appartement pour allonger le bébé par terre et mettre les victuailles dans la cuisine; puis elle allait chercher la poussette. Après la naissance de Clark, elle ne prenait que les enfants et son sac à main, et redescendait pour les victuailles et la poussette. Elle était toujours inquiète; elle craignait que l'un des bébés ou que les deux ne se fassent du mal, ou que la poussette et les victuailles ne lui soient volées pendant qu'elle était en haut.

Lorsqu'elle rentrait dans l'appartement, son cœur se calmait. C'était le pire moment de la journée. Le bébé se réveillait, agité et désireux qu'elle joue avec lui. Normie piquait des caprices et avait faim. Et il fallait qu'elle se mette à préparer le dîner. Les soirs où Norm revenait de bonne heure, il voulait manger tout de suite. Elle s'affairait dans la cuisine, puis allait jouer avec eux et courait dare-dare à la cuisine quand elle sentait que quelque chose brûlait ou que quelque chose cuisait trop vite (Norm se plaignait beaucoup de la cuisine à cette époque). Mais, chaque fois qu'elle retournait à la cuisine, il y avait toujours un enfant, et parfois deux, qui hurlaient. Elle les laissait crier, épluchait les pommes de terre ou les navets, enlevait les fils des haricots verts et retournait les voir. Norm n'aimait pas les entendre faire du bruit quand il rentrait, alors elle essayait de les faire manger avant son retour, mais quel que fût celui par lequel elle commençait, l'autre criait et faisait du vacarme.

De temps en temps, Norm jouait un petit peu avec eux, mais il ne savait pas du tout jouer avec un bébé, à part le lancer en l'air et le rattraper; elle ne le laissait pas faire ça. Ils venaient de manger et elle voulait qu'ils se détendent pour pouvoir s'endormir, et non qu'ils s'excitent. Même dans ces cas-là, le plus souvent, alors qu'elle et Norm étaient assis à la table de la cuisine et essayaient de discuter, ils étaient interrompus à plusieurs reprises par l'un des gosses qui s'agitait. Mira se levait sans cesse pour aller les voir et, au bout d'un certain temps, Norm apportait un livre à table et lisait tout simplement en mangeant.

2

Les choses changèrent, bien sûr. Les bébés grandirent. Vers l'époque où elle avait perfectionné l'art de passer l'aspirateur ou de faire la poussière avec un môme pendu à ses basques (et qui hurlait à cause du bruit de l'aspirateur), ils surent marcher. Elle eut alors ses soirées.

Norm allait dans le living-room pour étudier directement après le dîner. Mira lavait et essuyait la vaisselle en ne cessant pas de se dire que dans quelques instants elle serait libre. Elle prenait alors une douche, se coiffait et allait dans le living-room avec un bouquin. Elle lisait de huit heures et demie à onze heures. Vers dix heures, elle avait sommeil, mais il n'était pas question d'aller se coucher, étant donné que le bébé se réveillerait à onze pour prendre son dernier biberon. Elle et Norm parlaient rarement. Norm avait fini médecine au mois de juin précédent la naissance de Clark, mais après ça, il fit son internat et sembla étudier encore plus qu'auparavant. Il était souvent de garde la nuit, et Mira se rendit compte que cela lui faisait plaisir. Car il n'arrivait pas à dormir « dans ce foutu merdier plein de boucan » quand il était là le jour; alors il allait de l'hôpital à chez sa mère, où il pouvait dormir au calme dans sa bonne vieille chambre. Il mangeait aussi des fois là-bas, et Mira ne le voyait pas pendant trois ou quatre jours. Norm s'excusa de cela le jour où il se rendit compte que Mira ne s'en plaindrait pas. Mais elle se trouva mieux avec lui ailleurs. Elle pouvait faire complètement dépendre son emploi du temps des bébés et n'était pas tout à fait aussi anxieuse quand ils pleuraient. Norm était souvent fatigué et de mauvaise humeur. C'était difficile, disait-il, d'être sous pression pendant toute la journée et de devoir rentrer dans un appartement minuscule et rempli de cris d'enfants. Tout irait mieux lorsqu'ils auraient un petit peu plus de place : tout irait mieux lorsque les gosses seraient un peu plus grands; et quand ils auraient un peu plus d'argent.

Ils avaient peu de vie sexuelle... Norm était absent, ou fatigué. Mais la façon de faire qui s'était instaurée à leur mariage avait continué, s'était consolidée, au point d'être immuable : le rapport était bref et insatisfaisant. Mira s'allongeait et permettait. Norm donnait l'impression de comprendre qu'elle ne jouissait pas; et, bizarrement, cela semblait lui faire plaisir. Elle ne pouvait que le conjecturer : ils n'en parlaient jamais. Elle essaya bien une fois ou deux de lui en parler, mais il refusa résolument. Il refusa avec grâce, et non hostilité, en la taquinant, l'appelant « petite chatte », ou en lui souriant en disant qu'il était parfaitement bien et en mettant la main sur sa joue. Néanmoins, c'était un refus. Il sembla à Mira qu'il se disait que c'était d'une certaine façon bien pour elle de ne pas jouir; cela la rendait encore plus digne de respect. Les rares fois où il voulait faire l'amour, il s'en excusait en lui disant que, pour un corps masculin, c'était nécessaire.

Mais il y avait quand même des plaisirs dans la vie de Mira : les enfants. C'était une grande joie, surtout lorsqu'elle était toute seule avec eux et qu'elle n'avait pas de soucis à se faire pour le dîner de Norm ou pour le bruit qu'ils faisaient. Elle souriait sans arrêt, inconsciemment, quand elle prenait leurs tout petits corps dans ses bras, les baignait pendant qu'ils gazouillaient de plaisir, les pomponnait et les poudrait tandis qu'ils tripotaient son visage ou les leurs en tentant de découvrir ce qu'étaient yeux et nez. Leurs naissances et la naissance de son amour pour eux lui avaient semblé miraculeuses, et tout aussi miraculeux fut le moment où, pour la première fois, ils sourirent, s'assirent et bafouillèrent un son qui ressemblait à, bien sûr, maman. Ses fastidieuses journées étaient pleines de miracles. Quand un bébé vous regarde vraiment pour la première fois; lorsqu'il s'anime en voyant un rayon de lumière et que, tel un chien donnant un coup de patte à un rayon de soleil, il essaie de le prendre dans sa main; qu'il éclate de rire en un profond gazouillis involontaire; ou qu'il crie, que vous le prenez dans vos bras et qu'il s'accroche à vous en sanglotant, sauvé de la terrible ombre qui hante la pièce ou d'un grand fracas dans la rue, ou, peut-être, déjà, d'un mauvais rêve : alors vous êtes — heureuse n'est pas le mot — comblée. Mira pensait toujours comme à l'hôpital, la première fois qu'elle avait tenu Normie dans ses bras, que l'enfant et ce qu'elle éprouvait pour lui étaient en quelque sorte des absolus, plus vrais et plus beaux que toutes les autres expériences que la vie pouvait offrir : elle se disait qu'elle vivait en plein cœur de la vie.

Soudain, des dents apparurent, minuscules pousses blanches dans la douceur de vulve rose de leurs alvéoles. Ils bougèrent, rampèrent, se tinrent debout, firent quelques pas avec l'exaltation, le plaisir et la terreur que la première créature humaine dut ressentir quand elle se dressa sur ses pattes de derrière. Puis ils parlèrent soudain, deux, trois mots, puis un nombre infini. Ils la regardaient avec gravité, la regardaient dans les yeux, demandaient et discutaient. Ils étaient de petites personnes qui lui parlaient à partir d'une conscience dont elle ne savait rien et qu'il lui faudrait apprendre à jauger; quoique cette personne eût grandi dans son ventre, l'eût déchiré en apparaissant, eût naguère partagé pulsations, nourriture, sang, joies et peines avec elle, c'était à présent une personne distincte dont elle ne comprendrait jamais tout à fait les entrailles, l'intelligence, l'esprit et les émotions. C'était comme s'ils n'étaient pas nés d'un seul coup, mais petit à petit; comme si chaque naissance était une mort; chaque pas qu'ils faisaient dans leur développement les éloignait un peu plus d'elle, de leur identité avec elle, et les introduisait dans un temps séparé, séparé d'elle. Ils allaient se mélanger à d'autres, avoir eux-mêmes des enfants, venir la voir et la quitter, jusqu'à la séparation finale, qui serait aussi une naissance d'un genre nouveau. Ils posaient des questions, avaient des opinions et des exigences : – Ça bleu? – Chaud. Trop chaud. – Un gâteau! – formulées sur un ton impérieux. Elle leur répondait, disait oui ou non, mais elle ne savait pas où ses décisions allaient, dans quel contexte de pensées et de sentiments, quel réseau de couleurs, de goûts et de sons ils avaient déjà établis.

Non qu'ils n'aient pas eu leurs propres caractères dès le début. Mira connaissait tout un tas d'histoires de vieilles bonnes femmes et y croyait autant que si elle avait été une vieille Irlandaise assise près d'une cheminée à Galway. Normie, qui avait séjourné dans une triste matrice, agitée et inquiète, qui avait dû être arraché d'elle avec des pinces métalliques, était indépendant et farouche. Il ne sourit pas avant plus de quatre mois. Il déambula gauchement dans l'appartement dès qu'il sut marcher, en grognant quand Mira voulait l'aider, et devenait furieux si on ne lui permettait pas de toucher à quelque chose. Il était également exigeant : il s'agitait souvent et ne se calmait jamais avant qu'elle ne l'ait pris dans ses bras. Il voulait quelque chose mais ne savait pas quoi. Il était très intelligent; il parla tôt et fit des déductions avant de savoir marcher. Regardant le portemanteau lorsqu'elle le prit dans ses bras après qu'il se fut réveillé de sa sieste, il dit : « Papa pa'ti. » D'abord elle ne comprit pas, puis réalisa qu'il voyait que l'imperméable de Norm manquait, ce qui voulait dire que Norm aussi. C'était un enfant agité, aventureux, et qui semblait toujours vouloir être un peu plus loin qu'il n'était.

Clark, quant à lui, avait séjourné dans une matrice calme et accueillante. Sa naissance avait été facile – il parut glisser de son ventre. Il sourit à dix jours, et Norm dit que c'était un gaz, mais Clark recommença à chaque fois qu'il la vit; Norm dut finalement admettre quc c'était bien un sourire. Il s'accrochait à elle, lui souriait, lui disait des choses, bref, l'aimait. Malgré tout, elle pouvait le laisser dans une chaise à bascule pendant une heure; il se balançait et s'amusait bien. Ce fut, quand il était tout petit, ce que l'on appelle un ange, et parfois Mira s'inquiétait parce qu'il était trop bon. Parfois, elle détournait volontairement son attention de sur Normie pour aller jouer avec Clark : elle craignait que la nature exigeante de Normie l'accoutumât à s'occuper de lui seul et à ignorer Clark.

Bien sûr, elle avait aussi des soucis. Mon Dieu, je m'en souviens de ces années! Un après-midi animé vous persuade que vous avez mis au monde un monstre; deux jours de pluie pendant lesquels les enfants se chamaillent, et vous êtes certaine que vous avez un grand cas de rivalité (dont vous êtes la seule coupable – vous leur témoignez une attention insuffisante) sur les bras. La moindre fièvre est un tueur potentiel, la moindre toux vous déchire à l'intérieur. Quelques sous pris sur une table indiquent un voleur en puissance; un beau dessin, le Matisse de demain. Mon Dieu, mon Dieu... Bon, enfin, je suis contente d'en savoir un peu plus pour mes petits-enfants, si j'en ai jamais.

Oui, en plein cœur du monde. C'était, je pense,

comme de vivre dans un immense paquebot transatlantique actionné par des moteurs placés sous un pont abîmé, et de veiller, de nourrir et d'entretenir, d'entendre et de voir, tout le jour durant et jour après jour, ce grand cœur battant – sauf que vous le voyiez grandir et changer, et s'emparer du bateau. Et c'est magnifique, mais ça vous... efface aussi. Vous n'existez pas; même eux, les enfants, sont secondaires par rapport au fait de la vie elle-même. Leurs besoins et leurs désirs sont, doivent être, subordonnés à leur survie, au grand cœur battant. Qui élève un enfant est le prêtre d'un temple; l'enfant est l'instrument, et ce qui est sacré, c'est le feu qui brûle à l'intérieur. A la différence des prêtres, cependant, ceux qui élèvent des enfants n'y gagnent ni privilèges ni respect; leurs vies passent sans qu'on les remarque, pas même elles-mêmes, tandis que toilette, repas, amour et claques – « C'est chaud! trop chaud! Non, non! » – continuèrent.

Le visage et le corps changent; les yeux oublient le monde; les centres d'intérêt diminuent, pour se fixer sur un, deux ou trois petits corps qui sont lancés à la charge dans la pièce et crient de toutes leurs forces sur des « dadas » faits de balais. Le feu sacré fume parfois; la vie sacrée fait souvent du bruit.

Mais les deux effacent l'individu. Des choses se passaient dans le monde tandis que Mira s'occupait de ses enfants. Eisenhower avait été élu président; Joseph McCarthy avait des ennuis avec l'armée des Etats-Unis. Mais, ses enfants mis à part, l'événement le plus marquant de la vie de Mira se produisit un jour qu'elle était à quatre pattes à récurer le carrelage de la cuisine, qu'un bébé se mit à pleurer et que Norm n'était pas là – à l'hôpital, couché chez sa mère, quelque part. Elle s'assit sur ses talons, secoua la tête de haut en bas, moitié souriante et moitié grimaçante, et se souvint de ses craintes devant l'éventualité d'épouser Lanny. N'importe comment, tout était arrivé. Œdipe ne pouvait pas échapper à son destin; elle non plus. Quelqu'un avait écrit le scénario longtemps avant sa naissance.

3

Un jour, ayant entendu Val parler de son ancien mari, Tad remua lentement la tête en disant :

« J'ai longtemps rêvé de t'avoir connue quand tu étais jeune. Je t'imaginais passant en vélo dans la rue, cheveux au vent, me dépassant en me faisant un signe; et moi je m'arrêtais, jeune gars sophistiqué de vingt ans, je te lançais un regard spécial en te repérant dans ma tête. Je n'en rêve plus aujourd'hui. Vous, les femmes, vous mangez les hommes. Vous prenez des hommes pour qu'ils vous mettent enceintes, qu'ils vous protègent, vous et les enfants pendant qu'ils sont petits, puis vous fermez la porte, vous les flanquez dehors en vous cramponnant à vos enfants – ce sont *vos* enfants – et vous passez votre joyeux chemin. Je suis heureux de t'avoir rencontrée aujourd'hui, alors que tu es joyeuse et que tu as du temps à me consacrer. »

Ce propos n'était pas très gentil pour Val, mais il la frappa et elle me le répéta. Il ne me parut pas du tout vrai, mais me frappa, moi aussi. Parce qu'il semble presque dire – je crois – que les hommes se sentent eux aussi des victimes. Il semble dire que Tad pensait que les hommes sont coupés par la nature du plein cœur des choses, qu'ils ne peuvent l'atteindre que grâce aux femmes, qu'ils en veulent même à leurs propres enfants de se mettre entre leurs femmes et eux. Il n'y a pas de comparaisons possibles entre un enfant et son père – dans mon livre du moins. Un bébé devient votre vie par nécessité, pas par choix. Cet ordre est ancien : il vit replié au cœur du Mythe. Ce que je ne sais pas, c'est s'il est nécessaire. Pouvez-vous concevoir un monde où ni le père ni la mère n'auraient besoin l'un de l'autre pour survivre, où père et mère pourraient tous les deux aimer et élever le bébé, pourraient être en contact avec le mécanisme battant qui dicte la vie? Moi, oui, vaguement. Mais uniquement vaguement. En revanche, je ne peux pas envisager une structure sociale capable d'englober un tel ordre sans changer ce que l'on appelle la nature humaine – c'est-à-dire qu'elle détruirait non seulement le capitalisme mais l'appât du gain, la tyrannie, l'apathie, la dépendance – vous m'avez comprise...

Quoi qu'il en soit, Tad avait vingt-quatre ans et Val trente-neuf, et il semblait à tout le monde qu'il l'adorait; c'était vrai ; mais pourtant, il la voyait comme une dévoreuse. On dirait que, profondément, dans le fond du cœur, ce cœur silencieux qui bronche rarement, qui garde le silence parce que, sinon, le monde serait détruit, dans le fin fond d'eux-mêmes les sexes se haïssent et se craignent. Les femmes considèrent les hommes comme des oppresseurs, des tyrans, comme un ennemi d'une force supérieure qu'il faut circonvenir. Les hommes considèrent les femmes comme des esclaves qui creusent vers le haut pour arriver à la lumière et qui secouent leurs chaînes d'une façon menaçante en leur rappelant sans cesse que si elles le voulaient, elles pourraient empoisonner leur nourriture : faites gaffe.

J'en sais long sur ce que les femmes ressentent dans le mariage; ce que j'ignore, c'est ce que les hommes ressentent. Dieu sait pourtant s'il y a sur le marché des piles de bouquins qui récitent les misères du mariage considéré du point de vue masculin. L'ennui, c'est qu'ils ne sont pas honnêtes. Avez-vous déjà lu un livre écrit par un mâle qui montre le héros s'accrochant à sa femme parce que c'est une très bonne ménagère? ou parce qu'elle comprend ses problèmes sexuels et ne le rend pas trop mal à l'aise à ce sujet – chose pour laquelle il ne pourrait pas compter sur une autre femme? ou parce qu'elle n'aime pas beaucoup l'amour, ce qui – n'aimant lui-même pas beaucoup l'amour – lui convient à merveille? Non, vous n'avez jamais lu un tel livre. Ou peut-être que si, mais, dans ce cas, c'était un bouquin comique et le personnage principal y était appelé un anti-héros.

Quoi qu'il en soit, je ne veux pas donner un témoignage malhonnête, aussi essaierai-je de me représenter ce que Norm a pu éprouver au cours de ces années. Le problème qui se pose à moi, c'est que Mira ne sut pas grand-chose à propos de ce que Norm éprouva au cours de ces années-là. Je le soupçonne d'avoir été beaucoup plus préoccupé par l'idée de terminer ses études de médecine que par sa femme et leurs petits gosses (ce qui est tout à fait normal, vous dites-vous en secouant la tête). Bien qu'il fût de mauvais poil et bougon plus qu'à son compte, lorsqu'elle lui demandait ce qui n'allait pas, il lui caressait la joue et ne lui disait pas ça : il était parfaitement heureux avec elle (elle devait néanmoins s'accommoder de ses ronchonnades et de ses éclats de voix). Et, bien qu'il l'observât quand elle était avec les gosses, qu'il levât les yeux de sur son bouquin, qu'il eût alors les yeux embués de tendresse, il s'était aussi mis à lui donner des ordres sur un ton péremptoire, ce qu'il n'avait jamais fait avant la naissance des enfants.

Je n'arrive pas à écrire la phrase que j'avais l'intention d'écrire ici car j'entends les huées de Val se précipiter sur moi : Bah ! Après la naissance des enfants, il savait qu'elle était à lui, qu'elle dépendait de lui et devrait avaler tout ce qu'il lui plairait de faire ! Il y a sans doute quelque chose de vrai là-dedans, mais j'étais en train d'essayer de saisir les sentiments de Norm, et s'il ressentait *ça,* il en était inconscient, ce qui revient presque à ne *pas* avoir ressenti ça. Pas vrai ? Ou bien... non, c'est, je pense, un refoulement. Je suis désolée. Pardon, Val. Je vais essayer de comprendre Norm.

Bon, alors il avait épousé la fille de ses rêves – et il ne fait aucun doute que Norm aimait vraiment Mira. Il aimait en elle ce qu'il considérait comme son indépendance, mais il s'agissait d'une indépendance d'un genre particulier et que lui ne possédait pas : il lui semblait qu'elle était sans cesse à la recherche de la vérité et que lorsque cette recherche se heurtait aux notions des autres habitants de la terre elle les envoyait tout simplement se faire foutre – pas avec ces mots-là, bien sûr. Et, dans le même temps, néanmoins, elle était extrêmement dépendante – fragile, sensible, peureuse. Il sentait qu'elle avait besoin de lui pour la protéger, et, étant fragile, sensible et peureux lui-même, il se trouvait fort quand il la prenait dans ses bras et lui assurait qu'il pouvait la protéger.

Tout cela est compréhensible. Ce qui m'ennuie – ou s'il faut dire la vérité, ce qui ennuie Val, puisqu'elle ne veut pas me lâcher – c'est que ces qualités qui nous attirent les uns les autres n'ont rien à voir avec la vérité. Sans doute est-ce notre culture, Val, qui impose un tel type de relations comme souhaitable. S'il te plaît, va-t'en, juste un instant.

Car, en fait, de quoi Norm protégeait-il vraiment Mira ? Eh bien, des autres hommes, il me semble. Il avait coutume de lui dire, souvent, très souvent et en secouant la tête d'un air entendu : Tu ne connais pas les hommes. Moi, si... ils sont terribles. – Et lorsque Mira disait qu'elle pensait les connaître un petit peu, il faisait non de la tête, et lui racontait qu'il avait été attaqué devant chez le pâtissier, alors qu'il était un gentil petit gamin de dix ans, par une bande de gosses catholiques irlandais qui arpentaient le trottoir en attendant les écoliers. Ou comment à l'armée, ses copains avaient fait toutes les misères du monde à un pauvre juif qui avait été malencontreusement affecté à leur unité. Il lui racontait infailliblement toutes les histoires de viol dont il entendait parler.

Mais, en réalité, Norm n'était pas assez avec Mira pour la protéger; contre les hommes, s'entend. Elle le faisait elle-même, en s'enfermant à clef, en ne les regardant pas, en ne pensant pas à eux. Elle en était capable parce qu'elle était une... femme mariée.

J'essaie toujours d'en venir à ce diable de Norm. Il avait donc épousé *La* femme. Ça allait pas mal. Elle avait travaillé pour les faire vivre lorsqu'il était encore en fac de médecine. Ils n'avaient pas toutes les choses matérielles qu'il voulait, mais il avait son joli corps au lit quand il le désirait, et elle faisait bien la cuisine. Sa médecine fut difficile, mais, étant marié, il étudia bien plus que s'il avait été célibataire. Il n'avait pas d'argent pour faire la bombe avec ses copains, mais n'en avait même pas envie. Il aimait être à la maison et étudier le soir en levant les yeux de sur son bouquin pour voir Mira raccommoder, repasser ou lire d'un air concentré, tandis que la douceur de son visage gagnait progressivement en dureté. Cela le rendait content, à l'aise, stable.

Je continue ?

Et s'il s'emportait avec elle de temps en temps pour

des choses dont elle n'était pas responsable, bon, euh, après tout ce n'était qu'un homme, pas vrai? Dans un sens, quoiqu'il n'en eût jamais pleinement conscience, c'était bien d'avoir quelqu'un que l'on pouvait engueuler sans avoir à craindre qu'il ne vous parle plus jamais. Pendant toute la journée, il lui fallait être poli à la fac. Avec son père, de même. Il avait engueulé sa mère, mais elle s'était fâchée et ne lui avait pas parlé pendant plusieurs jours. A la fin, bien sûr, elle lui était revenue, mais il avait souffert. Mira ne parvenait pas à faire la tête aussi longtemps, et il arrivait toujours à venir à bout d'elle et à faire qu'elle le caressât de nouveau. Il était certain que Mira était aussi heureuse avec lui que lui avec elle.

Puis les enfants entrèrent en piste. Mon Dieu, la voilà qui gonfle comme un ballon de basket puis qui devient anxieuse et repliée sur elle-même, et il faut qu'il veille sans cesse sur elle qui semble ne même plus le voir, et puis voilà quand tout est fini, que le bébé est là, présent, présent, là. Non qu'il ne l'aime pas. Mais il est *toujours là.* Il n'en voulait pas à Mira. L'enfant pleure tout le temps, il faut qu'elle lave ses couches ou qu'elle fasse cuire ses pommes de terre. Mais, après tout, elle était à lui, complètement à lui, n'était-ce pas là le sort normal des femmes – être complètement là pour vous? Soudain, elle n'est plus du tout à lui : elle appartient au gosse.

Je ne sais pas, mais il me semble que j'oublie quelque chose. J'ai l'impression que Val ouvre mes lettres, même quand je les écris à la machine. Que ceux qui ont l'intention d'écrire des lettres de protestation concernant ma présentation de Norm veuillent bien s'adresser à elle.

4

En 1955, alors que d'autres gens étaient préoccupés par la guerre froide et construisaient des abris antiaériens, Mira et Norm l'étaient par le paiement d'une petite maison qu'ils avaient l'intention d'acheter à Meyersville. Norm avait terminé son internat et était entré, en tant qu'assistant, dans le cabinet d'un vieil ami de sa famille. Il avait décidé de continuer ses études : il voulait faire une spécialité, mais ne pouvait pas vivre un an de plus claquemuré avec les deux gosses dans ce minuscule appartement. Aidés par leurs parents, ils achetèrent une petite maison en banlieue. Elle avait deux chambres et une salle à manger. Mira fut emballée, même s'ils n'avaient pas de meubles. La famille vida ses greniers, et le jeune couple s'installa.

Meyersville était une sorte de ghetto fait de petites enclaves destinées à isoler les uns des autres les classes, les couleurs de peau, les gens âgés et les infirmes. On y trouvait un grand nombre de petites maisons semblables, chacune avec un réfrigérateur, une cuisinière, une machine à laver et une cour clôturée. Et presque tous les gens qui s'y installaient étaient de jeunes couples avec de jeunes enfants qui n'étaient pas les bienvenus dans les appartements, et qui avaient besoin d'une cour et d'une machine à laver. Les gens qui, autrefois, auraient loué de petites maisons dans leur ville natale achetaient, maintenant qu'il n'y avait presque plus de maisons à louer, des maisons à Meyersville avec un premier versement de deux mille cinq cents francs et le reste en versements échelonnés à quatre virgule cinq pour cent. Les distinctions qui existaient à Meyersville – le problème racial n'en était même pas un – étaient au nombre de trois : religion, âge, éducation. Il y avait beaucoup de catholiques, de nombreux protestants et quelques juifs. Quelques vieux couples de retraités qui devaient s'accommoder des bruits d'une rue retentissante des cris d'enfants à longueur de journée. Mais il y avait une division, moitié-moitié, entre les gens qui avaient fait des études supérieures et ceux qui n'en avaient pas fait. Un diplôme universitaire signifiait encore quelque chose en 1955. Ce qu'il signifiait, ce n'était pas intelligence, ou culture, mais capacité de grimper l'échelle sociale, encore que d'entre tous les gens que Norm et Mira connurent pendant qu'ils habitèrent là, les deux qui devinrent vraiment riches n'étaient pas des ex-universitaires : l'un acheta une affaire de voitures d'occasion et devint par la suite concessionnaire Chevrolet et milliardaire, l'autre devint agent immobilier et fit quelques coups particulièrement lucratifs. En tout cas, Norm ne se sentait pas trop mal ici avec son diplôme de médecin. Il y avait d'autres médecins, des hommes de loi, des comptables, des professeurs : des gens que Norm trouvait respectables. Et puis il y avait leurs femmes qui avaient été infirmières, institutrices ou secrétaires de direction : des personnes avec lesquelles Mira pouvait discuter, du moins se le disait-il. Toutes partageaient la même condition. Elles étaient fauchées et combatives, elles avaient de jeunes enfants, et des ambitions. Petit à petit, pâté de maisons après pâté de maisons, elles se rencontraient. Pour toutes, sans la moindre question, une seule chose permettait dc juger les gens : l'argent. Rien d'autre n'avait une valeur comparable. C'étaient les jeunes femmes qui passent dans les rues au volant de vieilles guimbardes déglinguées avec une flopée de mômes et courent le monde pleines de rêves. Elles voulaient un nouveau canapé pour le living-room, un nouveau service de vaisselle, une nouvelle automobile. Elles n'étaient capables de rêver que de choses comme un voyage en Europe, des manteaux de fourrure ou des grandes piscines. Quels que fussent leurs rêves, les visions qui dansaient dans leurs têtes représentaient des sucreries... des objets. Je n'ai jamais vu un enfant rêver vraiment de sucreries, et vous ?

En attendant – parfois pendant longtemps – il leur fallait aller de l'avant sans ces choses et elles vivaient jour après jour avec leurs rêves, sans réaliser que leur vie s'écoulait, et qu'elle ne se rattrape pas. Les hommes, de leur côté, tournaient toutes leurs aspirations vers un travail où le désir donnait un joli petit côté compétitif à leur comportement. La plupart d'entre eux n'avaient aucun ami. Les jeunes femmes restaient à la maison avec les enfants, regardaient le ciel pour voir s'il leur fallait enlever la lessive de sur son fil avant qu'il ne pleuve, ou déclencher le système d'arrosage de la pelouse parce qu'il ne pleuvait pas. Dans les rues principales des villes comme celle-là, on rasa les quelques vieux immeubles restant. On élargit les routes, et des deux côtés apparurent des boutiques qui vendaient des meubles et des équipements de jardin, des garages qui vendaient des voitures d'occasion, des maisons de meubles en discount, des magasins de télévision et d'appareils ménagers, et de tapis. Certains disent que l'enlaidissement des Etats-Unis a commencé à ce moment-là, mais des tas de rues étaient encore plus laides avant cela. Sans doute les matériaux de la laideur changèrent-ils : chrome, verre, néon et matière plastique remplacèrent bois et briques. Il y eut plus de laideur parce qu'il y eut plus de monde. On aurait dit que la Seconde Guerre mondiale n'avait pas tué autant de gens qu'elle en avait mis au monde. Un monde jaillit à la lumière; et les gens aussi.

Grâce au décret G.I., des gens, qui autrement n'y seraient pas allés, entrèrent dans les universités. Tout le monde y aspirait, tout le monde le désirait, la belle vie. Et, comme chacun sait, la belle vie, c'était d'avoir des congélateurs, des chaînes hi-fi à deux baffles, de la moquette et un séchoir à linge.

Il est assez facile d'ironiser à ce sujet aujourd'hui, de sur nos confortables positions. Ça n'allait pas, la *dolce vita* n'arrivait pas en cadeau attaché au détergent pour la nouvelle machine à laver. Mais, surtout pour les femmes, les nouvelles machines à laver, les séchoirs ou les réfrigérateurs furent réellement un petit soulagement pour leur esclavage. Sans ces objets et sans la pilule, nous n'assisterions pas aujourd'hui à une révolution de la femme. Des faits, m'dame, nous voulons seulement des faits! De sordides histoires de francs et de centimes. Et Woolf savait bien cela, même si elle ne pensait pas que cela appartînt à la littérature. Après tout, elle est la seule à avoir demandé : Pourquoi les femmes n'ont-elles pas d'argent? N'ont-elles pas, depuis que le monde est monde, travaillé aussi dur que les hommes, trimé dans les vignes et à la cuisine, aux champs et à la maison? Comment se fait-il que ce soit toujours entre les mains des hommes qu'aient fini livres et pennies?

Pourquoi les femmes n'ont-elles même pas une pièce à elles alors que, du moins à son époque, chaque gentleman avait sa chambre ?

Bon, le monde a explosé démographiquement : peu de gens eurent une pièce à eux. Il leur fallut composer avec des machines à laver et des barbecues dans l'arrière-cour. Les classes laborieuses étaient entrées dans le royaume de l'humain.

5

La vie de Mira fut tellement plus facile après leur déménagement qu'elle eut l'impression d'être une femme désœuvrée. Petit à petit, les biberons de deux heures du matin disparurent, puis les sept repas par jour tombèrent à six, puis cinq, puis quatre, et puis c'en fut terminé des biberons. Au bout d'un an, c'en fut également fini des couches. C'est un grand jour dans la vie d'une femme quand les couches disparaissent, mais peu de femmes ont assez d'assurance pour s'en débarrasser complètement : elles les entassent dans le grenier. « Au cas où. » Il y avait toujours, bien sûr, de la lessive, mais maintenant elle avait une machine pour la laver et ne devait la mettre en marche que trois fois par semaine. Il y avait également encore le ménage à faire. Mira s'était dit qu'il serait plus facile à faire quand ils seraient dans un endroit plus grand, mais, en réalité, un endroit plus grand présente plus de surface à nettoyer, ce à quoi elle n'avait pas songé. Son expérience du ménage lui disait que son volume était directement parallèle à celui de l'argent dont on disposait, et que la seule manière d'y couper était d'être né mâle ou de payer une autre femme pour s'en charger. Néanmoins, la vie était belle. De longues journées d'été s'étendaient devant elle; de la cuisine où elle faisait la vaisselle du petit déjeuner, elle accompagnait en sourdine la douce rumeur des gosses qui dégringolaient et jouaient dans l'arrière-cour. Peut-être allait-elle retrouver *sa* vie? Une fois par semaine, un soir où Norm rentrait suffisamment tôt, son amie Theresa la conduisait à la bibliothèque où elle prenait des piles de livres, toujours d'un seul auteur. Elle lut tout ce qu'ils avaient de James, Aldous Huxley, Faulkner, Woolf, Austen et Dickens; elle lut tout cela d'un point de vue non critique, sans établir de distinctions. Elle prit des livres scolaires et populaires de psychologie, sociologie et anthropologie, et ce ne fut qu'au bout d'un certain temps qu'elle fut à même de saisir la différence entre des approches plus ou moins simplistes d'une même discipline. Elle oubliait beaucoup de ce qu'elle lisait parce qu'elle ne disposait d'aucun contexte dans lequel insérer ses connaissances nouvelles, et se dit au bout de quelque temps que tout cela était en somme inutile et qu'elle ne voulait pas vraiment apprendre des choses. Mais, les premières années, elle fut heureuse. Son intérieur marchait bien et étincelait, ses gosses étaient beaux et ne pleuraient qu'une ou deux fois par jour. Elle retrouvait sa vie.

Tous les deux faisaient encore la sieste l'après-midi, aussi avait-elle une heure ou deux de loisir. Ils se couchaient vers sept heures et elle était capable à présent de veiller plus tard. Encore quelques heures de loisir. Le soir, elle lisait, même si Norm avait allumé la télévision; l'après-midi, elle avait une vie sociale.

On a souvent noté que les femmes des banlieues sont enfermées à la maison, ce qui les rapproche beaucoup des femmes de la Grèce antique, et ne voient personne en dehors de leurs enfants pendant toute la journée. Les femmes grecques voyaient des esclaves, qui pouvaient être des gens intéressants. Mais les femmes des banlieues peuvent se fréquenter entre elles.

Les femmes de son quartier avaient toutes grande envie de se faire des amies, et toute nouvelle venue était invitée à d'interminables thés. Avec le temps, des groupes se formaient. Mira avait plusieurs amies : Bliss, Adele et Natalie. Chacune d'entre elles avait d'autres amies, et tout cela formait une sorte de réseau de cellules. Mira avait vingt-cinq ans, ses amies un ou deux de plus. Toutes avaient de jeunes enfants. Et toutes étaient mariées à des hommes qui pensaient leur vie en termes de carrière, et non de travail.

Elles passaient la plupart de leur temps de libre dans la cuisine ou l'arrière-cour les unes des autres. Elles s'asseyaient devant un café, chaud ou froid, faisaient cuire des petits gâteaux confectionnés et regardaient les gosses. Lorsque le temps n'était pas fameux, elles s'asseyaient plutôt dans la cuisine que dans le living-room parce qu'il était ainsi plus facile pour l'hôtesse de lever le bras et de prendre le petit gâteau pour l'enfant qui arrivait en pleurant à chaudes larmes, ou de remplir à nouveau les tasses, et que, lorsque les enfants rentraient couverts de boue, barbouillés de chocolat ou de caca, ils ne salissaient que la cuisine. Les maisons étaient si rapprochées les unes des autres qu'elles pouvaient même courir le risque de laisser les enfants faire la sieste tout seuls : avec la fenêtre ouverte, on pouvait entendre tous les bruits un peu fort qui venaient d'une autre maison.

L'été, elles s'asseyaient dans l'herbe ou dans les patios qu'elles avaient construits et buvaient à petites gorgées thé ou café en regardant les enfants jouer dans le bac de sable ou la baignoire de matière plastique. Elles ne se souciaient pas beaucoup des vêtements qu'elles portaient : les enfants posaient sans arrêt leurs mains poisseuses dessus et les bébés y recrachaient du lait aigre.

La conversation était une performance physique, et les mots circulaient tandis qu'un bébé s'agrippait à un cou ou s'asseyait sur des genoux en tirant l'oreille de maman, ou alors qu'une mère sautait sur ses pieds pour atteindre Johnny avant qu'il n'ait avalé cette pierre, Midge avant qu'il ne frappe Johnny au visage avec cette pelle, ou pour aller chercher Deena dans la petite partie de la haie où elle s'était enfoncée pour essayer de s'enfuir de la cour.

En dépit de toutes ces tâches, c'était une vie paresseuse, parce qu'elle ne menait à rien. Un jour ressemblait à l'autre : le soleil brillait ou ne brillait pas; il fallait des vestes, ou de gros manteaux et des bottes. L'apprentissage de la toilette continuait ou butait contre une difficulté. Parfois, les draps gelaient sur les cordes à linge. Les femmes travaillaient le matin, en fin d'après-midi et parfois le soir, quand elles repassaient, reprisaient ou cousaient un nouveau vêtement pour Cheryl ou Midge pendant que la télévision diffusait « Lala » ou « Machin Chouette ». Ce n'était pas une vie désagréable; c'était mille fois mieux que ramasser des pièces à longueur de journée dans une cabine de péage ou que vérifier des boîtes de conserve à la sortie d'une chaîne de montage. Les conditions non dites, non intériorisées qui la rendaient oppressive avaient depuis longtemps été acceptées par chacune d'entre elles dans son cœur; elles n'avaient pas choisi mais été jetées automatiquement dans cette vie-là, elles n'étaient pas libres de leurs mouvements (les enfants constituaient des entraves bien plus réelles que ne l'aurait été une relégation dans une ferme-prison). Elles avaient accepté la merde et les haricots verts. Et étaient satisfaites.

6

Leurs conversations quotidiennes les rapprochaient énormément. La plupart d'entre elles ne devaient plus jamais connaître avec autant de détails et de nuances certains aspects de la vie d'autrui. Elles n'oubliaient jamais de demander où en était Johnny avec sa tour, si les règles de Mira étaient toujours aussi douloureuses, ou si Billy avait été capable de fixer les toilettes descellées. Bien entendu, pendant que ses toilettes étaient cassées, la famille avait utilisé les vôtres ou celles d'une autre voisine, aussi saviez-vous quand elles étaient scellées tout aussi parfaitement que quelles étaient vos petites habitudes lorsque vous preniez un bain.

La plupart du temps, elles parlaient des enfants. Chacune regardait le sien ou les siens avec des yeux brillants et les trouvait tous beaux, tous géniaux. Et, bien entendu, ils étaient tous mignons, intelligents et drôles, même si parfois ils se flanquaient des coups de poing et de pied. Les femmes accueillaient avec tendre pitié les sanglots du plus battu, du plus pleurnichard. De temps en temps, elles disputaient les enfants, et, d'autres fois, les battaient. Mais, un peu plus tard, le môme était là, sanglotant, accablé de tristesse, sur les genoux de sa mère, la tête immobile contre son cœur. Tout cela ne veut pas dire que vous n'entendiez pas parfois une femme appeler un enfant dans les rues d'une voix où affleuraient son épuisement et ses frustrations, ou même qu'il n'y avait pas, dans cette banlieue, de parents qui punissaient leurs enfants en les dérouillant à coups de ceinture. Mais ces choses-là n'étaient pas fréquentes. Cette génération d'enfants a été élevée loin de la ville tentaculaire et de ses appartements misérables, loin des fermes ruinées et de leur misère.

Les enfants constituaient un sujet d'intérêt sans cesse renouvelé pour ces femmes : leurs coliques, leurs fièvres, leurs actions ou leurs mots charmants, leurs notes à l'école, tout. On peut trouver de telles conversations ennuyeuses : on peut préférer parler de voitures ou de matches de football. Moi, je les trouve humaines et, croyez-le ou non, elles étaient également éducatives, car nous y apprîmes que faire pour un enfant dont la fièvre ne veut pas descendre, ou comment enlever cette tache sur le maillot de bain de Johnny et, ce faisant, nous apprîmes quelque chose concernant l'acceptation de beaucoup de « différences ». Car les enfants étaient tous différents et, quoique l'un pût être plus grand et plus costaud, un autre plus intelligent, un autre plus mignon, il n'y avait pas de différences cardinales entre eux. Ils n'étaient différenciés que par notre amour pour eux : vous aimiez, évidemment, davantage le vôtre.

Mais il y avait d'autres choses que les enfants. Le menu d'un dîner particulier (beaux-parents venant un dimanche) pouvait occuper plusieurs heures de discussion; une nouvelle paire de shorts ou une tunique pouvaient les arrêter le temps de deux tasses de café. Elles soupiraient et riaient ensemble à propos du ménage, mais chaque maison était immaculée. Probablement parce que, lorsqu'il y a de jeunes enfants dans un appartement, il est toujours sale, les femmes les tenaient plus propres qu'elles ne le firent par la suite. On parlait rarement des maris, mais ils étaient toujours à l'arrière-plan. On citait généralement leurs noms pour illustrer quelque absurdité ou quelque contrainte.

« Paul aime le café fort, alors je le fais fort et j'ajoute de l'eau dans le mien.

– Norm refuse de manger du porc.

– Hamp ne touche jamais à une couche de bébé. Il ne l'a jamais fait. Aussi, quand ils étaient petits, n'aï-je jamais pu les laisser avec lui seul. Voilà pourquoi je leur ai appris à se laver tout seuls très jeunes. »

Personne ne s'interrogeait jamais sur de telles décisions, nul ne demandait pourquoi Natalie et Mira n'insistaient pas ou pourquoi Adele ne faisait pas le café comme elle l'aimait, en laissant Paul faire le sien. Jamais. Les maris étaient des murs, des absolus, du moins pour les petites choses. Les femmes hurlaient et ricanaient souvent devant eux, devant leurs exigences incroyables, leur impossible manque de sens pratique, leurs inexplicables habitudes alimentaires et leurs étranges préjugés, mais c'était comme si elles étaient le-peup'e-noi'-dans-'a-'abane- en train de raconter les absurdes p'étentions-'es-monsieurs-b'ancs-'e-'a-gouande-'aison.

Car les hommes, évidemment, avaient une expérience de la vie à un autre niveau. Hamp parcourait la région pour le compte de sa société; il voyageait en première classe et mangeait dans de bons restaurants où sommeliers et maîtres d'hôtel s'affairaient autour de lui. Et même Norm et Paul faisaient un bon nombre de bons repas à l'extérieur, dîners « professionnels », et des infirmières et des secrétaires s'affairaient autour d'eux. Ils ramenaient leurs « commandes » à la maison; ils se mirent à trouver leurs foyers et les femmes qui les habitaient provinciaux, mesquins, minables. Progressivement – et sans doute inévitablement – les égales qu'ils avaient épousées devinrent des domestiques. Ainsi, quand Bill eut la grippe un hiver, il resta, misérable et triste, au lit et appela Bliss – elle les compta – trente-trois fois pour qu'elle monte l'escalier et lui apporte du thé, du ginger ale, un autre aspirine, un magazine... Bill était grippé, mais il devait prendre l'avion, aussi insista-t-il pour qu'elle se lève et le conduise à l'aéroport. Ce qu'ellc fit.

Lorsqu'elles étaient entre elles, les femmes donnaient des avis à mots couverts, mais personne ne dit rien à propos des causes lorsque Samantha eut une éruption sur toute la surface des mains, ou lorsque l'on vit Natalie se mettre à boire dans l'après-midi en traînant sa bouteille de whisky de maison en maison, étant donné qu'aucune des femmes n'avait les moyens d'acheter des boissons alcoolisées en dehors des soirées qu'elles donnaient, quand il y avait des hommes. Personne ne sembla rien entendre le jour où Bliss sortit de sa maison en s'arrachant les cheveux, qu'elle hurla à Cheryl d'enlever son vélo de sur la route et qu'elle perdit tout contrôle sur sa voix, qui résonna comme un cri hystérique. Chacune d'entre elles entendit sa propre voix faire la même chosc certaines fois, le jour où la machine à laver débordait, que le bacon brûlait, que Johnny tombait et s'ouvrait la tête, et que Norm, Paul ou Hamp, téléphonait pour dire qu'il ne rentrerait pas avant tard dans la soirée parce qu'il avait un dîner professionnel, une réunion d'entreprise ou une soirée donnée en l'honneur de l'un des membres du staff.

Personne ne faisait de remarques ou n'établissait de rapports avec soi-même si, alors qu'elles étaient assises dans la cuisine de Mira et que Bliss en était au milieu d'une histoire savoureuse à propos des exigences de Bill, Bill... passait la tête à l'intérieur et demandait si Bliss était là, et qu'elle sautait sur ses pieds et le suivait en rigolant et en roulant des yeux contrits tandis qu'elle les quittait.

Il y avait deux cultures — le monde, qui se composait des hommes, et la leur, où il n'y avait que des femmes et des enfants. A l'intérieur de leur monde, elles étaient présentes les unes pour les autres physiquement et émotionnellement. Elles s'accordaient, avec bonne humeur et silencieuse compréhension, soutien, affection et légitimité les unes aux autres, ainsi qu'aux intérêts qu'elles avaient en commun. Mira se disait qu'elles étaient plus importantes les unes pour les autres que ne l'étaient leurs maris pour elles. Elle se demandait si elles auraient pu survivre les unes sans les autres. Elle les aimait.

7

Au cours des années qui suivirent, les conditions matérielles de la plupart d'entre elles s'étaient sensiblement améliorées; suffisamment pour qu'elles puissent se permettre une fois ou deux par an de s'acheter une robe ou le tissu pour se la faire, et acheter quelques bouteilles et de la nourriture pour donner une partie. Bliss et Bill achetèrent une table à café bon marché et une lampe pour leur living-room vide; Norm et Mira firent faire une couverture pour le vieux canapé que la mère de Norm leur avait donné. Les enfants avaient grandi; certains allaient même à l'école. Les femmes eurent un surcroît d'énergie à employer et décidèrent de le faire de la façon suivante : les living-rooms allaient servir de lieux publics, et leurs maris être intégrés dans leur communauté. Jusqu'à présent, les hommes ne s'étaient parlé que rarement et brièvement, le dimanche après-midi, au-dessus de leurs tondeuses à gazon.

Mira donna la première partie. Presque tout le monde arriva très en avance. Le petit living-room était immaculé et avait été dégagé pour la circonstance : le linge propre qui avait été empilé cet après-midi-là sur un coin du canapé, les jouets éparpillés par terre, tout avait été jeté dans des placards pour la soirée. Les quelques petites tables présentaient des œufs durs coupés, des olives, du fromage, des crackers, et des ramequins de chips et de bretzels. Bien qu'elles se rencontrassent toutes presque chaque jour, les femmes étaient très excitées quand elles arrivaient. Les hommes avaient leur allure habituelle : un peu moins strictement habillés que lorsqu'ils allaient au travail, mais élégants, vêtus de vestons et de vestes de sport et portant chaussures impeccables. Mais les femmes ! Les pantalons en loques, les visages pas maquillés, les bigoudis et les tabliers avaient disparu. ellcs arboraient jupes longues, faux diamants, cheveux permanentés, bas, hauts talons, eye-liner et rouge à lèvres. Toutes étaient attirantes et ce soir, dans leurs vêtements enchanteurs, elles étaient superbes et le savaient. Elles envahirent le living-room avec fièvre; leurs voix avaient un timbre plus aigu qu'à l'ordinaire; elles riaient plus fort et plus facilement qu'à l'ordinaire.

Les hommes, sentant quelque chose de différent, haussèrent les épaules et abandonnèrent le living-room aux « filles », se plantèrent avec leurs verres de whisky-soda dans la cuisine et discutèrent de matches de football, de voitures, des meilleures marques de pneus. Les femmes s'assirent d'un air mal assuré dans la pièce étrangère avec leurs vêtements étrangers, et se regardèrent les unes les autres. Elles se jaugèrent soudain réciproquement, observant l'ovale d'un visage et la longueur d'un cou comme si elles ne les avaient jamais vus auparavant. Elles n'étaient qu'à moitié conscientes de ce qui se passait.

Les femmes n'étaient jamais séparées de leurs enfants. Sortir coûte de l'argent pour la baby-sitter, le dîner, les billets de cinéma ou de théâtre, un argent qu'elles n'avaient presque jamais. La grossesse leur avait enseigné à ne pas trop penser à l'avenir : le futur était simplement davantage de présent. Leurs horizons se limitaient à leurs vies.

Mais, ce soir, elles avaient pénétré dans le living-room bien habillées et prêtes à tout, comme elles se le disaient avec de petits rires nerveux. Elles s'étaient vues, elles et les autres, sous une forme nouvelle. Elles étaient encore jeunes, elles étaient attirantes. Se regardant dans la grande glace avant de quitter la maison, elles virent qu'elles n'étaient pas très différentes des jeunes créatures qu'elles avaient prises pour modèles — les femmes ensorcelantes de magazines de mode et de cinéma. Elles se mirent à comprendre obscurément qu'elles avaient un autre moi que celui avec lequel elles vivaient chaque journée. C'était une sorte de miracle.

Tout se passait comme si elles pouvaient avoir une autre chance, vivre une vie différente de celle qu'elles vivaient. De quel genre cette vie-là était, elles l'ignoraient. Elles ne poussèrent pas la question plus avant. Aucune d'entre elles n'aurait laissé tomber ses enfants, et bien peu auraient abandonné leurs maris : mais ces deux actes-là leur semblaient nécessaires pour avoir une vie différente. Et toutes se sentaient quelque peu attirées par cela.

Elles refusaient d'admettre que ce n'était qu'une illusion. Lorsqu'elles furent assises toutes ensemble dans le living-room – ce qui ressemblait beaucoup aux nombreuses fois où elles étaient assises dans la cuisine de l'une d'entre elles – à boire des whiskies-soda à la place de l'habituel café, elles parlèrent d'Amy, qui n'avait pas pu venir parce que son petit dernier avait les oreillons, de la réaction de Tommy quand il y avait des crêpes au crabe pour le dîner, et des agrandissements que les Fox avaient l'intention de faire à leur maison après la naissance d'un nouveau bébé. Mais toutes étaient énervées et frémissantes. Finalement, quelqu'un (Natalie ?) dit : « Ah ! ces hommes... » et toutes approuvèrent aussitôt. Quelqu'un (Bliss ?) se leva et dit : « Je vais les faire venir ici », et partit dans la cuisine, mais ne revint pas. Le seul problème, s'accordèrent-elles toutes à dire en souriant, quand on portait gaines et soutiens-gorge inconfortables, hauts talons et faux cils, et cheveux tenus en place par un aérosol, était de ne *pas* être assise dans le living-room à parler des mêmes choses dont elles parlaient tous les jours. Natalie avait apporté quelques disques et elle et Mira les mirent sur le tourne-disque. Sinatra et Belafonte, Andy Williams, Johnny Mathis et Ella Fitzgerald et Peggy Lee : c'était ce qu'elles aimaient toutes. Les hommes rentrèrent l'un après l'autre dans la pièce; la conversation se fit plus animée : des groupes se séparaient et se formaient de nouveau; quelques personnes commencèrent à s'enivrer. Puis Paul, le mari d'Adele, se leva et dansa avec Natalie, George avec Martha et Sean avec Oriane puis Adele.

Sur le coup de minuit, beaucoup de couples dansaient, se séparaient et se formaient de nouveau. Presque tout le monde flirtait doucement avec quelqu'un. Qu'importaient le rouge à lèvres, les faux cils et les combinés? Le lendemain, tout le monde fut d'accord pour dire qu'on s'était beaucoup amusé; les meilleures journées depuis des années! On ne discuta même pas pour savoir s'il devait y avoir d'autres parties : les maris étaient aussi d'accord que les femmes.

Cela peut sembler très bête, mais, en réalité, ces parties étaient terriblement innocentes : terriblement, parce que l'innocence est terrible. Un petit flirt leur faisait du bien. Aussi bien les hommes que les femmes avaient vécu des années dans des mondes peuplés de gens de leur seul sexe et de leurs propres préoccupations. Si les femmes trouvaient difficile de parler de ce qui se passait dans le vrai monde, extérieur, les hommes avaient du mal à parler d'autre chose que de leur travail. Ils étaient capables d'évoluer dans les zones neutres des voitures, du sport ou même de la politique, mais pas de parler personnellement, humainement. Ils ne connaissaient rien des autres, sinon par des ragots, et rien d'eux-mêmes, sinon leur image extérieure. Et chaque groupe ne savait rien de l'autre.

Etait-il anormal qu'à la fin de la soirée les yeux fussent brillants et les joues roses? Etait-ce péché si de parler au conjoint de quelqu'un vous conférait un charme et un humour que vous ne saviez pas posséder? Ou si l'affection née du fait de se sentir attirante pour quelqu'un commençait à se répandre sur eux tous comme de la glace sur un gâteau? On aurait pu les prendre pour des gens sophistiqués de *Vogue,* mais la plupart d'entre eux étaient aussi innocents qu'à quinze ans. Ils avaient eu l'expérience du sexe, engendré des enfants, mais ne connaissaient encore rien. L'amour était pour la plupart d'entre eux, les hommes comme les femmes, une déception dont ils ne parlaient jamais. L'amour, après tout, était *La* chose qui se passait naturellement, et s'il n'en allait pas ainsi — s'il n'en allait pas ainsi pour eux, si ce n'était pas comme dans les récits lus furtivement, les histoires cochonnes et les calendriers à pin-up, magazines « pour hommes » et comme dans toutes les luttes et tous les abandons de certaines héroïnes dans certains bouquins – pourquoi était-ce de leur faute ? Pour les hommes, l'amour manquait étrangement de quelque chose : c'était un acte physique qui faisait du bien, mais quand il était terminé, ils se sentaient seuls, sans amour, fatigués. Quant aux femmes, c'était pour elles un devoir épuisant. Mais alors pourquoi prenaient-ils tant de plaisirs aux fluidités et aux durcissements qu'une partie réveillait ?

Probablement parce que la plupart des gens ont une expérience sexuelle extrêmement limitée et qu'il leur est facile, quand les choses ne marchent pas, d'en faire porter la responsabilité à leur partenaire. Tout serait si différent si, au lieu de la grisonnante Theresa aux seins affaissés et au ventre pendant après six grossesses, Don couchait avec... disons, Marilyn Monroe. Ou même Bliss. Et Bliss pouvait se dire que Sean, étant donné qu'il connaissait bien les femmes, l'exciterait plus que Bill ne le faisait et saurait quoi faire pour prolonger son excitation. De nos jours, il y a tant de guides et de manuels « comment-faire-l'amour » que les choses sont sans doute différentes. Mais, à cette époque, on regardait vers l'extérieur. Le problème ne tenait pas à notre ignorance, mais au manque de savoir-faire de notre partenaire. Cette déduction semble être confirmée dans les faits : l'excitation que procure un nouveau partenaire en amour est souvent assez grande pour dissimuler les imperfections d'un acte, et ce n'est pas avant que la relation soit devenue coutumière que ces imperfections apparaissent.

Mais toute l'énergie sexuelle, toute l'insatisfaction des femmes se trouvaient sous la surface de leur conscient. Elles parlaient uniquement de faire des parties. Elles les organisaient et préparaient tout. Les hommes venaient derrière leurs femmes, comme des ombres. Ils avaient peu de relief, peu de caractère, peu de personnalité. Ils étaient comme les mâles dans le cinéma pornographique, le film est écrit, mis en scène et produit par eux, présente des personnages masculins et est fait pour eux, pour leur plaire. Mais tout le film est centré sur la femelle, sur son corps, sa joie lorsque le sperme lui éclabousse le visage ou qu'elle est pénétrée par l'anus. La pornographie du XXe siècle, dit un jour Clarissa, ressemble à la tragédie grecque : elle fait reposer l'émotion sur la femme. Nous aussi.

Les hommes n'avaient rien à redire à propos des parties. Ils avaient même l'intention de donner vingt dollars en plus sur la part des frais qu'ils acquitteraient. Ils laissaient les femmes organiser, faire les courses idoines, la cuisine et le ménage, et s'acheter ou se faire faire une nouvelle robe. Ils restaient à chaque fois dans la cuisine, et il fallait à chaque fois que quelqu'un aille les prier d'en sortir. Ils pénétraient dans le living-room de mauvaise grâce et en faisant des plaisanteries à propos des « filles ». Ils laissaient les femmes les inviter à danser et souriaient de plaisir aux compliments sur leur façon de danser, qu'on leur faisait invariablement. Ils étaient farouches comme des vierges devant l'adultère et les femmes entreprenantes (ou dragueuses, comme disait Val). Ils étaient courtisés. Et gobaient tout.

8

J'ai établi un amalgame entre les huit ou dix couples qui constituaient ces parties, mais chacun d'entre eux était très différent des autres. Leurs voix sont quelques-unes de celles que j'ai entendues.

Natalie : elle était toujours levée de bonne heure. Il fallait qu'elle dépose Hamp à la gare et les plus âgés de ses enfants à l'école. Après le remue-ménage du début de la matinée, après avoir fait prendre son bain à Deena et l'avoir mise dans son parc, elle se faisait une tasse de café en poudre dans la tasse en plastique teinté dont elle se servait toujours, et s'asseyait devant la table encombrée de la cuisine pour organiser sa journée.

Natalie était une femme grande, solidement bâtie, dotée d'une grande énergie physique. Elle aimait travailler de ses mains : elle peignait et mettait du papier sur les murs, restaurait des meubles, lavait et agrafait ses moquettes, non parce qu'elle n'avait pas d'argent, mais parce que son corps avait besoin de se dépenser. Rien ne l'intéressait plus que son intérieur. C'était sa fierté et il était toujours presque comme l'un de ceux que l'on voit dans les magazines spécialisés – presque parce que Natalie n'en avait jamais terminé. Elle n'achevait un projet que pour en commencer un autre, aussi sa maison était-elle toujours en désordre.

Elle s'était mariée jeune et ses parents avaient alors soupiré de soulagement. Ça avait été une fille difficile à élever. A présent, elle avait trois enfants; son mari travaillait dans la société de son père, à un haut poste protégé de tout contact avec qui ou quoi que ce soit d'important. Hamp était le contraire d'un gagneur, mais ils savaient tous les deux que papa ne le virerait jamais et les chèques de ses salaires étaient si bons ces temps-ci que Nat songeait à déménager dans une maison plus grande.

Elle aimait la vie qu'elle menait. Elle aimait mettre ses pieds sur la table, avaler son café à petites gorgées et décider de ce qu'elle ferait de sa matinée. Il fallait acheter de la colle à papier peint et tant qu'elle y serait elle regarderait les modèles de M. Johnstone pour un nouveau papier pour la salle de bain, qui commençait à faire sale. Elle s'arrêtait chez « Carver's » et regardait si le nouvel abat-jour en verre rose était arrivé. Il lui fallait du whisky et quelque chose pour le dîner. Puis elle rentrerait et commencerait par la chambre. Elle était en train de tapisser un mur avec un rouge velouté qui rendrait plus chauds les lambris des autres murs.

Elle glissa des sandales à ses pieds, une veste sur son chemisier, habilla le bébé et l'assit dans son siège de la voiture. Elle était parfaitement bien dans son corps, Natalie; quel que fût son habillement, elle avait l'air d'être quelqu'un, de la haute. Elle courut de boutique en boutique, n'échangea que quelques mots avec tous les commerçants, fut de retour vers dix heures et demie, et, vers deux heures, avait terminé le mur, essuyé la colle et se tenait debout devant la table de coupage à admirer son travail.

Elle avait une patience inépuisable et un goût infaillible. C'était très beau. Ravie, elle s'étira, donna des crackers et du fromage au bébé, l'allongea pour qu'il fasse un petit somme, et se versa un whisky-soda. Puis elle alla prendre une douche dans la salle de bain. Elle était la seule du coin à en avoir deux : elle n'arrivait pas à comprendre comment les autres faisaient. Qui aime prendre une douche dans une salle de bain puante à cause des couches? Cela ne revenait pas très cher, moins de cinq cent mille.

Elle s'habilla, nettoya la cuisine et regarda l'heure. Il était près de trois heures. Les mômes – ah! la! la! – seraient bientôt là. Elle téléphona à Adele. Mais Adele ne pouvait pas venir – elle ne pouvait jamais venir. – Mais qu'est-ce que tu fabriques? lui disait Natalie d'un ton où perçait le sarcasme, et elle grimaçait lorsque l'une des nombreuses excuses d'Adele suivait : celui-ci devait aller chez le dentiste, celui-là devait aller à la randonnée des scouts, celui-là était malade.

« C'est vraiment dégoûtant que tu aies autant de gosses », concluait Natalie, qui ne se souciait pas de heurter la sensibilité des autres. L'argent est une épaisse armure, et Natalie avait toujours été riche. Elle n'avait pas à se préoccuper des sentiments des autres parce qu'elle donnait les meilleures parties, qu'elle était généreuse en amitié et qu'elle donnait un objet quand quelqu'un le trouvait à son goût.

Elle appela Mira qui, comme d'habitude, était en train de lire. Clark était encore au lit et Normie n'était pas encore rentré de la maternelle. Et puis il pleuvait; ils resteraient à la maison. Natalie sourit, mais elle était désespérée :

« Bien sûr, tu amènes les mômes... viens dès que Clark sera réveillé. Ouai... d'ac. »

Mira vint à trois heures et demie, au moment où Lena et Rena rentraient; ils mangèrent du pain, du beurre d'arachide et de la confiture, et les quatre enfants, qui ne jouaient pas ensemble parce que leurs âges étaient trop différents, s'assirent devant la télévision dans la chambre fraîchement retapissée. Plus tard, Evelyn s'arrêta avec les deux siens qui s'ajoutèrent à la petite bande de téléspectateurs. Les femmes étaient assises dans la cuisine et buvaient du whisky. Les enfants étaient casse-pieds : ils venaient sans cesse prendre des gâteaux ou de la glace, qu'on leur donnait sans rechigner, même si Mira fronça les sourcils :

« Ça suffit comme ça, Normie, tu ne mangeras rien à dîner.

– Quelle enquiquineuse tu fais! dit Nat dans un grand sourire; qu'est-ce que ça fait s'il ne mange pas à dîner? »

Tout le monde partit vers quatre heures et demie, et Nat se sentit abandonnée. Quand Lena entra dans la cuisine pour avoir un autre sandwich au beurre d'arachide et à la confiture, Natalie lui flanqua une claque.

« J'ai des devoirs à faire et j'ai besoin d'énergie », répondit calmement l'enfant sans regarder sa mère.

Rena regarda par la fenêtre et s'aperçut qu'il avait cessé de pleuvoir. Elle se précipita dans la cuisine, farfouilla pour trouver la clef de ses patins à roulettes et sortit en courant. Il ne restait que Deena, assise comme une masse dans son parc. Natalie se pencha sur elle :

« Elles sont sorties ces vilaines grandes sœurs, et elles ont laissé la pauv' petite Deena toute seule? Vilaines. Moman va te prendre dans ses bras. »

Elle prit l'enfant et l'emmena à la cuisine où elle la déposa par terre pour qu'elle rampe.

Maintenant, le dîner, se dit avec lassitude Nat. Elle détestait ce moment de la journée; elle détestait faire la cuisine. Elle, elle se serait bien contentée d'un sandwich au fromage. Elle avait néanmoins acheté des côtes de porc, et se plongea dans son livre de cuisine pour trouver une façon agréable de les apprêter. Elle découvrit un ragoût en cocotte avec des haricots d'Espagne et une sauce tomate et, soigneusement, essayant de suivre les indications très précisément, les prépara. Rena, dégoûtée par le retour de la pluie, rentra et alluma la télévision. Deena était grognonne, elle se cognait contre des bouteilles sur le carrelage de la cuisine et poussait des cris. A six heures moins le quart, Natalie prit son manteau et remit Deena dans son parc en disant à Rena de veiller sur elle. Elle alla jusqu'à la gare chercher Hamp qui, dès qu'il fut à la maison, se versa une double dose de whisky dans un verre et prit une boîte de bière dans le réfrigérateur. Il s'installa dans « son » fauteuil devant la télé.

« Qu'est-ce que tu dis de mon mur ? lui demanda Nat sur un ton enthousiaste.

– Beau, oui, très beau », dit-il d'une voix indifférente.

Natalie mit Deena dans sa chaise haute, fit chauffer quelques petits pots pour enfants et la fit manger. Le ragoût mitonnait dans la cocotte et elle se dit qu'il sentait bon. Elle se versa un autre whisky. C'était la pagaille dans la maison, comme tous les soirs. Lena et Rena se battaient à propos de quelque chose, le bébé grognait, la télé hurlait... et Hamp était immobile dans son fauteuil confortable à boire, lire le journal ou regarder un western de catégorie B.

« Est-ce que tu ne peux pas faire taire ces gosses, Nat, dit-il.

– Nom de Dieu ! Nat enleva Deena de sur sa chaise haute et la porta en haut. – Vous, les mômes, taisez-vous maintenant; c'est compris ? Vous dérangez votre père ! »

Rena entra en pleurant dans la chambre du bébé alors que Nat le préparait pour la nuit :

« Lena m'a pris mon sous-main ! Elle dit qu'il est à elle ! Mais il est à moi !

– Laisse-la s'en servir, elle en a besoin pour faire ses devoirs. »

Gémissement.

« Je t'en achèterai un autre demain. »

Rancune et plaisir luttèrent un moment. Rena voulait le nouveau sous-main, mais elle ne voulait pas céder trop facilement, ni donner l'impression qu'elle n'était pas tout à fait sensible au mal qu'on lui avait fait. Elle retourna dans la pièce qu'elle partageait avec sa sœur aînée en reniflant et en maugréant contre l'injustice.

« T'es bête, Lena, et je t'aime pas. Et maman, elle va m'acheter un sous-main tout neuf, na !

– Oh ! tais-toi, Rena. Elle va en acheter un à moi aussi.

– Non, rien qu'à moi.
– A moi aussi.
– Rien qu'à moi. »

Lena sauta sur ses pieds et entra dans la chambre du bébé :

« Tu m'en achèteras aussi un sous-main, m'man? Regard furieux, bouche dure.

– Tu vas te taire, Lena? Le bébé essaie de s'endormir. »

Nat éteignit la lumière et ferma la porte.

Lena était immobile dans le couloir et avait les yeux fixés sur elle :

« Tu m'en achèteras un, dis?

– Si tu en as besoin, je t'en achèterai un.

– J'en ai besoin. »

Rena se tenait tout près du seuil de la chambre, et, dès, qu'elle entendit sa mère dire « d'accord », elle bondit dans le couloir.

« C'est pas juste! Elle m'a pris mon sous-main et elle en a un autre! C'est pas normal! »

Lena s'en prit à sa sœur :

« *Moi,* je m'en sers pour faire mes devoirs, p'tite gosse! Je fais pas des gribouillis dessus comme toi! »

Rena pleurait de nouveau.

« SILENCE!!! » cria une voix venue d'en bas. Les petites filles se turent. Le bébé se mit à hurler.

« Bon Dieu de... » murmura Natalie, et elle alla calmer le bébé. Les filles rentrèrent dans leur chambre et s'assirent en se regardant en chiens de faïence.

Le ragoût était raté, sec et fade, et personne ne voulut en manger. Ils se bourrèrent de petits gâteaux et de glace, et Hamp mangea un sandwich, puis un autre, au beurre d'arachide. Natalie ordonna aux filles d'aller au bain puis au lit, nettoya la cuisine, et, vers neuf heures, rejoignit Hamp avec un verre.

Un show se terminait, et Hamp leva les yeux sur elle lorsqu'elle entra. Elle lui sourit.

« Comment a été la journée?

– Très bien », lui répondit-il d'un air endormi.

Depuis son retour à la maison, il avait bu quatre doubles whiskies avec bière.

« Est-ce que mon mur est vraiment bath? »

Elle était très contente d'elle-même.

« Ouai, chérie, je te l'ai dit. Il est vraiment bath.

— Mira et Evelyn sont venues. »

Il se redressa un petit peu.

« Ah! bon.

— Evelyn revenait de chez le médecin. Tommy est tombé et il a fallu lui mettre trois points de suture à la lèvre. Clark n'a pas arrêté de crier tout le temps que Mira était là. C'est pas croyable ce qu'elle gâte cet enfant! »

Il regarda la télé.

« Je me suis arrêtée chez « Carver's », mais ils n'avaient pas encore l'abat-jour.

— Hum. »

Elle lui sourit d'un air timide :

« M. Carver m'a dit que chaque fois qu'il me voyait, il rêvait d'avoir vingt ans de moins. Il est sympa, non?

— Adorable.

— Ecoute, t'es aussi intéressant qu'un livre de pages blanches.

— C'est p't-être ce que je suis.

— Je le crois. Papa dit qu'il te paie pour dicter des lettres de convenance.

— Vraiment! » Il se tourna pour la regarder : « Et quand Son Excellence a-t-elle dit cela?

— Quand nous étions sur le yacht, le mois dernier.

— Pourquoi est-ce qu'il ne m' le dit pas à moi? »

Elle haussa les épaules.

Il se remit à fixer la télévision, mais ne la regarda pas.

« Est-ce que tu veux que je démissionne? C'est ce que tu veux?

— Oh! Hampy, je veux que tu fasses ce qu'il te plaira. Tu sais, je crois que tu es très intelligent », dit-elle d'une voix douce en souriant timidement. Elle s'approcha du fauteuil et s'assit par terre à côté en lui souriant : « Tu te rappelles que tu as commencé ces cours de... oh! qu'est-ce que c'était? Tu es ingénieur, tu pourrais te trouver un autre boulot.

— Et tu vivrais avec mon salaire?

– Pourquoi est-ce que je le ferais si papa me verse encore de l'argent ?
– Alors pourquoi j' le quitterais, moi, si papa-me-verse-encore-de-l'argent ?
– Parce que tu n'es pas heureux dans ce travail. »
Il se leva et coupa le son de la télévision. Des coups de feu retentirent; un cow-boy tomba. Natalie soupira lourdement, se leva et alla prendre un autre whisky à la cuisine – amène-moi-s-en aussi un, s'il te plaît ! – la pria Hamp, et elle revint, lui donna son double whisky et sa bière, retourna chercher le sien et revint s'installer dans un fauteuil de l'autre côté de la pièce.
« Bliss a téléphoné... reprit Nat... elle donne une partie à la fin de la semaine.
– Ah ! bon, fit Hamp en levant la tête.
– Ouai. C'est la seule façon certaine d'éveiller ton intérêt, pas vrai ? Qui est-ce ? Je sais que ce n'est pas Evelyn, si jolie soit-elle. Mira, avec ses bouquins ? Ou est-ce Bliss, la jolie petite Bliss avec son p'tit cul ? Qui est-ce qui t'intéresse en ce moment ? Tu peux bien me le dire. Je suis sûre que ce n'est pas moi. » Sa voix était aigre, altérée de souffrance.
Il la regarda lentement :
« Qu'est-ce que tu entends par " en ce moment " ? »
Hampden était un grand et gros homme à la tête ronde et grosse. Il avait un sourire avenant et enfantin qui lui donnait en quelque sorte un air paisible. Sa voix était également celle d'un gosse. En revanche, la voix de Natalie, surtout quand elle était embarrassée, était dure et ferme si bien que, quelle que fût la chose dont ils discutaient, on avait toujours l'impression que Natalie donnait des directs et attaquait tandis que Hamp esquivait et fermait sa garde.
« Tu ne veux pas faire l'amour avec moi, mais on dirait que tu trouves tout le monde irrésistible.
– Natalie, dit-il en la regardant bien en face, tu es la dernière personne au monde à pouvoir accuser qui que ce soit. »
Elle rougit un peu et détourna les yeux. Tous les deux avaient toujours fait semblant d'avoir oublié les aventures de Natalie, et elle ne savait pas exactement ce qu'*il*

savait. Mais elle n'avait plus eu d'aventure depuis un an, pas depuis que son père avait cessé d'envoyer Hamp en voyages d'affaires loin de la ville. Hamp avait été petit représentant, puis « promu », et rentrait à présent chaque soir.

Elle se reprit :

« Bon Dieu, tu es là tous les soirs, tu vois ce que je fais : rien ! – sa peur se changea en colère. Je m'assieds et regarde cette idiotie d'étrange lucarne avec toi vautré à côté comme un tas de graisse à te vider lentement la cervelle ! Tu ne fais rien ! Tu ne m'aides même pas avec les enfants, tu ne sors même pas la poubelle ! Tu ne lèves pas le petit doigt, je suis aux petits soins pour toi, et tu ne trouves rien de mieux à me dire que je baise à tout bout de champ !

– Bon, mais... y'a la journée ? dit-il d'un air sarcastique.

– Mais oui, mais oui ! » Elle était au bord des larmes, de pitié pour elle-même, d'autojustification et de rage. « J'ai cavalé faire les commissions, retapissé un mur, pris soin de *tes* mioches toute la journée, discuté avec Mira et Evelyn, et j'aurais eu le temps de me rouler dans l'herbe avec Norm ! »

Il ne dit rien, regarda trois cow-boys, pistolets en main, se cacher derrière un rocher.

Elle le regardait :

« Ou Paul ! ajouta-t-elle pour l'asticoter. Ou Sean ! Ou... qui crois-tu ? »

Il se tourna vers elle d'un air las :

« Oh ! Natalie, quelle différence est-ce que ça fait ? Tu es une pute. Tu en as toujours été une, tu en seras toujours une, et peu importe avec qui. »

Des coups de feu retentirent et trois cow-boys mordirent la poussière. Natalie s'élança à travers la pièce et frappa durement Hamp sur le côté de la tête :

« Salaud, menteur ! Et toi, qu'est-ce que tu es ? J'aimerais bien le savoir ? Monsieur le Supérieur, t'aurais dû être curé, le sexe tu t'en fous, et moi il faudrait que j'en fasse autant ? »

Elle se tenait immobile, sur l'expectative. Comme il ne lui répondait pas, elle le frappa à nouveau. Son corps lui faisait mal; elle voulait qu'il bondisse, qu'il la prenne par les poignets et qu'il la jette sur le canapé : qu'il la prenne de force. Cela s'était passé ainsi au cours des premières années. Elle l'attaquait, il répondait, il la violait et, après, elle restait étendue, heureuse, dans ses bras et lui promettait avec une voix de petite fille qu'elle serait gentille et ferait tout ce que Papi-Hamp voudrait.

Il était assis et la regardait d'un air impassible. Un pâle sourire barrait sa grosse tête brune.

Elle se jeta de nouveau sur lui dans un cri et en battant des bras, mais pas trop fort, pour le frapper. Il la saisit par les poignets; le cœur de Natalie se mit à battre plus fort : Hamp soupira. Elle sanglotait. Il se leva sans cesser de tenir ses poignets, puis la poussa dans le fauteuil. Puis prit sa veste et sortit. Elle resta là, à sangloter en écoutant la voiture disparaître dans la rue.

9

« Oh! ce n'est pas moi qui ferais des plats originaux! Hamp se moque de la nourriture, il vit de sandwiches au beurre d'arachide. Mais, en revanche, j'aime vachement faire le ménage. Au début de nos « épousailles », quand il rentrait du travail, Hamp mettait le doigt sur des trucs – du genre rebord de fenêtre ou moulure de porte. Il disait qu'ils appelaient ça le test du gant blanc quand il était dans la Marine. Dieu me damne s'il a jamais trouvé le moindre grain de poussière!

– Norm est aussi très conservateur. Tout ce qui n'est pas bœuf ou poulet lui paraît du serpent à sonnettes. Il refuse carrément de manger du porc. Je m'en suis plainte à sa mère.

– Je ne sais jamais qui mange quoi dans ma maison! dit quelqu'un avec entrain en plissant le front. Chacun mange à des heures différentes. La vie impossible, quoi! Parfois, Paul ne rentre pas avant neuf ou dix heures du soir, parfois il ne mange pas du tout. Le bébé ne mange pas encore comme les grands et les autres sont très embêtants! Eric et les scouts, Linda et ses leçons de piano, Billy et son orthodontiste... et le mardi, j'ai ma réunion de l'Association des femmes – c'est une maison de fous! » Adele éclata de rire en serrant nerveusement ses mains. « Alors, je ne fais qu'une grande casserole de ragoût, ou des spaghetti, de poulet ou d'autre chose, que je sers quand ils arrivent.

– Prends encore un peu de vin.

– Je ne devrais pas, mais d'accord, dit-elle en riant gaiement.

– Je ne sais pas comment tu y arrives, vraiment, tu es merveilleuse. Moi, je n'en ai que trois... et je suis débordée.

– On lui donne des petits coups de main », dit Bliss en souriant gentiment.

Adele lui sourit avec reconnaissance :

« J'essaie de prendre simplement les choses comme elles se présentent. Je ne m'affole pas. J'ai été élevée dans une grande maison pleine d'enfants. Ma mère était merveilleuse; très calme. Ce n'est pas encore la fin du monde, disait-elle souvent dans un sourire. On avait une maison énorme, immense, un vrai monstre d'une autre époque, vous voyez le genre? avec dix chambres... Une fille du voisinage l'aidait, et on donnait tous et toutes un coup de main, vous savez? Quand mes enfants seront plus grands, tout sera plus facile pour moi. Quand Mindy n'aura plus besoin de couches, ça ira mieux. » Sa main se contracta sur son genou : elle la leva et but le vin.

10

Elle sauta la haie qui séparait son arrière-cour de celle de Bliss et aida Mike à passer. Puis Bliss lui passa Mindy, lui dit au revoir, et Adele disparut par sa porte de derrière. Elle emmena Mindy dans le living-room et la mit dans son parc, mais le bébé était agité et ne cessa pas de grogner; il fut bientôt sur le point de crier.

« Mike, joue avec Mindy », dit Adele. Mike marcha à petits pas chancelants jusqu'au parc et agita des objets au-dessus de la tête du bébé.

Adele retourna dans la cusine et vérifia son emploi du temps. Alors? jeudi après-midi : Eric aux scouts, prendre une caisse de soda pour la rencontre des scouts; aller chercher le costume gris de Paul chez le teinturier; Billy chez Di Napoli pour son projet; LAIT, avait-elle écrit en grosses lettres en bas de page. Elle regarda la pendule : trois heures cinq. Elle décrocha le téléphone.

« Allô, Elizabeth? Bonjour. Comment vas-tu? Booo... » Elle rit vaguement. « Oui, bien sûr, on survit. » A nouveau un petit rire nerveux. « Je me dis simplement que c'est une dure journée à passer, tu sais? Comme un AA. » De nouveau le petit gloussement. « Ah! bon? Oooh! Elizabeth! Oui, je sais. Ecoute, tu peux apporter les vêtements et les laver ici. La mienne a bien marché depuis le jour où elle a rejeté de l'eau savonneuse jusque dans le living-room. – Rire. – Bon d'accord. Bien sûr. Oui, si tu en as besoin... Oui, d'accord. Non écoute, c'est mon tour de les conduire et ça ne fait rien, de toute façon il faut que je sorte. Est-ce que tu peux conduire les filles à leur leçon de danse demain? Tu es un vrai don du Ciel! Je ne sais pas ce que je deviendrais si je ne t'avais pas! » A ce moment-là, sa voix se mit à trembler légèrement, mais elle se reprit : « Oui, j'y serai. Oui, ma maison est une décharge pour vieux vêtements; j'ai envie de les utiliser, oui, certains d'entre eux ont encore l'air très bien... gloussa-t-elle. Est-ce que tu seras à la réunion? Le prêtre, père Spinola, a dit qu'il voulait nous parler et, je pense, nous remercier. On va boire le café et manger des gâteaux, et nous avons besoin de volontaires pour apporter quelque chose. Oh! merci, Elizabeth. Vous vous adressez à la personne la plus occupée, et elle y arrive! J'amènerai mon pain d'épice, oui, celui-là, oh! ça me fait plaisir. Oui, je ne sais pas comment je vais les faire rentrer dans la voiture... J'ai une pile de deux mètres de vêtements dans le garage... Je les avais mis dans la cuisine, mais les bébés allaient toujours mettre le nez dedans... – gloussement – Oui, oui, ils sont doux, mais le problème, c'est qu'ils... euh... *sentent mauvais.* Oh! non. Elle ne marche pas encore. Je voulais dire Mike, je pense que je ferais mieux d'arrêter de l'appeler le bébé, hein? – elle rit fort et sa voix devint plus aiguë. Bien entendu, il faut que nous nous rencontrions un de ces quatre... Peut-être pourrait-on faire quelque chose un soir? Non, pas cette semaine... Paul a tout un tas d'obligations... peut-être un soir de la semaine prochaine... peut-être pourrions-nous aller voir un film ensemble, ou faire autre chose... Oh! oh! Equipe de nuit. Oh! Et ça durera longtemps? Ben, à vrai dire, parfois ce n'est pas plus mal... Je ne suis pas toujours malheureuse lorsque Paul travaille tard – rire et encore rire. Oui, et alors il crie qu'il n'arrive pas à dormir avec tout ce boucan... Je sais. Oh! le pauvre! Ça doit lui faire drôle d'être forcé de dormir pendant la journée. Moi, je ne pourrais pas, j'en suis sûre... Oui. La paix et le calme de la nuit, je vois ce que tu veux dire... Oui, oui. » Rire.

Des bruits d'enfants retentirent dans la cuisine.

« Elizabeth, il faut que je te quitte... les Indiens donnent la charge et on dirait que la cavalerie est juste derrière eux. Bon, à bientôt. »

Eric et Linda hurlaient tous les deux. Elle les prit dans ses bras et leur enleva leurs manteaux, les fit taire et essaya de découvrir ce qui n'allait pas. Ils sanglotaient à perdre haleine. Dans le bus qui le ramenait de l'école, un gros gars avait battu Eric, Linda lui avait répliqué par un coup de poing, il était descendu du bus au même arrêt qu'eux et les avait poursuivis jusqu'à la maison en leur promettant de revenir et de prendre sa revanche... Elle leur remit leurs manteaux. Elle avait encore sa veste sur le dos.

« Bien, les enfants, nous allons retrouver cette grande brute... » dit-elle en se dirigeant vers la porte d'entrée, quand un grand fracas sortit du living-room, suivi d'un hurlement de terreur.

Elle s'y précipita. Le parc était renversé, Mindy gisait, hurlante, au milieu des lamelles de bois avec Mike effondré sur elle qui geignait en jetant un regard plein de culpabilité à sa mère. Adele releva Mike avec brusquerie et le remit sur ses pieds. Il se mit à hurler. Elle se pencha sur le bébé, le releva et serra Mike contre son cœur en le câlinant tendrement. De sa main, elle remit le parc d'aplomb.

« Qu'est-ce qui s'est passé? » demanda-t-elle avec colère à Mike qui, n'ayant que dix-huit mois, savait à peine parler.

Il essaya de lui expliquer, en sanglotant, blessé par sa dureté, et en lui lançant des regards chargés de reproche. Il avait voulu jouer avec le bébé, avait essayé d'entrer dans le parc.

« Bon, bon, dit-elle pour s'excuser en caressant les cheveux de Mike, tout va bien, Mikey, elle n'est pas blessée. » Il se calma un petit peu, mais continua de sangloter tout doucement. « Allez, viens! on va aller chercher des petits gâteaux! »

Il se traîna derrière elle jusqu'à la cuisine. Contre son épaule, le bébé se calmait. Elle leva le bras jusqu'à la boîte à gâteaux, qu'il fallait poser haut, et lui en tendit deux. Les aînés poussèrent des cris. Elle leur en tendit deux à chacun. Le bébé était tranquille. Elle le ramena à l'intérieur de son parc. Il se mit à brailler de mécontentement.

« Oh! non, soupira Adele. L'air sévère, elle se tourna vers Mike : il faut que je m'en aille; toi, tu surveilles Mindy, tu m'entends, et n'essaie pas de rentrer dans le parc! Reste ici et surveille-la. » Elle partit.

Mike, déconcerté, mais à moitié rasséréné à cause des petits gâteaux, ouvrit de grands yeux pour la surveiller. Il s'assit et regarda le bébé hurler, le visage tout bleu, quand il vit que sa mère partait. Il allongea la main pour lui caresser le visage et le barbouilla complètement de chocolat. Il resta ainsi jusqu'à ce qu'il eut fini ses gâteaux; alors, il mit les mains autour de ses genoux et se balança, sans cesser un seul instant de parler à Lindy. Au bout de dix minutes, elle arrêta de hurler et s'endormit.

Adele avait pris les deux aînés par le col et les avait poussés dehors :

« Maintenant, où est cette brute ? Montre-le-moi ! »
Apaisés par la sécurité que la maison représentait et réconfortés par les petits gâteaux, ils avaient envie de tout laisser tomber, mais elle insista. Elle les traîna tous les deux dans la rue. A ce moment-là, l'autobus de Gardiner School (classes de onzième et de dixième) arriva, et un groupe d'enfants en descendit. Un petit garçon, qui s'était apparemment dissimulé derrière un buisson, courut pour monter dedans : « Le voilà ! » crièrent les enfants en le montrant du doigt; Adele courut vers l'autobus mais se cogna avec Billy, qui courait à leur rencontre et envoya Adele s'étaler en travers du trottoir. Quand elle releva la tête, l'autobus s'en allait tout doucement. Elle était étendue sur le trottoir, se tenant le menton d'une main et se demandant si elle était blessée, et si elle ne s'était pas cassé une jambe. Bon, allez : ça ferait une bonne histoire à raconter aux filles. Elle se leva, en boitant. Elle avait un genou écorché.
Pendant leur retour à la maison, elle sermonna Linda et Eric. Il ne fallait pas qu'ils parlent à ce sale gosse. S'il s'approchait d'eux ou les suivait de nouveau jusqu'à la maison, qu'ils accourent la trouver, elle s'en occuperait, elle. Ils approuvèrent d'un air solennel. Ils avaient un petit peu ri lorsqu'elle était tombée et se sentaient coupables.
Elle regarda la pendule.
« Mon Dieu... Eric, mets ton uniforme. »
Elle prit un biberon dans le réfrigérateur et le mit dans une casserole d'eau. Elle entra dans le living-room. Mindy et Mike dormaient tous les deux, tous les deux couverts de chocolat. Serrant les lèvres, Adele prit le bébé, l'emmena à la cuisine et enleva le chocolat de sur ses mains et son visage, le fourra dans un petit blouson et le posa sans ménagements sur le carrelage de la cuisine. Le bébé se mit à geindre doucement; les autres se tinrent tranquilles : ils se rendaient tous très exactement compte de l'état de surexcitation de leur mère. Ils enfilèrent prestement leurs manteaux : Adele fourra Mike dans le sien et tâta le biberon. Il était trop chaud, aussi fit-elle rapidement couler de l'eau dessus avant de

préparer le bébé et son sac, et d'ordonner à tout le monde d'aller à la voiture. Elle flanqua le bébé dans son siège et lui mit le biberon entre les mains; il commença à téter et hurla, alors Adele le lui arracha, le tâta de nouveau et s'aperçut qu'il était encore trop chaud. Elle s'assit, appuya sa tête contre le volant et répéta à plusieurs reprises : « Mon Dieu, mon Dieu. » Puis elle s'assit confortablement et démarra, avec le bébé qui hurlait parce qu'il s'était brûlé la langue, son genou à elle qui la brûlait à l'endroit de l'écorchure, et les autres enfants que la crainte rendait silencieux; elle se dit qu'elle aurait dû se laver le genou, et fit des écarts sur la route jusqu'à ce qu'elle se soit un peu calmée.

Intimant à chacun l'ordre de rester tranquille, elle pénétra dans la boutique de soda à prix réduits et acheta une caisse du moins cher des sodas en boîte de conserve. Ensuite, elle alla devant chez Elizabeth et donna un coup de klaxon. Tommy sortit en courant et monta à bord de la voiture. Puis elle alla chez Mme Amoru où la rencontre des scouts avait lieu cette semaine. Tommy aida Eric à porter la caisse de soda. Elle alla alors chez Di Napoli et déposa Billy en lui disant de lui téléphoner quand il voudrait qu'elle passe le rechercher. Elle alla chez le teinturier à l'autre bout de la ville, le seul qui, au dire de Paul, travaillait correctement, et prit le costume gris; elle ordonna aux enfants de ne pas le toucher et le pendit à un crochet fixé à côté du siège arrière de la voiture. Elle s'arrêta au « Milk-Market » pour acheter quatre litres de lait. A présent, le biberon avait refroidi, et Mindy le tétait tranquillement. Enfin, Adele rentra à la maison. Le bébé s'était épuisé avec ses hurlements et le lait chaud l'avait replongé dans le sommeil. Il était lourd quand, son sac ballottant à son bras, Adele le sortit de son siège. Linda essaya de l'aider et prit le lait pour le porter à l'intérieur, mais il était trop lourd pour elle et elle le laissa échapper en cours de route. Adele entendit le fracas, se retourna et vit. Le visage de Linda était décomposé et frappé de terreur quand elle regarda sa mère. (Mon Dieu! Mon Dieu!) Adele fit demi-tour, rebroussa chemin et remit le bébé dans son siège.

Linda était immobile. Adele parvint à contrôler sa voix :
« Linda, reviens dans la voiture. »
Elle retourna au Milk-Market et acheta quatre autres litres de lait.
« Prends mon sac, Linda », dit Adele quand ils furent revenus. Elle tira de nouveau le bébé désormais profondément endormi de son siège, et Linda la suivit. Fais attention aux bouts de verre, lui ordonna sévèrement Adele. Linda sauta dangereusement au milieu des éclats. Adela porta le bébé dans le living-room et le coucha dans son parc. Elle soupira. Mindy resterait éveillée tard ce soir : trois petits sommes dans la journée, c'était trop. Elle retourna à la voiture et prit le lait et le costume, les rapporta à la maison, mit le lait dans le réfrigérateur et pendit le costume à un cintre. Puis elle prit un balai et une pelle à ordures et dit à Linda de la suivre. Elle balaya les morceaux de verre et Linda tint la pelle. Elle mit les morceaux de verre directement dans la boîte à ordures en s'assurant qu'elle refermait bien le couvercle... on ne sait jamais, les enfants pouvaient se mettre dans la tête d'aller fureter là-dedans. Elle donna le balai et la pelle à ordures à Linda, enleva le tuyau d'arrosage de son râtelier, ouvrit le robinet extérieur et arrosa le lait répandu.
Elle rentra et enleva sa veste. Linda se tenait au milieu du couloir, les yeux fixés sur elle :
« Qu'est-ce que tu as à me regarder comme ça ! cria Adele. Tu comptes rester toute la journée à me regarder comme ça ? » Linda s'éloigna tout doucement. « Et puis, enlève ton manteau et accroche-le à la patère ! »
Linda enleva doucement son manteau et se dirigea vers le cabinet de rangement. Adele alla dans le living-room et enleva son manteau au bébé. Puis le prit dans ses bras et commençait à monter l'escalier lorsqu'elle aperçut la petite silhouette de Linda derrière la porte du cabinet qui, silencieuse, bougeait à peine. Elle redescendit. Linda était appuyée contre le mur du cabinet et pleurait. Adele tendit la main et toucha la tête de l'enfant. Celle-ci se mit alors à pleurer bruyamment et enfonça la tête dans les manteaux.
« Pardon, pardon, dit Adele, elle-même au bord des

larmes. Ce n'est rien ma chérie, je sais que tu ne l'as pas fait exprès. »

L'enfant se retourna soudain et blottit sa tête contre les hanches de sa mère. Adele resta immobile, le bébé lui pesant sur le bras, à caresser la tête de Linda en lui murmurant :

« Ce n'est rien, ce n'est rien, tout va bien, mon petit chat. » Linda cessa de pleurer et Adele s'inclina vers elle. « Je vais aller coucher Mindy, est-ce que tu veux venir m'aider ? »

Linda fit « oui » de la tête avec entrain. Adele se redressa et prit la main de l'enfant dans la sienne, et tous les trois montèrent ensemble l'escalier. Le cœur d'Adele débordait d'émotion. La petite main était dans la sienne, si confiante après tant de trahisons. Adele changea la couche de Mindy et la coucha.

« Maman, comment ça se fait quc Mindy dorme ?

– Elle est fatiguée.

– J' peux pas jouer avec mes poupées ?

– Bien sûr que non ! Il faut que la pièce reste sombre et silencieuse.

– Mais moi je veux jouer avec ma poupée « Barbie ». Sa voix se haussait déjà vers le hurlement.

« Eh bien, emporte-la, ta poupée ? Prends-la, mais ne fais pas de bruit. »

Linda prit sa poupée et les accessoires qui allaient avec en en laissant tomber quelques-unes à cause du : « Fais pas de bruit, j' t'ai dit », d'Adele.

Linda déposa ses joujoux dans un coin du living-room. Adele alla dans la cuisine et s'assit un moment sur un tabouret haut pour réfléchir. Bonne soirée, ce soir : Paul sortait. Il restait des spaghetti pour Eric et Linda. Paul ne touchait jamais aux spaghetti, sous prétexte qu'il n'aimait pas ça. Adele le soupçonnait de s'inquiéter de sa silhouette. Billy avait fait sienne cette aversion. Il restait un petit peu de poulet pour Billy. Elle lui chaufferait ça. Elle était assise immobile, penchée en avant. Elle avait oublié de demander aux enfants comment ça avait été à l'école; il fallait qu'elle découvre ce qui était arrivé à Linda à la maternelle.

Elle se leva, respira à pleins poumons, puis se rendit dans le living-room. Linda, accroupie par terre, jouait avec « Barbie ».

« Tu es une vilaine petite fille, vilaine, vilaine, s'écriait-elle en donnant plusieurs claques sur les fesses de la poupée. Va dans ta chambre et n'en sors pas ! Et ne réveille pas le bébé ! » dit sa petite voix sur un ton de colère. Elle mit la poupée-enfant sur ses pieds et la fit marcher jusqu'à son lit.

« Mmmmm, geignit-elle. Je l'ai pas fait exprès, moman, dit-elle d'une toute petite voix.

– Si, tu es vilaine ! » répondit-elle de sa voix de maman en jetant la poupée-enfant à plat ventre. La poupée-enfant avait vingt centimètres de long; la poupée-maman était petite : moins de trente centimètres. Elle mit un tablier à sa poupée « Barbie » et dit d'une voix calme et heureuse :

« Je me demande ce que je vais faire à manger à Papi ce soir ? Ah ! si, je sais, je vais lui faire un gâteau au chocolat avec des raisins, et du bacon... » Puis elle fit faire un tour à la poupée sans cesser de fredonner : « Bonsoir, chéri, dit-elle d'une voix contrefaite. Comment s'est passée la journée ? Devine ce que je t'ai préparé ? Un gâteau au chocolat avec des raisins ! » Il y eut un moment de silence durant lequel, vraisemblablement, le père répondit : « Oh ! oui, ça a encore été une journée fatigante. Après le repas, tu iras flanquer une correction à cette enfant, elle a été très méchante aujourd'hui. Il est bon, mon gâteau au chocolat ? »

Adele resta quelques instants silencieuse, puis regagna la cuisine. Elle se versa un verre de vin et alluma la radio. La cruche de quatre litres de mauvais vin de Californie baissait vite de niveau. Paul remarquerait cela... Retournant furtivement sur ses pas pour voir ce que faisait Linda, elle fit couler un peu d'eau du robinet dans son vin. Et se rassit sur le tabouret haut. La radio diffusait de la musique du genre Mantovani : « Tu serais gentil de venir me voir, tu serais si bien auprès du feu... » Elle et Paul avaient dansé serrés l'un contre l'autre sur cette chanson, des années auparavant, il y avait une vie. Elle était alors active, efficace et indépendante ; secrétaire dans un service de contentieux, elle gagnait bien sa vie pour une femme, alors que Paul n'était qu'étudiant en droit. Elle avait toujours su qu'elle ne voudrait jamais vraiment faire carrière. Elle désirait se marier et avoir des enfants; elle voulait se marier avec un homme possédant une bonne situation et avoir quelques commodités, une vie moins difficile que celle de sa mère. Mais elle était tombée follement amoureuse de Paul, comme lorsque l'on plonge dans une piscine sans avoir regardé auparavant s'il y avait de l'eau dedans.

Elle s'appuya sur un coude et but son vin à petites gorgées. La chanson se termina et quelqu'un annonça qu'il était cinq heures de l'après-midi. Elle se leva avec lassitude et sortit les spaghetti et le poulet du réfrigérateur.

Eric avait trouvé quelqu'un pour le ramener à la maison; il rentra en ronchonnant à propos de quelque chose. Adele lui dit de monter pour se changer et de se mettre à ses devoirs.

« Qu'est-ce qu'il y a pour dîner? » demanda Eric, et, content des spaghetti, il grimpa l'escalier.

Mais Linda entra à petits pas dans la cuisine :

« Moi aussi j'ai des spaghetti? »

Adele se redressa :

« Tu aimes ça!

– Non, je n'aime pas ça; j'ai horreur des spaghetti!

– Tu as toujours aimé ça! dit Adele. Tu les aimais lundi quand on en a mangé.

– Non, j'aimais pas ça. J'en veux pas! J'en mangerai pas! » La petite fille trépignait sur place. Adele la saisit brusquement et lui donna une claque sur les fesses, ce qui la fit hurler de peur. Elle se précipita dans le living-room et se jeta en larmes sur le canapé.

La porte d'entrée s'ouvrit et Paul entra :

« Nom de Dieu! dit-il à mi-voix, je ne pourrais donc jamais rentrer dans le calme et la tranquillité? J'entends du boucan toute la journée... »

Adele se tourna vers lui, toute pâle :

« Tu as cinq enfants, lui dit-elle sur un ton dur; qu'est-ce que tu veux! »

Il se tourna vers elle. Il était bel homme, bien habillé et très gracieux dans ses gestes :

« Es-tu passée prendre mon costume? »

Elle indiqua le cintre de la tête.

« Nom de Dieu, Adele, pourquoi ne l'as-tu pas pendu dans la chambre? Tu le laisses là et les enfants, avec leurs pattes sales...

– Je n'ai pas eu le *temps!* dit-elle d'un ton cassant. Et puis, ajouta-t-elle pour se défendre, il est dans une housse en plastique, et les gosses ne l'ont pas touché. »

La porte s'ouvrit encore et Billy entra. Billy avait huit ans. Les yeux d'Adele brillèrent de plaisir quand elle le vit :

« Mme Di Napoli devait aller chercher du lait, alors elle m'a déposé.

– Oh! c'est parfait, mon chéri. Comment ça a marché? Vous avez terminé? »

Billy, autoritaire et plein de bon sens en dépit de son âge, se mit à lui expliquer la difficulté du projet et l'incroyable stupidité de Johnny Di Napoli.

Paul était toujours immobile dans la cuisine à se tourner les pouces :

« Est-ce que je pourrais au moins avoir quelque chose à boire? les interrompit-il.

– Oh! Paul, dit Adele en sursautant. Excuse-moi! » Elle courut au réfrigérateur où une petite bouteille de Martini était au frais.

Paul renifla :

« Des spaghetti? Heureusement que je sors.

« Oh! il y a des spaghetti, m'man? » protesta Billy d'une voix qui se transforma en gémissement; elle le regarda d'un air sévère. Pour les enfants, la nourriture, c'est tout, se dit-elle. Leur soirée était réussie ou gâchée selon ce qu'ils mangeaient à dîner.

Paul était dans le living-room avec son verre et son journal. Linda avait glissé à côté de lui sur le canapé :

« J'aime pas les spaghetti! cria-t-elle en direction de la cuisine.

– Bon, je t'avoue que moi non plus, dit Paul en passant un bras autour d'elle et en la caressant.

– Alors ça, c'est la meilleure! hurla Adele en pénétrant dans la pièce. J'essaie de me débrouiller avec ce que tu me donnes et les spaghetti sont un des trucs les moins chers qu'on puisse trouver! Et monsieur monte les gosses contre moi!

– Oh! pour l'amour de Dieu, Adele, si elle n'aime pas ça, pourquoi veux-tu qu'elle en mange?

– Parce que, dit Adele, et elle fut elle-même surprise par la force et le ton de sa voix, c'est tout ce que j'ai, il n'y a du poulet que pour Billy, et je n'ai pas eu le temps de préparer autre chose! »

Paul leva calmement les yeux vers elle, comme pour juger de la situation :

« Et pourquoi? Si j'en crois la couleur de tes joues, tu as eu le temps de faire la fête avec tes copines tantôt. » Il se leva, prit son verre, son costume, et monta l'escalier.

Elle le fixa du regard. Elle avait la gorge serrée. Injustice, injustice.

« J'aurai du poulet, m'man? demanda Billy avec avidité.

– Pourquoi lui en aura et pas moi? lança Linda.

– Vous, vous la bouclez, compris? Vous aurez ce que vous aurez! » cria-t-elle, et elle courut à la cuisine et se versa un autre verre de vin. Puis elle fit la salade et mit le couvert. Paul descendit, tout beau, et l'embrassa délicatement sur la joue et lui dit qu'il ne rentrerait probablement pas tard, mais qu'elle ne s'inquiète pas si...

Adele se sentit plus calme après son départ. Elle appela les enfants à table. Linda fixa ses yeux sur ses spaghetti, et refusa de les manger en poussant des cris frénétiques.

« Tu vas aller te coucher sans manger », lui dit Adele d'un air sévère.

Linda se mit à pleurnicher.

Adele se laissa tomber sur une chaise. Elle saisit le bras de Linda et l'attira à elle en essayant de ne pas être brutale :

« Linda, je ne savais pas que tu n'aimais pas les spaghetti. Avant, tu en mangeais toujours. Regarde l'assiette de Billy... Il n'y a pas assez de poulet pour vous deux.

– Mais pourquoi c'est lui et pas moi qui le mange? On lui donne toujours tout, pleurnicha Linda.

– C'est lui qui le mange parce que je savais que Billy n'aimait pas les spaghetti. Ecoute, je te promets que je ne t'en ferai plus, d'accord? Je ne savais pas que tu n'aimais pas ça, tu comprends? »

Linda fixa sa mère droit dans les yeux en calculant ses chances. Il semblait que c'était des spaghetti ou rien, quelle que fût sa réponse; mais elle ne savait pas si elle pouvait se fier à cette volonté momentanée de réconciliation. Elle ne savait pas très bien ce qu'elle voulait : elle voulait se plaindre de quelque chose. Mais Adele la lâcha et se leva péniblement. Elle n'avait pas l'intention de faire d'autre pas en avant. Linda détestait les spaghetti et voulait une récompense si elle les mangeait. Mais il n'en fut rien.

Adele courut à la baignoire. Elle fit prendre un bain à Mike puis à Linda, et appela Eric pour qu'il prenne le sien. A chaque fois, elle vidait, nettoyait et remplissait la baignoire. Elle alla coucher Mike et redescendit.

« Lis-moi une histoire », exigea Linda.

Des exigences, se dit Adele dans un pâle sourire. Pas question de céder aux exigences d'une gosse qui s'était mal comportée. Elle laisse tomber le lait, et il faudrait que je paie, moi : des clous!

« J'ai trop de choses à faire », dit-elle.

Linda se mit à pleurer.

« Mets la télé. »

Le bébé se mit à pleurer. Adele monta et cogna à la porte de la salle de bain :

« Depêche-toi de sortir de la baignoire. »

Elle changea le bébé et le descendit. Elle prit une bouteille dans le réfrigérateur et la mit dans une casserole d'eau. « Eric! » cria-t-elle. Pas de réponse. Elle avala l'escalier jusqu'à la salle de bain et ouvrit vivement la porte; Eric lui jeta un regard coupable. Il y avait de l'eau partout; il était assis dans la baignoire, rose tellement il avait chaud, et tenait un petit avion dans sa main. Elle entra dans la salle de bain en glissant presque sur l'eau, enleva le bouchon de la baignoire et fit sortir Eric sans ménagements. Sans ménagements, elle l'essuya avec une serviette-éponge, puis lui dit :

« Maintenant, tu enfiles ton pyjama et tu fais tes devoirs. »

Elle s'accroupit et épongea l'eau répandue. Après tout, c'est une façon d'avoir un carrelage propre; elle se dit qu'elle répéterait ça aux filles le lendemain.

Lorsqu'elle revint dans la cuisine, l'eau de la casserole bouillait. Elle enleva la bouteille de son support et la mit dans l'évier. Elle fit chauffer un biberon.

« Allez, au lit, Linda », dit-elle. Linda se leva, se glissa dans la cuisine et lança un regard lourd de reproche à sa mère. « Au lit », dit fermement Adele; Linda tourna les talons et, avec une certaine raideur dans le cou et les épaules, fit comprendre ce qu'elle pensait d'elle à sa mère. Elle monta solennellement et gravement l'escalier.

Adele versa un petit peu de lait dans le bol de céréales et donna des céréales et des prunes en conserve au bébé. Elle le laissa dans sa chaise haute, lui donna quelques jouets en caoutchouc pour s'amuser, et se mit à nettoyer la cuisine. Elle se rendit alors compte qu'elle n'avait pas dîné. Elle gratta les restes des assiettes des gosses dans la casserole de spaghetti et mangea cela avec ce qu'il restait dedans.

Eric et Billy se disputaient. Elle ordonna à Billy de descendre avec ses devoirs et à Eric d'aller se coucher. Eric n'était pas content. Il marmonna que maman n'était pas gentille et claqua la porte de sa chambre. Elle termina de nettoyer la cuisine, puis regarda la pendule.

« Billy?

– Oui, lui répondit-il à contrecœur dans un soupir.

– Tu as fait tes devoirs?

– Oui, grogna-t-il presque.

– Bon, alors au lit!

– Oh! m'man, est-ce que je peux regarder la fin de cette émission?

– D'accord. Mais dès que c'est fini...

– C'est un film, m'man.

– A quelle heure il finit?

– A dix heures.
– Bon, alors tu montes tout de suite, mon enfant.
– Oh ! m'man...
– NON !!! »

Il éteignit la télévision à contrecœur; il l'embrassa à contrecœur; mais elle l'embrassa bien fort et le serra contre elle; alors il serra aussi et mit sa joue contre la sienne. Ils restèrent ainsi un instant, puis il monta.

Il était plus de neuf heures. La maison était silencieuse. Adele monta le bébé et le mit au lit avec son biberon en faisant une prière. Et Mindy s'endormit aussitôt, comme si elle n'avait pas fait trois petits sommes dans la journée. Elle se réveillerait sans doute vers quatre heures du matin, se dit Adele en soupirant tandis qu'elle gagnait la salle de bain. Elle se fit couler un bain et y mit une mousse, un luxe à cinq francs la bouteille, mais un luxe auquel elle se disait qu'elle avait droit. Elle prit son bain, mit sa chemise de nuit et sa robe de chambre, et retourna en bas. Elle goûtait le silence; elle avait l'impression de le respirer, de le manger. Elle se versa un verre de vin. Qu'il (Paul) aille au diable ! Elle s'assit dans le living-room. Un vrai foutoir : les effets de la poupée étaient disséminés dans un coin, les feuilles du projet de Billy entassées sur un fauteuil, et quelques manteaux gisaient en travers de l'autre. La cravate de Paul, qu'il avait enlevée lorsqu'il était assis avec Linda, pendait du canapé. Adele la ramassa et la posa sur la rampe, détourna résolument les yeux de tout le foutoir et resta immobile. Voilà votre vie, Mme O'Neill.

Elle avait regardé dans le miroir après être sortie de la salle de bain et avait vu un grand et beau visage aux cheveux noirs et brillants tout frisés autour. C'était un visage. Il aurait pu être, se dit-elle inutilement, dans un magazine. Elle avait vu pire. Mais elle ne voulait pas être dans un magazine, voilà tout ! Elle n'aurait jamais voulu d'une vie de coquette. Elle repensa à la rancune de Linda lorsqu'elle partit se coucher et au grognement d'Eric. Elle repensa au visage terrifié de Mikey quand il l'avait regardée après avoir renversé le parc et à la pâleur de mort de celui de Linda lorsqu'elle avait laissé échapper le lait. Des larmes lui montèrent aux yeux; elle mit la tête dans ses mains. « Mon Dieu, aidez-moi, je vous en supplie, aidez-moi... Je ne veux pas être méchante. Je ne veux pas qu'ils aient peur de moi, mes enfants, oh! mon Dieu, mais qu'est-ce qui se passe dans ma tête? J'essaie de ne pas crier après eux. Je ne veux pas être malheureuse, ni qu'ils soient malheureux. Je veux être gentille, oh! Marie, mère de Dieu, aidez-moi, montrez-moi comment faire... » Elle pensa aux saints martyrs de l'Eglise, à Marie-Madeleine, aux souffrances du Christ sur la croix. Elle savait que si elle était meilleure, elle pourrait être suffisamment gentille, être douce, patiente et aimante, ce qui était le plus cher de ses vœux. Elle se laissa glisser sur le sol, s'agenouilla à côté du canapé et pria.

« Mon Dieu, donnez-moi de la force, faites que je ne sois pas brutale avec eux, je les aime tant... »

Elle se releva péniblement. Il était encore tôt, et elle songea à regarder un petit peu la télévision ou à lire le journal. Mais elle se sentait fatiguée. Elle alla à la cuisine, se versa un autre verre de vin, éteignit toutes les lumières à l'exception de celle de la porte d'entrée et du couloir, prit la cravate de Paul et monta l'escalier.

Elle alluma la lampe de la chambre et regarda autour d'elle. La pièce était laide; elle fermait toujours la porte quand elle recevait. Ils n'avaient jamais eu l'argent pour l'arranger. Il y avait un lit à deux places sans dossier et deux vieilles coiffeuses dépareillées. Une caisse à oranges sur le côté servait de table de nuit. Elle avait toujours l'intention de la peindre, mais ne trouvait jamais le temps.

« Je pense que si je ne restais pas une heure avec les copines... », commença-t-elle à penser, mais elle chassa cette pensée : « c'est nécessaire pour ma santé », conclut-elle.

Elle se laissa tomber sur le lit comme un invalide et s'assit, penchée en avant, les mains serrées entre les genoux. Elle pensa à Paul et combien il était beau lorsqu'il était sorti. Un bon dîner : ils avaient même dû prendre des cocktails. Elle se demanda si les autres juristes avaient emmené leur épouse; elle se demanda si tous les juristes étaient des hommes. Puis chassa cette pensée méprisable : encore un signe de sa mauvaise, misérable, soupçonneuse et jalouse nature. Bien sûr que... mais il lui revenait toujours. Elle ne pouvait pas en demander davantage.

Elle but son verre à petites gorgées, puis, telle une personne qui a cessé de regarder son livre de compte bancaire parce qu'elle sait que son dernier retrait l'a sans doute mise à découvert, mais qui se décide à faire enfin face à la situation, elle tira un petit carnet du tas de papiers et de livres qui étaient dans la caisse à oranges.

Elle l'ouvrit à la page du calendrier. Elle compta et recompta des jours. Elle resta immobile à regarder en l'air, visage crispé, lèvres serrées. Elle entendait la voix de Paul : « C'est ton affaire, Adele, moi je n'en suis pas fana. *Ça commence* à m'ennuyer un peu. Je vais mettre quelque chose, comme ça tu n'auras pas à le faire. » Il se comportait comme si c'était uniquement son affaire, à elle. Mais ce ne l'était pas. Ce ne l'était pas : il y avait une loi supérieure. Il fallait qu'elle y obéisse.

« Je vous en supplie. Mon Dieu, apprenez-moi la patience... apprenez-moi à accepter Votre volonté. Vous voyez, je suis votre humble servante. »

11

La dureté et la brusquerie de Natalie démontaient Adele, qui croyait à la politesse, et, quoiqu'elle aimât bien Mira, elle avait toujours l'impression que, d'une certaine façon, elle la traitait de haut. De Bliss elle se sentait proche, et d'Elizabeth aussi, mais Elizabeth habitait de l'autre côté de la ville, si bien qu'elles ne se rencontraient que très rarement. Il lui était facile de faire passer les enfants par-dessus la haie pour boire une tasse de café ou de thé; il en allait tout autrement quand il fallait les traîner jusqu'à chez Elizabeth; Bliss était polie, parlait avec égards et était très féminine, ce qu'Adele admirait. Il y avait quelque chose de presque... « masculin » dans la façon de s'habiller et les gestes de Natalie, et dans les propos de Mira. Bliss rigolait tout le temps et était d'une indifférence tranquille qu'Adele aurait bien voulu faire sienne. Et, même si elle n'était pas catholique, Bliss comprenait les autres.

Bliss prenait le café dans la cuisine d'Adele. En trois années de fréquentation, les deux femmes ne s'étaient jamais adressé de critiques. Lorsqu'elles parlaient l'une de l'autre, c'était pour donner des nouvelles et pour analyser, assez superficiellement, des sentiments. Adele était assez véhémente : elle avait pris le café chez Mira la veille, et cette dernière lui avait montré ses nouveaux fauteuils et tables. La maison était propre, rangée et vide : Normie allait à l'école toute la journée à présent, et Clark était au jardin d'enfants. Mira lisait un livre de philosophie quand Adele entra avec Mickey et Mindy; après, elle eut l'impression que ses gosses avaient sali la maison de Mira. Cela la rendit mal à l'aise, et elle décida de ne plus revenir chez Mira. Elle préférait aller chez quelqu'un dont la maison était pleine de gosses.

Cela lui fit dire :

« Des fois, j'ai l'impression que Mira est névrosée, tu sais ? Je veux dire, pourquoi lit-elle tous ces bouquins bizarres ? Comme si elle voulait nous en ficher plein la vue ! »

Bliss éclata de son petit rire tranquille qui ressemblait à un soupir rieur :

« Bill dit qu'elle sait trop de choses.

– Elle parle tout le temps des droits des femmes.

– Je ne crois pas qu'elle soit heureuse de rester chez elle. »

Adele eut l'air surprise :

« Mais qu'est-ce qu'elle veut donc ? Elle a des enfants. Elle est névrosée. Je prie parfois pour elle la nuit.

– Alors, ne m'oublie pas : les prières, ça peut faire du bien à tout le monde, dit Bliss en riant de nouveau. Ce matin, il fallait que Bill soit à l'aéroport à huit heures... si t'avais vu la maison en folie ! Ensuite, Cheryl a décidé qu'elle avait mal à la gorge et qu'elle ne pouvait pas aller à l'école, et Midge s'est mise à pleurer en disant que si Cheryl n'y allait pas... – nouveau rire de Bliss –... elle n'irait pas non plus. Et tout le monde est resté à la maison à regarder la télé !

– Est-ce que cela ne t'inquiète pas, qu'ils manquent aussi souvent la classe ? dit Adele sur un ton quelque peu aigre.

– Non... dit Bliss en haussant les épaules; de toute façon, ils n'apprennent rien ! » Elle mit un morceau de sucre dans son café. « Si cela ne tenait qu'à moi, je ne les y enverrais pas du tout... ils en apprennent davantage avec la télé... mais j'ai envie d'être un peu tranquille à la maison ! »

Toutes les filles parlaient de leurs gosses en ces termes. Elles envisageaient pour rire de leur dire d'aller jouer dans la rue ou les appelaient « les mioches ». Toutes, à l'exception de Mira, qui trouvait cela immoral, quoiqu'elle admît, elle aussi, que ce devait être là leur façon de faire contrepoids à leur amour et à leur souci presque uniques de leurs enfants. Mais lorsque Bliss le faisait, cela vous donnait une telle impression de calme et c'était si amusant, que vous ne pouviez pas croire un seul instant qu'elle parlait sérieusement, tandis que, quand c'était Natalie, cela sonnait vrai.

« Oui... dit Adele en agitant sa cuillère; mais ne va pas dire cela à Mira. Elle serait indignée... A quoi donc lui a servi toute son éducation intellectuelle ?

– Oui, et je crois que mon éducation à moi a été tout aussi valable, dit Bliss en souriant, et elle rappela à Adele que, même si Mira était allée en faculté, elle était elle, Bliss, la seule des filles de leur petit groupe à avoir sa licence : Un de ces jours, je reprendrai l'enseignement. En attendant, je m'occupe des trois petits écoliers avec qui je vis. C'est une bonne expérience. Après ça, la classe me semblera un paradis ! » dit-elle dans un éclat de rire.

Adele rit aussi :

« Dis-moi, dans quelle classe est Cheryl ? En dixième ?

– C'est ce qu'il y a écrit sur son carnet, mais je n'y crois pas.

– Et celui de Bill, qu'est-ce qu'il dit ?

– Il dit que c'est un navigateur, mais uniquement

quand il travaille. Le reste du temps, il est lui aussi en dixième ! »

Adele enviait Bliss pour son aisance dans ses rapports avec son mari. Bliss se moquait de lui comme cela même quand il était là, et il riait avec elle. Adele n'aurait jamais osé agir de la sorte. Non qu'elle eût peur de Paul, mais... eh bien, elle ne savait pas vraiment pourquoi. Bliss vivait tranquille. Du linge empilé dans le living-room ne la dérangeait pas plus qu'un repas refusé par les gosses. Bien sûr, elle n'en avait que deux et Bill était beaucoup à la maison, si bien qu'elle pouvait aller toute seule faire des commissions ou du shopping. Mais il ne l'aidait pas tellement : la plupart du temps, il restait au deuxième étage, dans la petite pièce qu'il avait aménagée au grenier, et faisait des modèles réduits d'avions.

« Est-ce que tu vas en course ce soir ?

– Oui... Norm doit rentrer, alors je vais déposer les enfants chez Mira et la prendre. Tu veux venir ?

– Impossible... Paul a une réunion ce soir... mais tu peux me faire une course, je suis crevée...

– Oui, qu'est-ce que tu veux ? »

Le front d'Adele s'assombrit :

« Bon alors... « Si ce n'est pas trop te demander, est-ce que tu peux me rapporter un peu de lait ? Ma voiture est en panne et ne sera pas réparée avant la semaine prochaine.

– Bien sûr ! Combien de litres ? Un bidon de quatre ?

– Oui, s'il te plaît. Et merci beaucoup, Bliss; tu me rends rudement service. Je ne sais pas ce que je ferais sans mes amies », ajouta-t-elle, mais des larmes apparurent dans ses yeux. Bliss, immobile, la regardait.

Adele releva la tête et regarda son amie.

« Qu'as-tu ? lui demanda gentiment Bliss.

– Oh !... rien, dit Adele en reprenant sa voix dure habituelle et en cherchant un « kleenex » pour se moucher. Simplement, dit-elle d'une voix à nouveau brisée, je suis encore enceinte.

– Seigneur Dieu ! dit Bliss. Oh ! et puis, ajouta-t-elle, un de plus !... »

Mais Adele resta impassible et se remit à pleurer.

« Ça a dû arriver après la partie de Natalie. Paul et moi, nous étions un peu pompettes et... tu sais... c'était la mauvaise période... mais on a quand même tenté notre chance.

– Et que dit Paul ? »

Elle haussa les épaules :

« Il est vraiment très gentil. Je veux dire qu'il dit que je saurai m'en tirer. Ça l'a embêté. Il dit qu'il s'arrangera pour qu'on ait assez d'argent. Ça ne l'inquiète pas. Mais moi...

– Tu veux pas le garder ?

– C'est pas que je veux pas le garder, j'aime les enfants, simplement... je ne sais pas, c'est si dur, je n'arrive pas... » Elle avait cessé de pleurer et s'était essuyé le visage; il était rouge, gonflé et desséché. Elle fixait un mur.

« Adele... fit Bliss, je sais que c'est contre la religion, mais est-ce que tu as pensé à un avortement ? Tu sais, Mindy a encore des couches et Mikey n'a pas encore deux ans... Ça ferait vraiment beaucoup.

– Je sais. »

Bliss se tut alors, mais Adele aussi. Bliss avait peur d'avoir mis son amie en colère : « Tu crois peut-être que c'est mal ?

– Mais non ! éclata Adele; j'aimerais bien le faire ! Mais si je le faisais, il faudrait que j'aille me confesser et dire que je m'en veux alors que je ne m'en voudrais pas, alors que je ne pourrais pas dire ça et je n'irais pas me confesser et je ne pourrais plus jamais communier ! Cette phrase retentit comme une vague de colère.

– Mon Dieu ! » murmura doucement Bliss.

Adele se leva pour prendre la bouteille de vin; elle était presque vide et cela l'ennuyait de demander à Bliss de lui en acheter d'autre pour que Paul ne voie pas...

« Allez, je pense qu'on se débrouillera. Lorsque le bébé naîtra, Mindy marchera et, si je m'en occupe bien, elle n'aura plus besoin de couches. Il y a de la place pour un autre lit dans la chambre des filles. Si c'est une fille, tout ira bien, dit-elle en riant. L'Association des Femmes parle de faire une garderie. L'église nous prêtera une pièce, nous devrons y être chacune un après-midi par semaine et nous n'aurons à payer qu'une personne à plein temps pour diriger le truc. Ça ne coûte pas cher... Mikey sera assez grand pour y aller. Ça sera juste sur le plan financier pendant encore deux ans, jusqu'à ce que Paul ait payé pour son association, mais, après, tout ira bien... Ma voiture est presque bonne pour la ferraille, mais... » Elle se frotta le front.

Bliss l'observait. Elle avait été stupéfaite d'apprendre qu'Adele avait un an de moins qu'elle (soit trente ans). Adele avait un beau visage, plus beau que le sien, mais il était déjà ridé et ses cheveux noirs grisonnaient un peu. Bliss pensa que l'Eglise d'Adele était cruelle envers ses fidèles femmes, mais ne le dit pas.

« Oui, dit-elle cordialement. Et tant que ce sera un bébé, peu importe si c'est un garçon ou une fille, tu peux mettre le bureau dans la chambre des filles jusqu'à ce que tu sois dans une maison plus grande. Et puis, quand il naîtra, Billy aura neuf ans, Eric sept, Linda six, Mikey sera à la garderie et Mindy marchera. T'auras rien à faire, quoi ! »

Elles éclatèrent de rire :

« C'est exactement ce que Paul m'a dit lorsque je lui ai parlé de la garderie. Il a dit que les garderies étaient faites pour les femmes dénaturées qui veulent jouer au bridge tout l'après-midi. »

Elle versa le reste du vin dans deux verres et en tendit un à Bliss.

« Tu veux que je te rapporte d'autre vin pour ce soir ? demanda Bliss.

– D'accord ! » dit Adele dans un grand sourire, comme si elle avait fait une déclaration d'indépendance. Elle se rassit, toujours souriante. « Et puis j'ai plein d'habits pour bébé !

– Je croyais qu'ils n'étaient plus mettables ?

– Oh ! si... c'est la deuxième fournée ! Autant s'en servir !

– Oui. Le visage de Bliss devint sérieux : Mais après cela ?

– Je ne veux pas y penser... Je ne veux même pas y penser.

– Bon... dit Bliss, de nouveau souriante; au moins, t'es tranquille pour quelques mois. »

Adele éclata de rire, et Bliss ajouta :

« Ceci compense cela ! »

12

Le pâle visage ovale de Bliss semblait tout blanc dans le miroir de la pièce éteinte. Ses gestes étaient lents et gracieux; son corps long et mince. Ses yeux exprimaient de l'intelligence et un esprit avisé qui jaugeait bien les situations avant de prendre des décisions. Elle s'habillait bien pour ses moyens, en pantalons serrés qui lui moulaient les fesses et en chemisiers gentiment amples. Elle avait une voix douce, un rire agréable et se confiait peu. Elle ne faisait pas confiance aux gens.

Elle déposa ses enfants chez Mira et prit son amie pour se rendre au supermarché voisin. Il y avait un monde fou, comme tous les vendredis soir. Elles ne parlèrent pas beaucoup au supermarché : toutes deux étaient profondément concentrées sur l'idée d'acheter la meilleure nourriture possible au meilleur prix; c'est presque affaire d'adresse, et même d'art. Il faut comprendre la nourriture, savoir comment faire un délicieux *navarin* avec un morceau d'agneau à bas prix, des soupes avec des os – qui étaient gratuits à cette époque-là – ou un steak avec un morceau de bœuf pas cher. Amusant. J'ai passé des années à apprendre à faire cela et je suis très douée, mais à présent je n'ai plus du tout besoin de faire cela.

A leur retour à la voiture, Bliss parla d'Adele à Mira.

« Oh! non. La pauvre fille! Elle est au bord de la dépression nerveuse.

– Elle est trop tendue. Elle ne sait pas prendre la vie du bon côté. Moi, si j'étais Adele, je dirais à Paul d'être là une soirée par semaine pour que je puisse sortir. Elle n'exige pas assez. Je ne le laisserais pas sortir avec les gens avec qui il sort...

– Bon, peut-être que ça l'aiderait, mais avec cinq enfants...

– Bientôt six!

– Pourquoi n'avorte-t-elle pas? »

Bliss le lui expliqua. Mira était assise, silencieuse : « Seigneur, Seigneur! finit-elle par soupirer.

– Dans le temps, il n'y avait pas de contrôle des naissances.

– Dans le temps, les bébés mouraient.

– Et les mères aussi. »

Elles se turent. Bliss déposa Mira et reprit ses enfants. Elle rangea ses commissions, vit que les enfants étaient lavés et les mit au lit. Elle escalada la haie, frappa à la porte de derrière d'Adele et lui donna son lait et son vin.

« Entre un instant », dit Adele. Elle avait l'air très triste.

« Je ne peux pas, les gosses sont tout seuls », dit Bliss, heureuse d'avoir une excuse. Elle ne voulait pas contempler trop longtemps la douleur d'Adele.

Elle s'en retourna donc et nettoya la cuisine, puis prit une douche et se lava les cheveux. Elle resta longtemps dans la salle de bain. Elle se mit de l'eau de Cologne sur le corps et se regarda longuement dans la grande glace.

Elle avait trente et un ans. Son corps était doux et blanc, et lorsqu'elle les laissa retomber, ses cheveux roux lui descendaient à mi-taille. Elle ressemblait, se dit-elle, à une flamme blanche en son centre. Elle enfila une chemise de nuit, puis sortit en confortables petits chaussons en tissu-éponge et se versa un verre de soda de régime. Elle alluma la télévision et s'installa sur le canapé avec la robe qu'elle était en train de se confectionner. Elle était presque terminée, sauf quelques petits trucs à la main. Elle serait très mignonne, se dit-elle. Elle se la fabriquait pour la partie qu'elle allait donner.

Elle aimait cette heure de la soirée, alors que tout était silencieux, surtout lorsque Bill était sorti. Elle pouvait rester assise au calme avec ses pensées. D'une certaine façon, lorsque Bill était là, même s'il ne lui donnait aucun signe de sensibilité particulière, elle avait le sentiment de lire dans ses pensées. Et, ces temps-ci, elle ne voulait cela à aucun prix.

Bliss avait été élevée dans un foyer austère et pauvre où l'on n'avait pas toujours suffisamment à manger. Son père disait qu'il était rancher, ce qui, disait-il aux gens, était un mot à lui pour dire petit fermier. En réalité, il n'avait même jamais été cela, et leur cabane du Texas – ce n'était guère plus que cela – était aussi grise d'aspect que toutes celles du Kentucky ou du Tennessee qu'elle avait vues en photo. Il y avait beaucoup d'enfants; certains moururent en bas âge. Mais Bliss était le chouchou de sa mère. Cette femme remarqua l'esprit vif de Bliss, sa capacité de tirer le meilleur parti de toutes les situations. Et de trouver le meilleur moyen de survivre. Le père était souvent soûl et parfois brutal, mais après quelques années, il ne leva plus la main sur Bliss. Elle lui faisait peur. Lorsqu'elle eut dix ans et ses frères un peu plus, il les abandonna; ils ne s'en portèrent presque pas plus mal. Ses frères trouvèrent leur salut dans la guerre : ils furent appelés sous les drapeaux et, après, restèrent dans l'armée. C'était une vie plus douce que celle qu'ils avaient eue au Texas. La mère de Bliss se priva et économisa; Bliss travaillait dur à l'école. Ensemble, elles amenèrent Bliss à l'Ecole normale, dont elle parvint à « sortir » dans la botte. Elle ne se faisait pas d'illusions sur son intelligence. Elle savait qu'elle était intelligente, vive et douée, mais pas intellectuelle. Elle savait depuis toute petite que la vie était une survie et n'avait que mépris pour ceux qui ne le savaient pas. Chacun faisait son devoir, car le monde était grand, froid et sans cœur, et chacun, quel et où qu'il fût, était seul.

Elle avait fait la connaissance de Bill au cours de sa première année d'enseignement. Elle était en poste dans l'école primaire d'une petite ville du Texas qui lui donnait dix mille francs par an et semblait vouloir qu'elle lui en fût reconnaissante. En vérité, elle parvenait à joindre les deux bouts et à envoyer de l'argent à sa mère... ce qu'elle fit jusqu'à la mort de cette dernière. Bill avait été pilote dans l'« Air Force » durant la guerre, puis avait trouvé un boulot auprès d'un homme d'affaires texan, dont il pilotait le petit avion personnel. Il gagnait trente-cinq mille francs par an. Bliss l'épousa. Elle n'était pas sans affection pour lui. Elle le trouvait mignon, gentil et éminemment maniable comme son petit appareil. Elle se dit que la raison pour laquelle son mariage était bien plus réussi que ceux qu'elle voyait autour d'elle était qu'elle en avait attendu bien moins que les autres femmes : la survie, et non le bonheur.

Lorsque Bill eut trouvé du boulot chez « Crossways », il leur fallut se rapprocher de New York. C'était un bon boulot, et plein d'avenir : au bout de dix ans, Bill gagnerait plus de cent cinquante mille francs par an. Mais Bliss avait peur de déménager. Elle associait New York avec l'idée de juifs et de nègres, qu'elle haïssait également. Et puis elle avait un peu peur de débarquer dans la grande ville avec son air paysan. Au Texas, elle avait passé des nuits entières allongée dans son lit à faire des plans pour son comportement. Elle serait calme et décontractée – ce qui, de toute façon, était dans son caractère; elle ne parlerait pas de son passé; et elle ouvrirait l'œil. Telle était son attitude habituelle. Elle n'eut pas à se faire violence.

Ils avaient réussi à échapper à New York en achetant une petite maison dans la banlieue du New Jersey; Bliss conduisait Bill à Newark lorsqu'il avait un vol. Là-bas, il y avait peu de juifs et pas de nègres, aussi n'eut-elle aucun contact avec eux. Depuis quatre ans qu'elle habitait ici, elle avait gommé tout ce qu'elle pouvait encore avoir de « paysan ». De toute façon, se disait-elle, elle n'en avait jamais eu grand-chose... Les gens de la ville s'étaient révélés peu différents de ceux du Texas et montraient peu leur légendaire supériorité. Elle soupçonnait que Mira, par exemple, la traitait de haut parce qu'elle était du Sud; cela se fondait sur quelques remarques de Mira sur le Sud et sur la façon dont on y traitait les « gens de couleur », comme elle les appelait. A l'intérieur, Bliss faisait une grimace quand elle entendait ces propos. Le Sud, se disait-elle, traitait ses nègres mieux que le Nord ne traitait ses « peuples de couleur ». Le Sud comprenait les nègres : c'étaient des enfants incapables de prendre soin d'eux-mêmes. Lorsque des petites filles noires tombaient malades, les Blanches de Redora les emmenaient en vitesse chez le médecin, restaient avec clles pendant qu'on les examinait et payaient ensuite les honoraires. Les négresses, les mères, n'étaient pas assez intelligentes pour faire ça de leur propre chef.

Il y avait beaucoup de choses que Bliss n'aimait pas dans le Nord. Le bien-être, par exemple, qui commençait à être quelque chose d'important. Des tas de Portoricains montaient à New York pour essayer de s'en tirer. Bliss se souvenait de ce qu'elle avait vécu, et elle savait qu'elle y était parvenue. Si elle, elle avait réussi, ils réussiraient eux aussi. Elle se souvenait très bien de quelle vie c'était ! Elle se rappelait ce que c'était qu'avoir faim, une douleur à laquelle on s'habituait au bout d'un certain temps, et sans cesse des gaz. Elle se rappelait les visages de ses parents et fut surprise quand elle considéra l'âge qu'ils devaient avoir eu. Tous les deux avaient de grands trous à la place des dents; tous les deux étaient ridés, maigres, comme des vieillards qui auraient miraculeusement réussi à survivre. Elle se rappelait quand elle voulait partir. Elle restait au lit à huit, neuf, dix, onze ans, à serrer les dents tandis que son père cognait sa mère ou que, après qu'il fut parti, ses frères discutaient violemment avec la mère qui essayait de les faire taire; elle entendait et comprenait la colère qu'*est* la pauvreté. Elle n'avait pas besoin de se dire quoi que ce soit. Elle serrait les dents face au présent et savait qu'il lui faudrait partir, qu'elle partirait, que son départ valait n'importe quel prix : il valait sa vie, il valait ce qu'elle éprouvait.

Et elle était partie.

Et elle était heureuse, aussi heureuse que dans ses rêves les plus optimistes. Bien sûr, il fallait faire attention à l'argent, et cela continuerait d'être dur jusqu'à ce que Bill soit pilote, ce qui arriverait, pensaient-ils, dans quelques années. Mais on avait toujours de quoi manger; elle avait une petite robe en mousseline couleur pêche sur les genoux, à peine plus claire que ses cheveux et qui en rehaussait tout l'éclat. Elle cousait.

A onze heures, elle éteignit la télévision, contrôla les verrous et les lampes, et monta à sa chambre. Elle avait un roman à la main, un livre de poche qu'Amy Fox avait aimé et lui avait prêté. C'était une histoire d'amour qui se passait dans le Sud profond, à l'époque de la « Reconstruction ». Sur la couverture, il y avait une très belle femme aux cheveux roux en robe blanche décolletée et à la poitrine opulente. Derrière elle, visible tout entier, se tenait un bel homme qui brandissait un fouet et, derrière lui, une blanche maison de planteur resplendissante dans la verdure ambiante. Elle ne lisait pas souvent des sottises pareilles; elle ne lisait pas souvent. Mais Amy l'avait intéressée et, d'une certaine façon, elle se sentait assez d'humeur à quelque chose de léger et d'apaisant, du genre conte de fées. Elle se dit qu'elle pourrait le commencer ce soir.

Elle enleva sa robe de chambre et la mit sur une chaise. Elle se tourna vers le lit et s'aperçut dans la glace située au-dessus de la caisse de dossiers de Bill. Ses cheveux étaient libres et ses épaules brillaient d'une chaude couleur pêche contre sa chemise de nuit blanche. Elle resta immobile sans penser à elle-même, se contentant de regarder une image. Elle était très belle. Toujours sans penser, elle fit glisser la chemise de nuit le long de ses épaules et considéra son corps. Il était beau, blanc et mince, les seins ronds et fermes, les jambes fines et impeccables. Il n'en serait pas toujours ainsi. Bliss pensa au corps de sa mère, à la peau qui pendait des os et de ses bras décharnés. Elle passa ses mains sur ses seins, ses hanches, son ventre et ses cuisses. Le sang courut sous ses doigts comme s'il avait attendu cette pression. Depuis qu'elle était grande et qu'elle avait une pièce où prendre régulièrement un bain, personne à l'exception de Bill n'avait vu son corps. Et personne à l'exception de Bill ne l'avait touché. L'amour ne l'avait jamais intéressée, elle n'avait pas de place pour ça. Le sexe, c'était pour les riches. Imaginez qu'elle ait été attirée par quelqu'un ? Imaginez que c'eût été un chauffeur de camion, un manœuvre des ponts et chaussées ou un bon à rien comme son père ? Et qu'elle ait dû se marier (si elle avait été véritablement attirée par quelqu'un, c'est probablement ce qui se serait passé; elle n'aurait pas pu lui résister jusqu'à après, comme elle l'avait fait avec Bill) ? Elle aurait dû rester avec lui pour toujours.

Bliss comprenait comment des femmes pouvaient devenir prostituées : s'il fallait payer les pots cassés, autant que ce soit eux qui paient les premières notes. Autrement, il fallait payer vous-mêmes pour toujours... comme sa mère l'avait fait. Et Adele et Mira, ah ! la ! la ! qui se plaignaient question finances ! Elle ne disait rien ou plaisantait, mais, à l'intérieur, elle souriait ironiquement. La pauvreté. Que savaient-elles de la pauvreté ? Sa mère au visage parcheminé, aux mains déformées par trop de lessives sur une planche à linge, calleuses et tordues par trop de baquets d'eau pour laver le linge, baigner les enfants et frotter le plancher nu. Sa mère plantant des graines dans le jardin sec comme un coup de trique et plein de mauvaises herbes. Elle, oui, elle en avait su quelque chose ! Elle remit sa chemise de nuit et se tourna vers le lit. Mais quelque chose la fit se retourner et regarder encore, ressaisir son image aux cheveux libres dans le miroir. Elle s'aperçut que son corps palpitait : on aurait dit que chaque pore de sa peau était une minuscule bouche ouverte, affamée, assoiffée, mourant de soif... Ce qu'il ferait : il se ratatinerait et mourrait. Elle éteignit la lumière et se glissa entre les draps frais, qui la caressèrent. Etendue immobile, elle eut l'impression d'être une fleur blanche, ouverte dans le lit et tremblante, chaude, attendant d'être cueillie.

13

Les femmes tournaient la tête à chaque nouvelle arrivée, et Mira comprit que tout le monde attendait Paul. Depuis qu'elles donnaient ces parties, l'étoile de Paul avait grandi. Auparavant, c'était le mari d'Adele, que l'on voyait de temps en temps dans le jardin, en train d'enlever maladroitement des mauvaises herbes. Mais, à présent, il était au centre de toutes les parties, même si personne ne voulait le reconnaître.

Certaines rumeurs le concernant, lui et ses aventures, avaient autant émoustillé les femmes qu'elles leur avaient déplu. Il était beau garçon, dansait bien et volontiers, et aimait les femmes. Il avait une ligne mélodique pour chacune d'entre elles – elles avaient comparé les notes en privé – et la répétait avec des variations quand l'occasion s'y prêtait. Mira se rendit compte qu'elle était déçue après une partie au cours de laquelle elle n'avait pas dansé avec Paul, ou au cours de laquelle leur relation n'avait pas été suffisamment intime pour qu'il lui murmurât dans un regard de braises : « Tu as des yeux de chat, on te l'a déjà dit ? Des yeux sexy. » Mira n'avait jamais pensé posséder quoi que ce fût que l'on pût qualifier ainsi, mais, secrètement, cela lui faisait plaisir. Et elle sentait que les autres filles réagissaient de la même façon. Bliss déclara qu'il lui avait dit qu'elle avait un très beau cou et qu'il aimerait mettre ses mains autour; Natalie, qu'il lui avait dit qu'elle sentait le sexe. Mira fut doucement effrayée par cela, mais Natalie sembla le prendre pour un compliment.

Mira était en train de parler avec Bliss dans le living-room, lorsqu'elle remarqua un petit mouvement sur le visage de cette dernière; elle se retourna, et vit Paul et Adele qui se tenaient sur le pas de la porte. Elle se tourna dans l'autre sens pour continuer la conversation. – Oh ! oui, vraiment très jolie... Je t'envie ton talent... Quelle belle couleur ! Bliss portait une ample robe de mousseline d'une couleur pêche pâle qui rehaussait tout l'éclat de ses cheveux roux.

La partie avait lieu chez Bliss, et il y avait autant de monde que d'habitude; un nouveau couple avait été invité, Samantha et Hugh Simpson, qui avait récemment emménagé par ici et était ami du couple Amy-Don Fox. Mira s'approcha de Samantha, qui était seule, et se présenta. Samantha était très jeune, pas plus de vingt-trois, vingt-quatre ans : pas beaucoup plus jeune, songea Mira, que moi lorsque j'ai emménagé ici. A présent, je suis la dernière à avoir moins de trente ans. Samantha était pétulante, parla joyeusement de leur nouvelle maison, dit combien il était agréable d'être dans une maison, et raconta toutes les petites catastrophes amusantes qui étaient arrivées depuis qu'elle avait emménagé : Par exemple, Simp – mon mari – a été obligé d'enlever la poignée de la porte de la salle de bain... Fleur poussait des cris hystériques... moi j'essayais de la calmer à travers la porte, mais on n'avait pas d'outils... Il a fallu que Simp cavale pour trouver un voisin qui nous en prête quelques-uns, etc. Les catastrophes étaient toujours amusantes, même quand elles ne l'avaient pas été du tout, même lorsqu'un enfant en ressortait avec une blessure. Les catastrophes étaient amusantes, les hommes maladroits, et les femmes marchaient contre des forces plus que supérieures, vaincues avant même le début de la bataille. Cela, c'était le mythe, comprit Mira, tandis que Samantha parlait : le mythe de l'héroïsme et de la bonne humeur. Voilà comment elles le consolidaient. Elle aimait bien Samantha, en dépit de son aspect.

« Il faut que tu viennes boire le café un de ces quatre, commença-t-elle.

– Oh ! avec grand plaisir... Je suis si seule depuis que le déménagement est terminé et que Simp est retourné au travail ! »

Elles parlèrent. La partie battait son plein. Les gens se déplaçaient d'un groupe à l'autre. On commença à danser. Mira alla se chercher un autre verre. Bliss était en train de sortir d'autres glaçons d'un bac.

« Bon Dieu ! que tu es jolie... Sans blague ! » lui répéta Mira.

Bliss se tourna vers elle avec un sourire finaud.

« Merci... Paul le pense aussi, je crois. Il m'a demandé d'aller aux Bahamas avec lui... A une conférence de juristes... Tu crois que je devrais y aller ? »

Mira était devenue assez sophistiquée elle aussi pour savoir jouer au jeu du plus fin :

« Pourquoi pas ? L'hiver est long et froid... mais... je suis jalouse, tu sais; il ne m'a rien demandé.

– Oh ! ne t'en fais pas, ça va venir ! »

Et, le moment venu, il le fit ! C'était après minuit, et

les gens avaient commencé à se déshabiller – les hommes enlevant vestes et cravates, les femmes chaussures et boucles d'oreilles. Paul dansait dans une chemise marron et un pantalon crème qui soulignait sa sveltesse; son beau visage d'Irlandais était rose de chaleur et de légère ébriété. Il dansait le cha-cha avec Mira en tenant une bouteille de beaujolais à la main : « Prends-en un peu », lui répétait-il.

La musique passa un slow et il saisit le corps toujours raide de Mira par la taille de sa main libre et la serra de près. Il la regarda dans les yeux :

« Ah! ces yeux de chat! murmura-t-il. J'aimerais bien savoir ce qui se cache derrière... Pourquoi ne me donnes-tu pas ma chance de le découvrir? Viens donc aux Bahamas avec moi, je m'envole mardi.

– Je croyais que tu ne me le demanderais jamais », dit-elle sur un ton dur.

Norm dansait avec Adele et la taquinait sans cesse, si bien que leur danse n'était qu'une conversation trépidante. Hamp était assis sur le canapé et parlait avec Oriane. Hamp ne dansait jamais. Sean, pour sa part, dansait avec Samantha.

« Je suis jaloux, est-ce que je peux vous interrompre? Je n'ai pas dansé avec Paul de toute la soirée, puis-je avoir Paul, ma chérie? Natalie était un peu ivre.

– Viens vite trouver ton Popa, dit Paul en ouvrant les bras pour les étreindre toutes les deux », mais Mira éclata de rire et se dégagea. Paul se tourna vers elle : « Espèce de rabat-joie! »

Mira entra dans la salle de bain, Après quelques instants – elle se remaquillait – on frappa à la porte :

« J'arrive! dit-elle.

– Oh! Mira. C'était Samantha. Est-ce que je peux entrer?

– Mais oui. »

Samantha entra et remonta sa jupe :

« Saloperie... » murmura-t-elle.

Mira la regarda :

« Je peux t'aider?

– Non... c'est cette saloperie de gaine. Chaque fois que j'ai envie de faire pipi, c'est toute une affaire! »

Mira lui sourit; elle ne se demanda pas pourquoi toutes les filles qui étaient aussi minces que Samantha portaient un tel truc; elle-même en portait un! Finalement, Samantha se débrouilla et s'assit sur le siège. Mira s'assit sur le bord de la baignoire et alluma une cigarette. Ce genre d'intimité l'avait choquée à son arrivée à Meyersville, mais, à présent, elle y était habituée.

« Mira, commença Samantha d'un air gêné, je t'ai vue danser avec Paul. Paul... O'Connor?

– O'Neill, oui?

– Eh bien, quel genre d'homme est-ce? Je veux dire, c'est un ami à toi? »

Mira éclata de rire :

« Que t'a-t-il fait?

– Mira! » Samantha se pencha en avant et murmura presque : « Il m'a mis la main sur le... derrière! J'étais tellement embarrassée que j'ai failli mourir! Je ne savais pas quoi dire! Heureusement que mon dos était appuyé contre le mur, comme ça je pense que personne n'a rien vu! Après, il m'a dit que j'avais... bon!... il a dit... un *cul sexy!* Tu te rends compte?

– Après, il t'a demandé de l'accompagner aux Bahamas?

– Oui, comment le sais-tu? Comme si je pouvais... mardi, il faut que j'emmène le bébé chez le médecin. En plus, je ne l'avais jamais vu avant ce soir!

– Je crois qu'il y aura du monde avec lui pour ce voyage! Il a demandé à toutes les femmes de la pièce.

– Oh! dit Samantha d'un air déçu.

– Sauf à Theresa et à Adele, j' te jure!

– Et pourquoi pas à elles?

– Parce que Theresa est toujours enceinte; quant à Adele, c'est sa femme... »

Samantha fixa Mira. Mira se sentait supérieure, plus chic! Sa voix prit un ton d'aînée, un ton de je-vous-donne-un-bon-conseil :

« Oui, il ne fait ça qu'aux femmes attirantes... Je suis persuadée qu'il pensait une partie de ce qu'il t'a dit... Quant au reste, ce n'est qu'un jeu, son jeu, sa façon de se comporter socialement, en société... Au début, c'est, je pense, un peu choquant, mais, au moins, il essaie de parler aux femmes. Et il n'est ni méchant ni dangereux. »

Le visage de Samantha s'éclaira :

« Oh ! je l'aime bien. Je veux dire qu'il m'a paru sympathique, même s'il m'a... je ne sais pas moi, Mira, mais tous ces gens me paraissent incroyablement sophistiqués. Sans doute ai-je été trop protégée ? Je suis allée à une petite université dans le Sud et, quand je suis revenue à la maison, j'ai commencé à avoir un rendez-vous avec Simp. Après, on s'est marié et on a vécu chez mes parents. Ici, c'est le premier endroit qu'on ait à nous... J'ai l'impression d'être une grosse bébête. »

Samantha se leva et se lava les mains, se recoiffa, ou plutôt fit passer un peigne sur le dessus de ses cheveux. Ils étaient blond décoloré, presque blancs, très crêpés et très laqués, et de petits frisons rigides entouraient son visage. Elle remit un peu de rouge sur ses joues. Mira la regarda en se disant qu'elle ressemblait à une poupée mécanique.

« Pourquoi te décolores-tu les cheveux ? Tu ne grisonnes quand même pas encore ?

– Je ne sais pas... j'ai commencé parce que je pensais que ça me donnerait un air plus sophistiqué. Et puis Simp aime ça.

– Et toi ? »

Samantha se tourna, surprise :

« Mais pourquoi ? Je veux... je crois que oui. » Elle était un peu vexée.

« Oh ! simplement parce que ça doit te poser tout un tas de problèmes.

– Ah ! bon. Ça me prend une journée, enfin par intervalles, et je dois la refaire toutes les deux semaines, sinon les racines brunes se voient. » Elle se mit à expliquer comment elle faisait à Mira.

Paul avait cessé de danser avec Natalie et faisait à présent un fox-trot lent avec Bliss en la serrant de très près. Hamp était assis sur le canapé en compagnie d'Adele. Il lui parlait d'un nouveau bouquin sur la guerre froide. Il ne l'avait pas lu, mais le livre avait eu une bonne presse. Adele s'ennuyait, mais restait gentiment près de lui en faisant semblant de l'écouter attentivement. Elle se disait que les yeux de Hamp ne croisaient jamais ceux de personne, qu'il regardait tout le monde un peu de travers. C'était cependant un brave gars, et tout le monde l'aimait bien. Il ne disait jamais un mot désagréable. Mais il n'était pas marrant.

Natalie avait parlé avec Evelyn, mais s'était interrompue brusquement. « Je veux un autre verre ! » annonça-t-elle. Elle avait le visage décomposé. Elle tituba un petit peu en entrant dans la cuisine où un groupe d'hommes était en train de discuter. Elle remplit son verre à ras bord de whisky pur, et resta immobile un instant, mais personne ne lui adressa la parole : « Vous, les bonshommes, vous me dégoûtez ! éclata-t-elle soudain. Tout ce qui vous intéresse, c'est le football ! Ah ! que c'est dégoûtant ! » Son verre à la main, elle sortit de la pièce en titubant.

Les hommes lui jetèrent un coup d'œil et reprirent leur discussion.

Elle entra dans le living-room et marcha vers le canapé sur lequel Hamp était assis :

« Nom de Dieu ! Tu ne vaux pas mieux qu'eux tous ! Tu restes assis sur le canapé toute la soirée comme un tas de graisse, à parler, parler, parler ! Et de bouquins, je suppose ? Comme si tu avais jamais lu ! Pourquoi ne parles-tu pas de lettres d'affaires ou de télé ? C'est tout ce que tu connais ! »

Tout le monde se tut. Natalie, embarrassée, regarda autour d'elle et leur en voulut de sa gêne : « Je rentre à la maison ! Cette partie, c'est de la merde ! » Et elle partit sans même prendre son manteau, mais avec son verre. Elle marcha dans la neige avec ses hauts talons de satin rouge, glissa sans cesse et tomba deux fois.

Nul ne dit mot. On savait que, de temps en temps, Natalie buvait trop. On haussa les épaules, et les conversations reprirent. Mira se demanda comment tous faisaient pour ainsi l'effacer du champ de leurs préoccupations, comme si, lorsque quelqu'un était soûl, ce n'était plus quelqu'un; plus quelqu'un de digne d'être pris au sérieux. Bien entendu, Natalie oublierait tout cela après une bonne nuit de sommeil; bien entendu, elle oublierait sans doute même pour de vrai qu'elle avait agi ainsi. Mais, en même temps, il y avait cette douleur dans sa voix, ce désespoir qui courait sous sa colère. D'où venaient-ils? Mira jeta un coup d'œil à Hamp. Il continuait de parler, imperturbable. Il avait l'air d'un brave type, un peu lymphathique, sans doute même léthargique, mais la plupart des maris étaient plutôt léthargiques; les femmes devaient se trouver elles-mêmes des centres d'intérêt. Et Natalie avait l'air assez heureuse alors.

Paul murmurait à l'oreille de Bliss; Norm s'approcha, s'empara de Mira, et ils dansèrent gauchement. Il la serrait de près; le cœur de Mira se mit à battre : elle comprenait qu'il aurait envie de faire l'amour tout à l'heure.

Puis quelqu'un qu'elle connaissait à peine l'invita à danser. Roger et Doris étaient des nouveaux venus par rapport à tous les autres : Roger était attirant, brun, le regard ardent. Il l'enlaça avec assurance, chose qu'aucun des autres hommes ne faisait. Paul était élégant, mais son contact était excitant... il était tentateur, délicat, dragueur. Roger la saisit comme s'il avait eu un droit sur elle, sur son corps, comme si elle avait été à lui. Elle comprit cela instantanément, bien qu'elle ne parvînt à l'intellectualiser que plus tard. Mais elle lui en voulut instantanément. C'était, toutefois, un bon danseur. Elle ne savait pas quoi dire, aussi se tint-elle droite et ne cessa-t-elle pas de parler. Elle lui demanda où ils habitaient, combien d'enfants ils avaient, combien de chambres avait leur maison.

« Ne savez-vous pas garder le silence? » lui demanda-t-il en la serrant davantage.

Elle comprit qu'il voulait jouer les romantiques. Elle aussi, dans un sens. Il avait un corps agréable, il sentait bon. Mais elle ne pouvait pas accepter de se laisser aller à cela, accepter sa remontrance comme l'aurait fait une enfant, accepter, d'une certaine façon, ses conditions.

« Je garde le silence quand j'ai envie de garder le silence », dit-elle en haussant le ton et en s'écartant de lui.

Il la regarda un instant d'un air étonné, puis son visage changea d'expression :

« Vous savez ce dont *vous* avez besoin ? dit-il sur un ton méprisant, de tirer un bon coup.

– Hum, hum ! j'ai vu cette partie... ils ont perdu dans le dernier tiers-temps.

– Et comment ! dit Simp : la passe de Smith. »

Hamp fit un grand sourire :

« Bon, quoi qu'il en soit, ils l'ont perdue.

– Oui, mais ils jouaient au-dessus de leur niveau habituel. Ils auraient dû perdre de vingt points.

– Ça, je ne sais pas... rétorqua Roger. Ils jouent toujours mieux à domicile qu'en déplacement, avec tous les connards dans les tribunes pour les applaudir. »

« Oui, elle rampe maintenant. C'est chouette, ça me permet de la laisser en dehors de son parc. Mais, évidemment, elle se cogne dans tout.

– Fleur ne veut pas du tout rester dans son parc. Elle hurle dès qu'elle est dedans.

– C'est votre premier gosse; quand vous en aurez cinq, ils resteront dedans, croyez-moi.

– On m'a dit que tu étais de nouveau enceinte ?

– Eh ! oui. Plus on est de fous et plus on rit !

– Ça ne se voit pas du tout.

– Oh ! je n'en suis qu'au troisième mois. J'enfle comme un ballon.

– Pour une femme qui a eu cinq gosses, vous avez vraiment gardé votre silhouette ! »

Les yeux de Samantha se dirigèrent vers Theresa qui, debout près d'un mur, parlait avec Mira. Elle était grande et voûtée. Son ventre pendait carrément, comme un sac de pierres attaché à son corps. Ses seins tombaient, et ses cheveux étaient gras et tout grisonnants.

Adele suivit le regard de Samantha :

« La pauvre Theresa. Ils sont si pauvres. Cela rend tout très dur. »

Samantha se pencha vers Adele avec de grands yeux et lui murmura :

« J'ai entendu dire que le livreur de lait est si gêné de les voir comme ça qu'il leur donne ses invendus gratuitement. »

Adele acquiesça de la tête :

« Il y a un an que Don est sans travail... Il fait des sales boulots, à temps partiel ou temporaires, mais ça ne suffit pas, avec six enfants. Il passe son temps assis dans un fauteuil... Elle a bien essayé de trouver un boulot de professeur auxiliaire – elle a des diplômes – mais maintenant elle est de nouveau enceinte. Je ne sais pas ce qu'ils vont faire. »

Samantha regarda Theresa avec dégoût et effroi. Il était terrible qu'une femme pût se laisser aller si bas... Ce qui lui arrivait était terrible. Que faire si votre mari ne travaillait pas ? Une chose terrible. Cela ne lui arriverait jamais, impossible, jamais. Il fallait garder un certain contrôle sur sa vie. Elle se retourna vers Adele.

« Elle est catholique ?

– Oui, dit fermement Adele et moi aussi ! »

Samantha rougit.

« Je ne vois plus Paul...

– Oh ! il est parti. »

Mira fut surprise :

« Parti ? Adele est encore là ! »

Bliss éclata de rire :

« Il est parti avec Natalie. Il a dit que ça l'ennuyait de la voir comme ça, qu'elle était claquée. Adele sait qu'il est parti. Il va revenir, crois-moi. »

Mira était surprise. Elle ne l'aurait pas cru aussi sensible, aussi attentif aux autres. Un soupçon lui vint à l'esprit, mais elle l'écarta :

« C'est gentil de sa part, dit-elle avec sérieux. Je me faisais du souci pour Natalie. »

Elle s'interrogea sur le regard bizarre que Bliss lui lança.

Bill était à la cuisine avec quelques autres, et tous s'amusaient. Il rentrait à peine d'un vol en Californie, et, comme à chaque retour, il rapportait tout un stock de petites histoires cochonnes : « Alors l'hôtesse de l'air dit : Y a-t-il quelque chose d'autre que je puisse vous donner, capitaine ? Il se tourne vers elle, la regarde de bas en haut, et lui dit : Oui, une petite chatte. Alors elle, immobile, le regarde, froide comme... l'hiver, et lui répond : Ça, je ne peux pas, capitaine, la mienne est large comme un... sot ! »

Explosion de rire.

« Je n'ai pas compris, dit Mira en interrogeant les autres du regard, pourquoi voulait-il une petite chatte ? »

14

« Il n'aimait pas les femmes ! » cria Val. Kyla dit : « Ah ! le blasé ! » Clarissa fit un grand sourire avant de dire : « Elle est bien bonne ! » et Isolde secoua la tête : « J'ai du mal à y croire ! » Ainsi réagirent-elles toutes après que Mira eut fini de leur raconter cette partie.

« Mais comment avez-vous fait pour être... tous... aussi naïfs ?

— Je te promets, Iso, ça s'est bien passé comme ça ! On était comme ça. Voilà pourquoi je dis que les choses sont très différentes aujourd'hui. Et Samantha nous trouvait sophistiqués ! Telles étaient les années...

— Mais toi, toi la femme du monde ? se moqua gentiment Kyla.

— N'est-ce pas ridicule ? Je me souviens que je me suis sentie supérieure et parfaitement calme; puis je me suis demandé comment ça s'était passé, comment j'étais devenue cette femme du monde accomplie alors que le matin même j'avais l'impression d'être une petite fille. Et si sérieuse, si grave... si morale ! Mon Dieu ! Tout ça était finalement très drôle, très divertissant ! Je pensais vraiment ainsi. Il ne *me* serait jamais venu à l'esprit d'avoir une aventure, aussi pensais-je que cela ne leur serait jamais venu à l'esprit à elles non plus...

C'était impossible! Elles étaient... *honnêtes.* Eh oui! j'avais intériorisé la moralité sexuelle, et comment!

– Mais ce Roger, intervint Clarissa... tu avais conscience de quelque chose à ce moment-là.

– J'avais *in*conscience, oui! corrigea Mira. Je n'aurais pas été capable de l'intellectualiser; je ne possédais pas de mots pour décrire ce que j'éprouvais en dansant avec lui. »

Elles reprirent la situation en détail, s'arrêtant sur telle ou telle personne, l'interrogeant sur ses motivations, le sens de leur relation et les conséquences de ceci ou de cela; elles retournèrent la chose sous toutes les coutures. Mais Val n'était pas satisfaite.

« Tu as dit que ce type, Paul je crois, aimait les femmes. Moi, je dis que non. Il s'en servait. Elles n'étaient pour lui que des objets sexuels. »

Mira secoua lentement la tête d'avant en arrière comme si elle s'interrogeait :

« Je ne sais pas, Val.

– Est-ce qu'il attendait vraiment quelque chose de toutes ses lignes mélodiques? suggéra Clarissa. Je veux dire, euh!... tu as dit que ce n'était qu'une attitude sociale...

– Mm, oui... dit Mira dans un soupir. Vois-tu, je ne sais pas. Peut-être posait-il simplement des lignes et ne se souciait pas de qui y mordait. Mais Samantha a été longtemps l'amie d'Adele et de Paul. Et, un jour, alors qu'elle était dans une très mauvaise passe, et qu'ils étaient très gentils avec elle, Adele surtout, Paul s'est mis à lui faire ouvertement la cour. Elle m'en a parlé et cela m'a rendue furieuse, parce que je me suis dit qu'il était en train d'essayer de briser son amitié avec Adele en y introduisant de la jalousie, tu comprends? Mais elle a dit que non. Elle m'a dit qu'il avait ce comportement-là parce que c'était la seule façon qu'il avait d'être tendre avec une femme. Il essayait de lui dire qu'il était son ami, mais ne pouvait pas le faire sans lui proposer de devenir sa maîtresse. Ça m'a paru vrai. »

Valerie renifla.

« Au moins, il essayait de parler aux femmes, conclut tristement Mira.

– Et toi, en brave fille, tu lui en étais reconnaissante, dit méchamment Kyla.

– Vous l'entendez? commença Iso. Vous entendez qui nous dit ça? A chaque fois que Harley pose son bouquin pour te regarder, c'est tout juste si tu ne bondis pas de plaisir!

– C'est faux, c'est faux! protesta Kyla, mais elles furent bientôt toutes contre elle. Bon, finit-elle par reconnaître; mais au moins je suis UNE FEMME HONNÊTE. »

15

Natalie téléphona à Mira avant neuf heures du matin le lundi qui suivit la partie mais Mira ne put pas sortir avant l'après-midi. Natalie chantonnait dans sa cuisine lorsque Mira entra par la porte de derrière. Elle était différente : ses yeux resplendissaient et tout son visage semblait plus ferme.

« Que dirais-tu d'un verre? Non? Je te fais un express, d'accord? »

Elle prit une tasse en plastique teinté dans la machine à laver la vaisselle que Mira lui enviait chaque fois qu'elle la voyait :

« Dis donc! j'ai vraiment gagné ma journée samedi... ma robe est foutue, elle s'est toute déchirée sur le côté quand je suis tombée, et les chaussures, que j'avais teintes pour qu'elles aillent avec, itou : tout est foutu! Quand je pense que j'avais payé la robe quatre cent cinquante francs et les godasses quatre-vingt-cinq! »

Mira sursauta. Elle s'achetait une ou deux robes par an et les payait cinquante ou soixante francs :

« Oh! Natalie, tu ne peux pas les sauver? »

Natalie haussa les épaules :

« Non... Je les ai mises à la boîte à ordures.

– Pauvre Nat, dit sincèrement Mira.

– Oh! ça en a valu la peine, répondit-elle avec insouciance.

— Pourquoi? Je croyais que tu ne t'étais pas tellement amusée?

— Je me suis barbée à la partie? » dit Natalie en éclatant de rire avant de lui sourire d'un air entendu.

Mira la regardait, immobile. Elle n'avait aucune idée de ce dont Nat parlait.

Nat caressa doucement le visage de Mira :

« Que tu es innocente! Que tu es mignonne! » Elle s'assit de l'autre côté de la table, en face de Mira : « Tu n'as pas remarqué que Paul a quitté la partie?

— Si, et c'était gentil de sa part. J'étais moi-même un peu inquiète, et j'ai été contente qu'il ait fait cela. Ça m'a surprise, je ne l'aurais jamais cru aussi délicat...

— Oui, il est très délicat! » dit Natalie en éclatant de rire.

Mira l'interrompit :

« Es-tu en train de me dire que...

— Tout à fait! Qu'est-ce que tu crois?

— J'aime à penser que les hommes et les femmes peuvent être amis sans que cela soit toujours sexuel, dit Mira sur un ton désapprobateur; je croyais que c'était un ami.

— Ami, pfff! mon cul, oui. Je n'ai pas besoins d'amis, j'en ai des tas. Mon Dieu, comme ça a été romantique! J'étais complètement nue, ma robe était par terre avec mon soutien-gorge dessus. J'avais laissé la porte ouverte pour lui. Et, soudain, il fut là, sur le seuil : je ne l'avais pas entendu arriver. Je n'avais qu'un drap sur moi; je me suis assise et j'ai sursauté... J'étais *vraiment* surprise de le voir soudain là, tu comprends? Je n'étais pas certaine qu'il viendrait. Alors, il s'est approché de moi à pas lents, sans cesser de me regarder, à la manière de Marlon Brando. Il s'assoit sur le lit à côté de moi... Il me pousse contre le dossier et m'embrasse, mon Dieu? c'était fantastique! en serrant son corps contre ma poitrine. Puis il glisse un bras autour de ma taille et me serre si fort que j'ai du mal à respirer et à continuer à lui rendre ses baisers. Oh! comme c'était bon! « Sa voix était plus forte et son visage extatique.

Mira restait immobile, impassible.

Soudain, l'expression du visage de Natalie changea. De vilaines rides y apparurent, sa voix devint plus aiguë et dure :

« Et que ce petit con de Hamp aille se faire foutre, je lui pisse au cul, qu'il aille se faire enculer au diable! Il refuse de me baiser, je me trouverai quelqu'un d'autre, et qu'il aille se faire enculer où ça lui chante!

– Il ne fait pas l'amour avec toi? » demanda timidement Mira tandis qu'un peu de rose ranimait son visage. S'il y avait une raison, c'était, bien entendu, différent. Elle l'avait très souvent constaté : les époux ne courent pas sans qu'il y ait quelque chose qui cloche dans leur union. Et, si c'était de la faute de Hamp, tout était alors explicable, et, avec du temps et de la patience, trouverait une solution.

« Cet enfant de salope ne fait pas l'amour avec moi depuis deux ans, tu te rends compte. J'en devenais folle... Mais, maintenant, il peut aller se faire enculer au diable!

– Pourquoi ne fait-il pas l'amour avec toi? »

Natalie haussa les épaules et détourna son regard :

« Comment veux-tu que je le sache? Peut-être qu'il ne peut pas... Il ne sait rien faire, de toute façon. Je lui ai demandé de me donner un coup de main pour repeindre la chambre de Deena samedi, et tout ce qu'il a fait, ça a été de s'arranger pour renverser un plein seau de peinture sur la moquette... Et c'est pas tout : il m'a laissée nettoyer. Il a battu en retraite dans son fauteuil et devant SA télévision. C'est un vrai gosse! » dit-elle avec mépris.

Mira réfléchit.

Mais Natalie continua :

« Il ne sort même pas la poubelle. Il a sans doute peur de tomber dedans et que les éboueurs n'arrivent pas à le distinguer du reste des ordures... Il se met dans ce foutu fauteuil tous les soirs, sans remuer ni pied ni patte. Il ne parle pas aux gosses, et à moi n'en parlons pas! Il reste assis immobile à se vautrer, en buvant pour oublier... Il s'endort comme ça. Un soir, il a presque fait cramer la baraque... sa cigarette a fait un gros trou dans le coussin, c'est pour ça que je l'ai recouvert, mais j'ai senti l'odeur et je suis descendue quatre à quatre. Regarde le tapis, regarde là! Il y a des trous de cigarettes tout autour de son fauteuil. »

Elle fit lever Mira pour qu'elle voie.

Elle était lancée et ne s'arrêta plus. Tous les défauts de Hamp étaient écrits en lettres de sang dans son cœur. Mira en avait le souffle coupé. Non à cause des révélations de Natalie : ces récriminations lui étaient familières. Natalie avait déjà plaisanté à propos de cette attitude, et toutes les femmes avaient les mêmes choses à reprocher à leur mari. Non, ce qui lui coupait le souffle, c'était que Natalie était sérieuse. Mira se dit qu'elle était en train de pénétrer dans un royaume nouveau. D'habitude, les femmes se lamentaient en se plaignant avec humour et légèreté. Leurs relations personnelles avec leurs maris étaient demeurées privées. Elles n'étaient que des composantes de la saga américaine ininterrompue des enfants nés sans contrôle, des gens mal mariés et des braves femmes admettant carrément leur faillite alors même qu'elles apportaient fidèlement de l'eau au moulin. Mais Natalie rendait tout cela réel, elle extrayait la saga du royaume du Mythe (contre lequel on ne pouvait rien) pour l'introduire dans celui du réel (contre lequel, si l'on était américain, l'on devait faire quelque chose). Les femmes pouvaient bien plaisanter à propos du mariage et des enfants à la façon dont les Italiens chahutent l'Eglise; c'est quelque chose de solide, d'inamovible. D'infrangible, d'invincible.

« Je prends un verre. »

Tandis que Natalie se le versait, Mira lui dit :

« Mais pourquoi ne le quittes-tu pas?

– Quel crétin! Et comment que je devrais le larguer! Ça lui apprendrait!

– Pourquoi ne le fais-tu pas? »

Natalie avala son verre et se leva pour s'en verser un autre. Sa voix devint plus dure :

« Ah! le salaud! Je devrais.

– Ton père te donnerait de l'argent. Ce n'est pas ça qui t'oblige à rester avec lui.

– Oh! que non! Ce petit con, tout ce qu'il sait faire, c'est de dicter des lettres du matin au soir! Si je devais vivre avec ce qu'il gagne... on crèverait tous de faim! Quel con! Ça lui apprendrait vraiment, tu sais, parce que si je divorçais, mon père le jetterait à la porte et dans la merde aussi sec! Tout ce qu'il fait, c'est de dicter des lettres du matin au soir, mon père me l'a dit. C'est tout ce qu'il fait, ce con! »

Mira fut impitoyable :

« D'après ce que tu m'as dit, les gosses ne sont pas beaucoup attachés à lui.

– Bien sûr que non! Sacrés marmots! Il n'a rien à faire d'eux. Une fois par mois, il gueule : « Silence! » et c'est tout. Eux passent à côté de lui en enjambant le gros corps vautré dans son fauteuil. Un gras du bide, voilà tout ce qu'il est, un gros tas du mal que m'a fait ce gros bide!

– Alors sans doute ne leur manquerait-il pas, ils n'ont pas besoin de lui et tu n'as pas besoin de lui, alors pourquoi restes-tu? »

Natalie éclata brusquement en sanglots :

« Tu sais, je déteste ces enfants! Je les hais! Je suis incapable de les supporter! »

Mira se raidit de désapprobation, non devant les sentiments de Natalie, mais devant les mots qui les exprimaient. Il y avait longtemps qu'elle avait remarqué l'attitude de Natalie avec ses enfants. Non qu'elle les battît, mais elle les déconsidérait toujours en paroles : c'étaient les « marmots ». Et elle essayait toujours de s'en débarrasser, de les envoyer dehors ou en haut, au loin, très loin. Tout lui était bon pour en être débarrassée. Natalie prenait soin des besoins physiques de ses enfants : elle leur faisait la cuisine de son mieux, elle faisait le ménage dans leurs chambres et leur lessive, et leur achetait de nouveaux maillots de corps lorsque cela était nécessaire. Simplement, elle ne voulait pas être à eux. Mais toutes les femmes étaient, jusqu'à un certain point, comme elle. Quand même, Mira se disait que c'était une chose que de ressentir cela et une de le dire. D'une certaine façon, le dire rendait tout cela dur et hâtif. Dans un endroit reculé de son esprit, Mira était persuadée que si l'on ne disait pas que l'on détestait ses enfants, ils ne le sauraient pas.

« Mais alors, pourquoi les as-tu eus ? lui demanda-t-elle fermement.

– Mais, mon Dieu ! comme tout le monde ! Par accident, trois petits accidents ! Mon Dieu ! Quelle vie ! » Elle se leva et se versa un autre verre. « A vrai dire, je les aimais bien lorsqu'ils étaient bébés. J'aime les bébés. On peut les transporter, leur faire des guili-guili, et ils sont tendres et inoffensifs, ils vous aiment tant ! Mais quand ils grandissent ! Ma mère, c'est le même tabac. Moi, je ne tiens pas le coup quand ils répondent ou boudent, toutes ces conneries... Ma mère, c'est pareil...

– Je ne suis absolument pas d'accord. Plus mes enfants grandissent et plus je les aime. Ils sont tellement plus intéressants », dit Mira avec un sourire pincé.

Natalie haussa les épaules :

« D'accord, d'accord pour toi. Moi, je ne ressens pas du tout ça. »

La bouche de Mira fit une moue nerveuse :

« Bon, mais quel rapport avec le fait de ne pas quitter Hamp ? »

De grosses larmes roulèrent sur les joues de Natalie :

« Oh ! mon Dieu ! Mira, qu'est-ce qu'il va devenir si je le quitte ? Il est complètement dans les nuages; sais-tu que je dois lui dire de changer de linge de corps, que c'est moi qui vide l'eau de son bain ? Il est très intellignet, ça oui, il est intelligent... tu dois le savoir, Mira, tu as beaucoup parlé avec lui aux parties... il a vraiment quelque chose dans le crâne; mais qu'est-ce qu'il en fait ? Il reste assis dans ce bon Dieu de fauteuil à regarder la télé. Si je le plaquais, il n'aurait plus de boulot, il n'aurait plus rien. »

Mira se tut.

« Il ne saurait même pas se moucher ! hurla de nouveau Natalie.

– Tu l'aimes, dit Mira.

– Aimer, aimer, se moqua Natalie; qu'est-ce que ça veut dire ? Il y a des années, avant la naissance des gosses, on était heureux. » Le timbre de sa voix changea, il devint plus aigu et fragile; on aurait dit la voix d'une enfant. « On jouait. Lorsqu'il rentrait et qu'il trouvait un peu de poussière sur quelque chose, il me donnait une fessée. Pas fort, tu comprends? Il baissait ma culotte, m'allongeait en travers de ses genoux et me donnait une fessée; vraiment fort, ça aurait fait mal. Et moi je hurlais et pleurais. Elle souriait. Le visage de Mira était horrifié. C'était mon petit papa et il fallait que je fasse tout ce qu'il voulait. Qu'est-ce que j'étais heureuse à cette époque-là! Toute la journée, je m'agitais pour faire des choses qui lui plairaient. J'aimais ça. J'achetais tout ce qu'il aimait bien manger, tous les disques qu'il aimait écouter, des chemises de nuit sexy, et j'avais toujours une carafe de jus d'orange prête... sauf quand je voulais une fessée. » Elle eut un petit rire; sa voix et son visage étaient complètement transformés en ceux d'une petite fille. Elle avait l'air rêveur d'un enfant en train de raconter l'histoire qu'il vient de lire. « Han! han! disait-il en me battant! Et moi je pleurais et m'agrippais à lui! » Elle s'interrompit et but son verre à petites gorgées : « Je ne sais pas quand ça a changé... Sans doute lorsque Lena est née... A ce moment-là, il a fallu que je grandisse, dit-elle amèrement. J'ai eu ses draps pleins de merde à laver. Je ne pouvais plus courir acheter des choses, plus jouer comme avant. Et maintenant... Seigneur! je suis non seulement la mami, mais aussi le petit papi dans cette baraque! Lui, il ne fait rien.

— Tu as grandi. »

Elle éleva le ton.

« Il fallait bien que je grandisse, j'avais pas le choix! Et lui voulait être un dieu ou rien. Des fois — Mira sentit à présent de l'amertume dans sa voix et se demanda d'où elle venait — des fois, j'ai le sentiment que c'est ce que tous les hommes sont : des dieux. Ils doivent être tout, sinon ils ne sont rien. Rien, rien! Oui. Voilà ce qu'il est! un salaud! »

Natalie s'était reprise. Elle s'essuya le visage, se leva et se versa un autre verre.

16

Tard ce soir-là, Mira raconta tout à Norm. Elle était très bouleversée. Mille choses la travaillaient, mais elle n'était pas consciente de la plupart d'entre elles. Le choc que lui avait causé la nouvelle de l'adultère de Natalie fut ce qui domina son récit. Norm l'écouta avec impatience et d'un air dégoûté. Il dit que Natalie était une idiote et une putain alcoolique. Elle ne comptait pas; elle ne valait même pas la peine que l'on pensât à elle. Mira n'avait qu'à oublier toute cette histoire. Ça n'avait aucune importance. Natalie était une salope et Paul un connard, voilà tout!

Il alla se coucher. Mira lui dit qu'elle monterait bientôt, mais elle se sentait nerveuse. Elle arpenta les pièces du rez-de-chaussée en regardant par la fenêtre la nuit, la lune par-dessus les toits et les arbustes qui frémissaient d'un air comminatoire. Elle distingua des mouvements furtifs et effrayants, partout. Pour se calmer un peu, elle se versa une lichette du brandy de Norm dans un verre de jus de fruits et l'emporta dans le living-room. Elle s'assit, but à petites gorgées, fuma et médita. C'était la première fois qu'elle faisait cela, et le début d'un comportement nouveau.

Elle aurait vraiment voulu parler de toute cette affaire à quelqu'un surtout pour découvrir pourquoi cela lui posait tant de problèmes. Elle s'interrogea : Etait-elle jalouse? Aurait-elle voulu que ce fût elle que Paul eût ainsi attaquée? Mais si Paul était venu à elle à la façon de Marlon Brando, cela l'aurait fait éclater de rire. Etait-ce de la rancune qu'elle avait entendue dans sa voix, une rancune qui était l'écho de ce qu'elle pensait de son propre mariage? Poussait-elle Natalie à quitter Hamp parce que elle-même désirait quitter Norm? Elle n'en savait rien, et ne se sentait pas capable de débrouiller cela toute seule.

Elle décida néanmoins de ne parler à personne de ce que Natalie lui avait raconté. Nat ne lui avait pas demandé le secret, mais il lui semblait plus délicat de se taire. En outre, cela signifiait qu'elle ne pourrait discuter avec personne des points qui la préoccupaient. Elle prit la décision de lire quelques livres de psychologie.

Le temps passa, l'hiver se fondit dans un printemps pluvieux. Theresa se penchait sur son gros ventre et plantait des légumes; Don trouva un boulot de couvreur. Les Fox achevèrent les travaux d'agrandissement de leur maison et donnèrent une partie : la grossesse d'Adele commença à être visible. Natalie acheva de redécorer sa salle de bain et songea à aménager son grenier. Mira avait terminé la biographie de Freud par Jones, plusieurs monographies du premier cité et lisait un certain nombre d'autres ouvrages de psychologie. Elle souhaitait lire Wilhelm Reich, mais la bibliothèque ne possédait pas ses livres, et lorsqu'elle demanda à Norm de lui en emprunter à la bibliothèque de psychologie de la faculté, il lui interdit sévèrement de lire Reich.

Le printemps était morne, et chacun se démenait. Le monde extérieur, avec Berlin, Cuba et un McCarthy retombé dans l'ombre, semblait loin. Bill reçut une augmentation et Bliss bondit de joie : cela signifiait qu'elle aurait les moyens de prendre une baby-sitter de temps en temps, et qu'elle pourrait sortir le soir lorsqu'il ne serait pas là. Elle s'inscrivit pour des cours de bridge.

Vers la fin de mai, le soleil apparut. Un après-midi, Natalie vint prendre le café. Au cours de ces derniers mois, Mira n'avait jamais reparlé de son aventure avec Paul, et Natalie non plus. Mais leurs rapports avaient changé : à présent, Natalie racontait en détail à Mira toutes ses colères quotidiennes avec Hamp. Elle entrait en furie contre lui pendant trois quarts d'heure, puis continuait allégrement par autre chose. Cela cassait les pieds de Mira, et l'irritait. Elle se mit à éviter Nat. Ce que cette dernière comprit; cela la blessa et la mit en colère. Elle cessa simplement de venir, mais continua d'appeler de temps en temps. Mira avait toujours quelque chose à faire. Natalie ne parvint pas à comprendre que la lecture d'un bouquin, alors que l'on ne suivait même pas de cours, pût passer avant elle. Elle cessa donc d'appeler. Mais, par un après-midi de la fin de mai, elle entra par la porte de derrière de chez Mira.

« Salut ! Devine ?... j'ai acheté une maison !

– Oh ! Nat ! Fantastique !

– Dans West End.

– West End ! Bah ! dis donc ! Quelle ascension sociale ! »

Mira remplit deux verres de vin et limonade. La maison, lui dit Natalie, avait dix (deux fois cinq !!) pièces, deux salles de bain et demie (baignoire sabot au deuxième), deux cheminées, machine à laver la vaisselle et moquette partout. Elle était adossée au terrain de golf et entourée de cinquante ares de terrain, et ils deviendraient automatiquement membres du club, que Nat appelait déjà tout simplement « le club », comme si elle en avait été membre depuis toujours.

La chose allait au-delà de tous les désirs de Mira :

« Quand as-tu décidé ça ? Pourquoi ? »

La maison de Meyersville était trop petite, ils avaient besoin de davantage de place, et cela voulait dire aménager le premier ou mettre en plan un agrandissement, ce qui aurait coûté cher, très cher, et l'on risquait de ne pas rentrer dans ses frais le jour où l'on vendrait... Les gamines grandissaient et se chamaillaient sans cesse : il leur fallait une chambre à chacune :

« En plus, j'en ai marre de cet endroit... Qu'est-ce qui peut m'y retenir ? »

Mira considéra cela comme un reproche voilé. Sans même y penser, elle lui demanda :

« Est-ce que tu vois encore Paul ?

– Paul ? Non, pourquoi ? Ah ! oui, ce petit con ! Non, non ! » Elle se mit à rire : « Mais quelqu'un d'autre m'intéresse...

– Qui ?

– Lou Mikelson. Je le connais depuis des années, d'accord, mais il m'a toujours beaucoup attirée, mais... » Elle fit un sourire de gosse ravi.

« Je croyais qu'Evelyn était ta meilleure amie.

– Elle l'est ! J'aime Evelyn, je l'adore même ! Mais elle a ses deux moutards, et donc pas le temps de s'occuper de Lou.

– Son aîné va à l'école, non?

– Oui, mais Nancy est toujours à la maison. Et, tu sais elle est grande, elle a onze ans, et c'est une enfant impossible... Elle est encore au maillot et quoiqu'elle marche depuis environ deux ans, elle se cogne partout... elle ne voit pas très bien... Il faut encore lui donner à manger; elle ne sait pas le faire seule.

– Quel cauchemar, un enfant handicapé!

– Et Tommy n'est pas un ange non plus! Je veux dire... lui au moins il est normal, mais il leur crée sans cesse des ennuis... Je ne crois pas que cela ennuierait Evelyn si... elle me donnerait probablement sa bénédiction!

– Bon, mais es-tu déjà engagée?

– Mais non! » Natalie s'attarda sur cette syllabe. « On n'en est qu'au tout début, marivaudage and Co, dit-elle dans un large sourire. Elle était extrêmement heureuse. Elle n'arrêtait pas de tripoter ses mains dont la peau pelait et était couverte de boutons.

– Bah! c'est formidable pour la maison, Nat, je suis contente pour toi.

– Oui. Bien entendu, elle a besoin d'être redécorée. Je voudrais t'y emmener un de ces jours... dès que les gens auront déménagé. Il y a une très belle, très grande pièce, tu vois le genre, qui serait, je crois, magnifique si je mettais des fenêtres coulissantes... »

Elle était lancée. Mira écouta les mille et un projets qu'elle avait pour sa maison, en se disant que c'était bien, que, comme cela, elle serait occupée pendant des années et ne penserait pas trop à son autre projet; Mira ne prit pas au sérieux ce que Natalie lui avait dit à propos de Lou. Elle avait trop souvent vu Lou et Evelyn dans les parties : ils flirtaient tendrement tout le temps, presque comme s'ils avaient été seuls. Elle avait parlé de Lou pour sauver un honneur qui semblait exiger qu'un homme la trouvât désirable. Mais nous sommes toutes comme cela, se dit-elle. Nous le souhaitons toutes, de toute façon... Cela n'a pas l'air si important pour les hommes. Femmes, victimes là aussi. Pourquoi fallait-il que les hommes soient si importants pour nous, sans réciprocité? Est-ce là aussi la nature? Elle se prit à soupirer, avant de continuer à lire ses mâles psychologues.

17

Bliss jeta un coup d'œil dans la pièce. Hugh Simpson – « Simp » – se glissa près d'elle, un verre à la main.

« Eh! Bliss, t'es drôlement bien foutue, ce soir! » Il ne disait jamais une phrase sans donner l'impression qu'il était intime avec vous et que ce sur quoi se fondait cette intimité était un petit secret dégoûtant.

« Eh! Bliss, les cheveux de Bill foutent le camp à toute vapeur de ce côté-ci? » Il avait déjà dit cela aux trois parties précédentes, et cela ennuya Bliss; mais elle sourit gracieusement et dit :

« J'espère qu'il a un air de famille avec Yul Brunner! » Elle regarda Bill avec un sourire amoureux en prononçant ces mots, et lui eut un petit rire en caressant le trou de sa chevelure. Bill régalait Simp de sa dernière petite histoire cochonne, que Bliss avait entendue déjà au moins quatorze fois depuis une semaine. Elle lui fit une grimace de maman-grondant-son-vilain-petit garçon et dit : « Ça suffit comme ça, Billy! » Puis elle sourit; Bill lui fit un GRAND sourire, le-petit-garçon-est-méchant-mais-il-sait-que-maman-lui-pardonnera, avant de dire : « C'est la dernière fois, Blissy. » Elle se mit à rire, se pencha lestement en avant pour s'excuser et passa dans la cuisine.

Paul était debout à côté de l'évier avec Sean; ils parlaient à voix basse en riant. Bliss s'approcha d'eux la tête inclinée sur une épaule et un sourire entendu sur les lèvres :

« Je crois que je suis capable de deviner ce dont vous êtes en train de parler », dit-elle. Paul écarta les bras, elle s'engouffra dessous, et il l'enlaça tendrement.

« Nous étions en train de parler des hausses et des baisses de mardi, dit Sean dans un large sourire.

– C'est imprévisible, tu sais. Tu places quelques sous

dans plusieurs investissements et soudain l'un d'entre eux se met à rapporter.

– Je vois. Bliss sourit à Paul. Leurs visages étaient tout près l'un de l'autre. Je parie que tu n'as pas de denrées favorites.

– Bien sûr que si ! lui murmura Paul à l'oreille; mais on n'est jamais certain que l'une d'entre elles répondra à notre attente.

– Et donc tu acceptes toutes celles qui y répondent ?

– J'aime spéculer.

– Pourquoi ne spécules-tu pas sur un verre que tu me donnerais ?

– Il faudrait que j'enlève mon bras.

– Ce n'est pas insurmontable. »

Sean s'en alla. Paul se déplaça et remplit deux verres.

« Je me souviens d'un soir où tu m'as complètement laissée tomber, dit Bliss pour le taquiner. Au moins, ce soir, tu n'auras pas à t'en aller ! La partie avait lieu chez Natalie. »

Paul lui fit une grimace :

« Ce n'était pas toi que je laissais tomber, mais Adele.

– Mais j'étais là !

– Mais tu ne proposais rien ! Un homme a besoin d'encouragements ! Si la femme qui l'attire ne bouge pas le petit doigt, il faut bien qu'il se trouve quelqu'un d'autre. »

Elle fit la grimace :

« C'est le plus idiot motif que j'aie jamais entendu pour justifier un total manque de goût. » Elle lui prit son verre des mains. « Bien entendu, ajouta-t-elle d'un air dégagé, des goûts et des couleurs on ne discute pas.

– Certaines femmes sont... sexy; d'autres n'ont qu'une... attitude sexy.

– Oh ? Et comment tu le sais ?

– Je le sais.

– On peut, je crois, formuler cela autrement : certaines femmes ont... des goûts. »

Il la regarda intensément. Pendant cette passe d'armes, le sourire n'avait jamais quitté leurs visages :

« Est-ce que je plais aux tiens ?

— Que t'importe? » Elle se redressa et sortit en ondulant.

Norm était dans le cabinet de travail, seul. Il éteignit le poste de télévision d'un air coupable lorsque Bliss entra. Il lui lança un regard de vilain-petit-canard.

« Je regardais les derniers résultats; Mira devient folle si je regarde la télé pendant une partie. »

Elle lui lança un regard mi-moqueur et mi-fâché de sa façon :

« Et je parie que tu as peur de te promener sans la permission de Mira, n'est-ce pas? » Elle lui appuya doucement son index sur le nez : « Ben, moi... je vais te dénoncer! »

Il eut un amusant geste de crainte :

« Je t'en supplie, ne le lui dis pas... Je ferai tout ce que tu voudras...

— Alors d'accord... je ne le lui dis pas, mais tu danses. »

Il prit sa tête dans ses mains :

« Oh! non. Pas ça! Tout, mais pas ça! »

Elle lui donna un tout petit coup de pied; il se plia en deux, se baissa et saisit sa jambe :

« Ouille! Ouille! Elle m'a estropié pour le reste de mes jours! D'accord, d'accord, je me rends! » dit-il en la suivant en boitillant dans le grand living-room.

Natalie avait roulé le tapis de cette pièce pour que les gens pussent mieux danser. C'était là son adieu à Meyersville, et elle avait invité soixante personnes. Sa maison avait davantage de pièces que celle des autres et pouvait facilement contenir autant de monde.

Mira était assise avec Hamp lorsque Norm et Bliss pénétrèrent dans le living-room. Elle les regarda danser; c'était une véritable danse de clowns, comme à chaque fois que Norm dansait avec une autre qu'elle.

« J'ai l'impression que Norm aimerait bien faire quelque chose avec Bliss, dit-elle.

— Ça t'ennuierait?... » Hamp et Mira étaient devenus amis au cours de ces parties. Si Hamp ne lisait pas, du moins il s'y connaissait question bouquins, et était pour elle ce qu'elle considérait comme une île de sécurité.

Mais ils n'avaient pas beaucoup parlé de leurs intimités respectives.

« Non, dit-elle en haussant les épaules; ça lui ferait peut-être du bien. »

Hamp la regarda avec des yeux brillants. Elle, ne le regardait pas. Elle observait Roger mettre ses mains possessives autour du corps de Samantha. Puis l'emmener danser. Elle avait envie de bondir sur ses pieds pour aller protéger Samantha, de l'écarter violemment de ce sale type. Mais Samantha marchait de son petit pas mécanique de poupée, et son visage de poupée montrait un très large sourire.

« Je me sens tellement extérieure à tout! dit-elle à Hamp; tellement extérieure aux gens que je fréquente, comme on dit. Il me semble que je me suis toujours sentie extérieure, étrangère.

— Tu es trop bonne pour eux... dit Hamp, ce qui la fit se tourner vers lui.

— Que veux-tu dire?

— Ce que j'ai dit.

— Je ne vois pas comment une personne peut être meilleure qu'une autre; je ne sais pas ce que cela signifie. »

Hamp lui sourit et haussa les épaules :

« Ce sont tous des tocards.

— Oh! Hamp. » Elle se sentit mal à l'aise et essaya de trouver un moyen de le quitter poliment. « Je crois que je vais aller prendre un autre verre... » finit-elle par dire.

Dans la cuisine, elle passa devant Natalie qui parlait à voix haute des avantages de sa nouvelle maison. Elle ne parlait que de cela depuis des mois. Bliss était près du mur avec Sean : ils parlaient à voix basse sans cesser de se sourire. Bliss le taquinait, l'asticotait. Sean, l'air supérieur et heureux de cela, se demandait s'il fallait ou non aller plus loin. Roger, appuyé contre l'évier, parlait avec Simp. Il lui tournait le dos, aussi l'entendit-elle dire : « Un con est un con. La seule différence, c'est que certains sont secs et d'autres humides. » Elle s'approcha de l'évier et se mit à côté de lui pour se verser un verre. Elle ne le regarda ni ne lui dit le moindre mot, et s'en alla dans le living-room. Oriane était assise avec Adele et parlait des enfants. Oriane avait l'air presque aussi harassée qu'Adele : elle sortait à peine d'une passe particulièrement dure qui avait fait que ses deux enfants les plus jeunes avaient eu tour à tour la rougeole, les oreillons et la varicelle et que son aîné s'était presque fait arracher une main dans un accident de bicyclette. Adele, quant à elle, avait une mine tout bonnement épouvantable. Mira s'assit avec elles.

« Ça a vraiment été une mauvaise passe pour toi », dit-elle.

Oriane éclata de rire et fit rouler ses yeux :

« Oh! c'était délicieux! » Le badinage reprenait : tout ce dont elle avait discuté avec Adele était sérieux, et, à présent, elle oubliait ce ton au profit de celui de l'habituel ton public. Mira resta immobile, énervée, puis se leva dès qu'elle le put. Elle erra de pièce en pièce.

« Non, Theresa et Donald ne viennent plus aux parties. Je ne sais même pas si Nat les a invités. Terry dit qu'elle n'a plus les moyens d'en donner, aussi ne veut-elle pas venir. Mais je trouve ça bête... de s'isoler comme ça, pas toi? dit Paula.

– L'orgueil, on le met où l'on peut », lui répondit une voix ferme.

Mira se retourna. Elle aimait la personne qui avait dit cela. C'était Martha, une nouvelle venue dans leur petit groupe. Mira s'approcha d'elle et lui dit :

« Theresa lit beaucoup. »

18

Bliss flirtait du bout des lèvres avec son professeur de bridge. Il l'emmenait dans des bars les soirs où Bill effectuait un vol, et lui parlait de lui-même, de sa solitude; donc de son mariage. Bliss souriait beaucoup et le faisait enrager. Il la ramenait au centre commercial où elle garait sa voiture et ils s'embrassaient là pendant quelques instants. A la fin, il lui demanda de venir dans un motel avec lui. Elle répondit qu'elle devait y réfléchir.

Bliss ne se faisait pas d'illusion en disant que son problème était moral. Elle avait été élevée dans un pays dur, où les gens étaient brusques, sauvages même. Des voitures pleines de jeunes gens ivres avaient contenu plus d'une de ses amies de collège. Sa tante, abandonnée par son mari tout au début de leur mariage, avait eu un nombre incalculable d'amants; certaines personnes disaient même qu'elle vivait de cela. Bliss avait été trop pauvre pour s'offrir le luxe d'une moralité de classe moyenne. Elle s'était dit que, si sa tante avait obtenu quelque chose de ces hommes, tant mieux pour elle! Elle avait une profonde et hargneuse haine pour les gens qui confondaient point de vue essentiellement économique et point de vue moral. La relation entre hommes et femmes était économique.

Economique et politique. Bliss ne possédait pas de mots choisis pour exprimer cela : elle aurait eu du mal à l'exprimer abstraitement. Ce qu'elle se disait, c'était : il faut que Tu joues le jeu, et que tu joues Leur Jeu. Elle reconnaissait la classe maîtresse, elle reconnaissait ce qu'elle attendait des femmes... Elle joua le jeu selon des règles qui avaient été couchées sur le papier longtemps avant sa naissance, couchées sur le papier, pour autant qu'elle le sût, il y avait longtemps. Bliss ne voulait qu'une chose : gagner. Rien ne lui importait davantage, sauf dans un lieu intérieur férocement tenu secret et peuplé de quelques occupants – sa mère et ses enfants; et sa mère était morte à présent. Mais elle se serait battue pour la survie de ses enfants, autant que sa mère l'avait fait pour les siens. D'une façon ou d'une autre, ses enfants savaient cela. Bien que ce fût leur père qui les cajolât et s'amusât avec eux, et leur mère celle qui le plus souvent les disputait, ils ressentaient son acharnement et son amour, et le lui rendaient bien. Leur joyeuse indépendance reposait sur des fondations qu'ils savaient être indéracinables.

Bliss n'avait jamais été l'une des filles des voitures. Le sexe et l'amour avaient constitué une partie du grand sac à provisions rempli des jolies choses qu'elle n'avait pas les moyens de se payer. Mais elle avait un peu mieux mangé vers la fin, et son corps s'était développé. Elle s'était vendue à Bill en sachant parfaitement bien ce qu'elle faisait et avec quelles intentions honorables. Elle remplissait amplement sa part de leur contrat tacite. Elle était conjointe, servante et poulinière, et, lui, la payait pour ses services. Elle était fidèle, puisque c'était là l'une des conditions du marché. Et Bill avait rempli sa part. Ils n'étaient pas ce qu'il est convenu d'appeler « à l'aise », mais ils mangeaient. Et il lui était fidèle – de cela elle était certaine, en dépit – ou peut-être à cause – de toutes ses histoires d'envoi en l'air dans la stratosphère. Avec le temps, il gagnerait bien sa vie. Il était Monsieur Sécurité.

Risquer de perdre cela était terrifiant. Elle s'assit et réfléchit intensément à cela. Elle tourna et retourna toutes les possibilités dans sa tête. Au pire, il divorcerait; ce n'était pas un assassin. S'il divorçait, elle pourrait se retrouver un boulot dans le New Jersey, mais avec ses diplômes du Texas, si peu considérés dans le Nord, elle n'aurait peut-être pas de poste d'enseignante. Même si elle en obtenait un, tout ce qu'elle gagnerait, ça serait trente ou quarante mille francs par an, un salaire que Bill avait dépassé depuis des années. Et ça serait dur pour elle et les enfants de vivre sans quelqu'un pour faire ce qu'elle faisait – tout le travail non payé : il lui faudrait payer des gardes de jour, payer pour le blanchissage, payer quelqu'un pour rester auprès des gosses lorsqu'ils seraient malades. Et si elle n'arrivait pas à trouver un boulot d'enseignante, elle gagnerait encore moins. Parfois, lorsque Bill effectuait un vol, elle lisait toutes les petites annonces de travail intérimaire pour femmes! Seules les secrétaires hyper-qualifiées gagnaient plus, et elle ne savait même pas prendre une lettre sous la dictée. Elle pouvait être employée de bureau, de magasin ou de pressing automatique. Elle pouvait travailler en usine. Elle pouvait aller à New York avec ses diplômes et être une employée plus chic, qui gagnerait plus, mais qui devrait dépenser plus en vêtements et transport.

Il n'y avait pas de solution. Une femme devait être mariée.

Mais qui voudrait d'elle avec deux enfants en bas âge? Comme maîtresse, oui, mais Bliss ne se faisait pas d'illusions : personne ne tomberait follement amoureux d'elle et ne la prendrait avec ses deux moutards. Bien sûr, il se pouvait que Bill ne veuille pas divorcer : elle se sentait capable de jouer les mauvais sujets repentis, et, lui, avait tellement besoin d'elle qu'il pourrait désirer la « reprendre », en lui accordant son pardon au nom de son âme (et conscience?) mâle et magnanime. Mais alors il deviendrait observateur et scrutateur. Ce qui serait insupportable. Elle serait une prisonnière en puissance pour le reste de ses jours.

Bien entendu, il pouvait ne s'apercevoir de rien. Si elle était suffisamment avisée et fine, il n'y avait aucune raison pour qu'il s'en aperçût. Mais même les plans les mieux agencés... une rencontre accidentelle, un mot dit par hasard... Quelque avisée qu'elle pût être, le hasard demeurait. Voici comment cela se résumait : elle devrait être fine et avisée, mais même alors il pourrait s'en apercevoir. Alors il lui faudrait user de tout son art pour agir de telle sorte qu'il n'y croie pas, et simultanément agir de telle sorte que, s'il venait à y croire, il lui pardonnât. C'était accablant; et trop cher pour un professeur de bridge.

Elle dit à son professeur de bridge qu'elle le trouvait terriblement séduisant, qu'elle aussi, ces temps-ci, s'était sentie très seule, assez seule pour parler à une oreille amie. Mais elle aimait son mari et se disait qu'elle ne pouvait pas lui faire cela. Elle était désolée, mais elle pensait qu'ils ne devaient plus se rencontrer.

Il ne comprit pas que le problème des jeux est que tous les participants ne comprennent pas les règles de la même façon; il ne comprit pas qu'elle voulait épargner son orgueil de mâle, qu'elle donnait le change à son ego de mâle : il la crut sur parole. Et il se mit à l'appeler chez elle! Cela la terrifia. Par chance, il l'appela à des moments où Bill effectuait des vols. Mais la troisième fois, elle lui déclara, que s'il recommençait, elle téléphonerait à sa femme et lui raconterait tout. Cela marcha. Bliss ne dépassa jamais Blackwood au bridge.

Mais son corps était toujours là, délivrée de la pression du professeur de bridge, elle en sentit de plus en plus le poids. Elle jouait les vamps dans les parties en sachant très bien ce qu'elle faisait, sachant que les hommes savaient également; et était incapable de s'en empêcher. Elle jouait les vamps en se disant qu'elle dominait. Bliss la Tombeuse.

Bliss la Douloureuse. Car, lorsque les parties étaient finies, elle rentrait à la maison avec Bill et se déshabillait dans la salle de bain tandis que lui, déjà couché, l'appelait.

« Hey! viens ici, moman, bébé veut sucer tes lolos. Le petit Billy a fouad, i' veut que sa 'tite maman vienn' jouer avec lui. »

Elle prenait une douche, se démaquillait soigneusement, se donnait cent coups de brosse dans les cheveux. Mais il n'arrêtait pas : Momannnnn! Bi-y te veut!

Elle restait immobile en silence, ou criait : « J'arrive! » et s'observait. Elle glissait les mains le long de ses hanches en se demandant ce que ça lui ferait d'être serrée fort et passionnément par quelqu'un qui voudrait la *posséder*, prendre possession d'elle, la contrôler, quelqu'un qui l'enlacerait, l'étreindrait et la serrerait fort contre lui sans se soucier de ce qu'elle pourrait dire, pour lui faire comprendre qu'elle était à lui.

19

Mira était en train de faire les carreaux lorsqu'elle entendit la porte claquer. Il faisait chaud et de la sueur coulait sur son visage et ses bras. Elle entendit la voix de Natalie l'appeler et dit à part elle : « Zut! » Natalie voudrait discuter alors qu'elle voulait avoir fini ses carreaux avant midi, avant que la chaleur ne devienne insupportable. Elle descendit donc de son escabeau; Natalie se tenait sur le seuil de la chambre à coucher.

« Il faut que je te parle! » dit-elle d'une voix presque irritée. Elle avait quelque chose à la main, qu'elle agitait.

« Natalie, est-ce que je peux passer te voir plus tard? Je voudrais terminer ces carreaux...

— Non, j'en deviens folle; il faut que je te parle. »

Mira l'observa et Natalie éclata : « J'ai peur pour ma peau! »

Elles descendirent au rez-de-chaussée.

« Tu as quelque chose à boire, Mira? » demanda Natalie, et Mira plongea la main dans un buffet pour prendre le bourbon. Elle versa un verre à Natalie et se fit un café froid.

Le visage de Natalie était décomposé. Elle serrait un gros tas de papiers dans une main; il semblait que le tas contenait aussi quelques agendas attachés par une araignée en caoutchouc. Ses gestes étaient brusques.

« J'avais emballé les trucs de la salle de bain, j'en étais arrivée à la commode de Hampie, je ne mets jamais le nez dans ce truc-là... dit-elle durement avant de tirer nerveusement sur une cigarette... je veux dire... je range ses slips, ses maillots de corps et ses chaussettes, je repasse ses mouchoirs et je mets tout ça dans les tiroirs, mais je ne fourre jamais le nez dedans. Je ne regarde jamais ses papiers, insista-t-elle.

— Mais je te crois! dit Mira, en prenant conscience qu'elle non plus ne fouillait jamais dans les papiers de Norm.

— Mais il fallait que je les emballe; les déménageurs viennent demain... alors j'ai vidé les tiroirs. Et dedans, au fond de son tiroir à chaussettes et slips, tout au fond, derrière les chaussettes de ski qu'il a depuis des siècles et qu'il n'a jamais mises, il y avait ça! » Elle brandit le tas de papiers presque sous le nez de Mira.

« Bien entendu, je ne les aurais pas regardés... mais je les ai fait tomber... et ils se sont ouverts... Et, après la première feuille, j'ai tout lu... »

Mira ouvrit de grands yeux. Natalie se mit à s'éventer avec les papiers.

« Mira, tu ne le croiras pas! Moi-même je n'arrive pas à y croire! Hamp-le-mou-et-son-fauteuil! Mais quand les a-t-il écrits? Elles sont de sa main, j'en suis archi-sûre! Il a dû faire ça en train ou dans son bureau, puis rentrer et planquer ça là derrière... Mais pourquoi les a-t-il gardés? Mira... je crois qu'il veut m'assassiner. »

Mira lui dit :

« Quoi? Mais qu'est-ce qu'ils disent, ces papiers? en tendant la main. Mais Natalie serra ses papiers.

— Des histoires affreuses! Horribles! Ce ne sont que des histoires... aucune n'est terminée, c'est que des débuts, mais toutes parlent de... lui. Il emploie son propre prénom — Hamp — Hamp a fait ceci, Hamp a fait cela... Affreuses! »

Mira se pencha vers elle, perplexe.

Natalie essaya de les lui décrire. Au bout de quelques minutes, elle ouvrit l'un de ses petits agendas et se mit à lire en le serrant contre elle de telle sorte que Mira ne puisse pas lire. Mais il ne faisait aucun doute qu'elle lisait le contenu de l'agenda. Elle en ouvrit un second avec les mêmes précautions jalouses, puis un troisième, au hasard. Ils disaient tous la même chose.

Dans chaque début, car ce n'était que des débuts, un homme prénommé Hamp était confronté avec une femme. Parfois, la femme avait également un prénom, Natalie, Penelope (sa *mère*, Mira!), Iris (sa sœur), mais il y en avait d'autres, Ruby, Elisia, Lee (il est fou de Lee Remick, j' parie que c'est elle qu'elle représente!) et Irene. La confrontation était moins amoureuse que violente. Dans chaque petit texte, l'homme tenait la femme dans une condition soumise : attachée, enchaînée à un lit de douleur, enchaînée à un piton planté dans un mur. Et chacun contenait une torture. Dans celle où se trouvait le personnage de Penelope, il lui enfonçait un tisonnier brûlant dans le vagin. Il brûlait les seins d'Iris avec un fer à friser, fouettait Ruby avec un chat à neuf queues, et torturait Lee en la baisant en même temps. Ce n'était que variations sur un même thème... elles n'étaient pas développées : pas de situations préalables, pas de descriptions des lieux. Il y avait un homme, une femme et l'action : seule l'action était décrite avec amour, et avec force détails. Le nombre de coups de poing, le nombre de coups tirés, de cris des femmes, hurlements, supplications : tout cela était dénombré avec un soin et une patience de bénédictin. Les sentiments de l'homme n'étaient pas décrits. S'il ressentait de la haine ou de l'amour, s'il prenait du plaisir à ce qu'il faisait, ou comment les scènes se terminaient, tout cela n'était même pas brièvement évoqué. Seul l'acte importait. Mira fut bouleversée. Le tendre, le doux, l'agréable et charmant Hamp! Et tout le temps, en dessous, une telle haine des femmes!

« Ne crois-tu pas que tout cela est dû à la guerre, Mira? dit Natalie. Tu sais, quand il a été fait prisonnier et jeté dans ce camp! Dieu seul sait ce qu'ils lui ont fait là-bas. »

Mira réfléchit :

« Non, je ne crois pas... Cela semble remonter à son enfance.

– Mon Dieu! Mira, est-ce que tu crois qu'il veut m'assassiner?

– Pas tant qu'il continuera d'écrire, dit Mira dans un petit ricanement nerveux. Elle se leva, se versa un verre et remplit celui de Natalie : Il a probablement eut l'idée d'écrire des histoires pornographiques. Probablement a-t-il eu l'idée de gagner beaucoup d'argent en les vendant, de l'argent qui n'aurait rien à voir avec... ton père! Sauf, bien entendu, qu'il était en train d'écrire ces fantasmes quand il a fait ça. Et il hait. Oui... il hait. Nous toutes. Les femmes.

– Non, pas toutes! » fit une voix aigre derrière elle.

Elle se retourna. Natalie la regardait d'un air mauvais en agitant doucement le reste de son paquet :

« Il y en a une qu'il aime bien; une seule! »

Mira fronça les sourcils; elle ne comprenait pas pourquoi Nat lui parlait soudain sur ce ton :

« Que veux-tu dire?

– Oh! ne me dis pas que tu ne le sais pas! » l'accusa

Natalie. Et, devant le regard déconcerté de Mira, elle éclata :

« Elles sont pour toi ! Tu vas quand même pas me dire que tu l' sais pas ! »

Mira s'effondra dans un fauteuil :

« Quoi ?

— Des lettres d'amour en veux-tu en voilà ! « Mira, « ma chérie », « Mon cher et tendre amour », « Mon « adorable petite Mira » ! Oui ! oui ! oui ! Mais il faut quand même que je te les montre.

— Natalie, je n'ai jamais reçu une seule lettre de Hamp.

— Vraiment ! » dit-elle doucement. Elle déplia une feuille : « Ma chère petite Gigi, autrefois tu étais une « petite fille, mais tu es une femme à présent. Tu as « grandi, là, sous mes yeux amoureux. Mais tu resteras « toujours ma petite Gigi. » Je pourrais continuer comme ça... » Elle s'interrompit et replia la feuille.

« Natalie, dit Mira avec bon sens, si tu as trouvé ces lettres, c'est évidemment qu'elles n'ont pas été expédiées.

— Ça pourrait être des copies.

— C'est vrai... mais ce n'en sont *pas*. Natalie, quelque part à l'intérieur de toi-même, au fond du fond de ton être, tu sais très bien que Hamp ne m'a jamais adressé ces lettres.

— J'ai cru pendant toutes ces années que tu étais mon amie.

— Je le suis !

— Ah ! oui ? A toutes les parties, toi et Hamp, vous vous asseyez pour...

— Tout simplement parce que, l'un comme l'autre, nous nous sentons la plupart du temps en dehors... »

Mais Natalie ne voulait pas se laisser convaincre. Elle se versa un autre verre. Elle tourna et retourna cette histoire sous toutes les coutures et accusa sans cesse Mira de duplicité et de trahison :

« Je parie que tu lui as aussi parlé de Paul ! C'est pour ça qu'il a renversé le seau de peinture sur la moquette ! Et moi qui croyais que tu étais mon amie, moi qui croyais que je pouvais te faire confiance... »

Mira cessa soudain de discuter. C'était, évidemment, inutile. Natalie battait et rebattait la campagne; Mira resta silencieuse, buvant, fumant, attendant... Natalie se versa encore un verre; Mira également. A la fin, Natalie se prit le visage dans les mains et dit en sanglotant combien elle aimait Hamp et ne pouvait supporter l'idée qu'il aimât quelqu'un d'autre. Elle sanglota pendant plusieurs minutes, avant de se calmer petit à petit.

« Mais il ne m'aime pas, dit froidement Mira.

— Que veux-tu dire? lança Natalie. Et ces lettres, alors! »

Mira haussa les épaules :

« C'est la même chose que les carnets... Pourquoi crois-tu donc qu'il les met dans le même paquet? Dans les lettres, je suis l'adorable petite fille qu'il va mater... dans les carnets, il mate les femmes qui ne sont pas d'adorables petites filles. Que la petite fille fasse un pas de travers, et ni une ni deux, on la torture! »

Natalie ne comprit pas :

« Il t'aime!

— Oh! allez! Nat, tu as déjà aimé d'autres bonshommes que lui!

— Non, jamais! J'ai baisé avec d'autres bonshommes, comme tu dis, mais je ne les ai jamais aimés. »

Mira se rencogna dans son fauteuil. C'était sans espoir.

« Je le crois, allez, tu n'as jamais reçu ces lettres », finit par reconnaître Natalie.

Mira lui sourit :

« Bien.

— 'faut que je rentre emballer des trucs et des machins. On se revoit un d' ces jours?

— Bien sûr. »

Natalie s'en alla comme un gosse battu. Mais Mira savait; elle savait que, quoi qu'il se fût effectivement passé, les faits demeuraient les faits. Hamp l'avait considérée ainsi, et c'était *ça* qui blessait Natalie. Peu importait que Mira ne l'eût pas su ou, que si elle l'avait su, elle ne se fût pas lié avec Hampie. Et, d'ailleurs, qu'elle pût oser repousser Hamp, l'homme que Nat aimait, l'homme qui rejetait Nat, rendait les choses... encore pires! Ainsi, au lieu de s'occuper de Hamp, Natalie avait attaqué Mira, qui était une amie sincère, sinon fidèle. Natalie ne le lui pardonnerait jamais.

« Qu'est-ce que ça peut bien te faire? » répliqua Norm quand elle le lui dit.

20

Natalie déménagea en juillet; le bébé d'Adele naquit en août. En dehors de cela, qui ne fut pas rien, ce fut un été sans histoires. Les enfants étaient toujours avec elles, et il y avait longtemps qu'elles étaient habituées à passer les longues journées humides à boire du thé glacé en écoutant les cris des enfants. Mira s'était rapprochée de Bliss; elle lui raconta même son algarade avec Natalie. Cela la consternait – non qu'elle fût blessée (elle ne l'était pas) – mais à cause de tout ce qu'elle comprenait à la suite de cet « incident ». Elle tenta d'expliquer cela à Bliss :

« Ils errent à droite et à gauche... ils ne vont jamais nulle part... Tout le monde, tous les mal mariés. Ils font et refont, disent et redisent les mêmes choses, misérables, tristes, mais ils ne tentent jamais de comprendre ce qu'ils font ni pourquoi ils le font; ils n'essaient jamais d'agir autrement pour être un peu plus heureux. Un petit peu plus heureux. Je vois cela partout... Quel enfer! Peut-être n'est-ce que le premier cercle de Dante, mais c'est quand même déjà l'enfer, que d'errer ainsi à jamais... »

Bliss haussa les épaules :

« Natalie *était* un peu putain.

– Je sais, dit à contrecœur Mira, mais elle n'était pas qu'un peu malheureuse!

– Si elle n'avait pas été aussi putain, Hamp aurait peut-être été mieux.

– Oh! Bliss! C'était un malade! On dit toujours du

mal des femmes... Ce n'était pas de la faute de Natalie, mais de sa mère à lui ! » Elle secoua la tête en réalisant ce qu'elle venait de dire. Mais toute la sagesse, tout le savoir qu'elle avait puisés dans ses lectures ne la menaient pas à un autre diagnostic : c'était la faute de la Mère. Et il était plus facile de blâmer Penelope que son mari : elle était grande, dominatrice et active, tandis que lui était petit, doux et passif.

Bliss ne voulait pas parler de Natalie. Ces jours-ci, elle se comportait d'une façon bizarre. Elle fredonnait et chantonnait à tout bout de champ, s'interrompait brusquement lorsqu'on lui parlait, répondait; et reprenait son petit air. On aurait dit qu'elle s'était barricadée dans un endroit reculé dont elle répugnait à sortir; son champ était le mur qu'elle avait élevé autour.

« J'aimerais bien que quelqu'un donne une partie, dit soudain Bliss.

– Oh ! oui, mais moi, je ne peux pas... Norm a la rougeole depuis deux jours; et puis je nous ai ruinés pour quelque temps, deux mois au bas mot, à Lake George », dit Mira.

Bliss sourit et se mit à fredonner *Sand in my blue suede shoes* à voix basse.

Courant septembre, Samantha décida – fébrilement – de tenter sa chance. Elle était très excitée et effrayée – c'était la première fois qu'elle donnait une partie. Mais tout se passa à merveille. Il est vrai que les parties étaient très agréables parce qu'en leur centre se trouvait un noyau de personnes qui se connaissaient et se sentaient bien ensemble, et qui donc ne se cramponnaient pas les unes aux autres, mais qui étaient ouvertes aux nouveaux venus. Mira considérait le genre de situation que constituaient ces parties comme une sorte de modèle pour une communauté. Elles lui semblaient renfermer le secret de l'union et de la solitude, du familier et de l'étrange. Le problème, avec la majorité des communautés, c'est qu'elles sont xénophobes; le problème, avec la majorité des constructions modernes, c'est que l'on y est trop seul. Elle médita cela, car elle venait de terminer *La République*.

Mira s'acheta, pour la partie de Samantha, une nouvelle robe en taffetas blanc avec jupe bouffante et grosses fleurs imprimées. Elle lui coûta cent soixante francs – la robe la plus chère qu'elle eût jamais possédée. Elle la porta comme si elle l'avait empruntée (Dieu ait son âme) à sa belle-mère et marcha comme si elle avait peur que le prince charmant la remarquât.

« Alors, je sors la glace, dit Samantha, je pose les plateaux sur le frigo et je vais chercher les citrons. Et, soudain badaboum ! – elle se mit les mains sur la tête – le tas est haut comme une statue ! »

Mira réfléchit à l'habitude de plus en plus fréquente qu'elle avait de penser à des choses « à elle » lorsqu'elle était en compagnie. Elle se sentait étrangère à tout ce qui se passait autour d'elle ces temps-ci, même à ses amies et aux parties. Des choses qui n'arrivaient plus la faisaient réfléchir, elles la rendaient pensive. Et elle oubliait de ressentir d'autres choses, d'être heureuse, enthousiaste. Des choses avaient changé. Natalie avait déménagé, Bliss se déplaçait dans un monde résolument à part. Adele n'était plus aussi cordiale qu'elle avait été – oui, c'était évident, elle était follement occupée par son nouveau bébé – et, plus encore, Mira s'était lassée de jouer leur petit jeu. Elle ne trouvait pas du tout que ce qui arrivait aux femmes était drôle, elle en avait assez d'en parler sur ce ton-là. Elle était fatiguée de plaisanter sur l'inactivité ou même l'absence des hommes; ils étaient absents même lorsqu'ils étaient là physiquement. Ce n'était pas drôle, ça non plus. Elle en avait plus que sa claque des plaisanteries obscènes de Billy, de l'attitude macho de Roger et des actes de sale gosse de Norm. Elle aimait bien Samantha, mais son comportement de poupée mécanique heurtait Mira; Samantha semblait décidée à demeurer quelques années encore une petite fille aux grands yeux marron. Et puis... Samantha jouait sans cesse au petit jeu : le grand air du nous-ne-sommes-pas-drôles-mais-courageuses. Mira avait rencontré deux nouvelles femmes qu'elle aimait bien. Elles n'étaient pas là ce soir. En réalité, la bande d'origine ne semblait guère apprécier Lily et Martha. Mira alla de groupe en groupe, languide, mais sociable.

Bill l'invita à danser. C'était une occasion, il ne dansait que rarement et, à chaque fois, lamentablement. Mais personne n'avait le cœur à décliner une si rare invitation; il ne fallait pas, avant tout, blesser la vanité d'un mâle. Elle lui sourit donc avec reconnaissance et le laissa la remorquer pendant la seule danse qu'il fit, un maniclindy. Il sauta sur le parquet comme un singe qui aurait ignoré l'existence des grimaces et fit tourner sa partenaire à la diable. C'était sans grâce, fatigant, sans rythme et sans cesse à la limite de la catastrophe : cela ne ressemblait en rien au mouvement conjoint qui faisait tout le charme de la danse... Bill avait des cheveux courts (un épi) et un visage ouvert et couvert de taches de rousseur : la tête du parfait Américain et, imagina-t-elle, sans doute encore celle qu'il avait à douze ans. Il n'avait aucune conversation en dehors d'un feu roulant de plaisanteries cochonnes, chacune suivie d'un petit éclat de rire aigu, presque un piaulement. L'une des raisons du respect que Mira portait à Bliss tenait à ceci que, intelligente comme elle l'était sans aucun doute, elle regardait toujours Bill avec affection et estime. Elle ne laissait jamais transparaître par le moindre regard qu'elle le trouvait ridicule, bien qu'il semblât à Mira que l'on ne pouvait faire autrement.

Bill faisait tourner Mira sur elle-même et sautait d'un pied sur l'autre comme un mouton à cinq pattes d'inégales longueurs en lui racontant une petite histoire.

« Alors le capitaine dit qu'il va rentrer à toutes blindes pour récupérer un peu du temps perdu, et tout le monde se met à rigoler, tu comprends ? » Il se plia en deux et partit de son petit rire hystérique. La chute approchait. Lorsqu'il l'eut dite, il tapa du pied et écarta les bras, renversa un verre qui se trouvait sur le téléviseur; il tomba sur Mira en frappant sa poitrine et se vida sur le devant de sa robe. Bill se plia en deux en la montrant du doigt. Elle devait avoir l'air fine avec ce truc qui lui coulait sur le devant, sans parler de la tête qu'elle faisait. Sa nouvelle robe ! Elle ne pouvait pas y croire, elle ne pouvait pas accepter cela. Après tant d'années, elle s'était enfin acheté une belle robe, et voilà que la première fois qu'elle la portait, ce butor, ce clown, ce pitre, cet imbécile, ce crétin ricanant...

Elle courut dans la salle de bain pour la nettoyer et s'aperçut que le liquide était du coca; ça ne partirait jamais sur du taffetas. Elle le lava autant qu'elle put, mais elle avait les larmes aux yeux. Quelqu'un frappa à la porte de la salle de bain, aussi la libéra-t-elle; mais elle ne pouvait pas retourner en bas ainsi. Elle était certaine d'éclater en sanglots si quelqu'un lui adressait la parole. Elle ne voulait pas se comporter aussi stupidement, pleurer comme une madeleine et se faire tant de souci pour quelque chose qui n'en valait pas la peine. Elle décida de s'asseoir un instant dans la chambre de Samantha, et ouvrit largement la porte pour y pénétrer. Elle s'arrêta.

Bliss et Paul étaient immobiles et parlaient. Se seraient-ils embrassés qu'elle aurait été moins surprise. Les gens flirtaient dans les parties. Mais ils étaient debout et parlaient, mais si près l'un de l'autre et parlant si sérieusement qu'il était évident qu'il y avait entre eux une intimité assez profonde et sérieuse. Se seraient-ils embrassés qu'ils se seraient arrêtés, tournés vers elle et qu'ils lui auraient balancé une plaisanterie qui l'aurait fait rire, elle aussi. En réalité, ils se tournèrent vers elle et la regardèrent. Elle dut trouver une excuse quelconque.

« Bill est trop enthousiaste quand il danse le lindy, dit-elle en indiquant la tache de sa robe; je me disais que je pourrais voir si Samantha avait quelque chose à me prêter. »

Cela passa; ils acceptèrent cela, donnèrent une explication à leur présence ici – quelque chose comme des... projets pour l'anniversaire d'Adele – et sortirent. Elle s'effondra sur le lit, toutes larmes oubliées.

Elle y réfléchit. Elle n'en voulait pas à Bliss. Etre mariée avec Bill, ça devait être pire que de dormir sur un cent de poires, surtout pour une femme comme Bliss. Et chacun savait quelle horreur un divorce représentait pour une femme : cela voulait dire pauvreté, flétrissure et solitude. Alors, que pouvait faire Bliss ? Le courage de Bliss la mit en colère. Mira aurait été terrifiée de faire ce que Bliss faisait. Elle ne pensait pas beaucoup à Paul. La rumeur voulait qu'elle eût toujours eu des aventures. Elle l'avait écartée comme fausse. Elle pensait qu'elle était née de son attitude au cours des parties. Elle s'était dit qu'il ne s'agissait que de flirts innocents.

Et voici ce qui lui faisait mal. Elle avait la sensation d'avoir été touchée par une balle, d'avoir un trou au beau milieu du front et, de plus, de le mériter. Elle avait cru qu'ils constituaient une bande de gosses joyeux en train de faire la ronde! Tous sauf Natalie, car Nat était différente – elle avait toujours été riche, elle avait ses propres règles de conduite, parce qu'elle en avait les moyens. Mais c'était Bliss à présent. Tous les flirts dont elle avait eu vent, toutes ses allées et venues, qui l'inquiétaient parfois, avaient eu des conséquences réelles. Elle resta allongée immobile et se sentit idiote. Car, en dépit de sa fameuse intelligence, elle était l'être le plus bête de la terre, si bête qu'elle ne savait pas comment se comporter avec les autres. Voilà pourquoi elle s'était repliée dans le mariage. Elle était trop idiote pour survivre dans le monde réel. Vivant dans ses rêves et dans les illusions qu'elle se faisait sur le compte du monde, elle était si égoïste pour qu'il fût comme elle le voulait... Toute son intelligence et tout son orgueil n'avaient servi qu'à l'aveugler plus encore. Une catégorie morale dans laquelle elle n'avait jamais enfermé sa pensée, avec un mot qu'elle n'avait jamais utilisé, flamboyèrent dans sa conscience : elle se sentit pécheresse.

21

Bliss n'avait rien de la stupidité de Mira. Elle avait compris au moment même où elle avait vu le visage de Mira sur le seuil que celle-ci avait saisi la vérité. Cela la terrifia. Non que, après tant d'années de chaude amitié, elle pensât que Mira essaierait de lui nuire. Elle savait que Mira était quelqu'un de bien. Mais c'était justement cela qui la faisait ne pas se fier à elle. Mira avait trop de principes; elle risquait de décider qu'il serait plus profitable pour toutes les parties en cause de rendre la chose publique. Elle était capable d'arriver à la folle idée de fonder le mariage sur des bases nouvelles, qui feraient que lesdites parties en cause accepteraient les infidélités mutuelles. Elle était capable de tout. Sans aucun doute, elle le dirait à Norm. Elle risquait même de le dire à Samantha : elles étaient drôlement copines ces temps-ci ! Et ils le diraient aux autres. Bien évidemment, il n'y avait pas de preuves, mais Bliss savait que de telles choses ne nécessitaient pas de preuves. Même si Paul et elle-même n'avaient pas de liaison, mais que la rumeur du contraire courût, il lui faudrait payer.

Seulement, seulement, elle ne savait pas quoi faire. Heureusement, Bill avait un vol lundi, elle serait seule pendant cinq jours et pourrait y réfléchir à loisir. La première chose qu'elle avait à faire, c'était de sonder l'attitude de Mira à cet égard. Si elle se montrait morale et réprobatrice, une action vigoureuse serait nécessaire. Dans le cas contraire, Paul et elle pourraient travailler en finesse.

Elle n'eut pas à attendre longtemps. Elle alla prendre le café chez Mira et, à peine furent-elles assises, Mira la regarda droit dans les yeux et lui dit :

« Alors ? »

Bliss éclata de rire et agita un doigt.

« Oui, alors ?

– Comment te débrouilles-tu ? demanda Mira, vraiment curieuse de savoir.

– Oh !... Bill n'est pas là.

– Je sais, mais les gosses...

– Je leur donne des tranquillisants quand il vient. »

Mira eut l'air choquée.

« Oh ! Bliss.

– Ça ne leur fait pas de mal. Je ne leur en donne qu'un demi-comprimé; pour qu'ils dorment... mieux !

— Ça ne te fait pas drôle avec Adele?
— Du tout. »
Tandis qu'elles discutaient, Bliss vit que Mira approuvait dans l'ensemble, mais elle saisit également ce sur quoi elle élevait des réserves : les enfants et Adele. Bliss ne pria pas Mira de se taire : elle était trop fière, et, de toute façon, cela ne lui aurait servi à rien. Mira parlerait ou ne parlerait pas, selon son gré. Et Bliss sentait qu'elle ne le ferait pas. Mais si Mira voyait Adele effondrée ou ses gosses avec des yeux vitreux, il ne serait plus temps de parler. Il faudrait agir.
Paul était censé venir la voir mardi soir. A cette heure-là, elle avait son plan. Il arriva légèrement en avance :
« Je ne pouvais plus attendre! » dit-il.
Son cœur jaillit presque hors de sa poitrine lorsqu'elle le vit. Tandis qu'ils s'étreignaient, elle se dit que ce serait presque littéralement la mort que d'être arrachée à lui. Ils n'arrivaient pas à se quitter; chaque fois que, sous le fouet de la contrainte sociale, ils essayaient de le faire, l'un ou l'autre réclamait un tout, tout dernier baiser. Bliss avait mis un disque sur l'électrophone, et leurs étreintes et leurs tendres baisers ressemblaient à une danse. Ils flottaient l'un dans l'autre. Alors qu'elle reposait contre son cœur, Bliss se demanda l'espace d'un soupir ce que ça lui ferait d'être mariée avec Paul, d'être tout le temps avec lui. Mais elle écarta cette pensée de songe-creux : impossible; l'air déterminé et les yeux secs, elle plongea son regard au plus profond du sien.
« Allez! on s'assoit. 'faut qu'on parle. »
Elle saisit un cruchon de ce cocktail avec Martini qu'il lui avait appris à faire et en versa dans deux verres agrémentés de glaçons. Elle portait une nouvelle robe ample, vert émeraude, et les cheveux raides. Il l'observa comme si elle était un trésor miraculeux sur lequel il avait marché et dont il n'arrivait pas à réaliser qu'il fût à lui. Il n'arrêtait pas de la caresser, une vague de cheveux, une joue, ni de frôler ses lèvres du doigt. De temps en temps, elle saisissait sa main et l'embrassait, avant qu'ils ne se blottissent à nouveau dans les bras

l'un de l'autre. Mais elle finit par se dégager pour s'asseoir à côté de lui sur le canapé.

« Paul... » Elle mit sa main sur la sienne... « Mira sait.

– Et comment ? » Il posa son verre. « Tu ne le lui as pas *dit* ?

– Bien sûr que non ! Samedi soir, tu t' rappelles ? elle nous a vus.

– Mais on n' faisait rien ! »

Bliss fit la grimace.

« Tu es peut-être bête, mais pas elle.

– Elle t'a *dit* qu'elle savait ?

– Oui, monsieur-je-sais-tout. Il était inutile d'entrer dans les détails, se dit-elle en riant à par soi. Les hommes étaient des balourds, voilà tout.

– Et tu crois qu'elle va dire quelque chose ?

– Non, pas maintenant, en tout cas... Mais je ne peux pas en être sûre... Tu sais combien elle est à cheval sur ses principes et ses « Idées »... Bliss se leva et fit quelques pas en donnant à son corps élancé cette langueur soigneuse qu'elle recherchait, un air attentif et sensuel à la fois. Elle parla rapidement et sans détour, puis se rassit tranquillement sur le canapé tandis que son aisance dissimulait à peine l'immense énergie emmagasinée entre ses minces flancs, entre les os peu écartés de son pelvis. Elle s'assit donc, et le regarda, prête à tout – protestation, dégoût, et peut-être même haine. Le courage, se dit-elle en grimaçant, ce n'est pas ce qui me manque. Mais lui se mit à rire. Il trouvait cette idée très marrante.

« A elle ! Cette pucelle au cul serré ! »

Bliss éclata d'un rire de soulagement. Elle et Paul ne *faisaient* bien qu'un.

Ce n'était qu'un plan. Cela demandait du temps et un jeu avisé de leurs rôles respectifs, mais tous les deux étaient habitués à cela. Et, comme de bien entendu, Adele joua exactement le rôle qu'ils désiraient. Prenant le café avec Bliss quelques jours plus tard, elle répéta quelques-unes des remarques que Doris avaient faites concernant Mira. Roger et Doris ne l'aimaient pas. Ils la trouvaient névrosée :

« Je sais que c'est une de tes meilleures amies, Bliss, et je ne veux pas te blesser, mais je ne crois pas que je l'aime beaucoup moi non plus... »

Bliss baissa les yeux en remuant son café :

« Mais pourquoi ? dit-elle sur un ton inquiet-qui-essaie-d'être-désinvolte.

– Ben, je ne sais pas, je ne me sens pas bien avec elle », dit Adele avec difficulté.

Paul avait été censé regarder la maison de Mira à un moment où il aurait été certain qu'Adele le verrait; et avoir l'air surpris lorsqu'elle lui dirait quelque chose. Bliss comprit qu'il avait fait cela, mais Adele n'en parla pas.

Bliss ne dit rien, continua de remuer son café et de regarder le tapis.

Adele l'observa :

« Est-ce que tu ne m'as pas dit quelque chose à propos d'elle et de Natalie ? A propos de lettres que Hamp avait peut-être adressées ?

– Si, dit Bliss en devenant attentive.

– C'était quoi ? »

Bliss poussa un soupir et releva la tête :

« Bof ! rien... Tu sais comment Natalie est... elle croyait que Mira avait une aventure avec Hamp.

– Bon, et alors ? »

Bliss haussa les épaules, très consciemment :

« Comment veux-tu que je le sache ?

– Vous êtes très amies ? »

Bliss haussa les épaules :

« Pas à ce point. »

Cela marchait. Ils continuèrent. Paul observait longuement et amoureusement la maison de Mira; il prenait un air coupable lorsque Adele le prenait sur le fait. Bliss fut très gentille avec Adele... plus que d'habitude. Elle se comporta presque comme si elle était... désolée pour Adele. De temps en temps, comme pour faire un essai, Adele ajoutait une petite remarque peu flatteuse pour Mira devant Bliss. Elle l'observait, mais Bliss ne répondait jamais. Elle ne défendait pas Mira. Un jour qu'Adele lui demanda comment allait Mira, Bliss haussa les épaules et lui dit :

« Oh ! je ne sais pas... Je ne la vois plus beaucoup.

– Et pourquoi ?

– Oh ! dit Bliss en faisant un geste de la main, je ne sais pas. C'est seulement... euh ! tu sais, l'amitié ne peut pas aller jusqu'à...

– Que veux-tu dire ?

– Je ne veux pas en parler », dit tristement Bliss. Elle prit le visage d'Adele dans ses mains. « Je suis désolée, Dele, mais je ne peux pas. »

Il y eut encore une partie avant Noël. Adele observa bien Paul. Il dansa presque toute la soirée avec Mira. Il ne cessait de s'approcher d'elle et de lui parler. Cette semaine-là, lorsqu'elles prirent le café, elle regarda Bliss bien en face :

« Mira a une liaison avec Paul, n'est-ce pas ? »

Bliss leva les yeux, étonnée, embarrassée :

« Adele !

– N'est-ce pas ?

– C'est mon amie... depuis plus de quatre ans, Adele. Ne me demande pas de la poignarder dans le dos.

– N'est-ce pas ? »

Bliss mit ses coudes sur la table et sa tête dans ses mains :

« Je ne sais pas, dit-elle d'une voix éteinte. J'ai entendu des racontars, mais je ne sais pas. Honnêtement. » Elle releva la tête et regarda Adele bien en face. « Honnêtement, je n'y crois pas. Honnêtement. »

III

1

Une chose qui fait que l'art est différent de la vie, c'est qu'en art les choses ont une forme; elles ont un commencement, un milieu et une fin. Dans la vie, en revanche, les choses passent à la dérive. Dans la vie, quelqu'un s'enrhume, vous vous dites que ce n'est rien, et vous vous retrouvez à tripoter les cordons du poêle. Ou quelqu'un a un infarctus et vous êtes bouleversée de remords (c'est l'usage), jusqu'à ce qu'il renaisse à trente années de java en exigeant que vous veilliez sur elles sans avoir le droit d'écouter la musique. Vous croyez qu'une histoire d'amour s'achève et vous êtes en plein drame annakaréninien, mais deux semaines après votre type est debout devant votre porte, bras appuyés contre la plinthe, veste grande ouverte sur l'avenir, regard tout penaud, et vous dit : « Hé ! reprends-moi, tu veux, dis ? » Ou vous croyez qu'une histoire d'amour marche et bat son plein et vous ne vous rendez pas compte qu'au cours des derniers mois la flamme s'est faite faux clinquant intime. En d'autres termes, on n'est presque jamais dans l'état d'esprit nécessaire à un événement. Soit que l'on ne sache pas que l'événement se déroule, soit que l'on ne saisisse pas sa signification dans toute son ampleur. On célèbre des naissances et des mariages; on pleure des morts et des divorces; mais que célèbre-t-on, que pleure-t-on dans le costume étriqué de nos émotions sociales ? Des rituels marquent des sentiments, mais les sentiments et les événements ne correspondent pas plus que les rails français et espagnols. Les sentiments sont vastes et déployés tout au long d'une vie. Je danserai la polka piquée avec toi et taperai du pied avec vigueur pour célébrer toute l'énergie que j'aie jamais eue. Mais cette énergie marquait des moments, non codifiables, non certifiables, impossibles à fixer dans des annales : tu peux donc te laisser aller à penser que ma célébration s'adresse à toi. Quoi qu'il en soit ou en coton (un jeu de mots ne fait jamais de mal), c'est là une chose que l'art fait pour nous : il nous permet de fixer nos émotions sur des événements ponctuels au moment où ils ont lieu; il permet une union du cœur et de l'esprit, de la langue et des pleurs. Alors que, dans la vie, il y a des moments où l'on ne sait pas distinguer une chèvre tondue de frais d'un chou pourrissant.

Mira vécut heureuse au cours des derniers mois de 1959, sans se rendre compte que sa vie avait déjà complètement changé. Natalie était partie; Theresa était une ruine désormais inapprochable. Mira n'était plus proche d'Adele depuis un certain temps, mais, étant donné toutes ses autres relations, ne s'en était pas encore aperçue. Elle était devenue très proche de Bliss, qui était l'être humain qu'elle aimait le plus; après les siens. Leur intimité n'était pas particulièrement verbale; elle se dégageait du fait qu'elles réagissaient de la même façon à une situation, qu'il leur suffisait de se regarder, de se jeter un seul regard dans une situation donnée pour savoir qu'elles savaient, qu'elles savaient les mêmes choses, qu'elles sentaient ensemble.

Pendant quelques semaines d'automne, Bliss ne s'arrêta qu'une ou deux fois par semaine; elle avait été distraite pendant tout l'été, fourmi chantonnante ou partie acheter... de la peinture! Pendant quelque temps, elle ne s'arrêta même plus du tout... Puis, soudain sembla-t-il, elle fut occupée lorsque Mira passait la voir. Elle restait beaucoup à la maison, repeignant le living-room en brun, faisant des nouveaux rideaux pour l'entrée, repeignant sa chambre, faisant un nouveau jeté de lit, de nouveaux abat-jour et de nouveaux petits rideaux rose pâle et opaques. Finalement, Mira l'affronta; lui demanda ce qui n'allait pas; ce qui s'était passé.

Bliss continua de chantonner *No milk to-day* et

fronça les sourcils. Tout allait, rien n'avait changé. Elle était tout simplement occupée. Mira rentra chez elle complètement désarçonnée. Ce qu'elle avait considéré comme un amour et un soutien s'était brusquement interrompu, interrompu sans raison, ou du moins sans raison avouée. Elle comprenait qu'il était inutile de pousser Bliss; elle savait combien cette dernière était coriace. Bliss en avait assez d'elle et de ses grands chevaux; elle ne savait pas pourquoi? Peut-être était-ce parce qu'elle savait au sujet d'elle et de Paul? Mais lorsqu'elle eut l'intuition de cela, elle ne comprit toujours pas; et oscilla entre sa position de cavalière qui avait mordu la poussière et ses fidèles montures.

Vers la fin de l'automne, avant donc que Bliss ne rompît totalement avec elle, Paula et Brett donnèrent une partie. Mira avait la vague impression d'être une étrangère dans son groupe; aussi but-elle plus qu'à l'accoutumée, et plus vite qu'à l'accoutumée. Elle se souvint le lendemain que Paul s'était souvent approché d'elle, plus qu'à l'accoutumée, pour l'inviter à danser; cela lui avait déplu, et elle avait refusé à plusieurs reprises. Mais il revenait encore et toujours. Cela lui fit une drôle d'impression, mais soûle comme elle l'était, toute perdue comme elle se sentait, elle n'en tira aucune conclusion, sinon qu'elle était désorientée par ce petit manège. L'impression qu'elle eut, et qui ne s'affermit en perception que bien plus tard, était qu'elle servait de leurre. Mais elle ne parvenait pas à mettre cela en mots; elle n'arrivait pas à vérifier son impression de la réalité. Elle n'eut plus que des relations purement sociales avec Bliss. Tout peut arriver. Et puis, par un jour de janvier à la lumière cravachée par les ténèbres, alors qu'elle était en train d'étendre son linge déjà gelé sur un fil, Adele sortit par sa porte de derrière et secoua son balai. Mira l'appela. Adele leva les yeux, la regarda bien en face, fit demi-tour et rentra dans sa maison.

Mira comprit à ce moment-là. Elle y réfléchit plusieurs soirs de suite, veillant tard dans l'obscurité avec un petit verre de brandy et des cigarettes. Elle se rendit compte que la réputation de Paul n'était pas usurpée; il avait eu des aventures, et Adele le savait... Mais qu'y pouvait-elle? Avec tous ces gosses, les pensions alimentaires étant ce qu'elles étaient, il lui faudrait vivre avec ses enfants comme des miséreux... Cela dans le cas où elle envisageait la possibilité de divorcer. Il n'était pas vraisemblable que quelqu'un qui ne pratiquait pas la contraception pratiquât le divorce! Cela donnait, en soi, une immense liberté à Paul. Autant dire qu'il ne devait pas beaucoup craindre de perdre sa famille, son foyer et sa femme. Ces choses-là, il est assez facile de les dénigrer ou de les ignorer lorsqu'on les a, mais les perdre, c'est une autre paire de manches. La seule solution pour Adele était de le dérouiller. Sans doute y avait-il un accord tacite entre eux : il n'insistait pas pour employer un contraceptif, mais les gosses étaient sous sa responsabilité à elle, et lui gardait sa liberté de manœuvre. Cela n'empêchait pas Paul et Bliss de vouloir qu'Adele n'en sache rien, afin que les couples puissent continuer de se rencontrer dans les parties; ils se dirent donc que le meilleur moyen pour ce faire consistait à trouver une fausse cible pour les soupçons d'Adele. Bliss ne se tourmentait pas trop pour Bill, qui était dans les nuages; même s'il se doutait de quelque chose, l'aventure de Paul et de Mira servirait à le dérouter lui aussi. Après tout, combien de femmes un homme peut-il utiliser en même temps? C'était un plan ingénieux. Mira pensa amèrement à eux deux assis ensemble, en train de le mettre au point, en s'amusant.

Mais une partie d'elle-même comprenait. Ils s'aimaient et protégeaient leur amour. C'était compréhensible, et elle ne leur reprochait guère leurs motifs. Ce qui, en revanche, la blessait, c'était la trahison de Bliss. Bien sûr, Mira devait être la victime. Parce que, elle le comprit, elle pouvait parler. Bien, et qu'elle parle donc, personne ne la croira plus à présent! Adele n'écouterait pas l'histoire de quelqu'un à qui elle ne parlait plus. Oh! Mira imagina qu'elle fonçait chez elle, insistait pour se faire ouvrir et hurlait la vérité. Elle pourrait surveiller la maison de Bliss et, une nuit où Paul y serait, tirer physiquement Adele pour qu'elle les découvre. Mais à quoi cela lui servirait-il? Adele pourrait croire que Mira était devenue folle parce que Paul l'aurait quittée pour Bliss. Ou croire Mira, mais elle ne serait plus jamais son amie. Adele haïrait Bliss; il se pourrait qu'elle ne fasse plus jamais confiance à une autre femme. Elle continuerait de vivre avec Paul, humiliée et méprisante. Et Bliss et Paul perdraient ce qu'ils avaient, et Adele pourrait le dire à Bill, et Bliss perdrait ce qu'elle avait, et le seul Paul en ressortirait presque sans une égratignure et trouverait une facile consolation dans d'autres yeux, au creux d'un autre corps. Non, cela n'en valait pas la peine. Car la seule chose que Mira voulût, c'était que les choses redevinssent ce qu'elles avaient été. Impossible. elle voulait que Bliss l'aime, quelque chose qui avait existé, se disait-elle en repensant à leurs longues conversations intimes. Mais on ne pouvait pas demander à l'amour de Bliss pour Mira d'être plus fort que son désir de se protéger. Elle avait eu l'amour de Bliss, mais ne le retrouverait jamais, quoi qu'il advînt. Bliss ne pourrait plus jamais aimer Mira après ce qu'elle lui avait fait.

Mira y pensa et y repensa jusqu'à ce qu'elle comprît tout cela si profondément que la chose ne lui fit même plus mal. Tout son amour pour Bliss s'était transformé en compréhension, ce qui n'était pas un sentiment, mais qu'elle avait préféré à de la haine. Ce qui lui restait, au bout du compte (lorsqu'elle s'aperçut qu'elle était vraiment arrivée au bout du compte – cela lui sauta aux yeux d'une façon surprenante, un jour où, ayant terminé son ménage, ayant une heure libre, elle eut envie d'aller voir quelqu'un) c'était la solitude. Elle n'avait plus d'amies.

Un soir où il était simultanément présent et de bonne humeur (chose aussi rare qu'un 29 février), Mira raconta tout à Norm, y compris sa théorie. Il en fit peu de cas. Elle avait une imagination très féconde. C'était ridicule : personne ne croirait que Mira pût faire pareille chose. Le reste... ne l'intéressait pas; sinon parce qu'il avait de la sympathie pour Billy : « Le pauv' gars ! dit-il; quand les O'Neill sont venus chez Adele l'été dernier, Bill a bêché la pelouse... »

Avec les années, Mira en était venue à penser qu'il

était inutile de parler à Norm. Leurs façons d'envisager la vie étaient trop différentes. Norm ne parvenait pas à comprendre pourquoi Natalie, Bliss ou Adele pouvaient compter autant pour elle. Elle rétorqua qu'il était troublé par certains malades ou par quelques-uns des grands noms de l'association médicale locale s'ils lui donnaient l'impression de ne pas l'aimer... C'était différent, dit-il, ça, c'était le travail, sa vie dépendait de telles appréciations. Il se souciait de leur affection personnelle comme de colin-tampon. Et il n'arrivait pas à comprendre comment elle pouvait se laisser bouffer, oui, bouffer, par ces pauvres connes, des souillons, des ménagères. Elle pâlit à ces mots.

« Et moi ? Qu'est-ce que je suis ? »

Il lui passa tendrement un bras autour de la taille :

« Chérie, toi, tu as un cerveau.

— Elles aussi. »

Il insista sur le fait qu'elle était différente, mais elle s'écarta de lui. Elle comprenait qu'il y avait quelque chose de terriblement faux dans ce qu'il venait de dire, mais elle ne savait pas quoi. Elle défendit les femmes contre ses attaques résolues et vindicatives; il se demanda pourquoi diable elle défendait les gens qui l'avaient trahie. Elle laissa tomber.

Elle essaya de se trouver de nouvelles amies, mais sans l'enthousiasme qui avait été sien quelques années auparavant. Elle aimait bien Lily, qui habitait à deux pas vers le nord, Samantha, qui demeurait bien plus loin, et Martha. Mais Martha vivait dans une autre ville et, sans automobile, il était impossible à Mira de lui rendre visite... Mira alla de temps en temps chez Lily et Samantha, mais il était très différent d'aller chez quelqu'un, de s'asseoir presque selon la plus stricte étiquette devant un café ou un verre, et d'aller jusqu'à la porte d'à côté ou à deux maisons de là (d'où vous pouviez voir les gosses rentrer de l'école, ou leur laisser un mot pour leur dire où vous étiez pour que, s'ils avaient besoin de vous, ils puissent accourir). Mira regrettait énormément ce genre de communauté. L'intimité et l'amitié quotidiennes de toutes proches voisines. Elle tenta de se persuader qu'elle ne revivrait jamais cela.

De toute façon, avec ce qui se passa, le coche était raté. Au cours du printemps 1960, Norm lui annonça qu'il avait terminé de rembourser sa famille et, un mois ou deux plus tard, il se débrouilla pour quitter le cabinet où il travaillait et entrer dans l'une des équipes d'une clinique médicale moderne qui était en construction. Il paierait sa part des dépenses dans les cinq années à venir, sur sa part des bénéfices, qui devaient être faramineux. Il était temps, dit-il, qu'ils emménagent dans une « vraie » maison. Au début de l'été 1960, il découvrit un « truc » qui lui convenait et emmena Mira le voir. Il était magnifique, mais l'accabla.

Il était trop grand et trop à l'écart de tout :

« Quatre salles de bain à nettoyer! » s'exclama-t-elle. Il trouva ses craintes provinciales et mesquines : « A cinq kilomètres des plus proches commerçants... et moi qui n'ai pas de voiture! » Il voulait *cette* maison. Il lui promit solennellement de lui acheter une auto et de l'aider dans la maison si elle insistait; mais il ajouta :

« Mais qu'est-ce que tu auras à faire? »

Mira se prit la tête dans les mains pour réfléchir. Bien sûr, elle aimerait avoir la maison : elle aussi avait désiré la réussite matérielle. Mais elle lui faisait peur. Elle sentait qu'elle s'enfonçait, qu'elle coulait. Dans quoi? elle ne le savait pas exactement. Les parents de Norm étaient fiers de leur fils : avoir les moyens d'être propriétaire d'une telle maison à seulement trente-sept ans, vous vous rendez compte, ma bonn' dame? Mais ils étaient également très légèrement anxieux : n'allait-il pas se mettre trop de dettes sur le dos? Pour payer sa part de la clinique, la maison et, en plus, une... autre voiture! Ils lancèrent des regards infiniment significatifs à Mira. A leurs yeux, supposa-t-elle, elle était une femme de tête, une ambitieuse. Bien qu'elle ne se souciât plus de ce qu'ils pouvaient bien penser, cette injustice l'ennuyait. Ses parents à elle étaient naturellement plus enthousiastes : Mira s'était vraiment bien débrouillée pour s'être trouvé un mari capable d'avoir une maison comme celle-là.

Mira coula. Elle avait trente ans quand ils emménagèrent à Beau Rêve.

2

Oui, je sais, vous pensez avoir tout compris : vous ayant montré les sales et mauvais côtés de la vie de la jeune, entreprenante et blanche classe moyenne, je vais maintenant vous montrer les sales et mauvais côtés de la vieille, riche et blanche classe moyenne, et cela vous casse un peu les pieds. J'ai démarré à Harvard, au cours d'une période palpitante et pleine de gens palpitants, débordant d'idées neuves uniquement pour vous entraîner dans un après-midi de feuilleton mélo-psycho-sentimental... Je m'excuse. Vraiment. Si je connaissais des histoires d'aventures, je les écrirais, je vous le jure, m'sieurs dames; et si j'en trouve une en écrivant ce livre, je me ferai un devoir et un plaisir de l'insérer dans ces pages, noir sur blanc. Il s'est indubitablement passé des choses importantes au cours des années que je viens d'évoquer : le Mur de Berlin, John Foster Dulles, Fidel Castro, qui était le petit chouchou des libéraux avant qu'il ne tue tant de gens (il avait lu son Machiavel; notez que Nixon ne l'a sans doute jamais lu, ce qui n'a rien empêché) et ne devienne soudain le diable incarné. Et un sénateur de réputation moins qu'interrégionale reçut l'investiture démocrate et força Lyndon B. Johnson à déguerpir.

Parfois, je suis aussi dégoûtée d'écrire ces choses-là que vous de les lire. Bien évidemment, vous, vous avez le choix. Moi pas; j'en suis dégoûtée, vous savez, parce que tout est vrai, tout a eu lieu, et ça a été ennuyeux, douloureux et désespérant. Je pense que ça ne me mettrait pas si mal à l'aise si ça s'était mieux terminé. Bien entendu, je ne peux pas parler de « fin », puisque je suis toujours en vie. Mais j'aurais, sans doute, une approche différente des faits si je ne vivais pas dans cette inconsolable solitude, cette thébaïde. Je veux dire... vous pouvez aborder un étranger dans la rue et lui dire : « Je suis inconsolablement seule », et lui peut vous ramener chez lui (ou chez elle), vous présenter à sa famille massée autour du téléviseur et vous inviter à rester déjeuner. Mais cela ne servirait à rien. Car la solitude n'est pas un désir de compagnie, mais un désir de genre, humain dans notre cas. Et genre, cela signifie des gens capables de vous voir telle que vous êtes, cela veut dire des gens suffisamment intelligents, sensibles et patients pour jeter ce pont-là. Cela veut aussi dire qu'ils puissent vous accepter, car nous ne voyons pas ce que nous ne pouvons pas accepter; nous le rejetons, nous le rangeons en vitesse dans telle ou telle boîte à stéréotypes. Nous nous refusons à regarder les choses et les êtres qui pourraient ébranler l'ordre mental que nous avons très soigneusement établi en nous-mêmes.

Je respecte ce désir de garder notre « psyché » inviolée. L'habitude est une bonne chose pour la race humaine. Par exemple, avez-vous déjà voyagé de ville en ville sans vous arrêter plus d'un jour ou deux dans chacune? Vous vous levez le matin un peu énervé, et chaque jour il vous faut chercher où vous avez bien pu mettre votre brosse à dents la veille au soir, et vous demander si vous avez laissé votre peigne ou votre brosse dans votre valise. Chaque matin, il vous faut décider où aller prendre un *café* et un *croissant,* ou un *cappucino* ou un *kawa.* Il vous faut même trouver le mot exact. J'ai dit *si* pendant deux semaines lorsque je suis passée d'Italie en France, et *oui* pendant deux autres lorsque je suis passée de France en Espagne. Et encore, c'est un mot facile à trouver. Il vous faut dépenser beaucoup d'énergie simplement pour passer la journée lorsque vous n'avez pas d'habitudes qui ne soient tournées vers le travail productif. Vous prenez le regard vitreux qu'ont les touristes qui lèvent les yeux sur une église de plus et vérifient dans leurs petits guides dans quelle ville ils sont. Chaque jour, il vous faut deux heures ou plus pour vous trouver un hôtel pas cher, mais correct : la subsistance devient toute votre vie.

Bon, vous voyez ce que je veux dire. Toute nouvelle personne que vous rencontrez et qui vous touche vraiment viole votre psyché jusqu'à un certain point. Vous devez jongler avec vos catégories pour l'adapter à votre intérieur mental.

Ici, où j'habite, les gens me voient d'une certaine

façon – je ne sais pas exactement comment. Matrone entre deux âges, féministe enragée, belle dame sans merci, ou folle : je ne sais pas. Mais ils ne peuvent pas me voir telle que je suis. Alors... je suis seule. Il me semble que je ne serais peut-être pas moi-même capable de dire qui je suis. Nous avons besoin d'une image extérieure pour en avoir une nous-mêmes ! Parfois – lorsque ça va vraiment mal – les mots de Piotr Stepanovitch Verkovensky me viennent à l'esprit[1] : il faut aimer Dieu parce qu'il est le seul que l'on puisse aimer pour l'Eternité. Cela sonne très profondément en moi, et des larmes me montent aux yeux chaque fois que je le dis. Je n'ai jamais entendu personne le dire. Mais je ne crois pas en Dieu, et, si j'y croyais, je ne pourrais pas l'aimer Lui/Elle/Cela. Je ne pourrais pas aimer quelqu'un dont je me dirais qu'il a créé le monde.

Oh ! mon Dieu ! (simple métaphore). Donc, les gens traitent leurs solitudes en se jetant dans quelque chose de plus grand qu'eux. Mais ces grandes choses extérieures... je ne sais pas, moi, mais elles ne me semblent pas aussi importantes que, par exemple, ce que Norm disait à Mira, à Bliss ou à Adele. Je veux dire, est-ce que vous vous intéressez réellement à 1066[2]. Val crierait que c'est une date pleine de signification, mais mes étudiants se moquent de 1066. Ils ne se soucient pas davantage de la seconde guerre mondiale ou de l'Holocauste. Ils ne se souviennent même pas de Greta Garbo. Pour eux, Elvis Presley fait partie d'un passé bizarre et démodé. Non, ce sont les petites choses qui comptent. Mais lorsque vous vous occupez de tout un tas de vies insignifiantes – mais non dénuées de sens – comment faire ? Lorsque vous vous retournez sur votre vie, y a-t-il des endroits, comme un croisement de routes sur une carte ou un point d'interprétation crucial dans Shakespeare, sur lesquels vous puissiez mettre le doigt en vous écriant : Ici, c'est ici que tout a changé, voilà le mot qui est la clef de voûte de tout !

1. Allusion aux *Démons* (dits *Les Possédés)* de Dostoïevski.
2. Date de la bataille de Hastings, qui donna l'Angleterre à Guillaume le Conquérant. (*N.d.T.)*

Tout cela est bien difficile. Je crois devenir chèvre. J'arpente mon appartement, qui est un endroit de merde plein de trucs ayant appartenu au propriétaire, d'un bric-à-brac de meubles de surplus et de quelques plantes vertes en train d'agoniser sur les rebords des fenêtres. Je me parle à moi-même, moi-même, moi-même. Oui, je m'y entends assez à faire un dialogue qui « coule » pas mal, mais le problème, c'est que personne ne répond, sinon une seule voix... la mienne. J'ai besoin d'entendre la vérité de quelqu'un d'autre, mais j'insiste, que cela soit une vérité. Je parle à mes plantes; mais elles se flétrissent, et meurent.

Je voulais que ma vie soit une œuvre d'art, mais, lorsque j'essaie de la considérer dans son ensemble, je la vois se gonfler et rétrécir comme des murs dans un éblouissement délirant. Ma vie s'affaisse et tombe comme un pantalon plus que flottant qui, malgré tout, va encore.

Comme Mira, Val et beaucoup d'autres, je suis retournée à l'université après plusieurs années. J'y retournai avec désespoir et des espoirs. C'était une nouvelle vie, c'était supposé vous retaper, vous lancer, radieuse, vers de nouveaux champs d'intérêt où vous seriez liée à Béatrice Portinari et conduite au paradis terrestre. En littérature, nouvelle vie et seconde chance menaient à des visions de la Cité de Dieu. Mais il y a déjà quelque temps que je soupçonne tout ce que j'ai lu d'être autant de mensonges. Vous pouvez croire les quatre premiers actes, mais pas le cinquième. Lear est vraiment devenu un vieillard gâteux bavant sur sa farine d'avoine et heureux de trouver une place au coin du feu dans la maison de Regan à Scarsdale. Hamlet a ruiné la corporation en achetant la commission d'enquête pour évincer Claudius, puis s'est mis à porter une veste de cuir noir et des bottes de l'armée allemande en proclamant qu'il était interdit, sous peine de mort, de forniquer. Il écrivit des lettres à son cousin Angelo et, tous les deux, ils décidèrent d'assainir toute la côte est; aussi se joignirent-ils à la Mafia, à la C.I.A. et aux Marines pour mettre le sexe hors la loi. Roméo et Juliette se marièrent et eurent quelques enfants, puis se séparerent lorsqu'elle voulut retourner à l'université et lui aller vivre dans une communauté du Nouveau-Mexique. A présent, elle gagne bien sa vie et lui a les cheveux longs, un bandeau indien, et dit tout le temps : « Ouaoumm. »

Camille vit : elle possède un petit hôtel de voyageurs à Bordeaux. Je l'ai rencontrée. Elle a des cheveux très blonds, beaucoup de fond de teint orange, une bouche dure, et sait tout du prix du vermouth, des draps propres, du jus d'orange en petite bouteille, et de certains corps féminins particulièrement accueillants. Elle est beaucoup plus grosse que dans le temps, mais a toujours la forme. Elle ondule dans un tailleur pantalon bleu pâle et brillant, et s'assoit derrière son bar pour rire avec ses amis, sans quitter de l'œil Bernard, l'homme marié qui est le dernier en date de ses amants. En dehors de sa passion pour Bernard, elle est marrante et forte. Ne vous demandez pas ce qu'a Bernard pour qu'elle l'aime tant. Ce n'est pas Bernard qu'elle adore, mais l'amour lui-même. Elle croit à l'amour, continue d'y croire en dépit de tous les « lapin » qu'il lui a posés. C'est pourquoi Bernard... en a un peu assez. C'est embêtant d'être adoré. A trente-huit ans, elle devrait être forte et marrante, mais ne pas adorer. Lorsqu'il la quittera, dans un mois ou deux, elle songera au suicide. Alors que, si elle avait été capable de se persuader de ne plus croire à l'amour, elle aurait été forte et marrante, et lui l'aurait adorée à jamais. Ce qui l'aurait embêtée. Alors c'est elle qui aurait dû être celui qui rejette l'autre. Voilà un choix qui fait hésiter !

Tristan et Isolde se sont mariés après qu'Issy a obtenu le divorce d'avec Mark, qui, de toute façon, était branché avec une groupie. Et ils ont découvert que les joies d'un mariage bourgeois sont très inférieures aux côtés excitants des tabous; alors ils ont fait passer une annonce dans le *Phénix* de Boston pour rechercher une troisième, une quatrième ou même une cinquième partie de n'importe quel sexe pour se joindre à eux et goûter les joies des tabous. Ils fument du hasch, ils sniffent même un peu de coke – uniquement pour avoir un tout petit peu peur d'être perquisitionnés par la police de l'endroit. Ne les jugez pas; eux, au moins, essaient de faire durer leur mariage.

Le problème avec la grande littérature du passé, c'est qu'elle ne vous dit pas comment vivre avec de vraies fins. Dans la grande littérature du passé, soit vous vous mariez et vivez heureux pour le reste de votre vie, soit vous mourez. Mais le fait est que cela ne se passe jamais ainsi dans la réalité. Oh! bien sûr, on meurt, mais jamais au bon moment, jamais en prononçant des grands mots qui flottent dans la pièce, ni devant un plein théâtre de témoins de votre agonie. Ce qui arrive dans la réalité, c'est que vous vous mariez, ou non, et que vous ne vivez pas heureux pour l'éternité, mais vous vivez. Et c'est là la question. Je veux dire, réfléchissez-y donc un peu. Imaginez qu'Antigone ait vécu. Une Antigone qui continuerait à être Antigone, année après année, serait non seulement ridicule mais casse-pieds. La grotte et la corde sont essentielles.

Et ce ne sont pas que les fins! Dans la vie réelle, comment faites-vous pour dire que vous en êtes au livre I ou au livre III, ou à l'acte II ou à l'acte IV? Aucun technicien de plateau ne cavale abaisser le rideau au moment approprié. Alors, comment savoir si je suis au milieu de l'acte III et que je cours vers la grande scène, ou à la fin de l'acte V et foutue? Je ne sais même pas qui je suis. Je pourrais aussi bien être Esther Pryne ou Dorothea Brook, ou même l'héroïne d'un télé-drame d'il y a quelques années – comment s'appelait-elle? – ah! oui! Mme Muir! Mais si! Elle marchait sur une plage, était amoureuse d'un fantôme et ressemblait, au début, à Gene Tierney. J'ai toujours voulu ressembler à Gene Tierney. Je suis assise dans un fauteuil et je n'ai personne à qui tricoter des chaussettes de laine, car peu importe pour l'instant que je ne sache pas tricoter (Val savait, mal. Rien ne marche comme dans les bouquins. Imaginez-vous Penthésilée en train de tricoter?). Je suis assise, immobile, coulant lentement vers le fond de la mort... quoi? La vision de Valerie? Sauf qu'elle a oublié de me dire ce qu'il y a après.

3

Mira connut une vie nouvelle. Cette vie était censément magnifique; elle était supposée représenter ce que toutes ces années difficiles dans deux ou trois pièces avaient préparé. Voilà ce qu'elle signifiait. Norm avait travaillé dur pendant de longues heures, et elle aussi, pour cela. Tous les gens qui travaillaient dur pendant de longues heures n'arrivaient pas à ce résultat; ils avaient de la chance. Elle eut sa propre voiture... la vieille de Norm; il s'acheta une petite MG... et une maison pourvue de quatre salles de bain. Elle eut également (après mille tiraillements de conscience et quelques discussions orageuses avec Norm, qui ne voulait pas dire noir sur blanc qu'il refusait de payer pour les commodités de la maison, et qui dit à la place qu'ils n'avaient qu'à prendre une femme de couleur qui les volerait à coup sûr – comme s'ils avaient eu quelque chose à voler!) une machine à laver et à essorer, et une machine à laver la vaisselle, un homme pour encaustiquer le parquet de la cuisine toutes les deux semaines et une buanderie pour les draps et les chemises de Norm. Finis les draps gelés de janvier!

Elle prit conscience de cela alors qu'elle arpentait les grandes pièces, presque toutes vides. Elle s'arrêta dans la grande salle à manger au lustre impressionnant et à l'escalier en colimaçon dans un coin, et se dit qu'il fallait qu'elle soit heureuse, qu'elle le devait. Elle n'avait pas le choix : un impératif moral la poussait à être heureuse. Elle ne se sentait pas réellement heureuse. Elle n'était... rien.

Le rythme de vie était différent à Beau Rêve. Elle se levait à sept heures avec Norm, faisait le café tandis qu'il prenait une douche et se rasait. Il ne prenait plus son petit déjeuner à la maison. Elle s'asseyait avec lui devant une tasse de café pendant quelques instants tandis qu'il lui indiquait ses corvées de la journée – costumes à nettoyer, chaussures à faire, telle ou telle opération bancaire, un coup de téléphone à son agent d'assurances à propos de la bosse de la voiture. Puis il s'en allait, elle réveillait les enfants, qui s'habillaient tandis qu'elle faisait cuire des œufs. Elle s'habillait pendant qu'ils mangeaient les leurs, puis les conduisait à quinze cents mètres, à l'arrêt du bus. Tout le monde était grognon le matin. Ensuite, elle rentrait à la maison.

C'était le pire moment de la journée. Elle entrait dans la cuisine par la porte du garage : la maison empestait le bacon et le pain grillé. La poêle à frire graisseuse reposait sur la cuisinière et la cafetière maculée à côté. Des assiettes sales recouvraient la table. Les quatre lits étaient défaits et des sous-vêtements traînaient à droite et à gauche. Il y avait de la poussière dans le living-room et la salle à manger, tandis que dans le salon verres de jus d'orange et restes de pommes de terre chips de la soirée précédente appelaient le chiffon.

Ce qui l'ennuyait, ce n'était pas que les tâches ménagères fussent fatigantes. Ce n'était même pas qu'elles fussent ennuyeuses. Non, simplement elle se disait que les trois autres vivaient leurs vies alors qu'elle passait derrière eux pour nettoyer leurs saletés. Elle était une domestique non payée — de qui l'on attendait un travail parfait. En retour, on lui permettait d'appeler cette maison « la sienne ». Ainsi l'appelaient-ils. La plupart du temps, elle n'y songeait pas : seulement au matin, lorsqu'elle revenait de déposer les gosses à l'arrêt du bus. Elle se donnait de petites récompenses : je vais faire ceci et cela, puis je m'assiérai pour lire le journal. Elle se lançait là-dedans, mettait une mesure de poudre dans la machine, nettoyait la cuisine, faisait les lits et rangeait les chambres, puis attaquait le reste de la maison, dans laquelle il y avait chaque jour quelque chose à faire, elle était si grande ! A quatre pattes dans l'une des innombrables baignoires, elle se disait que, d'une certaine façon, elle avait de la chance. Pendant qu'elle lavait la cuvette utilisée par trois hommes, sans parler du sol et des murs environnants, Mira songeait, et apercevait la né-ces-si-té en face. Voilà pourquoi les femmes étaient plus saines que les hommes, n'avaient pas les raisonnements fous et absurdes que les hommes développaient : elles étaient en prise directe avec la nécessité, elles devaient laver la cuvette et les murs des w.-c. Elle continua de se dire cela.

Vers onze heures et demie, elle faisait un café frais et s'asseyait avec le *New York Times* auquel (nouveau luxe !) elle s'était abonnée. Elle restait assise une bonne heure, à savourer l'instant. Dans l'après-midi, elle faisait les commissions, ou, les jours où il n'y avait pas de courses à faire, rendait visite à Samantha ou à Martha. Mais il fallait qu'elle soit rentrée vers trois heures, quand les garçons revenaient de l'école. Ils n'étaient pas encore assez grands pour rester tout seuls. Cela ne l'ennuyait pas trop, même si cela aurait été bien, une fois de temps en temps, de se savoir libre de rester sortie autant qu'elle l'aurait voulu. Elle ne savait pas ce qu'elle aurait fait de cette liberté — les enfants de Samantha, de Lily et de Martha rentraient également à ce moment-là, et les femmes étaient alors occupées avec leurs gosses. C'était uniquement le sentiment de la liberté qui lui manquait. Mais elle avait plaisir à parler avec les garçons lorsqu'ils rentraient. Ils étaient intelligents et « marrants »; elle les embrassait beaucoup. Ils discutaient devant un goûter, changeaient de vêtements et ressortaient. Elle avait de nouveau une heure à elle. Elle sortait sa lessive de la machine et pliait soigneusement le linge; patiemment. Elle sortait quelque chose du congélateur pour le faire dégeler. Puis elle prenait un bouquin et s'asseyait. Les garçons entraient et sortaient, ce qui l'interrompait fréquemment, aussi ne lisait-elle que quelques pages dans tout l'après-midi. C'était alors le moment de préparer le dîner. Norm rentrait généralement à six heures et demie, et, à présent, ils mangeaient tous ensemble. Mais Norm réprimandait sans cesse les garçons à table : ils se servaient de la mauvaise fourchette, ils écartaient les coudes sur la table, ils mangeaient en ouvrant la bouche. Aussi le dîner était-il toujours agité. Après, les gosses allaient faire leurs devoirs, Norm s'installait dans le salon avec son journal et Mira arrangeait la cuisine. Les garçons prenaient leur bain tout seuls à présent, et tout ce qu'elle avait à faire était de leur rappeler de bien le prendre, s'assurer qu'ils le prenaient bel et bien et laver les baignoires après coup. Ils revenaient regarder la télévision un moment avant d'aller se coucher, mais il leur fallait regarder ce que Norm avait décidé de regarder, lui. Un jour qu'elle avait insisté pour qu'ils fussent autorisés à regarder une émission pour les enfants, Norm avait ronchonné pendant toute la nuit.

Elle s'asseyait avec eux et lisait ou reprisait. Puis ils allaient se coucher. Norm restait encore un petit peu assis, et, sur le coup de dix heures, il dormait dans son fauteuil. Elle s'approchait de lui et le secouait :

« Norm, ne t'endors pas dans ton fauteuil. »

Il se réveillait, se levait et titubait à moitié endormi jusqu'à leur chambre.

Mira éteignait alors la télévision. Elle était trop fatiguée pour lire sérieusement, mais elle n'avait pas envie d'aller se coucher. Elle se versait un petit verre de brandy, éteignait toutes les lumières et s'asseyait dans un coin du salon, près de la fenêtre – s'asseyait, buvait et fumait jusqu'à onze heures ou minuit, puis allait se coucher.

Elle vivait le Rêve américain, elle le savait, et essayait de bien tenir son masque. Elle se faisait coiffer là où il fallait, et, lorsqu'ils voyaient du gris, « ils » lui conseillaient une teinture; elle les laissait faire. Elle acheta de beaux tailleurs trois-pièces; elle se faisait manucurer les ongles. Son portefeuille débordait de carte de crédit.

Il y avait des moments de beauté. De temps en temps, avant de faire les lits des garçons, elle pensait à eux et l'amour jaillissait de son cœur; elle s'allongeait tour à tour sur les deux lits et reniflait les draps, enfouissait son visage dedans. Leurs lits sentaient la même chose que les garçons. De temps en temps, encore, tandis qu'elle buvait un café en lisant son *New York Times*, le soleil entrait de côté par la grande fenêtre de la cuisine, se répandait sur la table, et son cœur s'apaisait. Et, parfois, habillée pour sortir, elle parcourait à pas lents la grande maison, sentait sa bonne ordonnance et sa propreté et se disait que le confort de l'ordre était, après tout, peut-être ce que l'on pouvait souhaiter de mieux. Peut-être même suffisait-il.

Elle n'était pas malheureuse. Elle vivait beaucoup pour ses amies, lesquelles avaient toutes des problèmes. Après avoir écouté Lily, Samantha ou Martha pendant tout un après-midi, cela faisait du bien de regagner une maison paisible et bien rangée. Etant donné ce qu'elle savait de la vie des autres, comment aurait-elle pu se plaindre de la sienne.

Il y avait d'abord Lily.

4

Toutes les femmes sont attirantes lorsqu'elles sont jeunes, mais Lily, elle, était superbe. Elle avait un visage classique – front large et mâchoires solides – de grands yeux marron bien écartés et un cou mince. Son corps était parfait. C'est-à-dire, c'était le genre de corps que tout le monde était censé avoir, mais n'avait pas : des épaules larges, mais pas trop, de jolis seins, une taille mince, pas de ventre, des hanches étroites et de longues jambes fines, le tout parfaitement proportionné. Elle avait des cheveux teints et des sourcils roux, et était portée sur l'achat de vêtements plutôt voyants : sequins de passementerie, mousseline et fils d'argent. Lorsque Lily entrait dans un restaurant ou un café, la tête de tous les hommes se tournait vers elle. Cela l'aurait sans doute enchantée si elle en avait été consciente. Elle ne l'était pas. Elle n'était même pas consciente de sa beauté. Elle se préoccupait sans cesse de ce dont elle avait l'air. Elle se plongeait dans des magazines pour apprendre à se maquiller mieux et passait des heures à essayer des trucs et des machins. Elle mettait du fond de teint pâle sur une partie de son visage, du fond de teint clair sur une autre, du spécial, pour la peau grasse autour du nez. Elle épilait ses sourcils et les teignait avec grand soin. Elle utilisait trois fards à paupières différents. Sur le fond de teint, elle mettait un rouge spécial et de la poudre. Elle était capable de parler de ces cosmétiques avec intelligence et compétence. Mira s'étonnait qu'elle s'en souciât tant : « Tu es si jolie, tu n'en as pas besoin, disait-elle, et Lily la regardait : « Oh! tu ne m'as jamais vue sans maquil-« lage, disait-elle sérieusement, je fais peur. » Elle décrivait tous les défauts de son visage. C'était, semblait-il à Mira, rien moins que ses défauts.

Sa vie était de la même eau. Parfaite, considérée à la surface. Carl, son mari, était un homme calme et affable, qui semblait ne jamais devoir s'énerver à propos de quoi que ce fût. A chaque petit problème posé par tel ou tel enfant, il disait invariablement : Ce n'est rien, Lily, ce n'est rien... Andrea, leur aîné, semblait avoir le caractère serein de son père. Le petit Carl, qu'ils appelaient Carlos, était plus difficile. Lily avait une santé si lamentable qu'il fallut lui enlever les quatre cinquièmes de l'estomac alors qu'elle n'avait que vingt-sept ans. Lorsqu'on discutait avec elle, elle était toujours misérable, mais on ne comprenait jamais bien pourquoi. Sa voix montait et descendait; elle se tripotait sans cesse les cheveux ou se mordillait les lèvres. Les gens disaient simplement d'elle : Lily est émotive! — Ou : Lily est nerveuse! En d'autres temps, l'affaire aurait pu s'arrêter là, mais la culture dans laquelle Mira et Lily baignaient, croyait que le bonheur est un droit inaliénable et s'efforçait de découvrir ce qui n'allait pas quand on n'était pas heureux. Alors les gens ajoutaient : Lily est névrosée. Ce n'était pas là un constat, mais un jugement. Lily ne se demandait pas pourquoi elle était malheureuse : elle semblait le savoir. Mais dans la conversation, elle sautait de problème en problème en disant des choses si elliptiques et vagues qu'il était difficile de déduire ce qui la travaillait. Elle n'était jamais très concrète à propos de rien.

Les premières conversations que Mira eut avec elle, alors que toutes les deux habitaient encore Meyersville, concernèrent l'enfance de Lily, qui avait été difficile. On est toujours contraint de payer cela. Les théories économiques sont toutes fondées sur un principe erroné. Dans la vie, l'on paie pour la douleur et l'on est récompensé pour le plaisir. Le père de Lily était un fou, un homme tendre et délicieux à l'accent italien, qui, vu de l'extérieur, était un Homme de Bien, c'est-à-dire quelqu'un qui entretient sa famille et ne boit ni ne fait pis. Son mariage avec la mère de Lily avait été arrangé par ses parents lorsqu'elle avait seize ans. Elle ne voulut pas du mariage, ou du mari, et s'enfuit, mais, fidèle au vieux commandement des femmes, elle ne le fit qu'avec indécision. Effrayée et incapable de prendre soin d'elle-même dans le vaste monde, elle revint dans sa famille après avoir téléphoné par quel train elle arriverait. On l'attendit à Grand Central Station, avec son fiancé à la remorque. Et, en plein milieu de la gare, devant toute sa famille en rang d'oignons, il la battit, lui fit un œil au beurre noir. Environ un mois plus tard, elle l'épousait, *Was das Weib will?* C'était une vieille famille sicilienne.

Il continua à se comporter de cette façon-là. Lorsque des enfants naquirent, ils ne furent que des cibles supplémentaires pour son incessante et, semblait-il, irraisonnée colère. Il les éleva décemment avec son salaire de maçon et, même s'ils furent souvent battus, ils n'eurent jamais faim. Avec les années, il mit suffisamment d'argent de côté pour acheter une maison de trois étages dans le quartier du Bronx, et loua le dernier étage. Je passerai sous silence les histoires concernant sa brutalité et les terreurs de Lily enfant. Assez est assez.

Lorsque Lily eut son bac, elle voulut trouver un boulot de comédienne. Elle avait toujours voulu devenir artiste, même si elle n'avait que de vagues notions de ce que faisait une artiste. Mais sa famille considéra ce but comme la preuve d'une nature rebelle et égoïste. Sa mère qui, lorsque son mari rentrait hors de lui et avide d'une proie, lui criait : « Bats les gosses ! Ne me bats pas, moi ! » fit en sorte que Lily trouvât un boulot dans une fabrique de vêtements, où elle gagna cinq cents francs par mois, dont quatre cents allaient à la famille. Mais même alors qu'elle travaillait, son père la battait encore.

Un jour, après une mauvaise nuit, Lily observa dans la glace son visage tuméfié et les égratignures de ses épaules, et se rendit crânement auprès de sa mère : « M'man, j'ai dix-huit ans, je rapporte de l'argent à la maison, je ne suis plus une petite fille, quand va-t-il cesser de me battre? »

Cette remarque dut sembler ridicule à la mère, qui avait aussi ses égratignures. Elle rugit cependant devant l'arrogance de Lily, qui semblait irréductible. « Aussi longtemps que tu vivras sous ce toit, tu seras battue! »

Lily prit la décision silencieuse de s'en aller.

Elle économisa le moindre centime, sautant des repas et sacrifiant le film du samedi soir avec les copines, qui était son seul plaisir, sans vraiment ressentir cela comme autant de sacrifices : elle avait un but, qui effaçait tout le reste. Elle reçut une petite augmentation à la fabrique et n'en informa pas ses parents. Au bout de quelques mois, elle avait un peu d'argent.

Vous allez dire que Lily était défaitiste, qu'elle ne désirait pas vraiment s'en aller. Vous allez dire que, si elle l'avait désiré, elle aurait pris son argent pour s'acheter un billet de chemin de fer pour Duluth ou Chicago. Mais Lily n'avait jamais quitté le quartier du Bronx et n'avait jamais été autorisée au moindre acte qui n'eût été contrôlé. Elle était effrayée; son horizon avait des bornes. Elle prit une chambre dans l'Y.W.C.A., à cinq kilomètres de chez elle. Sans doute ne voulait-elle pas mettre fin à ses relations avec ses parents, mais simplement affirmer son indépendance, son individualité. Elle était intelligente. Chaque jour, lorsqu'elle prenait son travail, elle mettait un bout de vêtement dans son sac, qu'elle enfermait dans son placard à l'usine. Le vendredi soir, prétendant qu'elle sortait avec une copine, elle prenait ce qu'elle avait ramassé durant la semaine, le mettait dans un sac en papier et le rapportait dans sa bruyante chambre de l'Y. Petit à petit, elle eut tout ce qu'elle voulut en fait de vêtements. Elle n'osait pas prendre des vêtements entiers — cela se serait remarqué. Après, elle se mit à prendre des pièces de sa machine à coudre, son seul objet de quelque valeur. Elle prit les petites pièces jour après jour, mais le moteur posait un problème. Aussi attendait-elle le dernier jour et, un dimanche que ses parents étaient en visite chez quelque cousin, elle emballa le moteur et les dernières choses qui lui appartenaient dans un sac en papier et partit. Elle écrivit un mot pour dire à ses parents de ne pas s'inquiéter pour elle, qu'elle ne pouvait plus supporter la vie à la maison et qu'elle vivait ailleurs.

Elle trouva que sa chambre à l'Y. était un palace : elle était libre!

Petite idiote! Elle conserva son boulot à l'usine. Cela ne prit pas beaucoup de temps. Un mardi, les siens l'attendirent à la sortie, avec le curé de la paroisse. Son père l'arracha à la file des femmes qui sortaient en la tirant violemment par le bras. Il hurla : c'était une salope, une putain, une *male femminia,* qui avait osé quitter le domicile paternel. Il lui donna une volée de claques. Le curé observait. Elle gémit, essaya de donner des explications, se défendit, affirma qu'elle était vertueuse, qu'elle vivait dans l'Y., qu'elle n'avait pas honte – rien n'y fit. Son père chercha une approbation dans le regard du curé; le prêtre la lui donna. Ensemble, ils la poussèrent et la bousculèrent jusqu'à l'Y., ramassèrent ses affaires et la traînèrent à la maison familiale où, après avoir bu un verre de vin et mangé un morceau de gâteau fait par la mère, après s'être, en somme, restauré le sens de la vertu, le curé s'en alla. Et Lily fut punie de ses manières putassières. Elle ne retourna jamais dans une église.

Elle comprit alors qu'il n'y avait qu'une seule manière pour sortir de la maison de son père, et elle commença à « chercher ». Bien qu'elle eût une nature sexuelle généreuse, elle n'avait jamais employé la moindre énergie sur ce terrain défendu : il y avait des choses plus pressantes. Elle reçut de ses parents la permission d'avoir « rendez-vous »; c'était, d'une certaine façon, très bien. Elle acceptait son rôle. Au bout de quelque temps, elle rencontra Carl; il était doux et courtois – complètement le contraire de son père. Il était également calme – de caractère comme dans la vie de tous les jours. Ses parents approuvèrent. Lily et Carl se fiancèrent. A ce moment-là, les choses changèrent. Elle eut davantage de liberté, son père arrêta de la battre, même s'il continuait à lui donner une taloche par-ci, par-là.

Elle comprit qu'elle était à présent considérée comme la propriété d'un autre homme.

Etant donné que Carl était doux, cette contrainte lui apparut comme une libération. Elle se mit à se comporter d'une façon de plus en plus indépendante et rentra un jour à minuit en annonçant qu'elle avait loué une boutique, qu'elle quittait son boulot et allait ouvrir un magasin de vêtements. Ils ne lui demandèrent même pas où elle avait trouvé l'argent. Sans doute se dirent-ils que Carl le lui avait donné. C'était en réalité le fruit tangible de ses économies d'un an et demi. Ils haussèrent les épaules : elle n'était plus sous leur responsabilité.

Petite idiote! Que connaissait-elle au commerce des vêtements? Elle se rendit dans les usines de la région et acheta ce qui lui plut, établit des marges bénéficiaires, et travailla dans sa boutique toute la journée et tard le soir, sept jours sur sept. Elle était débordante d'énergie : elle était heureuse. Le samedi soir, elle choisissait quelque chose dans la boutique, se collait épais comme ça de maquillage sur le visage, et Carl et elle se rendaient dans un club à la mode. Carl aimait bien l'emmener dans les night-clubs; il aimait s'habiller, la montrer à la ronde et dépenser son argent avec ses copains. Il n'avait aucune hâte de se marier.

Mais les affaires de Lily ne marchaient pas. Elle n'était pas assez dure, elle n'avait pas assez d'expérience. Les femmes achetaient une robe le vendredi soir et la rapportaient vraiment abîmée le lundi matin en demandant à être remboursées. Elle ne savait pas comment refuser. Sa gamme de vêtements n'était pas assez impersonnelle; elle n'était que fondée sur ses goûts. Pendant quelque temps, elle continua de la sorte à travailler seule dans la boutique avec une énergie indomptable. Elle continua ainsi jusqu'à ce que ses économies fussent épuisées, et le jour arriva où elle ne fut plus en mesure de payer son loyer. Son rêve n'avait duré qu'une année. Les larmes aux yeux, elle vendit ce qu'il restait de son stock, à perte, fut déclarée faillie et épousa Carl.

5

L'apparence tranquille de Carl était le fait d'un soigneux self-control autant que d'un tempérament congénital. Le père de Carl avait abandonné les siens quand Carl avait cinq ans. Sa mère, une femme passive et calme, fit des ménages, mais les cinq enfants furent pratiquement livrés à eux-mêmes. Elle gagnait très peu d'argent; rentrant tard à la maison, elle était épuisée, et son appartement n'était pas propre, ni ses gosses nourris. Sa fille aînée, Mary, faisait ce qu'elle pouvait mais elle était, comme Carl le dit à Lily par la suite, « égoïste ». Elle voulait avoir sa propre vie. Elle cuisinait, à contrecœur, mais c'était tout ce qu'elle faisait. Elle fit cela pendant quatre années, et, lorsqu'elle eut dix-huit ans, elle partit de la maison pour habiter toute seule. Personne ne faisait plus le ménage, et les courses étaient aussi peu nombreuses que les sous dans le porte-monnaie. C'était une vie triste pour un enfant, et frustrante pour quelqu'un d'aussi délicat que Carl l'était déjà. Et pourtant, même lorsqu'il fut plus grand, il ne fit jamais rien pour aider aux tâches ménagères; il était profondément convaincu que c'étaient là travaux de femmes. Carl en voulait beaucoup à sa mère de sa faiblesse, de son inaptitude à faire vivre sa famille, à donner un arrière-plan décent à sa vie.

Tous les enfants durent travailler. Ils firent... ce qu'ils trouvèrent... vente de journaux à la criée, nettoyage de chaussures, commissions, lavage des sols de magasins d'alimentation. Le fils cadet mourut de la tuberculose à l'âge de douze ans. Après que Mary les eut abandonnés, Lilian prit la suite; Carl, qui était le plus jeune, suivit son frère Edwin dans les rues. Les rues constituèrent un exutoire pour quelques-unes des choses qui bouillonnaient en eux. Sports, blagues et bagarres remplirent leurs après-midi de désœuvrés... Un jour, ils se firent prendre en train de voler des fruits à un étal et, un jour, ils kidnappèrent un « dégonflé » du coin et le pendirent avec une corde à linge. Quelqu'un vit le gosse, et coupa la corde avant qu'il ne fût étranglé. Dans les deux cas, cela ne fit pas beaucoup d'étincelles. Mais, avec les années, les gosses de la rue se mirent à disparaître dans des maisons de redressement et, un peu plus tard, dans les prisons. Carl se mit à penser à l'avenir.

Carl disait toujours que la seconde guerre mondiale avait été la meilleure chose qui lui fût jamais arrivée. Il avait quelques défauts physiques – rien de bien grave – dus pour la plupart à ses diètes forcées lorsqu'il était gosse : suffisants, une fois comptabilisés, pour le faire déclarer 4-F. Aussi, lorsque tous les autres hommes furent appelés, Carl put-il se trouver un boulot dans un service de défense où il apprit, par hasard, à devenir technicien qualifié. Il était très compétent : peut-être son père, Allemand, lui avait-il légué un fonds de précision et d'ordre. Il travaillait bien et était apprécié : il avait appris dans les rues à se comporter de façon décontractée. Il avait l'air facile à vivre, affable, doux et peu enclin à juger les autres. Ce qui se passait sous cette apparence, ce masque, on ne pouvait qu'essayer de le conjecturer. Même Lily n'était jamais sûre. Il ne craquait jamais.

Carl, Edwin et Lilian travaillèrent tous pour pouvoir installer leur mère dans un appartement décent, qu'elle s'arrête de trimer et se repose calmement en goûtant, grâce à eux, les fruits de son travail. Mais cette femme faible était au bout du rouleau. Elle avait renoncé depuis longtemps; elle cuisina et fit les courses, mais n'apprit jamais à faire marcher la machine à laver qu'ils lui avaient offerte. Elle faisait le ménage sans méthode, sans efficacité. La rancune initiale de Carl grandissait : c'était sa nature italienne, se disait-il, qui la rendait souillon. Bien qu'elle mourût d'épuisement moins de deux ans après avoir accédé à une vie de « luxe », il ne changea jamais d'opinion.

Quoique Carl ne formulât aucune objection à l'idée de se marier, il ne voulait pas que sa vie s'en trouvât changée. Les soirs de semaine, il sortait avec ses vieux copains du voisinage et jouait aux cartes; le samedi soir, il sortait Lily, et dormait pendant presque tout le dimanche. Sa vie lui plaisait. Lorsque sa mère mourut, le foyer éclata : Edwin se maria et Lilian trouva un boulot dans Manhattan et déménagea. Aussi, lorsque Lily dit qu'elle était en train de perdre sa boutique, cela lui sembla-t-il le bon moment. Pour Carl, le mariage représentait la manière parfaite de continuer sa vie telle qu'elle avait été jusque-là. Il pressa Lily de prendre un boulot. Cela la ravit; il lui sembla qu'il ne désirait pas la contraindre comme sa mère avait été contrainte. Elle trouva un boulot de réceptionniste dans un bureau de travail temporaire. Très bien, dit Carl. Elle ne gagnait pas lourd, mais c'était un travail extrêmement facile. Elle découvrit petit à petit – car Carl ne le lui dit jamais – tout ce qu'il attendait d'elle. Il voulait qu'elle travaille afin qu'ils puissent continuer d'avoir de l'argent pour aller dans les night-clubs le samedi soir; il voulait aussi qu'elle lui fasse un appartement immaculé et qu'elle s'occupe des courses, de la cuisine et des corvées de blanchissage avec une efficacité silencieuse. Il ne *dit* pas cela; mais si quelque chose était mal fait, il le lui faisait remarquer d'un mot glacé et chargé de reproche : Tu n'as pas fait la lessive, ou : – Le carrelage de la cuisine pue! Il ne l'aidait jamais. Il s'asseyait dans son fauteuil et lisait le journal en regardant la télévision; il se levait de temps en temps pour critiquer ce qu'elle faisait. Elle en discutait avec lui mais, d'une façon ou d'une autre, perdait toujours la partie. Carl ne haussait jamais le ton : il se contentait de la regarder d'un air dur. Et, si elle était coupable de quelque faute ou négligence, il la traitait par le mépris, se détournant d'elle au lit, ne lui permettant même pas de le toucher, comme si son corps avait été souillé.

L'indépendance et le courage de Lily s'effritèrent sous ces assauts obliques. S'il avait abusé d'elle comme son père l'avait fait, elle aurait trouvé la force de s'opposer à lui. Mais, les choses étant ce qu'elles étaient, elle filait droit. Sa rancune lui était si cruelle qu'elle aurait fait n'importe quoi pour ne pas la mériter. Elle frotta et passa l'aspirateur, elle potassa des livres de cuisine. Et pourtant, il trouva toujours des défauts : un recoin pas fait, un plat qu'il n'aimait pas. Souvent, il lui tournait le dos au lit. Il avait découvert au cours de leur lune de miel que Lily aimait faire l'amour. C'est moche, peut-être, de défier tous les livres sur la question, mais Lily jouissait. Elle avait orgasme sur orgasme tandis que Carl l'observait avec un dégoût incrédule. C'était pour elle une punition pire que tous les fouets quand elle effleurait Carl et qu'il frissonnait avant de s'écarter. Elle se disait qu'il la trouvait dégoûtante. Elle essaya de lui montrer qu'elle était digne de lui.

Bien que Carl s'écartât souvent, Lily tomba enceinte. Cela remua vraiment Carl. Un enfant signifiait la fin de « sa » vie. Lily devrait abandonner son boulot... il n'y aurait plus assez d'argent pour jouer au poker avec les copains trois soirs par semaine ou pour sortir le samedi soir chez Carmine avec la bande. Il faudrait se contenter d'un sale gosse à la place. Il insista pour qu'elle avorte.

Lily obéit, comme une esclave. Elle traversa cela comme un robot et vit à peine la misérable pièce et la saleté environnante. Mais cet acte la transforma; et transforma ses relations avec Carl. Elle ne lui pardonna jamais cet avortement. Elle n'en parla pas, à personne, avant des années. Cela la monta contre lui. Elle n'était pas certaine de désirer un enfant : la pensée même lui faisait peur. Mais l'avortement avait violé une partie d'elle-même dont, auparavant, elle ne connaissait même pas l'existence. Avoir un enfant devint extraordinairement important. Cela représentait une victoire dans la lutte de pouvoirs que son mariage avec Carl était devenu. Elle fut de nouveau enceinte quelques mois plus tard et, cette fois, fut inébranlable. Aucun des arguments de Carl ne la toucha. Pas même son refus d'avoir des relations sexuelles avec elle. Elle n'eut même pas besoin de quitter son boulot : on la mit à la porte. Les réceptionnistes n'ont pas le droit d'être enceintes de façon visible. Carl voulut qu'elle en trouvât un autre, au moins pour quelques mois; elle refusa. Elle luttait pour son droit à rester à la maison et à ne s'occuper que de son appartement. Elle essayait toujours de le tenir à la convenance de Carl. Carl maugréa, et abandonna deux soirées de poker, plus les samedis soir chez Carmine.

Lily protesta qu'elle voulait sortir : Carl l'emmena dans un restaurant chinois toutes les trois semaines : « On ne peut pas tout avoir... » lui disait-il avec rancœur. Le bébé fut une petite fille, une calme et joyeuse enfant. Carl l'ignorait et appelait Lily si le bébé s'agitait. Lily était déconcertée. Elle avait l'impression d'avoir gagné une bataille, mais perdu la guerre.

Sous l'impulsion de Lily, ils emménagèrent dans une maison de Jackson Heights. Quelque deux années plus tard, Lily fut de nouveau enceinte et, après la naissance du bébé, un petit être nerveux, bruyant et farouche, ils déménagèrent de nouveau. Carl avait trouvé un bon boulot dans une firme qui avait son siège dans le New Jersey, il eut bientôt suffisamment d'argent pour acheter une petite maison dans la proche banlieue. Il perdit ses vieux complices de poker. Et tomba dans une vie domestique : journaux, télévision, entretien de la pelouse. Il prit l'habitude de répondre, quoi qu'elle dît, à la sans cesse plus bruyante Lily : « Oui, Lily, d'accord, ça s'ra très bien. »

6

Carlos était un énorme bébé. Il avait une grosse tête et fut à deux ans aussi grand et large que certains gosses de quatre. Il avait également un tempérament violent : il se sentait facilement frustré et se mettait en colère toutes les cinq minutes. Il rappelait son père à Lily. Il la terrifiait. Il essayait sans cesse de grimper après elle; il n'arrêtait pas de tendre la main vers elle, de la toucher et de s'agripper après ses jambes. Et elle, le repoussait sans cesse. Elle ne voulait pas qu'il monte sur ses genoux. Elle lui enlevait la main de sur son oreille; il la lui mettait sur la joue; elle enlevait la main; il se cramponnait après son bras. Elle lui prenait les deux mains et essayait de le mettre par terre; il hurlait et devenait tout bleu.

Ce refus du bébé de la part de Lily (Carl n'avait rien à

faire de l'un comme de l'autre) eut, semble-t-il, des conséquences contradictoires. D'un côté, il fut anormalement timide. Il mettait les mains devant ses yeux si un étranger venait à la maison; des fois, alors qu'il savait déjà marcher, il rampait dans un coin et se cachait quand des hôtes, même familiers, étaient là. Mais il était farouchement agressif avec Lily. En grandissant, il déversa et sa timidité et son agressivité dans le monde, hors de la maison. Il était violent et dominateur avec les enfants qu'il connaissait, mais partait se cacher à toutes jambes dès qu'il apercevait un gosse inconnu.

A cinq ans, il n'essayait plus de toucher Lily et s'écartait d'elle quand elle voulait le caresser. Il avait fait siens les jugements tus de son père avec une vivacité étonnante : « Toi, à quoi tu es bonne, tu es bonne à rien, tu n' sais même pas bien laver les carreaux; pourquoi tu n' vas pas laver les carreaux, idiote? » Lily frémissait et le gourmandait. Lorsque Carl rentrait, elle se plaignait. Carl lui répondait invariablement : « Ce n'est qu'un gosse, Lily, t'en fais pas, ça lui passera... » Il s'asseyait à table avant d'ajouter : « En plus... il a raison, regarde, tu n'as même pas mis les fourchettes. »

C'était vrai. Lily était coupable d'être une mauvaise maîtresse de maison. C'était propre, d'accord, mais elle n'avait pas d'ordre. Son esprit était perpétuellement confus, parce qu'elle savait qu'elle l'avait désiré, avait désiré être une maîtresse de maison et rester chez elle avec ses enfants, mais quelque chose lui murmurait au fond d'elle-même qu'elle n'aimait pas la vie qu'elle menait. Elle décida que c'était de la faute de Carl : il ne lui parlait jamais et ne jouait jamais avec les enfants. Elle entama une vaste campagne de protestation et de querelles... Carl soupira au cours des soirées où elle se lança dans de grandes tirades à cet égard : il posa son journal, éteignit la télévision, croisa les bras et l'observa.

« D'accord, d'accord, Lily... Mais de quoi veux-tu parler? »

Elle s'interrompit.

« Eh bien... qu'est-ce qui s'est passé au travail aujourd'hui ? »

Carl garda un moment le silence : il réfléchissait. Il finit par dire :

« Eh bien, oui : il s'est passé quelque chose au travail. Des mecs sont venus à la boutique avec des outils et des fils et ils ont fait des trous et foré et tapé et attaché et travaillé pendant environ une heure et quart. Après, ils ont posé un nouveau téléphone à l'autre bout de la boutique. »

Lily eut un petit rire nerveux :

« Carl... » commença-t-elle à protester.

Il reprit son journal :

« Voilà, ma chère Lily, voilà ce qui s'est passé au travail aujourd'hui. »

Elle se plaignait qu'il se désintéressât (c'était peu dire) de ses enfants. Par exemple, Carlos ne voulait manger que des petits gâteaux et des sandwiches au beurre d'arachide. Il fallait lui apprendre à manger. Carl la laissa faire, avec un argument de sa façon : « Très bien, très bien, Lily, il veut manger du beurre d'arachide? Eh bien, qu'il mange du beurre d'arachide! » Cependant, de temps en temps, quand Carlos refusait de toucher à son dîner, Carl bondissait de sa chaise, empoignait l'enfant, l'entraînait dans sa chambre et le corrigeait avec son gros ceinturon. Et Lily hurlait, pleurait et se tordait les mains. Il la regardait d'un air goguenard : « Mais quoi, enfin ! Qu'est-ce que tu veux, ma p'tite? T'as dit qu'il fallait lui apprendre ou quoi ? Je n' sais pas ce que tu veux, moi, Lily... »

Lily était aussi entêtée que lui; ses plaintes ne cessèrent pas. Sa voix monta un petit peu plus haut et descendit un petit peu plus bas chaque année. Carl n'y tint plus. Il téléphona à son frère et pendant trois mois eux deux et quelques copains de leur genre construisirent une pièce au-dessus du garage. C'était une grande et belle pièce, avec sa propre salle de bain et un escalier extérieur. On ne pouvait pas y accéder par la maison. Carl y emménagea. Il rentrait du travail et mangeait avec les siens; immédiatement après poire et fromage, il partait pour sa chambre, dont il possédait l'unique clef.

Là, il regardait la télévision et lisait son journal dans une silencieuse quiétude et dormait sans être dérangé par des doigts tentateurs. Lily protestait lorsqu'elle le voyait, mais il rétorquait calmement :

« Ecoute, mon p'tit, tu as la maison, tu as *tes* gosses, moi j' paie les factures... et on sort ensemble, non? Personne ne le sait... alors pourquoi te plains-tu? »

C'est vers cette époque-là que Mira rencontra Lily et s'émerveilla de son éclatante apparence sociale. Lily ne donnait aucunement l'impression d'essayer de plaire aux hommes; il ne vint jamais à l'esprit de Mira que Lily fût en train d'essayer de séduire son propre mari.

7

La vie de Mira était très différente. Elle s'était totalement vouée à sa nouvelle vie (plus) facile. Les matinées étaient dures. Elle détestait se lever. Il fallait que Norm l'appelle puis la secoue avant qu'elle ne titube jusqu'en bas et ne s'asseye comme un alcoolique exténué devant un bol de café.

Les enfants étaient également de mauvaise humeur tous les matins. Ils refusaient d'ingurgiter les œufs trop ou pas assez cuits. Ils n'aimaient plus les céréales. Ils voulaient des petits pains anglais ou, à la rigueur, des toasts. Elle quittait la cuisine pour s'habiller tandis qu'ils se lamentaient sur leurs misérables existences et, le plus souvent, revenait de les conduire à l'arrêt de l'autobus pour jeter à la poubelle leurs petits déjeuners respectifs.

Après son retour, après le moment à vous faire chavirer le cœur où il lui fallait répondre présente au rendez-vous de la poêle graisseuse et de la table hyper-encombrée, venait l'heure du ménage. Mais les après-midi étaient mieux. Ils avaient beaucoup d'argent en dépit des échéances, et la maison constituait une partie de ce à quoi Norm était désireux de le consacrer. Mira passait donc ses après-midi à imaginer des décors et à acheter meubles, tapis, draperies, lampes et reproductions de tableaux célèbres. La maison se remplit petit à petit. Cela allait être délicat à mettre en place, aussi s'acheta-t-elle un petit fichier et quelques paquets de cartes de format 5 x 8. Sur chaque carte, elle nota une chose à faire et les rangea toutes par sections. La section LAVAGE DES FENETRES contenait des cartes pour chaque pièce de la maison. Toutes les fois qu'elle lavait les carreaux d'une pièce, elle notait la date sur la carte et la mettait à l'arrière de sa section. Même chose pour NETTOYAGE DES MEUBLES, NETTOYAGE DES TAPIS, BATTAGE DES TAPIS et LAVAGE DES PORCELAINES. Elle enlevait régulièrement toutes les pièces du placard à porcelaine qui se trouvait dans la salle à manger, les lavait à la main – c'était de la belle porcelaine, à NE PAS confier à la machine à laver la vaisselle – et les remettait dans leurs compartiments lavés de frais. Elle agissait de même dans la cuisine; de même avec les livres, qu'elle enlevait de leurs étagères, dépoussiérait soigneusement et remettait sur des rayonnages propres, lavés et encaustiqués. Elle décida de ne pas faire de cartes pour l'ordinaire, le nettoyage quotidien; uniquement pour les grands travaux spéciaux. Ainsi, chaque jour, après les petites corvées (nettoyer la cuisine, faire les lits, laver les deux salles de bain principales), elle effectuait également un nettoyage complet d'une pièce, lavait les glaces et les fenêtres, encaustiquait toute la partie visible du plancher, époussetait les petits bibelots, dépoussiérait le plafond, les murs et la surface des meubles, pour finir par un grand coup d'aspirateur. A ce moment, elle notait sur la carte idoine le grand travail qu'elle venait d'accomplir. Comme cela, se disait-elle, elle serait toujours à jour. Il lui fallut deux semaines pour faire toute la maison ! Dix jours de travail. Elle ne faisait pas le ménage pendant les weekends. Et les travaux extraordinaires, comme le nettoyage de toute la vaisselle de la cuisine et de l'armoire, elle ne s'y consacrait que deux fois l'an. Même chose pour les rideaux. C'était du travail de bonne ménagère, à l'ancienne. La mère de Mira faisait le ménage de cette façon, encore que... sans fichier. Et frottait draps, maillots de corps et chemises sur une planche à laver. Et faisait trois kilomètres dans les deux sens pour aller au marché. La maison des Ward était toujours impeccable et sentait toujours bon, citron ou savon.

Mira était extraordinairement contente lorsqu'elle mettait la dernière main à son travail matinal. Elle prenait alors son bain, agrémenté d'une coûteuse huile de bain et se frictionnait le corps avec une coûteuse eau de Cologne quand elle en sortait. Elle se sentait merveilleusement bien. Elle se campait à la porte de son énorme armoire dans un peignoir de velours épais et choisissait son habillement pour l'après-midi. Elle choisissait aussi parfum et maquillage pour compléter sa parure. Habillée pour sortir, elle traversait la maison en savourant le silence, l'ordre, l'éclat du bois poli brillant sous le soleil. Sa belle-mère lui avait donné une horloge semblable à la sienne, une horloge d'autrefois surmontée d'une calotte de verre et qui sonnait l'heure avec un carillon et les quarts d'heure avec de petites cloches. Elle battait fort : on l'entendait distinctement dans la plupart des pièces du rez-de-chaussée. Mira marchait en écoutant ses battements et sentait l'ordre, la paix, la propreté et le confort. Elle allait dans la cuisine; la lumière du matin avait disparu et une autre, plus terne et pâle, brillait sur la vieille huche en faisant resplendir les porcelaines impeccables, les vieilles cruches et les tasses, les belles assiettes non appariées qui se dressaient au sommet des piles... Cette beauté était sa création. La pendule battait.

Elle partait alors en expédition pour des emplettes, ou pour l'une de ses rares visites à l'une de ses rares amies. Les garçons étaient plus grands à présent; il lui était loisible de s'attarder un peu et de ne pas rentrer avant seize heures trente. Mais elle avait souvent des soucis lorsqu'elle rentrait. Il y avait toujours, lui semblait-il, quelque chose : empreintes de pieds boueux, marques de doigts sur un mur impeccable, serviettes noires de saleté. Elle tempêtait contre les enfants; ils en tenaient peu compte. Ils ne comprenaient pas, elle le savait. La propreté et l'ordre constituaient sa vie. Ils lui avaient coûté... TOUT.

Lorsqu'elle rentrait, ce n'était souvent que pour ressortir : les garçons avaient rendez-vous chez le dentiste, l'orthodontiste, des jeux pour la Ligue des Enfants, des rencontres de scouts, et Clark avait des leçons de violon, Normie de trompette. Le samedi matin, elle les emmenait à leur leçon d'équitation, les attendait, et les ramenait pendant que Norm partait jouer au golf. Ses nuits étaient plus calmes que par le passé. Norm était très occupé ces temps-ci et ne rentrait souvent pas dîner. Elle prit l'habitude de faire manger les enfants tôt et continua même les soirs où leur père était présent. C'était mieux : ils pouvaient manger, sortir de table, aller faire leurs devoirs et apprendre leurs leçons, puis regarder la télévision ou, les soirs d'été, sortir un peu pour jouer au ballon avant bain et lit. Norm était plus agréable à la table du dîner lorsque les enfants n'y étaient pas. Sur le coup de neuf heures, Mira était libre. Norm s'asseyait devant la télévision; elle jetait un coup d'œil avant de revenir à son cher bouquin. Norm se sentait vite « crevé » et allait se mettre au lit. Elle aimait rester assise immobile toute seule, à écouter le silence de la maison endormie, les bruits nocturnes à l'extérieur – chien qui aboie, voiture qui démarre... Le tout mesuré par la régulière ronde sonore de l'horloge.

Lorsqu'il faisait beau, elle travaillait dans le jardin. A chaque printemps, elle allait chez le grainetier-pépiniériste et repartait avec des pensées, des violettes, des crocus, des iris, du muguet, des jonquilles, des narcisses; elle semait et plantait amoureusement dans du terreau humide. L'air était doux et, lui aussi, un peu humide. Mira prenait plaisir à sentir sur ses mains la terre fraîche et grasse. Elle s'immobilisait, jetait un coup d'œil autour d'elle, et faisait des plans pour l'agrémentation du jardin. Elle achèterait des morceaux de fer forgé brut aux délicats remplages et les mettraient ici, près du jardin de rochers. Elle acheta des chaises pour le patio ainsi que deux tables recouvertes de verre dépoli. Elle installa une petite mangeoire pour les oiseaux de passage.

Lorsque Norm ne rentrait pas pour le dîner – ou

lorsqu'il mangeait avant de ressortir pour se rendre à quelque conférence, Mira passait sa soirée en compagnie d'un bouquin. Puis, sur le coup de onze heures, elle se versait un petit verre, éteignait toutes les lampes, se rasseyait et réfléchissait. Il ne rentrait jamais très tard – toujours vers minuit – trébuchait – toujours – sur la marche qui séparait le garage de la cuisine et criait, toujours : « Nom de Dieu de nom de Dieu ! Pourquoi ne laisses-tu pas une lumière allumée ? » Elle continuait pourtant d'oublier.

Elle lui proposait de manger quelque chose, mais il n'avait jamais faim. Il se versait un whisky – Canadian Club – ou un cherry-brandy, et s'asseyait en face d'elle en allumant la lumière.

« Alors, cette journée ?

– Bien », soupirait-il. Son bouton de col était défait, sa cravate pendait, et il avait l'air exténué. Tel cas difficile prenait, contre toute attente, une bonne tournure; tel autre cas d'urticaire se révélait plus compliqué qu'ils ne l'avaient pensé. C'était devenu interne. La pauvre Mme Waterhouse, qu'il avait envoyée à Bob, avait un cancer : métastase, cas désespéré. Ils pouvaient bien lui faire un traitement radiothérapique, mais cela ne ferait que prolonger son agonie. Ses enfants le souhaitaient, néanmoins. Il leur avait expliqué, et Robert aussi, que cela revenait très cher et pouvait seulement la prolonger. Ils insistaient : ils voulaient être certains d'avoir tout fait et tenté pour leur mère.

« Ils se sentent coupables parce qu'ils veulent qu'elle meure. »

Norm éclata :

« Pourquoi dis-tu une chose pareille ? C'est ri-di-cu-le ! Tu n' connais même pas ces gens et tu oses dire cela ! Ils veulent simplement savoir qu'ils ont fait tout ce qu'ils ont pu pour elle, qu'ils ont remué ciel et terre... c'est leur mère, quand même, nom de Dieu ! »

Mira avait pris l'habitude de composer des vers, de petits bouts rimés sans signification, dans sa tête. Elle ne les couchait jamais sur le papier; elle était, d'ailleurs, à peine consciente d'en faire. Et, là, en ce moment, elle en faisait :

Certains oiseaux volent,
D'autres fléchissent,
Et d'autres réfléchissent.

Elle dit :

« Parce qu'ils savent que cela ne sert à rien. La seule raison qu'ils aient d'en vouloir, des rayons, c'est que ça atténue leur sentiment de culpabilité. Leur vraie faute, je le répète, Norm, c'est de souhaiter qu'elle meure.

– Mira, c'est ridicule ! dit-il d'un air dégoûté. Tu sais, certaines personnes ne sont pas comme toi; elles ont des motifs simples; elles veulent simplement faire tout ce qu'elles peuvent pour quelqu'un qu'elles aiment.

Amour, amour et ciel toujours,
On détruit tout au nom d'amour.

Norm changea de sujet dès qu'elle se fut tue :

« Maurice Splant est venu, tu te souviens ? Je crois qu'il était deux années plus haut que toi... Je l'ai connu parce que son frère était dans ma classe; un grand joueur de basket, ce Lennie ! Maurice dit qu'il est devenu vice-président d'une société qui traite l'aluminium; elle vend des trucs qu'on met dans les murs des maisons, j'crois. Il éclata de rire : Mon Dieu ! j'ai du mal à me représenter ça ! Ce maigrichon de Lennie Splant, un homme d'affaires en plein boum, quelle histoire ! Maurice est venu à la clinique pour ce qu'il appelle son « scalp »... Son scalp ! Il est complètement chauve, tu t'rends compte ! Chauve comme une boule de billard ! C'est marrant, hein ? Il travaille pour une compagnie de boissons non alcoolisées et m'a filé un tuyau : « Sunshine » va être absorbé par la « Boisson pour tous SARL » et lance des produits non alcoolisés en boîte. Tu pourrais peut-être en choper, pour voir.

– En choper ?

– Oui, quoi ! en prendre quelques caisses.

– Ah ! oui. »

Silence.

« Et toi ? Qu'e'qu't'as fait ?

– Le ménage... dans cette pièce. Ça ne brille pas ? »
Il regarda tout autour de lui :
« J'avais pas remarqué...
– Et j'ai planté des fleurs.
– Oh ! très bien. » Il lui sourit d'un air bienveillant. Elle avait une vie si simple, si délicieuse : elle pouvait faire des choses comme planter des fleurs et en tirer du plaisir. Parce qu'il lui en donnait les moyens.

Qu'as-tu donc fait toute la journée
Dit le p'tit m'sieur à sa p'tite dame
Tu peux passer ton temps à jouer
Remuer poussière et boire thé
Et puis chanter cœur enivré
Pendant que j' lutte pour tout payer.

Elle s'éclaircit la gorge et se lança dans ce qu'elle appelait à part soi sa chronique de Notes Familières :
« Normie a cassé un carreau en jouant au base-ball cet après-midi.
– J'espère que tu lui as dit qu'il devrait le payer avec son argent de poche !
– Il l'a pas fait exprès !
– Encore heureux ! Mais je m'en fiche : il faut qu'il apprenne à être responsable !
– D'accord, Norm. Je lui dirai ce que tu as décidé.
– Mais pourquoi veux-tu que ce soit toujours moi qui réprime ? Je croyais que tu serais aussi intéressée que moi de le voir acquérir, oui, acquérir, un peu de sens de ses responsabilités ! Ces mômes croient que l'argent pousse dans les arbres !

Dans ma cour j'ai un arbre à sous
Il grandit, mais pour moi, nenni.
Je ratisse pour qu'il aille bien
Et chacun admire mon coup de main
Mais tous ses d'lars tomb'nt tout rôtis
Pour ce Norm, et rien pour bibi.

– Oui, Norm... A propos... Clark a eu une interrogation écrite de math.
– Bien, bien, bien. Il se leva. Il soupira. Il était fati-

gué. Il posa son verre sur le porte-verre en bois : Bon, je vais me coucher, dit-il. Demain, grande journée.

– Demain, grande journée! » Elle l'entendit finir dans la salle de bain et éteindre la lumière de la chambre. Elle se leva et ramassa son verre. Elle passa la manche de son peignoir sur la table pour l'essuyer et effacer les taches. Elle porta le verre de Norm à la cuisine, revint, se servit un second brandy et éteignit la lumière. Elle n'allait jamais au lit en même temps que lui; enfin, aussi souvent que cela lui était possible.

8

Demain, grande journée : elle se demandait ce que cela pouvait bien vouloir dire. Tous ses demains étaient de grandes journées... Le lendemain, par exemple, elle abordait le living. Et pourtant ce n'étaient pas de grandes journées. Qu'est-ce que cela voulait dire, une grande journée? La seule façon dont elle pût envisager une telle chose était d'imaginer de sortir tôt, de simplement monter dans la voiture et de conduire... oh! conduire vers n'importe où, vers, disons, Manhattan, et d'aller... oh! dans un musée, ou faire un tour en bateau autour de l'île. Ne pas faire son travail, laisser tomber. Ne pas rentrer à la maison à l'heure. Abandonner les enfants. Les laisser se débrouiller tout seuls. Rentrer à la maison tard, aussi tard que Norm, un peu ivre, peut-être.

Non, bien sûr, elle ne ferait pas une chose pareille. Elle n'en avait du reste même pas envie. Les enfants seraient inquiets, effrayés. Norm jouait son rôle, elle jouerait le sien. Elle le jouait.

Certains soirs, la conversation prenait une autre tournure. Norm rentrait à la maison un petit peu plus tôt; il était de bonne humeur. Elle en reconnaissait toujours, avec un petit pincement au cœur, la cause. Puis, après qu'elle lui eut demandé comment la journée s'était déroulée, il se tournait vers elle avec un petit sourire bien particulier avant de lui dire : « Et la petite maman, qu'a-t-elle fait? »

Mira savait qu'il la considérait comme une excellente mère. Non qu'il le lui dît, mais elle l'avait entendu le dire à d'autres personnes, et il le disait souvent lorsqu'il disputait les enfants : « Pourquoi avez-vous fait une chose pareille? Ça a inquiété votre mère. Vous savez pourtant quelle mère excellente elle est, non? » Lui-même n'avait aucune patience avec eux. Il avait l'impression qu'ils renversaient du lait à chaque fois qu'il était à table en même temps qu'eux; qu'ils rentraient toujours en pleurant à cause d'une tragédie enfantine, afin qu'il leur en veuille. Mais, d'une façon ou d'une autre, à chaque fois que Norm lui posait cette question-là, elle se contractait à l'intérieur. Et lui avait toujours le même sourire aux lèvres, timide et paternel à la fois, un sourire comme l'on en fait un à une petite fille qui vient de sauter sur nos genoux. Il faisait toujours rougir Mira, ou, du moins, il lui donnait chaud aux joues. Alors elle balançait quelque chose concernant le prix du filet de mouton, une rencontre avec Mme Stillman au pressing ou la décision concernant l'achat d'arbres de Noël pour chaque classe prise au cours de l'assemblée générale d'aujourd'hui. Quoi qu'elle dît, elle le balançait avec le pittoresque et la loquacité soûlante de la femme adultère novice. Mais il ne paraissait jamais s'en apercevoir. Sans doute s'attendait-il qu'elle soit nerveuse quand il l'interrogeait, comme le tas de jeunes réceptionnistes qui étaient sans cesse abordées et draguées à mort dans les bureaux, ou comme ces jeunes femmes qui venaient le consulter en susurrant qu'elles avaient une éruption dans le vagin et qui soupiraient, rougissaient et murmuraient en réponse à ses questions lapidaires.

Il l'écoutait avec patience et tolérance envers ses histoires insignifiantes, désireux de lui montrer son affection et attendant qu'elle s'arrête. Alors il la regardait gentiment, s'étirait vaguement et disait : « Tu viens te coucher? » comme si cela avait été une vraie question. Parfois, elle lui répondait : « Je crois que je vais jeter un coup d'œil au journal avant. » ou : « Mais je suis complètement claquée! » mais il tendait simplement la main vers la sienne et elle savait, elle savait qu'elle devait se lever, prendre sa main, aller se coucher avec lui. Elle n'avait pas le choix. Elle le savait : alors elle le faisait. C'était une loi non écrite. Peut-être même était-ce une loi écrite : il avait des droits sur son corps même si elle ne le voulait pas. Consciencieusement, elle se levait, mais quelque chose en elle se bloquait et protestait sourdement. Elle avait l'impression d'être une jeune paysanne contrainte de se soumettre au droit de cuissage du seigneur. Elle se sentait achetée et payée, et c'était tout d'une pièce : la maison, les meubles, elle, tout lui appartenait, c'était écrit tel quel sur une froide feuille de papier. Il vérifiait que toutes les lampes étaient bien éteintes et tous les verrous bien mis tandis qu'elle restait de glace, puis revenait, passait un bras autour de sa taille et la poussait tout doucement vers l'escalier et jusqu'à la chambre, le lit nuptial. La réticence de Mira semblait le ravir.

Elle avait l'impression que son corps s'agitait d'une façon inhabituelle. Parfois, elle voyait une femme chez un parfumeur, parfois dans la rue, qui se déplaçait d'une façon qu'elle croyait être aussi la sienne, comme si ses hanches, ses bras et ses seins étaient des objets en porcelaine dont il fallait prendre un soin particulier, comme s'ils avaient été des bijoux qui appartenaient à quelqu'un d'autre, comme si le mouvement ne naissait pas de ses muscles, de sa graisse et de ses nerfs. Tels des esclaves amenés devant un cheikh pour danser, ils étaient de la peau douce et tendre que l'on avait plongée dans des bains chauds avant de la parfumer des nards les plus précieux; pour lui tout ça! Leurs corps n'existaient que dans l'œil et dans la main de leur propriétaire, même lorsqu'il n'était pas présent. Elle se souvint d'avoir vu Bliss se déhancher de la sorte à l'époque où elle avait commencé à chantonner à tout bout de champ. Mira s'était dit que Bliss se dandinait au son de la musique qu'elle chantait. Elle ne savait pas à quoi ses propres mouvements ressemblaient, mais ils avaient ce sens-là.

Norm insistait toujours pour qu'elle vienne dans SON lit et pour mettre des préservatifs. Son diaphragme séchait dans une boîte de la table de nuit. Elle restait allongée immobile en attendant qu'il ait mis son préservatif — il avait toujours des ennuis avec — et se sentait déjà désarmée et violée... Puis il s'allongeait et glissait vers elle; prenait un tétin dans sa bouche et le suçait jusqu'à ce qu'elle eût mal et repoussât sa tête. Il se disait que cela voulait dire qu'elle était prête, la pénétrait, éjaculait au bout de quelques secondes, la tête rejetée en arrière, les yeux mi-clos, les mains sur son corps, mais l'esprit à des milliers d'années-lumière de là; et elle, immobile, l'observait avec des yeux pleins d'amer sarcasme en se demandant à quoi il avait pensé, à quelle starlette de cinéma — ou à quel corps de patiente, ou peut-être simplement à une couleur ou à une odeur qu'il imaginait. C'était vite fait; il ne la regardait jamais pendant l'acte. Il se levait brusquement, allait dans la salle de bain et se nettoyait à fond, de pied en cap. Lorsqu'il revenait, elle avait regagné son lit, fermé les yeux, et caressait son sexe pour le calmer. Il lui disait invariablement : « Bonne nuit, ma chérie », rentrait dans son lit et s'endormait immédiatement du sommeil du juste. Elle, elle restait immobile à se caresser pendant une demi-heure ou plus avant d'être excitée, puis elle se masturbait pendant un quart d'heure-vingt minutes avant d'éjaculer; et, lorsqu'elle éjaculait, elle pleurait, à chaudes larmes, des larmes amères qu'elle ne comprenait pas, parce que, au moment de l'orgasme, ce qu'elle éprouvait, soulagement mis à part, c'était un immense sentiment de vide. D'angoissant, de cruel et d'incurable vide.

Avec les années, Mira avait acquis quelques connaissances en matière de sexualité. Pendant quelques mois, elle avait essayé d'obtenir que Norm fît l'amour un petit peu plus tendrement, mais il était complètement opposé au moindre changement. Il était persuadé que tout ce qui n'était *pas* ce qu'il faisait l'empêcherait de jouir, et cela lui paraissait erroné, pas naturel. Le seul autre acte qu'il voulût voir accomplir était la fellation, mais Mira s'y refusa rageusement. En définitive, Norm se disait vraisemblablement que ce qui était bon pour lui l'était pour elle, ou que, si cela ne l'était pas, c'était parce que, comme tant de femmes, elle était frigide.

Mira cessa d'essayer de le faire changer, mais elle chercha d'autres choses pour rendre l'acte moins douloureux pour elle-même... Elle essayait de penser à autre chose, de le laisser faire ce qu'il voulait tandis qu'elle pensait à cette « autre chose ». Mais elle n'y parvenait jamais parce que, au moment où sa tête s'abaissait sur sa poitrine, elle était si prisonnière d'une colère tue qu'il lui était impossible de se concentrer sur quelque chose d'autre. Et, quelque peu que cela durât, elle se sentait violée, instrumentée et forcée, sentiment qui grandit chaque fois, chaque mois, chaque année. Elle appréhendait le moindre signe de désir de la part de Norm. Heureusement, ces signes apparaissaient de moins en moins.

9

Les choses changeaient pour les amies de Mira. Paula et Brett avaient divorcé et Paula s'était remariée avec un homme remarquablement semblable à Brett, sauf qu'il était un peu plus vivant et considérablement plus fortuné. Roger et Doris étaient également divorcés – Doris était triste et amère – elle travaillait toute la journée à taper des lettres dans un quelconque bureau national. Samantha avait annoncé joyeusement qu'elle en avait « marre » et qu'elle allait prendre un boulot. Cela effraya Mira : le bébé, Hughie, n'avait que trois ans, et même Fleur n'était encore qu'un bébé bien qu'elle eût six ans. Elle les laissa tomber par appât du gain. Samantha ne s'était plus teint les cheveux et la couleur de ses joues était la sienne, mais elle marchait toujours comme une poupée mécanique. Et cela arriva : Fleur fut emmenée malade à l'école alors que Sam était à son travail, et une voisine dut s'occuper de l'enfant qui avait une fièvre de cheval. Hughie, que Samantha laissait toute la journée à cette même voisine, tomba d'une cabane faite dans un arbre et se cassa le métacarpe. Il souffrit pendant des heures à l'hôpital avant que Samantha ne pût y venir pour signer l'autorisation d'opérer. La bouche de Mira se tordit quand elle fut informée de ces faits. Toutes ces choses-là étaient arrivées parce que Samantha n'était pas chez elle. Si elle avait été à la maison avec ses enfants comme elle l'aurait dû, les choses n'auraient pas été si mal, et sans doute même ne seraient-elles même pas survenues. Mira, elle, ne laisserait jamais un fils de trois ans jouer dans une cabane construite dans un arbre! Mira se montrait froide et désapprobatrice chaque fois que Samantha lui téléphonait pour lui narrer par le menu la dernière catastrophe.

Sean et Oriane étaient partis habiter les Bahamas et avaient acheté un bateau; d'après les lettres d'Oriane, ils menaient la vie paradisiaque des riches, grâce aux sous hérités du père de Sean. Quant à Martha, elle était retournée en faculté. Elle commença à temps partiel mais, étant donné qu'elle travaillait bien, finit par s'inscrire comme étudiante à temps complet. Elle souhaitait, disait-elle, devenir avocate. Cela aussi faisait frémir Mira. C'était... absurde! Norm approuva. Lorsque Martha finirait ses études, elle aurait trente-sept ou trente-huit ans. Qui voudrait d'une avocate d'âge moyen, femme, et sans expérience? Elle ne parviendrait même pas à s'inscrire au barreau, déclara Norm à Mira. Mira le croyait également. Tout ce qu'elle eut à faire pour cela, fut de regarder autour d'elle : « Enfin, si ça l'amuse! » conclut Mira en balayant la vraie raison de son insatisfaction avec le zèle qu'elle mettait à balayer la cuisine. Car peu de ses amies étaient encore disponibles : tout le monde travaillait en faculté ou pour de vrai; elle les voyait tout au plus sur rendez-vous et de temps en temps. Mais quelque chose se produisit, qui mit fin à tout cela.

C'était une idée de Lily. Elle ne sortait pas assez, disait-elle, ni ses copines Sandra et Geraldine, alors pourquoi ne se réuniraient-ils pas tous pour aller jouer au bowling? Martha et George, Samantha et Simp, Mira et Norm, Lily et Carl, et les deux nouveaux couples de vieux amis de Carl et Lily. Cela sembla chouette; tout le monde accepta.

Ils étaient donc au bowling, parlaient lorsque ce

n'était pas à eux de jouer, et commandaient de lourds plateaux de consommations au bar. Mira était heureuse de les voir. Elle s'interrogeait sur Samantha, qui avait l'air fatiguée, mais qui papotait presque toujours autant à propos de la dernière catastrophe survenue chez elle. Simp était suave, à son habituelle façon légère et intime à la fois. Il buvait des Martinis doubles à belle allure, mais l'on ne s'apercevait jamais qu'il avait bu. Martha avait l'air heureuse. Elle était aussi minuscule que menue : sa peau faisait penser à de la porcelaine et ses yeux étaient grands, profonds et bleus. Elle avait l'air douce, ce qui était peut-être la raison pour laquelle elle surprenait tant les gens.

« Oh ! quel foutu con, disait-elle en se moquant de George. C'te con ! Je lui ai dit qu'il se trompait, mais il n'a pas voulu me regarder, il n'a pas voulu reculer, faire demi-tour et *zieuter !* Il a continué comme un foutu con aveugle ! Il s'est arrêté quand le panneau qu'il voulait monter était si oblique qu'il était presque parallèle à la cage d'escalier ! Nom de Dieu ! dit-elle dans un immense éclat de rire, tout était décalé, mais m'sieur n'a voulu en faire qu'à sa p'tite tête d'oiseau ! Je le lui ai crié mais, oh ! basta... les hommes sont bons à rien. »

George la regardait d'un air impassible, mais Samantha était mal à l'aise à cause de la forme dans laquelle étaient formulées les récriminations de Martha. Si cela avait été dit avec le petit rire habituel et un langage plus convenable, ç'aurait été quelque chose de drôle, mais il y avait trop de colère vraie parmi les éclats de rire qui jaillissaient de la gorge de Martha, et son vocabulaire était trop « choisi ».

« Bon, bon, dit la voix de Samantha d'un ton conciliant, George est un poète, pas un charpentier. Simp a passé des heures et des heures à essayer de poser une lampe et, finalement, mon père a dû venir nous filer un coup de main. Tu t' rappelles, Simp ? lui dit-elle dans un grand sourire.

– Ecoute, Sam, j'aurais pu la monter tout seul. C'est Hughie... il n'arrête pas de me perdre les vis.

– Oh ! Simp !

– Je dis la vérité, rien que la vérité, je l' jure ! dit-il

sur un ton geignard. Les mômes foutent leurs pattes partout.

– Bon, bah, bof! au moins George essaie... dit Mira d'un air pincé; Norm ne s'en soucie même pas. La semaine dernière, j'ai dû remonter un store vénitien toute seule. Norm regardait un match de football « très important ».

– Ecoute, il travaille toute la semaine... dit Carl d'une voix lasse.

– Et moi, alors? Qu'est-ce que tu crois que je fais? lui rétorqua-t-elle sans ambages.

– De cette façon-là, continua Carl comme s'il n'avait pas entendu, il peut regarder en même temps la télé et ton derrière. »

George, blessé par ce que l'on avait dit de son incapacité, resta en dehors de la conversation. Il restait ainsi la plupart du temps en dehors des conversations et, lorsqu'il parlait, c'était aux femmes. George faisait un travail anonyme dans une grande société à responsabilité limitée. Il écrivait des poèmes à ses moments perdus, mais ne les montrait jamais à personne. Dans le temps, il s'était aménagé une partie du grenier pour mettre sa collection de livres mystiques et passait là le plus gros de ses loisirs. Ils avaient deux enfants et un vieux tacot de neuf ans dans lequel Martha ne montait jamais sans lui donner des coups de pied ni jurer. George passait pour un type étrange aux yeux des hommes et de certaines femmes. Cela parce qu'il n'allait jamais dans la cuisine pour parler foot et voitures. Il restait toujours avec les femmes, parlant parfois, se taisant le plus souvent. Il avait confié à Mira qu'il préférait les femmes... Elles étaient, selon lui, plus vivantes, plus intéressantes et plus sensibles. Elles étaient liées à d'autres gens... les hommes, non. Lorsque George parlait, il orientait toujours la conversation sur telle ou telle doctrine mystique : il était capable de parler pendant des heures de la *Calah* ou des *Ring-véda*. Cela n'intéressait personne; et donc personne n'écoutait.

Et, comme si cela ne suffisait pas à l'exclure de l'humanité, il se comportait comme une pomme plantée sur un râteau à cent sous. Ses bras pendouillaient, ses genoux pliaient; il donnait très souvent l'impression de devoir s'écrouler. Mira se dit qu'il avait honte d'avoir un corps, et que lorsqu'il était dans son « cabinet », il perdait cette honte. Pourtant, George aimait danser et le faisait bien, et était, Martha le disait plus qu'à son tour, un excellent amant.

« Tu devrais essayer George! disait Martha à chaque fois que Mira se plaignait de sa vie sexuelle avec Norm. Je ne plaisante pas. Il est de première! »

Mira lui jetait un coup d'œil quelque peu incrédule. Elle n'avait jamais entendu une femme dire cela de son mari :

« Tous nos problèmes sexuels viennent de moi, insistait Martha. L'amour est une chose terrible. Je ne peux pas m'en passer.

– Et quand tu te masturbes?

– Je ne peux pas! Je n'arrive pas à me masturber. Je n'arrive pas à avoir d'orgasme même si, et George est d'accord... oh! oui, ça lui plaît même foutrement... même s'il passe des heures à m'aider. Rien à faire. Je pense que je devrais aller voir un psy! »

Après avoir joué leurs coups respectifs, Mira et Martha s'assirent à l'écart.

« Les amis de Lily sont de drôles de gens, dit Mira.

– Ouais, bizarres. »

Elles les examinèrent tous les quatre subrepticement. Harry était petit, gros, et avait un visage terne. Elles avaient entendu dire qu'il faisait quelque chose d'interdit par la loi, genre bookmaker, mais il ne collait avec aucune image de criminel de cinéma. Il avait l'air triste, exténué, et tenait difficilement ses paupières levées. Tom était gigantesque : grand et musclé, il donnait l'impression de faire un travail de force. Il avait des cheveux bruns, se tenait à l'écart des gens qu'il ne connaissait pas et les bombardait de regards mauvais de sous ses épais sourcils bruns. Sa femme aussi se tenait à l'écart – pas à côté de lui cependant – mais pas très loin. Elle portait une robe bleu pâle agrémentée de fils d'argent fabriquée dans une usine à pacotille, qui lui moulait le buste. Qu'elle avait extrêmement beau. Elle avait mis des chaussures de bowling à la place de ses souliers de satin bleu pâle, hauts talons, mais ces derniers étaient sur le banc où elle avait posé son sac à main satiné. Elle avait des cheveux blonds, décolorés, crêpés haut sur le front et des faux cils. Drôle de tenue pour jouer au bowling.

Lily réussit à faire tomber trois quilles et, soupirant, fit demi-tour pour rejoindre Martha et Mira. Elle s'écroula sur le banc. Elle aussi était plutôt habillée pour une partie : chemisier de simili satin sur pantalon prune et peigne en faux diamant dans les cheveux.

« Cette Geraldine, c'est vraiment quelqu'un ! » dit Martha.

Geraldine était petite, son mari aussi, et un peu ronde, mais « bien ». Elle était invraisemblablement énergique : elle parlait, empoignait sa boule et la faisait rouler avec une force plutôt dévastatrice.

« Oui, elle est sexy; elle l'a toujours été », répondit Lily.

Mira regarda attentivement la femme dont il était question. Sexy... qu'est-ce que cela voulait dire? Qu'avait-elle qui faisait qu'on la qualifiait ainsi? Elle n'était pas plus attirante qu'une autre d'entre elles, et certainement beaucoup moins que Lily. Son corps était, selon l'estimation puritaine de Mira, trop lourd. Elle ne se tortillait pas, ne se dandinait pas, ni ne faisait aucune des choses que Mira avait vu faire à d'autres femmes. Et pourtant, les hommes étaient sous le charme.

« Ce... comment s'appelle-t-il, Lily? Ce grand type?

– Tom.

– Oui. On dirait qu'il la déteste. »

L'homme observait la boule de Geraldine, le visage dévoré de haine.

« Oui, soupira Lily, c'est un drôle de pistolet; Geraldine est une brave fille, marrante, vivante, quoi? Tom n'est qu'un... oh! je ne sais pas. Ils sont tous du même coin, Carl, Tom, Harry et Dina; ils ont tous grandi ensemble, sauf Dina qui est plus jeune, beaucoup plus jeune. Ils sont tous bizarres, ces types, ils croient tous aux façons de se comporter d'autrefois. Carl est dur; mais Tom est le pire... Ces hommes-là ne savent pas vivre... Ils ne savent que tuer. Harry, quant à lui, est chouette, il est très bien avec Geraldine, à part ces types de la Mafia en grosses bagnoles noires qui viennent lui foutre les jetons de temps en temps. Je crois que Harry a des ennuis avec ces gars-là. Pauvre Sandra, elle ne sort jamais de chez elle. Tom la tient enfermée à double tour; voilà pourquoi j'ai organisé cette petite soirée; je me suis dit que ça l'aiderait, que ça lui ferait une petite coupure...

– Tu ne veux quand même pas dire qu'il l'enferme pour de bon? s'exclama Mira.

– Eh bien... elle vit dans une petite maison de Farmington... à des kilomètres de la moindre boutique... et elle n'a pas de voiture.

– Elle doit avoir des amies qui en ont. »

Lily détourna son regard :

« Ou-i, je pense. »

Geraldine fit un strike. Elle bondit de joie en battant des mains, se tourna vers Carl avec des yeux brillants, cria :

« Je suis géniale, pas vrai, Carlie? » et le serra dans ses bras, ainsi que George qui était debout à côté de lui, avant de courir embrasser Sandra. Elle se pavana jusqu'aux trois femmes et se laissa tomber à côté d'elles.

« Z'avez vu? »

Ses yeux brûlants vous réchauffaient. Elle continua de jacasser joyeusement à propos de son « mauvais bowling », de son entraînement, et regarda les autres jouer, criant de joie à un bon score, faisant un « oh! » de désappointement à un mauvais. Lorsque ce fut à elle de jouer, elle alla se mettre en position en chantonnant : « Tralalla lilou! »

On lui prêtait plus d'attention qu'elle ne l'aurait cru. Tout le monde la regardait, et tout le monde l'appréciait. Samantha enviait la spontanéité et la gaieté de Geraldine, mais elle n'aimait pas la façon dont Simp se comportait avec elle :

« Elle est désespérée, voilà mon avis... frénétique, oui! dit Sam à Mira et Martha. Mira acquiesça, mais dit qu'elle était également innocente. C'est une combinaison dangereuse; je suis un peu inquiète pour elle. »

Martha ricana :

« Mon dieu, quelle idiote tu fais ! C'est une putain en chaleur et calculatrice.

– Oh ! elle ne veut qu'attirer l'attention, dit doucement Lily; elle a toujours été comme ça. Elle ne veut nuire à personne.

– Elle est fantastique ! dit Martha. Je l'aime ! N'empêche que c'est une putain en chaleur et calculatrice ! »

L'intérêt des hommes n'était, quant à lui, pas verbal. Simp, semblant ne pas remarquer qu'elle se comportait de la même façon avec tout le monde, se glissa auprès d'elle et insinua un bras autour d'elle en lui décochant son petit sourire, de très près. Norm se tenait loin d'elle, mais il la suivait des yeux; Carl aussi était distant, mais, à chaque fois qu'elle venait vers lui, il souriait et passait un bras autour d'elle. Mais Tom la regardait d'un air mauvais et, lorsqu'elle s'approcha de lui pour le taquiner sous un quelconque prétexte, il lui cracha quelques mots et se détourna. Harry était assis sur le banc et souriait doucement et d'un air endormi à tout bout de champ; à chaque fois qu'elle s'approchait de lui, elle l'enlaçait, l'embrassait ou le caressait. Lui restait impassible, un sourire bien morne sur les lèvres.

Ils terminèrent leurs parties de bowling et se rendirent dans un restaurant pour boire davantage et manger quelque chose. Le restaurant était une grande pièce nue avec de grandes tables et des juke-boxes. Un bar s'étendait sur toute la longueur d'un mur. L'endroit avait l'air pauvre, et pas spécialement propre. Seuls, quelques jeunes se tenaient devant le bar. Norm pinça les lèvres et lança un coup d'œil mauvais à Mira.

Voilà le genre d'endroit que tes amies fréquentent, lui disait-il silencieusement.

« Pas de maris à côté de leurs femmes ! » ordonna Samantha. C'était une vieille coutume entre amis, adoptée jadis pour alimenter la conversation. Le groupe changea donc complaisamment de place; quoiqu'ils fussent amis depuis tant d'années que ce changement ne créait rien de réellement nouveau. Mais Tom regarda Samantha en chien de faïence. Il assit sa femme à un bout de la table, avant de s'asseoir lui-même entre elle et Lily. Il n'adressa la parole à personne. Mira se retrouva à l'autre bout de la table, entre Harry et ce brave George. Geraldine était déjà debout et mettait des pièces dans le juke-box. Elle revint vers la table en dansant.

« Qui veut danser ? »

Simp sauta sur ses pieds. D'autres couples firent de même. Norm emmena Samantha jusqu'à la piste. Tom et Sandra restèrent à un bout de la table, Harry et Mira à l'autre.

« Tu es différente, hein ?

– Différente ?

– Et moi aussi.

– Hein ?

– Je vis dans un égout. Ça ne se voit pas ? »

Elle le regarda d'un air désapprobateur.

« Je parierais que ton mari n'est pas un « bon amoureux » !

– Je te demande pardon ?

– Je sens ces choses-là, je les sens toujours », dit-il calmement tandis que ses yeux endormis couraient dans la pièce à la recherche du garçon. Il lui fit signe de lui apporter un autre verre. Et se retourna vers Mira : « Pas la peine de monter sur tes grands dadas avec moi ! Je n'en vaux pas la peine. »

Elle but son verre à petites gorgées. Ses mots avaient paru guindés – même à ses propres oreilles. Elle fixa ses yeux sur la table.

« Moi aussi, je suis un mauvais amant », continua-t-il tranquillement à voix basse et voilée en bougeant à peine ses lèvres et le visage impassible. Il ne la regardait même pas; il donnait l'impression de regarder en l'air. « Ouais, ma pauvre Geraldine, elle n'en savait rien, elle m'a épousé, elle n'avait pas seize ans, elle m'a supplié de l'épouser, alors je l'ai fait; pauvre gosse, son père la battait toutes les trente secondes, il fallait qu'elle s'en aille de chez elle. J'avais vingt-cinq ans, je la connaissais depuis qu'elle était née, dans le quartier, quoi, tu comprends ? Elle a trois enfants maintenant, regarde-la, on ne dirait pas, hein ? Une gosse, cette fille ! Mais je ne peux rien faire pour elle, plus rien. C'est comme ça depuis des années... Si je suis séparé d'elle, je lui téléphone, je rentre à la maison de cette façon, tu comprends ? Juste pour entendre sa voix... Je ne fais rien, ça vient tout seul... Ça jaillit sur mon pantalon et le long de mes cuisses... Mais lorsque je suis avec une femme, je n'y arrive pas... C'est pas seulement avec Geraldine... j'ai essayé... J' peux pas. »

Les danseurs revinrent quand la musique passa à un rock. Simp invita Mira à danser; elle se leva aussitôt. Geraldine entraînait Carlie dans une meddley lindy et twist. Lorsque la danse se termina, Mira tira une chaise d'une autre table et s'assit entre Samantha et Martha. Harry resta seul à son bout de table, les yeux fixés sur le mur. Geraldine se démenait. Elle tournait dans toute la pièce avec tous les partenaires qu'elle pouvait se dégotter.

Les pizzas arrivèrent, et tout le monde se mit à manger, à l'exception de Geraldine.

« Manger, manger! Comment pouvez-vous penser à manger ? dit-elle en dansant toute seule et en se dandinant près de la table. Hey! Harry, viens, mon chéri ! »

Harry ne la regarda même pas et fit « non » de la tête.

« Carlie ? » La musique passa à un slow : « Oh ! c'est ma chanson préférée ! » s'exclama Geraldine, au bord des larmes. De ravissement.

Sandra lui jeta un regard plein d'amour :

« Je vais danser avec toi, Dina », dit-elle.

La grande main de Tom s'abattit rapidement sur son avant-bras, l'empoigna et la fit rasseoir sur sa chaise.

« Oh ! gémit-elle.

– Tu restes ASSISE ! » lui ordonna-t-il.

George se leva :

« Je vais danser avec toi, chérie », dit-il gentiment en abandonnant sa pizza à moitié entamée.

Geraldine pressa son corps contre le sien.

On servit d'autres bouteilles. Lorsque les pizzas furent mangées, ils se mirent à danser. Un groupe de jeunes gens en blousons de cuir noir et portant des casques de motocyclistes envahit la pièce. Ils se massèrent autour du bar. Norm jeta un coup d'œil qui en disait long à Mira. Elle ignora son air renfrogné, mais se prépara à partir bientôt : elle ramassa ses cigarettes et son briquet sur la table et les enfouit dans son sac à main. Geraldine remit sa chanson préférée. Les autres couples se rassirent. Elle et George demeurèrent seuls sur la piste, bougeant à peine, se balançant ensemble, se serrant de très près. Martha se pencha en avant et essaya de parler à Sandra; mais Sandra put à peine lever les yeux. Elle murmura de brèves réponses. De temps en temps, Tom quittait Geraldine des yeux pour vérifier où était Sandra, de la façon dont on devait vérifier qu'un prisonnier fait tout à l'heure, au plus chaud de la bataille, n'entreprenait pas quelque chose alors que la bataille se déroulait encore. Les mains du prisonnier étaient attachées derrière son dos et on l'avait jeté dans un coin de la tranchée; mais, tandis que l'on vous tirait dessus de l'extérieur, que vous deviez répondre et que votre visage était maculé de boue et de poudre, il vous fallait vous retourner de temps en temps pour vous assurer que le prisonnier n'avait pas desserré ses liens et ne bondissait pas sur ses pieds, prêt à saisir un fusil à baïonnette tombé au sol et à vous l'enfoncer dans le dos. Bien qu'elle les eût fixés droit devant elle sur la table, ses yeux clignaient chaque fois qu'il la regardait; elle s'en rendait compte en l'observant de biais.

La musique passa à une rumba. Geraldine et George dansaient toujours l'un contre l'autre; mais, à présent, au lieu de simplement se balancer, ils bougeaient leurs hanches en mesure et se heurtaient doucement comme s'ils avaient été en train de baiser. Sandra venait de murmurer une réponse à une question de Martha concernant ses enfants lorsque, brusquement, Tom sauta sur ses pieds si vite et si violemment que sa chaise se renversa, il courut à travers la pièce et se mit à taper sur George. George se couvrit le visage avec ses mains. Tout le monde se leva. Carl et Simp essayèrent de saisir les bras de Tom. Samantha cria : « Simp! Tes dents! Fais attention à tes dents! » Elle saisit Tom par son veston; Tom donna un crochet à Simp, qui tomba, puis il tira sur son bras et arracha la manche de son veston. Les femmes se groupèrent autour, bourrèrent Tom de coups et essayèrent de l'écarter de George, qui était maintenant assis sur un tabouret de bar les mains en garde, appliquées devant le visage. Le videur sortit de derrière le bar. Il était plus petit que Tom, mais il parvint à saisir ses bras et à les pousser vers la porte. Sur le seuil, Tom se retourna et dit quelque chose au videur qui ne le lâchait toujours pas. Tom regarda à la table en direction de Sandra, qui était paralysée et blanche comme un linge.

« Tu ramènes ton cul, oui ! » cria-t-il.

Sandra prit son sac et son manteau et décampa.

« Il n'a même pas payé ses foutues consommations ! » conclut George d'un air dégoûté.

10

Norm serra les dents, saisit Mira par l'épaule, si fort qu'elle en eut mal, et dit au revoir à la compagnie. Elle fut contente que le lendemain, lorsque le téléphone sonna pendant des heures, il fût à son golf. Voilà, avait-il dit. Il ne voulait plus rencontrer des gens aussi vulgaires. Elle répondit que c'était Tom qui était vulgaire et qu'il n'était pas un de leurs amis. Il refusa de discuter. Il n'irait plus à des parties et s'arrangerait pour ne plus jamais se trouver en compagnie de l'un d'entre eux. Un point, c'était tout.

« Mais ce sont mes amies, Norm ! » protesta-t-elle.

Il lui jeta un regard glacé :

« C'est ton affaire, ma chère... Ce ne sont pas mes amies ! Mes amis sont bien élevés et courtois; je ne t'impose ni rixe ni bagarre.

– Si tu ne vas pas à leurs parties, j'irai toute seule ! insista-t-elle avec obstination.

– Non », dit-il d'une voix aussi basse que menaçante.

Elle pensa au visage de Sandra lorsque Tom l'avait fait rasseoir et se dit qu'elle savait ce que son amie avait ressenti. Impossible de leur échapper! Tout simplement im-pos-si-ble! Elle ne le ferait pas, bien sûr qu'elle ne le ferait pas! Il ne le lui permettrait pas. C'était une respectable femme de trente-deux ans, mais elle avait besoin d'une permission – exactement comme si elle avait été une enfant. Désarmée, elle resta assise, pleine d'amère rancune.

Mais le lendemain, lorsque le téléphone sonna et qu'explications, interprétations et remarques affluèrent à sa bouche, elle sentit qu'elle se retirait à l'écart de tout cela. C'était trop vulgaire.

Samantha continua à papoter à cet égard avec allégresse et excitation. Elle n'avait pensé qu'à une seule chose, admit-elle dans un petit gloussement : au nouveau bridge de Simp. On lui avait couronné toutes les dents au cours de l'année, et cela leur avait coûté sept mille cinq cents francs. Elle avait été choquée par la lâcheté de George et désolée pour Martha. Et ce Tom, n'était-il pas complètement dingue.

Lily était extrêmement affligée pour Sandra; imaginez à quoi sa vie ressemble...

« Un soir, nous sommes allées, elle et moi, à une soirée « Tupperware[1] ». Oh ! ce n'était rien, un truc idiot pour piéger les ménagères idiotes, vous voyez le genre, mais c'était une occasion de sortir, aussi lui avais-je demandé de bien vouloir venir avec moi... Elle a travaillé son Tom au corps et, après quinze rounds endiablés, elle a obtenu le droit de venir... Je suis passée la prendre, et nous sommes allées chez mon amie Betty; c'est là qu'a eu lieu la soirée; à la fin, lorsque tout le monde a été parti, Betty a sorti une bouteille et on a bu quelques verres. Oh, on s'amusait tellement! On a discuté, rigolé... c'était très sympathique... bref, on est restées un peu tard; j' crois qu'il était minuit lorsque j'ai ramené Sandra chez elle. On est entrées dans la maison... on s'amusait tellement qu'on ne voulait plus se quitter... Alors Sandra m'a dit de venir prendre un café dans sa cuisine (j'étais trop pompette pour conduire,

1. Marque (déposée) de conditionnements pour aliments, bacs à glace, vaisselle. (*N.d.T.*)

paraît-il). Tom était assis immobile sur le canapé et regardait la téloche... Il lui jette un coup d'œil, saute sur ses pieds et lui donne une baffe si forte qu'il la met K.O... Après... il s'est tourné vers moi, mais je me suis enfuie.

— Il t'aurait frappée ? Mira était effrayée.

— Sans l'ombre d'un doute ! Il se serait dit qu'il rendait un service à Carl...

— Lily !

— Eh oui, voilà comment ils sont ! Tu ne les connais pas. Les vieilles manières et les vieux copains. »

Mira raconta à Lily ce que Harry lui avait confié. Elle n'en fut point étonnée.

« Oui, le pauvre Harry... Ce n'est pas un mauvais bougre... Nous sortons tous de moins que rien, pas vrai ? Et quand on sort de moins que rien, la brutalité est une seconde nature... Sans elle, les hommes ont l'impression de ne pas exister, tu comprends ? Et Tom...

Elle était gênée pour George, tout en lui en voulant un peu.

« Lorsqu'on a affaire à des gens comme ça, il faut traiter dans leurs termes... » fit-elle avec une conviction infinie.

Sandra et Tom ne donnèrent plus signe de vie. Harry et Geraldine déguerpirent assez cordialement lorsque le visage de George alla mieux, et Lily et Carl continuèrent de les fréquenter.

Mira était extrêmement préoccupée par la façon dont ses amies avaient réagi à cette affaire. Elle y réfléchit pendant plusieurs semaines. Quelles que fussent leurs opinions, elles ressentaient cette soirée comme quelque chose d'important. Quelque chose s'était passé : quelque chose de vrai. C'était presque comme si — elle détesta mettre cette pensée en mots — elles enviaient la franchise de Tom. Leurs propres vies étaient pleines de faux-fuyants, de demi-mesures : subtils jeux de pouvoir, punitions subtiles, subtiles récompenses. Ce Tom avait beau être un vrai sauvage, il y avait quelque chose de clair et de « propre » dans sa façon d'agir.

Seule Samantha n'était pas de cet avis. Seule de toutes les amies, Martha ne blâma pas George. Geraldine l'avait serré, George avait relevé le défi. Il ne la pressait pas, il n'exagérait pas. Tout cela avait été naturel. Mais Tom avait le béguin pour Geraldine, alors il a cogné George, dans une projection puritaine de son propre désir. Que pouvait faire ce pauvre George? Tom pèse trente-cinq kilos (facile!) de plus que lui et a un corps trois ou quatre fois plus épais que le sien. Il s'est défendu en se protégeant : c'était la chose intelligente et non violente à faire...

Mira confessa ses doutes à Martha d'une voix hésitante, son sentiment que la plupart des femmes avaient joui de la scène, l'avaient trouvée revitalisante. Pourquoi, d'après toi ?

Martha sourit tristement :

« Bon... tu devrais le savoir, Mira », dit-elle sur un ton aigre-doux.

Mira lui lança un regard interrogateur.

« Elles voient dans la relation de Tom et Sandra... la vérité des leurs, la forme concrète de leurs relations avec leurs maris... N'y as-tu pas vu cela ? »

Mira secoua la tête; c'était ridicule. Norm ne la frapperait jamais, et puis il ne la terrifiait pas... Elle était loin d'avoir le caractère soupe au lait de Martha. Norm avait raison. Ses amies n'avaient pas de manières, pas de « grâce ». Pourquoi n'étaient-elles pas plus... acceptables? Elle se dit que Norm avait raison, pour de bon... Il lui faudrait donc se plier à son décret. Elle décida de ne voir ses amies que de jour. Mais elle ne voulait plus voir Martha pendant quelque temps. Martha était vraiment trop cloche. Elle ne verrait que Lily et Sam.

Mais cela aussi devint difficile.

A l'âge de six ans, Carlos, le fils de Lily, était tout simplement un monstre. Il était alternativement un violent et un timide catatonique. Lorsqu'il était à l'école, on ne l'entendait pas. Il parlait rarement, ne faisait jamais ses devoirs et ne répondait même pas à l'institutrice lorsqu'elle s'adressait à lui. Mais dès qu'il avait quitté l'école et qu'il revenait dans son quartier, il crachait sur les autres enfants, leur cassait la figure, les insultait, jetait des pierres et tirait les sonnettes avant de s'enfuir à toutes jambes.

Sa conduite ne s'améliora pas avec l'âge. A huit ans, il était connu et catalogué dans le quartier. Les enfants de son âge, qui étaient tous plus petits que lui, s'enfuyaient dès qu'ils le voyaient approcher. Avec les années, ils avaient fait part de leurs problèmes à leurs frères aînés, quand ils en avaient. Les grands frères entamèrent les représailles. Ils le prenaient quand il se rendait à l'école, car il était toujours très timide à ce moment-là; ils sautaient sur lui, lui cassaient la figure, le jetaient par terre et déchiraient ses vêtements. Carlos rentrait à la maison en larmes : il refusa d'aller à l'école. Lily, hystérique, courut à l'école et demanda que l'on y fît quelque chose. Elle supplia Carlos de changer. Et prit l'habitude de l'emmener à l'école en voiture, et d'aller le chercher.

Mais, parfois, il devait y aller seul. Un après-midi, il marchait seul vers la pâtisserie du coin de la rue pour s'acheter une glace. Une bande de gosses l'aperçut, le suivit, et, lorsqu'il sortit de la boutique, l'entoura. L'insultant et lui crachant dessus, ils le forcèrent à aller à quelque distance de là, jusqu'à un terrain vague situé derrière une usine à gaz désaffectée. Ils lui écrasèrent son cornet de glace sur la figure. Ils envoyèrent l'un d'entre eux chercher une corde. Ils attendirent en continuant de l'insulter et de le menacer. Carlos était fou de colère, mais ils étaient trop nombreux. Lorsque la corde arriva, ils firent un nœud autour de son cou et essayèrent de le pendre à la branche d'un arbre. C'était difficile, parce qu'il était très gros et se débattait avec l'énergie du désespoir.

La branche se révéla trop mince pour soutenir son poids, et ils étaient incapables de monter jusqu'à une autre située plus haut et de le tirer en même temps. Ils discutèrent et disputèrent à haute voix coléreuse qui perçait la lumière crépusculaire de l'après-midi automnal.

Ils finirent par décider d'employer le bord du toit incliné de l'usine à gaz. Ils le traînèrent, hurlant, cognant et donnant des coups de pied. Ils firent passer le nœud autour de son cou et l'un des gosses grimpa sur le toit pour attacher la corde autour de la cheminée. Il sauta en bas et tous observèrent. Ils n'arrivaient pas à trouver comment le pendre. Tous les films qu'ils avaient vus à la télévision utilisaient des chevaux. L'un d'entre eux décida d'aller chercher une bicyclette.

Une habitante du quartier entendit les éclats de voix; elle en avait l'habitude. Elle jeta cependant un coup d'œil par sa fenêtre et ne vit qu'une bande de gosses en train de se disputer, comme d'habitude. Mais la scène retint son attention, ce qui n'était pas habituel. Elle regarda de nouveau et vit un enfant avec un nœud autour du cou debout devant l'usine à gaz désaffectée. Elle téléphona à la police. Ils arrivèrent; les enfants s'enfuirent à la vue des flics, sauf Carlos, qui, immobile, criait hystériquement, tandis que la corde se balançait le long de son corps.

Les policiers le firent accroupir, lui enlevèrent la corde, essayèrent de le calmer et de lui demander son nom et son adresse, et qui lui avait fait cela. Mais il ne cessa pas de hurler. Ils tentèrent de le faire monter dans la voiture de police, mais il leur allongea des coups de pied, les traita de crapules, se dégagea et s'enfuit à toutes jambes. Les policiers sautèrent en voiture et le suivirent. Ils se garèrent devant la maison la plus proche de la cour dans laquelle il s'était engouffré et sonnèrent à la porte. Lily leur répondit, Andrea debout derrière elle. Oui, elle avait un fils aux cheveux blonds et aux yeux bleus, oui, il était là, oui, il venait de rentrer. Elle essaya de comprendre ce qu'ils lui disaient. Ils insistèrent pour entrer et voir s'il allait bien. Elle les conduisit à la chambre de Carlos; il leva les yeux quand ils entrèrent, immobile, méfiant, débordant de rage. L'un des policiers s'accroupit près du lit sur lequel l'enfant était allongé et lui parla gentiment. Le policier lui examina le cou, lui demanda avec douceur qui étaient les autres enfants, s'ils lui avaient fait mal et s'il allait bien à présent. Carlos ne desserra pas ses lèvres bleues.

Lily était déconcertée. Carlos était rentré à cent à l'heure par la porte de derrière; elle s'était tournée vers lui en souriant et lui avait dit : « Bonjour », et lui avait crié : « Putain ! Sale putain ! » avant de foncer en direction de sa chambre, dont il claqua la porte. Elle était sur le point d'aller jusque-là lorsque la sonnette avait retenti, et maintenant les policiers étaient là et parlaient au gamin qui ne répondait pas. Qu'avait-il donc fait ? Ses grands yeux s'enfoncèrent dans sa tête. Les cernes sombres qui les entouraient les absorbèrent jusqu'à ce que ses cavités oculaires ressemblassent aux trous d'un crâne. Les policiers prirent congé. Elle se tourna vers Andrea :

« Mais qu'est-ce qui s'est passé ? »

Andrea – il avait onze ans – expliqua à sa mère. Il l'expliqua à plusieurs reprises, car Lily n'en croyait pas ses oreilles : « Bon, bon, mais quoi ? Qu'a-t-il fait ? » Finalement, Lily comprit. Ces garçons avaient tenté de pendre son enfant, PENDRE SON ENFANT ! De le pendre, pour de vrai. De le tuer. Lily se mit à dire des mots sans suite.

Lorsque Carl rentra du travail, Lily arpentait la maison, parlait avec violence, pleurait, lançait les poings en l'air, hurlait face à un ennemi invisible qui semblait tapi derrière le plafonnier. Elle s'arrêta de marcher d'un seul coup, releva la tête et les poings et hurla contre lui. Quoi qu'il fît, c'était un salaud, un enculé, une merde. Carl tenta de découvrir ce qui se passait, mais il ne comprenait pas ce que sa femme était en train de dire. Andrea observa la scène et ne dit rien avant que son père ne se fût tourné vers lui.

« Mais qu'est-ce qu'i's' passe ? »

Il ne comprenait pas non plus, mais lui dit tout de même ce qu'il savait. Carl essaya de tirer Lily vers une chaise.

« Du calme, Lily, c'est fini... Allez, assieds-toi. »

Elle s'assit, mais continua de battre la campagne. Carl se rendit auprès de Carlos, qui était toujours allongé sur son lit. Il refusa de parler à son père, sans, toutefois, l'insulter. Il ne l'insultait jamais. Carl s'assura que Carlos allait bien, et s'en retourna auprès de sa femme.

« Ecoute, ma p'tite Lily, ce n'est rien... J'ai fait la même chose quand j'étais gosse, moi aussi... Avec des gosses du quartier, on a essayé de pendre une pédale du coin... Ce n'est rien... aucun mal... des gosses, quoi ! Les gosses sont comme ça. »

Sa voix était apaisante, calmante, résignée. Ce n'était rien; Lily s'énerva encore davantage.

Il haussa les épaules :

« Les gosses sont complètement pourris... Lily, les gens sont pourris, y a rien à y faire... Il va bien. »

Lily se calma quelque peu. Elle ne le regardait pas; elle fixait toujours quelque être malveillant; mais se calmait. Lorsque le bruit qu'elle faisait diminua, Carl redressa la tête. Il quitta sa place et ouvrit la porte.

« Allez, Lily. Je vais te chercher un verre... » dit Carl.

Carlos se glissa dans le couloir et l'escalier et s'assit sur une marche, juste hors de vue du living-room. Son père apporta un verre à sa mère. Elle le but à petites gorgées; il but le sien à petites gorgées. Elle ne sanglotait ni ne pleurait plus; elle était calme.

« Mais écoute, Lily, reprit Carl, pourquoi l'as-tu laissé aller seul à la boutique ? Tu sais, tu aurais dû y aller avec lui... Et pourquoi n'es-tu pas allée le chercher lorsque tu t'es aperçue qu'il ne rentrait pas ? »

Lily se mit de nouveau à haleter. Carlos descendit de deux marches. Ses deux grands yeux sensibles – comme ceux de Lily – observaient. La voix de Carl, toujours aussi douce, passait du ton du réconfort à celui de la récrimination.

« Tu sais que ce gosse a des « ennuis ». Pourquoi le laisser seul ? »

Elle commença une réponse. Elle s'assit bien droit et dit :

« Ecoute, Carl, il a huit ans, non ? Il peut bien aller jusqu'à la boutique d'à côté et s'acheter une glace tout seul, il faut qu'il le fasse, que deviendra-t-il s'il n'est jamais libre... » Puis sa voix monta de nouveau et elle fut de nouveau déchaînée, pleurant, hurlant et s'arrachant les cheveux. Carl se leva. Il était dégoûté.

« Pour l'amour de Dieu, Lily ! » protesta-t-il inutilement. Les cris de Lily remplirent la maison. Carlos descendit au bas de l'escalier et observa. Il était heureux. Il savait bien que tout était de la faute de maman.

11

A sept heures et demie, Carl téléphona à Mira. Pouvait-elle venir ? A ce moment-là, elle se dit qu'il l'avait appelée parce qu'il ne savait tout simplement pas que faire. Par la suite, elle se dit qu'il l'avait fait parce qu'il avait besoin de quelqu'un pour se justifier.

Lily arpentait la maison en délirant lorsque Mira entra. Quand elle aperçut son amie, elle courut vers elle en larmes et en faisant de grands gestes; Mira la prit contre son cœur avec raideur, puis Lily s'écarta. Son regard était aussi bouleversé que bouleversant; elle essayait de dire quelque chose à Mira. Mira concentra son attention sur le visage de Lily. Elle écouta en opinant du chef; Lily se calma quelque peu. Mira lui dit :

« Asseyons-nous et tu me raconteras. »

Elles s'assirent ensemble sur le canapé; Carl, de l'autre côté de la pièce. Lily parla, extrêmement confusément. Mira l'interrompit patiemment et lui posa des questions; parfois, Lily se remettait à battre la campagne. Alors Mira tendait la main et lui touchait doucement, tendrement, le bras. Lily se remettait à parler et jetait un regard terrorisé à son amie, qui souriait alors gentiment et lui demandait de s'expliquer plus clairement. A la fin, Mira comprit toute l'affaire; mais elle ne comprenait toujours pas pourquoi Lily était dans cet état.

« Bon, bien sûr, tu es à bout de nerfs, des gosses ont tenté de tuer ton fils... »

Mais ce n'était pas cela. Lily écumait et hurlait :

« Des racines, des racines, des racines! criait-elle. Il vous faut des racines! Mais comment en avoir alors que, partout, on essaie de vous tuer? J'ai essayé d'avoir un foyer pour eux, dans une banlieue tranquille, et que se passe-t-il? Où va-t-on? Drôle d'endroit... pas de racines! Il faut avoi' des racines! »

Après un long moment, Mira commença à établir quelques rapports entre des choses. Foyer, sécurité, terreur et violence étaient liés dans l'esprit de Lily. La contradiction de ces termes, ou peut-être leur consanguinité, la rendait folle... Sans un endroit où l'on pût se sentir à l'aise, où l'on puisse dormir d'un cœur léger, on devient fou. Mira essaya de dire ça à Lily.

« Donc, tu trouves que toi et tes enfants, vous n'êtes pas à l'abri, pas « chez vous », que tu n'as pas d'endroit à toi, que... »

Mais Lily ne l'écoutait pas. Sa voix emprunta un autre registre. Qui se déroula autour d'eux trois comme un nœud. Elle tourna, tourna, tourna, se répétant, n'écoutant pas, bruyante, terrorisée. Ses propres sentiments, sa propre voix, lui donnaient le vertige. Elle tournait sur un char de carnaval qui ne voulait pas s'arrêter; elle ne savait pas l'arrêter.

« Oh ! mon Dieu. Faites que je meure; je veux mourir, s'il vous plaît, quelqu'un, tuez-moi ! Carl, tue-moi ! Mira ! Quelqu'un ! Tuez-moi ! Je n'en peux plus... » Elle se leva d'un bond et courut à la cuisine, Carl et Mira sur ses talons. Elle avait ouvert un tiroir, celui qui renfermait le grand couteau à découper; Carl l'empoigna et ne le lâcha pas; elle se tenait, cambrée et raide, contre lui, et hurlait : « Tuez-moi, tuez-moi, tuez-moi ! Je n'en peux plus ! »

Quand Carl eut fermement saisi ses poignets, elle resta immobile, frêle et vulnérable, le corps agité d'un tremblement spasmodique :

« S'il vous plaît, s'il vous plaît, s'il vous plaît. S'il vous plaît, tuez-moi !

– Je crois, dit doucement Mira, qu'il faut l'emmener à l'hôpital. »

Carl comprit soudain. Ce n'est que plus tard, bien plus tard, que Mira réalisa cela. Sans doute ne savait-il pas ce à quoi il était en train d'assister. En toute impartialité, c'était probablement vrai... Reste à savoir si l'on est responsable de ce que l'on ne veut pas savoir que l'on fait ? Soudain, tout fut différent... Carl prit le manteau de Lily et le lui fit enfiler. Une minute plus tôt, elle était agitée; elle était, désormais, calme. Vaincue.

« Veux-tu que je vienne avec toi ? lui demanda Mira, anxieuse. Comment ferait-il pour conduire et la surveiller en même temps ?

– On peut mettre les gosses à l'arrière, et je tiendrai Lily.

– Non, non, Mira, ça ira, tu es gentille, mais je m'arrangerai... Si tu pouvais simplement rester avec les enfants jusqu'à mon retour...

– Impossible; mes gosses sont tout seuls. Je vais les emmener chez moi. Tu les reprendras en revenant de l'hôpital...

– Bon, d'accord. » Il mit sa main dans le dos de Lily et la poussa délicatement : « Allez, ma p'tite Lily, allez, viens avec moi », continua-t-il tandis qu'il la poussait en direction de la porte, puis dans les escaliers et, enfin, vers la voiture. Il la traitait comme si elle avait été une bombe qui risquait d'exploser. Elle s'était apaisée. Elle avait dû se rendre compte du moment où Carl avait compris; elle avait dû attendre cela; elle l'acceptait totalement. Humblement, geignant à peine, elle sortit, descendit les marches et monta en auto. Elle était assise, pliée en deux, sur le siège avant lorsqu'ils démarrèrent.

12

On lui donna un sédatif et on la mit pour la nuit dans le quartier des agités de l'hôpital. On l'y laissa pendant quelques jours, puis on informa Carl que l'on allait la transférer, soit dans un hôpital psychiatrique d'Etat, soit dans un établissement privé. A lui de décider. Il la fit entrer dans un hôpital privé. Très cher et luxueux.

Mira y réfléchit. Elle conclut que TOUT était de la faute de Lily. Mira se souvint de Lily rejetant Carlos, le repoussant; de ses grands cris et de ses exigences impossibles. Elle demandait sans cesse de l'argent à Carl pour s'acheter des vêtements, allait au magasin-à-bonnes-affaires et achetait quelque chose, le rapportait et disait que ça ne coûtait pas grand-chose – c'était de la camelote – mais qu'avec sa machine à coudre, elle pourrait en faire quelque chose de joli... Elle coupait, cousait et assemblait, et finissait invariablement par tout déchirer en mille morceaux. Non, selon le jugement de Mira – et jugement signifiait alors délimitation stricte de l'éloge et du blâme, ou, plutôt, du blâme et de l'innocence – Carl avait fait tout son possible. Il était aimable et tolérant, et Lily était folle, oui. C'était, bien entendu, très compréhensible : Lily était folle à cause de son enfance. Mais elle l'était sans l'ombre d'un doute.

Lily sortit de l'hôpital au bout de quelques mois. Mira n'en fut informée que le jour où Lily lui téléphona. Mira ne pouvait pas la voir ce jour-là, ou plutôt cette semaine-là. Elle effectuait ses grands nettoyages de printemps. Elle rendit visite à Lily la semaine suivante : elles burent café et parlèrent chiffons. Lily essayait de changer de sujet, de dire à Mira l'horreur que constituaient les électrochocs, de parler de ses lettres terrorisées, « AU SECOURS ! » écrites au rouge à lèvres sur du papier à cabinets, griffonnées sur ses carreaux jusqu'à ce que l'infirmière entrât et les trouvât. Ou des petits mots lâchés sur la tête de tous les visiteurs le dimanche... ou de ses supplications frénétiques à Carl pour qu'il la fît sortir, à chaque fois qu'il venait. Mira sourit, secoua la tête.

« Bien sûr, bien sûr... » Elle ne revit pas Lily de sitôt.

Elle ne voyait presque personne. Elle était occupée à ses tâches ménagères, conduire les enfants, les conseils des parents d'élèves, un club de bridge pour femmes de médecins, et sa vie sociale, qui était devenue infiniment formelle. Comme d'autres recevaient vingt personnes à dîner avec servante et maître d'hôtel, elle dut faire de même; sans aide. Et s'y fit. Elle était donc occupée. De temps en temps, le téléphone sonnait. Sean avait abandonné Oriane aux Bahamas, simplement disparu avec tout l'argent et l'avait laissée avec les trois gosses, une maison de location et deux bateaux non payés. Elle avait dû faire appel au gouverneur de l'île, à l'ambassade des Etats-Unis, ou quelque chose de ce genre. On lui avait payé son billet d'avion jusqu'aux U.S.A.; elle vivait désormais avec Martha. Paula, quant à elle, avait divorcé d'avec son Crésus, travaillait comme réceptionniste médicale quelque part et essayait de joindre les deux bouts avec ses mômes. Theresa était devenue folle lorsqu'elle avait appris qu'elle était enceinte pour la huitième fois. Elle avait noyé l'enfant dans la baignoire et était à présent dans un hôpital psychiatrique.

Tous ces coups de téléphone venaient d'un autre monde. Ils n'avaient aucun lien avec Mira. Aucun rapport. Hors de chez elle, point de salut ! Son monde était ordonné, propre, limpide. Il était également – et il faut lui en donner acte, le reconnaître, elle le savait – bête, étroit et parcouru de colère. Les garçons se disputaient; elle les disputait à chaque serviette tachée par des mains grasses. Norm était la plupart du temps absent, mais, lorsqu'il était là, il était clair que tout devait contribuer à son bon plaisir ou disparaître. Il payait pour tout cela, pas vrai ? C'était sa sueur, sa non-liberté, qui faisaient tourner tout cela, pas vrai ? Aussi, tout devait-il contribuer à son bon plaisir; sinon, il hurlait, il condamnait et consignait dans la prison de sa chambre à coucher celui ou celle qui osait s'en prendre à SA VIE.

Mira était attelée à ses nettoyages d'automne lorsque John Kennedy fut assassiné à Dallas. Elle apprit la nouvelle par la radio et n'en crut pas ses oreilles. Elle avait voté pour lui, en dépit de l'opposition résolue de Norm : leur différence de vote avait été cause de la pire discussion qu'ils eussent eue depuis des années. Il n'était pas possible qu'il fût mort. Elle se pendit à l'écoute : les comptes rendus divergeaient. Il était mort; il ne l'était pas. Il l'était. Mira se souvint du jour où Marilyn Monroë s'était suicidée. D'une certaine façon, les deux événements s'associaient dans son esprit. Elle ne comprenait ni comment ni pourquoi. Des images, se dit-elle. Cela l'attrista. Elle négligea son ménage pour regarder la retransmission télévisée des funérailles du président, de la force stoïque de Jacqueline et de Charles de Gaulle marchant derrière le convoi funèbre tiré par des chevaux. Elle eut même un sourire à la pensée de Charles de Gaulle marchant sur un crottin.

La vie continua. Un autre coup de téléphone : Sean avait divorcé d'avec Oriane, ou plutôt l'avait amenée à accepter le divorce. Il se révélait disposé à lui donner cinquante mille francs par an pour elle et les trois enfants : une grosse somme par rapport à ce que la plupart des femmes divorcées obtiennent, mais pas assez, en ces temps d'opulence et de déflation, pour subvenir aux besoins de quatre personnes. Sean s'acheta un petit domaine près de la mer à East Hampton et y installa sa maîtresse.

Un après-midi, sur un coup de cafard et de solitude, Mira alla rendre visite à Lily. Le visage de poupée mécanique que Lily avait eu au cours de la dernière visite de Mira avait disparu; et Mira n'était pas préparée à celui qui s'était, en quelque sorte, substitué à celui-ci. Lily était vieille. Elle avait le même âge que Mira, trente-quatre ans, mais en paraissait... bref, plus, vraiment. On ne pouvait pas lui donner d'âge; on ne pouvait que dire qu'elle était vieille. Elle était terriblement maigre, décharnée, étique même. Ses cheveux avaient poussé et étaient de différentes teintes – bruns à la racine et sur cinq centimètres, bruns mêlés de gris, tournant au roux, puis plus pâles vers la pointe. Elle portait une grosse blouse de coton sans ceinture... elle ressemblait à une servante d'un village d'autrefois, sous-alimentée, débordée de travail, habituée aux coups, abandonnée au désespoir. Mira fut effrayée : l'image visuelle de Lily était plus effrayante que tous les mots de la terre. Toutes ses rationalisations et ratiocinations, ses explications et ses condamnations baissèrent pavillon : si Lily avait cet aspect-là, c'était qu'elle était comme cela. Mira crut soudain à la misère de l'existence de Lily et la ressentit, peut-être. C'était là un fait brut, au-delà de tout jugement, de toute distribution de blâme, de toutes apparences de rectitude. Cela ne requérait aucune justification, aucune explication. Cela était; voilà tout.

Lily versa le café d'une main tremblante, et oublia le lait. Lorsqu'elles eurent presque fini leurs tasses, elle sauta sur ses pieds et apporta un gâteau qu'elle avait acheté spécialement pour Mira :

« J'ai oublié, dit-elle avec inquiétude. Encore une faute.

« Regarde-moi, regarde ce qu'ils ont fait de moi », dit Lily, mais ses propos résonnaient comme une chanson, comme un gémissement contrôlé et mis en forme. Elle tendit les mains : elles étaient presque orange. Mira remarqua alors que le visage de Lily aussi était jaune. « Ils m'ont fait jaunir avec leurs pilules, chantonna Lily. Ils m'ont rendue moite. Touche mes mains. – Elles étaient suintantes : Tout mon corps est moite de sueur. Je tremble tout le temps... je hais ces médecins... ils se moquent de ce qu'ils vous font tant qu'ils peuvent vous faire sortir vivante de leurs cabinets. Je suis une folle, qu'ont-ils à faire de moi... Mira, j'ai réduit les doses, mais je n'ose pas arrêter de les prendre... Il ne faut pas que je retourne là-bas, Mira, ça me tuerait, ça me rendrait folle. »

Mira se leva et alla jusqu'au buffet, ouvrit un tiroir et chercha les fourchettes à gâteau. Lily n'avait rien remarqué. Mira fut choquée par le tas d'affaires jetées pêle-mêle dans le tiroir. Elle farfouilla cependant dedans, et trouva, enfin des fourchettes.

« Carl dit que je ne sais rien faire correctement. Je ne sais pas, Mira, j'essaie... Je nettoie et nettoie et nettoie. Si je ne le fais pas, ils me renverront là-bas... Et je ne le supporterais pas, Mira, c'est une torture médiévale, tu ne croirais jamais ce qu'ils te font ! Maintenant, j'ai oublié... A chaque fois que Carlie venait me voir, je le suppliais de me faire sortir de là-dedans, et il répétait : « Ne t'en fais pas, ma p'tite Lily, tout ira « bien... » IL NE FAISAIT RIEN ! RIEN ! Il ne se souciait pas de ce qu'ils me faisaient... tous les jours... Ils viennent te prendre et ils t'emmènent dans cette pièce où ils te mettent nue, tout nue, Mira, comme si tu n'étais rien. Ils te jettent sur la table et t'attachent, Mira, t'attachent après la table ! Puis ils donnent le choc, oh ! c'est terrible, c'est un viol ! Ils se fichent de ce qu'ils te font, tu n'es qu'une dingue, tu n'as pas de dignité. »

Lily avait piqué son gâteau avec sa fourchette mais n'en avait pas mangé. Son assiette était un tas de miettes. Elle avait l'air toute retournée; une ride très profonde barrait son front, et ses yeux fixaient quelque chose, comme s'ils contemplaient encore l'horreur... Elle avait les traits tirés; les plis qui entouraient sa bouche semblaient avoir été dessinés au crayon noir par une maquilleuse et la peau de ses pommettes était tendue à en craquer.

« Alors me voilà à la maison. Et j'essaie. Je sais qu'ils me remettront là-bas si je ne le fais pas. Mais Carl, que fait-il? Tout ce qu'il fait c'est de s'asseoir dans le fauteuil qui reste toujours en face de la télévision. Je lui demande, je le supplie de me sortir pendant le « week-end », un pique-nique, un voyage en camping, quelque chose... Les gosses grandissent et nous ne faisons jamais rien ensemble. « Il vous faut une famille », dit-on, c'est un foyer qu'il faut! Tout ce qu'il se borne à dire, c'est que si je continue, il retournera dans la pièce qu'il s'est aménagée au-dessus du garage. E quelle différence cela ferait-il? Un corps de moins à encombrer le salon! Il rentre le soir comme un nazi, il rentre dans cette pièce, se plante sur le seuil et dit, oh! sans agacement, il est très froid, comme un sergent instructeur : « Lily, pourquoi les assiettes ne sont-elles pas « essuyées? » A quoi bon essuyer les assiettes? Elles sèchent toutes seules. Mais alors il faut que je coure les essuyer, sinon je dois discuter avec lui, dire que je n'ai pas eu le temps, ou que je ne veux pas les essuyer, que c'est idiot de les essuyer, et alors on discute, et j'ai toujours tort, quoi que je dise ou que je fasse, j'ai tort avant même de commencer; je ne sais pas comment ça se fait. »

Elle écrasait les miettes de son assiette. Mira l'observait. Le jugement de Mira était suspendu. Elle avait l'impression d'être sur un radeau au milieu de l'océan.

« J'ai oublié de laver ses chaussettes. Elles sont noires et je ne voulais pas les mettre avec mon blanc, tu comprends, et il n'y en avait que quelques paires, et j'ai oublié d'en faire une machine à part; est-ce dingue? est-ce terrible? Il s'est comporté comme si j'étais bonne à emmener... Il était livide, il pouvait à peine remuer les lèvres; sa bouche était trop crispée. Alors j'ai dit que je les laverais à la main; mais il devait sortir – il n'avait qu'une demi-heure – alors je lui ai dit, mets tes chaussettes blanches, elles sont propres, et il s'est comporté comme si je l'avais frappé ou quelque chose de ce genre... Ou il aurait pu mettre les chaussettes sales, non? Suis-je dingue, Mira? Alors je les ai lavées à la main et lui a arpenté la maison comme s'il avait eu un couteau planté dans le dos; j'étais très agitée, j'ai mis les chaussettes à sécher dans le four... Puis Carlos a piqué une colère, oh! je ne sais plus pourquoi – il ne voulait pas d'un œuf à la coque, je crois – et j'ai oublié les chaussettes; qui ont brûlé dans le four... Quelle odeur, mon Dieu! – elle éclata de rire – des chaussettes brûlées. As-tu déjà...? Elle riait à gorge déployée avec délices, cependant que des larmes coulaient sur son visage. Si t'avais vu la figure de Carl! »

Les gestes de Lily étaient nerveux et brusques, mais pas toujours pertinents. Elle se leva vivement pour aller chercher d'autre café, mais, lorsqu'elle fut debout, elle erra, apparemment peu certaine de la raison pour laquelle elle s'était levée... Elle continua de parler :

« Je crois que les hommes sont des morts; ils n'ont pas de vie, tu vois... Je lis tous les magazines, je regarde tous les shows à la télévision, les tests « Pour vous madame », tu sais? Les femmes sont magnifiques... elles sont si fortes, si pleines de vitalité. Tu connais Mary Gibson? Elle est fan-tas-ti-que! Elle racontait comment elle se faisait coller à tous les tests. Moi aussi; les tests des magazines, tu sais, comptabilisez-votre-score-et-vérifiez-dans-quelle-mesure-vous-êtes-une-bonne-épouse, une-bonne-mère-de-famille, une femme-féminine. Je les rate à tous les coups! Mary elle pense que... c'est d'la faute des tests!... Lily déclara cela comme s'il s'agissait d'une outrageante et délicieuse repartie : Je l'aime bien; tu devrais la regarder, elle passe à dix heures; et puis après il y a Katherine Carlson : elle est divorcée et connais vraiment bien le sujet. »

Lily continua à papoter au sujet de ses amies de la télévision; car c'était cela qu'elles étaient, se dit Mira, et sans doute les seules amies qu'elle eût.

« Oh! elles me sauvent, vraiment, elles sauvent ma santé mentale. Je sais qu'il veut me remettre là-bas, mais je ne me laisserai pas faire. Non, non », conclut-elle, obstinée, opiniâtre, récalcitrante, comme toujours. Son menton pointait et ses yeux perçants fixaient quelque lointain feu, et, sous la blouse sans forme, son corps se contractait et semblait aussi dur et anguleux qu'une découpe d'acier.

13

« Elle n'a pas bien appris sa leçon, dit Martha de sa façon directe, qui combinait mélancolie et humour. Ces foutus connards ne cessent pas de dire : TU N'AS PAS APPRIS A ACCEPTER TA VIE. Elle a plutôt intérêt à le faire, sinon elle va se retrouver de nouveau là-bas sans savoir comment.

– Elle lutte beaucoup.

– Mon c..., oui! Il faut qu'elle accepte. Lorsque le monde est dingue, on a interflouse à être dingue itou, sinon ou t'vous balance dare-dare à l'asile... Sacrés connards de psy; je m'étonne qu'ils n'aient pas essayé de baiser autre chose que son esprit. Toutes les jolies nénettes que j' connais et qui ont été chez un psy, moi la première, ont fini cul nu sur le canapé. »

Le langage direct de Martha posait des problèmes à Mira, mais, d'une façon ou d'une autre, Martha apportait quelque chose de rafraîchissant à sa vie. Après une conversation avec Martha, Mira avait l'impression d'avoir un petit peu plus de place pour respirer. Mais, de temps en temps, elle avait une autre impression : celle d'être un voyeur de la vie de son amie.

« Vraiment... ça t'est arrivé? »

Martha raconta la chose en riant de la drague du psychiatre, de la façon avec laquelle elle avait marché et de ce dont elle en avait attendu.

« Je savais que c'était un connard. Mais je *l'adorais* ! Transfert, voilà le mot, tu sais? Et je me suis dit que c'était ma chance. Si je le baisais, ça pouvait enfin être l'orgasme. – Elle rigolait. – Quel empoté! Tu sais, je ne crois pas qu'il connaissait quoi que ce soit à un corps de femme. Mais je crois qu'il s'est dit qu'il me faisait une fleur de première : de la thérapie somatique, en somme! Ils croient tous que la seringue sacrée peut guérir toutes les maladies, moi j' veux bien l' croire, vu que j' suis une fidèle de la s'ringue sacrée. Le seul problème, c'est que je dois toujours en trouver une sacrément bien fout...ante! »

Mira sentit que ses lèvres se contractaient.

« Bon, Martha, je ne sais rien à propos de ce que tu me dis, mais lorsque Lily est sortie de l'hôpital, je me suis dit qu'étant donné ce qu'elle pensait des hommes, il serait peut-être bon qu'elle aille voir un psychiatre femme; j'en ai parlé à Newton Donalson – l'ami psychiatre de Norm, tu sais? Il m'a dit qu'il n'y aurait pas pire chose à faire. Il a été vraiment choqué et m'a dit que cela la mènerait à l'homosexualité.

– Allons bon! Et toi, est-ce que t'y as demandé ce qui se passait lorsque des mectons allaient chez un psychiatre mâle?

– Non, avoua Mira d'un air embarrassé.

– Non? reprit Martha d'un air goguenard. Bien sûr que non! Tu as simplement pris ses paroles comme si elles sortaient de la bouche de Dieu, comme tu fais avec celles de Norm. Faudrait que tu t'entendes : Norm a dit ceci, Norm a dit cela. Norm-Dieu-le-Père! » Elle se rencogna en riant et en agitant son verre.

De temps en temps, Mira était profondément dégoûtée par Martha.

« Et la faculté? » demanda-t-elle d'un air pincé.

Martha ricana :

« J'y vais trop fort pour toi, hein? »

Elle se lança dans une discussion sur la faculté, et même si elle ne parlait que d'elle-même, des gens qu'elle rencontrait et de la structure à l'intérieur de laquelle elle avait pénétré, Mira fut tout aussi gênée que lorsqu'elle avait parlé d'elle, Mira, et de sa vie. Elle se demanda si elle était masochiste, si c'était pour cela qu'elle continuait à voir Martha. Martha attaquait sans cesse à coups de pique. Mais Mira savait que ce n'était pas pour cela. Martha était une pierre de touche. Elle possédait un infaillible détecteur de merde. Elle ne remarquait pas toutes les vérités, mais tous les mensonges, si. Cela, disait-elle, parce qu'elle avait été une menteuse invétérée pendant toute sa vie : « J'ai avancé au baratin de la maternelle au bac. Avec succès. Maintenant, je reconnais le truc dès que je le vois. » Et elle était généreuse envers tout, sauf le mensonge. Elle écoutait et essayait de voir – seulement cela : voir. Elle n'avait pas de préjugés à l'égard de tel ou tel comportement. « Lily est dingue, Carl devrait s'écraser un peu, Natalie est une pute, Paul est un connard », etc. – genre de choses auxquelles Norm arrivait en conclusion de toutes ses conversations à cet égard. Si quelqu'un disait à Martha : « Je me sens inutile ! » elle ne répondait pas, comme la plupart des gens : « Pourquoi dis-tu cela ? C'est idiot, bien sûr que tu n'es pas inutile. » Ou bête, malvenu, erroné, ou quoi que ce soit de ce genre. Elle rétorquait simplement : Pourquoi ? et écoutait le pourquoi en essayant de se représenter ce que cela était. On pouvait s'attendre qu'elle s'en prît à vos mensonges, mais aussi qu'elle respectât vos vérités.

Ce qui faisait d'elle quelqu'un de très rare.

Elle mettait cependant Mira mal à son aise. Elle brisait toutes les règles et s'en allait avec. Des années plus tôt, Mira avait envié la facilité avec laquelle Martha pouvait injurier George à haute voix et lui dire quel con il faisait, et l'aisance avec laquelle il pouvait sourire sous ses attaques : « Je sais ! Je sais ! » Pourtant, lorsque chacun condamna George et dit que c'était un lâche et un vicieux, Martha écarta d'un haussement d'épaules l'avis des gens et le défendit : il avait fait la meilleure chose à faire dans ces circonstances-là. Elle n'attachait aucune importance au fait que les gens la considéraient comme une dérangée et une aigrie. Et le fait d'être retournée à la fac avait donné confiance à Martha dans des domaines autres que personnels. Cela était particulièrement difficile pour Mira, qui s'était toujours considérée comme l'intellectuelle de toutes les bandes ! Martha n'était pas simplement entrée dans une nouvelle sphère, mais dans une sphère qui était plus imposante que celles que les femmes occupaient d'ordinaire. A l'université, les relations étaient professionnelles : les sentiments étaient les mêmes, mais les règles étaient différentes. La politique de la pause café, si elle était de même nature, était plus personnelle quant aux rapports humains que celle de l'amphi, du bureau du doyen ou de la rencontre prof-élève au bistrot du coin. Lorsque Martha en parlait, ses descriptions avaient la verve et la coloration intime des propos du seul gosse du coin qui eût été autorisé à s'aventurer loin du quartier, ou du seul villageois qui fût revenu parler aux autres de la grande ville. La faculté était merveilleuse et terrible, très chouette et très cloche, mais vachement excitante. Et puis il y avait un second intérêt : les gens qu'on rencontrait. Le professeur de français de Martha, après lui avoir parlé de sa copie de partiel, l'avait invitée à boire quelque chose; il était grand et bronzé, un skieur, quoi! Il répondait au nom de David. Ils avaient beaucoup rigolé et, lui, avait laissé son grand œil marron se promener sur elle. Un soir, après le cours, elle alla lui poser une question; ils parlèrent un peu, puis il l'invita de nouveau à boire quelque chose. Ce qui devint une habitude, tous les mardis soirs... Un mardi, il l'invita à déjeuner, et, étant donné que George n'était pas là et qu'elle n'avait pris qu'un bol de soupe avant le cours, Martha accepta. Avec le temps, les invitations plurent, aux deux sens du terme. Cela agita Martha. Aujourd'hui était un mardi, et elle avait promis de lui donner une réponse ce soir.

« Il est vachement mignon, une vraie poupée, tu sais? Et j' l'aime bien, même s'il est pas aussi intelligent qu'il le croit... Et, bien sûr, ça me flatte qu'i' m'ait choisie parmi un amphi bourré à craquer de nénettes bien plus jeunes et plus minces que moi! Mais ce truc m'ennuie... Si je l' saute et que j'ai un « A » à ce cours, je me dirai toujours... pas que j'ai pas mérité le « A » à ce cours, je saurai que si... mais je serai sujette à l'accusation de l'avoir gagné sur le dos. Et ça, j'aime pas...

– Pourquoi ne pas le lui dire?

– Ouais, ouais; c'est ça... je vais lui demander d'attendre la fin du trimestre et, s'il est toujours intéressé, on verra à ce moment-là. Ouais, c'est ça... »

Elle partit, souriante, préoccupée, mais confiante. Mira resta immobile. Son esprit ressemblait à une mer pourpre, déchaînée et chaude comme feu ardent, feu liquide. Elle comprit pour la première fois ce que signifiait être dévorée de jalousie. Martha était perturbée, Martha avait des problèmes. Mais quels problèmes! Ce n'était pas seulement que Martha avait un type chouette qui s'intéressait à elle; ce n'était pas même qu'elle faisait quelque chose, qu'elle passait une licence et projetait de faire une école de magistrature. Non, c'était que Martha qui, jusqu'à une époque très récente, avait été confinée dans le même cercle très étroit que Mira, se sentait à l'aise et confiante dans le vaste monde, qu'elle pouvait s'y mouvoir sans terreur panique, qu'elle pouvait aller jusqu'à se plonger dans des difficultés en acceptant de prendre des verres avec ce David, en risquant que leurs relations ne deviennent sexuelles, et qu'elle semblait capable de s'en tirer même après.

Cela ébranla Mira. Elle ressentit profondément qu'il fallait certaines qualités particulières pour sortir du petit cercle, et que, quelles qu'elles fussent – courage, confiance, énergie, volonté – elle ne les possédait pas. Elle resta assise cette nuit-là et les suivantes, à réfléchir. Elle se sentait honteuse, lâche. Elle se souvint de la haute estime dans laquelle ses maîtres tenaient son intelligence et ses capacités, de la façon dont un vieil athlète doit se rappeler de l'essai qui lui permit de donner la victoire à son équipe scolaire. Ses ambitions d'enfant lui revenaient en mémoire. Elle les écarta, mais elles tinrent bon, comme des fragments de toile d'araignée s'accrochent dans une anfractuosité de linteau brisé.

Avant tout, il lui fallait se débarrasser de cette jalousie : elle était trop douloureuse. Alors elle s'assit et but deux, puis trois et même parfois quatre brandys en regardant la lune tisser sa trame avec les nuages et en réfléchissant aux efforts que fait l'être humain. Cendres pour cendres, poussière pour poussière, à quoi cela servait-il en fin de compte? Elle se souvint que ce que l'on appelle accomplissement dans le vaste monde est souvent putassier et, même quand cela ne l'est pas, futile. Toutes les œuvres des mains et des cerveaux des hommes retournent à la poussière. Prenez, par exemple, le temps et la concentration qui ont dû être nécessaires à la découverte de l'idée de levier, ou quel jaillissement d'imagination brillante il a fallu pour en arriver à l'idée de mettre des feuilles vertes autour de la viande avant de la faire rôtir. Tout était très dur, et prenait beaucoup de temps. Mira se souvint de ses devoirs scolaires, des mois passés à lire, à réfléchir intensément et à en arriver à une conclusion qui lui paraissait extraordinairement originale et fine, uniquement pour la retrouver une année plus tard dans un essai publié dix lustres avant sa naissance. A quoi servait-il donc de construire un royaume, un empire ? Uniquement à le voir disparaître avec le temps comme mari sous un anonyme désert. Des gens violaient leur propre cœur en en soumettant d'autres par le sabre, le fusil, le poison ou la faim, pour établir une dynastie qui s'écroulerait au bout d'un lustre, de dix ou de cent ans... A quoi servaient les attaques surprises quand tout effort était condamné à plus ou moins brève échéance ?

C'étaient les hommes qui faisaient ces choses-là. Arrogants, solennels et fiers d'eux-mêmes, ils essayaient sans cesse d'ériger dans le vaste monde des symboles de l'érection pénienne qu'ils ne parvenaient pas à faire durer dans leur chair. Déception, hideuse déception à laquelle ils avaient sacrifié des millions d'autres êtres humains moins forts qu'eux. Norm-Dieu-le-Père : était-il vrai qu'elle le citait comme un dieu ? Elle se souvenait de l'époque où elle le trouvait moins intelligent qu'elle. Que s'était-il donc passé ? Ce gosse effrayé s'était changé en homme autoritaire, mais elle savait qu'il était aussi faible que par le passé. Et pourtant, elle permettait à Son opinion de lui dicter la sienne. Imaginons qu'elle se remue et s'extraie d'en dessous en lui disant « Ça ne me va pas ! » Quel intérêt, qu'y gagnerait-elle ? Elle causerait de la souffrance à autrui et à elle-même, et pour quoi ? Osait-elle donc déranger l'univers ?

Et si elle parvenait à s'en sortir ? Elle ferait peut-être siens le ravissement et la joie qui semblaient ravir Martha, mais tout en elle-même disait à Mira qu'il n'y avait qu'une chose au bout de tels ravissement et joie – une solitude croissante. On pouvait bien briser les règles de la société, et même s'en détacher complètement, mais après cela, quoi en retour ? La solitude, à jamais. Peut-être alors pouvait-on faire du grand art, du bon art. Mais à quoi bon ? Dans un monde où les poèmes servent à allumer les brasiers et où l'on bombe les peintures murales, où les bibliothèques sont rasées et où les monuments s'écroulent, et où l'art qui survit ressemble à une pierre tombale érigée dans une salle de musée où personne ne va parce que l'on ne comprend pas ce que l'on contemple. Qu'est-ce que cela ferait aux gens de 1964 si *Beowulf* avait tout simplement disparu à jamais ? Le monde en serait-il changé ?

La vie passait : les arbres changeaient de couleur, les fleurs s'ouvraient et mouraient, l'air était doux et énervant. Le mieux que l'on pût faire, c'était de rester assise et de les regarder, en prenant du plaisir au spectacle d'un nécessaire que l'on ne pouvait point changer. Voilà ce que les femmes faisaient. C'étaient les femmes qui s'occupaient de la marche du monde, qui observaient le changement des saisons et perpétuaient la beauté, les femmes qui nettoyaient les maisons du monde, qui enlevaient les toiles d'araignée des fenêtres pour que l'on pût continuer à voir de l'extérieur. Continuité rigoureuse, dur sort... Personne ne vous passait une médaille ni ne vous remettait de diplômes *honoris causa* ; vous n'aviez pas à mettre de costume bizarre ni à marcher en procession; votre buste ne serait jamais placé dans le couloir d'un bâtiment officiel. Mais c'était votre devoir. Le reste n'était que rumeur de faibles voix dressées contre le vent.

Au cours de l'hiver et du printemps, Mira développa en elle-même une sérénité, un calme sentiment de transcendance qui resplendit sur son visage. Les gens la félicitèrent d'avoir l'air heureuse, ce qui, d'une certaine façon, la vexa. Elle avait, en dépit de tout, atteint un état de grâce et une harmonie avec elle-même et avec sa vie. Compromission, aurait dit Martha, mais cela avait l'air nuancé de quelque chose de divin. Elle se sentit plus féminine. Elle pouvait rester assise en silence à des parties, à écouter les hommes parler en leur souriant avec tolérance et bienveillance, au lieu de discuter et de tenter de se justifier à leurs yeux. Les hommes étaient attirés vers elle comme par une force magnétique : elle se sentit aimée. D'une façon ou d'une autre, se disait-elle, elle était parvenue à faire les bons choix. Elle avait échappé à sa vieille tristesse sans trêve. Elle se considérait comme l'un des élus, et croyait inconsciemment qu'ayant enfin atteint à un état de grace, elle n'en sortirait plus. Elle avait atteint non seulement à la grâce, mais à l'invulnérabilité.

14

Elle conserva cet équilibre, même quand Martha tomba amoureuse. C'était David, le professeur de français, qui avait parfaitement compris les réticences de son élève, qui avait été « celui qu'il fallait », avait attendu la fin du trimestre, avait été passionnément obstiné, mais sans ennuyer. Il la désirait, mais il ne croyait pas qu'il avait un quelconque droit sur elle. Il était merveilleux. C'était dur à entendre pour Mira, mais elle le fit pendant des heures, des jours et des semaines de bonheur de Martha, un bonheur qui resplendissait dans ses yeux et brillait sur son visage, ce qui lui faisait paraître dix ans de moins – son âge à lui, quoi ! Mira écoutait le récit de chaque heure passée à prendre un café ou à déjeuner, chaque heure passée à prendre un cocktail, chaque scène de lit. C'était le frère de Martha, son frère jumeau, un autre elle-même : Mira pensa aux dangers du narcissisme. C'était un grand amoureux, avec un grand zizi et un excellent coup de reins, qui procurait à Martha le plaisir de son orgasme, à lui, sinon du sien à elle. Mira pensa au transfert et à certaines formes d'homosexualité. Il représentait tout ce qu'elle, Martha, voulait être mais n'était pas... résolu et confiant dans le monde, tout en étant courtois. Mira pensa à la théorie qui veut que l'amour soit le rejeton de l'envie. Ils parvenaient à se supporter parce que l'un et l'autre étaient obsédés, fanatiques du moindre détail et de la propreté personnelle. La pire dispute qu'ils eussent eue avait concerné le fait de savoir si le shampooing et les bains moussants pouvaient rester en permanence sur le coin de la baignoire ou si le rebord devait rester tout le temps immaculé et lisse. « Divertissement », disait l'ami Blaise. La dispute avait presque été jusqu'aux claques, même s'ils devaient en rire ensemble après.

Martha était sans cesse aux anges et sa bouche était pleine de David (d'une façon ou de l'autre, se dit méchamment Mira). David était également marié et père d'un enfant, une petite fille de deux ans, Byronia. Mais il semblait à Mira que Martha ne s'arrêtait pas à de tels détails et considérait son David, non comme un amant, mais comme une donnée permanente de sa vie : « J'y arrive... presque avec lui. L'amour est fantastique, et même simplement de parler; être avec lui me comble totalement. Je n'ai besoin d'être personne, je n'ai qu'à être. J'arrive pas à te dire comme c'est fantastique... »

Mais Mira savait. Ne savons-nous pas tous? N'est-ce pas de cela qu'on nous bourre, de cela que notre imagination est remplie depuis l'époque où nous pensons à l'amour? Mira était heureuse pour son amie, bien que son sentiment de manque personnel fût accru par cette éternelle béatitude qui se trouvait à deux doigts de gosse d'elle et qu'elle ne parvenait pas à faire sienne. Elle dut faire des efforts pour garder son apparence détachée. Elle dut se rappeler combien l'amour était passager, migrateur, combien fragile! Elle dut réinsérer la chose dans son contexte social et se souvenir des exigences des époux, des enfants, de tout le monde social. Mais rien ne pouvait empêcher l'allégresse des sentiments de Martha de se déverser sur tout cela, comme une inondation balaie et endommage un champ bien entretenu et prémuni contre les mauvaises herbes. L'inondation, tant qu'elle put se donner carrière, fut tout ce qu'il y eut; une réalité si éclatante que la transcendance était difficile à lui opposer. Mira se sentait perchée sur le toit d'un poulailler branlant que le courant emportait en le faisant vaciller. Mais elle conserva son équilibre, et travailla beaucoup son jardin.

Elle travaillait son jardin avec un petit transistor

posé à côté d'elle et écoutait une émission sur les trois jeunes combattants pour les droits civils qui avaient disparu dans l'Etat du Mississippi, quand le téléphone sonna. Amy Fox, une vieille amie de Meyersville, qui se mit à hurler à propos de Samantha. Mira ne comprenait pas, mais il semblait que Samantha allait être mise en prison. Amy continuait : « Je sais que tu es l'une de ses meilleures amies, peut-être peux-tu faire quelque chose... »

Mira essaya de téléphoner à Samantha, mais on l'informa que le téléphone avait été débranché. Bizarre. Elle n'avait plus eu de nouvelles de Samantha depuis des semaines. Mira prit une douche, s'habilla et se rendit chez Sam. C'était une maison de sept pièces située dans une agréable banlieue et sur une parcelle de deux mille mètres carrés sur lesquels l'entrepreneur avait laissé quelques arbres. Des enfants faisaient du vélo dans les rues, mais l'endroit avait l'aspect désert de la plupart des banlieues. Tandis qu'elle approchait de la porte de Samantha, elle remarqua quelque chose – une sorte de petit mot – attaché après. Etaient-ils souffrants ? Elle s'approcha : c'était un avis d'expropriation signé du bureau du shérif. Expropriation ? Elle sonna en se demandant si Samantha était au boulot; mais elle ouvrit la porte. Mira resta de glace. Etait-ce là Samantha, la poupée mécanique ? Elle portait un vieux pantalon et un chemisier élimé. Ses cheveux étaient courts, raides, pas peignés et d'un marron tirant au caca d'oie. Elle n'était pas maquillée et son visage était pâle et décharné.

« Samantha, commença-t-elle en avançant la main.

– Salut, Mira. Samantha ne prit pas sa main. Entre donc.

– Amy m'a appelée. »

Samantha haussa les épaules et conduisit Mira dans la cuisine. La maison était remplie de cartons.

« Tu déménages ?

– J'ai pas l' choix ! » dit Samantha d'une voix aigre. Etait-ce là la douce et bavarde Samantha, qui passait des journées à remuer les hanches en se réjouissant de tout ?

Elle servit du café.

« Qu'arrive-t-il ? »

Elle lui raconta son histoire d'une voix monocorde, comme si elle l'avait déjà racontée mille fois, mais s'arrêta à chaque détail. C'était son épopée, gravée dans sa mémoire par le chagrin. Cela avait commencé des années plus tôt, juste après le départ de Sam et de Simp de Meyersville.

« Mais nous ne l'avons dit à person'. Par orgueil, je pense. Ça nous paraissait trop honteux. » Simp avait perdu son boulot et mis des mois à en retrouver un autre. Ils s'étaient enfoncés dans les dettes. Elle avait pris un job, pour essayer de les en sortir. Il trouva quelque chose par hasard mais ils s'étaient encore appauvris entre-temps à essayer de rembourser leurs dettes. Puis il avait fallu arranger ses dents et il avait dû payer pour cela pendant deux ans. Pendant ce temps, il reperdit son travail. Cette fois-ci, il en retrouva un assez vite, mais Samantha commençait à se sentir accablée, damnée même. Tout le monde s'en sortait, ou du moins il lui semblait : tout le monde allait vivre dans de meilleures conditions. Elle fit des économies sur tout, mais ils ne parvinrent jamais à s'en sortir. Puis Simp perdit une fois de plus son boulot. Il y eut des disputes. Samantha voulait qu'il quittât la vente pour changer de branche. Il pourrait devenir un bon instituteur, se dit-elle, il avait une licence. Il pourrait faire des remplacements, prendre des cours de formation et, pourquoi pas, devenir professeur. Mais il refusait. La vente, c'était là qu'il y avait de l'argent, et un jour il réussirait. Ce n'était pas de sa faute. Il avait des ordres. Mais il y avait toujours quelque chose : le fabricant ne livrait pas en temps voulu, le fabricant fermait, le secteur qu'on lui avait donné était mauvais. Cette fois, pourtant, il ne fit plus autant d'efforts pour trouver un autre boulot. Il restait assis à la maison, se plongeait dans la lecture des petites annonces des journaux et ne se rendait en ville que lorsqu'il en avait trouvé une intéressante. Elle l'avait tout le temps dans les jambes et ils vivaient avec une toute petite imdemnité de chômage.

Mira se souvint qu'elle avait condamné Sam dans sa tête parce qu'elle laissait ses enfants seuls et qu'elle avait un air et des manières arrogantes qu'elle n'aimait pas et trouvait artificiels et même désagréables. Sam était avide d'argent, se disait-elle jadis.

« Mais où était donc Simp? Je veux dire que je me souviens de plusieurs « accidents » survenus alors qu'il n'était pas à la maison... »

Samantha haussa les épaules : « Qui sait! » Elle changea de sujet. La monotonie de sa voix céda et elle s'enfouit le visage dans les mains. Le reste de ce qu'elle dit vint du fond de sa gorge, d'une voix qui ressemblait à un caillot de larmes. Elle ne pouvait pas gagner beaucoup, elle n'avait aucune référence; elle trouva un travail de dactylo à quinze cents francs par mois, Simp toucha le chômage, elle se débrouilla, mais il était impossible de manger et de payer l'hypothèque. La situation s'aggravait du fait que, lorsqu'elle rentrait le soir, elle le trouvait assis avec son troisième Martini et n'ayant fait aucune recherche : Il ne pouvait pas faire taire sa fierté; il ne voulait même pas entendre parler de l'idée de prendre un truc comme pompiste, quelque chose, quoi! n'importe quoi, pour faire manger ses marmots! Puis ses chèques se mirent à être de bois; elle mena sa petite enquête et s'aperçut qu'il sortait pendant la journée. Dieu sait où, et qu'il faisait des chèques, Dieu sait pourquoi, dans les bars du coin. Leurs paiements hypothécaires furent de plus en plus en retard.

« Cela devint insupportable. Tous les soirs, je rentrais et je l'engueulais. Les enfants ne rentraient à la maison que quand ils y étaient obligés. Affreux! Il a fallu que j'annule notre compte en banque et que je donne l'ordre à la banque de ne pas payer les chèques qu'il tirait. Je ne pouvait plus tenir. C'était comme de vivre avec un enfant monstrueux; alors je l'ai fait déguerpir. »

Elle se moucha avant de se verser à nouveau du café. « Voilà. » Elle se rassit; ses yeux étaient deux cavités creuses et sèches, sa bouche un morceau de caoutchouc informe. « Le shérif est v'nu l'aut'jour... Je suis devenue folle et j'ai essayé de l'empêcher d'accrocher ce truc à la porte... Mes pauvres gosses ! Les voisins. Bref, tout le patelin est au courant... Plus rien à perdre, donc; je ne sais pas où je vais aller... Simp vit avec sa mère dans la grande baraque de Beau Rêve... je l'ai appelé; il m'a dit que nous n'avions qu'à aller aux services sociaux. Pendant que je faisais les paquets, j'ai nettoyé son armoire... il y avait des boîtes sur un rayonnage, et derrière ça... » Elle indiqua du doigt un immense tas de papiers, qui aurait fait plus de deux mètres de haut s'il avait été constitué en pile. « Des factures ! Rien qu' des factures ! Certaines datent de trois ans... La plupart n'ont même pas été ouvertes... Il les a balancées là-dedans comme si elles devaient s'envoler toutes seules ! »

Elle prit la cigarette que Mira lui offrit, l'alluma et prit une grande bouffée.

« Huum ! un luxe... j'ai arrêté depuis... » dit-elle dans un sourire; c'était son premier sourire. « Voilà, l'un dans l'autre, on doit environ trois cent mille francs, tu t' rends compte ? Moi, non ! A chaque fois que Simp empruntait de l'argent, je cosignais... Maintenant, comme ils ne peuvent pas obtenir un sou de lui étant donné qu'il ne travaille pas, mais moi, si, ils me font des retenues sur salaires ! J'ai deux enfants à nourrir ! Sur *mon* salaire ! – les larmes lui montèrent à nouveaux aux yeux. J'ai trente et un ans et le reste de ma vie est déjà voué au remboursement de cette dette... La seule chose qui me sauve, c'est mes amies. Elles sont très gentilles. »

Les femmes des environs s'étaient réunies lorsqu'elles avaient appris les difficultés de Samantha et avaient fait ce qu'elles pouvaient avec beaucoup de délicatesse...

« J'ai fait des spaghetti ce soir, Samantha, mais j'en ai fait trop, et, tu sais, ma famille, les restes... Je me demandais si tu me ferais une faveur... tes gosses aiment les spaghetti, n'est-ce pas... en les leur donnant à manger...

– Samantha, Jack est allé à la pêche hier et je croule sous les truites... Est-ce que tu peux m'en prendre quelques-unes ? S'il te plaît ?

– Samantha, Nick et moi allons au club ce soir et c'est un endroit fichtrement ennuyeux, pourquoi ne viendrais-tu pas avec nous mettre un peu de vie là-dedans ? »

Délicatesse, souci de ne point montrer que l'on faisait la charité; tact des vêtements mets-les-à-tes-gosses, des petites sorties, de toujours passer la prendre pour qu'elle n'ait pas besoin de mettre de l'essence dans sa voiture :

« Ce qui me fait le plus mal, c'est l'idée de devoir me séparer d'elles. » Elle haussa de nouveau les épaules : « A moins que je ne parvienne à réunir mille cinq cents francs pour une mensualité, nous sommes à la rue à partir de vendredi. Si j'avais un mois, Nick – le mari de May, il est avocat et a été très chic – serait peut-être capable d'obtenir quelque chose de Simp et de s'arranger pour nous dépanner jusqu'à ce que j'aie trouvé un autre endroit.

– Et tes parents ?

– Mon père est mort l'hiver dernier. Sa retraite s'est arrêtée à sa mort. Ma mère vit grâce à l'aide sociale et à son assurance... Il n'avait pas versé grand-chose... Elle y arrive à peine... Je ne lui ai pas parlé de tout ça. Elle est en Floride et vit avec une tante. Ça ne ferait que la retourner, car elle ne peut pas m'aider.

– Mon Dieu !

– Oui ! Tu sais ce qui me tourmente... J'aime travailler. Je veux dire que si j'avais été l'homme... cela ne m'aurait pas ennuyée. Et Simp aurait pu rester à la maison. Tu comprends ? Mais tout dépend d'eux; sans eux, tu n'es rien. S'ils lèvent le pied, tu es coulée... C'est comme... tu es *dépendante*, tu comprends ce que je veux dire ? »

Mira se refusait à y réfléchir.

« Totalement dépendante, continua Sam; je veux dire pour TOUT... S'ils travaillent ou non, s'ils boivent ou non, s'ils continuent à t'aimer ou non, regarde cette pauvre Oriane...

– Oriane ?

– Tu sais, ils vivaient vraiment très bien, et elle était partie aux Bahamas avec lui... Et puis un beau jour, il a décidé qu'il ne voulait plus vivre avec elle, et il a filé à l'anglaise en la laissant avec une maison louée, deux bateaux pas payés, trois gosses et pas un sou sur le compte en banque. On t'en a pas parlé ?

– Oui. C'est parce qu'ils se moquent de leurs gosses. Ils s'en moquent, tout bonnement ! Alors ils sont libres. Les femmes sont des victimes. Tout le temps... s'entendit dire Mira.

– Et maintenant elle a un cancer !

– Quoi ? »

Samantha secoua la tête :

« On l'opère la semaine prochaine.

– Le sein ?

– Oui.

– Mon Dieu !

– Cela ne fait que continuer. L'année dernière, la femme qui habitait juste à côté a tenté de se suicider. Nick a dit que les femmes étaient instables, mais je sais qu'elle a fait ça parce que c'était la seule façon qu'elle avait de tenir son bonhomme... C'est un foutu traînard, et il n'est pas gentil avec Joan. Tout me semble se casser la figure; je ne comprends pas : quand j'étais gosse, les choses n'avaient pas l'air d'être comme ça. Tout se passe comme s'il y avait davantage de liberté, mais que tout ce que cette liberté signifie soit davantage de liberté... pour les hommes. »

Samantha rappelait un peu Lily à Mira. Elle continua encore et encore à parler, en oubliant presque son interlocutrice, et l'expression de son visage, sous la fatigue, disait égarement, total égarement de qui se réveille pour s'apercevoir qu'il est fait comme un rat.

« Tu sais, Mira, j'ai vraiment aimé faire la ménagère. C'est pas dingue ? Mais si, j'aime faire des choses avec les gosses, et quand on était fauchés et que nous n'avions pas de sous pour les cadeaux de Noël, j'aimais bien faire des choses qu'on offrait pour Noël avec les petits, Alice et ses gosses à elle. Et ça m'ennuyait pas de faire la cuisine et le ménage; j'aimais avoir des invités, mettre la table, des fleurs dans des vases et préparer quelque chose de vraiment bon. La vie n'est-elle pas ironique ? »

Mira murmura quelque chose.

« Je n'ai jamais demandé beaucoup, j' veux dire, je voulais un foyer, une famille et une vie décente, mais je n'ai jamais été très ambitieuse... Je ne suis pas assez intelligente pour être ambitieuse, il me semble... Et maintenant... » elle s'interrompit, et ouvrit les mains comme quelqu'un qui vient de réaliser que la petite quantité d'eau qu'il avait transportée avec mille précautions depuis le puits a déjà coulé entre ses doigts.

Mais Mira l'écoutait à peine. Quinze cents francs. C'était assez peu. Norm dépensait cela au golf en un mois et demi. Elle avait son carnet de chèques dans son sac. Tout ce qu'elle avait à faire était de le sortir et de faire un chèque à Samantha. Ce n'était rien. Mais elle ne pouvait pas le faire. Elle essaya. Elle concentra son esprit sur son sac, imagina que sa main sortait le carnet de chèques. Si elle allait si loin, elle ne pourrait plus faire demi-tour. Mais elle ne pouvait pas aller si loin.

Elle quitta cependant son amie en lui promettant de voir si elle ne pourrait pas faire quelque chose. Samantha lui sourit d'un air fatigué :

« Ecoute, Mira, merci de t'être arrêtée et d'avoir écouté ma triste histoire... Je suis certaine que tu n'avais pas besoin de ça... le monde en est plein. »

Pas le mien, se dit Mira.

15

« Pas question ! dit Norm.

– Mais Norm...

– Je suis infiniment désolé pour Samantha, dit-il d'un air grandiloquent; mais je serais un vrai cinglé si j'abandonnais mon argent – durement gagné – pour aider ce tordu de Simp !

– Mais tu n'aiderais pas Simp... Il ne vit même plus là-bas...

– La maison est à lui, non ? Ça serait différent si

j'avais l'assurance qu'il me rembourserait, mais, d'après ce que tu me dis, c'est un perdant et un sale crétin, et je ne reverrais jamais mes dollars.

– Oh ! Norm, et qu'est-ce que cela changerait ? Nous en avons plein.

– Il t'est facile de dire une telle chose; l'argent vient de ma poche.

– Et qu'est-ce que tu crois que je fais toute la journée ? Qu'est-ce que j'ai fait pendant toutes ces années ? Je trime autant que toi.

– Oh ! arrête, Mira.

– Que veux-tu dire avec cet « arrête » ? Elle éleva le ton. Ne suis-je pas ton égale dans ce mariage ? Est-ce que je n'y contribue pas ?

– Bien sûr que si, dit-il pour l'apaiser, mais il y avait une nuance de dégoût dans sa voix; mais tu y contribues par autre chose... tu n'y contribues pas par l'argent.

– C'est mon travail qui te permet de gagner cet argent !

– Oh ! Mira, ne sois pas ridicule ! Crois-tu que j'aie besoin de toi pour faire mon travail ? Je pourrais vivre n'importe où, je pourrais avoir une gouvernante, ou vivre à l'hôtel. Je subviens à tes besoins par mon travail, pas l'inverse.

– Et je n'ai pas le droit de dire un mot sur la façon dont l'argent est dépensé ?

– Bien sûr que si; est-ce que je ne te donne pas tout ce que tu veux ?

– Je ne sais pas... on dirait que je ne veux jamais rien.

– Est-ce que je me plains de tes factures de couturière ? Des leçons de musique ou des camps des gosses ?

– Alors je veux ça ! Je veux quinze cents francs pour Samantha.

– Non, Mira, et ne m'en parle plus ! » Il se leva, quitta la pièce et, au bout de quelques minutes, elle entendit la douche couler. Il allait à une réunion ce soir-là.

Elle se leva également et ce n'est qu'à ce moment-là qu'elle se rendit compte que tout son corps tremblait.

Elle s'appuya contre le dossier de la chaise de cuisine. Elle avait envie de l'empoigner, de courir avec dans les escaliers, d'enfoncer la porte de la salle dc bain et de la lui fracasser sur la tête. Elle jeta un coup d'œil sur un couteau à découper et s'imagina le ramassant et le lui plongeant en plein cœur à plusieurs et plusieurs reprises. Elle haletait un petit peu.

Elle avait l'impression qu'il l'avait réduite à néant. Qu'elle n'eût pas jusque-là compris son impuissance l'ennuyait. Comment donc se faisait-il qu'il eût tout le pouvoir ? Elle se souvint du soir où elle s'était assise dans un rocking-chair et avait décidé de mourir. Elle avait du pouvoir alors ! Le pouvoir de mourir; au moins celui-là. Elle sentait qu'elle ne pouvait pas s'opposer à lui. Elle ne pouvait pas donner l'argent à Samantha sans sa permission. Et pourtant, d'une certaine façon, si elle ne le faisait pas, cela serait la fin de quelque chose. Elle lui avait permis de rejeter ses amies hors de sa vie, et cela l'avait diminuée, mais , si elle lui permettait de faire cela aujourd'hui, elle ne serait vraiment plus rien du tout. Mais elle était incapable de bouger.

Quand il revint au rez-de-chaussée, habillé pour sortir, il lui jeta un coup d'œil.

« Je rentrerai peut-être tard, ne te fais pas de soucis », dit-il d'une voix toute normale, comme si de rien n'avait été. Il lui tapota la joue au passage et sortit par la porte qui menait de la cuisine au garage. Elle pensa sortir en courant et fermer la porte du garage à clef, l'obliger à respirer de l'oxyde de carbone... Elle fut abasourdie par les images qui se présentèrent à son esprit.

L'un des garçons entra ventre à terre dans la cuisine :

« Hey! m'man, 'y a l'marchand de bonbons; j'peux avoir vingt-cinq *cents* ? »

Elle se tourna vers lui avec une colère vindicative et hurla :

« Non! »

16

Elle passa la soirée comme une somnambule. Elle s'assit dans le salon tandis que les enfants regardaient la télévision et ne l'éteignit même pas lorsqu'ils allèrent se coucher, resta immobile, et les nouvelles arrivèrent, et des gens parlèrent de Schwerne, Godman et Chaney, et tout le monde pensait qu'ils étaient morts; cela la réveilla. Morts pour une cause. Dans sa jeunesse sage, elle avait dégoisé des discours sur l'intégration mais avait depuis longtemps cessé ne fût-ce que d'y penser. A quoi bon? Elle se dit néanmoins que cela devait être bien de mourir pour une cause. Comme de toute façon l'on mourait, mieux valait pour une cause. Parce que sinon... Son esprit était un fouillis, glacial... Elle se leva et éteignit le téléviseur, se versa un brandy; ce n'était pas la chose à faire car, tandis que le brandy descendait en elle et la réchauffait, une impression de chaleur s'empara d'elle et elle se mit à pleurer. Ce n'étaient pas des larmes, mais de frénétiques, de bruyants et profonds sanglots, qu'elle ne pouvait pas contenir. On aurait dit que sa vie passée remontait avec eux. Lorsqu'elle s'assit – au bout d'un très long moment – elle s'interrogea sur eux, ces trois jeunes gens qui croyaient pouvoir changer les choses. Ils ne s'attendaient sans doute pas à mourir, ne l'avaient pas cherché, n'avaient pas cherché le martyre. Ils avaient simplement cru que la cause en valait la peine. Mais quand la cause était vous-même, toutes vos fautes jaillissaient. Comment oser se combattre? C'était très égoïste. Sans doute Chaney luttait-il pour lui-même, mais personne ne le trouvait égoïste. Elle se versa un autre brandy, puis encore un autre. Elle fut soûle. Elle se mit à se représenter des scènes. Norm rentrait de sa réunion et elle se levait et lui disait... Elle se fit de beaux discours, ponctués par les sirènes de ses aspirations. Elle discutait avec lui point par point et il était surpris de sa logique, capitulait, s'excusait et demandait pardon. Ou alors il rentrait et elle lui fendait le crâne avec le couperet et le regardait mourir, lentement, heureusement! Ou alors il ne rentrait pas, il buvait trop, fracassait la voiture contre un arbre et se tuait sur le coup. Il était agressé dans la rue et poignardé par un voleur. C'était la fin de tous ses problèmes à elle.

Le ciel commençait à s'éclaircir quand elle réalisa que Norm ne rentrait pas. Au même moment, elle réalisa que Norm n'était pas l'ennemi – seulement la matérialisation de l'ennemi. Car que pouvait-il lui faire si elle donnait ce chèque à Samantha? La battrait-il, divorcerait-il, la priverait-il de l'argent nécessaire aux commissions, lui demanderait-il de le rembourser? Il ne pouvait RIEN faire. Elle commença à réaliser que son autorité sur elle était fondée sur un accord mutuel, qu'il n'était fondé que sur du vent, et que c'était là la raison pour laquelle il devait l'affirmer si souvent de façon désagréable. Elle était susceptible de craquer sur une simple décision de Mira. Pourquoi avait-elle si peur de franchir le pas? Il y avait quelque chose en plus, dehors, dans le monde, quelque chose qui lui donnait le pouvoir, non? Ou n'était-ce que sa crainte de s'aliéner l'amour de son mari? Quel amour, au fait? Qu'était-ce, leur mariage? Elle se balança, ivre, sur le rocking-chair et observa le soleil monter par-dessus les arbres. Elle était endormie lorsque les garçons arrivèrent bruyamment en l'appelant :

« M'man, m'man, tu ne nous as pas réveillés! M'man, on va être en retard à l'école! »

Ils tournaient en rond, des bouquins à la main, et se chamaillèrent bientôt.

« On n'a même pas déjeuné », dit Normie sur un ton de reproche.

Elle resta immobile et les regarda :

« De toute manière, vous ne déjeunez jamais. »

Il se tut et battit des paupières; il s'aperçut d'un changement. Mais il n'avait pas le temps de considérer la chose plus avant, aussi se mirent-ils en route pour courir tout au long des quinze cents mètres qui séparaient la maison de l'arrêt de l'autobus; il était évident qu'elle ne les conduirait pas. Elle resta assise, un sourire désagréable aux coins des lèvres, puis se leva et alla se préparer un café. Après cela, elle prit une douche, s'habilla, prit son carnet de chèques, se rendit à la voiture, alla jusqu'au domicile de Samantha et lui tendit un chèque de mille sept cent cinquante francs :

« Un petit extra, pour mettre du beurre dans les épinards, expliqua-t-elle; en fait, je ne peux pas t'expliquer, mais c'est pour moi, pas pour toi ! »

Elle écrivit le montant et son destinataire en grandes lettres sur la souche. Mais Norm ne lui en parla jamais.

17

Pendant que je vous raconte tout cela, vous vous demandez : « Mais Norm ? Qui est-ce, cet homme fantôme, ce personnage purement décoratif de mari ? »

Vous ne me croirez peut-être pas, mais je ne peux pas vous en dire grand-chose. Je l'ai connu, je l'ai même bien connu, mais je ne peux quand même pas vous en dire grand-chose. Je peux vous dire à quoi il ressemblait. Il était plutôt grand, environ un mètre quatre-vingt-cinq, blond, les yeux bleus. Dans le temps, il était coiffé en brosse. En prenant de l'âge, il devint rouge de visage et prit quelques kilos, mais pas excessivement. Il garda la forme en jouant au golf et au squash. C'était un bel homme à tricot à cols ronds et chaussures de daim clair. Lorsque la mode changea, vers 1970, il suivit. Il laissa ses cheveux – enfin, ce qu'il en restait... – pousser un peu plus long, eut des rouflaquettes et se mit à porter des chemises de couleur et des cravates très larges. Il avait un visage plaisant, aujourd'hui encore. Il a une personnalité agréable, connaît plein de bonnes blagues, mais rien de trop graveleux. Il regarde les matches de football à la télévision et va parfois en voir un à West Point. Il lit ce qu'il doit lire pour être à la page professionnellement, et rien d'autre, sinon les premières pages du journal. Lorsqu'il est chez lui, il regarde la télévision et aime les westerns et les policiers. Il n'a aucun vice notable. C'était à beaucoup d'égards l'homme idéal des années 50.

Vous vous dites que je l'enjolive. Vous vous dites : ha ha ! figure symbolique de ce qui n'est, après tout, qu'une histoire inventée. Hélas ! trois fois hélas ! j'aimerais que ce soit vrai. Car ce serait alors un manque de talent de ma part, et pas de celle de Mère Nature. J'aimerais mieux penser que Norm est un personnage creux par ma faute, parce que je ne suis pas un bon écrivain, que parce qu'il est bel et bien cela.

Avec le temps, j'ai lu beaucoup d'auteurs masculins, et il ne fait aucun doute dans mon esprit que leurs personnages féminins – en dehors de ceux d'Henry James – sont des personnages creux rembourrés çà et là. Peut-être n'est-ce dû qu'au fait que nous ne nous connaissons pas très bien, hommes et femmes... Peut-être avons-nous trop besoin les uns des autres pour être capables de nous connaître. Mais, à vrai dire, je ne crois pas que des hommes aient connu Norm mieux que moi. Et pas seulement Norm. Je ne crois pas que quelqu'un ait mieux connu Carl non plus, ou Paul, ou Billie, ou que ce pauvre Simp, quoique, lui, je le comprenne mieux que les autres. Lorsque vous glissez en dehors de la respectabilité, lorsque vous tombez dans le troisième dessous, vous devenez, d'une certaine façon, plus clair. Vous voyez ce que je veux dire ? C'est comme si être un Blanc de la classe moyenne était un travail de tous les instants, comme d'être un colonel formé à West Point. Même lorsque l'on ne porte pas son petit déguisement, il faut se tenir comme une baguette, parler sans trop ouvrir la bouche, faire des plaisanteries à propos de cuites et de nénettes, et marcher comme un automate. La seule façon de s'en sortir, c'est d'être foutu à la porte pour quelque terrible manquement au devoir et d'atterrir avec un quelconque gosse qui attend la soupe de l'Armée du Salut; alors on peut se permettre de se montrer tel que l'on est. Simp tomba, péché rédhibitoire pour les autres mâles blancs de la classe moyenne – presque aussi grave que d'être brillant.Aussi puis-je me le représenter assis immobile dans les bars qu'il continue de fréquenter avec l'argent de sa mère, gracieusement assis devant son second Martini double, parlant avec aisance de la conquête de première qu'il compte faire dans l'après-midi, attendant un coup de téléphone à trois heures (au bar? quelle merveille!) qui lui dira que cela marche; et il n'est pas plus cloche que les autres, qui parlent comme lui, sauf que, dans son cas, vous savez, ce n'est pas vrai et vous le regardez et vous vous dites que, d'une certaine façon, il ne sait pas que ce n'est pas vrai, il n'est pas assez intelligent pour si bien mentir; il s'est donné une image et c'est tout ce qu'il a; et maintenant, c'est tout ce qu'il lui reste; il vit d'elle, comme une gosse vit de ses rêves éveillés.

Bref, les autres gardaient leurs uniformes, et ainsi c'était uniquement cela que l'on savait d'eux. Les soldats, comme les nègres et les chinetoques, se ressemblent tous, ma bonne dame!

Néanmoins, je vais essayer de vous dire ce que je sais de Norm.

Ce fut un bébé joyeux. Son père était pharmacien, sa mère ménagère et grégaire. Il avait un frère cadet, qui devint dentiste. Norm et son frère furent assez brillants en classe, assez forts en gymnastique, et sociables. Ils n'étaient, que je sache, extrêmes en rien, et c'est cette modération même qui rend difficile un discours sensé à leur égard.

Il n'était pas très porté sur le sexe. Sa mère avait veillé, depuis son plus jeune âge, à ce qu'il dormît les deux mains posées sur les couvertures, au point de les tirer d'en dessous quand elles y glissaient durant son sommeil. Elle ne permit jamais à ses fils de faire la grasse matinée et avertit souvent Mira des dangers que présentait une telle indulgence. Lorsque Norm eut cinq ans, il fit, avec des copains du coin, un concours pour voir qui faisait pipi le plus loin. Sa mère le prit sur le fait et lui fit une peur bleue en lui disant qu'il perdrait son organe s'il recommençait à faire une chose pareille : la menace lui fit sans doute moins grande impression que le visage décomposé et les halètements de sa mère lorsqu'elle l'entraîna en hâte vers la maison. Il tomba amoureux à dix-neuf ans, de la première fille à qui il eût jamais donné rendez-vous. Ils se fiancèrent, mais, alors qu'il était à l'université assez loin de là, elle s'enfuit avec le mécanicien-chef de la station « Esso » de la ville. Norm porta cette tragique trahison dans son cœur pendant des années. Une bande de copains le brancha sur Antoinette, la putain de la ville, et il perdit son pucelage sur le siège arrière d'une Ford 39. Cette expérience fut accompagnée d'un sentiment non négligeable de culpabilité et d'une assez grande variété de sensations ou d'émotions inconnues et désagréables pour qu'il ne cherche plus activement à la répéter. Il y avait en Norm, du moins à cette époque-là, une certaine délicatesse : il rigolait avec ses copains de son expérience et d'Antoinette, mais il avait le sentiment comme vague que cela ne se passait pas comme il fallait, que cela ne se passait pas de la même façon qu'il aurait aimée.

Lorsqu'il était enfant, il aimait dessiner, mais sa famille ne l'encouragea pas dans ce sens; on ne lui interdit pas vraiment non plus. Simplement, toute la famille était tournée vers d'autres centres d'intérêt. Les seuls dessins qu'elle mit aux murs étaient ceux de Currier et Ives; ils ne lisaient jamais et n'écoutaient pas de musique. Et cela ne leur manquait pas. De telles choses n'existaient tout bonnement pas dans leur monde. Norm prit des leçons d'équitation — son père avait été dans la cavalerie durant la première guerre mondiale. On l'encouragea dans son désir de faire West Point. Ses accès de mauvaise humeur étaient toujours du même ordre : il flanquait des coups de pied dans la radio à chaque fois que West Point perdait. Cela abîmait les récepteurs, mais la famille ne criait pas trop — c'était la seule forme de colère tolérée, au nom d'un éternel « il faut bien que jeunesse se passe ». Toute autre irritation était considérée comme une aberration, et Norm était alors sèchement envoyé dans sa chambre sans dîner.

Norm apprit à être ce que son père aurait appelé un « gentleman ». Il faisait de tout, mais rien extraordinairement bien. Il ne faisait rien avec passion. Il étudia et fit C. Il joua au base-ball, mais rarement en première. Sa vie sociale était agréable, mais pas terrible. Il donnait des rendez-vous, mais n'était pas sexuellement agressif.

Il rencontra Mira par l'intermédiaire de leurs familles. Elle lui parut très jolie, fragile et innocente, quoique avec, cependant, quelque chose de sophistiqué. C'était sans doute son esprit qui lui paraissait sophistiqué parce qu'elle avait réfléchi à des choses tandis que lui, non. Mais, quand il devint plus intime avec elle, il apprit des choses la concernant par des amis de la fac et eut le sentiment que Mira n'était pas la fille innocente qu'il croyait. Il ne chercha jamais à résoudre la contradiction de cette opinion double : lorsqu'il voulut la garder pour lui, il décrivit le monde extérieur comme une conspiration d'agressivité masculine qui, il le savait, faisait peur à Mira. Lorsqu'il en avait après elle, il lui hurlait qu'elle était une pute! Pour lui, elle réunissait en une personne la qualité mythique de vierge-putain, même s'il ne pensait pas les choses en ces termes-là. Il ne les pensait en réalité pas du tout. Il ne pensait jamais à rien de dangereux; ses sentiments envers ses parents, envers sa profession, envers le monde dans lequel il vivait, étaient toujours clairs, teintés d'humour et de haussements d'épaules. Cette manière d'éviter à tout prix de pénétrer l'épaisseur des choses, leur difficulté, était aussi caractéristique de lui que de sa modération. On aurait pu le surnommer Norm-l'eau-tiède. Il marchait toujours sur le plat, le non accidenté, et considérait que les gens qui choisissaient d'autres terrains, plus accidentés, plus risqués, étaient soit fous, soit mal élevés. Les deux étant d'ailleurs et en réalité presque synonymes dans son esprit climatisé : la folie n'était qu'un haut degré du manque d'éducation. D'une certaine façon, il était le gentleman idéal d'une époque antérieure aux années 50

Mira lui semblait être la partenaire parfaite. Il était le scientifique, celui qui s'occupait des faits et des grands champs d'activité comme sports, argent et rang social; elle était l'artiste, la littérature. Elle jouait un petit peu de piano et s'y connaissait un petit peu en peinture et en théâtre... Il y avait en elle quelque chose de raffiné qui semblait inné. Elle l'influencerait en bien; il ne lui vint jamais à l'esprit, en dépit des deux années de fac de sa femme, qu'elle se comporterait différemment de sa mère : elle s'occuperait des enfants et de lui-même et pourrait conférer à la famille la note culturelle et la grâce si manifestement absentes de sa propre famille. En surface, leur mariage était donc très acceptable. Tous les deux étaient issus de la classe moyenne et de familles républicaines. Bien qu'elle eût reçu quelque éducation religieuse, ni elle, ni les siens n'étaient à présent religieux, ni ne faisaient jamais allusion à l'aversion entêtée des parents de Norm pour qui n'était pas protestant. Elle était un peu cultivée, en bonne santé, n'avait pas été richement élevée et ne s'opposerait pas au travail qu'exigeraient d'elle les premières années de leur union. De plus, Mira avait quelque chose de désarmé, une sorte de vulnérabilité qui allait droit au cœur de Norm. Tout cela paraissait parfait.

Et, bien entendu, cela l'était. Ils étaient mariés depuis quatorze ans et Norm reconnaissait qu'ils n'avaient pas eu de problèmes sérieux. C'était une mère merveilleuse, une excellente maîtresse de maison, un potable cordon-bleu, une remarquable hôtesse. Elle n'était pas très portée sur la chose que l'on sait, mais Norm respectait telle tendance. Il se disait que son choix avait été pertinent, et regardait de haut et avec complaisance ses confrères qui avaient des difficultés « domestiques ». Il était, en somme, content de lui-même et de sa vie, content de Mira. Son visage avait pris avec les années de bonnes et délicates rides. Ils avaient vécu la vie à laquelle il s'attendait et pour Norm, c'était le bonheur. Parfois seulement, lorsqu'ils allaient au cinéma ou voir une comédie musicale à Broadway, et qu'une belle femme remuait son corps d'une certaine façon — non pas n'importe quelle femme, mais une qui avait quelque chose de vulnérable, de désarmé alors même qu'elle se déhanchait — quelque chose se levait en lui, comme un cri, un désir de tendre la main et de la saisir vigoureusement, de la prendre et de l'attirer à lui, même contre sa volonté, de... — mais il ne pensa même pas ce mot-là — la violer, de s'emparer d'elle, de la posséder et de la garder en sa possession. Cela avait été la toute première impression que lui avait faite celle qui était devenue sa femme, mais il n'était jamais passé à l'acte. Il ne le faisait pas davantage aujourd'hui. Il se contentait de rire de lui-même et de ses drôles de désirs et de les rejeter dans le monde de l'absurde.

18

Mais, au fait, qu'est-ce qu'un homme ? Tout ce que je vois autour de moi dans la culture populaire me dit qu'un homme est celui qui baise et qui tue. Mais tout ce que je vois autour de moi dans la vie me dit qu'un homme est celui qui gagne de l'argent. Sans doute ces deux choses ont-elles un rapport, car gagner de l'argent dans ce monde-ci demande souvent que l'on évite soigneusement de baiser et de tuer; ainsi donc, la culture pourvoit-elle sans doute au non-vécu. Je ne prétends pas le savoir, et cela ne m'intéresse, au fond, pas tellement. Je pense que c'est leur affaire. Ces temps-ci, les femmes font de grands efforts pour sortir des images d'elles-mêmes qu'on leur a imposées. Le problème est qu'il y a dans ces images suffisamment de vérité pour que les répudier entraîne aussi la répudiation d'une partie de ce que l'on est réellement. Sans doute les hommes sont-ils embarqués sur la même galère, mais je ne le crois pas. Je crois qu'ils aiment assez leur image, qu'ils la trouvent pratique. Si ce n'est pas le cas, à eux de la changer ! Je sais que si c'est cela que sont les hommes, je souhaite me passer d'eux à jamais et n'avoir des enfants que par parthénogenèse, ce qui voudrait dire que je n'aurais que des filles et me conviendrait parfaitement. Mais l'autre côté de l'image, la réalité, est tout aussi laide. Car si les hommes que j'ai connus n'étaient pas très portés sur le meurtre, ne sont point des maîtres à baiser et ont gagné (pour la plupart) de l'argent en quantité modérée, ils n'ont rien été d'autre non plus. Ils sont simplement fades. Sans doute est-ce là la rançon du privilège quand on est du bon côté du manche ?

Car les femmes que je connais se sont fait mettre, au propre comme au figuré, mais elles sont passionnantes.

L'un des avantages lorsque l'on appartient à une espèce méprisée, c'est qu'on est libre, libre d'être aussi dingue qu'on le veut. Si vous écoutez parler un groupe de maîtresses de maison, vous entendrez un tas de sottises, dont pas mal de choses vraiment dingues. Je pense que cela vient du fait qu'elles sont très seules et qu'elles peuvent suivre le cours de leurs tristes pensées tout à loisir, sans ce que certains appellent une discipline. Cela aboutit à la folie, mais aussi au génie. La femme ordinaire découvre les vérités les plus incroyables. On ne l'ignore qu'à ses propres risques. Et il lui est loisible de continuer à dire des choses dingues sans être mise dans telle ou telle prison (enfin, pas toutes, bien sûr !), parce que tout le monde sait qu'elle est toquée, et inoffensive. Si une femme est pieuse ou charnelle, passive ou terriblement active, amoureuse ou remplie de haine, on ne s'en prend pas beaucoup plus à elle que si elle ne l'est pas : elle a le choix entre être battue pour sottise ou pour putasserie. Ce que je ne comprends pas, c'est où les femmes ont soudain obtenu une parcelle de pouvoir ! Car elles en ont. Les gosses, qui deviennent presque toujours de petits chenapans, c'est, nous le savons toutes, de la faute à maman. Bon, mais comment a-t-elle fait, cette créature désarmée ? Où se trouvait son pouvoir pendant les années où elle faisait cinq machines à laver par semaine et qu'elle avait peur de mélanger les torchons blancs et les serviettes de couleur ? Comment était-elle capable d'annuler l'influence positive de papa ? Comment se fait-il qu'elle n'ait eu conscience de ce pouvoir qu'après coup, lorsqu'on le nomme responsabilité ?

Ce que j'essaie de comprendre, c'est le sens de « perdre » et de « gagner ». La règle du jeu, c'est que les hommes gagnent tant qu'ils ne prennent pas trop de liberté avec elle, et que les femmes perdent, toujours, même les femmes extraordinaires. Les Edith Piaf et les Judy Garland deviennent des géants en capitalisant leurs pertes. Cela, c'est clair. Ce qui ne l'est pas du tout, c'est le nom du jeu auquel nous jouons ! Que gagne-t-on tout de bon lorsque l'on gagne ? Je sais ce que l'on perd, car j'ai pas mal d'expérience dans ce domaine; ce que je ne sais pas, c'est quelles réponses sont prévues en dehors du fric. Peut-être n'y a-t-il que cela ? Je le crois, car je contemple tous les vainqueurs, tous les Norm de la création, je n'arrive pas à voir grand-chose d'autre : l'argent, et une certaine aisance dans le monde, un sentiment de légitimité lié au moindre de leurs actes.

Vous allez dire que je déteste les hommes. Je le crois, encore que certains de mes meilleurs amis... je n'aime pas cette position. Je me défie et me démarque de la haine généralisée. Je me sens comme ces moines du xxe siècle qui délirent sur le mal que constituent les femmes et disent qu'elles doivent se couvrir complètement lorsqu'elles sortent dans la rue, pour ne pas induire les hommes à de mauvaises et sales pensées. L'hypothèse que les hommes sont les seules personnes qui comptent et que les femmes n'existent que par rapport à eux est si tacite et si souterraine que nous ne l'avons soulevée que très récemment. Mais, après tout et à tout bien considérer, regardez ce que nous avons lu. J'ai lu Schopenhauer, et Nietzsche, et Wietgenstein, et Freud, et Erikson; j'ai lu Montherlant, et Joyce, et Lawrence et des types moins recommandables comme les Miller, et Mailer, et Roth, et Philip Wylie. J'ai lu la Bible et le théâtre grec sans me demander pourquoi toutes les rédactions postérieures reléguaient Gaé-Tallus et Lilith dans les notes de bas de pages et faisaient de Saturne le créateur de l'univers. J'ai lu ou vu des choses sur (sans me poser beaucoup de questions) les Hindous, les juifs, Pythagore et Aristote, Sénèque, Caton d'Utique, saint Paul, l'autre Caton, celui de Scitium, Luther, Samuel Johnson, Rousseau, Swift... Bref, vous comprenez ! Pendant des années et des années, je ne les ai pas lus personnellement.

Aussi m'est-il difficile de traiter les autres de bigots quand je suis moi-même une bigote. Je vous dirai tout de suite, pour vous prévenir, que je souffre d'une déformation de caractère – mais la vérité est que je suis mal à en crever du fait de quatre mille ans de discours masculins sur la pourriture qu'est mon sexe. Ce qui me rend particulièrement malade, c'est quand je vois tous ces types pourris et toutes ces belles femmes qui ont la conviction cachée que ces quatre mille années d'insultes sont justifiables. Ces temps-ci, j'ai l'impression d'être une hors-la-loi, non seulement parce que je pense que les hommes sont pourris et les femmes fantastiques, mais aussi parce que j'en suis venue à penser que les opprimés ont le droit d'en venir à des méthodes criminelles pour survivre; par méthodes criminelles, j'entends, bien sûr, défis aux lois votées par les oppresseurs pour contenir les opprimés. Néanmoins, une telle position de principe vous met très près d'appeler de vos vœux... l'oppression. Nous sommes contraints par les composantes de la phrase. Sujet-verbe-objet. Le mieux que nous puissions faire, c'est de les retourner. Ce qui n'est pas une solution, n'est-ce pas ?

Bon, moi, les réponses, je les laisse aux autres, peut-être à une génération plus jeune qui n'aura pas les déformations subies par la mienne et les plus vieilles. Ce que je pense des hommes est le résultat de mes expériences. J'ai peu de sympathie pour eux. Tel un juif à peine libéré de Buchenwald ou de Dachau, j'aperçois le beau et jeune nazi qui a une balle dans l'estomac et qui se tord de douleur; je regarde brièvement et passe mon chemin. Je ne prends même pas la peine de hausser les épaules. Je m'en fous, simplement. Ce qu'il était, la personne qu'il était, ce qu'étaient ses hontes et ses vœux secrets ne comptent pas. Il est trop tard pour que je m'en soucie. Dans le temps, peut-être.

Mais le royaume des fées revient derrière la porte. Toujours et toujours, je haïrai les nazis, même si l'on me prouve qu'eux aussi étaient des victimes, qu'ils étaient sujets à une illusion, qu'ils avaient le cerveau lavé par de belles images, comme dit S. de Beauvoir. La pierre qui me pèse sur l'estomac est comme une perle – une accumulation de défenses contre l'irritation. Ma perle est ma haine : ma haine est le fruit de mon expérience, pas un préjugé. Mais j'aimerais que cela en fût un. Car alors je pourrais peut-être me l'ôter.

19

Je crois que je devrais revenir à mon histoire, mais je ne le fais qu'avec beaucoup de dégoût. Oh! quelles vies, quelles vies! Quelles années! Vous savez ce que l'on ressent lorsque quelqu'un nous chuchote dans le creux de l'oreille qu'une telle ou une telle est malade et que l'on dit : « La pauvre! » en demandant ce qu'elle a, et que l'on nous murmure : « Ses règles? » On ne va jamais plus loin. Vous ressentez un vague sentiment de suintement et de ruissellement, de sang qui lutte pour sortir par différentes cavités, d'organes qui glissent au milieu de toute cette substance poisseuse et veulent tomber, de seins qui deviennent mous ou durs et qu'il faut parfois exciser. Avant tout, il y a le sentiment d'un antre fétide qui ne reçoit jamais d'air frais, sombre et nauséabond, au sol épais de trente centimètres et recouvert d'une substance adipeuse et répugnante.

Oui? Et pour chaque histoire que je vous raconte, j'en laisse tomber trois. Par exemple, je ne vous ai pas dit tout ce qui est arrivé à Doris et Roger, ou à Paul et Brett, ou à Sandra et Tom, ou à cette pauvre Geraldine. Je le sais, mais je ne le dirai pas. Cela ne présente pas d'intérêt, c'est la même chose que le reste. Je n'entrerai pas dans les détails de ce qui est arrivé à Oriane, quoique je tienne à dire qu'après qu'on lui eut enlevé un sein, Sean vint la voir à l'hôpital et détourna sa belle tête avec dégoût.

« Ne laisse pas voir ça à Jimmy quand tu sortiras, dit-il avec une bouche déformée, c'est dégoûtant! »

Il n'aurait pas dû s'en faire. Lorsqu'elle rentra chez elle, elle se suicida. Mais ce n'était pas la faute de Sean : elle n'aurait pas dû l'aimer comme elle l'aimait; elle n'aurait pas dû attacher tant d'importance à son opinion. Dû, pas dû. Pour toutes les femmes fantastiques que je connais aujourd'hui, il y a une Oriane, une Lily ou une Ava. Quelque part.

Naufragées, naufragées. Toutes survivantes, nous toutes. Nous avons survécu au champ de bataille qu'ont été nos vies, et la seule que nous ayons reçue est venue des autres femmes. Ce fut Alice qui resta assise nuit après nuit avec Samantha. Jusqu'à ce qu'elle triomphe de son hystérie, de son sentiment d'être trahie, de sa folle et traumatisante haine. Ce fut Martha qui vint trouver Mira allongée par terre avec les poignets tailladés. Ce fut Mira qui mit Martha au lit et se débarrassa des autres barbituriques, et qui resta avec elle lorsqu'elle réalisa qu'elle vivrait. Cependant, personne ne put rien pour Lily. Elle était... au-delà.

Croyez-vous à ces histoires ? Ce n'est pas l'habituelle camelote des romans, hein ? Cela n'a pas de forme, cela n'a pas l'harmonie si nécessaire en art. Vous savez : si un raisonnement va dans ce sens-ci, l'autre doit aller dans celui-là. Tous ces raisonnements n'en font qu'un. Ces vies sont comme un fil que l'on tisse pour faire un tapis et, quand il est fini, le tisserand est surpris de voir que toutes les couleurs sont mélangées : ombre de sang, ombre de larmes, odeur de sueur. Même les vies qui ne collent pas, collent. Celle d'Ethel, par exemple. Vous ne connaissez pas Ethel, mais c'était une de mes amies de faculté qui voulait devenir sculpteur. Elle s'est mariée, comme il se doit. Elle est devenue complètement bizarre et collectionne les coquillages. Sa maison en est bourrée et elle ne parle que de cela. Personne ne lui rend plus visite.

Parfois, alors que j'essaie d'écrire tout ceci, j'ai l'impression de faire très exactement un truc que je faisais souvent étant gosse, à savoir dessiner des poupées. Toutes se ressemblaient beaucoup, sauf que certaines étaient blondes, d'autres rousses et d'autres brunes. Et je leur dessinais des tas d'habits, interchangeables, si je puis dire : robes du soir, beaux tailleurs trois-pièces, pantalons, shorts, négligés. Même si j'aurais préféré dessiner une Médée ou une Antigone. Mais, vous savez, elles avaient des vies et des fins mouvementées, alors que les gens que je connaissais, ben non ! Je vois, je voyais la lente chute qu'est la vie. Leurs vies à elles n'étaient pas vécues dans un désespoir durable : non, il n'y avait rien de stable dans leurs vies. Il y avait de la passion, des paroxysmes, des hurlements et des acérations de chair... de la leur, bien sûr... Et nous finissions toutes naufragées. Cela me semble être un problème plus général qu'individuel. Oh! si vous cherchez des plaies et du sang, il y en a, mais ce n'est, après tout, pas une tragédie. Ou en est-ce une? Je veux dire, l'air guindé, supérieur et froid de Mira, la dépendance de Samantha, son abandon enfantin de tout à Simp, jusqu'à ce qu'il fût trop tard, l'arrogante prétention de Martha d'être capable de vivre comme elle le souhaitait et d'avoir ce qu'elle voulait, l'intense et inébranlable amour d'Oriane pour Sean ou l'ambition de Paula... oui, elles s'investissaient tout entières là-dedans.

Mais réfléchissez-y : aucun homme n'est naufragé. Bon, d'ac, il y a Simp. Mais il est très heureux là-bas, dans la maison de sa mère, avec son allocation Martini quotidienne, ses illusions et son public de salle de bar. Mais tous les autres ont de bons métiers, certains sont remariés, et tous ont, à des degrés divers, ce que l'on appelle une belle vie. C'est vrai, ils sont falots, mais, après tout, cela pèse aux autres, pas à eux-mêmes. Sans doute, d'ailleurs, ne se trouvent-ils pas falots? Sean vit dans une petite maison de Long Island et a de nouveau deux bateaux. Aujourd'hui, Roger a un bungalow dans l'East Side et passe ses vacances au Club Med, tandis que Doris n'a que l'aide sociale pour vivre. Vous vous rendez compte? Y a-t-il une loi de la nature qui veuille cela? Peut-être les hommes se sentent-ils plus mal que je le pense? Peut-être traversent-ils toutes sortes de tourments intérieurs qu'ils ne laissent pas voir? Cela est possible. Je laisse le soin de démêler cela à ceux qui s'y connaissent et comprennent, Philip Roth, Saul Bellow, John Updike et ce pauvre dégonflé de Norman Mailer. Je sais simplement que « mes » femmes sont d'âge moyen, pauvres comme Job et qu'elles se débattent dans des trucs comme de faire décrocher leur aîné de l'héroïne, entrer leurs filles en faculté, payer le psy qui essaie de guérir l'anorexie de la fille ou la dépression du garçon, ou l'orthodontiste qui tente d'aider Billy à fermer la bouche. Cela me déprime. Je me souviens de Valerie disant : « Mais tu ne vois pas que c'est pour ça qu'on est si chouettes; nous savons ce qui compte, nous ne nous laissons pas prendre à leur jeu! », mais le prix m'en paraît follement élevé. Je me retourne sur ma vie et tout ce que j'aperçois, c'est un terrain défoncé par les bombes, couvert de cratères, de rochers renversés et de poussière. J'ai l'impression d'être une rescapée qui a tout perdu fors la vie, et qui promène de droite et de gauche son corps décharné et ratatiné, en ramassant des pissenlits et en parlant toute seule.

20

Samantha survécut. Elle vécut un an et demi d'enfer administratif et financier, mais atterrit dans un petit appartement du mauvais quartier de la bonne ville. Elle savait que de vivre près de ses amies était tout ce qui pouvait la sauver, et elle était sauvée, quel que fût le sens de cette expression-là. Elle recommença à étudier le soir car elle voulait se dégotter un meilleur boulot. Comment elle paya cela, je n'en sais rien : Samantha s'entendait à tirer de l'argent de n'importe quoi. Ou plutôt apprit à le faire. Ils mangeaient, et les gosses étaient en bonne santé, et parfois même heureux. Ils aidaient beaucoup Sam. Ils comprenaient. En 1964, Fleur avait huit ans et Hughie cinq. Aujourd'hui, quelque dix années plus tard, Fleur est en fac. Ils y sont parvenus, d'une façon ou d'une autre. Bien sûr, Samantha changea. Elle devint très maigre et il y eut dans son apparence extérieure quelque chose de sévère qu'elle conserve aujourd'hui encore. Elle ne reçut l'aide sociale que pendant quelques mois : cela lui faisait terriblement honte. Mais, plus tard, elle remercia le Ciel pour ces quelques mois-là. Les hommes apprécient Samantha, et il lui arrive de dire qu'elle aimerait bien se remarier. Mais il y a un problème. Elle s'écarte un peu d'eux, sans tellement s'en rendre compte. Elle n'est pas encore prête à remettre sa vie entre les mains de l'un d'entre eux, ce que, en fin de compte, le mariage requiert toujours. Elle continue donc d'être seule, a un bon travail de chef de service dans une petite boîte de la ville, et tous les trois vivent comme des riches avec les quatre mille francs bruts qu'elle gagne chaque mois. Mais je continue. Donc, durant l'hiver 1964, tout n'était qu'anxiété, revirements, pertes en tous genres, difficultés, plus l'horrible question de savoir s'ils survivraient et si oui, dans quelles conditions? Qu'arriverait-il aux enfants démunis des banlieues riches? Qui n'a pas entendu parler de ces histoires atroces? Eh bien, ses enfants sont les plus gentils que je connaisse, mais peut-être est-ce dû à Samantha. On ne pouvait pas prévoir cela, et il lui fallut en passer par tout ce qui aurait pu laisser prévoir quelque chose de radicalement différent.

Mira n'avait pas l'impression d'être concernée par tout cela. Les amies de Samantha vivaient auprès d'elle; Mira, elle, vivait dans le Beau Rêve et astiquait des meubles. L'argent qu'elle avait donné à Samantha (qui, chose incroyable, tint à le lui rembourser, un an et demi plus tard) fut ce qui approcha le plus, pour elle, la réalité d'une déclaration d'indépendance. Norm comprit cela. Il n'y fit jamais allusion, mais, pendant plusieurs semaines, il veilla sur le carnet de chèques et considéra Mira de très haut. Il la regardait d'un air froid; elle avait l'impression qu'il dévisageait une étrangère. Elle était souvent tentée d'en parler en pleine lumière, clairement, mais n'osa pas le faire. Elle se souvint de ce qu'elle avait éprouvé la fois où ils en avaient parlé et fut terrifiée à l'idée de ce qui pouvait être ajouté, terrifiée à l'idée de découvrir l'opinion de Norm et de ressentir de nouveau les sensations de cette horrible nuit-là. En août, on découvrit les corps des jeunes combattants pour les droits civiques, et la fausse et risible recherche d'un coupable commença. Et voilà! se dit amèrement Mira. Sa bouche, elle le remarqua, se mit à avoir quelque chose d'amer. Elle continua de frotter ses meubles.

La vie de Martha, quant à elle, était agitée. Elle vint souvent voir Mira au cours de ces mois; c'était la seule personne à qui elle pût parler. David pos-sé-dait encore ses yeux, son rire et sa voix. Ce n'était pourtant pas de l'adoration. Elle avait une vision claire de lui. Elle le savait arrogant, égoïste, attirant, autoritaire, intelligent et parfois stupide et incroyablement sordide et mesquin. Elle acceptait tout cela : – Qui suis-je donc pour demander davantage? disait-elle en éclatant de rire. Ils avaient eu une dure dispute dans la salle à « Xerox » de la bibliothèque, quand il avait voulu faire une photocopie d'un texte qu'il avait écrit pour une publication et qu'elle voulait en faire une d'un devoir qu'elle avait fait pour un cours qu'elle suivait; il n'avait pas voulu la laisser faire la première alors qu'elle devait rendre sa copie à cinq heures, et avait fini par déchirer le devoir. Mira était consternée :

« Et tu as accepté cela?

– Je lui ai sauté dessus, oui! dit Martha. Je lui ai flanqué un coup d' poing et un coup d' pompe.

– Et lui?

– Il a répliqué... » Elle ôta ses lunettes de soleil pour montrer son œil au beurre noir.

« Mon Dieu!

– Bon, continua-t-elle complaisamment; ensuite il m'a retapé mon devoir. Et il a expliqué au professeur Epstein – c'est un ami à lui – que c'était de sa faute si j'étais en retard pour rendre mon devoir. Je ne sais pas ce qu'Epstein peut bien penser... sans doute qu'on est de doux dingu' tous les deux!... mais il ne m'a pas saquée pour mon r'tard. Elle rit de nouveau. C'est une lutte physique, le genre de truc dans lequel on est sans cesse... Mais j' comprends ça, ça, m' va! Le problème avec George, vois-tu, c'est qu'i' m'fich' son poing dans la figur'.

– Oh! Martha! dit Mira en haussant les épaules. C'était des paroles de cet ordre qui la faisaient battre en retraite vers ses meubles.

– Bon, tu sais? George a r'pris son p'tit train-train, continua Martha avec animation. Tu sais? je lui ai causé de David dès qu' j'ai été certaine que c'était plus qu'un' passade.

– Tu m'as dit qu'il l'avait bien pris, dit Mira en se

demandant où elle trouvait le calme qui lui permettait de parler ainsi; elle n'imaginait pas qu'une telle chose pût se passer dans sa vie à elle.

– Oui, et que pouvait-il fair'? Il y a un an qu'il baise et rebais' avec sa s'crétaire... A chaqu' fois qu'i' découch', il est avec el'... nous avons toujours été honnêtes l'un avec l'autre.

– Je sais.

– Mais l' problèm', c'est David... Il est vachement jaloux... Martha dit cela avec un certain plaisir... il ne peut pas supporter l'idée que je *dors* avec George... Il me serre dans ses bras et m' dit que... Bref, c'est com' si rien ne comptait davantage pour lui; ce que je crois. Ce n'est pas mon corps; ce n'est pas non plus la possessivité qui le fait se comporter comme ça. C'est que, nous deux, on ne fait qu'un... Il a arrêté d'employer une certaine marque de savon parce qu'elle ne me plaisait pas; il a même arrêté de mettre un déodorant que je n'aime pas. Il a eu une éruption boutonneuse sur la poitrine il y a deux semaines et il n'a pas voulu faire l'amour parce qu'il ne voulait pas que je la voie. Il veut être parfait avec moi. Et, c'est vrai, nous pensons la même chose de tout, on a les mêmes sentiments. Voilà pourquoi notre union est si agitée. On est très proches, on souhaite vraiment ne faire qu'un, ce qui veut dire qu'aucun ne peut permettre à l'autre de ne pas être d'accord avec une chose qu'il pense. La moindre différence d'opinion nous apparaît comme une provocation... et on est tous les deux des lutteurs; personne ne veut jamais céder. J'ai l'impression d'avoir pour la première fois rencontré un mâle qui soit mon égal. »

Martha resplendissait de joie. Ces temps-ci, elle s'habillait en pensant à David, qui aimait les belles choses, et elle était exquise, la pâleur de sa peau s'était faite rose, ses cheveux coiffés simplement, raides et longs, ses habits simples et de bon goût... Mira la regardait avec plus que de l'envie, comme si elle contemplait un miracle.

« Oui... Il m'a poussée à me séparer de George. Mais je ne peux pas faire ça, George a été trop bon avec moi, c'est un bon mariage, on s'aime bien... et puis on n'a pas assez d'argent... on en a tout juste assez pour vivre ensemble et payer mes cours... Si George devait vivre tout seul, ça serait très dur...

– David vit avec sa femme.

– Oui, mais il dit que c'est différent. Il n'aime pas sa femme. Il s'en sert comme d'une servante; il rentre tard et ne lui dit jamais où il va. Elle fait le ménage de l'appartement, prépare les repas, ne dit rien s'il désire, au dernier moment, ne pas rentrer manger et s'occupe de l'enfant; de la môme, devrais-je dire... Elle était avec David un jour où je l'ai rencontré « accidentellement » dans le parc. Ouah! bah! j'aime pas les gosses, c'est tous des petits monstres, mais celle-là, elle dépasse les bornes. Il dit qu'il ne couche pas avec sa femme. » Martha eut le rire tonitruant dont elle se servait lorsqu'elle mettait en marche son détecteur de merde. « Quoi qu'il en soit, il m'a cassé les pieds avec ça, mais je me suis accrochée... Et un jour, brusquement, ça s'est résolu de l'autre côté... George a décidé que je suis vraiment amoureuse de David... Je veux dire que je pense qu'il s'est d'abord dit que c'était une aventure et qu'après tout j'étais plus souvent avec lui qu'avec David, bref! que lui et moi c'était un truc au-delà de l'amour... tu vois c'que j'veux dire? Mais lorsqu'il a décidé que j'aimais vraiment David, il est soudain devenu impuissant... George! Le grand amoureux! J'en ai été tout éberluée! Je veux dire qu'il ne peut pas du tout! Bref! en plus de tout... j'ai un devoir très important sur le socialisme allemand des années 20 à 30 à rendre mercredi, quel truc!... en plus des ronchonnades et des attaques de David, il faut que je me tape cette foutue impuissance de George... car, bien entendu, j'en suis la cause... et mon foutu sentiment de culpabilité. Nom de Bleu! De quoi donc suis-je coupable? Est-ce que je suis devenue « impuissante » lorsqu'il s'est mis à faire l'amour avec Sally? »

Elles éclatèrent de rire toutes deux.

« Bien sûr, je suis impuissante depuis le foutu jour de ma naissance... Peu importe! dit-elle en riant très fort. Je sais, c'est chouette d'être une femme!

– Si tu es impuissante, qu'est-ce que je suis, moi?

Je n'ai jamais le moindre plaisir en faisant l'amour!
— Mais tu peux te masturber! »

Elles réfléchirent.

« C'est chiant d'être une femme! » conclut Martha.

Lorsqu'elle fut partie, Mira repensa à tout ce qu'elles avaient dit. C'était comme une autre sorte de conte de fées. Elle se réprésenta Martha en train de faire l'amour avec George — « Ça ne bande peut-être pas des masses de mon côté, mais je suis une sacrée baiseuse », disait-elle — s'agitant autour de lui, au-dessus de lui, sur lui, le caressant avec mains et lèvres, et George, d'habitude si excitable, allongé sans réactions. Comme moi, pensa-t-elle, avant de se trouver des excuses. Norm, après tout, n'était pas un bon baiseur. Et elle se représenta Martha en train de tirer parti de l'impuissance de George, la présentant à David comme un cadeau, de la nourriture déposée dans le bananier de l'étrange homme blanc qui avait abordé sur l'île. Il sourirait, ses yeux s'animeraient devant la bonne odeur, il mangerait et s'assiérait, heureux; et tous leurs problèmes s'envoleraient.

Mais ce n'est pas ce qui arriva. David, le cher David, le difficile David, devint de l'explosif vivant. D'abord, il l'accusa de lui mentir. Ils s'engueulèrent à ce sujet pendant des semaines. Finalement, au cours d'une altercation violente et fertile en larmes, il admit qu'il la croyait. Mais il devint encore plus étrange et prudent. Il se mit à faire des remarques désobligeantes à propos de George. Martha, bien entendu, défendit fermement George. Après un mois et demi de « conversations » passionnées suivies de coïts violents (dont Martha raffolait), elle l'asticota et le tourmenta jusqu'à ce qu'il lâchât que, si son mari pouvait vivre avec elle sans avoir envie de la sauter, c'était qu'il était pédéraste, et que si son mari était pédéraste, elle-même était une moins que rien, et lui, il avait toujours eu envie d'avoir une expérience avec un homosexuel. Cette violente sortie, et ses conséquences, les amenèrent jusqu'au dernier jeudi de novembre, *Thanksgiving day*. Mira, lorsqu'elle entendit ça, perdit littéralement les pédales! Ils étaient si passionnément liés! Elle rencontra David plusieurs fois, déjeuna avec lui et Martha, et le trouva presque irrésistiblement attirant. Hein ? Qu'est-ce que cela signifiait ? Etait-elle vraiment amoureuse de Martha et désireuse de se faire David uniquement parce qu'elle ne pouvait pas se faire Martha ? Son esprit se rebella. Elle était dégoûtée. Tout paraissait si grotesque, si abscons. Il était difficile de croire que les gens vivaient et mouraient pour des choses de cet ordre, qu'ils étaient vraiment touchés, renversés ou anéantis, et qu'ils pouvaient s'illusionner sur l'importance de leurs sentiments.

Juste avant Noël, Mira déjeuna avec Martha.

« C'est décidé ! dit Martha, rayonnante et triste à la fois. Il n'y a pas d'autre solution, il n'y a rien d'autre à faire. Nous allons divorcer et, plus tard, quand les choses se calmeront – on ne veut pas ruiner la carrière de David – on se mariera. »

Le visage de Martha était serein ; il s'éclaira. Puis s'assombrit.

« Je suis vachement embêtée à cause de George ! Il va lui falloir apprendre à se débrouiller tout seul. Ça va être dur, car il se repose sur moi pour tout... Mais il y arrivera... J'espère ! Moi, je ne peux que vivre mon sentiment de culpabilité...

– Tu es sûre que c'est la bonne...

– Tout à fait ! dit Martha. Tout à fait ! Nous ne faisons qu'un ! »

Elle attendit néanmoins la fin des vacances pour informer George. Qui déménagea au début de 1965.

21

Mira était triste pour George et l'invita à dîner en dépit des objections de Norm. Martha avait été chic. George ne pouvait pas vivre sans elle. Il vint dîner, but trop, et se mit à geindre. Il avait commencé à fréquenter un psychiatre. Il vivait dans un studio – moche – proche de son bureau. Il n'avait pas de vie, pas d'argent.

Il était misérable; Mira l'invita deux fois, puis cessa. George cessa d'envoyer autant d'argent à Martha; lui aussi avait le droit de vivre. Martha n'avait pas assez d'argent pour acquitter ses factures, ni acheter des chaussures à ses enfants. On se débrouilla... Martha était toujours heureuse. David pouvait à présent venir chez elle; ils pouvaient passer des soirées entières ensemble et aller se coucher voluptueusement, dans sa chambre. Elle le présenta à ses enfants et les observa, fascinée et débordante d'amour, « apprendre à se lier », comme elle dit.

« Il est dix fois plus avec les gosses que ne l'était George ! Il leur *parle*, Mira ! Il écoute leurs réponses ! »

Mais il y avait des problèmes, David n'avait pas plaqué sa femme, et c'était important, maintenant, pour Martha. David en avait fait un test... presque un test amoureux. Et elle l'avait réussi, elle s'était séparée de George qu'elle aimait encore, d'une certaine façon. David expliqua qu'il avait des problèmes d'argent. Et sa femme, elle ne posait pas de problèmes ? C'était une pauvre petite chose, elle perdrait complètement pied quand il la quitterait. Autant attendre que...

La fin de cette phrase variait, mais Martha y croyait toujours. Mira resta assise en s'interrogeant avec tristesse sur la crédulité des femmes; mais les quelques discrètes allusions qu'elle fit restèrent lettre morte. Il est vrai que David vivait presque avec elle : il venait chez elle presque chaque jour. Et il était également vrai, Mira s'en aperçut quand elle les vit ensemble, qu'il était amoureux de Martha. Alors ! Bah ! c'était toujours la même histoire. Mira en avait sa claque ! Les femmes et les hommes. Ils jouaient suivant des règles différentes, parce que les règles qui les concernaient étaient différentes. C'était très simple : c'étaient les femmes qui tombaient enceintes, et à elles que les marmots revenaient. Tout le reste découlait de ce postulat. Aussi les femmes devaient-elles apprendre à se protéger, devaient-elles être prudentes, circonspectes. De la façon dont les règles avaient été édictées, tout était contre elles. Martha était courageuse, honnête et amoureuse, mais elle était également sacrément godiche.

Mira se dit tout cela alors qu'elle était assise dans l'obscurité avec son brandy. Elle se sentait triste et déprimée, car elle pressentait que ça allait mal tourner pour son amie. Et cela tournerait mal pour Martha si David la trahissait. Ce qu'elle éprouvait pour lui était trop profond et trop total pour que cela pût venir d'ailleurs. Peut-être que cela n'arriverait pas, lui disait une autre voix. Peut-être lui dit-il la vérité – après tout, elle le croit; n'a-t-elle pas un détecteur de saloperie en elle? Peut-être tout se passera-t-il bien et vivront-ils heureux jusqu'à leur mort. David avait fait une demande de poste dans une faculté de Boston. Cela payait mieux que celui qu'il occupait actuellement. S'il l'obtenait, Martha et lui se marieraient et ils iraient vivre là-bas, tandis qu'il serait en mesure de pourvoir aux besoins financiers de sa femme actuelle. Voilà ce qu'il disait. Peut-être était-ce vrai... Mais l'autre voix de Mira grondait et cherchait la petite bête. Pourquoi avait-il contraint Martha à quelque chose pour lequel il n'était pas libre?

Les deux voix se rejoignaient lorsqu'elle pensait à elle-même. Elle savait ce qui lui convenait, et elle l'avait fait. Elle avait gagné son pari. Elle n'avait pas compris les règles quand elle avait commencé à jouer, mais elle était parvenue à bien jouer. Sans doute, l'intuition. Toute son intelligence, tout le brio qu'elle consacrait aujourd'hui à des cartes lui servant à noter les carreaux à laver, ne s'étaient pas vraiment perdus. Dans un monde où les femmes sont des victimes, elle survivait, du côté des vainqueurs. Elle avait une très jolie maison, deux gentils garçons, de beaux vêtements. Elle et son époux dînaient au club au moins une fois la semaine; si elle l'avait souhaité, elle aurait pu y jouer au golf tous les après-midi. Elle faisait elle-même le ménage de la maison par choix, non par obligation. N'était-ce pas cela vaincre? Regardez Samantha, Lily, et même Martha, obligée de demander de l'argent à *David.*

Elle resta assise à se mordiller les lèvres quand elle entendit la porte du garage se relever et Norm entrer, vaciller sur le pas de la porte, murmurer : « Merde! » puis entrer dans la pièce où elle était assise.

« Salut! » dit-il; elle répondit : « Salut! » Il entra, se versa un verre, mais n'alluma pas la lumière.

Elle n'ouvrit pas la bouche, mais le moindre centimètre carré de sa peau se contracta. Quelque chose allait se passer. Dieu sait combien de fois elle s'était représenté cela! Il entrait un soir, voyait son profil se découper dans la lumière qui ruisselait de la fenêtre, se rappelait l'époque où il la respectait; il s'asseyait sur le coussin qui était devant elle, buvait son verre à petites gorgées, regardait son profil sombre; elle ne voyait pas son visage, mais elle se souvenait de son ardeur et de son air gamin à l'époque où il l'avait demandée en mariage; il le retrouvait, avant de dire : – Je comprends pourquoi tu t'assieds dans le noir, je veux le faire moi aussi; peut-être pouvons-nous le faire ensemble, peut-être pouvons-nous le faire en nous touchant la main; non, pas en nous la donnant, en se la touchant, légèrement. J'aimerais que tu me dises à quoi tu as rêvé la nuit passée. Et pourquoi, lorsque la lune se cache derrière les nuages, tu les regardes avec une espèce de terreur en attendant qu'elle reparaisse. Et comment se fait-il qu'à chaque fois que je tends la main pour toucher la tête de Clark, sa jolie tête, penchée sur ses jouets, je finisse toujours par lui donner une tape, et que je lui dise toujours quelque chose comme : – Alors, p'tit gars? – et que lui se tourne vers moi comme si j'étais quelque chose d'ennuyeux comme l'heure du bain, quelque chose qu'il faut faire le plus vite et le plus sommairement possible. Et Normie; mon Dieu, je déteste ce gamin. Comment ça se fait, Mira, alors que je l'aime tant? Mais quand il marche en trébuchant dans les couloirs avec exactement la madresse que j'avais étant gosse, j'ai envie de le tuer. Une partie de moi-même veut se précipiter et le prendre pour qu'il ne se fasse jamais de mal, et une autre veut foncer dans le couloir et l'écraser contre le mur parce qu'il est tellement bête qu'il va se faire mal; et je ne fais que dire un truc idiot. Alors lui se tourne vers moi avec haine et rancune, et mon cœur se serre parce que ça n'a pas été, je ne voulais pas lui faire ça. Pourquoi tout cela, Mira, le sais-tu? Est-ce que ça t'arrive? Et puis, je voulais te dire que la nuit dernière j'ai fait un rêve, un cauchemar. Je peux te le raconter?

Qui sait? Peut-être Norm pensait-il des choses de cet ordre. Possible.

Aussi, lorsqu'il se fut assis en silence, elle entendit son propre cœur battre, parce qu'elle savait que cela allait se passer, que son attente allait être comblée, et elle essaya de l'aider. Mais pas trop. Il était difficile de trouver la bonne dose : elle ne voulait ni l'y pousser ni le faire taire par son incitation; elle ne désirait que l'accueillir, lui dire qu'il était le bienvenu dans son monde de ténèbres d'où l'on pouvait en même temps observer la nuit et en être partie intégrante. Aussi dit-elle à voix basse :

« La lune est très belle ce soir. »

Comme il ne répondait pas, elle put entendre ses mots résonner dans sa tête, répétés sans cesse, mots d'une petite idiote, d'une sotte bavarde et roucoulant : « La lune est très belle ce soir », comme un bout d'opéra italien, sauf que lui il était en italien, si bien que, lorsque les amoureux entamaient leur duo, l'on pouvait y croire; parce que l'on ne comprenait pas ce qu'ils étaient en train de se dire. Se sentant idiote et frustrée dans son attente, elle ouvrit la bouche pour dire la phrase rituelle : – La journée a été bonne? – mais elle ne voulut pas sortir.

« J'aime la regarder sous cet angle en hiver, fut ce qu'elle dit. Lorsque les branches des arbres se profilent contre elle... c'est si beau, si complexe, oui. Un seul arbre. Regarde, tu vois? Un seul arbre, mais regarde donc cet enchevêtrement! Comme les rubans les plus travaillés... Tu te rends compte de ce que ça doit être, les racines... »

Il but son verre à petites gorgées. Elle entendait les morceaux de glace teinter à l'intérieur. Il s'éclaircit la voix. Elle se sentait le cœur tendre, prêt à déborder. Cela était si délicat pour lui... Elle eut envie d'allonger le bras et de le toucher. Mais elle se retint.

« Mira, finit-il par dire, ça m'est très difficile à dire, et je ne crois pas que tu me comprendras, je ne me comprends pas moi-même, et je ne veux pas que tu croies que c'est dirigé contre toi, ça vient de moi, de moi seul... »

Elle se tourna pour le regarder, déconcertée. Un lourd pli barra son front.

« Bon... Je pense que tu as remarqué que je n'ai pas beaucoup été à la maison ces derniers temps; cela que... Oh! merde! à quoi bon y mettre des formes! Mira, je veux divorcer. »

IV

1

TELLE que je la comprends, la conception médiévale de l'idée de péché était infiniment personnelle. Dante a mis ses meurtriers dans un cercle infernal supérieur à celui des escrocs. Un péché est une violation, non pas d'une loi, mais d'une partie de nous-mêmes; la punition est distribuée selon la partie de nous-mêmes qui a été atteinte. Dans l'élégante hiérarchie infernale de Dante, les péchés de concupiscence sont moins mal considérés que ceux d'irascibilité, mais les pires sont ceux qui s'en prennent à la plus haute faculté, la raison.

Cela nous paraît étrange, à nous qui considérons le délit (pas le péché – le seul péché qui reste est le sexe) selon le degré de préjudice causé à la victime. Seule l'étrange catégorie de délits sans victime demeure pour nous rappeler ces anciennes façons de penser. Mais je trouve ces vieilles notions quelque peu attirantes. Non que je veuille en revenir à elles – il est outrageant d'avoir une autorité extérieure qui décide du bon et du mauvais usage de nos facultés, et il est ridicule de tenir la raison pour supérieure au corps et au cœur. Cependant, il y a quelque chose de vrai et de profondément sain dans la conviction que des actes comme le meurtre, le vol et l'agression s'en prennent autant à celui qui les perpètre qu'à celui qui les subit. Peut-être même que si nous pensions ainsi, nous aurions moins de délits. La conception populaire du délit, d'après ce que je peux déduire des films et de la télévision, est qu'il s'agit d'une infraction à une règle par quelqu'un qui pense qu'il pourra s'en tirer ainsi; implicitement, le monde aimerait enfreindre la règle, mais tout le monde n'est pas assez sûr de soi pour penser s'en tirer ainsi. De ce fait, il est extrêmement important pour ceux qui fixent ces règles d'affaiblir cette assurance. Aussi le délit que l'on voit à la télévision est-il une lutte entre deux pouvoirs, et, d'une certaine façon, cette conception encourage subtilement les gens intelligents à défier les lois. Certains des plus populaires des soutiens des lois sont aimés parce que eux aussi les enfreignant, parce que eux aussi ne sont pas comme vous et moi, même s'ils sont du côté des anges.

J'imagine que, dans la réalité, cela coûte quelque chose d'entrer par effraction, de voler, de tuer; cela coûte quelque chose de très différent de la peur d'être pris et châtié. Je ne sais pas exactement quoi — je ne sais rien des criminels ordinaires — mais je pense que la façon qu'un tel criminel a de se percevoir, lui et sa relation au monde, doit être gauchie, doit contenir quelque chose qui ne va pas, une fissure, un germe de désespoir. Bien évidemment, des tas de gens en dehors de ceux qui commettent des délits ressentent également cela, je pense. Et, tout aussi évidemment, les pires délits sont parfaitement légaux. Ce qui fait que rien de tout ce que je suis en train de dire n'a de sens et qu'il est sans doute impossible de parler de délits. Mais alors les vieilles catégories réapparaissent, plus valables que jamais, même si elles ont besoin d'être redimensionnées : une « bonne » vie est celle au cours de laquelle aucune partie de nous-même n'est étouffée, niée ou autorisée à opprimer une autre partie du moi, au cours de laquelle l'être tout entier a de la place pour s'épanouir. Mais cette place coûte quelque chose; tout coûte quelque chose, et, quoi que nous choisissions, nous ne sommes jamais heureux de payer.

Mira fut émancipée exactement de la même façon qu'elle avait été réduite en esclavage, du moins le pensa-t-elle. Elle aurait pu refuser de divorcer ou s'y faire facilement, sans rien exiger, mais elle accepta et posa des exigences implacables; et dut payer des frais de justice pendant quinze ans. Norm fut horrifié qu'elle pût voir le mariage d'une telle façon, mais, en même temps, il fit noter qu'elle n'avait pas déduit de son « addition » sa nourriture, son logement et ses vêtements.

Leur séparation et leur divorce ne furent pas une *bonne* liberté pour Mira; elle eut plutôt l'impression d'être rejetée de l'igloo en plein milieu d'une tempête de neige. On a beaucoup de place pour marcher, certes, mais il fait froid.

Son comportement variait. Tantôt c'étaient des humeurs sombres et amères au cours desquelles elle restait assise à son bureau à faire des pages et des pages de listes des travaux qu'elle avait effectués et à vérifier auprès d'agences d'emploi les prix de ces services, et cela l'effondrait. Tantôt, tel un train en folie, elle fonçait à travers la maison, la nettoyait, prise d'une crise de rage soudaine, de la cave au grenier et vidangeait chaque tinette de quinze années de merde. Et pourtant, il restait des traces de Norm, et d'abord les garçons, sur lesquels elle déversait parfois sa colère. D'autres fois, elle pleurait inconsolablement, sans arrêt, et devait porter des lunettes de soleil au marché du lendemain. D'autres fois encore, elle restait dans la salle de bain : elle se lavait et se frictionnait le corps, se rasait les jambes et les aisselles, arrangeait la teinture de ses cheveux, se remaquillait, s'observait dans différentes tenues, puis se déshabillait et mettait une vieille robe élimée.

Elle se mit à boire pendant la journée. Les garçons la trouvèrent plusieurs fois titubante en rentrant de l'école. Norm la trouva soûle un jour qu'il vint prendre quelque chose qu'il avait laissé là, et il l'avertit sans mâcher ses mots que, si elle ne se « reprenait pas », comme il dit, il lui retirerait les enfants. Elle était décoiffée, cheveux en bataille, et portait le vieux pantalon qu'elle mettait d'ordinaire pour faire le jardin. Elle se rencogna dans le fauteuil où elle était avachie et se mit à rire :

« Mais vas-y donc! lui aboya-t-elle. Si tu les aimes tant qu'ça, prends-les... i' sont aussi à toi. Ils sont faits comme toi... eux aussi ont la grande panoplie du mâle! »

Choqué, et un peu effrayé, Norm sortit de la pièce et ne revint pas à la maison. Mira ricana à chaque fois qu'elle y repensa. Elle répéta la chose à Martha, plusieurs fois : « Hah! je te préviens, Mira, je te retirerai les enfants! Hah! Il veut autant d'eux que de moi! Ils sèmeraient la pagaille dans son truc avec sa cocotte! »

Le soir, pourtant, la boisson la menait à la dépression. Un soir, Martha l'appela. Elles avaient pris l'habitude de s'appeler à n'importe quelle heure : il n'y avait pas de maris pour se plaindre. Elle appela à une heure, une heure et demie et deux heures, mais personne ne répondit. Elle s'inquiéta, s'habilla et se rendit chez Mira. Sa voiture était dans le garage. Martha sonna à la porte et continua à le faire jusqu'à ce que Normie, les yeux pleins de sommeil, répondît finalement. Martha se comporta comme s'il lui était habituel de venir en visite à trois heures du matin et envoya Normie se recoucher. Les deux garçons avaient adopté une sorte d'ignorance en face de l'inexplicable chaos qui était soudain entré dans leurs vies. Ils voyaient, entendaient, mais ne disaient rien. Ils regardaient d'un air impassible et passaient leur chemin. Aussi Normie retourna-t-il se coucher et se rendormit-il tandis que Martha errait dans la maison à la recherche de Mira. Elle finit par la trouver, sur le carrelage de la salle de bain; elle avait les poignets ouverts. Il y avait du sang sur le carrelage, mais pas beaucoup. Martha lava les bras de Mira et leur fit des garrots. Les coupures des poignets n'étaient pas vraiment profondes. Mira était parvenue à couper les petits vaisseaux sanguins mais pas les veines de ses poignets. Néanmoins, elle était inconsciente. Martha nettoya la salle de bain et mit de l'eau froide sur le visage de son amie. Mira commença à reprendre ses esprits.

« Hey? Qu'est-ce que t'as foutu? Tu t'es évanouie? »

Mira la fixa droit dans les yeux :

« Je crois. » Elle fixa ses poignets : « Ah! oui, hue! je l'ai fait, je l'ai vraiment fait! Il y a longtemps que je voulais le faire.

– Ouais, mais tu ne l'as pas fait très bien », dit Martha.

Mira se leva :

« Il me faut un verre. »

Elles descendirent.

« Tes gosses sont seuls ? »

Martha fit oui de la tête.

Mira regarda sa montre.

« Ça fait rien ?

– Lisa a quatorze ans, nom de Dieu ! Ça doit aller !

– Oui. »

Elles s'assirent, burent et fumèrent.

« Je n'arrêtais pas de me dire qu'il fallait que je pense aux garçons, mais je ne l'ai pas fait.

– Non, je sais... Rien ne compte plus quand on souffre comme ça.

– Non, même plus de rendre la pareille à Norm. Parce que, tu sais, il pourrait se sentir coupable pendant quelque temps, mais surtout il serait enquiquiné parce que je contrarierais ses plans en lui collant les gosses sur les bras... Mais il pourrait faire face à ça : il a assez d'argent. Je ne peux vraiment rien lui faire, sinon le tuer. Si je pouvais le dérouiller, je me sentirais mieux, mais je ne peux pas; il faudrait que je le tue. Et ce n'est même pas très satisfaisant. Ce que je veux, c'est le faire pleurer, le voir aussi malheureux que je suis.

– Je pense que c'est ce que George se dit de moi.

– Oh ! George a tant de complaisance pour lui-même qu'il ne peut même pas envisager de se mettre en colère. Ça lui ferait pourtant du bien...

– Ouais... Ecoute, Mira, il faut que tu fasses quelque chose.

– Je sais, murmura-t-elle.

– Ça te dirait de reprendre la faculté ?

– Oui.

– Alors, d'accord. » Martha se leva. « J'y vais demain. J'ai cours à neuf heures. On se rencontrera au foyer des étudiants à midi pour bouffer et après on ira faire un tour pour voir ce qu'on trouvera.

– D'accord. »

Ainsi décidèrent-elles. Il était inutile de discuter davantage à pareille heure; elles connaissaient si bien l'intérieur de l'esprit de l'autre qu'elles n'avaient jamais besoin de s'expliquer un acte ou son motif.

2

Une marche eut lieu ce printemps-là de Selma à Montgomery; et l'on entendit une nouvelle musique, exécutée par des créatures à l'aspect étrange qui répondaient au nom de « Beatles ». La marche fut jugée admirable par beaucoup de gens de la génération de Mira – admirable en tant que symbolique d'une aspiration impossible. Quant aux « Beatles », on les trouva simplement bruyants. Et sans autre importance : la génération qui atteignit l'âge adulte dans les années cinquante n'avait aucune compréhension des possibilités de changement.

Mira s'inscrivit pour le trimestre d'automne à la faculté. Qui accepta de tenir compte de ses deux années d'études antérieures. L'aventure des poignets ouverts l'avait calmée. Elle avait fait de son mieux pour ne pas survivre et avait découvert qu'elle ne savait pas s'y prendre assez bien. Aussi projeta-t-elle d'essayer de survivre. Elle travailla beaucoup son jardin. Elle eut peu à faire avec les gosses. Ils entraient et sortaient, et ne lui demandaient qu'à manger et des vêtements propres, car rien d'autre ne les préoccupait. Elle les observait de temps en temps, en se demandant quand et comment il était arrivé qu'elle eût perdu tout sentiment à leur endroit. Elle avait des souvenirs, qui ne lui semblaient pas très vieux, dans lesquels elle les prenait sur ses genoux, leur parlait et écoutait ce qu'ils disaient. Mais plus elle essayait de solliciter sa mémoire, plus cette dernière résistait. Ils avaient douze et treize ans à présent : la dernière affection physique qu'elle se souvînt de leur avoir manifestée remontait à la vieille maison, ce qui voulait dire au bas mot cinq ans auparavant. Clark avait été dérouillé par une bande de garçons et était rentré en sanglotant et tout meurtri; elle l'avait assis sur ses genoux et était restée immobile à le serrer dans ses bras tandis qu'il pleurait; avec le temps, il s'était calmé et avait mis sa tête contre son épaule, les yeux devenus tout rouges à cause des larmes, et toujours haletant; puis il avait mis son pouce dans sa bouche, ce qu'il faisait encore la nuit, et soudain Norm était entré et avait explosé :

« Est-ce que tu veux vraiment que ce gosse devienne un pédéraste, à le tenir comme ça, sur tes genoux, Mira ? Et tu le laisses sucer son pouce, nom de Dieu ! Mais qu'est-ce que tu fais ? »

Rapide descente du môme, protestations de Mira, hurlements de Norm, d'autres larmes de Clark; et on l'envoya se coucher sans aménité, tandis que Norm secouait la tête en se versant un verre et en maugréant contre la sottise des femmes et la possessivité inconsciente des mères :

« Je ne t'en veux pas, Mira, je sais que tu n'as pas réfléchi... Mais je te dis qu'il te faut y ré-flé-chir ! Tu ne peux pas traiter un fils comme ça ! »

Eut-elle, après cela, des envies de tendre la main pour les toucher, de les prendre dans ses bras lorsqu'ils la touchaient, et s'était-elle retenue ? Elle ne parvenait pas à s'en souvenir. Cela avait été un autre monde, un monde dominé par Norm. Tout lui semblait différent aujourd'hui : elle faisait ce que bon lui semblait. Elle ne faisait le ménage que lorsque c'était nécessaire. Elle portait de vieux vêtements à la maison. Les repas étaient simples, calmes, et composés selon les goûts des enfants. Avec le temps, à mesure que le calme se réinstallait autour d'eux, ils passèrent davantage de temps à la maison et, parfois même, s'assirent à côté de Mira pour entamer une conversation. Mais Normie était le portrait tout craché de Norm, et Clark avait sa carnation et ses yeux, et, lorsqu'elle les regardait, quelque chose se durcissait en elle. Ils étaient un résultat d'Eux ! Elle se souvint de Lily écartant les mains de Carlos de sur elle, luttant avec lui alors qu'il était plus grand et cherchait à se jeter sur elle. Elle s'aperçut que, lorsqu'ils parlaient, elle corrigeait sans cesse leur grammaire, qu'elle leur rappelait leurs devoirs et les corvées, qu'elle leur disait qu'ils étaient sales et avaient besoin de prendre une douche, et qu'elle leur reprochait de ne pas nettoyer leurs chambres. C'était vrai. Ils ne restaient pas longtemps. Et cessèrent bientôt de s'asseoir auprès d'elle. Elle s'en moqua.

La seule personne qu'elle aimât vraiment était Martha, qui en passait par un été terrible. Les problèmes financiers s'accroissaient; elle craignait de devoir quitter sa maison : « Ça ferait rien, sauf que les appartements sont presque plus chers que cette baraque. Où allons-nous vivre? Je ne peux pas en vouloir à George, même si je le soupçonne de se montrer moche à ce sujet. J'imagine que c'est sa façon d'être en colère. Il a son appartement et voit son psy deux fois par semaine : c'qui fait cher, 'faut que je me trouve un boulot. Mais, avec les gosses, la maison et la fac, je ne sais pas quand je trouverai le temps. Et David... je commence à en avoir marre de lui. Ça fait maintenant presque neuf mois, et il vit toujours avec Elaine. Il me refile un peu d'argent de temps en temps, c'est comme ça que j'ai survécu jusqu'à maintenant, mais voilà que c'est l'excuse pour rester avec elle. Le boulot à Boston, ça n'a pas marché. Il me semble qu'il s'est servi de toutes les excuses qui lui tombaient sous la main... Il est dans une situation idéale : deux femmes, deux familles, toutes deux centrées autour de lui... c'est qu'il a un foutu harem, nom de Dieu! »

Mais elle avait peur de mener son raisonnement jusqu'à son terme.

Mira reprit la fac, extrêmement nerveuse, et ne prit que deux cours parce qu'elle ne savait pas comment elle se débrouillerait après tant d'années. Mais elles étaient tout un groupe, à l'université du coin, les femmes d'âge moyen qui retournaient à l'université. Elle fut étonnée de les apercevoir, et elles de s'apercevoir les unes les autres. Toutes avaient les mêmes préoccupations, toutes avaient des soucis familiaux. Mira n'était pas seule. Ses cours lui semblèrent étonnamment faciles, et elle fit trois fois le travail nécessaire, pas par angoisse, par intérêt. Elle avait le temps. Elle avait beaucoup de temps libre.

Elle se mit, pour la première fois depuis des années, à appeler l'amour de ses vœux. Elle se passa les aventures de Martha dans la tête, l'imaginant avec David et se demandant si elle pourrait ressentir ces choses-là comme son amie. Martha et David étaient étranges, se dit-elle. Tout le monde n'était pas comme eux. Chacun d'entre eux détestait son propre corps; ils prenaient trois douches par jour. Martha frissonnait d'horreur devant son sexe et avait essayé de battre David la première fois qu'il avait essayé de l'embrasser. Il adora son con, insista pour lui faire un cunnilingus et, quand elle fut calmée, elle aima bien ça. Mais il y eut d'abord une période de dégoût. Elle adorait son pénis, le vénérait presque, alors que lui le trouvait absurde et répugnant. Elle jouissait plus de la fellation que du rapport sexuel, et David apprit à reposer sur le dos et à en jouir aussi. Lorsqu'ils faisaient l'amour, c'était sa poussée et la sensation de son organe qui la faisait planer; et c'était de la voir ainsi, le sentiment de sa liquidité, qui le faisait monter encore plus haut. L'un et l'autre connaissaient l'extase à travers l'autre, presque *pour* l'autre. Et, en dehors du lit aussi, c'était comme s'ils vivaient l'un dans l'autre, voulaient être l'autre et vivaient la plupart du temps comme l'autre aurait vécu. C'était, se dit Mira, agrandissant, comme de vivre en dehors de soi-même. Mais trop intense. Ce « trop » ne quitta jamais son esprit. Comment faire durer une chose pareille?

A fin octobre, tard, très tard dans la nuit, le téléphone de Mira sonna. Une toute petite voix distante prononça son nom. C'était Martha. Elle parlait, ou pleurait, d'une voix méconnaissable. Elle appela doucement : « Mira », puis parut s'écarter du récepteur. Puis de nouveau : « Mira? » avant un silence qui sembla chargé de soupirs lointains, de sanglots ou de bruits sur la ligne.

« Martha? Est-ce que ça va? »

La voix s'éleva un petit peu :

« Mira!

— As-tu besoin d'aide?

— Mon Dieu! Mira!

— J'arrive. »

Elle enfila des vêtements et sortit dans la nuit glacée d'octobre. La lune qui, plus tôt, avait été orange, dépérissait à présent. Les étoiles brillaient là-haut comme elles l'eussent fait pour de jeunes amoureux ayant tout leur avenir devant eux. Ou qui croient cela, se dit amèrement Mira. Elle savait que les ennuis de Martha devaient venir de David.

La porte d'entrée de la maison de Martha n'était pas fermée à clé; elle entra. Martha était assise sur le bord de la baignoire et penchée sur la cuvette des toilettes dont le siège était relevé. Elle avait une bouteille à la main. Elle releva la tête lorsque Mira entra. Son visage était tuméfié, une joue couverte de bleus. L'une de ses narines était enflée et toute rouge et un mince filet de sang en ruisselait. Par-dessus sa chemise de nuit, l'une de ses épaules était également couverte d'ecchymoses.

Mira soupira :

« Mon Dieu !

– Ne l'appelle pas, il est avec eux », dit Martha qui craqua soudain, laissa tomber sa tête dans ses mains et se mit à sangloter.

Mira la laissa pleurer, enleva délicatement la bouteille de sa main et la regarda. C'était de l'ipéca. Les mères le savent : cela fait vomir les bébés, et l'on s'en sert au cours des terribles soirées où l'on soupçonne un enfant d'avoir avalé la moitié du flacon de pilules de mémé pour dormir.

« Qu'as-tu fait ? »

Martha ne pouvait pas parler. Elle sanglotait. Elle secoua la tête d'avant en arrière et vomit soudain énormément, un flot de liquide contenant des fragments plumeux. Mira attendit qu'elle ait fini, puis lui lava le visage avec un gant imbibé d'eau fraîche. Martha ne voulut pas que Mira tirât la chasse d'eau :

« Je sais ce que c'est. Je l'ai fait assez souvent pour les gosses.

– Moi aussi, j'ai l'habitude.

– Non, tu n'en as jamais eu l'habitude ! » insista Martha qui se mit à genoux et nettoya la cuvette. Lorsqu'elle eut terminé, elle se releva : « Je crois que ça y est. Ça va.

– Qu'as-tu fait ?
– J'ai pris un flacon de barbituriques !
– Y a combien de temps ?
– Environ dix minutes avant de prendre de l'ipéca, dit Martha avant de se mettre à rire. Je vais prendre une douche puis j'aérerai la pièce, dit-elle.
– Tu es, dirais-je, une suicidée agréable, dit Mira dans un sourire. Je peux prendre un verre ?
– Bien sûr, mais sois assez altruiste pour m'en verser également un ! »
Martha passa sous la douche. Mira s'assit dans la chambre de Martha, but et fuma. Chacun devrait nettoyer son vomi, chacun devrait nettoyer les cabinets qu'il utilise. Pourquoi pas ? Le problème, c'étaient les gosses. On ne peut pas leur demander cela. Et pourquoi pas ? La chambre de Martha était à la fois austère et agréable. Claire et nue, mais avec de jolis dessins plaisamment encadrés, des draperies bien droites et posées avec un goût très sûr. C'était très reposant, très beau. Pourquoi pas ? Equilibre, équilibre. Les choses ne devaient pas être comme elles étaient.
Martha apparut. Quelle apparition ! Son visage délicat avait de profondes rides, des rides désagréables. Des rides amères aux coins de la bouche, un grand pli en travers du front; ses yeux étaient bouffis. Elle s'assit au pied du lit et saisit le verre que Mira lui tendait. Mira attendit en la regardant. Elle leva les yeux.
« Eh bien, voilà ! » dit-elle.
Mira était attentive.
« David est venu dîner ce soir, dit-elle en haletant et en se lançant sur la blessure toute fraîche. C'était une petite fête... Son article avait été accepté par le *Journal of comparative Litterature* et il était très content. Moi aussi; j'ai été ravie pour lui. Tu sais, je n'ai pas beaucoup fait de cuisine ces derniers temps... jamais depuis que j'ai repris la faculté... mais, cet après-midi, j'ai couru partout pour trouver du filet spécialement coupé pour faire des tournedos, des asperges fraîches... J'ai fait cuire un poulet hier – mes mômes détestent ça ! – uniquement pour avoir du jus pour un risotto. J'ai acheté un p'tit pot de caviar – vraiment hors de prix –

et fait quelques œufs durs. Puis j'ai acheté des framboises fraîches – les dernières de la saison; elles m'ont coûté les yeux de la tête – et du vin rouge. C'était très bon. Comme j'te l'dis! C'était très bon, et j'étais très heureuse, et tout marchait très bien; je me sentais si bien à lui préparer tout ça que je me disais que je pourrais le faire pour le restant de mes jours... Et puis il était si beau, assis là... Il m'a beaucoup fait rire en parlant des réactions de ses collègues en apprenant la nouvelle de la parution de son article. C'est une branche très jalouse et chicanière. Il était marrant, encore qu'il les comprît. Il est marrant, mais il n'est pas comme la plupart des types, tu sais? Il pense à ce que ressentent les gens autant qu'à ce qu'ils disent. C'est très intéressant. »

Elle but quelques gorgées de son verre et se moucha. Elle reniflait. Du sang coulait de sa lèvre. Elle l'essuya et releva la tête, mais le sang continua de couler.

« Nous étions assis avec les petites bouteilles de cognac qu'il avait apportées, Lisa était dans sa chambre à faire ses devoirs et Jeff dormait; nous, on était assis dans le living-room, sur le canapé, mais pas trop près parce que je voulais pouvoir le voir, et on a bu le café sur la petite table qui est en face du canapé, à moitié soûls... »

Elle se remit à pleurer. Mira attendait.

Elle se reprit :

« Puis Lisa est allée se coucher. Je me suis appuyée contre le bras du canapé en le regardant, lui, me chauffant contre lui, me sentant bien, sexy et à l'aise, et tout heureuse de le regarder; soudain, il se tourne vers moi avec un air sérieux et solennel, et me dit : « Martha, j'ai « quelque chose à te dire... »

Elle pleurait; halètements et mots alternaient dans sa bouche.

« Mais moi, je dérivais, je flottais encore dans cet endroit miraculeux, et je n'ai pas fait attention; j'ai tendu la main et dit : « Oui, mon amour... » ou quelque chose d'idiot de ce genre : il a pris ma main et a dit : « Martha, Elaine est enceinte. »

« Après il a mis la tête dans ses mains, et moi je me

suis levée et j'ai hurlé : « Quoi ! » et, lui, a secoué la tête, toujours dans ses mains, et alors j'ai réalisé qu'il pleurait; je me suis approchée de lui, je l'ai pris dans mes bras et je l'ai câliné; il a parlé, il a dit que c'était un accident qu'il ne savait pas comment c'était arrivé, elle essayait de le piéger parce qu'elle savait qu'il avait l'intention de la quitter, et moi je pleurais aussi et je le câlinais en lui disant : « Oui, je comprends... mon chéri, « ce n'est rien, ce n'est rien. » Au bout de quelque temps, il s'est apaisé, mais mon esprit ne cessait pas de bouillonner de plus en plus, et, lorsqu'il a cessé de pleurer, je l'ai écarté de moi, je me suis assise et j'ai hurlé après lui. Accident ? Alors qu'ils ne couchaient pas ensemble ? Comment cela s'était-il produit ? Bon, premier mensonge, mais j'avais toujours su que c'était un mensonge. Mais elle, elle savait que j'existais, elle savait qu'il voulait la quitter, comment avait-il pu lui faire confiance question contraception, je veux dire : ne se doutait-il pas de quelque chose ? A ce moment-là, je me suis souvenue de l'avoir entendu dire combien il aimerait avoir un fils... il aimait sa fille mais... – Martha eut un rire amer – J'ai regardé son visage et j'ai SU. J'ai su que c'était ce qu'il voulait vraiment... Il n'avait jamais eu l'intention de divorcer d'avec elle... Il m'a fait ruiner ma vie pour lui... mais il n'a jamais eu la plus petite, la moindre intention de modifier la sienne... Je me tournai vers lui; j'aurais pu le tuer... Je poussai un hurlement et me jetai sur lui... Je lui ai donné des coups de poing, des coups de pied, je l'ai griffé... il s'est défendu. Je crois que j'ai une bonne gueule, mais, ne t'en fais pas, il est pas mal non plus... Puis je l'ai foutu à la porte, le fils de pute, l'enfifé du guignol, l'enculé ! » Elle était repartie, hurlante de colère et de douleur, sanglotante. Les portes des chambres des enfants restaient parfaitement closes. Martha pleura pendant un quart d'heure : « Oh ! mon Dieu, je ne veux plus vivre, finit-elle par hurler; ça fait trop mal. »

3

A cette époque-là, nous avions toutes un mot. C'était EUX, et nous voulions toutes dire la même chose : les hommes. Chacune d'entre nous avait l'impression d'avoir été jouée par l'un d'entre eux, mais ce n'était pas suffisant, car chacune d'entre nous avait des amies; et nos amies aussi avaient été jouées par *eux*. Et chacune de nos amies avait des amies... Mais il ne s'agissait pas que de maris. Nous avions entendu parler de l'amie de Lily, Ellie, dont le mari était une brute épaisse, qui obtint finalement la séparation d'avec elle. Mais il était rentré chez elle et lui avait cassé la figure en plein milieu de la nuit sans qu'elle pût se défendre. Au sens propre. Les policiers ne voulurent rien faire, parce qu'il demeurait propriétaire de la maison où avait eu lieu la chose. Son avocat lui dit qu'il ne pouvait rien faire. Peut-être que si, mais Bruno l'avait également menacée, et sans doute avait-il peur. Elle ne put trouver personne pour l'aider. Elle ne voulait pas aller au commissariat de police et déposer contre lui. Elle se dit qu'il perdrait son emploi, et ne voulait pas spécialement le voir aller en prison. Mais elle dut finalement se résoudre à faire cela. Et il perdit bel et bien son emploi. Il n'alla pas en prison, mais cessa de lui verser l'argent. Belle affaire! Elle gagna. Gagna quoi? Un statut de mère touchant l'aide sociale.

Ou Doris. Roger voulait divorcer, ça le mettait en boule; elle le lui fit payer. Elle demanda soixante-quinze mille francs par an pour elle et ses trois gosses. Mais, après tout, il en gagnait cent soixante-quinze mille. Et elle avait abandonné la fac au moment de leur mariage et l'avait entretenu pendant trois ans tandis qu'il terminait ses études. Elle avait accepté de mettre ses œufs dans le même panier que lui, et voilà qu'il cassait le panier! On ne pouvait pas lui en vouloir, la pauvre! Elle avait trente-cinq ans et n'avait pas travaillé depuis des années. Lorsqu'elle travaillait, elle était dactylo. Elle n'avait aucune cotisation à la retraite derrière elle, aucune ancienneté. Mais Roger fut rendu furieux par la décision du juge et déménagea hors de l'Etat. Elle ne pouvait rien faire contre lui. Il lui envoie cinq cents francs par moi pour les enfants. Trois enfants. Elle ne va pas bien loin avec ça.

Ou Tina, qui osa prendre un amant après avoir divorcé. Phil avait aussi quelqu'un mais, bien entendu, c'est différent. Il n'avait pas les gosses! Il déclara qu'il ne lui donnerait pas un sou tant qu'elle resterait avec cet homme et que, si elle voulait lui causer des ennuis à ce sujet, il lui reprendrait les enfants : « N'importe quel juge... » la menaça-t-il, tel un... juge descendu des cieux, « n'importe quel juge de ce pays enlèverait la garde de ses enfants à une femme qui permet à un homme de passer la nuit ici avec elle... une putain est une putain, ne l'oublie pas. » Peut-être n'avait-il pas raison, mais Tina était trop terrifiée pour s'en apercevoir : « Phil, dit-elle, c'est un chic type; les gosses l'aiment bien... il s'occupe d'eux bien plus que tu ne l'as jamais fait. » Ce n'était pas très calculé comme phrase. Cela aurait pu marcher si ce qu'ils avaient eu avait été comme elle le pensait, une rencontre entre êtres humains; en réalité, il ne faisait que donner les premiers coups d'approche. Tina ne le poursuivit pas; il ne paya pas. Elle aussi toucha l'aide sociale. Si vous voulez savoir qui sont toutes les mères qui la touchent, demandez donc à vos amies divorcées. Ça paraît facile, vous savez, de vivre de l'aide sociale. Mais – humiliation et rancune mises à part – on ne vit pas très bien; au cas où vous ne le sauriez pas... Ce qui n'est pas agréable pour une femme et lui donne des crises de nerfs lorsqu'elle doit élever des enfants.

Oui, nous avons toutes entendu des histoires de ce genre, et cela continue. On aurait dit que tout le monde divorçait. Au bout d'un certain temps, on cessa de demander : la faute à qui? Au bout d'un certain temps, on cessa même de demander pourquoi. Nous nous étions toutes mariées sans raisons, et, aujourd'hui, nous étions toutes en train de divorcer. Au bout d'un certain temps, cela ne sembla plus anormal... Nous n'avons plus eu l'impression que ce monde s'écroulait.

Toute personne qui a été mariée un certain temps sait quelle pourriture est le mariage, et nous avons écouté les téléreporters déplorer le haut pourcentage de divorces comme s'il s'agissait d'autant de pieuses déclarations hypocrites. Ce n'était pas le fait d'être ou non mariées qui nous préoccupait. C'était que nous étions toutes si désarmées que nous pouvions être envahies (même Norm venait à la maison et lisait le courrier de Mira... C'était son droit, disait-il, la maison était à lui), cognées; l'on pouvait nous faire n'importe quoi, et personne, per-son-ne, des flics aux juges en passant par toutes les autres instances légales, personne n'était de notre côté. Parfois, même, nos amies et nos familles n'étaient pas avec nous. Nous nous réunissions en petits groupes de deux ou trois, à maugréer avec amertume. Même nos psychiatres n'étaient pas de notre côté. Nous LES vomissions jusqu'à la nausée, mais ce n'était que cela, le vomissement de la cause immédiate de notre indigestion. Mais la maladie, elle, était chronique. Nous comprenions que les lois étaient tout entières faites pour EUX, que tout était fait pour EUX. Et nous ne savions qu'y faire. Nous étions à moitié convaincues qu'il y avait quelque chose de pourri aux Etas-Unis. Nous nous sommes faufilées jusqu'à nos trous et nous avons appris à survivre.

4

George et Martha se remirent ensemble, d'une certaine façon. Ils le firent avant tout parce qu'ils avaient des problèmes financiers, mais George n'avait vraiment jamais réussi à se débrouiller tout seul, et se réjouit donc des ennuis de Martha. George est un brave type : il ne s'est jamais servi de ce qui est arrivé contre Martha, même lorsqu'il était très en colère.

Mais la vérité, c'est qu'il n'a pas eu besoin de le faire. L'aventure avec David acheva Martha. Elle ne fut plus jamais la même par la suite. Mais je dépasse mon propos. Cette histoire aura-t-elle jamais une fin ? Mon Dieu !

Ça continue et continue et continue... Seule une bombe atomique l'arrêterait. Parfois, je comprends ces partisans de la guerre à outrance, les « faucons » : eux aussi ont des moments de souffrance tellement intolérable qu'ils auraient envie de faire tout sauter et se réjouiraient même à la vue du champignon atomique.

Noël vint, puis Pâques, puis l'été. Norm insista pour divorcer; Mira le dévalisa. Elle compta les années, compta ce que lui aurait coûté une bonne, une nourrice, une blanchisseuse, un chauffeur, une prostituée – car elle se disait que ça avait été ça, son rôle le plus douloureux – et présenta la facture à Norm.

« C'est toi qui as l'argent; tu m'as dit un jour – il y a longtemps – que tu pourrais aussi bien vivre à l'hôtel. Imagine que tu aies vécu avec les services pendant quinze ans, voilà ce que ça t'aurait coûté. »

Norm devint fou de colère; son avocat aussi; celui de Mira la crut folle. Ils épluchèrent et réépluchèrent la facture. Et finirent par se calmer. Mira savait aussi bien que son avocat que le juge ne lui accorderait jamais ce qu'elle demandait, en dépit des hauts revenus de Norm. Ce qu'elle obtint, ce fut l'usufruit de la maison (il y avait une hypothèque et une propriété conjointe : si elle déménageait, elle toucherait la moitié du prix de l'estimation), la voiture (une Chevrolet de 1964, entièrement payée), trente mille francs par an de pension alimentaire et quarante-cinq mille pour les gosses (jusqu'à leurs vingt et un ans). Elle fit l'addition. Avec la maison, les meubles et ses effets personnels, elle compta qu'elle avait été payée dix mille francs par an pendant les quinze années de leur mariage et qu'elle en toucherait trente mille chaque année alors qu'ils ne seraient plus mari et femme. Drôle de truc, mais à présent Mira était aussi mince et fragile qu'une sauterelle.

« Pas tout à fait un travail d'esclave, je crois... J'avais tout de même quelque chose d'autre que le parquet et la planche à laver. »

Mira travaillait bien en fac et était heureuse d'avoir retrouvé le travail scolaire. Martha, de son côté, survivait. De même pour Samantha. Lily survivait à peine. Les garçons poussèrent; les années passèrent. Le travail de Mira était bon, brillant même. Ses professeurs lui conseillèrent de faire un doctorat. Mira entendit les Beatles chanter *Eleanor Rigby* et se dit que quelque chose avait changé dans la musique populaire. Lily eut une nouvelle dépression nerveuse. Martha termina sa licence et fut admise à l'école de la magistrature. En définitive, ces histoires ne l'avaient pas trop affectée. Mira fit des demandes et rechercha des recommandations. Martin Luther King fut assassiné. Bobby Kennedy fut assassiné. Il y eut My Lai[1], mais on ne le sut pas alors. Le courrier arriva. Mira avait été acceptée à Yale et Harvard. Incapable d'y croire, elle resta immobile à regarder les lettres. Norm était remarié, avec la femme que Mira avait un jour appelée sa « petite poule ». Mira était sur le point de mettre la maison en vente lorsque Norm l'appela pour lui dire qu'il souhaitait racheter sa part. Il était prêt à payer vingt-cinq mille francs; moins qu'elle ne pensait que sa part vaudrait sur le marché. Ils discutèrent. Elle accepta son offre. Lorsqu'il l'augmenta de douze mille cinq cents francs. Après tout, ça aurait été à elle seule de la nettoyer chaque matin en attendant les acheteurs. Pff, pff. Merde. Assez. Je n'en peux plus. Ce qui s'est passé est assez moche pour que l'on n'en reparle pas. Je suis désolée d'avoir commencé à parler de ça. Mais il me semble que je devais. Et maintenant, il me semble que je dois cesser. On n'est que le 26 juillet. L'école ne rouvre que le 15 septembre. En plus, comme ils disaient, qu'ai-je d'autre à faire ?

Mira vendit tous les meubles à Norm. Elle inscrivit les garçons dans un bon établissement secondaire privé. Et un matin d'août 1968, Mira mit ses valises dans le coffre de la voiture pour se rendre à Boston. Elle resta un instant immobile devant la maison vide. Les garçons étaient avec Norm. Ils reviendraient tous demain, lorsque Norm emménagerait avec sa nouvelle femme. Elle se demanda ce que cette dernière ressentirait à emménager dans sa maison, pleine de meubles qu'elle avait

1. Massacre de tous les villageois d'une bourgade du Viêt-nam par les hommes du lieutenant Calley, à l'initiative de ce dernier. (*N.d.T.*)

choisis, bichonnés, et auxquels elle avait consacré sa vie. Oui. Elle dit au revoir à la maison.

« Adieu, meubles », dit-elle. Et les meubles, comme ils étaient des meubles, restèrent de glace.

5

Avant de partir, Mira rendit deux visites. La première à Martha. Martha savait qu'elle viendrait mais, lorsqu'elle arriva, Martha portait un vieux truc en tissu-éponge décoloré, qui donnait l'impression qu'elle était enceinte, et un fichu sur la tête. Elle était à quatre pattes, avait un petit outil à la main et grattait la cire du parquet de la cuisine.

« Ça ne te gêne pas si je continue pendant qu'on parle ? J'ai si peu de temps ces jours-ci », dit Martha.

Mira s'assit sur le petit banc de la cuisine. Elle but à petites gorgées le gin-tonic que Martha lui avait donné. Martha parla. Elle avait achevé sa première année d'école de magistrature. Elle ne savait pas dans quelle branche elle entendait se spécialiser. Le droit international l'intéressait, mais c'était un domaine inaccessible pour une femme. Elle parla beaucoup des combines de l'école. Martha avait beaucoup grossi. Sa jolie silhouette était moche sous toute cette chair. Martha regardait rarement Mira dans les yeux ces temps-ci. Elle parlait aux murs, aux planchers, aux couteaux, aux fourchettes. Elle ne parlait jamais de David. George était malheureux. Pendant leur séparation, il avait acquis une certaine indépendance. Maintenant, il se sentait gêné par les capacités intellectuelles de Martha. Il pensait qu'il avait envie de divorcer.

« Marrant, pas vrai ? Il a une aventure avec une femme de son bureau, mais ce n'est pas ce qui lui donne envie de divorcer. Il a envie d'avoir une garçonnière à Manhattan. Il a envie de connaître ce qu'il n'a jamais connu. Ça se comprend, même si c'est foutrement adolescent. »

Elle éclata de rire. Elle s'affairait après la cire, centimètre carré par centimètre carré. Elle avançait très lentement.

« Si tu as une autre raclette à mastic, je vais t'aider, dit Mira. A la vitesse où tu vas, tu auras fini dans deux semaines!

– Ça va... Je suis une telle perfectionniste que je referais ce que tu aurais fait.

– George, c'est sérieux?

– Question divorce? Sais pas. L'appartement à New York, oui. Il regrette les joies du célibat, dit-elle en riant, même s'il ne trouvait pas cela très marrant quand il y était! »

Gratte, gratte.

« Mais ça sera la merde pour moi; j'ai encore deux ans d'études. Mon travail n'est qu'à mi-temps, je paie à peine la nourriture avec. Et ce que George veut, c'est un truc chouette, pas le gourbi qu'il avait avant. Je n'arrive pas à savoir comment on va payer tout ça. Il a eu une jolie augmentation il y a deux mois, mais il rêve s'il croit que ça va suffire. On doit toujours dix mille balles depuis not' séparation, dont cinq mille à son psy.

– Il y va encore?

– Non, il m'y envoie. » Martha rit sans la moindre gaieté.

Elle n'avait pas encore regardé Mira en face.

Elles parlèrent de leurs enfants, de l'avenir. La voix de Martha était monocorde; elle n'avait ni aigus ni graves.

« L'as-tu revu? finit par demander Mira. Martha cessa de gratter et remonta son fichu sur son front.

– Pas beaucoup... L'école de magistrature est de l'autre côté; je le vois parfois au foyer des étudiants. Il fait semblant de ne pas me voir; il n'a pas changé. J'ai entendu des bruits : il est avec une étudiante. Mariée. Une licenciée en français. On le dit... »

Elle se remit à gratter. Elle avait fait environ quatre mètres carrés.

« Et toi? Comment vas-tu? »

Martha se leva : « On remet ça? » Elle alla au buffet, tourna le dos à Mira et remplit leurs deux verres :

« Comment je vais ? dit-elle sur le ton d'une déposition. Je ne sais pas. Je ne ressens rien, vraiment. J'ai le sentiment que je n'aurai plus jamais de sentiments. C'est un salaud, mais je l'aime. Je me sens comme les pisseuses des chansons, *My man Bill,* tu vois le genre ? Je lui reviendrais demain s'il me le demandait... je sais que je le ferais. Je ne te dis pas que je ne lui donnerais pas du fil à retordre, mais je le ferais. Mais il ne me le demandera pas.

– Pourquoi est-ce que tu ne te cherches pas quelqu'un d'autre ? »

Martha haussa les épaules :

« Je le fais; ou, du moins, je crois que je le fais. Mais le cœur n'y est pas. Maintenant, le seul truc qui compte vraiment pour moi, c'est de dégotter ce diplôme et d'en sortir. Il y a trop longtemps que je vais en cours. Mon Dieu ! j'ai trente-six ans...

– Moi aussi, et pourtant je ne fais que commencer. »

Martha éclata de rire :

« Personne ne peut dire qu'on n'essaie pas...

– Mais je ressens les choses de la même façon que toi... comme si rien ne pouvait plus compter comme certaines choses ont compté dans le temps. Comme si rien ne pouvait plus autant toucher mon cœur, le faire souffrir.

– C'est peut-être ça, vieillir...

– Peut-être. »

Elle quitta Martha toujours à quatre pattes sur le parquet, avec cinq mètres carrés de cire enlevée :

« Bonne chance, lui dit Martha sans chaleur, et garde le contact. »

Le contact. Qu'est-ce que cela voulait dire, envoyer des cartes de vœux ? Comment peut-on garder le contact avec quelqu'un qui est hors d'atteinte, qui a coupé ses nerfs pour ne pas sentir les contacts, quels qu'ils soient. Elle comprenait ce que faisait Martha et pourquoi elle agissait de la sorte, mais cela la rendait terriblement seule. Mais, dans le fond, quel autre choix Martha avait-elle ? Continuer à sentir les choses ? Comme Lily le faisait ?

Mira traversa les pelouses de l'hôpital pyschiatrique

du Bois Vert. Elles étaient constituées d'un grand nombre de parterres entourés d'arbres qui dissimulaient les grilles de quatre mètres de haut qui les entouraient. Il y avait également des arbres dans les parterres; des bancs aussi. Quelques fleurs çà et là. Des gens déambulaient ou étaient assis, tous bien habillés. Impossible de savoir si c'étaient des malades ou des visiteurs. Dans le dortoir de Lily, Mira la demanda, et une infirmière souriante la conduisit vers un coin de la pelouse, où plusieurs jeunes femmes étaient assises et discutaient. Lily bondit sur ses pieds lorsqu'elle aperçut Mira et, quand elles s'approchèrent l'une de l'autre, elles s'embrassèrent sans grâce, la raideur de Mira et l'excitation de Lily se rencontrant en même temps que leur affection mutuelle.

Lily était extraordinairement maigre, mais elle était bien habillée, bien plus que lorsqu'elle était chez elle, d'un élégant pantalon marron et d'un chandail beige. Elle était maquillée, très maquillée, et ses cheveux avaient été récemment décolorés. Elle lui présenta les autres jeunes femmes. Elles aussi étaient bien habillées et lourdement maquillées, paupières brillantes, faux cils, fond de teint orange vif, rouge à joues clinquant, rouge à lèvres écarlate. Mira ne savait pas si c'étaient des malades ou des visiteuses. Elles parlèrent un moment de la pluie et du beau temps, puis les trois jeunes femmes les quittèrent. Lily avait des cigarettes mais pas d'allumettes, et fut ravie par le briquet de Mira :

« Il faut toujours demander du feu aux infirmières; c'est une des règles de la maison. Ils ont peur que les folles brûlent la baraque.

– Ces femmes-là, dit Mira en indiquant les trois autres de la tête, ce sont des visiteuses?

– Oh! non. Elles sont comme moi, dit Lily en riant. En fait, ce lieu est un club de campagne pour les femmes dont les maris ne veulent plus. »

Mira regarda autour d'elle. Cela avait l'air d'être un truc dicté par la folie de Lily, mais il n'y avait presque que des femmes autour d'elles, entre trente et cinquante.

« Il n'y a pas d'hommes ?
– Oh ! si, mais ce sont, pour la plupart, de vieux alcooliques.
– Est-ce qu'il y a aussi de vieilles alcooliques ?
– Oui, des tas... Nous sommes tous des gens dont personne ne veut. » Lily fumait goulûment, comme si elle avait eu hâte de finir sa cigarette pour pouvoir en allumer une autre elle-même. Toutes mes amies sont dans la même situation que moi. Elle parla d'elles, puis d'elle-même.
« Avant de tomber malade, je suis allée voir ma tante. Elle m'a dit que j'étais une pauvre gosse exploitée, et que son mari était pire que Carl. Elle a dit que Carl était un bon mari comparé à beaucoup d'autres. Ma tante a dit que je devrais être heureuse d'avoir Carl, qu'il ne me persécute pas. Des fois, je me dis qu'elle a raison, mais je ne tiens pas le coup, je ne tiens pas le coup avec lui. J'ai voulu divorcer, voilà pourquoi je suis ici. J'ai voulu divorcer, alors il est parti de la maison et j'ai couru après lui, j'ai couru dans la rue en hurlant et en essayant de m'agripper à son veston. Je ne pouvais pas rester toute seule, je ne savais pas comment faire tourner les choses... comment le pourrais-je ? Payer les factures... je n'en ai jamais payé une seule de ma vie ! Lorsque l'ampoule de la cuisine a claqué, je suis restée immobile à pleurer. Je me suis dit que j'allais devoir vivre dans le noir. J'ai pleuré et je l'ai supplié de revenir, mais quand il est revenu, je n'ai pas pu tenir le coup, le nazi, le garde-chiourme ; moi j'essayais de le faire agir humainement... alors il m'a refait enfermer. Ma tante fait partie d'un groupe de suicidées. Un groupe de suicidées ! Elle a voulu que j'entre dedans. » Elle rit à gorge déployée.
« Un groupe de suicidées ?
– Oui, elles s'appellent en plein milieu de la nuit et se disent des trucs comme : « Aujourd'hui, c'est un jour « gris, mais demain il fera beau », ou « J'ai besoin de « toi et je sais que tu auras le courage de traverser « cette mauvaise passe. » Elle rit de nouveau, de son bon gros rire, sans rien d'hystérique. Elle n'avait pas non plus l'air de trembler : J'ai vu une annonce pour un

groupe de ce genre. En grosses lettres : APPELEZ-NOUS SI VOUS AVEZ BESOIN DE QUOI QUE CE SOIT, quelque chose comme ça, et puis ça ajoutait que, si vous aviez un problème de drogue, si vous aviez envie de vous flinguer ou si vous aviez le moindre problème dont vous ayez envie de parler à quelqu'un, vous les appeliez au numéro de téléphone ci-joint. Après, en toutes petites lettres, il y avait écrit : du lundi au jeudi, de douze à vingt-deux heures. J'ai noté le numéro, mais je ne m'en suis pas servie. Je ne me suis jamais sentie mal à ces heures-là ! – Rire.

« Le problème, vois-tu, continua-t-elle en éclatant plusieurs fois de rire, c'est que je ne suis pas suicidaire ! C'est comme d'avoir un refroidissement au lieu d'une pneumonie : personne n'y peut rien. Le psychiatre... quelle plaisanterie ! Il nous a recouvertes de maquillage et habillées comme le cheval de Caligula le jour de son sacre ! Nous nous pavanons avec tout ce maquillage et prenons le thé, ma chè-è-re ! »

Une petite bonne femme toute ronde traversa le parterre et se laissa tomber sur un banc. Elle avait les cheveux crépus et un regard complètement désorienté :

« Ça, c'est Inez, dit Lily. Son mari ne vient pas beaucoup la voir, pas comme Carl. Il vient presque tous les dimanches avec les gosses. Ils ne restent pas longtemps, mais personne ne pourra dire qu'il ne fait pas tout ce qu'il peut. Le mari de cette pauvre Inez ne vient que de temps en temps. Je les écoute se parler. Elle pleure, les larmes coulent le long de ses joues, elle pleure doucement, tu sais, pas de gros sanglots ou de cris, non, comme une petite pluie continuelle. Et elle geint; elle dit : « Je t'en prie, Joe, fais-moi sortir d'ici... Je te pro-
« mets que je serai gentille cette fois-ci, j'essaierai
« d'être une bonne épouse, honnête, j'essaierai vrai-
« ment, j'apprendrai... » Mais elle est trop intelligente, tu sais ? Elle ne pourrait jamais régresser suffisamment pour devenir une bonne épouse.

Inez se leva soudain de son banc et s'agenouilla par terre derrière lui. On eût dit qu'elle faisait une prière à l'arbre.

« Elle aime les insectes, dit Lily. Elle les regarde sans

arrêt. Elle lisait des livres sur les insectes quand elle était chez elle, mais son mari trouve que c'est fou, elle ne passe pas l'aspirateur sur le tapis ni ne lave les assiettes, tout ce qu'elle fait c'est de lire des trucs concernant les insectes. Le psychiatre est tombé d'accord avec lui. Ils pensent qu'il ne faut pas l'encourager dans ces trucs dingues, aussi ne lui permet-on pas d'avoir le moindre livre. Mais elle peut toujours regarder les insectes ! » claironna triomphalement Lily.

« Et puis, voici Silvia. » Elle indiqua du doigt une femme très maigre, minuscule, élégante et laide. Ses cheveux étaient coiffés en un chignon compliqué et sa bouche un trait de rouge criard. « Son mari à elle ne vient jamais... Il y a huit mois qu'elle est ici. Elle s'est mariée il y a quinze ans, parce qu'elle voulait des mômes, mais son mari ne peut pas en avoir; alors elle s'est mise à travailler, elle a été professeur de dessin dans une école primaire... elle ne vivait que pour son mari... et puis, il y a environ un an, son mari l'a abandonnée pour aller vivre avec une grosse Portoricaine qui avait déjà cinq gosses. Ils vivaient à deux pas de chez elle, elle les voyait à tout bout de champ. Elle a essayé de s'en sortir seule, mais elle était au plus bas. Elle était amère, parce qu'elle voulait des gosses et qu'elle ne les avait pas eus à cause de lui. Elle l'a supplié de revenir. Elle était si seule. Il n'a pas voulu et n'a pas arrêté de lui dire combien elle était moche. Alors elle a regardé la Portoricaine puis s'est regardée, elle a comparé, rassemblé toutes ses économies et couru à l'hôpital pour se faire opérer... une histoire de silicone, tu connais ? Pour avoir de la poitrine; ça lui a coûté dix mille balles. Mais, alors qu'elle revenait à elle, l'infirmière l'a regardée et lui a dit : « Mon pauvre petit, c'est « une mastectomie qu'on vous a faite ? » C'était une terrible erreur. Elle protesta, mais le docteur lui prit quand même son argent. Puis elle s'est mis une crème bronzante sur le visage et est allée trouver son mari, qui est finalement revenu; mais à chaque fois qu'ils faisaient l'amour, il lui mettait un oreiller sur la figure parce qu'il disait ne pas supporter de la regarder. Elle commença à se sentir mal. Elle se disait qu'il était en train de l'empoisonner. Elle lui dit qu'il continuait à voir l'autre femme. Il lui rétorqua qu'elle était folle. Elle alla de mal en pis, elle devint follement soupçonneuse; elle l'appela à son travail. Elle n'arrivait plus à dormir. Elle continuait de penser qu'il voulait la tuer, elle était terrifiée lorsqu'il lui mettait l'oreiller sur le visage, s'il l'étouffait? Il l'a emmenée chez un psychiatre et le docteur lui a demandé s'il y avait la moindre vérité dans ses soupçons; lui jura que non, et le docteur déclara qu'elle était paranoïaque, ce qui la fit aboutir ici. Elle est assez calme, mais crie beaucoup. On lui donne des médicaments pour ça... Quoi que vous fasse la vie, si vous criez, vous êtes folle! Même les animaux crient, n'est-ce pas, Mira? Bref, pendant quelque temps, elle n'a pas crié, alors ils ont décidé de la laisser sortir, et on a averti le mari... Qui est venu gueuler qu'il ne voulait pas qu'elle sortît. Quel foutu crétin! Il est venu en voiture décapotable avec sa Portoricaine et ses cinq gosses! Une infirmière les a vus et l'a dit au médecin; le médecin est allé le trouver, et il a avoué, avoué qu'il n'avait pas cessé de la voir, et le médecin était furieux et a dit que cela avait été un mensonge qui avait tenu Silvia enfermée pendant huit mois. Il en veut au mari; mais moi je dis, comment se fait-il qu'il ait cru le mari et pas Silvia? J' veux dire, elle aurait pu tout aussi bien que lui dire la vérité, non? Mais ils n'y ont jamais pensé. Ils croient toujours l'homme. Toutes les femmes sont un peu folles, disent-ils... Alors elle sort la semaine prochaine; et elle retourne avec lui... son mari! – Lily riait – Je lui ai dit que d'être ici l'avait *rendue* folle!

– Le problème, commença fermement Mira en essayant de rejeter au large la vague d'insanités qui déferlaient sur elle, le problème c'est que les femmes pensent trop aux hommes. Je veux dire, euh, les hommes sont tout pour elles. Si les hommes les trouvent attirantes, elles le sont; s'ils trouvent que non, elles ne le sont pas. Elles donnent aux hommes le pouvoir de déterminer leur identité, leur valeur, de les accepter ou de les rejeter. Elles n'ont pas de moi. » Elle s'interrompit et fronça sa bouche mince et sévère.

« Oui, dit Lily, tandis que ses yeux à l'expression tragique cherchaient sur la pelouse un autre exemple à citer à Mira.

– Pourquoi n'oublient-elles pas tout simplement les hommes pour être elles-mêmes ? »

Lily tourna vers elle ses yeux terribles, comme si elle était devenue idiote.

« Oui, répéta-t-elle. Nous savons tout cela... Mais comment fais-tu, toi ?

– Tu les fais simplement sortir de ta tête, comme j'ai fait avec Norm, dit Mira, qui se sentait exemplaire.

– Oh ! Carl est si froid, si froid. Il me donne l'impression d'être nulle. » Elle continua à parler de Carl pendant un long moment, à raconter anecdote sur anecdote.

« Arrête de parler de Carl ! Arrête de penser à lui ! » finit par crier Mira.

Lily haussa les épaules :

« Il constituait la plus grande partie de la vie que je menais. J'ai vécu à travers Carl... J'étais à la maison et lui était au monde. Quand j'étais plus jeune, j'avais de l'énergie, mais on me l'a enlevée, fauchée. La lumière de la cuisine s'est éteinte et je n'ai pas su la remettre. C'était une ampoule bizarre, tu comprends ? Un truc long et fin, comment appelle-t-on cela ? Néon ? Je ne savais pas que l'on pouvait en acheter dans le commerce. Je croyais qu'il durait éternellement. Carl est allé à la boutique et en a acheté un, il est monté sur l'escabeau et a enlevé la gaine de plastique du plafond; il a enlevé le tube et a fixé l'autre. Je ne comprenais pas comment il savait faire ça. Comment avait-il appris à faire ça ? Tout ce que je savais faire, moi, c'était de rester dans le noir et de crier.

« Carl, l'homme mécanique, se tue afin de me tuer. Pourquoi a-t-il fait cela ? Il se déplace comme un automate : j'ai continué à crier, j'ai hurlé. Alors il m'enferme ici. A Harlem, le gouvernement pousse la consommation d'héroïne pour que les nègres restent calmes, et des milliers de médecins donnent des barbituriques et des neuroleptiques à toutes les maîtresses de maison : que les indigènes restent tranquilles ! Lorsque les drogues ne marchent plus, on fout les Noirs en prison, et nous ici. Ne faites pas de pétard. Un jour, j'ai lu un poème; un des vers disait quelque chose comme :

On se sent plus calme quand, à chaque fois
Que l'on bouge, quelque chose remue.

« Cette fois-ci, il ne me fera pas sortir. Il n'a jamais eu assez d'argent pour m'emmener dîner en ville, mais il en a assez pour payer les soixante mille francs annuels que ça lui coûte pour me maintenir ici.

« Pourquoi lui manquerais-je? Je n'ai jamais été qu'un souci pour lui. Il met les enfants chez McDonald; il paie une femme de ménage. L'amour ne lui manque pas, on ne le faisait jamais. Un jour, je suis allée voir un avocat à ce sujet; il m'a dit : « Si vous faites l'amour « une fois par an, vous ne pouvez pas invoquer cette « raison-là pour un éventuel divorce. » Est-ce que c'est aussi vrai quand c'est par l'autre côté? Une fois par an. C'était la seule chose que j'aimais; alors il se détournait. Parfois, après que j'eus pris ma douche et alors que j'étais au lit, il rentrait à son tour dans la salle de bain, et ça m'excitait beaucoup parce qu'il ne prenait jamais de douche le soir; alors je sautais hors du lit, mettais ma plus jolie chemise de nuit et attendais. Il se rasait en chantonnant, et moi je m'excitais; alors il entrait dans la chambre, se mettait au lit, se tournait de l'autre côté, éteignait la lumière, s'étendait et disait : « Bonne nuit, Lily! Je me sens bien, tu sais? » C'est un sadique, un nazi. Bien sûr, moi je hurlais. Qu'est-ce que t'aurais fait à ma place? Pourquoi faisait-il ça? Je me serais foutue qu'il me mette un oreiller sur la figure, j'étais si désespérée. J'ai essayé, mais je n'ai pas pu avoir d'aventure. Je me sentais trop coupable. J'ai essayé de me masturber. Mon médecin m'a dit que mon intérieur était complètement desséché, qu'il ressemblait à celui d'une femme de quatre-vingts ans! Il a tenté de m'expliquer comment me masturber, mais je n'y suis jamais parvenue. Carl, qui sait qui il est? On dirait qu'il m'a mise dans une boîte à l'intérieur de laquelle il y a toute la beauté, puis qu'il a passé le reste de sa vie à mettre un tuyau d'arrosage dedans pour me noyer.

Qu'ai-je connu de lui ? J'ai épousé un complet-veston. »

Elle est toujours là-bas, Lily. Mira ne l'a pas revue depuis des années. Moi non plus. Ce n'est pas parce qu'elle ne m'intéresse pas, c'est que parfois je ne sais plus qui est qui, je me dis que je suis Lily ou qu'elle est moi, et que, quand je suis là-bas, je ne sais plus bien laquelle de nous deux est sensée se lever, s'incliner pour embrasser l'autre, descendre l'allée tapissée de petits cailloux qui mène à la porte, aller dans le parking avec toutes les autres personnes qui sont exactement semblables à celles de l'intérieur et qui montent dans des voitures pour s'en aller. Et, même lorsque je suis au volant, je ne suis pas certaine d'en avoir le droit, je n'ai pas l'impression d'être dans mon propre corps. Mon corps conduit la voiture, est assis sur le siège, mais je suis encore à l'intérieur de l'hôpital, ma voix continue de parler intarissablement, avec feu, je ne peux pas la faire taire, elle continue et continue de dire. Elle avait une énergie indomptable, Lily, mais elle a tout entière passé dans sa voix et dans ses yeux. Elle ne se lasse jamais, elle ne flanche même pas, elle ne sort jamais des faits. Elle parle des femmes musulmanes, des femmes chinoises, des femmes des pays « phallocrates », des femmes d'Espagne, d'Italie, du Mexique : « Toutes les femmes sont notre faix », dit-elle; et je sais qu'elle n'a pas lu cela dans un livre, car elle ne lit jamais : « Je ne me sens pas différente lorsque j'entends parler d'elles, j'ai l'impression que cela m'arrive à moi. Je crois que nous sommes réincarnées et je me souviens d'avoir été d'autres femmes d'autres époques, d'autres contrées. J'en porte le poids dans ma chair, je ploie sous le faix d'un fagot dans la pente d'une colline de Grèce; je passe furtivement dans les rues en purdah et me sens coupable d'être vraiment visible; mes pieds sont déformés à force d'être comprimés. On m'a fait une clitoridectomie et je suis le bien de mon mari; je ne ressens rien en faisant l'amour et j'accouche dans l'angoisse. Je vis dans des pays où la loi donne à mon époux le droit de me battre, de m'enfermer à clef, de me donner la *disciplina*. »

En réalité, Lily et moi, nous ne sommes pas très différentes : elle est derrière ses grilles, moi derrière les miennes. Nous sommes toutes les deux folles, toutes les deux sur la même voie, à tourner et retourner désespérément en rond. Sauf que j'ai un travail et un appartement, qu'il faut que je fasse ma chambre et à manger, et que l'on ne me fait pas d'électrochocs deux fois la semaine. C'est étrange, la façon qu'ils ont de croire qu'en vous faisant des électrochocs, ils vous feront oublier les vérités que vous connaissez. Sans doute pensent-ils que s'ils vous châtient suffisamment, vous ferez semblant d'oublier les vérités que vous avez pénétrées, vous serez brave et vous vous livrerez à vos tâches ménagères. Il y a longtemps que je sais que l'hypocrisie est le secret de la santé mentale. Il ne faut pas leur laisser voir que l'on sait. Lily aussi sait cela, et les deux dernières fois où elle a tenté d'être ainsi, elle a fait semblant d'être docile et désolée de ses péchés, et on l'a laissée sortir. Mais, aujourd'hui, elle est trop radicale, elle ne veut plus jouer. Je lui ai adressé une lettre, je lui ai dit ce qui est arrivé à George Jackson, ce militant politique noir assassiné par les geôliers de son pénitencier. Mais elle ne m'a pas répondu.

Mira a envoyé à Lily un livre sur les insectes destinés à Inez, mais une infirmière l'a trouvé et le lui a confisqué. Inez est devenue furieuse et a tenté de se jeter sur l'infirmière; on l'a envoyée dans un service où l'on se sert de la camisole de force et où l'on donne des électrochocs chaque jour; et où l'on n'habille ni ne maquille les malades chaque matin. Voilà pour les bonnes intentions. En Union soviétique, on vous met dans un asile psychiatrique si vous n'êtes pas d'accord avec le pouvoir; ce n'est pas tellement différent ici. Que les indigènes restent tranquilles!

6

« Pour nous, ce n'est pas comme ça, insista Kyla. On a eu de la chance, on est nées après.

– Ouais, approuva Clarissa. Je veux dire, je n'ai

jamais pensé que j'étais contrainte. J'ai joué au football pendant toutes mes années de lycée.

– Et j'ai toujours su que je ferais une carrière.

– Je reconnais, ajouta Clarissa, que l'on s'est arrangé pour me faire glisser de « moderne » en « classique ». Mais ce n'est pas très important pour moi, le domaine dans lequel je me sers de ma matière grise, du moment que j' m'en sers... et, en réalité, je suis assez heureuse que l'on m'ait poussé dans cette direction.

– Les humanités, dit Iso, être plus humain...

– Le domaine l'est, sinon tous les participants », dit Kyla.

Val était assise, silencieuse, ce qui était assez inhabituel pour que nous nous tournions toutes vers elle.

« Non, je ne désapprouve pas. Il est certain que les choses vont mieux pour votre génération. Mais je me demande dans quelle mesure. Vous sortez toutes de grandes écoles, vous êtes toutes privilégiées par rapport à la situation générale des femmes, et aucune d'entre vous n'a encore de gosses. Je ne voudrais pas jouer l'oiseau de mauvais augure, mais il me semble que vous sous-estimez, peut-être, ce face à quoi vous vous trouvez.

– Peu importe, en un sens; il faut que nous nous croyions capables de faire tout ce que nous voulons; autrement, on est baisées avant même de commencer, déclara Clarissa.

– Oui; si vous ne tombez pas tête la première dans le piège parce que vous ne l'aurez pas aperçu à temps, l'avertit seulement Val.

– Tu joues vraiment les oiseaux de mauvais augure, protesta Iso.

– Peut-être. Mais vous êtes naïves si vous croyez pour de bon que vous n'aurez pas à vous colleter avec. Vous vous dites que vous avez d' la chance; vous y avez échappé. Mon c..., oui ! Vous êtes toujours chez les bonnes sœurs ! Avec des petits garçons. Qui a dit que les étudiants de Harvard lui donnaient l'impression de ne pas avoir d'organe de base ? Tout le monde veut rester enfermé là-dedans, parce que personne ne veut devenir ce qu'ils savent devoir devenir lorsqu'ils sortiront d'ici. Et il y a beaucoup de chance pour qu'ils le deviennent :

vous n'avez pas beaucoup de chance contre ÇA.
– La théorie du ça de l'histoire! balança Kyla.
– Milton avec nous pour expliquer combien nous sommes libres!
– Assez fort pour avoir tenu debout, assez faible pour tomber, dit Kyla en riant.
– Et toi? Et toi? hurla Val.
– Peut-être que nous, mais... » Kyla se mit à nous parler de son mariage sensationnel, de leur accord, leurs conversations...
« Leur sale réfrigérateur, dit Mira.
– Oh! Mira, s'exclama Kyla avec une affection agacée. Pourquoi faut-il toujours que tu nous rabaisses au niveau du terre à terre, de l'ordinaire, du sale et satané réfrigérateur? Je parlais d'idéaux, de noblesse, de principes... » Elle sauta sur ses pieds, fonça à travers la pièce, se jeta sur Mira et la prit dans ses bras en lui disant : « Merci, oh! merci, Mira, d'être si merveilleuse, si cloche de toujours nous rappeler ce puant et sale frigo! » Elle continua sur ce ton; les autres rirent, et cette tirade sérieuse prit fin.
Mira fit la grimace :
« Comment pourrais-je l'oublier? gémit-elle.
– Oh! pauvre Mira! cria Kyla. Elle passera à la postérité avec son frigo puant!
– Fais un mémoire là-dessus, suggéra Clarissa : « L'image du réfrigérateur dans le roman du « XXe siècle. »
– « Le dégivrage dans *Feu et glace* », dit Iso.
– Non, NON! cria Mira. Il faut que ce soit le réfrigérateur sale, un frigo qu'il faut laver, et pas seulement dégivrer. Non que le dégivrage ne soit pas déjà quelque chose...
– Ça pourrait faire une chanson, décida Iso : « C'était déjà moche qu'il faille te dégivrer, chéri, mais « maint'nant il faut que j' te lave. »
– Ou : « Tu n'es rien qu'un sal' frigo, mais t' es « toujours mon p'tit coco », chanta Kyla.
Tout le monde se mit à lui crier des titres. Elle rit, puis, à mesure que les titres se répandaient dans la pièce en faisant écho à beaucoup de ceux qui avaient

orné les premières pages des journaux rédigés par ce même petit groupe, elle laissa tomber sa tête, les yeux humides, suffoquant de rire. Elle releva la tête.

« Allez toutes vous faire foutre! » cria-t-elle; les autres crièrent, la huèrent et sifflèrent doucement. Kyla se mit à applaudir, puis les autres itou. Clarissa se leva, toutes se levèrent; elle était entourée par un cercle de folles en train de l'applaudir et de hurler de rire : « Elle l'a fait, elle l'a fait! » crièrent-elles.

« Ai-je réussi un test? cria-t-elle, un rite d'initiation?

– Fais un peu voir combien tu en sais? l'asticota Kyla, pliée en deux.

– Oh! nom de Dieu! Combien y en a-t-il? Pas beaucoup, voilà le problème. Mais à l'époque de Shakespeare...

– Il a fabriqué les siens tout seul! déclara Clarissa. Toi, tu dois te servir de ceux qui sont dans ÇA!

– La théorie du ÇA du langage! approuva Iso.

– Merde, dit Mira; et tout le monde applaudit et fit de nouveau « hou-hou » – Ecoutez, il n'y en a pas beaucoup. Pauvreté de la langue. Il y a foutu et damné et putain et salaud et merde, enculé, fils de pute... Il y a aussi un mot intéressant... »

Mais elle n'avait plus aucune chance, à ce moment-là. Et dans cette pièce-là. Au milieu des applaudissements, dans l'animation de la discussion, Iso avait mis en marche le tourne-disque et bientôt Janis Joplin poussa des cris déchirants. Elles se mirent en groupe de deux pour des tête-à-tête qui, à leur tour, seraient matière à tête-à-tête, et bientôt chacune sut tout de toutes les autres, et tout le monde raconta tout ce qu'il savait de toutes les autres, et tout le monde accepta tout sur toutes les autres : cela se passa ainsi.

7

Cela ne se passait pas toujours ainsi. Mira, Val et moi faisions partie de ce qu'un éminent professeur d'anglais de cette vénérable institution avait qualifié d'un ton méprisant de « bande du Geritol ». Il y avait aussi quelques hommes plus âgés, jésuites pour la plupart, je ne sais pas pourquoi Harvard nous toléra; ce n'était pas du tout habituel. Peut-être à cause de la guerre – nous étions éminemment non appelables. Mais nous étions suffisamment peu nombreux pour nous sentir terriblement seuls dans la masse de tous ces visages peu francs, qui paraissaient tous moins de vingt ans. Ce n'était, bien sûr, pas vrai. Kyla avait vingt-quatre ans, Isolde, vingt-six, Clarissa, trente-trois. Mais Mira et moi en avions trente-huït et Valerie trente-neuf. Ce qui faisait une très grande différence. Beaucoup de nos professeurs étaient plus jeunes que nous; le président du premier cycle avait trente-cinq ans. C'est bizarre. Nous avions toutes vécu très seules et faisions grande confiance à ce que nous sentions, et n'étions pas habituées à être traitées comme des idiotes, ni dorlotées. Lorsque le président du premier cycle nous traitait comme des enfants récalcitrantes, cela nous mettait très mal à l'aise. Mais nous ne savions pas quoi faire. On ne peut pas prétendre à l'égalité humaine dans le cadre de relations institutionnelles. Si vous voyez ce que je veux dire. Alors on laisse tomber. Du moins, c'est ce que j'ai fait, personnellement. Je veux dire qu'on ne leur parlait pas beaucoup, qu'on faisait notre travail, qu'on passait nos examens et que nous n'avions aucun rapport avec eux sinon un minimum. Lorsqu'on avait fini et que l'on demandait des recommandations, on obtenait de gentilles petites lettres vantant notre excellence comme figure de mère ou notre stabilité d'adulte.

Quoi qu'il en fût, il nous fallut quelque temps avant de nous rencontrer, et, au début, Mira traversait les rues de Cambridge en ayant l'impression d'être d'une espèce différente et condamnée. Avec ses cheveux décolorés et frisés, son tailleur trois-pièces, ses bas et sa gaine, ses hauts talons et son sac assorti, elle avait l'air d'un dinosaure en plein quartier du Bronx. Elle passait devant eux, l'un après l'autre, jeunes visages pour la plupart, barbus si masculins, chevelus si féminins, portant de vieux blue-jeans râpés ou des uniformes de la guerre civile, des capes, de longues robes noires, des saris, ou tout ce que leur imagination avait bien pu concevoir. Personne ne la regardait; personne ne regardait personne. S'il leur arrivait de la regarder, leurs yeux la rangeait en un clin d'œil dans sa catégorie et se détournaient de même. Cela la mit dans tous ses états.

Elle fut contrainte de se soucier de choses la concernant qui ne l'avaient jamais intéressée. Les années qu'elle avait passées à l'université dans le New Jersey ne l'avaient pas préparée à cela. L'université s'étendait en plein milieu de la banlieue; les étudiants étaient habitués aux matrones banlieusardes, à la vie banlieusarde; ils étaient eux-mêmes des banlieusards. Là, on la considérait comme un être humain. Les yeux des hommes brillaient parfois sur son passage, ce qui la rassurait sur son pouvoir de fascination. Parfois, elle se rendait compte qu'une tête se tournait pour la regarder passer, ou même après son passage.

Ce n'est qu'après qu'elle eut emménagé à Cambridge, qui est si obstinément jeune, qui était, en 1968, si obstinément opposé à tout ce que Mira paraissait représenter, qu'elle commença à réaliser combien elle dépendait de ces éclats dans les yeux, de ces têtes qui se tournaient. Au cours de ses premières journées, elle sortit pour acheter du papier et des punaises afin d'arranger un peu son appartement, et rentra en courant pour se regarder frénétiquement dans son miroir, essayer mille coiffures, mille maquillages et toutes sortes de vêtements. Elle courut s'acheter des jupes courtes plissées et des chaussettes blanches; elle sortit ses perles de leur boîte poussiéreuse. Mais rien n'allait. Pour la première fois depuis son divorce d'avec Norm, elle se sentait complètement seule et complètement sans visage. Dans le New Jersey, elle avait ses amies; quelques-uns des couples avec lesquels elle avait été amie continuaient à l'inviter de temps en temps, en invitant, également, toujours, un célibataire de leurs relations. Elle était connue : femme divorcée vivant dans une belle grande maison avec deux fils, et sur le point de retourner à l'université.

Cambridge était plein de jeunes gens qui se déplaçaient comme des flèches lancées en direction d'une cible; ils étaient en colère, ils ne comprenaient pas comment le vieux monde pouvait être aussi pourri et vouloir cependant se perpétuer. Ils ne comprenaient pas pourquoi il ne mourait pas de sa belle mort ou, mieux, pourquoi, se rendant compte de ce dont il souffrait, il ne se suicidait pas. Ils couraient vers leurs buts sans se voir les uns les autres, en se heurtant par hasard et en oubliant de dire : Excuse-moi. C'étaient des jeunes qui avaient tout eu ou, disons, beaucoup eu. Ils savaient tout sauf ce qu'était une restriction.

Mais Mira ne saisit pas cela. Elle comprit tout par rapport à elle-même. Elle eut le sentiment que c'était elle, sa personne, qu'ils rejetaient. Elle resta assise jusque tard dans la nuit avec ses brandys, réalisant comment, toute sa vie durant, elle avait nourri son ego de choses comme le sourire du boucher lorsqu'il l'apercevait et ses compliments sur son physique; ou le cireur de parquets la regardant avec une lueur dans l'œil; ou une tête masculine se tournant alors qu'elle passait sur le campus. Cela la consterna; elle se rappela Lily. Comment arrêtes-tu de faire cela? Comment peut-on se nourrir de telles absurdités? Comment peut-on s'en débarrasser?

Elle restait assise dans le noir à fumer. Dans le noir, elle ne voyait pas l'appartement misérablement meublé qu'elle habitait, le papier qui pendouillait des murs, les tables branlantes en « formica ». Elle se souvint de l'époque où elle restait assise dans le noir de sa belle maison de Beau Rêve, l'année qui avait suivi le départ de Norm, à essayer d'aller jusqu'à la racine de son amertume, de son incontrôlable rage qui se déversait sur les garçons, le boucher et le cireur de parquets. Elle se sentait très mal à Cambridge. Mais, après tout, elle s'était toujours sentie très mal. Elle avait travaillé dur, employé toute son intelligence et avait découvert le secret du bien-être et que l'apparence était tout. Elle avait passé sa vie à honorer les apparences, comme Martha quand elle se plongeait dans *Le journal de la femme au foyer* ou *Belle maison*.

Toutes ces années, elle avait fait de même. Si elle n'était pas allée jusqu'à acheter les magazines et à se juger d'après leurs tests, elle se plongeait toujours dedans dans la salle d'attente de son dentiste : Etes-vous une bonne épouse? Etes-vous toujours attirante? Etes-vous compréhensive, compatissante, stimulante? Veillez-vous sur le fard de vos paupières? Dans l'ennui de longues heures solitaires passées à faire le ménage ou à repasser ses chemises, vous est-il déjà arrivé de manger un gâteau entier? Etes-vous *TROP GROSSE?*

Mira s'était façonnée selon les critères *ad hoc.* Elle s'était teinte et avait fait un régime, avait passé des heures à essayer des perruques pour être certaine que son type de coiffure convenait bien à son visage, avait appris le ton juste pour poser des questions désagréables : Est-ce que Clark a fait quelque chose de terrible, Norm, pour que tu l'aies claqué? ou : Oh! Bon, fais comme tu veux, chéri, bien sûr. Mais nous avons promis aux Marckley de venir... si, on en a parlé, mon chéri, hier soir juste après ton retour, tu te rappelles? Moi, ça m'est complètement égal, mais ça la ficherait mal de l'appeler pour lui dire que l'on ne vient pas parce que tu as oublié et que tu as pris rendez-vous pour faire une partie de golf. Elle avait soutenu son mâle ego, son fragile orgueil. Elle rendait le ton de sa voix plus aigu plutôt que de le hausser et ne piquait jamais de colère. C'était une mère parfaite : elle ne battait jamais ses enfants, ils étaient propres et bien nourris. Sa maison reluisait. Ses repas étaient mangeables. Elle veillait sur sa silhouette. Elle avait fait tout, tout ce que les magazines spécialisés, la télévision, les journaux, les romans, tout ce qu'ils disaient qu'elle devait faire. Elle ne soulevait jamais la moindre critique lorsque Norm sortait tard soir après soir; elle n'avait jamais voulu qu'elle et les garçons passassent avant son travail à lui; elle ne lui avait jamais demandé le plus petit coup de main à la maison.

Elle avait fait tout bien; elle avait été parfaite, et il était cependant rentré en disant : Je veux divorcer. En y repensant, elle déborda de colère. Elle jeta son verre à travers la pièce, ce qui répandit du brandy sur le tapis, éclaboussa le mur, tandis que le verre se fracassait et lui déchirait l'esprit. Elle se souvint de la dernière fois où des pensées comme celles-là avaient envahi son esprit parfaitement rodé pour cela, quand elle avait vacillé dans les escaliers, saisi une lame de rasoir et qu'elle s'était tailladé les poignets, s'en prenant là encore à elle-même, en bonne Madame Parfaite Norme. Quand c'est à vous de jouer, vous sortez de scène, en cédant la place à une nouvelle Madame Parfaite Norme – en bonne *satî* d'aujourd'hui. Enfonce-toi dans les ténèbres, on n'a plus besoin de TOI. De jour, prends garde à ta façon de marcher, obéis aux règles, sinon ils te diront castratrice, putain, cocotte, salope, roulure traînée, poule, prostituée, sauteuse; tu n'es pas encore une prostituée, même si tous les dix jours tu fais les gestes de l'amour avec quelqu'un que tu ne désires pas. Tu n'es pas une prostituée parce que tu ne reçois pas de paiement. Tout ce que tu reçois, c'est de la place, une planche à repasser et des vêtements.

A quatre pattes, essuyant le brandy, balayant les éclats de verre avec une serviette en papier, songeant que les femmes doivent toujours nettoyer les saletés qu'elles font, se demandant quelle impression cela pouvait faire, d'avoir quelqu'un pour cela, incapable de remonter jusqu'à la lointaine époque de sa jeunesse, sentant l'amer rictus du coin de ses lèvres, elle s'assit brusquement sur les talons. Et se dit : il est inutile d'exiger justice. Elle s'assit avec un nouveau brandy, et eut l'impression qu'une porte s'était ouverte et que de l'air frais soufflait en elle. On lui avait fait cadeau d'un jeu de termes : ta fonction est de te marier, d'élever des enfants et, si tu y arrives, de conserver ton mari. Si tu te plies à ces règles (sourire, régime, sourire, pas d'ironie, sourire, cuisine, sourire, ménage), tu le garderas. Les termes étaient clairs; elle les avait acceptés – et il l'avait trahie. Depuis leur divorce, l'injustice l'avait rendue toujours plus amère, l'injustice qu'est la façon dont le monde traite les femmes, l'injustice qui lui avait fait subir Norm. Et tout ce qu'elle faisait, c'était de devenir plus amère, de détruire sa propre vie, enfin ce qu'il en restait.

Il n'y a pas de justice, il n'y avait pas moyen de rattraper le passé. Il n'y avait rien qui *pût* rattraper le passé.

Elle resta assise, immobile, un instant abasourdie, libérée d'un fardeau, sentant sa bouche se radoucir, son front se dérider.

Et ce qui lui vint alors à l'esprit et qu'elle vit comme si elle l'apercevait de très loin, en entier, par-delà le temps et l'espace, mais complètement, clairement, ce fut que ce qui était faux était plus profond que le jeu de termes ou leur caractère erroné. Ce qui était faux, c'était la conviction sous-jacente qu'elle pût faire sa vie à travers quelqu'un d'autre. Elle toucha ses poignets, ses bras, caressa ses seins, son ventre, ses hanches. Elle était chaude et douce, et son cœur battait paisiblement; une délicate énergie se développait en elle, elle pouvait marcher, elle pouvait parler, sentir et penser. Et, soudain, tout alla bien; son passé, même s'il était complètement raté, l'avait libérée, l'avait conduite ici, toujours vivante, plus vivante qu'elle ne l'avait jamais été depuis l'époque lointaine où elle enlevait ses vêtements et s'en allait jusque chez le marchand de bonbons.

Il n'y avait pas de justice; il n'y avait que la vie. Et elle était en vie.

8

Malheureusement, le monde qui nous entoure ne change pas obligatoirement au même rythme que les changements se produisent en nous. Mira retourna à la faculté pour la deuxième semaine et regarda autour d'elle; elle vit, s'interrogea et jugea, au lieu de se mêler aux gens, encapsulée qu'elle était dans une image, et uniquement attentive à la façon dont elle était vue, jugée. Elle savait qu'elle ne se cacherait plus dans une cabine, sauf si Walter Mathau la poursuivait pour de bon. Mais il lui fallait encore parler à quelqu'un.

Un jour, après le cours de Hooten sur la Renaissance, une fille petite aux cheveux roux, aux grands yeux bleus, aux cheveux longs et raides, au visage ovale et doux s'approcha d'elle : « Tu es en licence d'anglais, pas vrai ? Je m'appelle Kyla Forrester. On se boit un café ? »

Mira lui fut si reconnaissante pour cette ouverture qu'elle retint sa bouche de se froncer devant l'apparence de la fille; les cheveux de Kyla présentaient une frange sur le front et elle portait une minijupe évasée et un chandail blanc à col rond. Elle ressemblait tout de go à un chef de bande de supporters de baseball.

Kyla l'emmena à « Lehman Hall », une cafétéria réservée aux étudiants qui ne fréquentaient pas la faculté d'Harvard. Elle ne cessa pas de parler tandis qu'elles traversaient le campus, de parler de la solitude et de l'horrible système de Harvard, de l'horreur que représentaient les étudiants de licence de Harvard, et de tous les zombis et autres lèche-bottes qui peuplaient la planète. Elle parlait avec intuition, grâce et animation, ponctuant ses remarques de grands moulinets de son bras libre – l'autre était saturé de bouquins – et de « Hum ! » et « Hom ! » explétifs. Mira était complètement sous le charme.

« Lehman Hall » était un grand réfectoire aux baies de trente mètres, tapis et lustres de verre. Le tapis était en tweed bon marché, les tables en plastique du genre cafétéria, et l'odeur, celle de la soupe à la tomate en conserve. L'une des tables situées près du mur constituait le rendez-vous habituel des étudiants de licence ès lettres et ès sciences entre midi et quinze heures. Kyla présenta Mira au groupe.

Il y avait là Bread, un jeune homme animé à la grande bouche mobile qui interrompit son imitation de quelque professeur assez longtemps pour dire salut; Missy, une fille aux cheveux courts venue en reconnaissance de l'Iowa et qui était charmante et obligeante. Et qui expliqua à Mira son désir urgent de mettre tout Milton sur ordinateur; Isolde, une grande et très mince femme aux cheveux marron tirés en arrière en un chignon serré, au pâle visage glacé comme du reste ses manières, et qui était assise devant un bouquin ouvert; Val, une imposante femme d'à peu près l'âge de Mira, qui parlait fort et portait une large cape, et qui, Mira l'apprit bientôt, faisait des sciences sociales. Et Clarissa, une jeune femme silencieuse avec des tresses châtain et des yeux extrêmement vifs. Kyla et Mira s'assirent au coin le plus éloigné de la table, et Kyla se lança dans un jeu de questions dont elle connaissait déjà les réponses.

« Qu'est-ce que cela te fait d'être dans cet endroit dégueu; bon, c'est évident, ça ne te touche pas. Tu es sereine. J'aimerais avoir ton espèce de dignité, moi, je fais du surplace devant tous ces petits lèche-bottes; comment tu fais, toi? Je veux dire... moi ça me fait flipper, j'ai l'impression d'escalader les murs, l'horreur, quoi! de marcher là-dedans avec tous ces fayots autour! Et la vie alors! Est-ce qu'elle a foutu le camp avec le développement du cerveau? Bon, c'est vachement clair, toi ça t'est pas arrivé; j' veux dire qu'y a d' l'espoir, hein? Je ne veux pas penser que je vais finir par être comme eux, comme eux tous... »

Après cela, Mira se rendit chaque jour au « Lehman Hall », quoique le cadre ne fût pas accueillant, il y avait toujours quelqu'un avec qui parler, ou à écouter.

« J'ai de drôles de rêves, dit le pâle et beau Lewis avec anxiété. (Il tenait à la main la pétition qu'il faisait circuler contre la guerre du Viêt-nam. Tous les hommes étaient menacés de mobilisation.) Je déteste la violence, alors pourquoi ai-je ces rêves-là?... » Il les raconta sans du tout changer d'intonation : voix douce, calme discours continu, modulé. Il avait enfoncé des tisonniers brûlants dans les vagins de toutes les femmes de sa proche famille, pratiqué des éventrations qui l'avaient réjoui, des électrochocs appliqués à des parties délicates de l'anatomie, attaché des gens à des poteaux pour leur déverser du miel bouillant sur la tête, puis attendu l'arrivée des fourmis; il avait castré, mutilé, blessé et tué. « Tuer, tuer, tuer, dit-il avec un doux étonnement; mes rêves baignent dans le sang. La nuit dernière, j'ai mis tout Harvard sur un rang et j'ai fusillé tout le monde à la mitraillette. Est-ce que tu crois... – il fixa Mira dans les yeux – que j'ai quelque chose qui cloche? »

Mira regarda Iso et fut surprise de voir ce visage glacé danser de rire. Isolde avait des yeux étranges – gris pâle et éteints, les yeux de quelqu'un d'âgé, de quelqu'un qui considère tout effort humain comme futile. Mira, qui avait soigneusement donné à son visage une expression mi-préoccupée, mi-sympathisante, éclata de rire à son tour. Val laissa échapper : « La moitié de ton problème tient au fait que tu es un type », et partit se chercher un café. Lewis, inquiet, se retourna vers Mira et Iso :

« Même ma mère! Et j'aime ma mère! » Iso s'écroula.

A côté d'eux, Clarissa observait silencieusement Morton Awe, qui expliquait en détail les mérites comparés d'enregistrements disponibles et introuvables de *L'Enlèvement au sérail,* et Missy écoutait, en posant des questions détaillées, la recette de pain de Mark. Kyla, qui essayait d'arrêter de fumer, était assise seule à l'autre bout et suçait une cuillère en plastique en lisant du grec. Aux questions de tout nouvel arrivant, elle hurlait comme un adjudant.

« Fixation orale, substitut inoffensif.

– Je ne pourrai jamais le faire. Aucune première année. »

Jones limite ses séminaires aux étudiants de deuxième et troisième.

« Sinia Toffler y est.

– Non!!?? »

« T'en va pas, viens donc faire un tour; j'ai envie d'aller à la coopérative acheter des disques.

– Il faut que j'aille faire du latin. Je bosse dix heures par jour.

– T'es dingue?

– Non, je suis polard... Pas de cerveau, rien que de la sueur.

– Qu'est-ce que tu penses de Purdy?

– Une vraie merde! »

Mira avait enfin quelque chose à dire et se pencha en avant pour prendre part à la conversation :

« Il a écrit un très bon bouquin sur Milton.

– Ouais, si on aime les tas de verbes.

– Tu veux dire qu'il y a des *verbes* dans *Paradis*

perdu ? Ben merde, j'ai passé tout ce temps sans l' remarquer !

– Ecoute, mon pote, comment Adam et Eve ont fait ? *Enculer* est un verbe.

– Peut-être pour toi. Pour moi c'est un adjectif... Je ne m'en suis jamais servi comme verbe; passe-moi cet enculé de sel, tu veux ? »

« Faut vraiment que j'y aille ! – yeux caverneux, voix caverneuse – je suis une merde. J'y arriverai jamais ici.

– Merde alors, t'as été à Swarthmore. Moi, je passe avant toi, *magna* du P.C.

– P.C.

– Providence College, fac de Providence, mec. T'as cru quoi ? »

« Alors, j'ai pris la chambre dans le dortoir des licenciés en puissance. Tu sais comment les « première année » vivent dans leur campus, des suites, des bibliothèques avec des pianos à queue, des tapis orientaux, des lustres et tout le toutim... Bon, bah ! ma chambre est si p'tite qu'elle contient qu'un lit et un burlingue ! Mauvaise passe, quoi ! Y a une fenêtre, mais elle est si haute qu'il faut que j' monte sur une chaise pour voir dehors... et la tuyauterie fuit... il faut que j'empile mes bouquins sur le radiateur pour les faire sécher. Je crois que je vais les laisser là... il n'y a pas d' place pour une caisse à bouquins. »

« As-tu entendu dire que Laurence Kelley est rentré dans le séminaire de Bailey sur l'Humanisme de la Renaissance ?

– Comment qu'il a fait ? »

Silence respectueux.

« Doit-z-êt' fortiche...

– I' vient de Berkeley. Il a bossé avec Malinowski.

– Oh ! Malinowski est un vieux pote de Bailey.

— Non ?
— Je me suis toujours dit qu'il y avait certains inconvénients à venir de Trifouillis-les-Oies. »

« C'est quand, l'examen de langue ?
— Lequel ?
— C't endroit pue l'élitisme... Trois langues. Nom de Dieu ! Faut qu'ils la prouvent, leur supériorité !
— Oh ! fait chier...
— Mais alors pourquoi êtes-vous là ? demanda brusquement Mira, surprise du son de sa voix. Mais ils l'ignorèrent.
— Ouais, seulement, rappelle-toi qu'y en avait cinq autrefois. L'ancien norvégien, putain ! Et le gothique, plus l'islandais en prime... La vraie culture vivante !
— Je me demande s'ils accepteraient un obscur dialecte bantou ? J'en connais bien le lettraga. C't une langue intéressante... seulement deux cents mots.
— A flexion, j' parie ?
— Oui, que des radicaux. Pour faire un verbe tu ajoutes *encule* et pour un nom *le.*
— Tu es grossier, Brad.
— Foutus connards ! Trois langues, un examen général sur toute la littérature de langue anglaise, et il faut qu'on travaille tout le temps avec les quatre malheureux billets de cent qu'ils nous filent. Ils se foutent de notre poire !
— Ecoute, toi au moins, tu les reçois, ces quatre sous. Moi je tiens un bar le soir et il faut malgré tout que j'emprunte de la monnaie...
— Ouais, la merde, quoi !
— Partout la merde...
— Ouais ! »

Il était trois heures passées. Mira se leva pour se rendre en bibliothèque. Personne ne lui dit au revoir.

9

Un jour, environ un mois après la reprise des cours, Isolde prit timidement Mira dans un coin et l'invita à dîner :

« Je partage un truc avec une fille... elle ne va pas à Harvard... et elle se sent vraiment seule... cet endroit est si solitaire ! Alors j'ai pensé... enfin, j'ai invité quelques personnes sympathiques, quoi ! »

La bouche d'Iso bougeait à peine lorsqu'elle parlait. Pour une raison ou pour une autre, elle touchait profondément Mira.

C'était la première invitation que Mira eût reçue depuis son arrivée, et cela l'excitait. Un avenir plausible s'ouvrait devant elle. Elle s'arrêta chez « Kerppersmith » et acheta quelques plantes pas chères pour le rebord de sa fenêtre; lorsqu'elle arriva à la maison, elle déballa le papier qu'elle avait acheté la semaine précédente, le découpa et en mit sur le plateau de couleur de sa table à cocktails. Elle enleva le rideau de plastique cassant des battants de la cuisine et mesura le cadre de la fenêtre : elle achèterait un lourd rideau de coton, une nappe rouge et des serviettes neuves; elle recevrait à son tour.

Le soir du dîner auquel elle était invitée, elle se coiffa et prit un bain, se mit une gaine, des chaussures à hauts talons et un tailleur « Kimberly ». Et vingt minutes à se maquiller. Elle descendit gaiement les escaliers en se disant combien les talons hauts faisaient tarte et chancela sur les trottoirs de briques inégales le long des quelques dizaines de mètres qui la conduisirent chez Iso.

Iso habitait au troisième étage d'un vieil immeuble (de trois étages) situé dans une rue aux trottoirs parsemés d'arbres. La porte d'entrée abîmée était ouverte et l'on pouvait entrer sans problèmes. Elle parcourut les marches branlantes jusqu'au troisième et frappa timidement. Elle essaya de ne pas se dire qu'elle était dans un endroit misérable. La maison avait des murs craquelés et des peintures écaillées. La rampe était branlante à partir du deuxième étage. Elle essaya de détendre son dos et ses mains, mais un léger bruit la fit sursauter. Elle s'attendait à voir un rat lui sauter dessus.

Iso accourut à la porte dans les mêmes chandails amples et pantalon tire-bouchonnant qu'elle portait tout à l'heure.

« Oh! quelle est jolie! » dit-elle avec surprise.

Mira entendit des voix à l'intérieur, et son cœur se mit à battre plus fort. Qu'attendait-elle? Une nouvelle vie, un groupe de gens fascinants-charmants-brillants-distingués? Iso la conduisit dans le living-room. Il était comme celui de Mira : le papier des murs présentait différentes nuances de marron, un immense radiateur barrait un mur, les fenêtres étaient grises et donnaient sur des voitures garées dans la cour de quelque voisin. Mais un mur de l'appartement d'Iso était recouvert de bouquins entassés sur des étagères maison, et, de l'autre côté, il y avait un bon mètre cinquante de disques empilés. Au-dessus du tourne-disque, une immense toile à l'huile représentait cinq femmes enlacées, une pâle imitation – se dit Mira – de *La Danse* de Matisse.

Et, dans la pièce, se trouvaient aussi : Brad, qui s'en prenait à l'élitisme de Harvard, Lewis qui décrivait le sanglant récit de guerre qu'il venait de lire, Missy qui interrogeait Davey Potter sur la route la plus courte entre New York et Boston, et Val, qui restait de glace tandis que Morton Awe discutait des mérites respectifs de différents disques disponibles et non disponibles de la *Neuvième Symphonie* de Mahler. Un jeune homme barbu était assis par terre, jambes croisées, et tenait à la main une bouteille de vin. Mira se laissa tomber dans un fauteuil au velours marron râpé et croisa les jambes au niveau des chevilles. Elle s'alluma une cigarette et se pencha doucement pour jeter son allumette dans un cendrier qui se trouvait au sol, en face du jeune homme barbu, et le bras du fauteuil s'effondra. Elle sursauta.

Iso se précipita et le remit en place :

« Désolée, dit-elle sans presque desserrer les lèvres : Tous mes meubles viennent de chez « Ma Tante ».

Elle quitta la pièce pour retourner dans la cuisine.
L'homme à la barbe souleva un sourcil pour regarder Mira.

« Comme chez moi », dit-il d'un ton sarcastique.

Elle souffla :

« Oui, chez moi aussi. Vous habitez Cambridge ?

– Est-ce que tout le monde n'y habite pas ? lui répondit-il pesamment avant de se détourner d'elle.

– Grant ? lança Iso de la cuisine. Donne un peu de vin à Mira, s'il te plaît. Et regarde si personne n'en reveut. »

Mira décida que Grant était le petit ami d'Iso.

La bouteille de vin circula, mais chacun buvait lentement. Grant mit des disques sur l'électrophone tandis que chacun parlait de quelqu'un, d'une chanteuse. Mira la trouva très désagréable. Sa voix allait dans tous les sens, et ne semblait fixée en rien, pas placée. Elle avait un drôle de nom, Aretha. Puis ils se mirent à parler de quelqu'un qui avait un nom encore plus étrange et mirent un disque d'elle : comment pouvaient-ils aimer de tels bruits ? Cette personne... c'était une femme, mais on n'aurait pas pu dire d'après sa voix si c'était une femme ou un homme... s'appelait Odetta. Mira n'osa pas leur demander ce qu'ils pensaient de Brenda Lee.

Elle se retourna vers Grant, haletante, essayant d'essayer à nouveau, et lui demanda ce qu'il étudiait. Il balança une vanne, cita Galbreith et agita les bras. Elle était déconcertée :

« Economie politique », dit-il rapidement avant de se détourner à nouveau.

La musique retentissait, le vin circulait, la conversation flottait autour d'elle. Val se leva et alla quelques minutes dans la cuisine. Lorsqu'elle revint, elle s'assit sur le sol à côté de Mira, donna une petite tape sur le genou de Grant et lui dit de rentrer ses tentacules. Mira décida que Grant était le petit ami de Val.

« Tu as l'air mal », lui dit-elle.

Mira ne s'était pas rendu compte qu'elle était au bord des larmes, mais les mots jaillissaient à présent :

« Je crois que ça a été une erreur de reprendre à mon âge. Je ne sais pas de quoi ils parlent, je ne sais pas qui ils sont, je ne sais pas quoi leur dire, et moi qui croyais... L'autre nuit, j'ai cru que je voyais, que je comprenais, que je savais ce qui n'avait pas marché dans ma vie; mais on ne change pas sur une simple décision, et tout est toujours pareil; quoi qu'il en soit, qui est ce Grant? Et est-ce que quelqu'un aime Brad, il est si antipathique... Ne se rend-il pas compte combien il est antipathique? Je ne sais pas de quoi ils parlent », conclut-elle les yeux mouillés, en regardant Val.

Val était bien en chair et jolie, avec des yeux étincelants et presque noirs, et vous regardait bien en face :

« Je sais, je sais. Ils parlent de musique, ils parlent beaucoup de musique. C'est parce qu'ils n'ont pas autre chose à dire, ils ne savent pas avoir une discussion; la musique est leur seul point commun. Peut-être ne t'en rends-tu pas compte, mais ils sont moins en forme que toi, plus déphasés, plus effrayés, plus désorientés. »

Mira la fixa :

« Tu les comprends. »

Val haussa les épaules :

« Ecoute, il y a maintenant dix ans que j'habite Cambridge.

– Tu as été dix ans à Harvard?

– Non. Je viens de commencer. J'ai vécu dans une communauté, à Sommerville. J'ai fait tout un tas de boulots, j'ai été mêlée au mouvement pour la paix, j'ai vécu quelque temps grâce à l'aide sociale. Lorsqu'ils ont décidé de se servir de mes activités politiques pour me supprimer les paiements, j'ai décidé de me servir de mon intelligence contre eux. J'ai fait une demande d'inscription à Harvard et ça a marché. Et m'v là! »

Mira la regarda d'un air songeur :

« Je crois que ce n'est pas de notre âge. C'est... j'ai l'impression de débarquer d'un autre monde... La banlieue – non que je l'aie aimée, je n'ai jamais eu l'impression d'en faire vraiment partie – a des règles différentes. Je n'ai pas l'impression d'être insérée ici.

– Ça viendra sans doute, avec le temps, lui dit Val dans un sourire. Je trouve, vois-tu, que Cambridge est un abri pour les sans-abri. »

Une autre femme entra, plutôt grande, très mince,

avec un corps qui était vraiment beau – long, gracieux et visiblement tout entier fait de courbes. Iso sortit de la cuisine, un peu rougissante, et la présenta. C'était Ava, la fille qui habitait avec elle. Ava s'assit sur le sol, ce qu'elle fit en croisant les jambes, la partie supérieure de son corps se dressant comme une tige au-dessus du lotus de ses jambes, et sa tête comme une jonquille. Elle regarda timidement ceux qui pour elle étaient des étrangers. Grant sauta sur ses pieds et lui tendit un verre de vin, qu'elle accepta en se troublant et en faisant un sourire modeste et auto-accusateur. Sa tête était penchée en avant, et ses longs cheveux noirs brillants pendaient comme de la soie et lui dissimulaient presque le visage. Elle regarda une fois Mira et Val en levant la tête, comme si de regarder était un acte plein de sens, puis la rabaissa vivement. Elle fixa son verre. Ne dit pas un mot. Au loin, la pièce parlait de la guerre.

Iso avait installé une table de bridge dans le couloir de l'entrée, qui était tout juste assez large pour cela, et l'avait recouverte d'une nappe gaie et d'un pot à vinaigre plein de pâquerettes. Elle annonça le menu : spaghetti, fromage, salade et pain italien avec des morceaux d'ail. Tout le monde emplit son assiette et retourna à sa place; Mira fit attention au bras du fauteuil. Ils mangèrent et parlèrent abondamment; le vin circulait. Quelqu'un interrogea Ava : non, elle n'était pas étudiante, elle n'était que secrétaire, répondit-elle d'une voix douce. Ses réponses aux autres questions n'échappèrent à la brusquerie qu'à cause de sa voix douce et timide. Après avoir aidé Iso à débarrasser les assiettes, Ava quitta la pièce, rentra dans une chambre et ferma la porte. Quelques minutes plus tard, de la musique sortit de la pièce, un *Intermezzo* de Brahms. Parfaitement interprété. Tout le monde leva la tête. C'était Ava, expliqua Iso d'une voix qui l'excusait presque. Elle était farouche avec les gens qu'elle ne connaissait pas.

« On peut ouvrir la porte ?

– Elle arrêtera. Elle refuse de jouer pour les autres. Elle ne joue que pour elle-même », dit Iso, et il y avait quelque chose de dur dans sa voix, sans doute le ton que quelqu'un doit percevoir dans la voix de la mère d'un enfant à problèmes en train de parler à une voisine qui le critique.

La conversation retourna à la guerre. Iso parlait du Viêt-nam qu'elle avait, apprit Mira, visité quelques années plus tôt en y entrant clandestinement, et quitté en passagère clandestine d'un avion de l'Air Force. Elle parlait à sa manière guindée et inexpressive, et il était difficile de croire que cette femme réticente et gauche eût accompli de tels hauts faits. Le petit groupe l'interrogea. Elle était, semblait-il, allée partout, en Afrique, en Asie, au Mexique, avait vécu des mois dans un ashram de l'Inde et avec les Indiens du Yucatan.

« Dans le temps, je ne pouvais pas tenir en place. J'étais serveuse quelque temps pour gagner de l'argent puis je mettais mes affaires dans mon sac à dos et je m'en allais. »

Mira était stupéfaite :

« Tu voyageais seule ?

– Oh ! des fois. Mais on rencontre toujours des gens lorsque l'on voyage... J'avais un appareil photo, j'en faisais, et des fois je réussissais à les vendre à des magazines de voyages. Ça m'aidait. »

Les gens commencèrent à s'en aller. Etudier, dirent-ils. Grant partit brusquement, sans saluer. Mira décida que ce n'était le petit ami de personne. Mira et Val restèrent et proposèrent d'aider à la vaisselle, mais Iso refusa. Ava arrêta de jouer et rentra timidement dans la pièce, et reçut des compliments avec un gentil sourire. Elle s'assit par terre.

« Tu joues depuis longtemps ? lui demanda Mira.

– Depuis le lycée. Mon professeur de musique me permettait de rester après le cours et de jouer du piano dans la classe. »

Elle parla en lançant des regards timides à ses auditeurs puis rabaissa les yeux. Elle se semblait pas vouloir parler davantage.

« Elle n'a pas pris de leçons avant l'âge de douze ans, dit Isolde avec fierté. Son papa lui a acheté un piano à ce moment-là.

– Oui, mais il l'a revendu quand j'en avais quinze, dit Ava en émettant un petit rire.

– Ils étaient dans une mauvaise passe », expliqua Iso, comme si elle avait été l'interprète d'Ava; Ava lui décocha un regard d'avertissement, un regard féroce qui ne dura qu'une demi-seconde, mais Iso se tut. Dans ce moment de gêne, Mira se leva et refit tomber le bras du fauteuil.

« Oh! la! la! » geignit-elle, et la soirée finit par des sourires.

10

« Valerie n'est pas une personne, mais une expérience », dit Tadziewski alors qu'il ne la connaissait que depuis quelques semaines.

Elle était grande – plus d'un mètre soixante-quinze – large et bien en chair. Elle avait également une voix puissante, si bien que même lorsqu'elle parlait normalement, on l'entendait de l'autre bout de la cour de Harvard. Elle ne pouvait sans doute pas faire autrement, se dit Mira, en pinçant les lèvres d'un air dégoûté. Quoi qu'elle fût du même âge que Mira, elle n'avait pas le moins du monde l'air d'être gênée à Harvard. Elle traversait la cour sans y penser, tandis que son inévitable cape voletait derrière elle. Elle avait des capes de tous les coins du monde... Espagne, Grèce, Russie, Arizona. Elle portait des « boots » et ses pieds rentraient vers le dedans quand elle marchait; elle riait beaucoup et à gorge déployée, et était capable d'engager la conversation avec n'importe qui, vraiment n'importe qui. Et elle disait des obscénités.

Mira fut attirée vers Val à cause de leurs âges identiques, et parce que Valerie lui semblait posséder l'expérience et les connaissances qui lui faisaient défaut. Mais elle était effrayée par le langage de Val, et quelque peu déconcertée par quelque chose de direct, quelque chose de... flagrant... qu'elle n'arrivait pas exactement à qualifier. Elle se sentait aussi un peu menacée, comme si Val n'était tout simplement pas respectueuse des règles de comportement qui régissaient ceux des autres, comme si elle ne considérait rien comme sacré. Cette menace n'était pas apparente, mais très sensible; Mira n'aurait pas su dire de quelle façon Val pouvait lui faire du mal, mais elle se sentait vulnérable. Elle appelait cela la capacité de Valerie à dire oui ou à faire « tout, absolument tout ». Parfois, Iso, Valerie et Mira, en ayant marre de « Lehman Hall », traversaient la rue pour manger un « Toga ». Mira prenait un café, Iso un lait froid, mais Valerie prenait une bière : elle la buvait par barons[1]. Valerie ne passait jamais sous silence un sujet trop personnel, et tous les sujets semblaient personnels lorsqu'elle parlait. Elle rapportait tout au sexe et employait des mots le concernant aussi souvent que n'importe quel autre mot. Le mot *merde* ne gênait pas Mira car Norm l'avait souvent employé. Mais tout ce qui allait un peu plus loin lui causait une petite agitation et lui faisait jeter des coups d'œil à la ronde pour voir si les gens les regardaient d'un air offusqué.

Elle était extrêmement attirée par Isolde en dépit de... ou à cause de... son visage inexpressif, de ses yeux éteints, son air figé lorsqu'elle racontait des choses passionnantes. Iso la touchait, et Mira, elle-même réticente en général, peu portée sur la chair, avait grande envie de tendre la main et de toucher quelque chose de son amie, de la toucher physiquement aussi bien que psychologiquement. Mais l'impersonnalité d'Iso rendait cela tout à fait impossible. Iso parlait absolument de tout sauf d'elle-même. Elle posait des questions personnelles aux autres, mais elles paraissaient si inoffensives qu'elles ne dérangeaient personne : – Qui était ton héros de western favori quand tu étais petite ? Ou : Quel genre de livres aimais-tu lire entre quinze et vingt ans ? Ou : Si tu avais beaucoup d'argent, quel genre de voiture achèterais-tu ? Ses questions alimentaient invariablement une conversation animée, et cette dernière avait souvent un caractère de liberté enfantine, de jeu, parce qu'elle tournait autour de sujets qui paraissaient eux-mêmes enfantins. Mais Mira pouvait voir les yeux

1. Environ un litre de bière. (*N.d.T.*)

d'Iso observer les visages sourire ou rigoler à propos de Roy Rogers, du Cow-boy solitaire ou de James Arness d'un air attentif; elle semblait en entendre bien plus que ce que disaient ses interlocuteurs. Plus tard, elle devait dire : – Je pense qu'Elliot est l'un de ces types sensibles qui s'est jeté dans un comportement autoritaire parce qu'il n'était jamais assez « homme » pour les autres gosses. Sous des dehors hautains bat le cœur de Tonto – ce qui honorait un jeune homme particulièrement désagréable de mille fois plus de charité et de compréhension que n'importe qui d'autre pouvait le faire.

Toutes les trois, Mira, Iso et Val en vinrent à former un petit groupe. Elles connurent et apprécièrent Kyla et Clarissa, mais elles étaient toutes les deux mariées, et vivaient donc d'une manière quelque peu différente. D'autres étudiantes allaient et venaient dans leurs réunions, mais les trois femmes partageaient une amitié privilégiée. Ava allait rarement aux parties d'Harvard, mais elle rendait souvent visite à Mira ou à Valerie avec Isolde et, avec le temps, parla plus librement, lança des coups d'œil moins subreptices et resta plus longtemps.

Avec le temps, de même, Mira cessa de trop penser à son aspect extérieur. Elle s'habilla à la diable, pas en blue-jeans mais en jupes légères et pantalons, ou chandails et bottines à talons plats; elle laissa pousser ses cheveux dans leur blond cendré naturel, elle parcourut les rues en voyant ce qui s'y passait au lieu de chercher des reflets d'elle-même dans les yeux des autres. Elle se sentit seule, séparée, mais ce n'était pas un sentiment désagréable. Elle aurait été parfaitement heureuse si elle avait eu quelqu'un à aimer.

Elle confia cela à Val, qui ne lui sembla pas très approbatrice.

« Boco !! T'as déjà eu quelqu'un ?

– Ben, j'ai été mariée.

– Ouais; mais est-ce que tu l'as vraiment aimé, cette tête de nœud, ce Norm ? Je veux dire, est-ce que tu ressentais de l'amour lorsque tu le voyais et que tu lui parlais ? Ou n'était-ce que l'habitude ?

– C'était un sentiment de sécurité.
– Et tu veux retrouver ça ? »

Elles étaient dans la cuisine de Val. Mira et Iso – Ava était à une leçon de danse – étaient venues dîner. L'appartement de Val se trouvait lui aussi dans un immeuble de trois étages, mais il avait des plafonds hauts et de longues baies vitrées avec des stores. Il était propre et blanc, et les fenêtres contenaient une jungle de plantes, grimpantes, pendantes, mises dans des récipients en osier. Il n'y avait pas de rideaux, seulement des stores en bambou, mais les plantes déversaient une tendre lumière verte dans toute la pièce. Il y avait deux petits canapés recouverts de jetés aux couleurs vives et plein de coussins, quelques chaises d'osier naturel avec des coussins vert clair et bleus, un mur de livres et beaucoup de posters, de reproductions, de masques africains et de statuettes en bois sculpté.

« C'est magnifique Val, s'écria Mira à son arrivée. Comment as-tu fait pour que ça soit aussi beau ?

– C'était une vraie porcherie lorsque nous avons emménagé; mais Chrissie et moi... – elle mit un bras autour des épaules de sa fille – ... on a gratté et plâtré et gratté et repeint. On s'est marré, hein ? Chrissie ? »

La jeune fille était frêle et mince, très jolie, mais maussade. Elle se sortit délicatement de l'étreinte de sa mère.

« Chrissie est dans une drôle de phase : elle me déteste, dit Val en riant tandis que la jeune fille rougissait.

– Oh ! m'man ! dit-elle, et elle quitta la pièce.
– *Toi,* tu as gratté, plâtré et repeint ?
– Absolument; c'est pas dur. »

Mira suivit Val dans la cuisine.

« J'ai simplement un truc à faire... » dit Val en s'excusant.

Chrissie était assise devant la table de la cuisine et parlait à voix basse à Isolde d'un air sérieux. Elles se levèrent lorsque Mira et Val entrèrent, et sortirent lentement de la pièce :

« On a besoin d'êtres seules », dit Iso en roulant les yeux en direction de Val. Elle se retourna vers Chrissie :

« Oui, par exemple, si tu compares l'art flamand du XVe siècle avec les tableaux flamands des XVIe et XVIIe, tu vois cela... Une obsession des objets, de la possession apparaît. Et il dit que la richesse est la marque des élus, voilà pourquoi, dans un certain sens, le calvinisme a été sacralisé, transformé en capitalisme... » Elles étaient lancées.

Val lança un grand regard amusé à Mira.

« Précoce, ma fille, hein ?

– Et très belle.

– Ouais. » Val épluchait des oignons.

Mira fit les cent pas dans la cuisine. Elle aussi était grande et belle; des plantes se dressaient sur le rebord de la fenêtre et grimpaient contre elle. La table, ronde, était recouverte d'une nappe ajourée de couleurs vives et il y avait un grand et magnifique tapis devant l'évier. Un mur entier était consacré à des boîtes à épices, des dizaines, dont certaines que Mira n'avait même jamais entendu nommer. Des boîtes brillantes, qu'on eût dites en matière plastique, s'alignaient, rouges, violettes, orange, arrangées.

Un autre mur avait été « tapissé » de reproductions. Mira s'en approcha pour les contempler. Elles avaient été découpées dans un livre ou dans un magazine. Elles étaient persanes, indiennes ou chinoises, et toutes étaient pornographiques. Mira détourna les yeux, retourna à la fenêtre et aspira un grand coup :

« Combien de temps as-tu été mariée ? demanda-t-elle d'un air sérieux.

– Foutrement trop longtemps ! » Val mit du vin sur la viande qui frémissait. « Quatre ans... c'était un salaud, comme tous les hommes. J'ai cessé de les détester, tous tant qu'ils sont. Ils n'y peuvent rien : on nous apprend à être des anges pour qu'ils puissent être des salauds. Le système est le plus fort. Plus fort qu'eux en tout cas, conclut-elle en riant.

– Est-ce que tu veux dire, commença Mira avec précaution, que tu ne te remarierais pas ?

– Je me demande bien pourquoi je le ferais ! » répondit Val d'un air un peu absent, car elle était en train de mesurer une épice dans une petite cuillère. Elle en versa le contenu dans la viande avant de se tourner vers Mira : « Pourquoi ? Tu l' ferais, toi ?

– J'y ai pensé. Je veux dire, il m'est venu à l'idée que je pourrais me remarier; la plupart des gens divorcés le font, n'est-ce pas ? demanda-t-elle, quelque peu angoissée.

– I' m' semble, oui. C'est ce que disent les statistiques, ouais... Mais la plupart des femmes que je connais ne veulent pas êt' mariées. »

Mira s'assit.

« Je pense qu'elles sont seules. Tu ne l'es pas, toi ? Oui, c'est vrai, tu as Chris...

– La solitude n'est que dans la façon dont tu la prends. C'est comme la virginité : un état d'esprit, dit Val en éclatant de rire.

– Comment peux-tu dire cela ? La voix de Mira était teintée d'agacement : La solitude est la solitude.

– Tu es seule, si je te pige bien, dit Val en lui souriant. Mais n'étions-nous pas souvent seules lorsque nous étions mariées, madame ? Et est-ce que c'est pas chouette des fois d'être seule ? Et des fois quand tu es seule, est-ce que tu ne te sens pas surtout triste parce que la société te dit qu'il ne faut pas rester seule ? Et tu t'imagines que quelqu'un est là et qu'il comprend le moindre mouvement de ton cœur et de ton esprit. Mais si quelqu'un était là, il – ou même elle – ferait nécessairement ça, tu crois ? Et ça c'est pire : lorsque quelqu'un est présent et absent en même temps. Je crois que si l'on a quelques bons amis et un bon boulot, on ne se sent pas seul. Je pense que la solitude est une invention des faiseurs de clichés, d'images. Une partie du mythe romantique. L'autre partie étant, bien évidemment, que si tu trouves la personne de tes rêves, tu ne te sentiras plus jamais séparée du monde. Ce qui est un bobard.

– Tu m'assènes tout cela un peu trop vite, dit Mira. Je ne suis pas sûre de bien te suivre. »

Iso pénétra à toute vitesse dans la cuisine, avec un large sourire.

« Mon Dieu, cette Chrissie ! » Elle s'en prenait à Tawney. « J'ai été obligée de lui dire de le lire, de se bagarrer avec son bouquin et pas avec moi. Elle en fait trop! » Elle versa d'autre vin dans son verre et dans celui de Mira : « Et toi, Val, ça va? » Val fit « oui » de la tête. Elle faisait encore des mesures, de crème fraîche cette fois :

« Mais qu'est-ce que tu lui fais? Laisse-la tranquille, dit Val avec brusquerie mais dans un sourire : C'est ma théorie à propos des enfants. » – Elle se tourna vers Mira : « J'ai une théorie à propos de presque tout, j'en ai bien peur... » Elle fit à Mira un sourire si gentil, presque d'excuse, que Mira l'aima... presque : « En réalité, le problème de Chrissie, c'est la timidité. On a tellement déménagé qu'elle n'a pas d'amies de son âge... Je l'ai poussée à sortir un peu... mais vous savez ce que c'est qu'avoir seize ans et être timide. »

Elle mit la table dans la cuisine; il n'y avait pas de salle à manger.

« J'espère que vous aimez la crème fraîche dans la soupe de cresson », dit Val.

La crème dans la soupe de cresson? Mais ça serait bon.

« Je ne peux jamais servir ce truc-là sans repenser à un type que j'ai connu dans le temps. Il me plaisait vachement, vous savez, et on n'en était qu'au début, il ne manquait qu'un p'tit coup de pouce de ma part, vous voyez? Ils sont toujours si lourds. Bref, on en était *là*... j'étais nerveuse et désireuse de lui plaire, et je me disais que c'était le type en or... »

Chris se glissa à sa place :

« Vous parlez encore d'hommes!

– Et pourquoi pas? Ils font la moitié de l'humanité, non? dit sa mère avec vivacité.

– Les hommes, les hommes, les hommes, dit Chris d'une petite voix moqueuse. J'en ai vraiment ma claque d'entendre les femmes parler tout le temps des hommes. Pourquoi est-ce que vous ne parlez pas du capitalisme, j'apprendrais peut-être quelque chose! »

Iso se mit à glousser en cachant sa bouche derrière sa serviette.

« Je t'ai déjà dit tout ce que je savais sur le capitalisme, Chrissie, dit calmement Val. C'est bien simple, c'est un jeu, tu comprends ? Premier round, les gens qui sont balèzes pour fair' du fric ramassent plus que les tocards. Deuxième round, ils établissent les règles du jeu, de façon qu'ils soient certains de conserver un maximum d'argent. Après ça, c'est très simple : le riche mène le pauvre à la baguette, et le riche devient de plus en plus riche tandis que le pauvre devient de plus en plus pauvre. J'ai même joué à ce jeu-là, par-ci, par-là... »

Chris posa un regard dégoûté sur sa mère :

« M'man, on pourrait t'accuser d'hyper-simplification.

– T'as quelque chose de mieux à suggérer ? » dit Val en lui lançant un regard plein de supériorité et en agitant sa cuillère. Mira comprit qu'elles s'amusaient.

« T'auras qu'à lire mon devoir quand i' s'ra terminé, dit Chris; c'est de la science économique, et le prof est un vrai porc. Je veux dire qu'il dit que les enfants noirs sont des animaux.... il les appelle même comme ça... et que Joseph McCarthy est un saint calomnié.

– Bon, mais toi aussi tu *le* traites d'animal : t'as dit qu' c'était un *porc.* »

Chris fit une grimace à sa mère :

« *Touchée.* Quoi qu'il en soit, mon devoir pourrait t'intéresser... I' m' foutra sûrement « F ». »

Val fixa sa fille et son visage prit une expression douce, aimante et presque blessée.

« Les écoles de Cambridge sont dégueulasses, dit-elle à Mira. C'est la bagarre : les Blancs des classes sociales inférieures essaient d'en rejeter les Noirs. Les gosses noirs sont furax, les Blancs ont les jetons, ça fait penser à une poudrière. Un de ces quatre matins... j'espère seulement que Chrissie n'y sera pas quand ça sautera.

– Ouououou ! dit Chrissie en la taquinant. Moi qui te croyais une parfaite radicale !

– Merde, queue et con ! dit Iso. Ta mère peut bien avoir envie de jeter des bombes, mais c'est pas pour ça qu'elle a envie de te savoir dans les parages à ce moment-là !

– Je suis une foutue radicale, dit Valerie. Tout ce que je fais, c'est de parler. Vous devriez le savoir ! »

Chris était ravie :

« C'est toi qui l'as dit, pas moi ! »

Val se leva pour enlever les bols à soupe. Chris bondit pour lui donner un coup de main. Val mit d'autres bols sur la table – une salade d'épinards et de champignons avec du fromage dans un petit bol, des andouilles, et un magnifique bœuf bourguignon. Elles opéraient comme si l'une savait ce que l'autre ferait sans qu'elle ait besoin de lui dire un seul mot. Il y avait du pain français, et d'autre vin. Chris rinça les bols à l'eau froide et se rassit. Ça sentait bon.

« Cette soupe était fantastique, dit Mira. Qu'est-ce que tu disais tout à l'heure ? Que tu en faisais à quelqu'un... tu as dit que tu étais vraiment amoureuse de... »

Iso se mit à glousser :

« Parle-lui d'amour, Val ! »

Chris protesta :

« Après le dessert, s'il te plaît ! »

Le rire d'Iso était silencieux, presque muet, mais il se poursuivait, comme un gloussement :

« Vas-y, dit-elle sans cesser de rigoler.

– Va te faire foutre, Chris, dit Val. Qu'est-ce qui t'excite tant ? » Elle se tourna vers Mira : « Oh ! c'était rien... Il a rompu. Après le repas... pas à cause de la soupe; il était pété avant d'arriver. C'était une de ces soirées où on fait les cent pas parce que LUI, le magique LUI vient. Tu connais la chanson...

– Pas vraiment, j' te jure.

– L'amour. Etre amoureuse. Hop ! » Val versa encore du vin.

« Val déteste l'amour », expliqua Iso dans un sourire malicieux.

Mira écarquilla les yeux :

« Pourquoi ?

– Oh ! merde, dit Val avant de boire une gorgée de vin. Pour moi c'est un de ces trucs qu'on a érigés, comme la Sainte Vierge, l'infaillibilité du pape ou le droit divin des rois. Un tas de conneries *érigées* – c'est un mot crucial – en Vérités. Pas un tas d'*hommes* – autre mot crucial – éclairés. Ce qu'il y a de toqué là-dedans, peu importe... ce qui compte, c'est la raison pour laquelle ils les ont érigées.

— Allez, Val, déballe ta théorie...

— O.K. : l'amour est une folie; les gens de l'Antiquité savaient ça. C'est illusion et autodestruction supplantant raison et lucidité. Tu te perds, tu n'as plus aucun pouvoir sur toi-même, tu ne peux même plus penser correctement. Voilà pourquoi je déteste l'amour. Non, comprends-moi bien, que je sois rationaliste. Je trouve que tout est rationnel : le mot d' « irrationnel » implique une rationalité que nous ne comprenons pas tout à fait. Et je ne crois pas non plus que la raison soit séparée du désir, ou à toutes ces petites défenses commodes que l'humanité aime dresser. Tout vient de tout l'être, mais nous comprenons ou nous croyons comprendre certaines de ses parties plus que d'autres. Mais l'amour est une folie créée en dehors de nous... par la structure sociale. Il y en a plein d'autr'.

— Val... dit Iso en agitant sa fourchette dans sa direction.

— Bon, l'amour est une chose qu'on croît obligée d'arriver, une donnée de la vie, et s'il ne vient pas on se sent floué. On se croit pourri, quoi, parce que ça ne vient pas. Et, hop! un jour tu *le* rencontres! Et, HOP! Il est fantastique! Peu importe ce qu'il fait. Qu'il soit professeur d'université ou maçon au torse nu et au dos tanné par le soleil, peu importe! Même si tu l'as connu auparavant sans rien lui trouver de particulièrement attirant, un jour tu le regardes et tout ce que tu pensais de lui jusque-là te sort de la caboche. Tu ne l'avais jamais vraiment regardé! Tu t'en rends compte en un quart de seconde! Tu ne t'étais jamais rendu compte combien il était fantastique!

« Mais tu t'en aperçois tout d'un coup! ah! ces bras, ah! ce dos! La crispation de ses mâchoires quand il s'est penché en avant pour faire tomber son adversaire! L'éclat de ses yeux! Et quels yeux! Quelle nonchalance quand il se passe la main dans les cheveux! Ah! quels cheveux! »

Iso était pliée en deux au-dessus de la table. Tandis qu'elle parlait, le visage de Val prenait toute une kyrielle de mimiques : elle débordait d'affection et d'ironie.

« Quelle peau, mon Dieu! on dirait du satin! Et tu restes assise, à peine capable de te retenir, tu désires poser tes mains sur cette peau. Et quelles mains il a! Mon Dieu! Quelles mains! Fortes, délicates, larges et puissantes, allez, peu importe comment elles sont, ce sont des mains extraordinaires! A chaque fois que tu les regardes, tu te mets à transpirer, tes aisselles se mouillent... »

Iso s'étrangla avec son vin et dut sortir de table. Cependant, elle n'alla que jusqu'à la porte de la cuisine. Val fit comme si elle ne s'en apercevait pas.

« Tu ne peux pas reluquer ses mains sans penser qu'elles se posent sur ton corps... et regarder ses mains devient un acte interdit, un acte lascif. Ses mains sont pleines de charme et c'est comme si elles se posaient sur ton corps, il frissonne, à *certains* endroits!

« Mon Dieu! Tu détournes ton regard de ses mains! Mais quels bras! Mon Dieu! Quels bras! Si forts, si beaux, faits pour l'étreinte, pour embrasser, pour protéger et réconforter; mais ils pourraient en même temps te casser en deux, c'est ça qui est marrant, ces bras sont imprévisibles, ils peuvent tordre ton corps, ils peuvent te transformer en un morceau de pâte à modeler...

– Tss, tss, s'entendit dire Mira malgré elle.

– Et sa bouche! Oh! c'te bouche! sensuelle et cruelle, ou charnue et passionnée, tu as l'impression qu'il pourrait te dévorer avec cette bouche-là! Tu désires cette bouche, quoi qu'elle soit susceptible de faire. Tu as envie même de sa cruauté! Et lorsqu'il l'ouvre, mes aïeux! Quelles perles! Tout ce qu'il dit est lumineux et irradie comme un projecteur! C'est substantiel ou allusif; tout ce qu'il dit veut en dire cent fois plus qu'il n'y paraît. Il se tourne vers toi et te dit : Il pleut. Et toi, tu vois une lueur au fond de ses yeux, tu vois qu'il est en train de te demander si, d'une façon ou d'une autre, vous allez terminer la nuit ensemble, et tu te rends compte de ses savants boniments, tu sens sa passion et son désir, tu sens sa volonté indomptable, woo... et elle est tout entière tournée vers *toi*! Ou alors il parle de politique et tout ce qu'il énonce est lumineux; et tu n'arrives pas à comprendre pourquoi les autres personnes présentes ne se mettent pas debout, comme tu meurs d'envie de le faire, pour baiser les pieds de ce sauveur! Lorsqu'il se tourne vers toi et te sourit, tu as envie de te rouler en forme de petite balle et de tomber sous ses jambes comme un cale-pied. Lorsqu'il regarde soudain ailleurs, tu as l'impression que le monde s'arrête, tu as envie de mourir, de t'emparer d'un grand couteau et de te l'enfoncer en plein cœur en te levant et en criant : Je ne veux pas vivre s'il ne m'aime pas! S'il regarde ailleurs, c'est le supplice de Tantale, facile; tu es jalouse, non seulement des autres femmes, mais aussi des hommes, des murs, de la musique et des foutues reproductions accrochées au-dessus du canapé.

« Puis, avec le temps, vous voilà ensembl'. Ta passion est si paroxystique qu'il n'y a pas d'autre possibilité. Et, quelque part en toi, tu le sais. Tu sais que, d'une façon ou d'une autre, c'est toi qui l'as voulu. Alors tu te méfies. Tu n'arrêtes pas de penser que, d'une manière ou d'une autre, c'est toi qui l'as fait t'inviter à prendre un café, ou à déjeuner ou à dîner, ou à un concert de musique de chambre ou à n'importe quoi d'autre, et que si tu cesses de te maîtriser pendant plus d'une minute, le charme sera rompu et tu le perdras à jamais. Alors, à chaque fois que tu es avec lui, tu es fortiche, brillante, tes yeux ont l'air un peu fous mais sont très beaux; tu fais ce qu'il faut, mais tout ce que tu fais n'a rien à voir avec toi, tu joues, comme une actrice sur une scène, tu joues le rôle qui, te dis-tu, prendra avec lui, et tu es paniquée parce que cela te fatigue et que tu ne sais pas combien de temps tu pourras continuer à donner le change; mais à chaque fois qu'il se pointe, tu y parviens.

« La plupart du temps, si tu es une femme, tu souris à fond et écoute à mort et cuisine un maxi. Tu l'adores pendant les douze minutes qu'il met à engloutir le travail de tout un après-midi. Et, le moment venu, tu l'amènes là où tu veux l'amener, c'est-à-dire dans ton dodo. Si tu ne le fais pas... alors là, c'est un autre topo, et je ne m'y connais pas. Tu le mets donc dans ton p'tit dodo et, pendant un certain temps, tout est for-mi-dable. Tu n'avais jamais aussi bien fait l'amour : c'est le plus grand amant que tu aies jamais eu ! Et, d'une certaine façon, c'est vrai. Vous reposez tous les deux dans un bain d'amour brûlant, vous faites l'amour, vous mangez, vous parlez et vous marchez ensemble sans le moindre espace entre vous; tout se passe ensemble, et tout est chaud, douillet et lumineux, et c'est bon, tu baignes là-dedans... tu ne t'es jamais sentie aussi bien depuis que tu es sur la terre ! Vous ne faites qu'un, un noyau amoureux plus rare qu'un diamant de deux cents carats, vos corps se coulent l'un dans l'autre, tu es capable de te rendre compte qu'il a froid même lorsqu'il est dans une autre pièce. Et, à chaque fois qu'il touche ta peau ou que tu touches la sienne, la chaleur vous brûle comme si vous étiez porteurs d'éclairs à l'intérieur, comme si vous étiez tous les deux Jupiter ! »

Mira bayait aux corneilles. Quant à Isolde, si elle riait, elle était silencieuse depuis son retour à la table; elle se versa un peu de vin. Chrissie avait la tête penchée sur son assiette à moitié vide et remuait son contenu avec sa fourchette. Elle avait l'air maussade. Val était lancée... son visage était un peu rose à cause du vin et de la cuisine qu'elle avait préparée; elle tenait son verre par le col et l'agitait en fixant un point du mur situé juste au-dessus de la tête d'Iso.

« Tu es incapable de penser à des détails pratiques, idiots comme de gagner de l'argent ou aller à la fac. Tu as l'impression que la surface sensible de ta peau et l'intérieur de ton corps sont en relation directe et qu'ils représentent tout ce qu'est la vie. Rien d'autre ne compte. Tu vis comme cela longtemps, peut-être des mois, à sécher tes cours, perdre des boulots, être balancée de ton appartement, etc. Rien ne compte, parce que rien d'autre n'existe. Tu deviens un peu paranoïaque, tu te dis que le monde en veut à ceux qui s'aiment. Tu le trouves affreusement laid, tu trouves que tout le monde est sot, vulgaire et pesant, et que personne ne comprend quel charbon ardent la vie est. Et puis, un jour, l'inconcevable arrive. Vous êtes en train de prendre votre petit déjeuner et tu as un peu la gueule de bois; tu regardes ton bien-aimé, ton admirable bien-aimé, et le bien-aimé en question ouvre sa jolie bouche en bouton de rose qui laisse apparaître d'étincelantes dents blanches pour dire une connerie. Ton corps se glace sur-le-champ : ta température tombe d'un coup. Le bien-aimé n'avait jamais dit une sottise jusque-là ! Tu te tournes vers lui, tu es certaine d'avoir mal entendu. Tu le pries de bien vouloir avoir l'obligeance de répéter. Et il le fait. Il dit : Il pleut, et tu regardes dehors, mais il fait très beau. Alors tu lui dis : Non, il ne pleut pas. Tu ferais peut-être bien d'aller chez l'oculiste. Ou chez l'otorhino... Tu commences à douter de tous ses sens. Ça n'a peut-être été qu'une erreur de son organisation sensorielle, qui lui a fait dire une chose pareille... Mais cette erreur importe peu. Les binocles, les lentilles de contact et les sonotones n'ont jamais sauvé un amour à l'agonie. Allez, tout ça venait de ta gueule de bois...

« Mais ce n'est qu'un commencement. Car il continue, après cela, à dire des conneries. Et tu continues à te tourner vers lui et à le regarder d'un air bizarre et – Mon Dieu ! – voilà que tu t'aperçois qu'il est maigre comme un clou ou gros comme une enclume ! Ses dents sont de traviole et ses ongles dégueulasses ! Tu te rends compte qu'il pète au plumard !! Qu'il ne pige pas, qu'il ne pige rien à Henry James ! Depuis que tu le connais, il n'a pas cessé de dire qu'il ne comprenait pas Henry James et tu étais persuadée que ses remarques débiles et agacées à son sujet étaient autant de signes d'une intelligence alerte; soudain, tu te rends compte qu'il a complètement mis à côté de la plaque.

« Mais ce n'est pas cela le pire. Comme pendant tous ces mois tu l'as adoré comme on adore un dieu descendu sur terre, il s'est convaincu qu'il en était un. Et le voilà qui parade avec un air méprisant pour l'ensemble de la création, prétentieux, aveugle et insensible comme tous les autres mâles que tu as plaqués; mais, cette fois-ci, c'est de TA faute ! Tu l'as rendu, toi, comme ça. Toi ! Toi toute seule ! Mon Dieu ! tu as créé ce monstre ! Puis tu te dis : Bon, il m'a aidée. Je n'aurais jamais pu faire cela sans coopération de sa part ! Et tu t'en veux de t'être fait des illusions à son sujet (tu te dis que c'est à son sujet que tu t'es fait des illusions... et pas au sujet de l'amour), tu le détestes d'avoir cru à tes illusions, et tu te sens coupable et responsable, et tu essaies, en douceur, de t'en tirer. Mais allez donc vous débarrasser de lui à présent! Il s'accroche, il se cramponne, il ne comprend pas. Comment, comment pourrais-tu désirer te séparer d'une divinité? Il t'a sauvée – tu le lui as dit. Il a été – mais quand, au fait? – le meilleur amant que tu aies jamais eu. Il continue de croire à tout ce que tu lui as dit, et ne te crois pas du tout lorsque tu essayes de lui dire le contraire. Et, après tout, que veux-tu lui dire? N'a-t-il pas été le meilleur amant que tu aies jamais eu! Si, mais... dans le temps. – Encore maintenant, dit-il en accompagnant son affirmation d'un hochement de tête : Je suis devenu un peu machinal. Il faut que je pense davantage à ce que je fais. Je me suis mis à te considérer comme un acquis, et les femmes n'aiment pas ça. – Qu'est-ce que tu peux lui dire sans détruire son fragile ego de mâle pour toujours, ou passer pour une idiote déçue, ou pour une menteuse? »

Val s'interrompit pour boire. Mira était suspendue à ses lèvres.

« Alors, qu'est-ce que *tu* fais? » dit-elle, presque haletante.

Val vida son verre et le reposa sur la table. Elle dit de la voix la plus objective possible :

« Mais tu te dégottes un autre mec, bien entendu. C'est la seule façon de leur faire piger. Territorialement, quoi! Si tu les fous dehors toi-même, c'est « inconcevable » et horriblement ego-déprimant. Si tu te mets avec un autre gars, c'est moche, mais compréhensible. Ils ont toujours su qu'ils n'étaient pas à la hauteur, que quelqu'un d'autre pouvait les supplanter. Et puis tu ne les balances pas parce que t'es bizarre et que tu veux faire face à la solitude toute seule, non, tu n'es qu'une sale pute, une cavaleuse. Et tout va bien ainsi. Voilà les règles du jeu, mais... tu dois savoir tout ça.

– Je ne sais pas si j'ai jamais été amoureuse, dit Mira de l'air d'en douter. Ou si je l'ai été, j'étais très jeune... »

Chris regarda Mira avec sympathie. Et se tourna vers sa mère :

« Tout le monde n'est pas comme toi, maman!
– Mais si, mais si! dit Val dans un grand sourire; simplement, les autres ne le savent pas. »

Voilà comment était Val. Absolue. Ce n'était même pas la peine de discuter avec elle. Et elle avait, en réalité, si souvent raison, qu'on se contentait de hausser les épaules lorsqu'elle disait quelque chose de délirant. Cela aussi faisait partie d'elle, comme sa façon vautrée de s'asseoir, ses grands gestes de la main quand elle parlait, sa manière de tenir sa cigarette en l'air. Lorsqu'on la connaissait mieux, on finissait par se dire que les jugements délirants de Valerie étaient inoffensifs. Elle n'imposait pas plus que quiconque ses catégories morales aux autres : elle les énonçait plus fort, voilà tout.

11

C'est en octobre que Cambridge est le plus beau. Les feuilles brillantes d'ors et de pourpre colorent la pâle lumière du soleil et tombent doucement sur les trottoirs de brique rouge, tandis que le ciel est très bleu. L'air doux, triste et pâle de l'automne, le bruit mélancolique des feuilles cassantes foulées qui font de l'automne une morte-saison ailleurs, tout cela est compensé ici par les milliers de visages nouveaux, les milliers de corps nouveaux qui courent vers mille projets pour la nouvelle année scolaire.

Mira trouva ses cours peu attrayants mais fut passionnée par les fichiers de lecture. Elle passa des heures dans la Grande et la Petite Bibliothèque, à fureter dans les rayonnages de bouquins et sentit son esprit s'agrandir en pensant à l'occasion qui lui était offerte de lire autant en profondeur qu'en épaisseur. Il y avait surtout des textes; les anthologies n'étaient considérées que comme guides pour les études. Tout cela constituait un agréable changement par rapport à tout ce à quoi elle était habituée.

Elle posa ses rideaux, acheta quelques coussins et d'autres plantes, et fit des plans pour sa première réception. Elle invita Isolde et Ava, Val et Chris, et s'affaira devant la cuisinière noircie de sa minuscule cuisine pour essayer de faire quelque chose d'aussi bon que ce qu'elles lui avaient servi. Elle ne put trouver rien de plus original qu'un poulet rôti; mais tout le monde fit comme si elle avait servi un festin et, lorsque tout fut terminé, elle fut ravie. Elle avait acheté des œillets rouges pour la table de la cuisine, et Ava les admira et les renifla en disant combien ils lui plaisaient, comme si ces fleurs avaient pris racine dans son cœur et que son corps en eût été enveloppé.

« Je t'en prie, emporte-les donc. »

Ava ouvrit de grands yeux.

« Moi ? Oh ! Mira, je ne peux pas te faire ça... Je disais simplement ça parce qu'ils me plaisent beaucoup.

– Ça me ferait plaisir que tu les prennes.

– Vraiment ? Oh ! Mira, merci ! » Ava réagit comme si Mira lui avait offert quelque chose de très cher. Elle les prit dans ses bras, enfonça son visage dans les fleurs et remercia Mira à plusieurs reprises. Les bonnes manières d'Ava étaient si outrancières qu'il était difficile de les prendre au sérieux, mais il était évident, même en la connaissant peu, comme c'était le cas pour Mira, qu'elle, elle les prenait au sérieux et que, d'une façon ou d'une autre, elles l'exprimaient réellement.

Après le dîner, elles s'assirent dans le living-room et burent du vin.

« Bon, prends ta vie, par exemple, dit Val à Iso. Tu as grandi dans une plantation d'orangers ou quelque chose de ce genre, tu as fait du surf, du ski, tu as nagé, tu as fait le tour du monde avec un sac à dos sur les épaules, tu as fait du kayak dans des torrents et tu as traversé le Kenya à bicyclette... Ou la mienne : elle n'a pas été aussi charmante, mais je suis aussi allée partout. Chrissie et moi, on a fait l'Europe en bus Volkswagen; on a recueilli des bulletins de vote dans la rue; on a vécu dans des réserves d'Indiens où nous avons donné des leçons et des cours de médecine de base; on a travaillé dans les Appalaches à essayer de lever une opposition contre le saccage des compagnies minières; on a travaillé avec le mouvement pour la paix, avec le mouvement des consommateurs de Cambridge, depuis maintenant des années.

– Toi, m'man, pas moi.

– Ou celle d'Ava... »

Cette dernière releva la tête de sur ses fleurs :

« Oh ! moi j'ai rien fait d' ma vie.

– Mais si, mais si ! Il y a maintenant plusieurs années que tu vis toute seule, que tu travailles et que tu vis d'un boulot assommant de neuf à cinq; que tu vis dans des trous de souris pour pouvoir te payer des cours de danse quatre soirs par semaine et tout le samedi. Ça demande du courage, de l'énergie...

– Il n'y a que ça qui m'intéresse, lui objecta Ava d'une voix timide.

– D'accord, mais qu'est-ce qu'on voit dans les films ou à la télé, hein ? Les mêmes vieux personnages de bombes sexy et de maîtresses de maison... je veux dire quand ils se soucient d'y mettre des personnages féminins...

« Il y en a de trois types : l'héroïque, la garce et la mixte. L'héroïque a les cheveux blonds, est d'une moralité parfaite et a autant de personnalité qu'un pain aux raisins; la garce a les cheveux bruns et est tuée à la fin. Son crime, c'est le sexe. La mixte est une femme de bien qui tourne mal ou une fille de rien qui donne quelque chose... de bien. Elle aussi est toujours tuée, d'une façon ou d'une autre – Iso éclata de rire.

– J'ai toujours eu envie d'être la garce, dit Ava. Mais, des fois, l'héroïque a les cheveux noirs.

– En réalité, il y a encore un autre type, dit Iso d'un air réfléchi : l'asexuée; tu sais, l'asexuée genre Doris Day qui joue comme un petit garçon à faire l'idiote avec un Rock Hudson un peu plus grand garçon. Presley aussi est comme ça; les Beatles.

– C'est vrai... approuva Mira : Asexualité, ou peut-être androgynie. Comme Katharine Hepburn.

– Ou Garbo, ou Dietrich.

– Ou Judy Garland et son visage de gosse, quand elle a des nattes.

– Ou Fred Astaire. Impossible de se le représenter en train de baiser.

– Et pourquoi tout ça, selon vous ? leur demanda Mira.

– Sans doute parce que les vraies femmes doivent être anges ou démons ! Et les vrais hommes doivent être machos et ne peuvent pas être tendres. Peut-être que les personnages intermédiaires, les asexués et les androgynes, sont libres de tout impératif moral... suggéra Iso.

– J'ai toujours su que j'étais un diable, murmura Ava.

– Tu te comporterais plutôt comme un ange, lui dit Mira dans un sourire.

– Un jour, j'avais cinq ans, on m'a acheté une jupe neuve. J'ai couru dans la cour pour la montrer à mon petit papa, j'étais si contente, je me trouvais si jolie... j'ai tourné sur moi-même pour la lui montrer sous toutes les coutures, mais la jupe est tombée et on a vu mon slip. Papa m'a attrapée, m'a ramenée à l'intérieur de la maison et m'a battue avec sa ceinture. »

Tout le monde la regarda. Le front de Val était plissé, comme si elle souffrait :

« Et qu'est-ce que tu penses de lui ? demanda-t-elle.

– Oh ! j'aime bien p'pa; mais on se bagarre beaucoup. Je ne vais pas souvent à la maison parce qu'on se bagarre tout le temps et que ça bouleverse maman. La dernière fois que j'y suis allée, au Noël d'il y a deux ans, papa m'a tapé dessus parce que j'ai dit que je n'aimais pas Lyndon Johnson : il a simplement tendu le bras et m'a flanqué une claque très forte, ça me cuisait, vous savez ? et j'ai pleuré, mais j'ai pris une fourchette sur le buffet, vous savez ? une longue, pour tenir la viande, et je la lui ai plongée dans l'estomac. » Elle dit cela avec son léger accent de l'Alabama, en racontant la chose comme l'aurait fait une gosse tandis que ses yeux aux longs cils étaient confiants et interrogateurs.

« Est-ce que tu l'as blessé ? demanda, horrifiée, Mira.

– Est-ce que tu l'as tué ? dit Val en riant.

– Non. Les yeux d'Ava dansaient. Mais il a pas mal saigné ! » Elle se mit à glousser sans pouvoir s'arrêter. Et redoubla de rire : « Il a été très choqué ! ajouta-t-elle en se reprenant. Et je lui ai dit que, s'il avait le malheur de recommencer, je le tuerais... Mais maintenant, j'ai peur d'aller à la maison, parce que s'il me cogne – il en est capable, c'est un vrai taureau – il faudra que je le fasse. Que je le tue.

– Est-ce qu'il cogne ta mère ?

– Non; ni mon frère. Disons que depuis que mon frère est plus grand que lui. Mais c'est toujours moi qu'il a le plus battue.

– Des caresses d'amour, dit Val avec une pointe d'ironie contenue.

– Exactement, dit Ava en se tournant vers Val. C'est bien cela. J'ai toujours été sa préférée, et je l'ai toujours su.

– De l'entraînement », ajouta Val.

Ava était assise par terre jambes croisées et tenait le pot d'œillets entre ses mains; elle plongea son visage dans les fleurs :

« Bah ! je ne sais pas à quoi ça m'a entraînée, je ne suis bonne à rien.

– Ava, ce n'est pas vrai ! protesta Iso.

– Si, si, vraiment ! J'ai envie de jouer du piano, mais j'ai trop peur de jouer devant des gens, et je veux danser, mais je suis trop vieille. Tout ce que je sais faire, c'est de taper sur ma vieille machine à écrire pendant toute la journée, ça je le fais assez bien, mais c'est casse-pieds. »

Iso s'adressa à Mira et à Val :

« Ava n'a pris que quelques leçons, vers douze ans, puis pendant deux ans quand elle était en faculté. Mais elle était si douée qu'ils l'ont fait jouer avec le Cleveland Symphony Orchestra.

– Oh ! Iso, j'ai simplement gagné un concours... la corrigea Ava avec agacement. Tu en parles comme de quelque chose d'important, alors que ce n'était qu'un concours.

– Mais c'est fantastique, s'écria Mira.

– Non, pas du tout ! dit Ava en replongeant la tête dans le bouquet de fleurs. J'ai eu tellement peur que je sais que je ne le referais jamais. Je ne pourrais plus, c'était tellement terrible ! Ainsi a pris fin mon piano !

– Et pourquoi ne danses-tu pas ? continua Mira. Tu n'es pas âgée. »

Ava leva les yeux vers elle :
« Oh ! si je le suis Mira, j'ai vingt-huit ans, et il n'y a que deux ans que j'ai commencé...
– Elle est excellente ! l'interrompit Iso.
– Bon, écoute, euh ! elle jeta un bref regard à Iso et se retourna vers Mira. Je pense que je danse assez bien pour une débutante, mais c'est trop tard.
– Elle aurait dû prendre des leçons lorsqu'elle était petite fille. Quand elle était au lycée, elle s'est assise au piano et a joué quelque chose. Oui, *joué* quelque chose. Le professeur a cru qu'elle avait déjà pris des cours.
– Ben, j'en avais entendu à la radio.
– Tu aurais dû prendre des leçons.
– Oui, papa et maman, ça n'allait pas toujours très bien... Et je ne crois pas qu'ils y aient jamais pensé... tu comprends, ça ne leur est jamais venu à l'idée.
– Ah ! si ma mère avait été comme eux ! Quand j'avais sept ans, je dessinais beaucoup; alors, ma mère a cavalé me dégotter un professeur de dessin, un cinglé qui habitait dans le coin et qui donnait une leçon contre un repas. Quel cinglé ! dit Chris en relevant le front.
– Ça a été l'une de mes rares erreurs, admit Val.
– C'était de TA faute, et c'est MOI qui en ai subi les conséquences, lui répliqua Chris d'un ton gouailleur. Les péchés des pères...
– Je ne suis pas ton père ! »
Chris haussa les épaules :
« Tu dois bien reconnaître, maman, que tu es le seul père que j'aie eu en permanence. Les autres ne sont que des substituts de père... Dave, Angie, Fudge, Tim, Grant... – elle comptait sur ses doigts en regardant malicieusement Val.
– Peut-être que t'es mieux sans, dit Ava d'un air songeur. Est-ce que tu as déjà souhaité avoir un père ? »
Chris la regarda d'un air sérieux :
« Des fois... des fois j'imagine que quelqu'un rentre le soir avec le journal sous le bras... – elle émit un petit rire : Tu sais, il t'embrasse et basta. » Elle rit de nouveau.
« Ça s'appelle un amant, Chris, dit Iso en éclatant de rire.

– Quelqu'un qui m'emmène quelque part, quoi ! Pas comme ma mère qui ne m'emmène qu'à des marches contre la guerre, mais quelque part, quoi ! au zoo par exemple.

– Tu ne m'avais jamais dit que tu avais envie d'aller au zoo !

– J'en n'ai pas envie, c'est juste pour citer un endroit.

– Tant mieux, je déteste le zoo.

– Bon, et le cirque ?

– Je déteste le cirque.

– Tu as horreur de tout ce qui n'est pas rempli de mots.

– Touché.

– Moi, j'aime le cirque, dit Iso. Je t'y emmènerai, Chris.

– Vraiment ?

– Promis. La prochaine fois qu'il y en aura un à Boston...

– Chouette !

– Oh ! je pourrai venir aussi ? J'adore le cirque... susurra Ava.

– Oui, on ira toutes.

– J'étais vraiment un diable quand j'étais petite fille. Je rentrais dans les cirques sans payer... dit Ava dans un petit gloussement.

– Son vrai nom, c'est Dalila ! Comment vous vous sentiriez, vous, si vous portiez ce nom-là ? dit Iso dans un grand sourire.

– Iso ! Ava se leva et jeta un regard mauvais à Iso avant de se tourner vers les autres : C'est vrai, j'ai changé pour Ava à cause d'Ava Gardner. Ma maman m'a appelé Dalila Lee.

– C'est bien ce que tu es, lui dit très gentiment Iso, un mélange de Dalila la tentatrice et d'Annabel Lee[1] ?

– J'aurais préféré être Margot Fonteyn, dit-elle rapidement avec colère, le dos dressé comme un jonc flexible, les yeux lançant des flammes à Iso, c'est toi qui

1. Personnage-titre d'un poème d'E.-A. Poe, que Mallarmé a traduit en français (*N.d.T.*)

veux que je sois cela, c'est toi qui penses que je suis une tentatrice. Est-ce que tu crois que ce sera ma perte à moi aussi ?

– Tu es une tentatrice, Ava ! Tu te trémousses tout le temps, tu bats des cils, oui, madame, et tu souris d'un air de sainte nitouche. Tu vas même jusqu'à faire graisser ta bagnole pour des prunes. Tous les types de la station-service s'arrêtent de travailler quand tu débarques.

– Et alors ! répondit-elle violemment. A quoi servent-ils ? Les hommes ne sont que des véhicules pour obtenir des choses. Si je sais m'en servir, tant mieux pour moi ! » Son corps était tendu, ses poings crispés; son visage eut soudain l'air ravagé et sa jolie petite moue timide disparut. Elle avait l'air impérieuse, forte et prête à se battre.

« Ah ! ça oui, tu sais t'en servir ! » dit Iso sur un ton réprobateur.

Ava replongea la tête au milieu de ses œillets : « A t'entendre, on dirait que je cherche tout le temps à obtenir quelque chose des hommes. Ce n'est pas vrai. Et pas très gentil de ta part. Tu sais, ce sont les hommes qui sont toujours après moi, même quand je ne les regarde pas. Tu sais comment ça se passe dans le métro. Ou ce type d'hier quand on discutait chez l'épicier. Ou le type de l'escalier. Je ne leur demande rien. Je n'ai pas besoin d'eux. D'ailleurs, je n'ai pas besoin d'hommes, mais de musique. »

Tout le monde la regardait en silence.

« Et puis je suis mal à l'aise parce que tout le monde me regarde, dit-elle sans relever la tête.

– Si tu pouvais faire tout ce que tu veux, qu'cst-ce que tu ferais ? lui demanda Iso sur un tout autre ton.

– De la danse, dans un vrai corps de ballet et sur une vraie scène. »

Iso se tourna vers Val :

« Et toi ? »

Val éclata de rire :

« Oh ! je ne veux pas grand-chose. Je ne veux que changer le mond'. »

Iso se tourna vers Mira :

« Je ne sais pas. Elle était un petit peu surprise. Quand j'étais jeune, je voulais... *vivre*... A tout prix. Eh bien, je ne l'ai toujours pas fait.

– Chris ?

– Moi non plus, je ne sais pas. » Son jeune visage avait l'air calme, presque triste. « J'aimerais rendre tout le mond' heureux. Si c'était possible. Je crois que j'aimerais secourir les gens qui souffrent de la faim. Dans le monde entier.

– C'est une pensée qui t'honore, dit Iso en lui souriant.

– Et toi ? »

Iso éclata de rire :

« J'irais skier. Vraiment. Dès que je pense « grande joie », je vois des skis. Je ne suis pas sérieuse, comme vous toutes.

– Mais c'est sérieux, dit gentiment Ava, aussi sérieux que la danse.

– Non, l'une est un art, l'autre un plaisir. » Elle but une gorgée de vin. « Mais ça me fait me demander ce que je fous ici. »

Val protesta :

« Est-ce qu'il faut qu'on remette ça ? »

Elle se tourna vers Ava : « Toute la journée, tous les jours, tout le monde s'assoit à « Lehman Hall » à fumer des sèches, boire du café, se frapper la poitrine, sonder son âme pour essayer de trouver ce qu'il glande ici.

– Bon, mais moi je me demande ce que vous faites ici, maintenant. Quel endroit ! dit Ava. Personne ne parle aux autres et quand quelqu'un le fait, c'est toujours pour dire des trucs très bizarres.

– Pourquoi est-ce que vous ne partez pas, alors ! dit Chris en les regardant. Pourquoi est-ce que vous... – elle se tourna vers sa mère – ... n'achetez pas une grande ferme à la campagne ? J'aimerais vivre à la campagne avec les vaches, les cochons et la merde.

– *Sic !* lança Iso.

– On pourrait vivre toutes ensemble. Ça m'a vraiment plu de vivre en communauté. Sauf que certains membres étaient trop envahissants. Mais ça serait peinard avec vous toutes. On pourrait s'occuper à tour de rôle du bois et de la merde.

— Chris, est-ce quc tu savais que *merde* n'est pas synonyme de *et cætera* ? » lui demanda sa mère.

Ava pourrait danser toute la journée. Iso skier, maman aller changer le monde tous les matins, Mira rester assise à essayer de trouver ce dont elle a envie, et moi faire du cheval.

Tout le monde trouva que ça serait bien sûr merveilleux et l'on se mit à organiser la chose : dimensions de la maison, loyer, animaux qu'elles auraient et noms de celles qui en seraient respectivement responsables. Il y eut dispute à propos des cochons : Iso insista sur le fait qu'ils étaient propres et Ava sur celui qu'elle n'en voulait pas. Il y eut une autre dispute à propos des tâches ménagères, qu'Ava se refusait à accomplir toutes, tant qu'elles étaient. En réalité, la seule chose qu'elle fût disposée à faire était de nourrir les poulets.

« J'aime les poulets, murmura-t-elle, quand ils font cot-cot, hum ! »

Les disputes se terminèrent par de puissants rires à gorge déployée et par quelques grimaces genre cul-de-poule concernant les maigres possibilités de toute harmonie sociale humaine.

Lorsqu'elles furent parties et qu'elle eut achevé la vaisselle, Mira emmena la bouteille de brandy dans le living-room, éteignit la lumière et s'assit près de la fenêtre pour respirer l'air humide et glacé d'octobre. Des pas se firent entendre en bas sur le trottoir, des pas d'homme. Elle les écouta jusqu'à ce qu'ils se fussent évanouis.

Elle avait l'impression de tourbillonner dans quelque chose de beau et de vivant mais aussi d'étrange. Elle s'interrogea sur les liens qui unissaient Isolde et Ava. On aurait presque dit qu'Isolde était la mère d'Ava. Elle se posa également des questions à propos de la liste que Chrissie avait débitée : étaient-ce les noms des amants de Val ? Est-ce que Val ramenait carrément des hommes chez elle devant sa fille ? Est-ce que Val n'était pas gênée par la façon de parler de sa fille ? Bien sûr, elle-même parlait ainsi; mais Chrissie n'avait que seize ans.

Elle réfléchit à la suggestion de Chrissie de vivre toutes ensemble. Sans doute n'était-ce qu'une idée en l'air, bien entendu, mais pourquoi alors s'étaient-elles toutes senties si libres; si excitées lorsqu'elles en avaient parlé? Ce n'était qu'une idée : elle ne se sentait pas particulièrement bien à vivre toute seule, et pourtant elle n'avait jamais imaginé qu'il pût exister une alternative au mariage. Ça pourrait être bien de vivre avec un groupe d'amies comme celui-là, plein d'idées de choses à faire, de vie, pas comme avec les hommes, qui ne pensaient qu'à eux-mêmes et à leur dignité. Norm aurait été horrifié par la soirée qu'elle venait de passer, par les sujets qu'on y avait abordés, le langage employé, par certaines de leurs opinions — surtout celles de Val — et par sa frivolité, le plaisir enjoué qu'on y avait pris. Il se serait levé en signe de désapprobation, aurait consulté l'heure à sa montre, parlé de son important emploi du temps du lendemain et serait parti à huit heures et demie.

Et pourtant, comme elle s'était plu! Elle se sentait bien, pleine d'énergie, elle avait envie de se plonger dans son travail. Elle avait l'impression que des choses se débloquaient à chaque instant en elle, comme si de les avoir emprisonnées à l'intérieur de soi l'avait fatiguée de toutes ces années. Mais ce qu'étaient ces choses, cela elle ne le savait pas. C'était simplement que, d'une certaine façon, avec de telles amies on pouvait être *honnête :* tel était le sujet adjectif qu'elle pût trouver. Elle songea à Val et à Chris. Sour leur ironie et leurs mises en boîte, on sentait qu'elles étaient proches l'une de l'autre, qu'elles se faisaient confiance. Cela semblait quelque chose d'enviable. Ses propres fils, ces bébés qui étaient sortis de son ventre, qu'elle avait tant aimés dans le temps, elle les connaissait à peine aujourd'hui. Elle se souvint de ce qu'avait ressenti son cœur lorsqu'elle les avait observés faire leurs premiers pas, lorsqu'ils étaient revenus de l'école capables de lire la première page d'un livre, lorsqu'ils l'avaient regardée de ce regard qu'ont les enfants avant de lui raconter un événement survenu en classe. Elle se rappela avoir enfoui son nez dans leurs draps, senti leurs corps.

Et aujourd'hui. Elle leur écrivait toutes les semaines de courtes et courtoises lettres dans lesquelles elle leur parlait du temps qu'il faisait, de ce qu'elle lisait et des endroits qu'elle avait visités. Elle avait reçu un petit mot de chacun d'entre eux au début de l'année scolaire; depuis, rien. Probablement n'étaient-ils pas désolés de se trouver séparés de leur mère. Elle avait été très détestable au cours des premiers mois qui avaient suivi le départ de Norm, et depuis, distante. Tout était si mitigé : sa colère envers eux parce qu'ils étaient les enfants de Norm, parce qu'ils lui ressemblaient; son sentiment de culpabilité envers eux à cause de son échec – car, sans aucun doute, si elle avait été meilleure, son mariage ne se serait pas brisé; sa rancune aussi. Lorsque Norm fut parti, sa position fut plus claire que jamais : servante d'une maison et mère de deux enfants. S'en rendaient-ils compte? Oui, elle avait ressenti tout cela, et sans doute pis encore. Et elle les avait abandonnés, non pas physiquement, mais psychiquement. Et maintenant physiquement aussi.

Elle se sentit soudain submergée par la douleur. Il n'y avait pas moyen de s'excuser, de revenir en arrière, de tout effacer de leurs mémoires. Il n'y avait pas de justice, se souvint-elle. Mais peut-être pouvait-il encore y avoir de l'amour.

Elle décida d'insister pour qu'ils passent *Thanksgiving* avec elle.

12

A l'automne 1968, Normie avait seize ans et Clark quinze. C'étaient des garçons calmes et timides. Ils avaient été davantage turbulents avant la séparation de leurs parents, mais quelque chose leur était arrivé après celle-ci. C'étaient, cependant, deux monstres banlieusards typiques, avides de luxe, d'être menés n'importe où, terrifiés par toute idée d'indépendance et pleins de rancune à l'égard de leurs parents à cause de cette terreur même. Aucun des deux n'était précoce; aucun n'avait encore de poil au menton, et la voix de Normie allait encore se percher haut de temps en temps. L'école privée les avait quelque peu traumatisés. La réponse de Norm au changement de situation avait consisté à devenir extrêmement grégaire, et ses résultats scolaires étaient tout simplement lamentables; celle de Clark avait été de se replier sur lui-même et de s'asseoir devant la télévision pendant des heures; ses résultats scolaires valaient ceux de son frère. Lorsque Mira les appela pour leur dire qu'elle s'était entendue avec leur père pour qu'ils viennent passer *Thanksgiving* avec elle, tous les deux n'avaient posé qu'une seule question :

« Est-ce que t'as la télé?

— NON ! » avait hurlé Mira.

Ils arrivèrent à Logan avec deux sacs de toile et un téléviseur portatif.

Valerie donnait une grande fête pour *Thanksgiving* et avait invité quatorze personnes, mais Mira, appréhendant l'effet que Val était susceptible de faire à ses fils, lui expliqua qu'elle ne les avait pas vus depuis longtemps et qu'elle préférait rester seule avec eux. Elle avait, évidemment, un projet en tête. Ils parleraient, ils parleraient pour de bon.

Elle se souvint de l'époque où ils essayaient de lui parler et où elle les interrompait, et ce souvenir lui tordit le cœur.

Ils arrivèrent tard le mercredi et étaient fatigués, aussi ne fut-elle pas bouleversée lorsqu'ils s'assirent avec des yeux endormis devant leur téléviseur, et alla-t-elle se coucher tôt. Le jeudi, alors qu'elle était occupée à faire la cuisine, ils voulurent regarder un match de football. Mais lorsqu'ils voulurent laisser la télé allumée pendant le repas, elle protesta. La partie n'était pas terminée, lui hurlèrent-ils, fous de rage.

« Papa nous permet de regarder la télé en mangeant ! crièrent-ils. C'était une erreur tactique.

— Ah ! bon. Très bien, mais moi pas ! »

Ils firent la tête pendant tout le repas, répondant à

ses incessantes questions par les réponses les plus courtes possibles, et, dès qu'ils eurent fini de manger, la regardèrent :

« On peut quitter la table, m'dame? »

Elle soupira; il n'y avait rien à faire :

« Allez-y, mais je compte sur vous pour essuyer la vaisselle. »

Ils sautèrent sur leurs pieds, allèrent dans la chambre, que Mira leur avait abandonnée le temps de leur visite, s'allongèrent sur le lit et regardèrent la télé. La vaisselle – elle s'en aperçut après leur coucher – était toujours dans l'égouttoir.

Le vendredi, elle les emmena au « Freedom Trail ». Ils se traînèrent, ils regardèrent autour d'eux à contrecœur tandis qu'elle leur expliquait l'importance de tel ou tel édifice; ils se regardèrent en se faisant des grimaces qui voulaient dire qu'elle était folle lorsqu'elle s'anima à propos de personnages qui étaient enterrés dans le vieux cimetière. Ils apprécièrent quand même *Old Ironside* et les glaces à l'italienne qu'elle leur acheta à la sortie nord. Une fois rentrés à la maison, ils se dirigèrent vers le poste de télé.

Le samedi, elle leur fit traverser la cour et pénétrer dans l'enceinte de la faculté. Ils apprécièrent la coopérative et dépensèrent des sommes folles à s'acheter des disques. Elle les emmena déjeuner dans un restaurant français, où ils voulurent prendre des hamburgers doubles avec fromage.

« Vous allez me faire le plaisir de manger de la *quiche*, leur dit-elle d'une voix sifflante. C'est pour ça que je vous ai amenés ici : de la *quiche,* de la salade et du vin! »

Mais ils en laissèrent la plus grande partie, goûtèrent le vin et n'en burent pas, demandèrent du Cola et se plaignirent de l'assaisonnement de la salade, qui était fait d'huile, de vinaigre et d'estragon.

Ils lui paraissaient étranges. C'étaient de beaux jeunes gens, et toujours bronzés d'avoir joué au tennis. Leurs cheveux étaient coupés très courts, et tous les deux étaient venus en blazer bleu marine et pantalons de flanelle. Elle n'avait vu personne qui leur ressemblât depuis des mois : au début, elle les regarda comme s'ils s'était agi d'Arabes de l'assemblée du B'nai B'ri. Et ils disaient « monsieur » et « madame ». Norm avait souhaité qu'ils... parlassent ainsi, mais elle n'avait jamais insisté dans ce sens. Apparemment, l'école était à la mesure des moyens financiers de Norm. Ils étaient soignés, bien élevés et falots. Elle essaya de se rappeler à qui ils lui faisaient penser; ah oui! « Ken », la poupée qui allait avec « Barbie ».

Le samedi soir, elle était à bout de nerfs. Elle acheta un sac de hamburgers au fromage bon marché, des frites et des bouteilles de Cola. Ils mangèrent avec ravissement : ce fut, lui dirent-ils, le meilleur repas qu'ils aient jamais fait. Elle leur jeta un regard mauvais.

« Vous permettez, madame?

– Nom de Dieu! Vous allez arrêter de m'appeler madame! » hurla-t-elle.

Cela les stupéfia :

« N'importe quel autre nom fera l'affaire! ajouta-t-elle d'un air doux-amer. Mais ils ne rirent pas. » Ils se regardèrent, consternés. « Ecoutez... les pria-t-elle, je ne vous vois pas très souvent et j'ai envie de parler avec vous, de découvrir comment vous êtes, si vous aimez l'école et... tout. Vous comprenez?

– Bien sûr, ma... man, dit rapidement Normie, seulement, on vous l'a dit, ça va bien. »

Elle insista et reprit sa litanie de questions. Ils ne répondirent qu'une chose : « O.K.

– Bon... parlons d'autre chose, alors. Qu'est-ce que cela vous fait que papa et moi, nous soyons séparés? »

Ils se regardèrent avant de se tourner vers elle :

« O.K., dit Normie.

– Est-ce que ça vous fait tout drôle? Est-ce que vous vous sentez différents...

– Non. Les parents de tout le monde sont divorcés, dit Clark.

– Et qu'est-ce que vous pensez de la nouvelle femme de papa?

– Elle est O.K.

– Gentille, elle est gentille.

– Comment avez-vous trouvé Cambridge? Et mon appartement?

– Cambridge est O.K. Votre appartement... je crois que c'est un truc O.K. comme appartement.

– Mais vous devriez avoir la télé!

– J'imagine que vous vous amusez davantage avec papa? »

Clark haussa les épaules :

« Ouais, on a l'droit d' jouer au ballon.

– Pis i' nous lais' regarder la télé en mangeant, lui rappela fortuitement Normie.

– Vous parlez avec lui? »

De nouveau, ils se regardèrent, puis se tournèrent vers elle, en silence. Finalement, après mûre réflexion, Clark dit :

« C'est-à-dire... Il n'est jamais là.

– Et qu'est-ce que vous pensez de mon idée de reprendre l'université? Est-ce que cela vous paraît bizarre?

– Non, murmurèrent-ils tous les deux sans aucun enthousiasme.

– Vous êtes sans aucun doute des êtres articulés! » dit-elle avant de se lever et d'aller pleurer dans la salle de bain. Elle se dit qu'elle souffrait parce qu'elle s'apitoyait sur elle-même et que Rome ne s'était pas faite en un jour. Elle essaya de repousser les sanglots qui lui montaient dans le fond de la gorge. Elle se lava le visage à l'eau froide et se remaquilla. Et retourna dans la cuisine. Pendant son absence, ils avaient apporté le poste de télévision dans la cuisine. Ne voulant pas la défier – on ne leur avait pas permis de quitter la table, et c'étaient des enfants bien élevés – ils avaient carrément apporté le petit monstre dans la cuisine. Au regard que leur lança leur mère, ils baissèrent le son, et Mira recommença.

« Ecoutez, ce qui s'est passé entre votre père et moi a dû vous fair' quelque chose. J'aimerais vraiment savoir ce que cela vous a fait. Ce n'est pas un interrogatoire, simplement, j'aimerais bien savoir. »

Ils la regardèrent d'un air morne, et soudain Normie donna un coup de coude à son frère :

« T'as vu c'te passe ! » cria-t-il avec une sèche animation.

Mira se rua sur le téléviseur et l'éteignit. Elle se retourna vers eux :

« Je vous PARLE ! J'essaie de vous parler ! » Tous les deux baissèrent les yeux. Elle vit qu'ils étaient gênés par ce manque de tenue, et qu'ils lui en voulaient, et peut-être même qu'ils avaient peur d'une scène terrible du genre de celles d'il y a trois ans. Larmes. Elle s'assit en face d'eux et dissimula son visage derrière ses mains. Ils étaient assis, immobiles, et la fixaient intensément : « O.K., O.K. Si vous ne voulez pas me parler, je vais vous parler, moi ! Je vais vous dire comment je suis. Comment je suis malheureuse ! » Elle vit leurs regards se croiser, mais ils ne remuèrent pas la tête : « Je déteste cet endroit, je déteste les enfants, ces gosses pourris, et tout le monde est séparé; c'est seulement grâce à trois ou quatre amies que je ne suis pas complètement folle ! Et cette foutue fac est antiféminine, ils baissent les yeux devant les femmes, surtout celles de mon âge. C'est un foutu monastère qui a été envahi par des gens en jupes, et les hommes qui y sont espèrent que ces gens en jupes ne sont que des fantômes, comme ça ils ne dérangeront pas l'Ordre, ils n'insisteront pas sur le fait que ressentir est aussi important que penser, et que le corps est aussi important que l'esprit... »

Elle se rendit compte qu'ils avaient le regard glacé, mais ils la fixaient comme s'ils comprenaient que quelque chose d'important se déroulait, même s'ils ne comprenaient pas ce qu'elle disait. Elle insista.

« Ils me donnent autant que votre père l'impression d'être pourrie. Que je ne suis rien, invisible, ou que, si je ne le suis pas, je dois l'être, il faut que je le sois. Et parfois je le suis. Et, pis encore, je suis seule, je suis si seule... » Elle pleurait de nouveau. « Savez-vous qu'en trois mois, pas un seul homme ne m'a simplement invitée à aller prendre un café avec lui ? Pas un seul ! » Elle sanglotait à présent, à moitié surprise par elle-même, car elle n'avait pas jusque-là remarqué que ses sentiments étaient aussi forts, qu'elle était aussi malheureuse que cela, que c'étaient là les sentiments qu'elle tentait d'ensevelir dans le noir et le brandy. Elle ne regardait plus ses deux fils. Elle avait plongé son visage dans ses mains et s'était détournée d'eux. Elle se souvenait à présent parfaitement de ce qu'elle avait ressenti à leur égard pendant l'année où elle avait été désespérée; qu'ils étaient uniquement présents, chair de sa chair, peut-être, mais sans le moindre lien avec elle. Ils ne savaient pas qui elle était et s'en moquaient, tant qu'elle les servait. Ils ne venaient qu'accidentellement d'elle. Elle se souvenait qu'elle les avait haïs pour cela et qu'elle s'était réprimandée d'être si irrationnelle, d'attendre réconfort et soutien de très jeunes garçons qui ne comprenaient pas ce qui se passait. Mais elle avait eu l'impression qu'ils détournaient délibérément leurs yeux d'elle. Elle avait la même impression, là : elle était complètement seule.

Elle sentit alors quelque chose de chaud et de solide près d'elle. Elle releva la tête. Clark était debout à côté d'elle. Il posa gauchement sa main sur son épaule. Elle pencha la tête vers son corps et il la caressa légèrement, d'un mouvement irrégulier, peu sûr de lui dans son rôle de consolateur :

« Ne pleure pas, m'man », dit-il; il avait des larmes dans la voix.

13

La neige commença à tomber la veille de *Thanksgiving* et ne disparut pas avant le printemps; Cambridge en fut recouvert pendant tout l'hiver, d'éternels murs de neige se dressèrent le long des trottoirs. Et je marchais, pensant au symbolisme de la neige en littérature, chose qui ne m'avait jamais semblé convaincante. Mais, cette année-là, je ressentis que la nature essayait de purifier ce qu'avaient fait les hommes, de recouvrir une terre gorgée de sang, et de l'amender.

Sans doute, aucune année n'est-elle pis que les autres; sans doute autant de chair est-elle déchirée et meurtrie, autant de sang est-il versé sur la terre en chaque espace de douze mois. Il serait difficile d'établir des statistiques à propos de mort violente... car qu'est-ce qu'un meurtre ? Lorsque des gens meurent de faim à cause de l'attitude des gouvernants et des corps constitués, sont-ce autant d'assassinats ? La nature elle-même perpètre un bon nombre de meurtres, ce qui est à la base de l'idée de domination de la nature : dans le temps, cela passait pour une très bonne idée. Personne ne croit qu'un remède soit pis qu'une maladie. Et cela est sans doute exact. Une invasion de microbes qui détruisent un corps pourrait également être appelée meurtre. Toutes les morts sont, je crois, violentes. Lorsque l'on pense cela, on s'aperçoit que l'on ne parvient jamais à aucune conclusion.

Malgré tout, 1968 m'apparut comme une année plus terrible que les autres. J'avais l'impression d'être l'une des cellules d'un corps immense et agité qui s'étalait sur tout un continent et qui était secoué par les balles qui tuèrent Luther King, Bob Kennedy et quelques personnes sans noms dans un fossé de My Lai. On souffrait d'être simplement le meurtrier — car ne venaient-ils pas d'entre nous, n'avaient-ils pas appris ce que nous avions appris ? — et la victime. Bien entendu, on est toujours simultanément les deux : le tué — corps hurlant sous la coulée de métal brûlant dans le cerveau, la poitrine ou l'estomac, chaleur, brûlure, douleur s'étendant à chaque cellule sensible, gestes au ralenti de la chute, petite coulée de plomb dans un corps, suffisante pour l'anéantir, corps immobile et qui comprend, et le tueur — doigt nerveux posé sur la détente, aisselles du conspirateur qui suintent légèrement, yeux indifférents de l'homme de main, échine cambrée du sauveur du monde de la menace juive, communiste ou albigeoise — l'être, car il n'y a toujours qu'un seul être qui tue, qu'une seule personne qui est tuée. Cette année 1968, fut un meurtre au ralenti qui se déroula sur toute l'année, sur tout le continent, une photographie représentant une interminable chute.

Mais nous mourons tous, et toute mort est violence, dépassement de l'état de vie, alors pourquoi cette année me sembla-t-elle si terrible? Est-ce que Luther King, Kennedy ou les paysans d'un village sont plus importants que les familles du Biafra ou que les noms figurant sur la liste des homicides commis à Detroit? Sans doute, suis-je en train de jouer à un jeu intellectuel, de relever comme particulièrement horribles une ou deux années du calendrier, afin d'ajouter qu'elles furent aussi spéciales par ce qu'elles signifièrent, ce qui en compensa l'horreur, et, peut-être même, les racheta? Les hommes aiment trouver des moyens d'être reconnaissants de leurs souffrances, appeler chance leurs chutes et résurrection leurs morts. Je crois que ce n'est pas une mauvaise idée : étant donné que de toute façon on souffre, autant en être reconnaissants! Des fois pourtant, je me dis que si nous n'attendions pas autant la souffrance, nous n'en aurions peut-être pas autant.

Quelle que soit l'activité à laquelle se livre présentement mon esprit, je ne peux m'en empêcher : je vois la violence de cette année et de celles qui ont suivi comme autant de symboles, mais pas au sens habituel de ce temps : ce que je vois – et qui m'effraie – c'est que toute action est sans aucun doute un symbole, et que, seule, la mort est réelle. Comme si la dague de théâtre avec laquelle on poignarde Jules César sur scène ne cessait de se transformer en véritable poignard dès l'instant qu'elle touche et perce de la vraie chair, telle une grotesque variante du terrible don du roi Midas – ce qui est bien, en définitive, le mythe authentique de notre époque.

Certains peuples se servent des combats de taureaux, d'autres de messes, d'autres d'un art servant à ritualiser ou transformer la mort en vie, ou du moins lui conférer un sens. Mais la crainte que j'ai, c'est que la vie elle-même ne soit un rituel qui transforme tout en mort. Il y a des gens qui critiquent ce qu'ils appellent les mass média parce qu'ils mettent en forme – ils disent « distordent » – les faits. Des tas d'événements n'ont lieu qu'en fonction des mass média – marches, « sit-in », enchaînements de gens à des grilles. Je trouve que c'est une idée juste. Une longue marche volontaire vaut mieux qu'un siège court, une protestation symbolique mieux qu'une vraie bombe. Et puis, à y bien réfléchir, il y a toujours eu des faits destinés aux mass média. Toute la pompe des cérémonies, sonneries de trompettes, hermines, velours et pierres précieuses, dont les gouvernants et les corps constitués se couvraient, les décorations révélant la position sociale, la bague appelant le baiser de tous, les sceptres réclamant génuflexion – tout cela faisait partie de ce que nous appelons aujourd'hui des « faits de Pouvoir », sauf que ceux-là célébraient les gens au pouvoir, alors que les événements dont la relation donne lieu aujourd'hui à des critiques attirent l'attention sur des gens SANS pouvoir. Je crois que c'est là que réside tout le problème. Qui a jamais mieux compris le Pouvoir que le Saint Empereur[1] romain germanique qui fit des kilomètres et des kilomètres, pieds nus dans la neige et le froid, pour faire obédience au pape Grégoire à Canossa ?

Mais lorsque l'on écarte le symbole et que commence le réel ? Le symbole change selon que vous croyez que Martin Luther King a été assassiné par le F.B.I., par des militants noirs qui voulaient un martyr ou par un simple d'esprit qui croyait au diable; mais sa mort reste la même. Bobby Kennedy avait des sympathies pour Israël; quelques-uns des habitants de My Lai auraient été susceptibles de porter secours aux soldats du Nord-Viêt-nam. Ces faits, ou ces possibles, ont peu de rapports avec les faits effectifs. Ce qui fut tiré de ces trois cas, ce furent des images, mais ce qui mourut fut réel. De même de tout le mouvement contestataire de ces dernières années : tous ces « freaks » aux cheveux longs et barbus adonnés à la drogue que nous avons cognés et arrosés de Berkeley à Chicago, ces Noirs paresseux que nous avons agressés et descendus de la Californie à Chicago, et de l'Alabama à Attica[2], ces communistes rusés aux yeux bridés que nous avons mitraillés et bombardés avec du napalm, tous ces gens-là disaient qu'ils

1. Henri IV. (*N.d.T.*)

2. Pénitencier de l'Etat de New York, où une révolte non violente de prisonniers, presque tous noirs, a été réduite à coups d'armes à feu. (*N.d.T.*)

n'étaient pas ce que nous disions qu'ils étaient et qu'ils ne le seraient que si nous les tuions pour qu'ils le deviennent, si vous voyez ce que je veux dire. Nixon est allé à « Madison Avenue » et s'est acheté une nouvelle image de marque. Sans doute, s'ils avaient traité tout cela comme un événement pour mass média, seraient-ils encore tous vivants ?

Qu'y a-t-il d'authentique derrière le muscle, l'os, le sang – derrière le corps ? L'image peut être intrinsèque, souligner la bouche, l'aspect général, l'attitude. Si vous êtes garçon de café pendant toute votre vie, vous êtes sans aucun doute légèrement voûté. Mais elle peut être également sans le moindre rapport; Galilée ne se voyait pas en train de brûler ! Et même le corps n'est pas immuable : il y a l'âge, le poids, les accidents, un coup sur le nez, la teinture pour les cheveux, les verres de contact de couleur.

Je nous vois tous assis nus et tremblants en un immense cercle, en train de regarder le ciel s'assombrir et les étoiles pâlir; quelqu'un se met à raconter une histoire, prétend voir quelque chose dans les étoiles; ensuite quelqu'un se met à raconter une histoire évoquant l'œil de la tempête, l'œil du Tigre. Et ces histoires, ces images deviennent réalité et nous préférons nous entre-tuer plutôt que de changer le moindre mot à nos histoires. Mais, de temps en temps, quelqu'un aperçoit une étoile nouvelle, ou dit l'apercevoir, une étoile située vers le nord et qui change la configuration du ciel, et dévaste tout. Tout le monde devient fou furieux, la colère se met à gronder, chacun se tourne vers celui qui a vu l'étoile; on le met en pièces. Après, tout le monde se rassoit en maugréant. On fume. On se détourne du nord, parce que l'on ne veut pas que les gens pensent que l'on contemple l'hallucination du défunt. Quelques-uns, cependant, croient dur comme fer qu'ils peuvent regarder le nord droit en face et ne jamais voir ne serait-ce qu'une lueur de ce dont parlait le défunt. Les devins se rassemblent et se murmurent des choses. Ils savent déjà que, si l'on reconnaît l'existence de cette étoile, il leur faudra modifier toutes leurs histoires. Ils se tournent d'un air soupçonneux pour surveiller ceux des autres qui seraient susceptibles de tourner subrepticement la tête pour observer l'endroit où est censée se trouver l'étoile. Ils en prennent quelques-uns sur le fait; en dépit de leurs protestations, ils sont mis à mort. Il faut arracher le mal à la racine! Mais les aînés doivent continuer de monter la garde; mais cette garde même convainc les autres qu'il y a vraiment quelque chose, alors des gens de plus en plus nombreux se mettent à tourner la tête vers l'étoile, et, à la fin, tout le monde la voit, ou croit l'apercevoir; même ceux qui ne la voient pas disent le contraire.

Alors la terre souffre de sa blessure et la Nature assise sur son trône, soupirant après tout ce qu'elle a fait, affiche des signes de deuil : tout est perdu. Il faut bouleverser toutes les histoires! Le monde entier est agité de convulsions d'horreur.

Des gens soupirent et pleurent, disent combien on était bien auparavant, dans l'âge d'or où chacun croyait aux vieilles histoires : mais, en réalité, rien n'a vraiment changé, sauf les histoires.

Des histoires, c'est tout ce que nous avons, tout ce qui nous rend différents du lion, du bœuf ou de ces mollusques des rochers. L'acte essentiel de l'homme est le mensonge, la création, ou l'invention d'une fiction. Un exemple : ici, dans ce pauvre coin du monde, l'une des plus importantes histoires, c'est qu'il est possible de vivre sans douleur. On te vous enlève les bosses du nez et de l'esprit, le gris des cheveux, on te vous comble les trous de la dentition, on te vous fait des ablations d'organes, et hop! en route pour le plaisir! On essaie de faire disparaître la faim et l'ignorance... enfin, on le dit! On travaille à une pêche sans noyau, une rose sans épines.

Mais existe-t-il une rose sans épines? Je suis déconcertée. Déconcertée parce qu'une partie de mon esprit me dit qu'une rose sans épines serait très belle, tandis qu'une autre partie appuie puritainement ma main sur les épines, même lorsque le sang coule dans ma paume. Et mon esprit tout entier se dit que cela serait bien s'il n'y avait ni faim ni ignorance – le dernier mot me semblant quand même un peu de la blague, car l'ignorance de l'un est la sagesse de l'autre. Je ne souhaite pas insister sur le problème de la souffrance – de la prophétie qui se réalise toute seule. Sans doute la neige la balaie-t-elle, ou la pluie, le vent... Sinon, comment le monde pourrait-il continuer avec toutes ses cicatrices, toutes les mutilations de sa chair ? Nous avons oublié le siège de Paris, les Albigeois et des centaines d'autres vieilles histoires de ce genre. Les oriflammes, la parure, la parade des chevaux, les hermines et les velours font aujourd'hui partie des contes de fées.

L'important, c'est que, si seul ce qui souffre est authentique – chose que Shakespeare, par exemple, croyait – alors seule la mort est vraie. Tout le reste est image, transitoire, changeant. Même nos histoires, encore qu'elles durent plus longtemps que nous-mêmes. Alors qu'est-ce qui fait qu'elles – qui fait que quoi que ce soit – valent la peine de mourir pour elles, quand toute chose, hormis la mort, est mensonge, fiction ?

Des gens des deux bords dirent, en 1968, qu'il y avait des idées qui valaient que l'on mourût pour elles, encore que ceux qui le dirent le plus fort fussent rarement ceux qui mourussent. Un jour, dans un « Lehman Hall » bouillonnant de discussions concernant la révolution, Mira osa avancer que les révolutions n'étaient pas spécialement drôles. Brad Barnes, qui venait de rentrer au S.D.S., et qui était assis sous un lustre devant un hamburger au fromage et des frites, le Cola à moitié enfoncé dans la bouche, s'arrêta net, la fixa et lui dit : « Ben, Mira... le jour de la révolution, j'essaierai de les empêcher de t'aligner devant un mur. Je sais que tu n'as que de bonnes intentions. »

14

En dépit de la douleur et de la révolte, la vie quotidienne se poursuivit en cours et parties auxquels Mira se rendit consciencieusement. Les parties des étudiants de licence étaient bruyantes, frénétiques et décousues. Une pièce était bourrée de tous les meubles à l'exception de la chaîne stéréo. Qui déchaînait les habituels albums des Rolling Stones ou de Janis Joplin. Les étudiants de licence étaient capables de se passer de nourriture, mais pas d' musique. Il y avait parfois une lampe d'ambiance, et toujours des gens en train de danser. Dans la cuisine, il y avait de la bière et du vin, des bretzels, des pommes de terre chips, et parfois du fromage et des petits gâteaux salés. La porte de l'une des pièces était toujours fermée. Mira se dit que des gens allaient à l'intérieur pour, comme elle disait, se « faire des mamours ». Cela semblait bizarre, car beaucoup d'entre eux y allaient dès leur arrivée, alors qu'ils auraient pu trouver beaucoup plus d'intimité ailleurs; des mois passèrent avant qu'elle ne fût invitée à y pénétrer et qu'elle ne découvrît ce que s'y combinait. On fumait en faisant négligemment circuler le joint ou la pipe, mais ce masque craquait dès que l'on entendait une sirène de police ou que la musique se mettait à jouer trop fort. Quelqu'un allait alors ouvrir la porte et hurlait : « Hey! baissez le son, vous voulez ameuter les poulets? »

L'herbe semblait brancher tout le monde dans son cercle privé de sensations. On aspirait profondément, assis par terre ou avachi sur un lit. On regardait devant soi mais il ne semblait pas que l'on vît. On était calme, et l'on parlait de façon décousue et à voix basse. Elle eut l'impression que tous ces gens-là n'étaient ensemble que parce qu'ils étaient dans la même pièce et qu'ils participaient ensemble à quelque chose qu'on appelait un délit : c'était « Nous » contre « Eux ». Comme leur façon de danser, se dit-elle.

Ils dansaient ensemble au son de la même musique, mais personne ne touchait personne, personne ne guidait, personne n'était guidé, impossible d'appeler ces paires-là des couples! Cambridge semblait être un monde d'absence de contact et d'isolation totale.

Elle quitta la pièce où l'on fumait et déambula dans les autres pièces. Certains appartements étaient grands, partagés par trois ou quatre étudiants. Il y avait du monde partout, mais partout on ne faisait que répéter les mêmes choses que l'on répétait dans toutes les autres parties. Elle passa devant Steve Hoffer, qui était lancé dans l'un de ses monologues :

« C'est un oiseau, c'est un avion, c'est Superpied! Le voilà qui se pointe dans un boucan d'enfer pour aider les opprimés, anéantir le Mal et couronner Papa Nerf-de-la-Guerre, roi de l'univers! Il vole dans la pièce où le docteur Caligari[1] est penché au-dessus du corps inerte de qui... mais de Barbarella! Il ouvre sa Superbouche et souffle : Pouououhhh! Toutes les personnes présentes tombent dans les pommes, y compris, hélas! trois cents fois zhélas! Barbarella! Faisant gaffe de bien refermer sa bou-bouche, il bondit auprès d'elle et libère la super-nana de la table de torture! Déjà, il s'envole, l'enlevant très haut au-dessus des gratte-ciel. La splendide nana revient à elle et ouvre les globes en clignant doucement ses cils de quinze centimètres (aidés dans leur pousse ultra-super-rapide par ses indispensables « eyeliners » et mascara Nino Rocca) et, voyant que son Sauveur a une belle petite tronche, elle presse – chaudement et humidement simultanément (eh oui!) – ses lèvres contre les siennes uniquement pour s'évanouir une fois de plus! Pauvre Superpied! Une larme inonde son œil : la terrible malédiction qui frappe ses pouvoirs est éternelle, jamais il ne connaîtra l'amour d'une femme. Jusqu'à la fin des temps, il parcourra les cieux en pourchassant le Mal et en aidant à bâtir le Royaume de Papa Nerf-de-la-guerre, afin que le monde soit couvert d'usines sentant la rose, saturé d'heureux travailleurs, manuels et autres, et parsemé, saupoudré de milliardaires encore plus heureux! Mais, jusqu'au jour où le monde sera impec comme un pli de pantalon marqué au « Plisuper » et qu'il pourra jeter sa cape rouge aux petits chaperons rouges des villes, il ne jouira, jamais, je dis bien ja-mais, des plaisirs du commun des mortels! Mais lorsque ce jour viendra – comptez sur mézi-

1. Allusion au film de Robert Wiene, *Le cabinet du docteur Caligari* (1920) : parangon du film expressionniste fantastique (*N.d.T.*)

gue, j' vous l' dirai ! – petits gars et p'tites fifilles, quand il aura définitivement et éternellement établi le royaume du fric et des machines, il pourra enfin s'astiquer le Clavier au « Dentsuper » et se gargariser au « Formygdal » – chose que vous, p'tits gars et tendres fillettes, vous pouvez faire TOUT DE SUITE !... et vivre une vie normale dans un ranch de Levittorion avec Barbarella en mini-tablier blanc sans rien dessous... »

« NATURA NATURANS, dit Dorothy.
– Non, NATURATA, dit Tina.
– Je crois que je vais hurler, dit mollement Chuck Jointé.
– La cause première et la cause finale, c'est du kif, non ? Je veux dire métaphysiquement parlant ou si, dépassant les catégories ordinaires de la morale, on pénètre dans la réalité mystique...
– Ça ne serait pas une cause efficiente !
– C'est une cause suffisante pour s'en aller... Cause toujours... » dit Chuck.

« Salut, Mira », dit Howard Perkins comme s'il était réellement content de la voir. C'était un jeune homme mince, avec un tic à un œil. Il était voûté et avait les bras ballants. Maigre et grand comme il était, son corps semblait constituer pour lui un fardeau particulièrement encombrant, comme s'il s'agissait d'un spaghetti cuit qu'il ne parvenait pas à redresser. Il était toujours penché sur ou vers quelque chose.

« Je n'arrive pas à réaliser que la moitié de l'année soit passée... Encore six mois; ça a été la pire année de ma vie. »

Mira lui répondit par un murmure maternel.

« T'en as d' la chance, toi.
– Pourquoi ?
– Tu es plus âgée, tu es sûre de toi. Nous autres... Oh ! ça a été terrible.
– Est-ce que tu veux dire que tu as eu peur de te faire coller ?

– Et comment! Tout le monde! Et j'ai toujours peur! Tu sais, on était tous des lumières pendant les deux premières années, que des « A », etc. Jamais rien loupé... Mais tu te dis tout le temps dans ta caboche, tu sais? que tu es vraiment bête, parce que tu sais combien de choses tu ne sais pas. Les profs – même les plus chouettes – ne le savent pas parce qu'ils ont pas pensé à te poser ces questions-là et ils continuent à te mettre des « A ». Mais tu sais que le jour où il te faudra payer approche. Puis tu l'as, ton acceptation à Harvard! Tu l'as eue parce que ces profs-là t'ont recommandée, ces types qui ne savent pas. Mais tu sens en toi-même que ton jour approche. Lorsque tu seras à Harvard, on te démasquera. Tu rateras tout lamentablement, et tout le monde saura, dit-il d'une voix gémissante.

– Et tu bosses comme un dingue pour suppléer ta bêtise?

– Bien sûr. » Il la regarda d'un air confiant et émouvant. : « Quand tu crois qu'ils vont me démasquer? A l'examen final? »

Elle éclata de rire :

« Quand j'étais petite, je croyais que mon père savait tout; parce qu'il n'était pas souvent à la maison. Je savais qu'il saurait qui avait laissé telle empreinte de pas boueuse dans le couloir. Et puis, quand j'ai été un peu plus grande, j'ai réalisé que n'importe qui aurait pu en faire autant étant donné que j'étais la seule personne de la maison qui chaussait du trente-quatre. J'ai également réalisé que mon père n'en savait pas si long que cela, parce que ma mère lui disait tout et que c'était elle dont nous avions peur. Ensuite, j'ai découvert qu'aucun d'entre eux deux ne savait multiplier vingt-sept par cinquante-six aussi vite que moi, et je les ai rejetés tous les deux avec colère. Je me suis dit que c'étaient les professeurs qui savaient tout. Eh bien, cela n'a pas duré longtemps; alors je suis entrée à l'université, et je me suis dit que c'étaient les maîtres assistants qui savaient toute chose. Cela, non plus, n'a pas duré longtemps. Lorsque tu décroches ton premier « A », tu sautes de joie, puis tu en as un autre, un autre et un autre. A ce moment-là, tu es convaincu qu'aucun de ces maîtres assistants n'y connaît quoi que ce soit. Tu continues d'avancer, tu traverses le champ de mines sur la pointe des pieds en guettant l'explosion. Mais elle ne se produit jamais. Des années et des années passent, et rien n'arrive, personne ne te démasque. Tu continues de réussir, tu continues d'être reçu. Un jour, tu te réveilles président d'Université, et là alors, c'est la panique! Parce qu'à ce moment-là, tu sais que nul ne sait rien et que tous croient que toi, si. C'est à ce moment-là que tu te mets à être préoccupé par l'avenir de l'humanité. »

Il éclata d'un grand rire franc et inconscient, et tout le monde se retourna pour le regarder. Son visage redevint impassible.

« Des fois, je me demande ce que j' fais ici, soupira-t-il.

– Mon Dieu! Encore! Et qu'est-ce que tu voudrais faire d'autre?

– Je pourrais tuer des Viêts...

– Effectivement.

– Ça serait peut-être mieux.

– Si on aime ce genre d'« activité ».

– Peut-être que je vais entrer dans le Régiment de la Paix.

– Qu'est-ce que ça te ferait d'être au poisson et au riz?

– Je ne mange que du riz, des haricots et des yaourts. Il faut que je m'en aille d'ici. C'est bourré de zombis; tout le monde veut être meilleur que le voisin et impressionner Hooten en espérant qu'il le sera suffisamment pour vous recommander pour un poste à Harvard, ou peut-être même à Yale ou à Princeton. Personne n'est vrai.

– Peut-être que c'est ça, être vrai?

– Non. Toi, tu es vraie; tu dis vraiment ce que tu penses. »

« Non, je ne le dis pas, songea-t-elle, sinon je te dirais combien tu m'ennuies! »

« Je crois que je vais aller me chercher encore un peu de vin, dit-elle. C'est comme cela que l'on devient alcoolique, se dit-elle, à force de forcer sur la bouteille quand on s'ennuie dans les parties. »

Une jeune femme aux longs cheveux raides et roux était debout devant la table et versait du vin dans son verre. Elle le fit déborder.

« Oh ! zut. » Elle posa son regard sur Mira et émit un petit rire nerveux : « Je ne sais pas pourquoi je bois ce truc-là, je suis déjà pétée...

– Ben... si ça t'amuse de remplir les verres par amour de l'art, en voilà un autre. »

Kyla éclata de rire :

« Mais je ne t'ai plus revue, Mira. » Elle remplit le verre de Mira en s'arrangeant pour ne renverser qu'une goutte. Mira nota que ses mains tremblaient.

« Non; je ne vais plus aussi souvent à « Lehman Hall » que dans le temps.

– Moi, je n'y mets plus les pieds. Mon Dieu ! comme je déteste cet endroit ! » Elle tourna la tête et regarda nerveusement autour d'elle. Son regard était inquiet. « Merci », dit-elle en prenant la cigarette que Mira lui offrit.

Elle la tapota quelques secondes sur la table de formica :

« Et toi qui es si merveilleuse, si calme... Comme si rien ne te faisait rien et que tu passais à travers tout une rose à la main. »

Mira fut surprise :

« Quelqu'un vient de me dire quelque chose de ce genre. C'est bizarre. J' veux dire, les idées que les autres se font de nous.

– T' es pas calme ?

– Eh bien, je pense que si; oui, je ne suis pas nerveuse... Mais je ne suis pas très heureuse ici...

– Pas très heureuse ici ? Bah ! c'est évident, qui pourrait l'être ? Mais tu as un grand truc en perspective, tu sais ce qui compte.

– MOI ? » Elle observa Kyla attentivement.

« Ouais ! insista Kyla. Nous, tous les autres, on court comme des idiots paniqués, terrifiés. C'est tout notre futur qu'on joue, notre vie.

– Est-ce que tu veux dire que toute l'estime que vous avez pour vous-mêmes dépend de vos résultats ici ?

– Absolument ! dit Kyla en lui souriant avec bienveillance. Exactement. » Elle tendit sa cigarette et Mira la lui fit allumer. Puis rejeta la fumée nerveusement. « Pas seulement réussir, mais réussir brillamment. On veut tous cela, on désire tous cela; on en est malades.

– Alors ma santé est une conséquence de mes vues moins grandioses... dit Mira; moi aussi j'aurais aimé avoir un poste à Harvard ou à Yale, mais je les vois très mal le proposer à la femme d'une quarantaine d'années que je serai lorsque j'aurais terminé ici. Alors je n'y pense tout bonnement pas; en réalité, je ne pense pas beaucoup à l'avenir. Je suis incapable d'imaginer ce qu'il sera.

– C'est la course au bifteck, la course au bifteck, insista Kyla en soufflant sur sa cigarette et en fixant intensément la bouteille de vin. Si au moins quelqu'un s'en souciait! Je suis mariée avec un type absolument magnifique, mais il n'en a vraiment rien à foutre que je réussisse ou pas; oh! mais si, mais il refuse de m'aider, est-ce que tu trouves que j'ai tort de vouloir qu'il m'aide? » Elle se tourna vers Mira les larmes aux yeux. « Je l'aide, moi... vraiment. Lorsqu'il a le cafard, je l'écoute, et quand il a besoin de moi, je flatte son ego; et je l'aim', je l'aim' vraiment!

– Je ne crois pas avoir rencontré ton époux, dit Mira en regardant autour d'elle.

– Oh! il n'est pas ici; il fait physique, il termin' sa thèse... il est au laboratoire presque tous les soirs; est-ce que tu crois que j'ai le droit de lui demander quelque chose? Je sais qu'il a du boulot par-dessus les bras...

– Mais bien sûr, s'entendit répondre Mira. Bien sûr que oui. »

Kyla la regarda.

« Tu ferais aussi bien de faire ça, dit Mira en riant à belles dents. Si tu ne demandes rien, tu n'obtiens rien. Tu peux ne rien obtenir, mais, au moins, tu auras essayé.

– Oh! merci! » s'écria Kyla, et elle embrassa Mira en faisant tomber un peu de son vin sur le corsage de cette dernière. Mira fut touchée, et gênée.

« Mais qu'ai-je fait ?
– Tu m'as dit ce que j'avais à faire ! s'exclama Kyla sur le ton de l'évidence.
– Tu te l'es dit toi-même, la corrigea son amie.
– Peut-être bien ; mais tu m'as aidée à prendre conscience de ce que je devais faire. Est-ce que je peux passer te voir un d' ces quat' ?
– Bien entendu », lui répondit Mira d'un air confondu.
Quelqu'un s'approcha de la table et tapa sur l'épaule de Kyla. C'était Martin Bell, un jeune homme silencieux, sérieux, et brun.
« Tu danses ? »
Kyla posa son verre.
« Oui, volontiers. » Elle se retourna vers Mira en partant. « Rappelle-toi, hein ? je passe un de ces quatre », dit-elle, et Mira lui sourit en approuvant de la tête.
Mira arpenta de nouveau l'appartement. Elle passa à côté de petits groupes qui continuaient à parler, sans la regarder. Puis s'arrêta près d'un autre qui leva les yeux et l'invita à entrer dans une conversation sur le calvaire que c'était d'être à Harvard. Elle alla chercher son manteau. Dans le couloir, elle frôla Howard Perkins, qui était en train de parler avec une magnifique jeune femme en jupe longue et multicolore et parure de bohémienne. Au moment où Howard toucha la manche de Mira, la jeune femme se détourna et partit.
« Mira, tu t'en vas ? Ecoute, est-ce que cela t'ennuierait que je vienne te voir pour te parler un de ces quatre ? Un soir, peut-être ? Ça t'irait ?
– Bien sûr. »
Elle s'en alla en secouant la tête. Elle avait l'impression d'être soudain devenue la Vieille Femme Pleine de Bon sens de Cambridge, alors qu'elle ne savait rien. Rien.

15

Howard Perkins frappa à sa porte le lendemain après-midi. Il traînait les pieds et faisait le dos rond. Il mit son corps dans un fauteuil.

« Je suis vraiment déprimé. J'ai envie de parler à quelqu'un. J'espère que cela ne t'ennuiera pas. »

Elle murmura quelque chose et lui offrit un café.

« J'en ai jamais bu, c'est du poison. Donne-moi plutôt du thé, si tu en as du bon, pas cette cochonnerie américaine en sachets.

– Désolée, je n'ai que ça.

– Alors, rien. » Il remit l'un de ses bras en place. Mira alluma une cigarette et s'assit en face de lui : « Je ne peux plus supporter cet endroit, ce monde en papier mâché. J'espère vraiment être appelé sous les drapeaux. Je ne tuerais personne, je refuserais de faire ça, mais au moins je serais hors de ce cocon.

– Tu préfères l'épreuve du feu à celle du papier?

– Rien ne peut être pire que ça.

– Et travailler à la chaîne? Ramasser des pièces dans un péage? Faucher le blé?

– Au moins là tu es dans le monde réel. »

Elle se demanda ce qu'il pourrait bien faire dans le « monde réel » avec ce corps-là. Beaucoup d'étudiants de licence étaient comme lui, sans corps, comme s'ils ne vivaient pas sous une peau mais planaient quelque part au-dessus, comme si c'était un accessoire nécessaire quand on allait en public qu'ils enlevaient le soir, lorsqu'ils rentraient dans leurs petits appartements sombres. Le corps était une nécessité sociale, comme les gants blancs qu'elle mettait dans les grandes occasions. De quoi avaient-ils l'air quand ils étaient seuls? Ectoplasmes se déplaçant gauchement dans un appartement, tendant la main vers leur boîte de soupe en conserve, étalés pour une lecture de plusieurs heures, collés sur une chaise : aucune articulation pour limiter sa souplesse, aucune matière pour l'empêcher de passer à travers murs, portes ou fenêtres.

Howard lui parla du séminaire sur le romantisme. Il était particulièrement dur à propos de Kyla, qu'il traita de « petite putain au cul ferme ».

« Est-ce qu'elle a rendu un devoir ces derniers temps ? lui demanda Mira.

– Oui, bien sûr. Ça c'est typique d'elle ! Elle a fait un machin sur les pièces écrites par les poètes romantiques, tu te rends compte ? Je ne savais même pas qu'ils avaient écrit des pièces ! Et qui s'y intéresse ? Morrison a, bien entendu, aimé sa copie : elle était pleine de détails dégoûtants, oubliés, et qui méritent de l'être. Mais il a fallu que cette termite les remonte à la lumière du jour !

– Kyla est très intelligente.

– Elle est forte pour ces conneries-là ! Non mais, est-ce qu'on est là pour ça ? Le monde est en train de se casser la figure et nous on chipote sur les commentaires d'Hugh de Saint-Victor, sur le commentaire de Chalcide par Platon ! » il était déchaîné et faisait des moulinets avec ses bras.

Mira éclata de rire.

« Ah ! Je les vois d'ici ! La bombe est lâchée, le ciel s'illumine et Kyla Forrester et Richard Bernstein se lancent dans une discussion pour savoir si cette formation-là a été prévue par saint Stanislas de la Poubelle Humide ou dans l'adaptation de Pynne Head de Pynne. L. Morrison les écoute avec une minutieuse attention sans se laisser impressionner par les flammes qui dévorent Boston, et finit par les interrompre gravement : « C'est très intéressant », dit-il, mais vous êtes en train de négliger un petit traité, peu connu mais lui aussi très intéressant, d'un grand lettré, célèbre de son vivant, le docteur Tocardus Scholasticum Maternis de Pater Noster, qui modifie l'Apocalypse décrite par Pynne, en ajoutant trois fois rien à la forme de *l'Agaricus campestris*, le champignon des bois, une forme très semblable à celle que nous connaissons de nos jours. Je vous renvoie à ma partie III, article 72, alinéa... 1er, je crois; c'est peut-être l'alinéa second. Forrester et Bernstein gribouillent en vitesse la référence et, tandis que les flammes atteignent Cambridge, Morrison continue tranquillement son monologue à propos de Tocardus; dedans, il cite les dates de parution de tous les exemplaires de tous les manuscrits qu'il a publiés.

– Et pourquoi pas à ce moment-là ? C'est pas plus bête qu'autre chose pour occuper ses derniers moments ?

– Mm... ouais... mais seulement pour les derniers instants. »

Mira se leva :

« J'ai envie de boire quelque chose, et toi ? Un peu de vin ? »

Il accepta le vin.

Mira était ennuyée et agacée.

« J'ai l'impression que tu as peur d'être collé et que tu es tout simplement rosse avec des gens que tu crois plus forts que toi. » Elle prononça ces mots avec une certaine nervosité. Elle n'avait jamais aussi délibérément attaqué qui que ce fût.

« Evidemment que j'ai les jetons, et t'as sans doute raison concernant ma méchanceté. Mais je maintiens que ce que Kyla Forrester et Morrison font est dégueulasse : ça ne sert à rien, c'est du parasitisme.

– Mais alors, pourquoi es-tu ici ?

– C'est bien ce que je me demande : pourquoi suis-je ici ?

– Oh ! nom de Dieu ! – elle n'essaya pas de cacher son dégoût – vous tous, c'est vraiment à vous rendre dingue ! Vous êtes *tous* influencés à cent pour cent par Harvard ! Tous, vous ne rêvez de rien d'autre que d'une vie comme celle de Morrison ! Toute votre recherche spirituelle n'est qu'une projection de vous-mêmes au cas où vous n'y arriveriez pas ! »

Il tomba littéralement en morceaux :

« C'est vrai, murmura-t-il. Il la regarda : Ne trouves-tu pas que c'est répugnant d'avoir des buts pareils ?

– Non, dit-elle calmement. Qu'est-ce qui cloche ? Vous aimez faire travailler vos méninges, vous désirez l'approbation de la société, une vie agréable... Pourquoi est-ce que tout le monde a l'air de penser que le seul but digne de ce nom consiste à mortifier l'esprit ?

– Moi, je trouve ça répugnant. Je me déteste à cause de ça. Je me déteste tout court. Tu sais, j'ai vingt-trois ans et je suis encore vierge...

– Non, répondit-elle gravement en allumant la lampe de sur la table qui se trouvait à côté d'elle. La nuit tombait; l'éclairag public se mit en marche.

– Eh bien, c'est vrai... Je pense que tu te dis que je suis une espèce de monstr'.

– Pas du tout. Je suis convaincue qu'il y en a beaucoup d'autres dans ce cas.

– Qu'est-ce que tu veux dire par « dans ce cas », lui lança-t-il rapidement d'un air soupçonneux.

Elle haussa les épaules :

« Vierges à vingt-trois ans, ou vingt-quatre, ou vingt-cinq... ou même à trente.

– Tu crois? » Il l'observa attentivement et avec méfiance.

« Je ne crois pas, je sais », dit-elle avec vigueur, en se demandant de quelles données elle disposait pour étayer son affirmation. Mais, d'une façon ou d'une autre, elle le savait.

Il se rencogna et son ectoplasme se recroquevilla sur le coussin du fauteuil; il continua à parler de sa « déficience », et Mira se mit à comprendre qu'il attendait quelque chose d'elle. Elle sentit la colère monter dans sa gorge. Comment osait-il lui demander cela sans rien lui offrir de lui-même? Même s'il était venu à elle débordant de passion, elle aurait été contre. Mais il ne lui offrait rien. Il désirait qu'elle fasse tout. Elle devait accomplir un miracle, créer non seulement l'expérience, mais encore le désir de l'effectuer. Je pourrais me mettre à danser toute nue, se dit-elle, en comprenant soudain tout un tas de choses qui l'avaient jusque-là déconcertée : bunnies de *Play-Boy*, boîtes de strip-tease, cinéma pornographique et autres instances faites pour « rapprocher » hommes et femmes. Je pourrais mettre un soutien-gorge et des jarretelles noires et entrer avec une rose entre les dents, comme un personnage d'un roman de Saul Bellow. Provoquer ton érection pour que tu aies le plaisir de la mener à bonne fin. Mon Dieu!

Il continuait de parler, du coq à l'âne, mais il y avait – elle le sentait – un point autour duquel il tournait sans l'effleurer. Elle écoutait à peine ce qu'il disait. Soudain, elle comprit.

« Ainsi donc, tu crois que tu pourrais être homosexuel ? »

Il s'interrompit net. Son regard était intense et rivé sur elle :

« Tu crois que je le suis ?

– Je n'en sais rien. »

Il se détendit un petit peu :

« Comment peut-on le savoir ? » dit-il d'une voix tremblante.

Elle le dévisagea :

« A *ton* propos ? dit-elle.

– Oui, ou à propos de n'importe qui... Comment sait-on si on est homosexuel ou non ? »

Mira était ébranlée. Elle ne savait pas comment lui répondre. Elle réalisa à ce moment-là que les liens les plus forts qu'elle avait eus l'avaient toujours unie à des femmes, que c'était les femmes qu'elle aimait, et pas les bonshommes :

« Je ne sais pas, Howard, dit-elle lentement. Je ne le sais même pas pour ce qui me concerne.

– Oh ! toi, homosexuelle ? dit-il en riant. Mais c'est ridicule !

– Et pourquoi ?

– Tu l'es ? » dit-il, horrifié.

Elle éclata de rire :

« Je te l'ai dit, je ne sais pas.

– Comment peux-tu rire d'une telle chose ! dit-il avec colère.

– Oh ! Howard ! A mon âge, on ne se soucie plus de ce que l'on est, mais uniquement d'être capable de continuer à être cela.

– Je trouve que c'est assez cynique ce que tu dis, Mira. Je trouve cela vulgaire et dégoûtant.

– Et voilà pourquoi, dit-elle en se penchant en avant d'un air mauvais... tu es dans cet état. »

Il s'écroula de nouveau. Il n'avait, se dit-elle, plus rien pour le tenir debout.

« Tu crois ? lui demanda-t-il anxieusement.

– Tu as peur de ce que tu pourrais être, alors tu ne peux rien être du tout. »

Il resta immobile, abasourdi, l'esprit égaré, et ses yeux errèrent dans la pièce comme s'il avait cherché quelque chose. Elle le regarda d'un air soucieux; elle était allée trop loin, elle avait dit des choses qu'elle ne devait pas dire. Mais elle n'avait fait que dire la vérité, protestait une partie d'elle-même. Et qui es-tu donc pour connaître la vérité ? lui disait l'autre. Elle chercha dans sa tête quelque chose de consolant, quelque chose qui pourrait atténuer l'effet de ce qu'elle avait dit. Mais il se trouva une excuse et se leva. Il avait envie de courir; elle ne pouvait pas le lui reprocher. Elle se sentit très coupable. Elle se leva à son tour. A la porte, il se retourna et la dévisagea.

« Ecoute, merci. Ça a été chouette; vraiment; je n'avais jamais dit des choses comme celles-là auparavant. Merci, tu as été fantastique. »

Son ectoplasme s'évanouit derrière la porte.

Mira téléphona immédiatement à Val.

« J'arrive, j'arrive, lui cria Val. Chris a invité la moitié de Cambridge et on s' croirait chez les fous. » Du rock hurlait derrière elle.

« Ben, je suis contente que tu m'aies appelée, annonça-t-elle en se pointant dix minutes plus tard. Désormais, je passerai mes dimanches dans une jolie petite église... Ces foutues bibliothèques sont fermées. Est-ce que tu as déjà essayé de lire *Poly-Olbion* sur fond de *Revolution*[1] ? J'avais envie que Chrissie se fasse des amis, mais là, ça dépasse les bornes ! Et quand ces types s'en vont, il faut que je balaie les planchers... et je ramasse – je ne te mens pas – les trois quarts d'une pelle de saletés. On croirait que c'est tous des gens qui travaillent la terre ! Sans doute que c'est parce qu'ils marchent beaucoup ! Bien sûr, ils ressortent tous défoncés.

1. L'une des trois versions de la chanson des Beatles (*N.d.T.*)

— Tu les laisses fumer du shit chez toi ? Tu pourrais avoir des ennuis ?

— Ils iraient fumer ailleurs; autant qu'ils soient bien et au chaud. »

Elle s'installa dans le fauteuil qu'Howard Perkins avait occupé. Le contraste était plus que frappant. Val avait un corps si présent ! Elle remplissait le fauteuil; elle en débordait. Et elle était dans son corps, son corps était elle. Elle portait une de ses larges tuniques Dashik.

Mira se demandait où elle les trouvait. L'été, elle ne portait rien en dessous. D'y penser rendit Mira mal à l'aise, la fit se sentir humide et molle. Val enleva ses sandales avec ses pieds.

« Val, s'écria Mira, comment peut-on savoir si on est homo ? »

Val éclata de rire.

« On t'a fait des avances ?

— Oui, mais pas de ce genre-là. Elle parla avec Val de sa conversation avec Howard. Lorsqu'elle eut terminé de raconter, elle se pencha en avant d'un air préoccupé : « Tu sais, il me fait m'interroger sur moi-même. Peut-être que je suis homo et que c'est pour cela que je n'ai jamais joui avec Norm.

— Si j'en crois ce que tu m'as raconté, c'était d' la faute de Norm, pas de la tienne. Mais ça se peut, bien sûr... je ne sais pas. Une amie à moi dit qu'on peut le savoir à la façon dont notre cœur bat quand quelqu'un entre. S'il bat plus fort quand c'est une femme, on est homo.

— Mais qu'en penses-tu ? »

Val haussa les épaules :

« Je ne sais pas... Je pense que nous sommes toutes bisexuées dans l'absolu. Mais uniquement dans l'absolu. Il semble que les gens développent de fortes préférences dans un sens ou dans l'autre. C'est quelque chose dont on ne sait rien : nous avons subi trop de *devoir* pour connaître notre *être*.

— As-tu déjà...

— Baisé une femme ? Oui.

— Comment étais-tu ? » dit Mira, fascinée.

Val haussa une fois de plus les épaules :

« Pas terrible. Aucune d'entre nous n'en a tiré grand-chose. On s'aimait bien, mais aucune n'avait de passion pour l'autre. On en rit encore – enfin, on en a encore ri la dernière fois que je l'ai vue. Elle habite dans le Mississippi. Je l'ai rencontrée là-bas quand je faisais mon truc dans les droits civils. »

Mira se rencogna, perplexe.

« Si cela te fascine tant que ça, pourquoi que t'essaies pas ?

– Oui, dit Mira à voix basse, mais on ne peut pas se limiter à l'acte, n'est-ce pas ? pas uniquement se limiter à l'expérience.

– Moi, j'ai fait ça.

– Je ne trouve pas ça bien. » Elle regarda Valerie droit dans les yeux. « L'amour, c'est trop important, il nous touche de trop près. On n'a pas le droit de faire ça, à quelqu'un, pas le droit de se servir de lui. »

Val lui sourit.

« Enfin, moi je ne pourrais pas, conclut Mira. Toi, tu as pu parce que tu ne ressentais pas les choses comme ça; l'amour, ce n'est pas important pour toi.

– Oh ! que si ! Mais pas sacré.

– Mais pour moi non plus ! protesta Mira.

– Mais si, mais si ! » dit Val en continuant de sourire.

16

Aujourd'hui encore, Valerie me pose des problèmes. Je ne sais pas si c'est tout simplement la plus grande égoïste que j'aie jamais rencontrée, ou si ses actes étaient le fruit d'une énergie indomptable et comme elle le disait d'un « dynamisme messianique ». Tout était bien organisé dans sa tête, comme si elle et elle seule avait possédé la connaissance secrète du comment et du pourquoi des choses. Elle pouvait énoncer la vie en comptant sur ses doigts comme on le fait avec une liste de lessive à faire. Moi, je n'en suis non seulement pas capable, mais, en plus, je ne crois pas qu'une telle organisation de la vie soit concevable. Et pourtant, tout ce qu'elle m'a dit me revient sans cesse à la mémoire. Qu'une situation quelconque se présente, et les réflexions de Val sur un incident ou un événement d'autrefois ressurgissent pour la commenter. Sa façon d'envisager les choses avait un sens.

Mais Mira lui en voulait un peu parce qu'elle croyait toujours avoir raison, qu'elle n'avait jamais l'air inquiète et qu'elle exprimait ses points de vue si fort qu'elle ressemblait à une vague de marée montante qui vous assaillait. Chacune de ses expériences avait été transformée en théorie : elle était bourrée d'idées. Vous aviez le choix entre partir à toutes jambes et vous noyer dans ses idées. Mais ce n'est pas vrai, elle n'était pas jamais inquiète. Après sa rupture avec Tod, elle fut quelque temps en dépression et, de temps en temps, quand elle buvait de trop, elle se mettait à pleurer. Elle disait que ce qu'elle craignait le plus était de finir comme Judy Garland ou Stella Dallas.

« Oh! nom de Dieu! je n'oublierai jamais la dernière scène, quand on marie sa fille dans la grande maison entourée d'une haute grille de fer et qu'elle est là, dehors... Je ne me rappelle plus qui tenait le rôle, je l'ai vu quand j'étais gosse, et peut-être même que je m'en rappelle de travers. Mais je me rappelle — ça m'a fait une impression terrible — bon, je crois que c'était Barbara Stanwick. Elle est debout; immobile, il fait froid et il pleut, elle porte un petit manteau pas chaud et elle frissonne; la pluie tombe sur sa pauvre tête et glisse le long de son visage avec ses larmes, et elle reste immobile à regarder les lumières et entendre la musique, avant de disparaître. Vous voyez comment ils nous ont amenées à nous nier nous-mêmes! Je n'avais pas seulement pitié d'elle; je ressentais aussi le choc de qui se reconnaît... vous savez, lorsque l'on voit sur un écran ou sur une scène ce que sera notre destin. On peut dire que j'ai essayé pendant toute ma vie de me donner un autre destin! »

Mais elle donnait souvent à Mira l'impression qu'elle

était une espèce de pape féminin et Mira elle-même une simple petite fille à qui le Verbe était communiqué. Un exemple : quelques jours après leur conversation à propos de Howard, Mira se remit à parler de l'amour. Elles étaient en train de déjeuner au « Toga », simplement toutes les deux, et Mira était un peu détendue après deux Dubonnet.

« Tu te souviens de ce que nous disions l'autre jour ? Je n'ai pas envie de me disputer avec toi, tu as beaucoup plus d'expérience que moi, mais je crois que tu attaches trop d'importance au sexe.

— C'est faux. Nous passons la moitié de notre vie à penser à ça. On dit que les deux motivations premières du comportement sont la sexualité et l'agressivité. Je ne crois pas que cela soit exact, mais on le dit.

— Et que crois-tu que ça soit ? l'interrompit Mira.

— La peur et le désir de jouissance. L'agressivité vient avant tout dc la peur, et la sexualité du désir de jouissance. Mais ils se mélangent. Quoi qu'il en soit, ces deux pulsions sont susceptibles de détruire l'ordre, qui découle de ces deux données et qui est un autre besoin des êtres humains. Que je n'ai pas encore réussi à intégrer à mon raisonnement; il faut donc les contrôler toutes les deux. Mais, en réalité, en dépit des commandements de l'Eglise, l'agressivité n'a jamais été vraiment condamnée. Elle a été exaltée, de la Bible à Humbert Hemingway, en passant par Homère et Virgile. A-t-on jamais parlé d'un film de John Wayne censuré ? A-t-on jamais enlevé les livres de guerre des librairies ? On gomme le sexe de la poupée « Barbie » et de son copain « Ken », mais on fabrique toutes sortes de jouets guerriers ! Tout cela parce que le sexe est plus dangereux que l'agressivité ! Il y a des lois strictes contre le sexe depuis que les lois écrites existent, et même avant, si nous en croyons les mythes. Je pense que c'est parce que c'est dans le domaine du sexe que les hommes se sentent les plus vulnérables. A la guerre, ils peuvent se mettre des tenues idoines et avoir des armes; le sexe, lui, veut dire nudité absolue et explosion du sentiment. Et c'est beaucoup plus terrifiant pour la plupart des hommes que le risque de mourir en combattant un ours ou un soldat. Regarde les lois ! Tu ne peux faire l'amour que si tu es mariée, et il faut que tu te maries avec une personne du sexe opposé, de la même couleur et de la même religion que toi, d'un âge proche du tien, bien sous tous les rapports, sociaux comme économiques, et même riche, car, sinon, nom de Dieu ! tout le monde prend les armes, on te déshérite, on te menace de ne pas venir au mariage ou on te donne des coups de latte en vache. Ou, pis encore, si tu prends quelqu'un de ton sexe ou d'une autre couleur. Et lorsque tu es mariée, tu ne dois accomplir que certains trucs quand tu fais l'amour : tous les autres ont droit aux petits jeux. Tout cela alors que, en réalité, le sexe lui-même et en lui-même est inoffensif et l'agressivité destructrice. Le sexe n'a jamais fait de mal à personne.

– Ce n'est pas vrai, Val ! Et le viol, la subornation ? Lucrèce a été détruite par le sexe !

– Lucrèce a été détruite par l'agressivité; cela se recoupe : l'agressivité de Tarquin et la sienne contre elle-même. Si elle a pu se plonger un poignard dans le cœur, je me demande pourquoi elle ne l'a pas plutôt plongé dans celui de Tarquin ! Le viol est une agression qui se trouve être dirigée contre le sexe. Il y a des méthodes de torture qui font aussi cela. Mais ce ne sont pas des actes essentiellement sexuels.

– Et la dépravation ? »

Val sursauta d'indignation :

« Qu'est-ce que c'est que la « dépravation » ?

Cela choqua Mira.

« Qu'est-ce que c'est ? L'homosexualité ? Le cunnilingus ? La fellation ? La masturbation ? »

La délicate Mira, qui n'avait essayé qu'une de ces choses-là, secoua la tête.

« Alors, qu'est-ce que c'est ? Quel acte sexuel dépravé peux-tu me citer ? Quel acte dangereux ?

– Eh bien,... dans la pornographie... oui, la pornographie elle-même... et les parties où les hommes ont du rouge à lèvres... et puis, nom de Dieu ! Val, tu le sais bien, quoi. »

Val se rencogna au fond de son fauteuil :

« Non, je ne le sais pas. Est-ce que tu parles du S. et M.[1] ? »

Mira rougissante, fit signe que oui.

« Le S. et M. n'est que l'expression en chambre d'une relation oppressive-soumise qui peut se rencontrer à l'usine comme à la cuisine, entre des gens de n'importe quel sexe. Il y a quelque chose de vraiment excitant dans ce type de relations, mais ce n'est pas la composante sexuelle qui les rend dégueulasses, elles sont dégueulasses hors de la chambre. Rien de sexuel n'est dépravé. Seule la cruauté l'est, et c'est un autre problème. »

Val alluma une autre cigarette avant de poursuivre. Elle parla de perversité polymorphe, dit que le monde entier n'était qu'une portée de jeunes chiots qui désiraient faire des galipettes ensemble, se lécher et se renifler à gogo, parla de l'andogamie et de l'exogamie, de l'absurdité et de la destruction dont étaient porteuses des idées comme celle de la pureté de la race; et de la façon dont la propriété, toute idée de propriété, avait infecté et corrompu les relations sexuelles.

Mira but un autre verre en l'écoutant d'un air gêné. Elle était accablée; ce n'était pas seulement la franchise des mots des arguments de Valerie, mais l'énergie énorme qu'elle investissait dedans, l'énergie irradiée par sa simple présence physique, sa voix, son visage. Elle ferma la porte de son esprit à Val. Val était extrémiste, une fanatique, comme Lily, qui parlait sans cesse de la même chose, comme si elle était aussi exhaustivement intéressante pour les autres que pour elle-même. Elle se sentait petite, réduite au silence. Le pouvoir de Val anéantissait le sien.

« Tu aimerais anéantir le monde, murmura-t-elle, tu voudrais être dictateur du monde. »

L'autre ne se troubla pas :

« Et qui ne le voudrait pas ! dit-elle en riant.

– Moi !

– En réalité, je suis vraiment – dans l'âme – un prêcheur à l'ancienne mode. J'aimerais monter en chaire

1. Sadomasochisme. (*N.d.T.*)

toutes les semaines pour apprendre au monde comment se sauver.

– Et tu crois savoir comment ?

– Mais oui ! » lança Valerie dans un éclat de rire tonitruant.

Mira rentra chez elle tout excitée.

Néanmoins, elle repensa à ce que Val avait dit, ce qui l'aida quelques fois. Valerie en connaissait vraiment long, question sexe, en partie parce qu'elle avait eu beaucoup d'expériences, et en partie parce qu'elle était intelligente et y avait réfléchi. Pour elle, le sexe était presque une philosophie. Elle percevait le monde en termes de cet ordre. Elle répétait souvent que seul William Blake avait compris ce qu'était réellement le monde. Elle lisait Blake le soir : le livre était en permanence sur sa table de nuit. Elle soutenait que, même si c'était un phallocrate, il savait ce que contenait le grand tout. Val couchait avec des gens de la façon dont on sort dîner en ville avec un ami. Elle les aimait, elle aimait l'amour. Elle en attendait rarement autre chose que le plaisir de l'instant. Dans le même temps, elle disait que c'était surfait : ça avait été si tabou, avançait-elle, qu'on en était venu à en attendre le paradis. Ce n'était que très chouette, très très chouette, mais pas le paradis.

Et elle était heureuse : c'était l'une des personnes les plus heureuses que j'aie jamais rencontrées. Pas heureuse dans le sens de souriante et joyeuse : c'était une bavarde. Elle adorait discuter politique, morale et stupidité intellectuelle. Elle aimait les mots : parler. Il y avait, me semble-t-il, une plénitude en elle. Elle traversait toute chose comme un vent, fort, et bien qu'elle fût sensible et, la plupart du temps, consciente de ce qui se passait autour d'elle, cela la touchait rarement. Elle riait pour des machins idiots, rentrait chez elle et préparait un repas fantastique, avait une discussion intéressante avec quelqu'un, puis faisait l'amour jusqu'à deux heures du matin; et retournait à ses bouquins le lendemain. Elle fut inébranlable. Jusqu'à la fin.

17

Ava s'était rendue chez ses parents, dans l'Alabama, pour les vacances; Iso était partie avec, « pour être certaine que personne ne tuerait personne », avait-elle dit en riant. Elles n'étaient pas revenues au bout de deux semaines, alors qu'Ava devait rentrer pour son travail. A la fin de janvier, leur téléphone ne répondait toujours pas. Mira était inquiète pour Iso, qui était censée donner un coup de main à Wharton pour son cours sur le Moyen Age. C'était bizarre : liées comme elles l'étaient, aucune d'entre elles n'aurait su comment en retrouver une autre, comment contacter parents ou famille. Si Iso et Ava ne revenaient pas, Mira les aurait tout simplement perdues de vue. A la mi-février, alors que le second semestre était déjà commencé, Brad Barnes déclara qu'il avait vu Iso sortir du bureau de Wharton. Mais le téléphone ne répondait toujours pas.

La semaine suivante, Iso l'appela d'un ton pincé, presque sec, et Mira accepta de déjeuner avec elle et Val le lendemain. Elle les attendit debout près de la porte du fond du « Widener », où elles étaient convenues de se rencontrer. Elle jeta un coup d'œil dans Mass Avenue et vit Iso, à quelques dizaines de mètres, qui arrivait. Elle marchait à bonne allure mais s'arrêtait de temps en temps, comme si elle se demandait si elle n'aurait pas mieux fait de rebrousser chemin. Cela lui donnait une allure heurtée, déhanchée, dégingandée. Elle regardait par terre, les mains enfoncées dans les poches de la veste vert clair sans forme qu'elle portait, vestige de son adolescence. Tandis qu'elle s'approchait, Mira observa son visage crispé. Sa bouche faisait une moue, ses pommettes avaient l'air plus proéminentes que jamais, et la peau était tendue par-dessus comme si ses cheveux tirés en arrière avaient également tiré la peau. Elle ressemblait à une bonne sœur d'entre deux âges en train de penser au charbon de l'école tout en se rendant rapidement vers sa prochaine tâche.

Val rejoignit Mira par-derrière, un sourire aux lèvres. Lorsque Iso les aperçut, elle s'immobilisa. Elle ne souriait pas. Elles s'approchèrent d'elle sans se presser, doucement; toutes deux comprenaient sans avoir besoin de se donner le mot qu'il était important de ne pas se précipiter sur leur amie. On aurait dit qu'elle vacillait sur place. Lorsqu'elles arrivèrent à côté d'elle, Val passa délicatement son grand bras autour d'elle et dit à Mira : « Allons chez *Jack* », un bar qui servait à manger et était toujours désert dans la journée. Elles s'assirent dans un compartiment du fond. Quelques personnes se tenaient au bar dressé vers l'avant, et de la musique jouait; mais le fond était vide. Iso but lentement le whisky que Valerie avait commandé et les regarda. Ses lèvres tremblaient. Elle avait des cernes sombres autour des yeux et ses cheveux donnaient l'impression de tirer toute la peau de son visage. Ils étaient tirés et lisses, et tirés et lissés par un petit chignon sur le dessus. Elle ressemblait à une institutrice sur le retour qui aurait juste été mise à la porte :

« Ava est partie... » dit-elle.

A l'automne, l'école de danse d'Ava avait donné une représentation. A la veille de Noël, leur dit Iso, une femme qui avait assisté à la représentation avait appelé Ava pour lui proposer une bourse pour son école de ballet de New York. Cela signifiait leçons gratuites et possibilité de danser dans le corps de ballet d'une compagnie d'opéra avec qui cette femme était en relation. Cela signifiait également qu'Ava devrait aller habiter New York, prendre un nouvel appartement, un nouveau travail, une nouvelle vie.

« Mais c'est merveilleux! s'écria Mira.

— Quand elle est partie?

— Hier. » Iso continua de fixer son verre en le faisant rouler dans sa main.

« Combien de temps vous avez habité ensemble? continua Val.

— Quatre ans, comme ci, comme ça; régulièrement ces trois dernières années. » Elle essaya de faire reprendre sa forme normale à sa bouche.

« Mais vous pourrez toujours vous voir », suggéra

maladroitement Mira, qui ne comprenait pas très bien ce qui se passait.

Iso secoua la tête :

« Non, non.

– C'est vraiment un divorce », dit doucement Val, et Iso acquiesça vigoureusement de la tête, tandis que des larmes commencèrent à couler le long de ses joues. Contrôlant ses pleurs, elle essaya de leur expliquer en haletant, se mouchant, buvant une gorgée et tirant sur ses cheveux. Leur amour s'était embrasé tout de suite, intense, passionné, dévorant... Elles avaient essayé de s'opposer à lui, Iso en courant le monde, Ava en déménageant et en changeant de travail... Mais elles revenaient toujours l'une vers l'autre; alors, il y avait trois ans, elles avaient capitulé et décidé de vivre ensemble, d'en avoir le toupet, même si elles devaient toujours prétendre qu'elles n'étaient que deux fillcs qui vivaient derrière la même porte. Ava se blottissait contre le côté maternel d'Iso comme un petit chat, mais elle griffait comme un chat adulte lorsqu'elle voulait sortir, que les bras devenaient trop chauds, le nid trop opprimant.

« Je n'ai jamais pu lui donner ce qu'elle voulait, je n'y parvenais pas. Elle me tapait toujours dessus, pour exiger et implorer que je fasse quelque chose, quelque chose qui rende tout très bien.

– Comment l'aurais-tu pu puisque tout ce qu'elle voulait, c'était danser ? »

Iso approuva de la tête :

« Je sais, mais je sentais qu'elle voulait autre chose, je voulais le lui donner, je voulais savoir le lui donner, et je lui en voulais parce que je ne pouvais pas et parce qu'elle en avait tant envie... Depuis un an, on n'a pratiquement fait que se battre. »

Mais ce n'était pas tout : en dehors de quelques « erreurs de jeunesse », elles n'avaient été qu'ensemble.

« Nous savions, et personne d'autre, c'était notre secret, cela nous mettait d'un côté et le reste du monde de l'autre, cela nous maintenait attachées l'une à l'autre, comme lorsqu'on a un enfant anormal, comme si chacune d'entre nous avait eu un membre artificiel dont personne en dehors de l'autre n'aurait connu l'existence. Et comme si, au cas où l'on se séparerait, il nous faudrait, soit le dire à d'autres gens, soit vivre seules, isolées, complètement coupées de tout. » Val avait commandé des sandwiches. Iso se tut quand le serveur les apporta. Val commanda une autre tournée. Personne ne mangea.

« Nous ne sommes pas allées dans l'Alabama, on n'est pas parties; Ava n'est pas allée travailler. On allait en courses tard et on ne répondait pas au téléphone. On est restées deux mois dans l'appartement à discuter, parler, faire les cent pas, nous battre, nous accuser... » Elle mit son front dans ses mains. « C'était dingue, j'ai cru que j'allais devenir folle, peut-être que je le suis devenue... peut-être qu'on l'est devenues toutes les deux. » Elle releva la tête et ses yeux les appelèrent à l'aide : « Y a-t-il quelque chose d'aussi dur dans la vie? »

Ava voulait partir, voulait danser, elle ne voulait pas partir en abandonnant Iso; elle se sentait coupable de vouloir partir et accusait Iso de vouloir être débarrassée d'elle; elle en voulait à Isolde de ne pas vouloir quitter Harvard pour la suivre, alors qu'elle, elle avait tout plaqué pour être avec Iso; elle avait peur de partir seule; elle voulait partir seule, elle en avait assez de leurs bagarres, du cercle vicieux de leurs accusations.

« Moi aussi, c'est la même chose; je voulais qu'elle parte parce que je l'aimais, mais je ne voulais pas la perdre. Et puis je ne voulais pas quitter Harvard, il m'a fallu tant de temps pour y arriver, et, en plus, j'aim' ce que je fais. J'étais en colère qu'elle veuille s'en aller sans moi et j'avais peur pour elle : comment se débrouillera-t-elle sans moi? Elle est si vulnérable, si fragile! On a tourné le problème sous toutes les coutures; pas de solution. Sinon qu'avant-hier au soir nous nous sommes vraiment rentrées dedans, une bagarre à tout casser, et qu'elle a fait ses valises et appelé la bonne femme pour lui dire qu'elle acceptait. Alors on s'est mises à pleurer et on s'est donné la main. C'était terminé — comme une guerre... Ça finit quand tout le monde est mort. »

Elle se leva brusquement d'un air mal assuré et fonça

en direction des toilettes. Mira se mit à tripoter son verre :

« Val... tu savais ?

– Je savais qu'elles s'aimaient.

– J' suis si bête, j' dois avoir des cases de vide ! Je ne pense jamais à des choses situées au-delà de certaines limites. »

Iso revint. Elle s'était recoiffée mais son visage était tout gonflé et sa rougeur faisait ressortir les taches de rousseur, invisibles d'habitude à cause de sa pâleur. Ses yeux étaient battus et complètement éteints. Elle prit une cigarette.

« Et maintenant ? » commença Val.

Iso ouvrit les mains et haussa les épaules :

« Rien, rien de rien. » Elle souffla la fumée nerveusement. « Même si je suis persuadée qu'Ava trouvera assez rapidement quelqu'un pour prendre soin d'elle, ajouta-t-elle de mauvais gré.

– Est-ce que ça faisait partie du problème... ? »

Iso laissa tomber sa tête en avant et fit signe que oui :

« C'est embarrassant, c'est humiliant, la jalousie. Elle, bien entendu, elle criait que je mourais d'envie d'être débarrassée d'elle pour me lier avec des tas d'aut' fill's... » Sa bouche se contracta. « Je suis bien trop vieille pour me mettre à baisouiller à droite, à gauche. Et pis... – elle tordit à nouveau ses lèvres et but une gorgée de whisky.

– Et puis tout peut arriver ! » dit Val dans un éclat de rire.

Iso leva les yeux avec surprise.

« Je me souviens quand j'étais divorcée d'avec Neil; j'étais trop jeune – plus jeune que toi – pour imaginer vivre toute seule pour le restant de mes jours, mais j'avais Chris et je ne me sentais pas capable de goupiller les rencarts et tout le toutim; parce que j' déteste baratiner et agir en douce. Alors j'ai tordu ma bouche comme tu es en train de le faire... »

Iso rectifia instantanément la position de sa bouche.

« ... je m' suis dit que je n'allais pas coucher à droite et à gauche et que je me consacrerais à la recherche du Seul et Unique. En réalité, j'avais une envie de baiser dingue! Tout l' monde m'attirait; si un mec m'approchait, j'avais envie de l'essayer, même s'il ne me semblait pas follement extra... J'avais vraiment soif d'expériences.

« Et j'en ai fait! Une fois, j' me souviens, j'ai eu simultanément cinq amants pendant presque six mois, mais l'ennui, c'est qu' ça prend trop de temps. On peut ignorer un mari, mais on doit passer du temps avec un amant... parler, bouffer, caresser, faire l'amour tout l'après-midi ou toute la soirée. Tu ne peux rien faire d'autre. Alors, au bout de quelque temps, j'ai arrêté. Maint'nant, à part quelques rencontres – c'est toujours chouette et vachement tendre – je ne vois que Grant. Et pas tellement d'ailleurs, il est trop bâton merdeux. »

Iso fixait intensément du regard son verre; il y avait deux minuscules points rouges en haut de ses joues. Sa bouche était crispée, presque de colère. Lorsque Val s'arrêta, elle releva la tête; son regard était dur, blessé.

« Tu en parles comm' si c'était la mêm' chos', comme si j'avais pas un problèm' spécial!

– Tu as le problèm' de savoir si tu fais quelque chos' ou niet, et, tu le sais très bien, si les gens doivent te filer de la « gouine » long comme le bras, ils le feront, que tu sois avec quelqu'un ou seule. »

Iso rougit encore plus :

« J'ai le nom, autant avoir la chose? dit-elle d'un ton dur.

– Je sais pas si t'as l' nom, j'ai jamais entendu qui que ce soit dire quoi que ce soit; en plus, dans un endroit pareil, qui peut dire qui est quoi? »

Elles gloussèrent toutes les trois; c'était la triste vérité.

« A longue échéance... »

Iso se détendit quelque peu. Elle prit son sandwich et mordit dedans.

« ... C'est un' question d' prix, reprit Val, solitude, attention de tous les instants, soupçon... quelle vie! A toujours réprimer ses impulsions de peur que la vérité ne transparaisse.

– Mais les risques, lui objecta Iso.

– Les ragots? Ouais, ça peut nuire.

— Oh ! s'il n'y avait qu' ça !
— Hein, à quoi tu pens' ?
— A survivre. »

Lorsqu'elles se séparèrent, Iso partit à pas lourds chez elle. Elle se mettait en quarantaine, leur dit-elle, et n'était sortie que pour assister au cours de Wharton — elle avait fait sa paix avec lui — et pour les rencontrer toutes les deux. Mira avait des larmes dans les yeux en la regardant partir, tête basse, mains profondément enfoncées dans les poches de sa vieille veste vert clair, traînant les pieds comme si elle n'avait pas été certaine de vouloir aller dans la direction qu'elle empruntait. Elle rentrait chez elle toute seule, pour repenser à tout cela toute seule, pour prendre — ou ne pas prendre — une décision, seule. Comme moi quand je suis assise avec mon petit verre de brandy, se dit-elle, en se jugeant sentimentale et trop émotive, et en se disant que tout le monde devait faire cela, affronter seul les pires vérités, les pires frayeurs. Et pourtant, on fait quand même quelque chose pour autrui, protesta-t-elle, on aide autrui. Comment ? répliqua avec insistance une voix sévère. Elle se dit tout cela en se hâtant de rentrer chez elle dans le froid vif de février. Alors qu'elle approchait de la maison, elle aperçut une petite silhouette assise devant les escaliers. C'était Kyla.

« T'es pas gelée ?

— Ben, j'avais un creux de deux heures entre mon cours et une réunion, et je voulais te voir, alors, comme t'étais pas là, je me suis dit que je pourrais aussi bien t'attendre, que t'arriverais et que, sinon, je n' savais de toute façon pas où aller ; bien sûr, j'aurais pu m'asseoir au « Widener » ou au « Bogston », mais ma réunion est de ce côté-ci et puis, et puis zut, t'es là », dit-elle en souriant.

Elle entra, posa le gros sac de livres qu'elle portait et se réchauffa avec deux gin-tonics qu'elle avala comme du petit-lait. Elle papota à propos de la différence entre les romantismes allemand et anglais et d'un devoir qu'elle faisait :

« C'est très *intéressant,* Mira, presque comme si on pouvait parler des différences entre les caractères allemand et anglais, comme si on pouvait définir des caractères nationaux. J'y crois pas, mais j' le fais! C'est comme Harley et moi, tu sais? En dépit de son nom il est vraiment boche et moi je suis english, hm... avec un rien d'écossais : teutons tous les deux mais, je crois, très différents!

— Est-ce que vos différences sont les mêmes que celles qui opposent les romantismes allemand et britannique! » dit Mira en éclatant de rire.

Kyla marqua un temps d'arrêt; elle avait pris cela au sérieux :

« Non, non, bff, j' sais pas... je n'ai pas encore essayé de nous confronter avec eux. Mais c'est une idée, ça, tu sais? Ça pourrait même êtr' lumineux. »

Elle fondit en sanglots.

Elle essaya vainement de s'arrêter de pleurer. Elle continua de sangloter, releva la tête, se moucha, étouffa quelques soupirs, but son troisième verre, parla, mais sans cesser de sangloter. Harley était fantastique, mieux que ça encore. Il fallait absolument que Mira le rencontre, il était vraiment merveilleux, ses travaux... ses professeurs avaient dit, sans aucun doute, prix Nobel un jour... la physique nucléaire, c'était très dur, très éprouvant... c'était très compréhensible, elle était idiote de se plaindre... elle devrait être fière, elle était fière, de n'y être, ne fût-ce que pour un pour cent, si elle lui rendait la vie un tout petit peu plus facile, heureuse, douce... Assez, elle devrait être reconnaissante d'avoir la chance, elle était une sale pute pleurnicharde. Et de quoi avait-elle à se plaindre? Elle était elle-même très occupée, membre de quatre organisations, présidente de l'une d'elles, étudiant tout, suivant deux séminaires plus le cycle de conférences très dur de Hooten, elle avait tellement de choses à faire à la maison... Bien sûr Harley aidait, elle devait le reconnaître, il était vraiment merveilleux... il faisait toujours le petit déjeuner, mais il y avait courses, ménage, cuisine, et ça faisait trop... Mais ce n'était pas le problème, elle pouvait y arriver... elle pouvait tout faire, ça n'aurait rien fait si seulement, si seulement, si seulement...

« Si seulement il me parlait! » lâcha-t-elle dans un

sanglot avant de sauter sur ses pieds, de courir aux toilettes et d'en fermer la porte.

Mira attendit. Au bout de quelques minutes, elle se leva et alla jusqu'à la porte de la salle de bain, devant laquelle elle s'immobilisa. Après une ou deux minutes, elle frappa. Elle entendait Kyla sangloter. Elle ouvrit la porte. Kyla se jeta sur elle, passa ses bras autour de sa taille, blottit sa tête contre son cœur et pleura. Elles restèrent longtemps ainsi. Mira n'avait jamais entendu personne pleurer si longtemps aussi fort. Elle se dit que Kyla devait vraiment avoir le cœur brisé, puisque cette vieille expression ressassée avait bel et bien un sens. Le cœur de Kyla n'était pas brisé; il était en train de se briser. Une telle chose impose le silence. Mira se dit également qu'elle n'avait jamais aimé comme Kyla aimait Harley et se sentit humble en face d'un tel amour.

Au bout d'un long moment, les sanglots de Kyla diminuèrent. Elle demanda à rester seule et Mira retourna dans la cuisine où elles étaient assises tout à l'heure. Tant de boisson et d'émotion le même jour lui donnaient le vertige. Elle fit du café. Kyla apparut, le visage un peu apaisé, avec son air supérieur des plus beaux jours.

« Je suis désolée; faut pas que je boive.

– Je prépare du café.

– Pf! Il faut que je fasse une communication à la réunion; j'aimerais bien être d'aplomb. » Elle regarda l'heure. « Mon Dieu! je n'ai que quarante minutes. » Elle avala le reste de son verre et, tandis qu'elle remettait ses cheveux sur ses épaules en secouant la tête, se mit à parler à Mira de ses premières expériences de l'alcool à Canton, Etat d'Ohio, quand elle était lycéenne. Elle avait été une fameuse boute-en-train, la chouchoute de la classe, deux fois vice-déléguée, « et jamais déléguée parce qu'on élisait toujours un gars », et on l'avait surnommée « l'éclair ». Ses parents étaient tout simplement merveilleux, son père, professeur dans une école de la ville, sa mère, une championne toute catégorie de pâtisserie, leur maison, au milieu de la campagne, contemplait collines et couchers de soleil, magnifique,

magnifique, tranquille. Mais elle était allée en faculté à Chicago, très différent mais aussi merveilleux, mais, soudain, il lui était devenu difficile de rentrer à la maison.

« Je ne sais pas pourquoi. Ils sont si merveilleux, ils m'aiment tant! Et puis j'ai épousé Harley, oh! ils adorent Harley! Papa fait du feu et maman installe en face une table sur laquelle elle met serviettes gansées et argenterie, tu sais, à Noël, puis p'pa joue du piano et on chante et maman amène un tas de choses merveilleuses, ils ont une très belle vie, ils sont très heureux, je n' sais pas c' que j'ai, pourquoi je déteste aller là-bas... »

Elle s'interrompit, le visage à nouveau couvert de larmes, mais cette fois-ci, elle ne sanglota pas, et se contenta de se moucher longuement :

« A Noël dernier, ça a été terrible... par ma faute, je le sais, il ne faut pas que je boive, j'ai bu trois egg-flips[1], et je bois tant, une alcoolique invétérée... Il faut que je fass' attention, mais quelqu'un – oh! je crois que c'était moi – a amené la conversation sur la Convention démocrate, elle m'avait tellement choquée, Daley et sa Gestapo blanche et Humphrey qui se plaignait des émanations de gaz lacrymogène qui montaient jusqu'à la suite retirée de son hôtel, et mon père a fait sa tirade : il s'est déchaîné contre les hippies qui ne se lavent pas, ces bons à rien puants et sans cœur... Bref, tous ses trucs. Et Harley a été merveilleux, il a joué les médiateurs, il m'a fait taire et c'est alors que je n'ai plus rien entendu, j'ai hurlé contre mon père, je ne parlais plus de Chicago, mais de quelque chose qu'il avait fait quand j'étais enfant... je ne me souviens pas de quoi, et ma mère était très en colère après moi, son visage était immense et me jetait des regards assassins, et mon père hurlait. Harley a pris la situation en main, je ne sais plus comment il a fait, il m'a envoyée me coucher et quand on est partis tout semblait aller bien, tout le monde souriait et mon père n'arrêtait pas de donner des claques dans le dos d'Harley en disant : « Je

1. Boisson chaude à base d'œuf battu - bière - alcool distillé. (*N.d.T.*)

« suis content qu'elle ait quelqu'un comme vous pour « veiller sur elle, elle a besoin de quelqu'un de stable. »

« Moi, ça m'ennuyait, parce que c'est moi qui ai les pieds sur terre, Harley est toujours au labo ou dans son bureau, je veille sur lui, et puis je suis plus réfléchie qu'Harley, et lui et moi on a les mêmes idées politiques; alors je ne comprenais pas ce qui se passait, on aurait dit que tout ce que je savais remuait sous mes pieds, que rien n'était comme je le pensais. J'ai décidé qu'il fallait... que j'arrête de boire, je ne dois pas, mais je suis venue ici et j'ai remis ça, maintenant tu sais, et je suis extrêmement confuse. »

Elle resta plus longtemps qu'elle ne le devait et partit – en volant littéralement avec son sac de livres flottant dans l'air – à sa réunion dix minutes en retard. Avant de partir, elle embrassa Mira :

« Euh! merci, Mira, merci beaucoup, tu as été si merveilleuse! Je me sens tellement mieux, tu es merveilleuse, merci, merci! »

Mira fit un petit somme, se réveilla, mit à cuire un dîner et se prépara à étudier dans la nuit pour rattraper ce qu'elle appelait une journée perdue. Elle lut pendant plusieurs heures; mais elle avait du mal à se concentrer. Sur le coup d'une heure du matin, elle s'interrompit, emmena son brandy dans le living-room et s'assit près de la fenêtre dans un pyjama de flanelle, un peignoir et une couverture tirée jusqu'au menton – le propriétaire baissait la température jusqu'à 12°. Elle resta aussi immobile que possible – en essayant de laisser ce qu'elle ressentait remonter jusqu'à son esprit et l'éclairer. Ce qui retint ses pensées fut une scène à « Lehman Hall », une ou deux semaines plus tôt, où Val l'avait horriblement embarrassée – un groupe de personnes étaient assises et parlaient de l'époque très récente où les femmes n'avaient pas le droit d'entrer à la bibliothèque Lamont, ni au grand réfectoire du « Faculty Club ».

« Cela posait un problème, disait Priss, parce qu'il y a des salles de cours dans les étages à Lamont, et les assistantes n'avaient pas le droit de passer par la porte principale. Elles devaient entrer par la porte latérale et monter par l'escalier de service avant de donner leurs cours. Comme à Rome, quoi, quand les esclaves donnaient des leçons aux fils des gens libres.

– La même chose se passe à Yale, dit Emily. « Mory's » est une telle institution qu'on y donne des réunions, mais aucune femme ne peut y manger. Il faut qu'elles passent par-derrière et prennent l'escalier de service pour arriver au lieu de réunion.

– Bof, ça ne durera pas longtemps, dit Val dans une grimace. Le monde est à la dérive! Je veux dire que s'ils laissent les femmes entrer ici, Dieu seul sait où ça va s'arrêter! C'est une terrible dégradation des niveaux! Je veux dire qu'il faut considérer la vraie raison qui fait qu'ils interdisent les femmes : vous savez, on dit que de laisser entrer les femmes en faculté de médecine, à Harvard ou n'importe où ailleurs, signifie niveaux en baisse, mais vous savez aussi bien que moi que les femmes travaill' mieux qu' les hommes en fac. Donc *cela* n'est pas la vraie raison. Et les femmes ne font pas plus de cornes aux livres et ne salissent pas davantage les fichiers que les hommes, hein? Eh bien! ils sont polis, ces hommes-là, quand ils vous parlent de niveaux. C'est un euphémisme. Ils ne veulent pas nous rendre mal à l'aise. La vraie raison est hygiénique. Vous laissez des femmes entrer par la porte principale, et qu'est-ce qu'elles vous font! Pif, pof, une grosse tache de sang menstruel dès le seuil. Partout où les femmes vont, elles font cela : pif, pof. Il y a des petites éminences de sang séché partout à la bibliothèque Lamont à présent; il y a des équipes de nettoiement spéciales payées pour bichonner les lieux. C'est une dépense! Et puis il faut faire des cabinets séparés. C'est encore une dépense – et qui prend de la place! Mais qu'y faire, les femmes le *veulent* : pif, pof. Laisser les femmes entrer? Une preuve de plus de la décadence du niveau du monde contemporain! Personne, conclut-elle amèrement, personne, dis-je, ne se soucie plus de décorum! »

En dépit de son embarras, Mira avait fini par rire. Val avait saisi très exactement ce que cela lui faisait d'être à Harvard. Elle constituait une pollution – comment? elle n'en savait rien – une pollution certaine pour le pur esprit, la raison pure, les bustes en marbre pur d'hommes purs. La pureté éthérée d'Harvard qui donnait une conscience de la chair et du sentiment qu'elle n'avait jamais eue jusqu'alors; sa vie passée, dans les banlieues, si chargée de chair et de sentiment, l'avait rendue hyperconsciente de son intellect, de ses rapports avec idées et abstractions. Jamais équilibrée, se dit-elle sans complaisance. Mais quelqu'un l'était-il? Car ici, sous tout l'intellect, l'abstraction et le détachement, on retrouvait les mêmes larmes salées, le même sperme, le même sang sucré et la même sueur qu'elle avait essuyés pendant tant d'années. Mais plus de merde et de haricots verts. L'angoisse de Howard, d'Iso, de Kyla, n'était que plus visible que la sienne. Ils la trouvaient équilibrée et heureuse parce qu'elle avait vécu plus longtemps et était habituée à la souffrance. Elle la supportait mieux, ou, du moins, plus stoïquement. Tous les mots à la mode — d'adaptation à sublimation en traînant par maturité — ne voulaient dire qu'une seule chose : que votre désir frustré ne serait jamais satisfait, qu'on était condamné à vivre à jamais avec un con vide, une bitte non chevillée. Le désir n'était pas que sexuel : con et bitte étaient dans la tête de chacun, et, excitable et lancinant ou calme et silencieux, le désir signifiait souffrance.

Ils la trouvaient merveilleuse. Merci, merci, Mira. Tu m'as beaucoup aidé. Je me sens bien mieux. Tu es fantastique. Si elle ne connaissait pas, et c'était le cas, ce qu'ils ressentaient, leur souffrance personnelle, leurs désirs personnels, comment pouvait-elle les aider? Elle ne les avait pas aidés, elle n'avait fait qu'écouter. Mais ils ne mentaient pas. Elle les avait aidés en les écoutant. Elle n'avait pas rejeté leurs vérités. Elle ne leur avait pas demandé, par un clignement d'yeux ou un geste, de s'autocensurer. Elle n'avait pas insisté pour qu'ils deviennent des gens gais à problèmes gais, ni sur le fait que leurs problèmes venaient de ce qu'ils n'avaient pas appris à s'insérer dans un monde rationnel et intelligible. Tout ce qu'elle avait fait en ne clignant pas des yeux et en ne les interrompant pas, ça avait été de les laisser être les créatures horribles qu'ils pensaient être.

Cela lui semblait assez peu. Les amies de Mira

avaient toujours fait cela entre elles. Mais pour Howard, Iso et Kyla, cela semblait un grand cadeau! Ce qui voulait dire que personne ne leur rendait jamais un tel service amical.

Cette idée lui sembla lumineuse lorsqu'elle se fit jour en elle vers quatre heures du matin : un lieu où être soi-même et un témoin (mauvais, comme il se doit pour un témoin). C'était assez, ou, sinon assez, du moins tout; tout ce que nous pouvions, en définitive, être pour autrui.

18

Val faisait partie d'un très grand nombre de groupes d'action politique, et Mira se rendait parfois à des meetings avec elle. Elle n'était plus désespérée dans sa solitude, mais elle y allait avec le demi-espoir de rencontrer un homme intéressant. Seulement, les hommes des groupes en question étaient idéalistes, sérieux, égoïstes, et asexués. Du moins ils ne regardaient guère Mira. Et, bien qu'elle continuât toujours inconsciemment à placer toute la responsabilité de l'initiative sur l'homme, elle n'était à vrai dire, absolument pas attirée par eux. Elle les voyait comme autant d'adolescents égomaniaques, des Tamburlaines[1] et des Edouard II modèle réduit.

Les réunions avaient lieu dans des appartements minables de Cambridge, avec du café servi dans des tasses de polyéthylène, qui finissaient toutes cassées ou cabossées. On demandait souvent à Mira de bien vouloir le servir.

Un jeudi, Anton Werther, brillant étudiant de l'Ecole d'administration, discutait avec Val. Anton se caractérisait par sa magnifique et sombre complexion et par un mépris total pour le monde entier. Val parlait tristement des folies de l'idéalisme – le refus de la gauche

1. Autre nom de Tamerlan. (*N.d.T.*)

de voter pour Humphrey après la convention de 1968, la conviction de quelques gauchistes qu'une victoire de Nixon serait le catalyseur de la révolution – qui faisaient que l'on avait une Cour-Suprême-Nixon qui, se lamentait-elle, ramenait le pays quarante années en arrière.

« Ce n'est plus de la politique, c'est de la religion! » dit Anton en regardant Val de haut, bien qu'ils fussent tous les deux assis par terre.

Val en eut le souffle coupé :

« Nom de Dieu! mais tu as raison! » s'exclama-t-elle.

Un homme assis dans un coin, un type brun en chemise blanche aux manches retroussées prit la parole :

« Oui, et il faut être capable de raisonner en termes de politique. Mais, dans l'absolu – et je crois que nous sommes tous idéalistes, sinon on ferait quelque chose de plus lucratif que ça – politique et religion sont la même chose, ou politique et éthique, si vous préférez. La politique n'est jamais qu'une sphère d'application de la morale. »

Anton eut assez de respect pour l'orateur pour se donner la peine de tourner légèrement la tête vers lui :

« Laissons la morale aux femmes et aux gosses, Ben. Qu'est-ce que ça a donné la morale au Lianu? »

Ben éclata de rire. Il avait un rire spontané et joyeux. Il avait l'air de se trouver aussi amusant que ce qui le faisait rire. Il écrasa le mégot humide de sa cigarette sans filtre :

« Je dois reconnaître, Anton, que le Lianu n'est pas actuellement occupé à rechercher une moralité humaine applicable. Sa seule occupation, c'est de survivre; ce qui veut dire son pouvoir et c'est de cela que vous parlez. Mais je crois qu'à moins que, dans nos actions, nous ne nous souvenions de leur intention dernière, tout ce que nous ferons sera aussi pourri que tout ce qui a été fait dans l'histoire.

– Les bibliothèques sont remplies de vœux pieux; ils n'ont jamais eu le moindre effet sur la réalité politique, dit Anton d'un ton moqueur.

– Mais, cria Mira, parce qu'elle savait que si elle ne

le faisait pas, elle ne serait pas entendue, il y a eu le christianisme. »

Anton se retourna en laissant tomber de ses lèvres sa cigarette. Des gens rigolèrent. Mira rougit.

« Et qu'est-ce que *ça* a fait en dehors de l'Inquisition ?

– Quoi que ça ait fait, dit Mira d'une voix quelque peu tremblante, ça a été un système éthique qui a eu un effet sur la réalité politique.

– Ça a été une superstition, ricana Anton, une superstition employée par les exclus pour être inclus quelque part.

– Il a laissé des traces, dit Val. Au moins maintenant... on se sent coupable quand on se conduit mal.

– Va dire ça aux nazis !

– Une tradition éthique a empêché les Anglais d'assassiner Gandhi, dit Ben. Imaginez ce que les nazis lui auraient fait.

– Exactement ! croassa la voix précise d'Anton. Et dans tous les combats entre les Anglais bardés de leur prétendue éthique (voir les horreurs de l'impérialisme britannique), dans tous les affrontements entre ces éthiques, l'anglaise et la nazie, veux-tu me dire qui a sans cesse gagné ?

– Cela n'a rien à voir avec l'éthique. Cela dépend des richesses, de la préparation, de l'armement, de la population...

– Exactement ! résuma Anton, du Pouvoir. Maintenant, soyons sérieux, mes enfants... »

Le problème à l'ordre du jour était l'action, la praxis : devait-on dépenser le peu d'argent que l'on avait en tracts ? Si oui, seraient-ils distribués dans le Parc et à certains endroits clefs, ou au porte-à-porte à Cambridge ? Dans ce dernier cas, où trouver les effectifs nécessaires ?

Mira étouffait. En dépit de toute notre richesse et de notre armement, nous ne gagnons pas au Viêt-nam, avait-elle envie de crier à Anton. Et nous n'avions pas non plus gagné en Corée. Et, en dépit de tous ses discours de politique active, c'était une mauvaise politique : comment obtiendrait-il que les gens votent pour lui alors qu'il les méprisait et les étendait, sans le moindre respect pour leur dignité ? La politique, se dit-elle en se souvenant des classiques grecs, commence en privé.

En réalité, quand l'heure de passer au vote sonna, Ben, Val et Mira, tout comme la plupart des autres, approuvèrent la motion d'Anton.

A la fin de la partie formelle, Mira s'approcha de Ben et lui dit sa façon de penser en riant d'elle-même. Il lui sourit à dents si belles qu'elles éclipsèrent ses yeux ; il la regarda, la regarda vraiment, comme si elle était une personne :

« J'ai le même problème, dit-il en riant. Je sais que c'est vrai, mais Anton a toujours raison. En plus, ajouta-t-il en grimaçant, nous *sommes* tous idéalistes et, quelle que soit la violence avec laquelle Anton la décrit, il compte là-dessus.

– Les idéalistes ont toujours l'air d'être mal à l'aise. Est-ce que tu crois qu'il soit possible d'être idéaliste et homme d'action à la fois ?

– Bien sûr, regarde Mao.

– Un par génération ?

– A peine. »

Quelqu'un appela Ben.

« On a besoin de toi », cria Brad de l'autre côté de la pièce, où le bureau – rien que des hommes – avait une discussion animée. Ben s'excusa et les rejoignit en disant : « Je ne sais pas pour quoi faire... »

Mira et Val partirent. Presque tout le monde était parti à l'exception du bureau et de quelques jeunes femmes qui remettaient de l'ordre.

« Je déteste cet Anton, dit Mira.

– Ouais... et tu n'aimerais pas qu'il soit le Dictateur du Monde.

– Je n'aimerais personne comme Dictateur du Monde, mais je préférerais ce type, Ben, ou n'importe quel idéaliste ronflant.

– Je ne suis pas d'accord... Ben mis à part. Les idéalistes ronflants sont toujours renversés par des fachos pas ronflants du tout. Ce que je continue de me demander, c'est pourquoi il faut toujours choisir entre deux choses également détestables ! Je veux dire, nous vivons dans une schizophrénie morale : il y a certaines façons de se comporter à la maison, en ville, dans le pays, et des façons radicalement opposées de se comporter en politique. Je m'explique : si le président de « General Motors » était traité chez lui de la façon dont lui traite le monde, il s'écroulerait. C'est dû, tout ça, à la division homme-femme, j'en suis persuadée. Ils ont des femmes pour agir humainement et décemment afin de pouvoir dormir la nuit, même si pendant la journée ils enculent le reste du monde. Si Anton était un peu humain – il est très fort, tu sais ? – si c'était une femme...

– Impossible !

– Oui ! C'est sa socialisation qui le rend si impossible.

– Oh ! Val, ce que tu dis est trop partisan ! Il y a des femmes inhumaines, et je pense qu'il y a quelque part des hommes qui sont humains. C'est, du moins, une hypothèse.

– Bien sûr. L'important, c'est que les rôles sont divisés selon la norme homme-femme. Je te parie que, si tu rencontres un homme humain, à dix contre un c'est un homo.

– Oh ! Val.

– Imagine que Lénine ait été une femme. »

Mira s'écroula de rire, et elles rirent toutes les deux jusqu'à chez elles en imaginant des possibles improbables :

Une John Wayne, Henry Kissinger en jupe-culotte, Gary Cooper ou Jack Palance en femme. A sa porte, Mira regretta que la soirée dût s'arrêter là :

« Ce type, Ben ? Entre, on boira un verre, et tu me parleras de lui.

– Pourquoi pas ? Je n'ai pas de cours demain. Et Nixon en femme, tu imagines ? »

Elles montèrent l'escalier pliées en deux, et Val posa son bras sur celui de Mira :

« Ah ! que c'est beau d'être femme ! On peut tellement s'marrer.

– Si tu n'as qu'une vie à vivre, entonna Mira, vis-la comme femme ! »

Mira servit à boire et insista : « Parle-m'en, parle-m'en. »

Ben Voler avait assisté à quelques meetings l'année précédente, puis il avait touché une espèce « d'aide pécuniaire » pour retourner en Afrique, au Lianu, où il avait déjà fait un séjour de plusieurs années de recherches. Il s'occupait de sciences politiques, de sociologie et d'anthropologie. Il était plus vieux que la plupart des étudiants de licence, probablement un peu plus de trente. Il avait été marié, mais sa femme n'avait pas supporté l'Afrique et ils s'étaient séparés. Il était revenu récemment, ce semestre-ci. Il donnait un séminaire sur l'Afrique et rédigeait sa thèse, mais il était considéré même par la faculté comme le spécialiste du Lianu dans ce pays. Il disait que c'était fini pour les Blancs du Lianu et d'une grande partie de l'Afrique noire, et qu'il était temps.

Mira poussa Val à continuer du geste et de la parole. Et sa femme, à quoi ressemblait-elle ? Qu'avait-elle fait après leur séparation ? Avaient-ils des enfants ? Que voulait-il faire, enseigner ? Etait-il quelqu'un d'intelligent, ou un simple expert ?

« Mon Dieu ! Ma fille, vous envisagez de l'épouser ?

– Val, c'est le premier type intéressant que je rencontre depuis que je suis ici ! »

Val soupira et se rencogna en regardant Mira avec affection :

« Mais je ne sais rien d'autre sur lui !

– Parle-moi de Grant, je le connais à peine...

– Oh ! lui c'est la mort ! Grant, c'est la mort. J'ai été avec lui.

– Pourquoi ?

– Ben... tu l'as vu, non ? C'est un mufle, il est trop égoïste, il est bêcheur, il est... c'est un homme, quoi ! Bon Dieu ! Il ne pense qu'à lui, lui, lui et lui, à son fragile et précieux ego.

– Qu'est-ce que tu as aimé en lui ? Comment l'as-tu connu ?

– C'est simple; il y a deux ans, je militais dans un groupe de politique de Cambridge. On essayait de faire quelque chose concernant la façon dont on traite les

Noirs à l'école, même si ce n' « est pas un problème ». Un exemple : il y a une classe pour enfants étrangers. Cela sonne bien, mais, en réalité, ce n'est que des Noirs. La plupart des enfants ne parlent que français – ils viennent des îles. On les balance dans cett' classe, avec n'importe quel instituteur en disgrâce – généralement un instit qui a essayé de prendre le parti d'un Noir dans une querelle quelconque – et ils y restent. L'instit ne parle qu'anglais, les enfants ne parlent pas english. Certains parents ont tenté de faire transférer leurs enfants dans la classe de français, mais le système scolaire de Cambridge – de la merde que j' te dis ! – interdit une telle procédure. Mais leur jour approche. Ils auront des ennuis un de ces quat'. Le problème, c'est que les mômes aussi vont souffrir de cela. Quoi qu'il en soit, nous, on observait, en essayant de trouver ce que nous pouvions faire, et de rendre les parents noirs concernés. Et, pour une raison ou pour une autre, Grant est venu à l'une de nos réunions. A la fin, il s'est approché de moi, les yeux vraiment brillants, et m'a dit : « Je veux simplement te dire que je te trouve extra ! » enfin... un truc de c' genre. On a causé. Je ne le trouvais pas très bandant – pourquoi est-ce que je n'en rest' pas à mes premières impressions ? – mais je l'ai trouvé intelligent et bien, point de vue moral. Il m'a dit qu'il n'aimait pas l'endroit où il vivait et qu'il recherchait une communauté. A ce moment-là, je vivais dans celle de Sommerville, et on était tombé à six personnes, pour que ça continue, j'avais dû en balancer six. Alors je lui ai touché un mot, et il a débarqué un soir, il a regardé, il a aimé. Et emménagé.

« Et un soir – oh ! longtemps après – je suis allée dans sa chambre et je me suis glissée dans son plume avec lui. On est amants depuis, même si on est moins proches depuis que j'ai quitté la communauté. Lui, il y vit encore.

– Pourquoi t'es-tu glissée dans son lit ? »

Val réfléchit :

« A cause des fourmis.

– Des fourmis ?

– Un soir à table, tout le monde était là, je ne sais

plus comment on en est venus à parler de ça... mais Grant avait apparemment passé un certain temps à étudier les fourmis. Elles le fascinaient. Il en parla longuement, des espèces, de leurs caractéristiques, de leur organisation sociale et de leurs lois... de leur morale, si tu préfères. Il m'a fascinée. En parlant, il se laissait aller. Il était complètement inconscient de lui-même, ce qui n'est pas souvent le cas; pis il était vachement mignon... c'était avant qu'i' se laisse pousser la barbe. Il avait quelque chose de magnétique, ses yeux irradiaient, il était expansif, excité et passionné.

« I' voulait que nous sachions, que nous pigions, que nous aimions les fourmis ! Moi, je l'aimais pour ça, du moins ce soir-là, et les cinquante suivants. Malheureusement, conclut-elle, il n'est comme ça qu'en parlant des fourmis. »

Mira l'interrogea ensuite à propos de Neil, l'homme avec lequel elle avait été mariée; puis Val interrogea Mira à propos de Norm, Mira parla de Lanny à Val et Val parla à Mira de quelques-uns de ses autres amants. Le dialogue devint de plus en plus intime, de plus en plus sincère. Elles rigolaient tellement que leurs slips en étaient mouillés. Elles burent, rigolèrent, parlèrent. Elles se sentaient délicieusement perverses, merveilleusement libres, et se confiaient des choses qu'elles n'avaient jamais dites à quiconque.

Sur le coup de trois heures du matin, Mira dit :

« Tu nous entends ? On dirait deux gamines qui parlent de tous les gamins pour lesquels elles ont le béguin...

– Eh oui ! Malgré tous les kilos de sucre que nous leur cassons sur le paletot, ils sont au centre de notre conversation.

– Mais, Val, c'est naturel ! J' veux dire, ton boulot est p't-être très important, mais si tu m'en avais parlé à la place de ça, je me serais sans doute endormie. Et vice vertu, vice versa... »

A quatre heures, Val se leva péniblement :

« Ça a été vraiment chouette, Mirabelle. »

Elles se séparèrent en s'embrassant et en s'étreignant un instant comme si l'autre était la seule chose solide de la terre. Puis Val partit et la lumière commença à pénétrer dans l'appartement; Mira s'écria : « Zut ! » puis alla abaisser les stores; et maudire les foutus oiseaux matinaux.

19

Contrairement à son habitude, après cela, Mira se rendit à toutes les réunions du groupe pour la paix.

« Je n'arrive pas à piger pourquoi ! balança sarcastiquement Val.

– Je me suis découvert un réel dévouement pour la cause », répliqua Mira avec une hauteur feinte.

Mais Ben ne se montra pas, et Mira fut désespérée. Au bout d'un mois, alors qu'elle était sur le point de laisser tomber, il apparut. Au moment où elle l'aperçut dans la pièce, son cœur se mit à battre à tout rompre. Agacée, elle s'engueula elle-même. Quiconque te ressemble le moins du monde devient immédiatement un chevalier sur son destrier ! Malgré tout, elle ne put contenir son cœur, ni ses yeux. Elle n'entendit pas un seul mot de ce qui se dit à la réunion ce soir-là. Elle se répétait : dire qu'il puait sans doute des pieds, et je parie qu'il s'enferme dans les cabinets pendant des heures avec un magazine, à empester les lieux. Il a dû voter pour Nixon, ou alors il est végétarien et vit de lait caillé et de riz complet. Ou alors il pense qu'Ernest Hemingway est le plus grand romancier américain. Ses exhortations n'eurent cependant aucun effet sur son rythme cardiaque. Et étant donné qu'elle n'avait pas entendu un traître mot de ce qui s'était dit, elle n'eut rien à lui dire et donc absolument aucune raison de s'approcher de lui. Elle resta assise comme une paralysée en essayant d'avoir l'air calme et en se demandant s'il viendrait auprès d'elle, et là son cœur se mit à se déchaîner. Mais Ben était entouré par un groupe de gens et ne remuait ni pied ni patte. Du coin de l'œil, elle nota que Val s'approchait de Ben et rejoignait le petit groupe.

Elle ne parvenait pas à entendre ce qu'il disait : cela battait trop fort dans ses oreilles. Mais elle voyait que Valerie se démenait, entendait la voix de Val, le grand rire de Val. Val était en train de briller de mille feux, se dit-elle, et elle la détesta. Pourquoi ? cria-t-elle presque. Elle a Grant, elle n'a pas besoin de Ben ! Elle resta assise dans la fureur du battement de son sang et sentit des larmes lui monter aux yeux.

Val fut soudain à ses côtés et lui toucha le bras :

« Prête, mon p'tit ? »

Mira se leva d'un air guindé et suivit Val. Elle ne savait ni quoi dire ni comment le dire; elle ne savait pas si elle serait capable de dire un seul mot sans éclater en sanglots.

« Bon... lui dit joyeusement Val, j'espère qu' t'es libr' sam'di soir ?

– Pourquoi ?

– Ho ! Heuh ! J'ai quelques personnes à dîner : Lewis, Bart, Grant, moi, toi et Ben. Ça m'est v'nu à l'esprit comme ça, ça m'a paru un truc à fair'. En fait, dit-elle en regardant Mira bien en face, je t'ai cherchée pendant la réunion, mais tu étais ailleurs. J' me suis dit qu'il t' faudrait des mois pour soul'ver ton cul ! Et Dieu sait si on ne peut pas s'attendre d'*eux* qu'i' se doutent de quoi que ce soit... ils rentrent chez eux, i' fantasment et se masturbent. Ou ne se masturbent pas. Alors j'ai pris tout ça en main... J'espèr' que tu m'en veux pas. »

Mira ne comprenait pas bien ce que Val lui disait. Elle tenta de pénétrer les mots, elle bégaya des questions, et finit par comprendre :

« Val ! » s'écria-t-elle en se tournant pour embrasser son amie. Elles étaient dans la rue : les gens se retournèrent pour les regarder. Mira s'en moquait.

« Ecoute, Mira, ne commence pas à t'exciter, hein ? la pria Val. Tu l' connais même pas.

– Bon, promis, dit Mira du ton d'une petite fille obéissante, et Val éclata de rire.

– Bien », dit-elle.

Le soir du dîner, elle arriva très tôt. Seuls Val, Chris et Bart, le petit ami de Chris, étaient là. Tous dans la cuisine. Val battait quelque chose, Chrissie coupait quelque chose et Bart mettait le couvert. Ils discutaient aussi.

« Je peux faire tout ce que j'veux, protestait Bart. Même en ayant raté deux fois chimie, j'ai pu entrer à Harvard. Ils ont les foies !

– Bravo ! commenta sarcastiquement Val. Quand ils vous interdisaient l'entrée, c'était parce que vous étiez noirs; à présent qu'ils vous laissent vous inscrire, c'est parce que vous êtes noirs. C'est ça le progrès ? »

Bart lui jeta un regard plein d'affection.

« Autant se servir du courant quand i' va dans le même sens que nous.

– P't'-être, mais je ne t' vois pas faire ça.

– Je prends part à des trucs autrement importants, claironna Bart sur le ton du dédain avant de s'écrouler de rire.

– Ouais, tu fais dans le mouvement[1], dit nonchalamment Chris.

– C'est un acte d'intérêt public ! »

Tout le monde en riait encore lorsque Grant entra; Bart se leva d'un saut, traversa en courant la cuisine, le poing levé, et hurla :

« Comme je vous le disais ! »

Le cœur de Mira cessa de battre. La liaison de Chris avec Bart mettait à l'épreuve toutes ses structures mentales aimablement programmées. Opposée à toute forme de préjugés, insistant toujours sur l'importance des relations humaines. Mira était libérale depuis l'enfance. Son libéralisme avait eu la partie belle du fait qu'elle n'avait connu aucun Noir, en dehors des bonnes de telle ou telle amie, aucun Oriental, en dehors d'un médecin, collègue de Norm (et qu'elle n'aimait pas), et pas le moindre Indien ou chicano[2]. Elle avait été surprise la première fois qu'elle avait rencontré Bart; et

1. Achat-vente de drogues ne provoquant pas d'accoutumance (*N.d.T.*)
2. Métis. (*N.d.T.*)

l'esprit raisonneur – toujours présent chez Val – qui se donnait carrière entre Val, Chris et Bart la rendit nerveuse. Quelque part dans le fin fond de son esprit, réalisa-t-elle, elle s'attendait que l'animation de la discussion éclatât en violence, et que Bart sortît un couteau pour les tuer toutes les trois. Elle n'était pas parvenue, en dépit de mille efforts intérieurs, à dépasser ce sentiment des choses. Aussi, lorsque Bart – elle le vit ainsi – marcha sur Grant, elle pâlit. Mais tous les autres rigolèrent. Grant menaçait Bart du poing :

« Petit con, va ! » cria-t-il; Bart se fit un plaisir de lui retourner le compliment.

Ils s'assirent face à face. Mira, qui était assise devant le buffet et versait du vin, alla se mettre près du mur. Val l'observa :

« Ils n'arrêtent pas de s'engueuler », dit-elle doucement. Mira les observait.

Ils ne parlaient pas, ils gueulaient. Chacun saisit un couteau et en menaça l'autre. Ils – non, le seul Bart – riaient à moitié. Grant avait l'air sérieux. Ils se disputaient à propos... il fallait un peu de temps pour décoder cela... du bon moyen d'action pour les minorités. Bart était de l'avis qu'il fallait employer tanks et mitraillettes; Grant parlait... d'école obligatoire.

« Ça fait pénétrer les structures au pouvoir, ce qui est le seul moyen d'en venir à bout.

– Merde, mon pote, si tu y entres, on te bouffe tout cru ! Au moment où tu en sors, tu es aussi blanc comme neige que lui ! On achète ton âme, on la lave et on la blanchit jusqu'à ce qu'elle soit plus blanche que du blanc de Meudon. »

Soudain, Val hurla :

« DEHORS ! » Ils levèrent la tête. Calmement, s'apprêtant à éplucher une carotte, elle leur dit : « Ça ne vous ferait rien de continuer dans la pièce d'à côté ? Je supporte pas le bruit. »

Sans cesser de parler, ni de s'engueuler, Bart resta debout tandis que Grant se versait un verre de vin, puis ils passèrent dans l'autre pièce. Mira regarda Val :

« J'aurais cru que tu aurais voulu te mêler à la discussion. »

Val geignit :

« Ils ont déjà parlé, reparlé et rereparlé de ça au moins dix fois ! Ils aiment s'engueuler. Et moi, j'aime pas gaspiller mon énergie en discussions inutiles. Ils ne font que parler. A quoi donc sert leur discussion du bon moyen d'action pour changer la société ? Des gens prendront les armes, d'autres se serviront d'autres formes de pouvoir. Tout ça, c'est ridicule ! Bart est en réalité un type très doux : il se battrait s'il le devait, mais il aimerait autant pas. Et Grant... sous son apparence monastique/ascétique, c'est un tueur. Il a le caractère d'un sauvage d'autrefois, de ceux qui se balançaient dans les arbres.

– C'est vrai! dit Chris d'un ton réservé. C'est vrai, tu sais? Tu t' rappelles, maman, le jour où il était fou de colère après toi et où il a renversé la table à cocktails, oui, la grande, et tout ce qu'il y avait d'sus... Il a cassé pas mal de trucs, dit-elle en se tournant vers Mira. Et cassé en deux le dessus de la table. Après, il s'est barré et nous a laissées tout nettoyer.

– C'est l'un de ses hauts faits, dit sèchement Val.

– Mais, m'man – Chris tourna son jeune et doux visage vers sa mère – comment peux-tu dire ça ? Comment peux-tu dire que ça n' sert à rien de parler du « meilleur moyen » quand toi, tu parles toujours du meilleur moyen de bâtir une société ? »

Val soupira profondément :

« Ecoute, ma chérie, je sais que ça a un petit côté rationalisation, mais il y a une différence entre se demander de quoi les gens ont besoin et s'amener avec un plan inadéquat – ce que je fais – et dire : Tout le monde devrait faire ceci et cela, comme ils le font.

– Je ne trouve pas ça très différent. Val prit son menton dans sa main. Mais je ne le fais pas pour m'opposer à quelqu'un. Eux, si. J'essaie de découvrir une part de vérité. Eux essaient de se vaincre l'un l'autre, ou de se décrier.

– Hum ! dit Chris.

– Vous nous voyez ? dit Mira en éclatant de rire, les hommes dans le living et nous à la cuisine. Comme toujours.

— J'aime mieux être ici, dit Chris.

— Faire la cuisine! » s'exclama Val en sautant sur ses pieds pour aller battre quelque chose.

On frappa à la porte. Mira, qui avait totalement oublié la venue de Ben, sentit son cœur battre. L'un des hommes ouvrit la porte, on parla dans le couloir, des pas se rapprochèrent de la cuisine. Elle fixait la fenêtre; et avait les joues brûlantes.

« Salut, Ben », dit Val, et Mira se retourna en souriant, mais Ben embrassait Val, avant de lui tendre une bouteille de vin. Elle le remercia, ils parlèrent, le sourire de Mira se crispa, il finit par se tourner. Val se tourna et dit : « Tu connais Mira, hein? » Il lui sourit, s'avança vers elle la main tendue et lui dit : « Oui, mais je ne savais pas votre prénom. » Val lui présenta Chris, ils discutèrent; le sourire se figea sur le visage de Mira : elle ne put pas prononcer un mot.

Ils prirent la bouteille de vin et allèrent dans le living-room.

« Ça vous f'rait rien de changer de disque? dit Val en entrant.

— Et quel est celui que nous sommes en train d'écouter? lui demanda Grant d'un air méchant.

— *Rhétorique creuse*! » dit-elle joyeusement en faisant circuler un plateau de canapés. Bart ricana.

Grant faisait la grimace :

« Tu y vas fort, Val! Tu montes en chaire à tout bout de champ, mais les discussions des autres t'apparaissent comme autant de rhétorique creuse!

— Je parle de choses vraies, moi!

— Mon cul, oui!

— Ouais, jeune homme, je crois que votre cul est vrai, parfois... » Elle lui fit les gros yeux. « Ben est un expert en affaires africaines, je crois, dit-elle d'un ton affable.

— La seule chose à propos de laquelle je puisse prétendre être un expert, c'est mon système digestif, dit Ben en souriant à belles dents. J'aimerais bien vous en parler en long et en large. »

Grant gardait le silence. Bart se pencha en avant d'un air intéressé.

« Tu es allé en Afrique? Où? Combien de temps? A quoi ça ressemble? Qu'est-ce qu'ils ont pensé de toi? »

Bart avait une masse de questions à lui poser. Ben y répondit avec aisance, calme et anecdotes à l'appui; mais un intérêt passionné, une implication amoureuse couraient sous les paroles qu'il prononçait. Chacun l'écoutait avec attention. On aurait dit qu'ils écoutaient une Vérité, non pas la vérité absolue, mais ce qu'une personne considérait comme Sa vérité. Songeant à la conversation de tout à l'heure entre Val et Chris, Mira se dit qu'elle comprenait à présent ce que Val avait voulu dire. Que la plupart des conversations se composent de positions préétablies et défendues bec et ongles. Ici, c'était différent : Ben disait des choses qui lui faisaient mal, des choses qu'il aurait souhaitées être fausses, et des choses dont il était fier. Son ventre la démangea... Mais il ne la regarda pas une seule fois. Il parlait avec Bart et, autant que faire se pouvait, avec Grant.

Mira se versa un autre verre, puis un autre. Elle se rendit dans la cuisine et appela ostensiblement Val :

« Qu'est-ce que tu en dis? » commença-t-elle.

Val éclata de rire :

« Je l'aime bien. Il est peut-être un peu phallo, mais peut-être pas... Ses manières, tout ça... Je le trouve correct... »

« Correct » était le plus grand compliment dans la bouche de Val, juste après « fantastique ». Mira était satisfaite. Mais lorsqu'elles revinrent dans le living-room, Ben ne la regarda toujours pas. Mira se sentait à la limite de l'ébriété. Elle renversa la tête, loin, loin de la conversation.

Ben était attirant... très. Elle avait envie — elle rougit lorsqu'elle ressentit cela, elle ne permit pas à ces mots-là de lui venir à l'esprit — elle avait envie de le baiser. Son vagin était humide et ouvert en face de lui. Et elle *était* seule. Mais, tandis qu'elle était assise immobile, il lui vint à l'esprit que sa solitude était, ces derniers mois, devenue davantage un mot qu'un état. Elle ne ressentait pas vraiment de manques ces temps-ci. Sa solitude — mon Dieu! en a-t-il toujours été ainsi? — avait, amplement, été le fruit de son idée qu'il fallait qu'elle eût un homme, qu'il fallait qu'elle eût quelqu'un, sinon elle serait la femme pathétique et seule sous la pluie, qui regarde une maison tout illuminée. Oui, Ben était attirant, intelligent, et avait l'air correct. Mira ne savait pas pourquoi Val avait dit qu'il était phallo. Elle essaya de se rappeler de le demander tout à l'heure à Val. Mais si Ben ne la trouvait pas charmante? S'il était avec quelqu'un d'autre? Si la soirée n'allait rien donner?

Ça irait. Ça allait. Un poids sembla glisser de sur son cœur. C'est parce que je suis ivre, se dit-elle. Rien n'a beaucoup d'importance lorsqu'on est ivre.

Ils passèrent à la cuisine pour le dîner. Val assit Mira entre Ben et Bart. Ils mangèrent une bisque de homard, qu'ils goûtèrent beaucoup, et parlèrent de nourriture. Ben décrivit la nourriture du Lianu. Grant, toujours boudeur, et goinfre, vida son assiette, essuya sa barbe et décrivit la cuisine lamentable que faisait sa mère. Cela fit rire Bart.

« Mon gars, tu ne connais rien à la bouffe dégueulasse tant que t'as pas goûté à celle de ma tante. C'est pas vraiment ma tante, dit-il à Mira, c'est seulement la seule personne qui veuille bien de moi. Bref... c'est une vieille bonne femme sympa, qui a son chèque de l'aide sociale et qui fait des spaghetti. Le lundi, elle fait des spaghetti et elle les laisse dans une casserole. Elle en fait un kilo. Elle n'en jette jamais. Le vendredi, oh la vache! les spaghetosses sont prêts à germer. I' sont tellement secs qu'i' craquent. »

Rires.

« Tu exagères! s'exclama Mira.

– Non, il exagère pas, dit Chris à voix basse et sèche avec les mêmes intonations que sa mère.

– Mais elle est très sympa, ajouta Bart. Elle n'est pas obligée de me garder. Je pense que c'est parce qu'elle est vioque. Elle, pas folle la guêpe, e' mange presque pas. Elle me donne presque tout l'argent qu'e' touche. Pour mes vêtements, qu'e dit.

– Et tu as de très beaux vêtements, Bart, dit Mira.

– Il a énormément de goût, approuva Val.

– Les vêtements? Qu'est-ce qu'on en a à foutre? » dit Grant.

C'est ainsi que l'on en vint à s'interroger sur la signification de la mode. La mode était une expression de l'éthos, de la personne, de la culture et de la sous-culture, de la révolte. Ils discutèrent, firent de grandes phrases et rirent à gorge déployée. Bart tenait le rôle de l'expert.

« Bon, toi, dit-il à Val, t'as vraiment du style. Tu piges ton corps, tu te comprends bien et tu t'habilles au poil. Toi – il se tourna vers Mira – tu t'habilles tristounet; mais ça s'arrange. J'aime beaucoup ton pantalon. En quoi il est? Il tendit la main, toucha un bout de tissu dans la région des hanches et le fit rouler entre ses doigts.

– Coton et polyester.

– Très chouette. Mais, tenez, vous deux, dit-il à Grant et Ben. Sans vouloir offenser ma race, vous avez autant de goût que des Zoulous!

– Aux chiottes les fringues! répéta Grant.

– Tu peux balancer tes fringues aux chiottes parce que ton p'tit papa t'en a offert une pleine armoire.

– Mon père ne m'a jamais rien donné d'autre que des coups sur le crâne.

– Et quelques-uns sur le cul, si j'ai bonne mémoire », dit Val.

Grant lui jeta un regard meurtrier :

« Faut croire que ça continue, apparemment.

– Ça aurait dû t'endurcir depuis le temps.

– Je suis la seule personne de ma connaissance qui ait eu un père épatant, dit Ben. Il travaillait dans les chemins de fer et était souvent parti... Mais quand il était là, il était vraiment là. Il parlait à mes frères et à moi, à ma petite sœur aussi. Et à ma mère. Je me souviens d'eux assis sur les marches de derrière la maison les soirs d'été; ils se donnaient la main.

– L'absence était peut-être le secret... dit Val en riant.

– Peut-être! Mais tu sais ce que les sociologues disent des pères absents.

– Bah! moi, j'suis content que mon père soit absent, dit Bart. Je ne l'ai vu qu'une seule fois, mais il m'a foutu une trouille de première. Ma tante dit qu'il cognait ma mère à mort et qu'il fait la même chose à sa nouvelle femme et à ses gosses. »

Mira écoutait, paralysée. Sa hanche frémissait toujours là où Bart l'avait touchée, à peine effleurée, lorsqu'il avait palpé le tissu de son pantalon. Son cœur s'était arrêté de battre quand il avait fait cela. Comment osait-il? Comment osait-il? Le sang cognait dans sa tête à un rythme constant. Lentement, il s'apaisa. Elle se calma. Il était impoli, il ne savait pas que les hommes ne font pas des choses pareilles à des femmes avec lesquelles ils ne sont pas intimes. Mais, se dit-elle, imagine que ça ait été Grant qui l'ait fait? Elle n'aurait pas apprécié, elle aurait pris cela comme une violation de son moi; mais elle aurait haussé les épaules en n'y pensant plus et en attribuant pareil geste au manque de savoir-vivre de Grant. Sa hanche n'aurait pas continué de frémir comme elle le faisait. Non, il y avait plus que cela. Elle regarda Bart parler et rire, si jeune, seulement un an de plus que Chris, et pourtant beaucoup plus vieux, relever le défi de Grant, de Ben et même de Val, encore qu'il fût toujours tolérant avec elle. Mais, regarde de près, oublie la peau sombre qui le rend fatalement adulte et intelligent, qui fait de lui l'un de ces sorciers et démons de la terre qui savent tout en venant au monde, et passent le reste de leurs jours à nous détruire, nous, les Innocents, les privilégiés, les gens de bien... Ils avaient de bonnes joues douces comme celles de Chris et ses yeux étaient toujours humides de foi, d'espoir, ou de charité? C'était la couleur de sa peau. Ses dents se serrèrent lorsqu'elle arriva à cette vérité. Sa vraie protestation était : comment osait-il la toucher avec ses mains basanées? Soudain, elle releva la tête en silence, mais il y eut un cri au fond de sa gorge, un cri d'angoisse, de conscience, de plainte; bien sûr, c'était à cause de son mal de tête, bien entendu!

Mais ce n'était pas de l'étroitesse d'esprit. C'était, c'était étrange. Elle n'avait jamais sauté à la corde avec une enfant noire, ni donné la main à un Noir en revenant du lycée. Et, avec les années, elle avait – en dépit de belles et bonnes idées libérales – fait sien le sentiment d'horreur assez général envers les gros méchants nègres. Les préjugés naissent dans le corps.

La main de Brad reposait sur la table à côté de son assiette. C'était une main courte et épaisse couleur chocolat, à la paume pâle, presque rose. Elle avait des ongles courts et ses doigts ressemblaient un peu à des doigts d'enfant; ils étaient naturellement recourbés sous l'effet d'une décontraction impossible à feindre et paraissaient vulnérables, doux, forts et habiles. Mira posa tout doucement sa main pâle dessus. Bart réagit aussitôt. Grant écumait à cause de son père indigne. Mira murmura :

« Veux-tu me passer le pain, Brad, s'il te plaît ! » Elle enleva sa main; il lui sourit et lui passa la corbeille. C'était fini. Elle replongea en elle-même.

Elle se demandait s'il savait, s'il avait deviné son agitation lorsqu'il l'avait touchée et la façon qu'elle avait choisi d'affronter son problème. Elle se demanda si, le sachant, il lui eût pardonné. Il lui pardonnerait s'il avait ressenti la même chose avec la peau blanche, mais imagine que non ? Blanche était la race maîtresse, après tout. Sinon ? Ses yeux se rembrunirent. Peut-être ne lui pardonnerait-il pas. S'il savait. Mais bien sûr qu'il savait, sinon à son propos à elle, du moins à propos de sa race. Pouvait-on pardonner cela ?

« Tu as l'air triste », lui dit une voix à l'oreille. Elle se tourna, et vit le visage doux et beau de Ben.

« Est-ce que tu crois au pardon ? »

Il secoua la tête : « Peut-être.

– ...

– Est-ce que tu penses à quelque chose de précis ?

– Eh bien, heuh ! à ce que tu disais de l'Afrique. Ou à n'importe quel pays qui a été opprimé, ou à n'importe quelle personne qui a été opprimée, les Noirs, n'importe quelles gens, les femmes, par exemple... Sa voix s'éteignit.

– Il n'y a qu'un seul moyen, dit-il gentiment. Grant et Bart parlaient tranquillement de la Bonne-Structure-Familiale. Tous les deux étaient d'accord pour dire qu'un homme devait dominer au foyer et que chaque foyer devait renfermer un père, une mère et quelques enfants. A part cela, ils n'étaient d'accord sur rien... Et ce moyen, c'est... l'indépendance, je ne sais pas comment dire autrement. Ces gens... Les Lianais... ne nous pardonneront que le jour où ils n'auront plus besoin de nous, où ils seront nos égaux.

– Mais ça n'arrivera pas... en termes de pouvoir, veux-je dire, avant longtemps. Sans doute jamais; le Lianu est un petit pays.

– Oui, mais il y aura une Fédération des pays de l'Afrique noire... Je ne parlais pas d'égalité absolue, je voulais dire le jour où ils – ou leur Fédération – auront notre pouvoir commercial. »

Mira prit sa tête dans ses mains. Des larmes coulaient sur son visage : « J'ai trop bu, se disait-elle. J'ai trop bu. »

« Qu'est-ce qu'i' a? » La voix de Ben ne semblait ni ennuyée ni impatiente, mais gentille et préoccupée. Elle ne parvenait pas à s'arrêter de pleurer, sans pour autant savoir la raison de ses larmes. Quand il posa une main sur son épaule, elle releva la tête.

« Qu'est-ce qu'i'a? redit-il.

– Oh! La vie est impossible! » dit-elle dans un cri avant de sauter sur ses pieds et de courir en direction de la salle de bain.

20

« Oh! j'étais tout simplement ivre. J'étais nerveuse alors j'ai trop bu, puis évacué, dit Mira en haussant les épaules.

– Je ne t'avais jamais vue comme ça », insista Val.

Toute honteuse qu'elle fût, elle tenta de dire à Val tout ce qui lui était passé par l'esprit à propos de Bart. Val l'écouta d'un air sérieux en opinant du chef :

« Il me semble, dit-elle, que même si tu considérais Bart comme un étranger, un corps étranger, tu te sentais toi aussi étrangère. Comme si tu lui avais dit... j'ai envie de t'aimer, gars, mais puis-je te pardonner c' que tu m'as fait?... Comme si tu avais perçu des similitudes entre les relations de Bart avec les Blancs et les tiennes avec les hommes.

– Oh! Val! Mais c'est ridicule! Tu n'arrêtes pas de tout interpréter selon tes convictions fanatiques et monomaniaques! J'étais simplement ivre, dans les vapes et gênée! Voilà tout! »

Val la fixa un moment, puis détourna légèrement les yeux :

« O.K., désolée, dit-elle d'une voix un peu dure. Faut que j'aille en bibli. » Elle ramassa ses livres et partit.

Mira resta assise dans « Lehman Hall »; elle se sentait un peu coupable, un peu apaisée, aussi; elle essayait de se justifier à ses propres yeux. Val avait été gentille avec elle. Elle avait donné le repas, invité Ben; mais pourquoi donc insistait-elle pour que tout le monde eût sa perception fanatique du monde? Mira ramassa ses livres et sortit de l'immeuble en ruminant tout cela. Elle décida de ne plus jamais *parler* à Val, de l'appeler le soir même et de s'excuser. Des larmes lui montèrent à nouveau aux yeux. J'ai une dépression nerveuse, se dit-elle. Pourquoi était-il si dur de savoir, de savoir quoi que ce fût?

« Mira! » entendit-elle dire avant de lever les yeux. Une silhouette s'approcha d'elle, une femme très belle, qui ressemblait à Katharine Hepburn jeune, aux cheveux châtains et brillants qui flottaient dans son dos sous le soleil, grande et élancée, en pantalon, pull-over et veste ouverte qui se déployait au vent. C'était Iso.

« Iso!

– Tu as l'air bien grave!

– Et toi, mon Dieu! tu es splendide... qu'as-tu fait?

– C'est de nature! claironna Iso en tournant sur elle-même. Que veux-tu dire par ce « qu'as-tu fait »?

Elles éclatèrent de rire :

« C'est fan-tas-ti-que! s'écria Mira. Qu'as-tu fait?

– J'ai « libéré » mes cheveux et acheté de nouvelles fringues, dit Iso en riant à belles dents.

– Mon Dieu! si ça pouvait être aussi simple pour moi!

– T'en as pas b'soin! la flatta Iso.

– Iso, dîne donc avec moi, ce soir », la pria-t-elle,

trouvant là un moyen de s'en sortir. Si elle pouvait parler à quelqu'un, tout s'éclaircirait.

« Désolée, Mira, je vais déjeuner avec Dawn Ogivolie... tu la connais? Et je dîne avec Elspeth. Demain midi, c'est avec Jeannie Braith... désolée si ça te paraît cloche, mais moi, ça me va! »

Cela se voyait : elle était radieuse, resplendissante; elle ne pouvait pas s'empêcher de rayonner.

« Tu essaies de voir beaucoup de monde, avança Mira avec un petit sourire.

– J'essaie d'accéder à une situation mentale qui me permette de voir beaucoup de monde, la corrigea Iso. Je me sens merveilleusement bien! Je donne une partie samedi soir; tu viens, hein?

– Oui, dit Mira.

– I' a quelqu'un qu' tu veux qu' j'invite?

– Tu es magnifique... »

Iso tourna un visage d'enfant désarmé vers elle :

« Tu le penses vraiment? dit-elle en lui lançant un regard inquiet.

– Oui », dit Mira.

Iso s'illumina d'un grand sourire.

« Ben, j'essaie, dit-elle. J'ai rien à perdre, pas vrai?

– Si, dit Mira sur le même ton, gonflé de tendresse et de l'idée de Val selon laquelle le genre humain n'était qu'une bande de gosses terrifiés. Oh! oui... ajouta-t-elle en s'incluant dans sa pitié pour le genre humain,... pour ta partie, invite Ben Voler, tu l' connais?

– Le type africain, oui. D'accord; souhaite-moi bonne chance », dit Iso en disparaissant.

Il y avait du monde à la partie. Iso connaissait vraiment tout le monde; Mira était debout sur le seuil du living-room dont les meubles avaient été enlevés et regardait les gens qui dansaient. Val dansait et faisait son intéressante avec Lydia Greenspan; Iso aussi dansait, et Martin Belle, Kyla, même Howard Perkins, la très jolie fille qui ressemblait à une bohémienne, Brad, Stanley, qui dansait avec Clarissa. Elle ne le regardait jamais et semblait danser seule, pour elle-même. Elle dansait très bien et, de temps en temps, les gens s'arrêtaient pour la regarder faire; elle dansait tête inclinée et yeux mi-clos. Ses longs cheveux bruns lui couvraient le visage; son corps sculptural ondoyait et ondulait. Sa façon de danser était extrêmement sexuelle, mais pas sexy. Son corps se déhanchait pour son propre plaisir, pas par exhibitionnisme. Il jouissait pour et par lui-même. Mira observa et nota tout de suite la différence; elle n'aurait pas pu faire ce que faisait Clarissa. Comment, se demanda-t-elle, Clarissa avait-elle pu oblitérer les lieux au point de se sentir libre d'être elle-même? D'un autre côté, si l'on était capable d'oblitérer les lieux, pouvait-on être soi-même lorsque l'on était seule à danser dans son appartement sur un disque hurlant? Ces temps-ci, tout lui semblait trop difficile.

Iso portait une longue robe marocaine blanche, brodée de rouge et de jaune; ses cheveux lui tombaient dans le dos. Son visage était transformé, exactement comme c'est le cas dans les films : la fille au chapeau, aux lunettes et à la bouche en cul de poule enlève son chapeau pour révéler de longues mèches blondes, ses lunettes et sa veste pour révéler qu'elle est une bombe sexuelle. Le changement d'Iso était moins « mis en scène », mais ses longs cheveux – qui descendaient jusqu'aux épaules – lui donnaient un visage plus plein, ses couleurs retrouvées et ses belles fringues conféraient à ce qui avait été le visage d'une institutrice un air de sagesse, de savoir-vivre, d'expérience de la vie. Mira était en extase.

« Allez! dit Iso. I' faut que tu essayes ça, dit-elle en tendant la main.

– J' me sentirais godiche; je ne sais pas le danser, protesta Mira.

– Tu remues simplement le corps de la façon dont la zizique te touche... » dit Iso en lui prenant la main pour l'entraîner.

Elle dansait. Sa maladresse et sa conscience d'elle-même disparurent dès qu'elle s'aperçut que personne ne la regardait. Elle s'immergea dans la musique hurlante : s'oublia et se mêla au rythme et au tempo. Iso s'éloigna d'elle; Kyla s'approcha. Elles exécutèrent un pas de deux en se souriant l'une l'autre. Elle dansa avec Brad, Howard et Clarissa. Elle commençait à comprendre. Quelle merveilleuse danse, complètement libre; elle ne dépendait pas d'un partenaire, n'avait pas à se mordre les lèvres devant sa gaucherie ou à enrager parce qu'elle voulait tourner dans toute la pièce alors que lui continuait le même et unique pas. Elle pouvait faire tout ce qui lui passait par la tête, même si, dans quelque direction qu'elle se tournât, il y avait toujours quelqu'un, même si elle était en groupe, l'un d'entre eux; ils étaient ensemble, jouissant tous de leur propre corps, de leur propre rythme. Soudain, ses yeux se fermèrent avant de se rouvrir : elle était en face de Val. Val était épanouie et souriante, mais elle cilla un peu lorsqu'elle aperçut Mira, ce qui blessa cette dernière, ce qui la blessa pour Val; elle s'avança vers elle, l'enlaça et lui murmura dans le creux de l'oreille :

« Pardon, pardon », avant de se reculer. Val haussa les épaules, souriante, resplendissante, et elles dansèrent, puis se séparèrent pour s'approcher de quelqu'un d'autre.

C'était fatigant et, au bout de quelque temps, Mira s'arrêta pour boire un verre de bière. La cuisine était presque vide. Seuls, Duke, le mari de Clarissa, était là, appuyé contre le réfrigérateur; plus deux autres personnes qu'elle ne connaissait pas et qui parlaient à voix basse dans un coin. Mira dut demander à Duke de se déplacer pour prendre la bière.

« Tu as l'air un peu abandonné », dit-elle d'une voix compréhensive.

Duke était un grand gaillard bien bâti. Il serait gros dans quelques années. Il était tout rose et dodu; il avait l'air d'un footballeur vieillissant. En réalité, il était à West Point. Il était récemment revenu du Viêt-nam, pour aller en garnison en Nouvelle-Angleterre.

« Bah!... une partie à Harvard, c'est pas tout à fait mon genre, pas tout à fait la meilleure façon de passer un week-end.

— Qu'est-ce que cela te fait de venir ici? Cambridge est le centre du mouvement pour la paix.

— Je m'en balance, dit-il d'un air sérieux. J'aimerais que la guerre finisse, tu sais?

— Que ressentais-tu là-bas? »

Son visage était impénétrable :

« Je faisais mon boulot. J'étais pas près du front. Mais j'aime pas c'te guerre... »

Quoique Mira ne l'eût pas aimé à cause de son aspect extérieur, elle avait à présent de la sympathie pour lui : lui aussi était piégé. Elle se demanda ce qu'il en pensait.

« Ça a dû êtr' dur? dit-elle gentiment. Il haussa les épaules :

– Non, il suffit de répartir les choses dans différentes catégories. Je crois à ce pays, je crois à une armée bien entraînée. Des fois les politiciens se trompent. Toi, tu fais ton travail et tu espères que les politiciens trouveront un moyen de le rendre plus correct...

– Mais imagine un peu que ton boulot ait impliqué de tuer et que cela t'ait paru moralement indéfendable? »

Cela sembla le déconcerter :

« Je ne me suis pas engagé pour faire le gardien de la morale du monde! Qui peut dire que quelque chose est moralement indéfendable?

– Et si tu avais vécu en Allemagne et qu'on t'ait demandé d'embarquer des juifs dans les trains? »

Il eut l'air gêné :

« Aucun rapport. Tout ça vous paraît très simple, à vous! C'est une mauvaise guerre parce que beaucoup d'Américains y sont tués et que l'on n'a rien à y gagner. Ça nous coûte des milliards et on n'a rien pour not' argent!

– Je vois. Envisages-tu de rester dans l'armée?

– Sans doute; c'est une vie agréable. J'aime ça. J'ai même aimé le Viêt-nam. J'ai acheté des trucs formidables là-bas, tu n'as qu'à v'nir un de ces jours, on te les f'ra voir... des sculptures, des tapis et des estampes très chouettes... J'en ai une... » Il se lança dans une description détaillée de toutes ses estampes, en énumérant les motifs, les matières et les couleurs : « Elles sont vraiment formidables.

– Oui, elles vont au-delà des faits, qui sont toujours faux, dit-elle avant d'avaler une gorgée de bière.

– Oh! je n'irai pas jusqu'à dire ça. » Il se lança dans

une grande tirade en défense des faits. Il parla de choses comme réglages de visée des engins et fusils mitrailleurs, plans, cartes d'état-major, timing, effectifs en armes et en hommes. Il parla longtemps, et peut-être même bien.

Mira n'en savait rien. Mais il parlait en connaisseur. Il était clair, à entendre le ton et le langage, qu'il parlait avec autorité à une idiote qui n'y connaissait rien, et, comme c'était vrai, son ton n'en était que plus agressif. Elle se demanda s'il l'écouterait, si elle lui expliquait pendant dix minutes les subtilités de la prosodie anglaise.

« D'accord, mais j' crois que ce que tu aimes dans ces estampes, c'est le fait qu'elles vont au-delà, justement, du fait.

– Hé! mais c'est que ces trucs-là valent une petite fortune! » lui expliqua-t-il. Il se lança alors dans un vaste exposé du prix qu'il avait payé chacune d'entre elles, et du prix auquel elles avaient été estimées à son retour aux Etats-Unis. Pareil pour les tapis, continua-t-il. Je les ai fait voir à trois marchands différents... »

Mira était un peu interloquée. Duke était incapable de converser. Il monologuait; il était sans doute incapable de deviser avec un égal; il savait donner un ordre et, comme il était à l'armée, sans nul doute, obéir : Oui, mon... L'ennemi est déployé à...

Elle regarda autour d'elle. La cuisine était vide. Elle prit une autre bière; elle ne savait pas comment s'en aller. Duke parlait à présent de l'utilité des ordinateurs. Il parla longtemps et en des termes compliqués; elle essaya d'écouter. Et lui demanda, au bout d'un long moment :

« Mais à quoi ça sert? Je veux dire que voulez-vous en faire? »

Il sembla ne pas comprendre la question; et continua de parler, sans que ce qu'il dit eût le moindre sens pour elle.

« Mais vous devez avoir une intention, un but? Quel est la finalité de toutes ces opérations?

– Bah! de voir jusqu'à quel point l'ordinateur peut

deviner, prévoir, et jusqu'à quel point nous savons l'utiliser.

– Le contraire de la fin justifie les moyens, en somme! dit-elle en l'interrompant.

– Pardon?

– Les moyens représentent tout. Il n'y a pas de fin. Vous jouez avec un gros joujou.

– Mira, tout cela est chose sérieuse! » dit-il avec une irritation rentrée.

Mira sut gré à Val d'entrer à brûle-pourpoint, toute rouge et la main sur le cœur :

« A mon âge, à mon... poids, avec trois pacsons de sèches par jour dans les poumons, je ne devrais pas me livrer à de tels enfantillages! » dit-elle en ouvrant le frigo.

Avery, un type mignon, au visage tendre, se glissa dans la pièce et tomba sous le charme d'un tas de soupes en conserve posées sur le buffet.

« Tu admires le pop-art de la maison? dit Val.

– Cette configuration est... intéressante. Il y avait cinq boîtes sur la rangée du bas, trois sur celle du milieu et une au-dessus.

– Tu crois que Warhol a apporté quelque chose?

– Non, mais peut-être puis-je pénétrer au cœur profond et mystique des choses.

– C'est du Conrad, conclut Mira.

– Non, du Mailer : *Pourquoi sommes-nous au Viêtnam?*

– Est-ce que tu entends un cri puissant jaillir de l'intérieur de ces boîtes?

– Tout à fait! « Accomplis ma volonté, mange cette saloperie! »

Des gens pénétrèrent dans la cuisine. Harley et un barbu bizarre vinrent prendre une bière. Ils parlèrent un moment. Mira les écouta mais se garda bien de tenter de parler à Harley. Il était sans doute aussi brillant que Kyla l'avait dit, et beau, genre « nazi des Alpes suisses », comme disait Val, grand, blond, sérieux, et portant souvent un pull de ski; mais il ne parlait que de physique. Il n'avait tout simplement aucun autre sujet de conversation. Il était intéressant dans l'exacte mesure où ce qu'il disait avait de l'importance pour qui l'écoutait, mais, comme Duke, c'était un monologueur qui poussait son propos très au-delà des limites d'attention de ses auditeurs. Il était incapable de parler du temps qu'il faisait, de nourriture, de cinéma ou de gens. Il gardait le silence lorsque d'autres le faisaient; elle écouta néanmoins, pour voir quel type de conversation il avait avec l'inconnu barbu. Il la regarda.

« Oh! salut, Mira, je te présente Don Evans; il est de Princeton. On s'est rencontrés la dernière fois que je suis allé à Aspen.

– Un autre physicien, je parie », dit-elle en lui souriant.

Il lui sourit vaguement et se retourna vers Harley. Il parlait. Soudain, Harley l'interrompit pour corriger quelque chose. Il reprit, expliqua, continua. Harley l'interrompit. Cela continua. Ce n'était pas une conversation mais un combat. Ils ne discutaient pas pour arriver à une entente ou pour mettre au jour une vérité partielle, mais pour se montrer, en deux monologues simultanés. Dégoûtée, Mira regarda ailleurs. Duke, toujours debout devant le réfrigérateur, dit un mot. Les deux autres s'interrompirent, le regardèrent, puis Harley dit :

« Allons dans la chambre, nous serons plus tranquilles... » Et ils partirent tous les trois.

La cuisine était pleine. Clarissa et Kyla parlaient avec la bohémienne. Mira s'approcha, on lui présenta Grete.

« Ah! oui, je t'ai vue danser avec Howard Perkins », lui dit Mira dans un sourire.

Grete fit la grimace.

« I' me court après.

– Pauvre Howard, dit Kyla. Quelqu'un devrait être gentil avec lui. *Je vais* être gentille avec lui », annonça-t-elle avant de quitter la pièce.

Grete roula les yeux :

« Je ne pense pas qu'elle sache ce qu'il a derrière la tête. »

Elles parlèrent de la préparation des examens, sujet

d'un intérêt fou pour celles qui en préparaient. Mira remarqua qu'aucune des jeunes femmes ne portait de soutien-gorge. Ça avait l'air d'être la dernière mode; mais elle trouva cela un peu cloche. On *voyait* les contours de quelques seins !

Clarissa parlait avec un sérieux infini :

« J' veux dire que, oui, c'est intéressant, j'aime la littérature; mais, des fois, je trouve que c'est frivole de faire des choses pareilles alors que tout s'écroule autour de nous, alors que l'on se dit que l'on pourrait faire quelque chose pour y remédier, quelque chose pour accélérer le changement dans la bonne direction, au lieu d'abandonner tout cela aux gens qui ne pensent qu'à avoir le pouvoir.

– Je ne crois pas que l'on pourrait, dit Grete; elle avait des yeux vifs et pénétrants. Rien ne change, sauf la mode.

– Mais la mode a un sens, dit Mira. Elle veut dire quelque chose. J'ai un tas de gants blancs dans un tiroir qui jaunissent lentement.

– Ce qui signifie ? fit Grete.

– Eh bien... les choses sont plus simples, plus quotidiennes aujourd'hui. On veut moins s'en ficher plein la vue.

– Je crois, moi, que l'on veut toujours autant s'en foutre plein la vue, mais que les moyens ont changé », avança Grete.

Val se rapprocha d'elles :

« Mais nom de Dieu ! Rien ne change donc jamais ! Les hommes sont dans une pièce à préparer l'avenir de l'humanité, et mesdames parlent chiffons à l'office ! »

Clarissa éclata de rire :

« Quels hommes ?

– Ton mari, et puis Harley et le type de Princeton. Ils parlent de techniques informaticiennes chargées de prévoir l'avenir du patelin. Ils veulent tous faire partie d'un groupe d'experts pour l'avenir de l'Amérique ! Dieu nous en garde ! »

Tout le monde éclata de rire, même Clarissa. Mira se demanda ce qu'elle pensait de son mari, il avait l'air si différent d'elle :

« Ça serait un monde de faits, dit Clarissa en souriant : Duke ne connaît que ça.

– Comment a-t-il chopé ce prénom ? »

Clarissa abaissa la tête d'un air confidentiel :

« Il a été baptisé Marmaduke (nul n'est parfait !); mais c'est un grand et grave secret, pigé ? »

Elles en revinrent à la mode et à son éventuel sens.

« Je prétends qu'il y a une différence de signification entre les modes, déclara Mira. Si une femme doit empaqueter son corps dans un corset serré, mettre des hauts talons chancelants, passer des heures à se coiffer, à laquer ses cheveux et à se maquiller uniquement pour sortir dans la rue, eh bien, cela a un sens, tant pour la situation sociale des femmes, que pour la structure de classe de la société.

– C'est vrai », admit Grete en fronçant les sourcils. Elle fronçait les sourcils à chaque fois qu'elle réfléchissait intensément et avait un pli profond au milieu du front. « Mais si la mode devient plus... relâchée, cela ne veut pas forcément dire que la société n'est plus une société de classes ou que la position des femmes a beaucoup changé. »

Tout le monde en discuta avec beaucoup d'animation en remplissant la pièce d'éclats de rire, quand Ben apparut soudain :

« Il me semble que c'est ici que la partie a lieu ! » dit-il dans un sourire.

Mira lui répondit par un sourire plus grand encore qu'elle était heureuse et s'amusait bien, puis termina sa phrase :

« Ça s'améliore, on peut tout faire : mettre un jean et laisser tes cheveux tomber pour voir ce que cela fait d'être traitée de « hippie » ou un manteau de fourrure et des talons et aller au « Bonwit » pour voir ce que ça fait de jouer à la dame bien-bien... on est plus libre, voilà tout. Expansion.

– Expansion, et comment ! approuva Val. Le seul progrès possible. Tout ce qu'on a appelé « progrès » n'est que du changement, avec ses horreurs à lui. Mais le progrès existe, il est possible, c'est un accroissement de sensibilité. Ouais, essayez d'imaginer comment la terre a dû faire peur aux hommes : ça devait être bourré de trucs effrayants. On en a domestiqué quelques-uns... puis ça a été le christianisme.

— Tu sautes pas mal d'années », dit Clarissa dans un sourire.

Ben toucha le bras de Mira :

« Tu veux boire quelque chose? »

Elle se tourna vers lui et le regarda dans les yeux — ils étaient d'un marron clair et chaud :

« Oui, j'aimerais...

— Une bière? Du vin?

— Le christianisme a fait faire un grand bond au progrès; il nous a pénétrés de remords. L'ennui, c'est que ce sentiment de culpabilité nous a fait nous conduire plus mal que jamais... »

Mira était radieuse. Son bras frémissait encore là où Ben l'avait touché. Il revint avec deux verres de vin et resta à côté d'elle à écouter Val.

« Il faut aller au-delà de la culpabilisation, jusqu'aux vrais motifs de nos actes. Parce que les motifs ne sont pas mauvais : vouloir du mal à quelqu'un n'est toujours qu'une motion substituée à notre incapacité d'avoir ce que nous désirons. Si nous arrivions à savoir ce que l'on désire réellement et à se pardonner d'avoir ce désir-là, on n'aurait aucune raison de faire le mal.

— Ça me paraît juste, dit Clarissa dans un grand sourire, sauf que t'as sauté des trucs par-ci, par-là... je pense que les gens de la préhistoire agissaient selon leur désir...

— Remarque, les primitifs n'aiment pas se battre, l'interrompit Val.

— Et les masques guerriers, et les danses guerrières? glissa Grete.

— Ouais! Peut-être n'aimaient-ils pas se battre mais devaient-ils être préparés psychologiquement... les armées font encore cela, dit Clarissa.

— Ils se battaient parce que l'agressivité est nécessaire à la survie, qu'elle a un fondement économique.

— Il faut bien qu'elle ait également un fondement psychologique, sinon ils auraient disparu, comme les dinosaures. Avouez que la survie a dû s'effectuer dans un contexte délicat! J'aime l'agressivité, je trouve que c'est chouette d'être agressif. Mais voici ce que je voudrais ajouter : si on parvient à trouver quelle cause l'agressivité – ou la sexualité – sert, accepter ces émotions-là, arrêter d'essayer de les cacher, on peut trouver un moyen de les employer qui serait moins destructeur.

– Mais comment faire pour découvrir nos motivations de base? dit Grete, qui n'était pas convaincue.

– Par l'expérience, la science. Mais moi je les connais. »

Tout le monde éclata de rire.

« Je ne sais pas, dit Clarissa d'un air dubitatif; le conflit que je vois à la base de tout se situe entre nos sentiments libres et spontanés et les autres, ceux qui exigent l'ordre, un ordre imposé, des structures, des habitudes...

– L'ordre est laideur face au sentiment, dit Mira avec ferveur, trop de ferveur, mais sans embarras, tant elle était consciente du corps de Ben près du sien, de ses bras sombres couverts de poils noirs, qui sortaient des manches retroussées de sa chemise. Elle sentait presque la chaleur de son corps; elle le sentait presque. Mais, d'un autre point de vue, tout n'est qu'ordre. Quoi d'autre, sinon? Différentes sortes d'ordre, c'est tout. Je n'arrive pas à concevoir une chose comme l'anarchie.

– L'anarchie, lui dit Ben, est un tableau cubiste. »

Tout le monde s'écria :

« Explication, exégèse, explication de texte!

– C'est vrai, l'anarchie n'est qu'une variante de l'ordre. Vous savez, les bandes de loubards à veste de cuir noir et moto qui terrorisent les petites villes sont peut-être une horreur, mais ce n'est pas de l'anarchie : chacune de ces bandes a un chef; et chaque ville aussi, d'ailleurs. C'est un conflit entre deux ordres. La plupart des craintes que les gens ont de l'anarchie sont en réalité des peurs d'un ordre différent de celui que nous connaissons... J'admets qu'il est plus facile de vivre avec un seul ordre plutôt qu'avec deux ou trois, mais pas toujours : si cet ordre-là est celui d'un Etat totalitaire... Quoi qu'il en soit... je l'ai étudiée... dit-il en souriant.

Anarchie veut dire *sans gouvernement.* C'est difficile à envisager politiquement. Mais si on se déplace vers une autre discipline, on peut le concevoir. »

Tout le monde l'écoutait avec intérêt, mais Mira perdait beaucoup de ce que Ben disait. Elle regardait entre ses paupières ses bras et la main qui était posée sur son verre. Ses épaules avaient l'air larges et bronzées sous sa chemise blanche légère. Ses mains étaient grandes et présentaient un peu de poil sombre sur le dessus. Les doigts étaient gros et terminés en spatule, mais en même temps délicats. Ses cheveux étaient épais et bruns. Elle n'osa pas encore regarder son visage.

« Pensez à un tableau figuratif, disons... une table. Ce que l'on voit le plus, c'est le dessus, les objets empilés, la nappe, un compotier garni, un vase de fleurs, du pain et du fromage... vous me suivez ? Disons que c'est une image de toute la table, et pas une simple nature morte. Si la nappe est longue, on ne voit pas les pieds de la table. Ou prenons un autre exemple... une maison. On voit la façade : on ne voit pas le derrière, à moins de la contourner, et si c'est un immeuble où l'on traite des affaires, il y a des chances pour que ce derrière ne soit pas beau : portes de garages, dénivellation, entrepôts et magasins. Mais même si on voit le derrière, on ne voit jamais les fondations, ni la cave — tout ce qui maintient la maison debout. Eh bien, c'est comme ça qu'on voit la société. »

Mira le regarda. Son visage resplendissait, ses yeux brillaient. Il prenait du plaisir à ce qu'il disait et à se savoir écouté attentivement. Il avait un grand visage rond aux pommettes proéminentes et aux sourcils noirs. Il avait l'air intelligent.

« Nous avons pleine conscience de ce qui se trouve au sommet... de notre société comme de celles de naguère et jadis. Nous connaissons les gens riches, puissants, célèbres... Ils font les lois, leurs comportements, leurs manières et leurs modes donnent le ton, un peu comme s'ils constituaient la fine fleur que toute plante devrait produire. Mais, en réalité, la fleur n'est qu'une phase du cycle naturel de la plante; et la finalité de la plante est de durer et de se reproduire. La production de la fleur n'est qu'un moment du processus global.

« La tige, les plateaux et les murs de soutènement sont tout aussi essentiels au tout. De même des racines, des pieds de la table et des murs de la cave. Ils ressemblent aux classes inférieures de la société; ils sont nécessaires, mais l'on n'y pense guère, on ne les trouve pas souvent beaux; on les considère comme allant de soi.

« Mais, dans la peinture cubiste, tout compte, tout a droit à l'attention, même la face interne de la table, l'intérieur des tiroirs, l'espace qui entoure ce meuble... chaque chose est vue et perçue dans un milieu, chaque chose est présentée dans son essentialité et a le droit d'exister. Ce qui domine cette peinture, ce n'est ni le haut ni la fleur, mais le tout, la configuration du tout. Bon, eh bien, la société pourrait être ainsi. Avec des lois faites pour les hommes plutôt que pour la propriété, on aurait un gouvernement sans maître. Rien ne domine le tout dans la peinture cubiste, et pourtant ce tout est cohérent. Cela permettrait à chaque groupe, à chaque individu, d'avoir son autonomie nécessaire, son espace. Les fondations seraient considérées comme aussi importantes que la façade.

– S'il y en avait une! dit Grete.

– Ecoute, il y aura toujours une façade, si c'est une maison, un dessus, si c'est une table : des gens plus connus que les autres. Mais chacun aurait son espace et se cantonnerait dedans.

– Mais dans la peinture cubiste, dit Mira, – les choses ne se cantonnent pas dans leur espace. C'est même l'une de ses lois fondamentales. La moindre petite section mord sur ses voisines, tout se chevauche.

– C'est vrai? dit Ben dans un soupir ravi. Eh bien, tant mieux! Parce que nous violons et entrons sans cesse par effraction dans l'espace des autres... La vie serait effroyablement stérile et ennuyeuse si on ne le faisait pas. Nous le faisons par mots et par gestes... Nous le faisons lorsque nous nous touchons. Nous apprenons ainsi à violer légèrement l'espace les uns des autres, mais nous savons quand nous devons retourner dans le nôtre : il y a contact, sans conflit. »

Clarissa secoua la tête :

« J'aimerais bien croire une pareille chose possible, Ben, mais je ne vois pas que l'harmonie élimine les conflits...

– On ne veut pas les éliminer, c'est quelque chose de merveilleux. Ce sont eux qui nous font nous réaliser. On apprend à les contrôler. On apprend à se défouler ! » dit-il dans un éclat de rire provoqué par son propre humour.

Clarissa resta songeuse :

« Oui, d'ac, mais n'est-ce pas très exactement ce que la race humaine tente de faire depuis des siècles ? Jeux, sports, débats... tous ces trucs-là ! Ce sont des sublimations de notre agressivité.

– Oui, dit Val, mais tout en disant pieusement que l'agressivité était un mal, on a fait l'apologie du héros, du soldat, de l'homme qui tue.

– C'est vrai, dit Clarissa d'un air songeur; elle n'était pas convaincue.

– En somme, tu penses qu'il est temps qu'on unisse nos emmerdes et qu'on arrête d'être des schizophrènes moraux, dit Val à Ben. Un homme a les mêmes idées que moi ! »

Tout le monde se mit à parler. Mira toucha légèrement le bras de Ben pour lui dire un mot et enleva instantanément sa main, comme si elle s'était brûlée. Il la regarda en souriant. Il avait vu.

« Tu as été merveilleux », lui dit-elle.

21

Mira plana un peu ce soir-là, et Ben aussi, et, d'une façon ou d'une autre – par la suite, elle n'arriva pas à se rappeler qui l'avait suggéré ou si personne ne l'avait fait et que tout n'avait été le fruit que d'une double décision personnelle – il se retrouva dans sa voiture, la reconduisit et, lorsqu'ils arrivèrent, sortit et l'accompagna à sa porte. Bien sûr, elle l'invita à en boire un dernier, et, bien sûr, il accepta.

Ils riaient et se tenaient enlacés en montant l'escalier. Ils organisaient un monde parfait en rivalisant de bêtise et en riant aux larmes de leurs propres blagues. Mira farfouilla avec sa clef, Ben la lui prit des mains, la laissa tomber dans un éclat de rire, la ramassa et ouvrit la porte.

Elle remplit deux verres de brandy avec Ben, qui l'avait suivie dans la cuisine, s'était penché sur le buffet et l'avait regardée verser le brandy en parlant et parlant encore. Il la suivit hors de la cuisine jusqu'à la salle de bain; elle se retourna, un peu surprise, il se gourmanda, s'écria : « *Oh!* » et rit, avant de sortir, de se mettre juste derrière la porte et de continuer à lui parler pendant qu'elle urinait. Ensuite, il s'assit à côté d'elle sur le canapé, parlant, parlant, riant et lui souriant de ses yeux brillants. Lorsqu'il se leva pour remplir les verres, elle le suivit dans la cuisine, se pencha sur le buffet et le regarda verser le brandy; lui, ce faisant, continua de la regarder et noya d'eau le brandy de Mira. Ils se rassirent, plus près cette fois, et il n'y eut besoin ni de réflexion ni de calcul lorsqu'ils se tendirent puis se saisirent la main; il ne fallut que quelques secondes à Ben pour être sur elle, penché sur elle, son visage cherchant follement sur le visage de Mira quelque chose qu'il n'y avait pas sur les visages; mais il chercha, continua de chercher, et elle aussi, sur celui de Ben. Son corps était maintenant allongé sur celui de la femme, poitrine contre poitrine, et la proximité de leurs corps ressemblait à un accomplissement. Ses seins étaient aplatis sous lui; ils étaient tendres et durs à la fois. Leurs visages ne faisaient qu'un, leurs bouches cherchaient, fouillaient, s'ouvraient comme pour dévorer ou se frottaient doucement. Leurs joues aussi se frottaient doucement, comme les joues des petits enfants qui veulent sentir la peau des autres, mais durement aussi, car sa barbe, tout rasé qu'il fût, était dure et faisait mal. Il saisit la tête de Mira dans ses mains et la serra fort, comme si c'était son bien, et doucement à la fois, puis plongea la sienne sur le visage de la femme, avide de nourriture, affamé, affamé. Ils se levèrent ensemble, comme un seul corps, et comme un seul corps allèrent à la salle de bain, sans se lâcher, même dans l'étroit couloir, où ils se faufilèrent.

La façon de faire l'amour de Ben fut pour Mira la découverte d'une nouvelle dimension. Il aimait son corps. Le plaisir qu'elle goûtait de ce seul fait était si extrême qu'elle avait l'impression d'avoir découvert un nouvel horizon, une nouvelle montagne, une nouvelle Egypte. Il aima son corps. Il poussa de petits cris de joie en l'aidant à se déshabiller, l'embrassa, la caressa, s'exclama, et elle, si elle était plus calme, adora aussi son corps en l'aidant à se déshabiller, fit courir ses doigts sur la peau douce du dos, le saisit par la taille, par-derrière, en embrassant son dos, son cou, ses épaules. Au début, son pénis l'intimida; mais lorsqu'il la serra et se blottit contre elle, il pressa son sexe contre son corps et elle tendit la main vers lui, le saisit, le caressa. Ensuite, il enroula ses jambes autour d'elle, se mit sur elle et l'embrassa sur les yeux, les joues, le nez, les cheveux. Elle s'écarta doucement de lui, prit ses mains et les embrassa. Il fit de même et lui embrassa le bout des doigts.

Elle se laissa aller sur le dos tandis qu'il se serrait contre elle, et il se mit à lui caresser la poitrine. Elle avait l'impression que son corps flottait sur la mer, sur une vague qui eût reçu l'ordre de ne pas la noyer, mais elle se fichait pas mal de la noyade; alors, presque brusquement, il mit ses lèvres autour de son tétin et la pénétra rapidement; il éjacula tout aussi rapidement, sans parler et en soufflant fort. Un pincement de cœur, de commisération pour elle-même, la saisit et les larmes lui montèrent aux yeux. Non, non, pas encore ça, ça ne pouvait pas être pareil, ça n'était pas possible, avait-elle quelque chose qui clochait? Il restait allongé sur elle et la serrait toujours; elle eut le temps de ravaler ses larmes et de rajuster un vague sourire sur ses lèvres. Elle lui caressa doucement le dos et se souvint qu'elle avait eu du moins un peu de plaisir cette fois-ci et que, peut-être, c'était bon signe. Il lui avait donné, sinon quelque chose de mieux, du moins le maximum de plaisir qu'elle eût éprouvé de la part d'un corps.

Au bout de quelques minutes, il se retourna et se mit sur le coude à côté d'elle. Ils allumèrent des cigarettes et burent une gorgée. Il la questionna sur son enfance : quelle fille avait-elle été? Cela la surprit. Les femmes demandent parfois des trucs comme ça, mais pas les hommes. Cela la ravit. Elle se mit sur le dos et se lança là-dedans en parlant de tout comme si ces choses s'étaient passées devant ses yeux. Le ton de sa voix changea, modulé par ses propos : elle avait cinq ans, elle avait douze ans, quatorze. Elle remarqua à peine qu'il s'était remis à la caresser doucement. Cela lui paraissait naturel. La main de Ben allait gentiment de son ventre à ses hanches et à ses épaules. Elle posa sa cigarette et lui caressa à son tour les épaules. Puis il se pencha sur elle, lui embrassa le ventre, lui caressa et lui embrassa l'intérieur des cuisses. Le désir monta encore plus impérieusement que tout à l'heure. Elle caressa ses cheveux; la tête de Ben descendit et elle se contracta en ouvrant de grands yeux : il lui embrassait le sexe, il le léchait, elle était horrifiée; mais il continua de lui caresser le ventre, les jambes et, lorsqu'elle tenta de serrer les jambes, il les écarta doucement. Elle se remit sur le dos et sentit la chaude et humide pression. Son intérieur lui donnait l'impression d'être fluide et offert jusqu'à l'estomac. Elle tenta de l'attirer à elle, mais il ne suivit pas et la retourna, lui embrassa le dos, les fesses, lui toucha doucement l'anus en faisant tourner le doigt; elle murmura et essaya de se retourner; elle y parvint, il prit l'un de ses seins dans sa bouche et ses coups chauds remontèrent jusqu'à la gorge de Mira. Elle l'enveloppa de son corps, s'agrippa à lui, sans l'embrasser ni le caresser, mais en essayant de le faire la pénétrer. Il ne voulait pas. Elle lui abandonna son corps, lui laissa prendre la direction de tout; dans une extase passive, elle abandonna son corps à cette haute mer. Tout n'était que corps, sensation : même la pièce avait cessé d'exister. Il lui caressait le clitoris, doucement, gentiment, rituellement, et elle poussa des petits cris qu'elle entendit dans le lointain. Alors il saisit un tétin dans sa bouche, enroula son corps autour du sien et la pénétra. Elle eut un orgasme presque instantané et poussa un grand cri, mais il continua, et elle eut orgasme sur orgasme en une série de plaisirs paroxystiques qui ressemblaient à autant de douleurs. Son visage et son corps étaient trempés; celui de Ben aussi, se dit-elle, mais le fort va-et-vient continuait, moins fort à présent, tandis qu'elle s'accrochait à lui comme si elle avait vraiment risqué de se noyer. Les orgasmes diminuèrent, mais le mouvement de piston se poursuivait en elle. Ses jambes lui faisaient mal et les coups de reins de Ben n'étaient plus agréables. Ses muscles étaient exténués et elle était incapable de répondre au mouvement. Il sortit, la retourna, l'installa avec un coussin pour que ses fesses soient plus hautes, et la pénétra par-derrière. Ses mains caressaient ses seins doucement, il était courbé sur elle comme un chien. La sensation était complètement différente et, comme il se mettait à pousser de plus en plus vigoureusement, elle se prit à pousser, quant à elle, de petits cris. Son clitoris était de nouveau excité, et c'était fort, sauvage, chaud, et aussi douloureux qu'agréable; soudain, il éjacula en poussant de toutes ses forces et en lâchant toute une série de cris puissants qui étaient presque des sanglots et resta, son visage humide sur le dos de Mira, affaissé sur elle comme une lourde branche.

Quand il sortit, elle se retourna, le prit dans ses bras et l'attira à elle. Il l'enlaça et ils restèrent longuement ainsi. Sa verge humide reposait contre sa jambe et elle sentait du sperme glisser d'elle sur les draps. Ils commencèrent à avoir froid, mais aucun des deux ne bougea. Quelques minutes plus tard, ils s'écartèrent de quelques centimètres pour se regarder. Ils se caressèrent le visage et se mirent à rire. Ils s'embrassèrent très fort, comme deux copains plutôt que comme des amants, et s'assirent. Ben alla dans la salle de bain. Mira était allongée la tête sur l'oreiller et fumait.

« Allez, mon amie, lève-toi! » lui ordonna-t-il; elle le regarda, désorientée. Il s'approcha d'elle, l'enlaça, la fit lever et l'aida à tenir debout. Ils allèrent ensemble à la salle de bain et firent pipi. Ben avait mis du bain moussant de Mira dans l'eau de la baignoire; elle faisait des bulles et sentait bon – ils y entrèrent ensemble, s'agenouillèrent, s'éclaboussèrent gentiment, s'assirent et jouirent de la chaleur du bain en se caressant sur et sous l'eau.

Ils se séchèrent. Mira mit un épais peignoir en tissu-éponge et Ben se passa une serviette autour du corps.

« J'ai faim, dit-elle.

– Je meurs de faim », dit-il.

Ensemble, ils vidèrent le réfrigérateur, firent une fête de salami, fromage, œufs durs, tomate, pain de seigle, beurre, cornichons doux, grosses olives grecques noires, oignons d'Espagne crus et bière, et emmenèrent tout cela au lit, où ils se goinfrèrent, parlèrent, burent, rirent et s'effleurèrent. À la fin, ils mirent les plateaux, les assiettes et les boîtes de bière par terre et Ben enfouit son visage contre la poitrine de Mira mais, celle fois-ci, elle le repoussa et monta sur lui en refusant de le laisser bouger; elle embrassa et caressa son corps, fit glisser ses mains le long de ses flancs et sur l'intérieur de ses cuisses, palpa doucement ses testicules, puis glissa et prit son pénis dans sa bouche; il haleta de plaisir tandis qu'elle remuait tête et mains de haut en bas en sentant la veine se dilater et le corps caverneux durcir et laisser couler quelques gouttes de sperme; elle l'empêcha de bouger jusqu'au moment où, brusquement, elle releva la tête – ce qui le surprit – monta sur lui et imposa son rythme en frottant son clitoris contre lui; elle éjacula, se sentit une déesse triomphante chevauchant dans le ciel, éjacula de nouveau et lui aussi. Elle se pencha en avant et se serra contre lui, tandis que tous deux murmuraient; c'était fini... épuisé.

Ils se mirent sur le dos dans les draps chiffonnés, et bientôt Mira alluma une cigarette. Ben se leva, remit un peu d'ordre au lit, se recoucha à côté d'elle, remonta les draps, prit une bouffée de cigarette, mit les mains derrière la nuque et sourit.

Il était cinq heures et, au-delà des maisons, le ciel était clair et déployait une pâle bande de bleu. Ils n'étaient pas fatigués, se dirent-ils. Ils se regardèrent et se sourirent. Ben prit une autre bouffée, Mira tendit le bras et éteignit la lampe et tous les deux se blottirent dans les draps. Ils étaient tournés l'un vers l'autre et se tenaient à bras-le-corps. Ils s'endormirent aussitôt. Lorsqu'ils se réveillèrent, ils se tenaient toujours.

V

1

BIZARRE. En écrivant tout cela, je m'aperçois de quelque chose que je n'avais jamais remarqué. Tout ce qui caractérisa les rapports de Mira avec Ben était là dès le premier jour. En germe. Mais même en m'apercevant de cela, je ne sais pas ce que ça m'inspire. Existe-t-il des rapports qui n'aient point de germe ? Je me souviens de Clarissa racontant, plus d'un an après son divorce d'avec Duke et alors que ce dernier voulait à tout prix une réconciliation et qu'il la suppliait en l'assurant qu'il n'était plus le même, qu'il était devenu plus sensible, plus capable de considérer autrui : « Il dit qu'il a changé; c'est peut-être vrai. Mais dans ma tête et dans mon cœur, il a la même forme que toujours. Je crois que je le verrai toujours comme ça. Alors, même si je retourne avec lui – ce qui est impossible, même s'il a vraiment changé, ce qui est improbable, je le rendrai de nouveau comme avant, parce que ça sera *ça* que j'attendrai de lui ! C'est sans espoir.

« Je trouve cela désespérant, que les gens ne puissent pas changer, grandir ensemble. Si c'est bien vrai, on devrait demander aux gens de resigner leur acte de mariage tous les cinq ans environ, comme on le fait d'un bail. Oh ! merde. Pas de règles : on en a déjà assez comme ça. Mais s'il est vrai que les relations sont formées dans des moules, comment diable les gens vivent-ils ensemble ? alors que le temps amène le changement et que le changement à l'intérieur d'un moule, soit le brise, soit en modifie la forme. »

Les gens vivent ensemble : hommes et femmes, femmes et femmes, dames d'autrefois à rideaux de dentelle aux fenêtres qui mettent robes de rayonne imprimées et hauts talons avant d'aller faire les courses : acheter une douzaine d'œufs, un quart de lait et deux côtes de veau. Est-ce que ces dames-là s'assoient, comme certains vieux couples mariés de ma connaissance, en silence au crépuscule et se mordent les lèvres avec irritation contre Mabel et Minnie ?

« Qui gratte une femme, trouve une furie. » Val m'a dit cela tellement souvent que sa voix le répète encore dans mes oreilles. Est-ce que l'habitude de Mabel de mettre tant de poudre talquée après son bain qu'elle salit le carrelage de la salle de bain, ce qui chatouille les narines de Minnie, est-ce que cela mène inévitablement à l'explosion, au cours de laquelle toutes les autres petites manies de Mabel – regarder le nom des correspondants de Minnie, ne jamais vider le canapé et ne pas bien éplucher les pommes de terre – lui sont jetées à la face comme un jeu de couteaux qui la fait pleurer et contre-attaquer ? Parce que, évidemment (Mabel annonce cette terrible vérité en sanglotant), Minnie non plus n'est pas parfaite. Elle demande toujours qui appelle lorsque le téléphone sonne (mais si rarement) pour Mabel. Ça c'est de la pure curiosité. Minnie tire ses sels anglais puants à la moindre provocation, comme si elle était sensible, alors qu'elle a une santé de cheval. Elle l'a même fait le jour où le chien en chaleur du voisin a rencontré un congénère des rues sur la pelouse du devant ! Elle a dû déjà voir pareille chose, à soixante-quatorze ans ! Et Minnie ne remet jamais, jamais le journal comme elle l'a trouvé après l'avoir lu : il y a de quoi devenir folle.

Bien sûr, elles font « hum ! » et « tatatata » dès qu'elles entendent parler d'enfants maltraités; elles serrent les lèvres et détournent les yeux lorsquelles voient une scène érotique à la télé; elles vivent sans se plaindre de soupes en boîtes, de côtes de mouton et de hamburgers tous les trois jours – c'est tout ce qu'elles ont les moyens de se payer avec l'aide sociale et leurs pensions lilliputiennes; toutes les deux désapprouvent la cigarette, la boisson, le jeu et toutes les femmes qui s'y adonnent; elles aiment également l'odeur de la lavande, de l'huile de citron et des draps frais. Aucune n'oserait sortir avec des bigoudis, comme le font certaines femmes, et chacune dépense un bout de sa pension à se faire coiffer et teindre chaque semaine; et aucune ne sortirait ou ne se déplacerait à l'intérieur de la maison en débraillé. Leurs vieux doigts tordus par l'arthrite luttent chaque matin avec le corset à armature de fer et les bas fins. Toutes les deux elles se rappellent, comme si c'était hier, la famille Baum qui habitait à côté dans le temps.

Mais — je vous le demande — est-ce suffisant ?

De l'autre côté de la rue vivent Grace et Charlie, plus de soixante-dix ans eux aussi, mariés depuis plus de cinquante, et qui leur ressemblent comme deux gouttes d'eau. Sinon que Grace est en colère parce que Charlie boit chaque jour trois boîtes de bière et rote toutes les cinq minutes, et que Charlie est en colère après Grace parce qu'elle ne le laisse pas regarder toutes les émissions de télé qu'il aime, car elle tient à ces idioties de jeux ! Tous deux lèvent le front à cause de la beauté de leur pelouse — pas comme chez certains, font-ils remarquer d'un air entendu à Minnie et Mabel, qui pensent la même chose, et tout le monde de regarder la maison des Mulligan. Oui, mais est-ce suffisant ?

Qu'est-ce qui maintient les gens ensemble ? Et pourquoi faut-il que nous nous détestions tant ? Je demande ça pour que vous ne secouiez pas la tête pensivement en disant qu'il ne faut pas détester, pas détester notre conjoint. Nous le faisons. Ce que je veux savoir, c'est pourquoi ? Ça a l'air nécessaire, voyez-vous, comme d'expirer après avoir inspiré. O.K. J'accepte cela. Les vrais mystères de la vraie Eglise — si tant est qu'il y en ait une — seraient les suivants : Pourquoi aimons-nous et détestons-nous ? Comment diable faisons-nous pour vivre à deux ? Je l'ignore. Je vous l'ai déjà dit, je vis seule.

Il est facile d'en vouloir aux hommes pour les sales coups qu'ils font aux femmes, mais ça me rend un peu mal à l'aise. Ça me fait trop penser aux trucs que j'ai lus dans les années 55-65 et selon lesquels quand quelque chose n'allait pas dans la vie de quelqu'un, c'était la faute à la Mère. A cent pour cent. Les mères constituaient un nouveau diable. Pauvres mères, si seulement elles savaient combien elles ont de pouvoir! Castratrices et envahissantes, c'étaient les auxiliaires bénévoles du Grand Malin. C'est vrai que les hommes sont responsables de la plus grande partie de la souffrance d'une vie de femme — d'une façon ou d'une autre, personnellement ou en tant que représentant d'une structure qui rejette les femmes ou qui les cantonne dans une position subalterne. Mais est-ce tout?

Si des gens eurent l'occasion d'avoir une belle vie commune, ce fut bien Mira et Ben. Ils avaient assez d'intelligence, de bonne volonté, d'expérience et assez d'importance dans le monde — appelez ça chance ou privilège — pour savoir ce qu'ils voulaient et le réaliser. Aussi, ce qui leur est arrivé doit être en quelque sorte paradigmatique, exemplaire. Cela paraissait ainsi dans le temps, cela semblait resplendir de l'éclat divin de l'idéal. Ils possédaient le secret de l'intimité et de la spontanéité, de sécurité *et* liberté. Et ils étaient capables de l'entretenir.

C'est en avril que Mira et Ben devinrent amants, le premier avril de Mira à Cambridge, et son état d'âme était parfaitement au diapason des petites boules vertes qui jaillissaient dans les arbres, de la mince parure du forsythia et du lilas de la cour qui pendait au-dessus du mur de brique qui entoure la maison du président. Tandis que le soleil devenait plus chaud, les petites boules vertes grandirent, puis s'ouvrirent et lancèrent leur lumière verte sur les chaudes briques rouges mal ajustées. Les jours sentaient la chaleur, un léger parfum de cornouiller et de lilas venait de Brattle Street, du Jardin et de la Concorde, et pénétrait même dans le parc surpeuplé et enfumé. Les gens se pressaient dans les rues, vestes ouvertes, souriants, décontractés, avec des jonquilles de chez le fleuriste de Brattle Street, un poster enroulé de la coopérative ou une pomme au sucre de chez « Nini ».

Mira étudiait pour les examens de fin d'année et finissait des devoirs; Ben essayait de mettre de l'ordre dans les dix caisses de documents qu'il avait rapportés du Lianu. Ils se rencontraient presque chaque jour à déjeuner ou pour un café à la « Pâtisserie », chez « Pirotchka », ou chez « Grendel », où ils pouvaient s'asseoir en terrasse. Lorsque tout le monde était raide, un groupe se retrouvait pour boire un pot au « club » de la fac, où Ben et un autre assistant le faisaient passer dans leur note de frais. Ils ne dépensaient jamais autant que quand ils étaient raides.

Mira travaillait très bien : la sensation de foyer qu'elle avait dans sa relation avec Ben lui libéra l'esprit. Elle était capable de se concentrer intensément pendant des heures sans se sentir nerveuse ni se lever pour arpenter son appartement ou l'étage supérieur de « Widener ». Elle était aussi efficace et organisée que par le passé sans avoir la sensation de substituer l'ordre à la vie.

Nos deux amants passaient le samedi soir et le dimanche ensemble en une lune de miel prolongée. Ils dînaient en ville samedi soir et essayaient tous les restaurants intéressants de Cambridge. Ils mangèrent goucamalc, crevettes à la Tsé-Chouan, légumes au curry, agneau à la grecque avec artichauts, sauce citron, *pasta asciuta, quiche* et, un soir « spécial », *suprêmes de volaille avec champignons.* Ils goûtèrent tout et partout. Tout leur sembla bon... et, quelques mets même très bons.

Le dimanche, étant donné que la plupart des restaurants de Cambridge étaient fermés, il faisait de la cuisine. C'était parfois un grand truc : quand Ben insistait pour faire du bœuf Wellington, que cela prenait toute la sainte journée et transformait la cuisine en capharnaüm. La plupart du temps, c'était simple : *soufflés, gratins, crêpes* garnies, *pasta asciuta*[1] et salade. Ils mangeaient seuls, au son de la chaîne stéréophonique que Mira avait achetée.

Ils faisaient sans cesse l'amour. Pendant des heures et en cherchant des variantes : debout, sur le bord du lit, assis, ou bien debout. Beaucoup de ces expériences tournèrent à l'échec hilare. Ils jouaient, interprétaient

1. *Pasta ascuita :* plat de pâtes. *(N.d.T.)*

des personnages de vieux films en se partageant les premiers rôles. Elle était Catherine II et lui un serf; lui un cheikh, elle une esclave; ils jouaient avec conviction. Elle était la femme de ses fantasmes masochistes, lui l'homme de ses fantasmes masochistes; c'était comme de redevenir gosses et de renouer avec cow-boys et indiens. Cela libérait leur imagination et leur permettait de vivre toutes les vies mythiques qu'ils avaient rejetées, comme s'ils avaient endossé tous les costumes entassés dans les greniers de leurs esprits.

Ils se promenaient longuement, par « Charles » jusqu'au « Fresh Pond » en passant par le « freedom trail » pour finir à « North End » par un café ou une glace à l'italienne. Et ils parlaient, discutaient de tout, poésie, politique, théorie psychologique, meilleure façon de faire une omelette, d'élever un enfant... ils partageaient assez de valeurs pour que leurs propos fussent profonds et drôles, et tous deux étaient assez âgés pour savoir que les petites différences d'opinions maintiennent l'intérêt des choses.

En mai, il y eut une manifestation étudiante contre la guerre sous l'impulsion d'un groupe plus engagé que celui auquel Val et Ben appartenaient. La cour était noire de monde; les manifestants entourèrent « University Hall » et s'adressèrent à la foule dans des mégaphones qui déformaient les voix; le bruit se répandait dans toute la cour : il était moral d'employer des moyens violents pour arrêter la guerre, parce que la guerre était immorale. C'était là l'important de leurs propos. Ils appelaient les étudiants à la grève. Mira regardait la foule en écoutant. Les gens écoutaient immobiles ou déambulaient. Certains parlèrent aux orateurs. Qui tentèrent de leur répondre clairement. Leurs arguments parlaient de la logique et de la légalité : il était interdit d'occuper « University Hall »; immoral d'agir contre la légalité; mais encore plus immoral de ne pas agir contre la loi lorsque la loi soutenait une guerre immorale.

Mira n'arrivait pas à prendre la chose au sérieux. C'était un jeu intellectuel, une jonglerie avec des concepts qui n'avaient de sens qu'autant que les orateurs lui en accordaient un. Le véritable affrontement avait lieu entre le pouvoir du gouvernement et les armées d'un côté, les jeunes de l'autre. Ce n'est pas ainsi, se dit-elle, que les révolutions se produisent. Les révolutions viennent des entrailles, d'une colère et d'une excitation telles, si longtemps éprouvées et si criminelles pour l'être, qu'elles ne peuvent s'exprimer que par la rébellion armée. Les cadres d'Algérie, de Chine et de Cuba s'étaient sans doute mis en quête de justifications morales et intellectuelles au renversement du gouvernement, mais leurs motivations avaient plongé leurs racines dans l'existence quotidienne, dans des années d'assujettissement à l'asservissement, dans la conscience à peine prise d'une oppression si totale que la vie passait après la cause. Les jeunes qui criaient sur les marches du « Hall » avaient raison; ils étaient directement concernés; ils avaient la voix déjà rauque, à force de vociférer dans les mégaphones pour essayer de concerner les autres. Mais l'auditoire n'avait pas assez faim, pas assez peur; les familles vivaient tranquilles dans les beaux quartiers – ni mortes sous les balles ni estropiées par les tortures subies. Ni réduites en esclavage ni enfermées pendant des nuits sous des ampoules à 200 watts. Ben disait que les impérialistes américains étaient subtils : ils réduisaient les gens en esclavage en leur donnant deux voitures, deux téléviseurs, et une valise de répression sexuelle. Val et lui avaient discuté de la théorie de Marcuse. Mira était assise et observait. Rien ne démarrait : pas assez de passion chez pas assez de gens. Puis, un soir, le président de l'université appela la police qui évacua l'« University Hall ». De façon violente. Des gens furent blessés, emprisonnés. Le lendemain, le campus était en état de choc. Durant la nuit, les gens s'étaient radicalisés.

Il est facile d'oublier ce que l'on a ressenti à cette époque parce que les passions avaient leur origine dans l'esprit et non dans la vie quotidienne, et donc elles étaient évanescentes. Je me souviens d'avoir été assise à « Lehman Hall » et d'avoir ressenti l'électricité qu'il y avait dans l'air; des voix y couraient dans un bruit de verre brisé; une étincelle, me disais-je, pourrait anéantir tout l'immeuble. Des gens – pour la plupart des hommes plus âgés et licenciés – étaient inflexibles, concentrés et bavards : ils rameutaient sans cesse la rhétorique de la révolution en essayant de consolider ce qui s'était ébauché l'automne dernier et en murmurant dans les coins à propos d'armes et de chars. Les étudiants plus jeunes étaient agités, presque hystériques. Leurs yeux étaient sans cesse écarquillés et, quand ils distribuaient des tracts ou faisaient circuler des pétitions, leurs mains tremblaient. Des rumeurs – vérifiées par la suite – concernant un fichage administratif se répandirent comme traînée de poudre dans les bâtiments et mirent en pièces la délicate harmonie nécessaire à l'organisation hiérarchique. Beaucoup de gens en âge de le savoir, mais rangés et à l'aise derrière des murs de privilèges qu'ils n'avaient jamais vus, découvrirent à cette époque que le pouvoir n'est pas quelque chose que l'on détient, mais bien quelque chose que vous concèdent ceux sur qui vous avez le pouvoir. Les braves gens qui faisaient tourner l'université se révélèrent être d'invétérés sexistes et racistes, qui considéraient leurs préjugés comme leur droit, et leur droit comme identique au bien de la nation. Il fut impossible de les accuser de collusion dans la mesure où leur conspiration s'organisait au niveau du subconscient. Exactement, se dit Mira, comme ce qu'elle pensait de Norm : fallait blâmer quelqu'un pour quelque chose qu'il ne se permettait pas de savoir qu'il l'accomplissait et qui, quand on la lui faisait remarquer, n'y voyait rien de mal et disait que c'était « normal ».

Mais si c'était là de l'histoire ancienne pour Mira, ce n'était pas le cas pour les plus jeunes d'entre les étudiants. On leur avait appris, depuis leur plus tendre enfance, que les U.S.A. étaient le pays de la démocratie, de l'égalité et des chances égales pour tous; comme ils savaient qu'il y avait des failles dans le système, les gens de bonne volonté essayaient d'y remédier : leurs supérieurs, leurs professeurs, leurs parents, tout le monde avait l'air de bonne intention. Mais, dans l'intimité de leurs bureaux, ils remplissaient ces fichiers-là. Les jeunes ne l'avaient pas su, pas senti, et sous le choc que l'on éprouve quand c'est en partie notre propre aveuglement et notre crédulité auxquels on s'en prend, ils hurlaient, se démenaient et tremblaient. Ils réalisaient soudain que cela avait tout le temps été évident mais qu'ils n'avaient pas regardé, que c'était là le côté répugnant des beaux idéaux qu'on leur avait inculqués et des aspirations dont ils avaient hérité. Cette pensée élitiste, si proche de celle de Hitler, était précisément ce sur quoi leur situation privilégiée se fondait, ce qu'elle réclamait et assumait. Le prix du bien-être est un autre esclavage. C'était intolérable. Ils essayèrent de s'en sortir. Ils se cramponnèrent après leurs idéaux, leurs aspirations; ils essayèrent de renoncer à CE bien-être; mais ils ne surent pas le faire jusqu'au bout. Quelques-uns d'entre eux quittèrent Harvard pour faire la route, vivre en communauté, jeter leur vie passée aux orties. On discuta, avec force rhétorique (c'était une sorte de sténo), les deux points de vue. Si tu veux changer le monde, il te faut du pouvoir : la pauvreté n'est pas la base du pouvoir! Certains rejoignirent des groupes militants condamnés à l'inefficacité, sans cesse dissouts et tellement noyautés par le F.B.I. que certains groupes avaient seulement quelques membres non gouvernementaux. Tous ceux qui, parmi eux, étaient sensibles, ne supportèrent pas la perte de leur innocence, le sentiment de culpabilité et de responsabilité, qui sont la rançon de la conscience, que certains mangent parce que d'autres meurent de faim. Il y a peu de solutions, et aucune consolation, à de tels problèmes. Un saint peut bien choisir de mourir de faim pour qu'un autre mange, mais cela ne change pas la situation.

Val dit que tout ça, c'était de la merde. Elle déclara que réduire tout l'appareil du pouvoir du monde à ce genre d'idées simplistes revenait à transformer un problème politique en problème métaphysique; comme s'il fallait, protestait-elle, qu'il y ait sur terre plus de gens que de nourriture. Cela n'était pas nécessaire. Il y avait des alternatives. Imaginez que les gens cessent de trop bouffer, imaginez qu'ils renoncent — elle avait rencontré un jour un homme dont la famille de quatre personnes avait quatre voitures et quatre tracteurs de neige, et en faisait un cas général – à trois de leurs tracteurs de neige et à deux voitures. Mais comment les obliger à cela? dit Clarissa, sinon par un fait dictatorial? – Le socialisme, c'est bien en théorie, mais horrible dans la pratique. Pas vrai! On croit cela uniquement parce que nous voyons le socialisme d'ex-pays sous-développés dans lesquels, sans le socialisme, les masses seraient mortes de faim. Mais on dirait qu'il réprime l'initiative, la créativité, l'individualité. Regarde la Suède, dit Val. Les arguments firent rage. Tout cela se termina, comme cela avait commencé, par des mots.

2

La grève s'arrêta pile au moment où les examens commencèrent, et les choses retournèrent à la normale. Ce qui ne justifie pas les affirmations des cyniques qui croient que la grogne et la contestation des années 68-72 n'ont pas eu plus de sens que la frénésie avec laquelle on jerke. Ce qui fut révélé, découvert et discuté au cours de ces années entra profondément dans la tête des gens; ce qui se passa au cours de ces années affecta leur façon de penser. Néanmoins, je ne m'attends pas à entendre dire à la radio de ma voiture, à mon retour de la plage, que l'Eden a été proclamé sauf, bien sûr, si l'on est dans une période pré-électorale et ré-électorale pour le président des U.S.A.

Val s'était séparée de Grant le soir où elle avait donné sa partie. Cela l'avait un peu remuée :

« J'ai presque quarante ans, bon Dieu de merde, et j'en suis toujours là! »

Ce qui l'avait remuée, c'était qu'elle et Grant n'étaient plus bien ensemble depuis quelque temps mais n'avaient rien fait pour y remédier :

« Il m'en a vraiment voulu... pour plusieurs raisons. Il désirait quelqu'un de stable, de toujours présent, quelqu'un qui obéisse à sa pauvre âme blessée, et je ne faisais pas l'affaire. Mais, au lieu de me rentrer dedans, il me tourne autour, me lance des piques et s'accroche à moi, lamentable au pieu en plus et toujours embarqué dans des conversations inutiles. Moi qui ne voulais le voir que comme un copain avec qui me marrer au lit et en dehors, je ne m'étais pas marrée depuis... bah oui ! depuis avant mon départ de la communauté ! Et pourtant j' rompais pas, je disais : c'est fini. Je sais pas pourquoi j' me suis abandonnée à c' truc déprimant ! Je me sens plus jeune de dix ans depuis que je ne suis plus responsable de Grant ! Et c'est comme ça que j'en étais arrivée à le considérer... quelqu'un dont j'étais responsable, comme un cabot qu'il faut promener tous les soirs. Mon Dieu ! Je perds les pédales ou quoi !

– Il n'y a pas d' quoi ! dit Iso pour la consoler. Ava et moi, il y avait longtemps que ça marchait plus très fort. Et pourtant, j'ai été anéantie quand on a cassé. Toi, au moins, tu l'es pas.

– Ma liaison avec Grant n'a jamais eu la profondeur de la tienne avec Ava. Vous, vous vous aimiez vraiment, nous, on s'aimait bien.

– Et moi, alors ! bourdonna Mira. J'ai le moins joli air connu de nous toutes : quinze ans avec un type que j'ai sans doute cessé d'aimer au bout de six mois.

– T'avais des gosses, dit Iso, toujours douce et apaisante.

– J'y ai beaucoup réfléchi. Tu sais ? depuis que j' suis avec Ben. Au début, je voulais le garder pour moi... je voulais n'être qu'à lui.

– On sait, lui dit Isolde en riant à belles dents.

– Mais, au bout de quelque temps, lorsque j'ai été sûre de mon amour et du sien, j'ai eu envie – comme dit la chanson – de le crier sur tous les toits ; je voulais sortir dans la vie avec lui, nous présenter comme une unité, dire, on s'aime, on est ensemble. Pas par exhibitionnisme, mais, par... euh ! plaisir. Et par sentiment d'être à deux, et plus seule. Je veux dire que c'est comme si on avait une nouvelle identité : on est Mira, et on est Mira et Ben. On veut que le monde reconnaisse cela. C'est une corporalité du cœur, une nouvelle identité émotionnelle. Et puis, me semble-t-il, on veut que cette identité soit reconnue, et légale. Alors on se marie, on en passe par cérémonies et sceau officiel pour que les gens nous traitent comme une unité. Mais alors, bien entendu, on – nous, les femmes, du moins – perd l'autre identité, la personnelle. Les hommes non on dirait, pas tout à fait autant. Je n' sais pas pourquoi... Mais une fois qu'on a cette identité unifiée, qu'elle est une entité sociale, c'est dur de rompre. »

Val haussa les épaules :

« Je n'ai pas fait ça avec Grant. »

Iso éclata de rire :

« Qui aurait pu le faire? Il entrait en douce et partait en douce de partout; et il entrait et partait seul.

– Voilà pourquoi il était en colère tout le temps parce que je voulais pas vivre avec lui, le rencontrer sans cesse et m'installer.

– Mais pourquoi ne l'as-tu pas quitté plus tôt? »

Val était exaspérée.

« Je-ne-sais-pas! C'est *ce que* je n' sais pas! »

Ce n'est qu'environ un mois plus tard que Val se montra avec quelqu'un de nouveau à sa remorque. On en parla – ses amies acceptèrent cela comme elles acceptaient tout ce que l'une d'entre elles faisait, sans poser de questions; mais on l'interrogea quand même. Ce n'était pas l'âge du type, bien qu'il n'eût que vingt-trois ans, c'était sa personnalité. Depuis un an qu'il était à Harvard, il avait une petite réputation de dingue.

Tadziewski était grand, bien bâti, blond, yeux bleus et beaux. Il était également extrêmement excentrique. Quand on s'approchait de lui, ses yeux couraient dans toutes les directions. Comme Anton, il fréquentait l'Ecole d'administration, mais on se demandait bien pourquoi. Il était membre du Mouvement pour la paix mais n'allait que rarement aux réunions et, lorsqu'il le faisait, il s'asseyait au fond sans dire grand-chose. Lorsqu'il parlait, il s'exprimait de façon si incohérente que personne ne saisissait le sens de ses propos. Seules, quelques femmes paraissaient le comprendre et le considéraient avec affection et respect. Dans les rares occasions où son nom était prononcé, elles défendaient son humanité et sa sensibilité. Ces qualités-là étaient choses incompréhensibles pour Anton et ses copains; ils définirent son charme comme sexuel. Ce qui était faux.

Sa beauté était angélique, et son corps désincarné. Impossible de le trouver sexy. La raison pour laquelle il avait l'air incohérent, dit Val, tenait au fait qu'il était si sensible, si conscient de la vulnérabilité d'autrui que, à chaque fois qu'il prenait la parole, il tournait sa langue dans sa bouche en essayant de trouver le moyen de dire sa pensée d'une façon qui n'offensât personne, non qu'il craignît le mépris, mais parce qu'il avait peur de blesser : « Il n'est pas fait pour le monde, conclut-elle. C'est marrant de m'entendre dire cela, ce qu'il est? Humain. Mais il y a foutrement peu de gens un tant soit peu humains dans ce groupe qui veut sauver des vies dans le Sud-Est asiatique. Un groupe d'hommes, ajouta-t-elle avec dégoût. »

Un soir, après un long meeting, Val descendait les deux étages d'escalier branlant de la maison de Julius, lorsqu'elle vit Tad dans l'entrée. Pendant un moment, elle se dit qu'il l'attendait, puis décida que non et passa son chemin.

« Je peux te dir' un mot? » Sa voix jaillit si rapidement qu'elle ne comprit pas; mais elle s'arrêta et se retourna. Les yeux de Tad brillaient.

« Je n'y ai jamais cru, mais la métaphore est vraie! » dit Val à Mira et Iso. Ses yeux ressemblaient à des étoiles.

Il se déhancha, bredouilla quelque chose à propos du plaisir qu'il prenait à écouter ses interventions, et dit qu'il aimerait la connaître mieux. Elle le dévisagea avec gravité.

« Je ne savais pas d'où il sortait! Peut-être qu'il s'était dit que j'étais l'une des rares personnes du groupe qui l'écoutaient – ce qui est vrai – et qu'il voulait d'une façon ou d'une autre m'exprimer sa gratitude. Sans doute voulait-il sympathie et affection; peut-être coulait-il et se raccrochait-il à moi comme à une bouée; peut-être venait-il avec des intentions « viriles » – cela semblait peu probable. Mais j'en savais rien... il est si gauche, si absent du monde, qu'il n'a même pas l'idée de ce que veut dire jouer un personnage – ce que j'aime bien, mais qui rend difficile, le déchiffrement de quelqu'un – bref, j' savais pas comment lui répondre. »

« Merci, moi aussi j'aime bien tes interventions.
— Personne ne les comprend, je suis sur une autr' longueur d'onde.
— Possible...
— Ils ne savent pas dépasser l'ego.
— Tiens ? Qu'est-ce que tu veux dir' ?
— I' sont tellement repliés sur leurs egos qu'ils n'ont pas de place en eux pour des préoccupations plus vastes.
— Oui », dit Val d'un air dubitatif. Bien qu'elle en voulût aux types du groupe à cause de leur égoïsme, elle soupçonnait fortement qu'elle-même et Tad ne donnaient pas le même sens à ce mot.
« Toi, t'as dépassé l'ego, lui dit-il avec passion; c'est ça qu' j'aime en toi.
— Booooh ! » Val était déconcertée; il lui semblait qu'il était aussi replié sur son moi que les copains; sauf que son repli appelait autrui, tandis que les leurs, non. Lorsqu'ils parlaient du bien de l'humanité, les autres parlaient de ce que l'humanité devait considérer comme bien. Lorsqu'elle le faisait, elle parlait sans aucune certitude, comme quelqu'un qui essaie de découvrir ce qui paraît être bien aux gens, en se prenant comme exemple.
« J' dépasse l'ego, insista Tad; je tue mon ego.
— Mais es-tu certain que ça soit un bien ? »
Il pâlit et recula :
« Evidemment ! Pas toi ?
— Non. » Elle était crevée et pas disposée à une discussion mystique. « Mais continue, continue... » lui dit-elle dans un sourire avant de prendre rapidement la porte.

Après cela, elle écouta encore plus attentivement les choses qu'il disait — quand il parlait aux meetings auxquels elle assistait. Elle comprit mieux encore le soin qu'il prenait à ne marcher sur les pieds de personne et, tout en trouvant que c'était du temps perdu, l'aima bien pour cela :
« Est-ce que tu t'voies te soucier des sentiments d'Anton ? Autant demander l'âge du capitaine à un passager du radeau de la Méduse. »
Pendant la grève de Harvard, les meetings furent longs et tumultueux. Brad et Anton, qui faisaient partie du S.D.S., voulurent conjuguer leurs efforts avec d'au-

tres groupuscules : certains approuvèrent à cent pour cent, d'autres non. Le groupe eut toute une série de réunions frustrantes et, en fin de compte, destructrices. Il y en eut une, un soir, chez Brad, rassemblant des représentants de toutes les tendances, Val partit tard, et découragée. Il était clair à ses yeux que l'effet de la grève serait une scission à l'intérieur du groupe. Elle descendit lourdement l'escalier. Tad – qui était venu et vite reparti – était dans l'entrée. Pas de doute cette fois : il l'attendait. Elle soupira; elle n'était pas en forme pour une discussion métaphysique. Elle sourit vaguement, essaya de passer; mais il mit la main sur son bras.

« Tu as été extra, ce soir ! »

Elle se retourna vers lui, sourit encore, et, soudain, il l'enlaça. Il la poussa contre le mur et l'embrassa. Tout indécis que fût son cerveau, le corps de Val réagit à la puissante « animation » de Tad. Il continua de l'embrasser; elle s'y mit. Ses yeux et son visage étaient en sueur. Elle posa la main sur son bras.

« Tad...

– Non, non ! Je ne t'écouterai pas ! » Ses yeux étaient écarquillés, brillants et légèrement humides. « J' sais pas comment... j'ai essayé de t'expliquer... j'ai essayé de faire ça poliment... mais j' sais pas... Ne m' réponds pas, il faut pas me repousser... tu l'as déjà fait l'aut' fois. J' sais pas comment t' le dir'. »

Il était immobile, la regardait droit dans les yeux et lui caressait doucement, tout doucement, les cheveux :

« Je t'aim' », dit-il.

Alors, là, Val s'y connaissait. Elle savait, par cœur, toute la liste d'interprétations possibles pour ces mots-là. Mais ce gamin la touchait. Elle était totalement consciente de leur position. Elle ne savait pas pourquoi, mais elle aurait été ennuyée et plus si Julius ou Anton avait descendu l'escalier à ce moment-là. Leurs yeux brillants et moqueurs, leurs bouches pincées... elle ne voulait pas les voir – Tad et elle-même – dans les yeux d'Anton ou de Julius. Mais, en toute humanité, elle n'allait quand même pas repousser ce mioche.

« On ne peut pas rester ici, dit-elle. J'ai ma voiture, pourquoi ne viendrais-tu pas discuter le coup chez moi ? »

Il l'accompagna comme si ça avait été la chose la plus naturelle du monde, comme si ça avait été normal. Il parcourut les marches extérieures et le trottoir jusqu'à la voiture en la tenant enlacée, comme s'il y avait eu quelque chose entre eux. Val s'en rendit compte et y réfléchit. Elle ne savait pas quoi faire. Qu'allait-elle faire de ce gamin ?

Chris était endormie lorsqu'ils arrivèrent. Val remplit deux verres et s'assit dans le living-room dans... un fauteuil, plutôt qu'à sa place habituelle sur le canapé. Tad s'assit sur le canapé près d'elle en s'appuyant sur la petite table d'à côté pour être le plus près possible.

« Je t'aime depuis le premier jour, dit-il. Tu es si belle ! » Son visage et ses yeux resplendissaient. « Je savais qu'on en arriverait là.

– Là ? On n'en est pas là ! lui dit Val, sérieusement et gentiment à la fois. Je ne sais pas ce qu'est ce *là* et toi ?

– Il fallait en arriver LA ! » insista-t-il. Il la prit dans ses bras avec fougue et délicatesse; le corps de Val, lui du moins, répondit. Et ils en arrivèrent... là.

« C'est un très bon amant, dit Val d'un air songeur. Bizarre, non ! A le voir, on croirait pas... Il a l'air si désincarné. Mais il s'intéresse follement à moi, il veut que j' sois bien... Ce qui en fait, dans mes dossiers – rire – un très bon amant !

– Enfin un type... se gaussa Mira, qui n'a pas été lourd à la comprenette.

– Ouais, dit Val en secouant la tête. J' sais pas si j'avais eu l' choix si je me s'rais foutue là-dedans; bref... j' l'ai pas eu... tout était si clair pour lui... il avait fantasmé là-dessus, je crois, et pas qu'un peu... Le « là », comme il disait, était inévitable. Qui oserait faire manquer son « là » à la fantaisie de qui que ce soit ?

– SA fantaisie, ça t' suffit ? lui dit Iso pour l'asticoter.

– On dirait », dit Val, quelque peu déconcertée par ce qu'elle vivait.

3

Tad et Val constituèrent une union différente de celle qu'elle avait vécue avec Grant. Les gens riaient sous cape et murmuraient, mais Val s'en fichait comme de colin-tampon. Elle savait, parce que sous son aspect volontaire Val était sensible, le ton des remarques que l'on faisait sur elle et Tad. On voyait sa liaison avec lui comme une chute, ou alors on disait qu'elle les prenait au berceau, ou qu'elle baissait intellectuellement. Tad passait pour un crétin aux yeux du petit cercle qui croyait le connaître.

Mais Val se mit à aimer Tad, pas seulement parce qu'il l'adorait, mais aussi parce qu'il était plein de discernement, qu'il avait une haute conception de la vie et, bien qu'elle ne fût pas d'accord sur beaucoup de choses avec lui, elle admirait sa volonté d'aller au-delà des petits besoins de ce qu'il appelait l' « ego » pour atteindre un lieu mental de plus grande compréhension.

Cet été-là, tout le monde était heureux. Beaucoup de gens suivaient les cours d'été pour améliorer leurs langues ou trouver par la bande des recommandations pour les séminaires. Isolde et Kyla lisaient Dante; Mira lisait Spencer, et Valerie se plongeait dans des statistiques – affreux, mais nécessaire pour le diplôme qu'elle préparait. Ben en était arrivé à la troisième caisse de ses notes.

Les femmes se rencontraient à déjeuner chaque jour. Clarissa, qui étudiait Faulkner avec un célèbre professeur en visite ici, les rejoignait néanmoins souvent. D'autres passaient, ou non. Et c'est au cours de cet été-là que les femmes se constituèrent réellement en groupe.

L'action politique s'était déplacée vers ailleurs : beaucoup d'étudiants et des professeurs étaient partis, et le « mouvement » se poursuivit dans les caves et les greniers de New York, Boston et Chicago. Les étudiants d'été arrivèrent et l'odeur d'ajournement se fit sentir dans Holyoak Center. C'était l'époque des fugueurs et des routards. Certains avaient l'air très jeunes, d'autres un peu vieux, mais tous les visages avaient quelque chose d'intemporel, comme si les choses s'étaient arrêtées pour eux, ou plutôt, comme s'ils vivaient dans un présent éternellement... présent, soit sans passé ni avenir. On en apercevait par-ci, par-là, contre le mur de brique du côté « Mass Avenue », en face de la coopérative, contre le mur côté Holyoak Center. Leurs visages étaient à la fois inexpressifs et hostiles : peut-être sont-ce là deux synonymes.

Les journées des femmes étaient excitantes, animées et faciles. Leur travail était agréable, leur rassemblement agréable et comme c'était l'été et qu'elles se sentaient en droit de s'accorder quelques journées de congé, elles allaient de temps en temps à la plage toutes ensemble. La vie des étudiants de licence peut sembler belle. En réalité, la plupart d'entre eux travaillaient plus dur que la... plupart des gens. Mais comme ils étaient maîtres de leur emploi du temps, ils n'étaient pas obligés de se relaxer près de l'adoucisseur d'eau ou du distributeur de sandwiches pendant quinze minutes – tirées jusqu'à vingt ou trente – de battement. Ils pouvaient stocker leurs loisirs en travaillant pendant de longues heures d'affilée et en se permettant une journée de liberté totale tous les huit ou dix jours : du moins en été.

L'appartement d'Iso se trouvait près du parc : à la fin de l'après-midi, elles s'y asseyaient avec sodas et vin. Il y avait toujours du monde. Iso resplendissait. Elle portait des shorts blancs et des jerseys moulants blancs et, tandis qu'elle devenait bronzée, ses cheveux plus blonds, ses taches de rousseur plus marquées, elle ressemblait de plus en plus à l'Américaine type. Les femmes s'asseyaient là et parlaient de choses dont elles ne parlaient nulle part ailleurs. Et jouaient à des petits jeux qui n'en étaient guère.

« A quels jeux t'aimais jouer quand tu étais petite, Clarissa ?

– Oh ! à la marelle, sauter à la corde et être le roi de la montagne... J'ai surtout aimé le roi de la montagne, jusqu'à ce que je découvre le football... Le football est mon jeu préféré.

– Et toi, Mira ?

– Que dire après cela ? La mémoire... et un jeu de cartes... A l'école... j'étais toujours la maîtresse... puis le « Monopoly ».

Et ça continuait, chacune riant de soi et des autres. Le jeu favori d'Iso était la baballe; Kyla la course, chat et s'occuper de poissons tropicaux. Val n'aimait pas les jeux, mais se souvenait qu'elle aimait monter une tente « orientale » derrière la maison et s'étendre sur des coussins à boire de la citronnade-maison avec des feuilles de menthe verte dedans, et lire et écrire des romans.

Lorsque arrivait le jour « spécial », elles allaient en voiture sur la côte; parfois avec Tad ou Ben – Harley et Duke ne venaient jamais avec elles – à la plage de Gloucester ou de Crane. Elles nageaient, lisaient, jouaient aux cartes; parfois, elles emmenaient poulet, salade, bière et œufs et mangeaient sur la plage. De telles journées leur semblaient constituer le comble du bonheur, une voiture était un luxe, une journée hors de la ville une magnificence royale.

De temps en temps, Mira et Ben partaient seuls. Ils allèrent à Walden et firent le tour de l'étang main dans la main et se baignèrent en dépit de l'interdiction, loin de la plage, dans une petite crique qu'ils décrétèrent privée. Ils regardèrent ce qui restait de la cheminée de pierre de Thoreau et tentèrent de se représenter ces mêmes lieux cent années auparavant.

Ils visitèrent Concord, Lexington, Salem et Plymouth, voyageant avec la pleine satisfaction des gens passionnés l'un par l'autre mais qui ne sont pas complètement possédés par la pensée de l'autre; les choses sont plus agréables quand on les partage ainsi. En août, le groupe se dispersa. Isolde fit son voyage annuel en Californie. Kyla et Harley, Clarissa et Duke firent des visites familiales; Chris revint de chez son père et alla avec Val et Tad dans un truc que Val avait loué sur le Cap. Mira et Ben leur rendirent visite.

Merveilleux. Ils se promenèrent, nagèrent dans l'eau tiède de la baie ou, plus loin, jusqu'aux déferlantes dans lesquelles ils se roulèrent. Ils restaient ensemble tard le soir à rire, boire, faire des jeux de mains pas vilains et jouer aux cartes. Tad et Ben firent cuire la viande sur le barbecue extérieur tandis que Val, Mira et Chris s'amusèrent beaucoup à faire une salade de pommes de terre et chou cru. La maison se trouvait dans une rue agréable bordée d'arbres; ils mangèrent dehors le soir, écoutèrent les bruits des insectes, regardèrent le ciel devenir lentement lavande et pourpre, respirèrent l'air frémissant du soir d'été en parlant calmement et à voix basse. Après Cambridge, son vacarme et ses fumées, on se serait cru au paradis, du moins jusqu'à l'arrivée des moustiques. A ce moment-là, ils rentrèrent, burent et chahutèrent.

Mira et Ben n'arrivaient pas à partir. Au bout de deux jours, ils dirent qu'ils devaient partir, mais Val s'écria : « Pourquoi ? » et l'on n'en parla plus. Ils donnèrent de l'argent pour la nourriture et les alcools, mais, après quatre jours, ils commencèrent à être gênés :

« Il faut vraiment qu'on parte, insista à contrecœur Mira un soir qu'assis en rond par terre ils jouaient aux cartes.

— Ecoute, le proprio m'a appelé hier. Les gens qui devaient prendre la maison pour les deux dernières semaines du mois se sont décommandés : le proprio a leurs arrhes, alors i' propose de m' fair' un prix... Moi, j' peux pas, mais pourquoi ne la prendrais-tu pas, on viendrait t' voir ? » Elle les regarda en souriant de toutes ses dents : « Comme ça tu s'ras pas seule. »

Mira sourit, tendit la main et serra le bras de Val.

« Ça n'aurait pas été si merveilleux sans vous tous ici. Elle regarda son amie avec amour. Ces quatre journées avaient constitué une brève mais magnifique expérience de vie communautaire. Mais les garçons venaient pour les deux dernières semaines du mois. Impossible de...

— Formidable! dit Ben. C'est combien? Je pense qu'on peut trouver deux cents dollars à nous deux.

— M'man, dit Chris à voix basse mais ferme, j' croyais qu'on allait acheter des fringues la semaine prochaine...

— On ira, on ira, dit Val en lui caressant les cheveux. I' nous faudra deux s'condes pour acheter un jean et trois chemisiers.

— Et des boots! »

Mira battit les cartes. Ils étaient tous assis par terre et jouaient au poker. Ben avait regardé Mira lorsqu'il avait fait sa suggestion et continuait de le faire, mais elle ne le regardait pas. Il avait fait la suggestion de prendre la maison avec joie et s'était attendu que son sourire radieux trouvât un reflet en elle; mais elle baissait la tête et battait les cartes.

« T'as pas l'air enthousée.

— Je te prie de ne pas employer de mots qui n'existent pas, Ben, dit-elle sur un ton cassant.

— Qu'est-ce que ça peut foutre? dit-il en haussant le ton.

— Rien, dit-elle, les lèvres serrées, rien du tout. » Elle se leva et alla dans la salle de bain. Ben regarda Val. Val haussa les épaules. Tout le monde se regarda. La joie bruyante qu'ils avaient partagée s'envolait en silence.

Ils burent; les glaçons dansaient dans leurs verres.

« Tu crois qu'elle veut continuer à jouer?

— C'est son affaire.

— On attend, hein?

— Quelqu'un veut boire? » Val se leva et se rendit dans la cuisine. « Tad, i' rest' du tonic?

— Comment veux-tu que j' le sache?

— Zut! i' a plus d' gin!

— Mais non, j'en ai acheté, Val, dit Ben, il est sous l'évier.

— M'man! et pis une veste, un treillis bleu; et des gilets, et des slips; et puis je crois que je prendrais une jupe...

— Et pour quoi faire? » cria Val de la cuisine.

Chris se mit à protester :

« Ecoute, m'man, on ne sait jamais, i' peut y avoir quelque chose à l'école ou il faudra que j'en ai une. »

Val revint avec des verres et fit un grand sourire à sa fille, ce que voyant, Chris se détendit. Elle caressa la main de sa mère :

« Une jupe longue et très sexy.

– Et une écharpe en vison ! Ce qu'i' te faut, c'est un pyjama et une robe de chambre.

– Pour quoi fair' ?

– Chris, il y a des endroits où il faut porter quelque chose pour dormir.

– Tu l' fais, toi ?

– Je dors pas dans un dor. »

Ben se leva et se dirigea vers la salle de bain. La conversation s'interrompit, puis Val reprit. Ben entra dans la salle de bain et referma la porte. Val regarda Chris et Tad.

« Un solitaire ? »

Ils jouèrent à la belote. Puis Mira et Ben sortirent de la salle de bain. Le visage de la première était gonflé et rose. Ben était contracté et morose. Ils rejoignirent les trois autres. Val essaya de leur parler; ils lui répondirent, mais ne se regardèrent ni ne se parlèrent. Val posa ses cartes par terre.

« Mira... je t'ai fait quelque chose ? Je sais que j'ai une grande gueule... Qu'est-ce qui ne va pas ? Je t'en prie, dis-le-nous ? »

Mira secoua la tête en se mordant la lèvre inférieure :

« Non, répondit-elle en frissonnant, personne n'y est pour rien. C'est moi... on ne peut pas transcender son passé... » Elle se leva : « J'ai eu mauvais goût, mais ce goût, c'était moi, ajouta-t-elle avec le désespoir un peu larmoyant que donne parfois l'alcool. Je vais marcher un peu, je reviens. » Elle partit; ils gardèrent le silence jusqu'à ce que ses pas eussent cessé de résonner sur le chemin cimenté qui menait de la porte à la rue. Alors, tout le monde se tourna vers Ben. Il secoua la tête, baissa les yeux sur son verre avant de les relever, mouillés de larmes, sur eux.

« Elle dit que j' suis insensible.

– A quoi ?

– A ce qu'elle éprouve pour ses fils. Elle dit qu'elle ne pourrait jamais, même pas dans un million d'années, être avec eux et moi sous le même toit. Je lui ai demandé si elle envisageait de me bannir le temps qu'ils seraient là. Elle m'a dit qu'elle m'inviterait à venir manger un soir. Je lui ai dit merci ! Je pense que j' suis vicieux. Oui, quoi ! qui suis-je ! Un obsédé sexuel ! Ils ont seize et dix-sept ans; ils doivent quand même pas tout ignorer de la vie ! » Il avala son verre. Il s'ébroua comme un chien après la pluie. « On dirait qu'ell' a hont' de moi !

– Plus probablement d'elle-même, murmura Val.

– Elle en parl' comm' de quelque chose de dégoûtant... d'avoir enfants et amant sous le même toit. » Il leva les yeux vers Val, puis vers Chris, et rougit. « Pas en général, mais dans notre cas, corrigea-t-il.

– Ouais, c'est un problème, – dit Val en remédiant à ce qu'il croyait avoir été une gaffe; pour nous toutes, les femmes qui ont des gosses. Ça nécessite réflexion. »

Chris se pencha en avant, le menton dans la paume de la main et s'allongea sur les cartes :

« T'y as beaucoup pensé, m'man ?

– Oui.

– J'avais quel âge ?

– Dans les deux ans... J'étais divorcée d'avec ton père depuis environ un an quand j'ai rencontré ce type, bah !... fallait faire des choix... je veux dire que j'aurais pu aller dans un hôtel; je n'étais pas obligée de l' ram' ner.

– Mais tu l'as fait ? »

Val approuva d'un signe de tête; Chris éclata de rire :

« Et tu les as tous ramenés d'puis. »

Ben regarda Chris :

« Et toi, qu'est-ce que ça t' fait ? Si ce n'est pas une question trop personnelle », ajouta-t-il en regardant Val.

Val ouvrit les mains :

« A Chris de le dire. »

Chris haussa les épaules :

« C'est O.K. Je pense que si je devais choisir entre

voir maman à la maison et la voir découcher, j' prendrai le premier truc. Mais peut-être que j'aurais aimé qu'elle décide de devenir – comment t'appelles ça, déjà ? – dit-elle à sa mère.

– Une nonne? Genre grand-mère aux cheveux gris restant à la maison à t'attendre en tricotant de grandes chaussettes de laine?

– Ouais, dit Chris en souriant de toutes ses dents; le *célibat* ! une vie entièrement consacrée à mézigue!

– Est-ce que tu as une idée... dit Val en prenant un faux air mesquin, du prix que je t'aurais fait *payer* pour ça?

– Une petite, oui! dit Chris; la mère de Lisa est devenue comme ça depuis qu'elle est divorcée. C'est dur. Mais quand même, ça m'ennuie des fois quand il y a quelqu'un que je ne connais presque pas et que je dois faire gaffe de fermer ma porte de salle de bain ou d'avoir quelque chose sur le dos quand je traverse l'appartement. Ou quand je veux parler à maman et qu'elle est occupée avec quelqu'un. C'est dans ces cas-là que je claque les portes et que je casse des trucs... Mais, des fois, c'est marrant qu'un type soit là, même s'il est débile, dit-elle en avançant la tête avec un clin d'œil en direction de Tad, qui lui donna un petit coup sur le nez. C'est un peu comme d'avoir une famille. Mais il y a des fois où je ne tiens pas le coup, lorsque j'aim' pas l' type...

– Ouais! fit Val. Certaines ont des ennuis avec leurs parents, moi c'est avec ma fille! Si j'invite quelqu'un qu'elle n'aime pas, elle est si vache et ennuyeuse qu'il ne reste pas longtemps!

– Mais j'ai toujours raison, pas vrai? dit Chris d'un ton sérieux.

– Tu as toujours raison, dans *ton* jugement. Mais tu ne me comprends pas; je veux dire que, des fois, il n'y a personne qui me convienne vraiment mais je me sens seule, j'ai envie de faire l'amour, j'ai envie de parler avec un homme – autant qu'avec des femmes, j'aime avoir un équilibre – alors je ramène une créature limitée... après tout, n'importe qui est un cadeau du Ciel à l'humanité.

– Mais tout va bien, maintenant... dit Tad avec sérieux; tu m'as. »

Val se retourna vers lui, étonnée; il la regarda avec dévotion, tendit la main et prit la sienne. Elle le laissa faire, mais détourna les yeux d'un air préoccupé.

Ben fronça les sourcils :

« Je ne sais pas; Mira n'arrête pas de dire – de crier – que c'est dégoûtant; elle le dit à tout bout de champ. Je lui ai demandé si ça l'avait dégoûtée que tu vives avec Tad – ici, du moins – et elle a répondu que c'était différent. Chris n'était qu'un bébé lorsque tu as divorcé, c'est une fille, ce qui est différent... Puis elle a éclaté en disant qu'elle avait été choquée lorsqu'elle avait réalisé que Grant était ton amant et qu'il vivait de temps en temps avec toi.

– Bon, dit avec peine Val. Une chose est sûre : elle t'aime.

– Qu'est-ce qui te fait dire ça? L'amour, ça s'efface d'un coup de brosse, hein? Quand je ne fais pas l'affaire, elle a le droit de m'effacer de sa vie?

– C'est un autre problème... Mais je crois qu'elle ne serait pas si catastrophée si ses sentiments pour toi n'étaient pas aussi forts... Tu sais, elle ne voit pas beaucoup ses fils. Toutes ses émotions la font sans doute paniquer. Elle se demande ce qu'ils penseraient, étant donné qu'eux trois ne sont pas très unis, te voir avec elle... Tu comprends ça, non?

– Je crois? »

Val se rassit et croisa les jambes en lotus. Elle pencha la tête vers Ben. Elle était un peu grise et sa voix prit l'inflexion qu'elle avait lorsqu'elle était un peu pompette :

« Bon, Ben, là j' blague plus : écoute-moi. »

Il se pencha en avant et l'embrassa légèrement sur la bouche.

« Je t'écoute. »

Les bras de Tad s'agitèrent et il redressa le front.

« OOOOO.K. ! » dit-elle en se remettant en arrière.

Qui en fait une de... Elle regarda autour d'elle et les compta lentement : « Un, deux, trois... oh! bon... oh! on se fait un bridge? »

4

La suggestion de Ben de louer la villa ensemble avait tellement effrayé Mira qu'elle ne put pas penser pendant quelques minutes. Cela se déchaîna en un lieu de son esprit qu'elle ne connaissait pas auparavant, mais qu'elle était contrainte, non seulement de reconnaître, mais également d'explorer. Elle descendit sur la plage; la nuit était chaude et les criquets chantaient d'amoureuses sérénades. Le ciel était noir ici, loin des néons de la ville, et les étoiles s'y détachaient, scintillantes. Elle se posa question après question. Etait-ce parce que sa vie avait été si protégée, si *normale*, si conforme à ce que la mentalité commune avait voulu qu'elle fût, qu'elle n'avait jamais été contrainte de faire un quelconque choix moral et était donc complètement novice dans ce domaine? Elle se souvenait d'avoir condamné dans sa tête les gens qui considéraient l'adultère comme un péché mortel. Mais elle se rappelait également le choc qu'elle avait ressenti lorsqu'elle avait compris que Bliss avait bel et bien une liaison avec Paul. A cette époque-là, elle s'était dit que ce qui la renversait, c'était qu'Adèle fût trahie alors qu'elle pensait que Bliss était sa meilleure amie. Elle se souvint ne pas avoir été horrifiée lorsque Martha se lia avec David. Mais, bien entendu, Martha et George étaient honnêtes l'un avec l'autre : il n'y avait pas tromperie.

Mais quelle trahison comportaient donc ses actes à elle? Ses fils la savaient divorcée, ils vivaient sous le même toit que leur père et sa seconde femme à chaque fois qu'ils lui rendaient visite. Ils comprendraient qu'elle aussi... Il faudrait qu'ils comprennent! Qui étaient-ils donc pour la juger? N'avait-elle pas droit à sa propre vie, à *une* vie, à l'amitié et à l'amour?

Elle arriva à la plage. La baie était calme et frissonnante sous la lune. Le sable était désert, encore qu'on y distinguât quelques voitures — avec des gens dedans — au bord. Elle détourna obstinément la tête et s'approcha du rivage.

Elle ne parvenait pas à trouver une seule raison logique à sa terreur de voir les garçons habiter avec – non, ce n'était même pas cela – de voir les garçons apprendre sa liaison avec Ben. Elle tripota et sonda cette région de son esprit, ce territoire nouvellement découvert, et courut le risque d'y souffrir à chaque pas; mais elle ne trouva aucune réponse. Elle marcha longuement. Au bout d'un certain temps, recrue et vaincue par le sommeil, elle décida de s'en retourner; mais, ce faisant, elle eut l'impression d'avoir une rage de dents sans cesse plus douloureuse et en voulut à Ben pour cette douleur. Après tout, elle avait vécu toutes ces années sans jamais avoir à penser de cette façon-là, sans jamais avoir à se poser ces questions-là; toutes ces années durant, elle était allée son joyeux chemin tranquille sans que cette pince de dentiste ne s'enfonçât dans ses douloureux abcès! Pourquoi fallait-il qu'il ne comprît pas combien elle était douillette? Il insistait, la bousculait, avec inconscience et insensibilité.

Il m'empoisonne l'existence, se dit-elle.

Elle rentra lentement. L'image qu'elle avait de Ben était horrible. Elle ne voulait plus le revoir. L'idée de devoir rentrer à la maison, de le retrouver et d'avoir à dormir dans le même lit que lui la remplissait d'angoisse; il n'y avait que trois pièces; peut-être pourrait-elle dormir avec Chris? Ou sur le canapé du living-room? Quelle horreur ça serait de devoir allonger son corps dans le même lit que c't être-là!

Ses fils arrivaient dans deux jours; ils ne resteraient que deux semaines; elle ne les voyait que rarement; c'étaient ses fils. Ils lui prenaient peu de temps. Alors, pourquoi jouait-il les intrus, pourquoi s'imposait-il comme si c'était là un droit?

Elle s'arrêta. Des larmes lui roulaient sur le visage. Elle tenta de se rappeler ce qu'elle ressentait la veille, quand elle aimait tant Ben; elle essaya de se rappeler la première fois où ils avaient fait l'amour. Inutile : sa mémoire était une histoire à sensations survenue dans un pays lointain – des faits mais pas de densité réelle. Il faisait ceci, il faisait cela; elle avait ressenti ceci et cela. Elle avait eu un orgasme. Ça avait dû être bon. Mais cela s'était passé sous un autre ciel, et puis la jeune fille était morte. Cela aurait toujours un parfum d'amertume parce que cela l'avait conduite à ça, inévitablement. Elle n'avait pas compris qui était Ben : une intolérable oppression; une ombre imposante qui entendait recouvrir sa vie.

Son cœur était une poire écrasée. Au comble de la tristesse, elle rentra à la maison. La lumière était encore allumée mais tout le monde était allé se coucher. Lorsqu'elle ouvrit la porte d'entrée, Val sortit en vacillant de sa chambre.

« Ç' va ? »

Mira fit oui de la tête.

« Excuse-moi, je suis trop claquée pour parler, dit Val.

– Ça va.

– Bon... c'est une vieille scie, mais c'est vrai : les choses semblent différentes au matin. »

Mira acquiesça gauchement de la tête. Elle était trop timide pour demander à Val si ça ennuierait Chris qu'elle dorme avec elle, et trop timide aussi pour ouvrir la porte de Chris; alors elle se déshabilla dans la salle de bain, passa une chemise de nuit et entra sur la pointe des pieds dans la pièce où Ben dormait. Elle essaya de faire le moins de bruit possible et de ne pas remuer le lit. Ben était allongé sur le côté, la tête tournée vers le mur. Elle se mit sur le côté, la tête tournée de l'autre. Elle comprit rapidement qu'il n'était pas endormi. Sa respiration n'était pas celle de quelqu'un qui dort. Mais – Dieu merci – il ne parla pas. Elle resta étendue, crispée, en essayant d'empêcher son corps de se détendre, d'occuper davantage de place et, peut-être, de le toucher. Au bout de quelques minutes, la respiration de Ben s'alourdit, son corps se relaxa un peu avant de se recroqueviller. Il arrive à dormir, se dit-elle amèrement. Parce qu'elle n'y parvenait pas. Elle dormit cinq minutes par-ci, par-là et, au matin, eut l'impression d'avoir avalé un poison dont l'effet rejaillissait sur son apparence.

Rien n'alla mieux au matin. Mira et Ben firent leur

valise sans se dire un mot et chargèrent la voiture, dirent vaguement au revoir à Val, Chris et Tad, et prirent en silence la route de Boston via Cape. Ben se gara devant chez lui, sortit de la voiture et prit sa valise et sa canne à pêche sur le siège arrière. Il resta immobile un instant à côté de la voiture, tandis que Mira se glissait au volant; mais elle ne le regarda pas. Elle craignait que son visage ne trahisse ses véritables sentiments, ne reflète sa haine pour ce puissant envahisseur qui n'était rien pour elle, qui essayait de s'imposer dans sa vie, de s'en emparer, oui, c'était cela, le mâle typique, qui voulait prendre sa vie, la façonner à sa convenance, apposer dessus l'empreinte de son pouce gigantesque.

Elle partit. Il ne lui téléphona pas. Les garçons arrivèrent; elle essaya d'avoir l'air heureuse. Elle les emmena à Walden, Salem, Gloucester et Rockport. Lointaine, elle parcourut avec eux les chemins et les rues qu'elle avait parcourus, si heureuse, il n'y avait pas deux mois avec Ben. Elle les emmena dans un restaurant de Tsé-Chouan, qu'ils apprécièrent : leurs goûts s'étaient quelque peu diversifiés. Elle les emmena dans un restaurant italien; ils commandèrent autre chose que des spaghetti. Elle leur parla, du bout des lèvres; ils lui répondirent, loin, loin. Ils n'avaient pas amené le téléviseur cette fois, mais, après deux soirées à les voir s'agiter, elle leur en loua un. Mais ils ne regardèrent pas autant que l'autre fois. Elle les vit même l'un comme l'autre avec un livre.

Un soir – ils étaient là depuis un peu plus d'une semaine – Mira était assise dans le living-room aux lumières éteintes avec cigarettes et brandy, ses vieux amis. Les garçons regardaient la télé, pensait-elle. Clark pénétra dans la pièce et s'assit en face d'elle. Il ne dit rien, assis immobile, et les pensées de Mira roulèrent vers lui pour le remercier de partager sa solitude, son silence, l'obscurité.

« Merci, m'man, dit-il tout à coup.

– Mais... merci pourquoi ?

– Merci de nous avoir emmenés dans tous ces endroits; tu as plein d'autres choses à faire, et pis tu y as déjà été. Ça a dû te casser les pieds. »

Il avait senti quelque chose de son état d'esprit; l'avait pris pour de l'ennui :

« Non, ça ne m'a pas ennuyée, dit-elle.

– Ben, bref, merci. »

Ça, ça n'allait pas : il avait senti quelque chose de son état d'esprit et, si elle ne s'expliquait pas, il demeurerait persuadé qu'elle s'était ennuyée; déjà, maintenant, il n'était que poli... elle ne savait pas quoi faire.

« C'était la moindre des choses, s'entendit-elle dire d'une voix compassée. Je n'ai pas grand-chose à vous donner, mes pauvres enfants... votre père...

– Il n'est jamais avec nous, l'interrompit Clark sur un ton cassant et d'une voix aiguë. On était avec lui c't été : il nous a emmenés deux fois en bateau, avec sa femme et une bande de copains à eux. I' n' nous parle jamais. Il nous fait sortir de la pièce quand la conversation devient... enfin, tu comprends...

– Non.

– Bah...

– Tu veux dire quand ils commencent à parler de sexe ?

– Oh ! non. Non, m'man ! s'exclama-t-il sur un ton dégoûté. Ces gens-là ne parlent jamais de sexe. Non, j' veux dire... euh, quand quelqu'un parle de quelqu'un qui a divorcé, ou de quelqu'un qui a triché avec ses impôts... tu comprends ? A chaque fois qu'ils parlent de quelque chose de *vrai,* conclut-il, de quelque chose qui ne soit pas des « politesses ».

– Oh ! »

Ils gardèrent le silence.

Clark essaya de nouveau :

« C'était gentil de ta part, m'man, surtout étant donné que t'avais pas l'air tellement intéressée...

– Vous avez été mieux cette fois-ci; au moins, vous donnez des signes de vie », dit-elle d'un ton sarcastique.

Elle se dit : il m'a tendu une arme, je l'ai employée. Elle se demanda pourquoi. Elle se demanda ce qu'elle était en fait en train de dire. Elle réalisa qu'elle était en train de lui reprocher vigoureusement, à son fils, de lui reprocher d'exister, d'être son fils, d'être, au long des années, grand souci et maigre récompense, d'avoir eu besoin que l'on changeât ses couches, de l'avoir réveillée au milieu de la nuit, de l'avoir enchaînée à cuisine-vaisselle-ménage, d'être sa vie à clle autant que la siennc à lui sans en être digne. Qu'est-ce qui en serait digne? S'il était un Picasso, un Roosevelt, cela la dédommagerait-il? Il avait seize ans et pas de talent particulier. Elle en voulait avant tout à Normie et à Clark pour cette souffrance. Car il lui fallut affronter cette vérité : c'était Ben ou eux. Elle avait choisi « eux », mais elle ne le leur pardonnerait jamais.

Clark se leva bientôt. Il allait, se dit-elle, se glisser hors de la pièce; il fallait lui dire quelque chose, mais son esprit battait la breloque. Elle ne savait pas quoi dire.

« Clark? »

Il avança d'un pas dans sa direction. Elle tendit un bras; il avança encore et saisit sa main.

« Merci de m'avoir remerciée.

– T'en fais pas, lui répondit-il, magnanime.

– Est-ce que ça te dirait de manger avec des amis à moi? » dit-elle nerveusement.

Il haussa vaguement les épaules :

« Pourquoi... pas?

– Je les inviterai à dîner; je ne sais pas qui est en vacances et qui est encore là, mais j' téléphonerai. Tu sais, j'ai des amis formidables... euh, tu connais Iso... c'est vraiment des gens passionnants », s'entendit-elle bredouiller.

Ils se donnaient toujours la main; il souleva puis abaissa la main, ils se la serrèrent, doucement, gentiment.

« Si... commença-t-elle avec le même bredouillcmeni presque hystériquc, si tu as pu penser que je m'enquiquinais, c'est parce que j'ai été très malheureuse. »

Il lâcha sa main. Le cœur de Mira se glaça. Il devait en avoir assez d'entendre parler de sa tristesse. Il s'assit à ses pieds et la regarda. Dans l'obscurité, la lampe de la rue éclaira soudain le visage du garçon. Il la regardait droit dans les yeux; il la dévorait des yeux.

« Pourquoi? » fit-il doucement.

La silhouette de Norm apparut sur le seuil de la

pièce. Il entra et alluma (comme son père, se dit-elle) le plafonnier.

« Tu rentres ou tu sors ! dit-elle avec un ton à la Val, et dans tous les cas, pas de lumière. »

Il éteignit.

« Si tu veux rester, tu es le bienvenu, Norm. On parlait... »

Il entra et s'assit sur le bras du canapé, près de la porte.

« Oui, récapitula-t-elle pour Norm, si j'ai pu vous sembler m'ennuyer c'est parce que j'ai été très malheureuse. J'ai été malheureuse parce que – elle s'interrompit, pour essayer de se représenter concrètement la raison – j'ai commis une erreur. »

Ils ne dirent rien, mais Norm glissa du bras du canapé dans ce dernier.

« J'ai un ami – commença-t-elle, mais elle s'interrompit.

– Ouais ? dit Norm de sa nouvelle voix – elle était devenue plus grave depuis un an.

– J'ai un amant – corrigea-t-elle. Enfin, j'en avais un. Et il voulait qu'on prenne une maison tous les quatre. Ça m'a beaucoup montée contre lui ; ça me gênait trop. J'avais trop peur de vos réactions. »

Lourd silence. Je n'ai fait que leur refiler mon fardeau, se dit-elle.

« Et pourquoi t'étais gênée ? finit par demander Clark.

– Ouais, dit Norm. Tant mieux si t'as quelqu'un qui t'aime... J'aimerais bien ça, moi », ajouta-t-il plus bas.

Je vous aime, fut-elle sur le point de dire, mais elle se cadenassa la bouche. Son cœur se mit à cogner. Elle y était : c'est indéniable, m'man vous aime, fistons, mais elle n' peut pas vous baiser et vous n' pouvez non plus la baiser ; c'est interdit, ça. Mais elle sait que pour vous prouver son amour, elle doit n' baiser avec personne ; et, en conséquence, vous non plus, vous n' devez n' baiser personne. Et nous vivrons heureux dans un paradis où personne n'aura le moindre testicule !

« Et pourtant, on dirait qu'il m'aime ! » Sa voix était aiguë, enfantine, incrédule.

« Et pourquoi pas? » Dans les ténèbres, la voix de Clark parut beaucoup plus grave que la sienne. « T'es si belle!

– Je ne suis pas belle, Clark.

– Pour moi, si! » dit-il d'un air terrible.

Elle écouta; elle entendit amour et loyauté.

« Peut-être que je l'appelerai. »

Silence. Il était onze heures passées, et ils n'étaient pas très chauds pour recevoir quelqu'un. Soudain, elle ne se soucia plus de leur bon vouloir. Ils lui avaient dit d'être. Ils accepteraient. Ce qu'elle était avait besoin de Ben. Elle se leva, tout excitée, et cette excitation transparut dans sa voix :

« Je vais l'appeler. Peut-être qu'il est couché ou sorti, mais je vais quand même essayer. »

5

Il répondit au téléphone d'une voix fatiguée, et lorsqu'elle dit d'une voix quelque peu intimidée :

« Ben? sa voix se durcit.

– Oui.

– Ben, je comprends tout maintenant... ou, peut-être que je ne comprends pas tout, mais du moins je pig' quelque chose : j'ai très envie que tu viennes et que tu rencontres les garçons.

– T'es certaine que je ne vais pas les polluer, dit-il d'un ton amer, et ce n'est qu'alors que Mira comprit combien il avait été blessé.

– Oh! Ben. Elle avait des sanglots dans la voix. Pardon.

– J'arrive! » dit-il.

Et il arriva une vingtaine de minutes plus tard, comme un vent glacial se jette sur tout ce qui bouge dans les rues de l'hiver, et parla aux gamins : football, base-ball, école et profs à la gomme. Eux furent d'abord un peu guindés; puis ils se détendirent; avant de bâiller – il était plus de minuit – et d'être franchement lassés. Assez de conversations d'adultes! Ils se laissèrent tomber dans leurs lits; Mira et Ben se regardèrent, se rapprochèrent, comme naguère. Ils ne parlèrent pas. Ils entendirent un garçon, puis l'autre, dans la salle de bain, et bientôt, vite, le silence. Ils s'étreignirent, les joues de Mira se gonflèrent de larmes, elle sanglota :

« Oh! mon Dieu! comme tu m'as manqué! » Ben frotta ses joues contre les siennes : « Et moi, je me serais cru exilé en Sibérie! »

Ils n'y tinrent bientôt plus, leurs mains, leurs corps s'appelaient; ils firent l'amour sur le canapé du living-room sans porte, avec les garçons dormant à quelques mètres. Mira n'arrivait pas à se comprendre, mais elle ne s'arrêta pas pour le faire : rien ne comptait que l'amour. Plus tard, plusieurs heures plus tard, après quelques cigarettes et un verre, Ben se leva et s'habilla pour partir.

« Pas la peine de partir, Ben, lui dit-elle sur un ton désespéré en s'agrippant à son bras, je ne vois plus les choses comme ça... Je... Je ne veux pas que tu partes...

– Chérie, ce canapé n'est même pas confortable pour s'asseoir; dormir, même un Juste ne le pourrait pas. Si on se risque à vouloir dormir « là-dedans » à deux, il nous faudra le chiropracteur demain matin et comme je ne suis pas pour les chiropraxies, je crois qu'il vaut mieux que je me rentre.

– Alors, taille-toi, petit con, murmura-t-elle, pleine d'amour et de sommeil. Mais SANS jamais oublier que tu abandonnes la femme qui t'aime à une couche glaciale et solitaire, à un lit plus désolé qu'un grain de sable de Tartarie! »

Il s'inclina et l'embrassa tendrement :

« Tant mieux! dit-il, goguenard. Ça lui fera du bien! »

Il l'embrassa.

« Prends garde d'être bien là demain soir à six heures pour le dîner, sinon... »

Le lendemain, elle demanda aux garçons ce qu'ils avaient pensé de Ben. Il était « O.K. ». Il était même chouette, finirent-ils par admettre. Ils avaient rencontré des gars dans une maison du voisinage : est-ce que ça l'ennuierait, au lieu d'aller visiter des trucs,

d'aller plutôt au parc c' t' après-m', jouer au ballon...
Magnifique!

Elle saisit le combiné et appela toutes ses amies; seules Iso et Val y étaient. Elle les invita à dîner. Puis elle alla chez « Félix Machin » et remplit son caddy de provisions. Elle n'avait plus acheté autant de nourriture depuis l'époque des parties des années Norm. Elle se sentait merveilleusement bien; le soleil brillait, elle chantonna, rentra en conduisant comme une folle (et en évitant pas mal d'accidents). Elle monta les deux étages avec ses lourds paniers à victuailles, sans s'essouffler. Elle alluma la radio : une valse au violon. Elle dansa dans la cuisine, défit ses paniers. Le soleil dardait à travers les fenêtres de la cuisine. Dehors, des moutards jouaient et s'interpellaient à qui mieux mieux au-dessus du jet d'eau.

Elle cuisina à l'enseigne de la paix intérieure. Car Ben – sexy, excitant Ben... venait à six heures. Le bonheur, en somme!

Elle se ressaisit : Nom de dla! Elle laissa tomber les haricots verts et alluma une cigarette. Mais c'était le Rêve américain, modèle pour dame! Etait-elle encore dedans? elle n'aimait même pas faire la cuisine, elle détestait faire des courses, elle n'appréciait pas vraiment la musique qui « se déversait » dans tout l'appartement. Mais elle y croyait toujours : le rêve, ce rêve-là montait du bourdonnement de la ruche familiale! Pourquoi serait-elle si heureuse alors qu'elle faisait des choses sans le moindre intérêt tandis que les enfants étaient dehors et que Ben était en train de faire un travail qui lui donnerait la réussite, un travail qui comptait pour autre chose que pour du... beurre?

Elle dégraissa le bouillon en s'interrogeant, mais n'y put tenir, la joie l'envahit avec la même irrésistible impétuosité que le soleil sur les vitres. Les garçons rentrèrent; ils avaient soif.

« Ça vous dit de m' tenir compagnie?

– D'ac! On peut faire la cuisin'? » lui demanda Norm d'un air convaincu.

Elle lui expliqua comment éplucher les haricots verts; et à Clark comment préparer les choux. Elle prit grand soin de ne pas les regarder faire – elle se souvenait des regards méfiants de sa mère, et de l'ennui consécutif qu'elle éprouvait à donner un coup de main dans la cuisine.

« Beuaaah!! » cria Clark d'un air dégoûté. Elle leva les yeux épouvantés au-dessus des oignons qu'elle était en train d'éplucher.

« Qu'y a-t-il?

– C'te musique! D' la musique à branlette, c'est pas comme ça qu' dit Iso? »

Elle éclata de rire :

« Mets ce que tu veux, mais pas trop fort. » Il alla dans le living-room, tripota l'aiguille et trouva Joni Mitchell. Il revint dans la cuisine en chantant avec elle, doucement. Norm se joignit à lui. Mira avait les yeux humides. L'un des garçons le remarqua.

« C'est les oignons », elle laissa tomber son couteau et courut les prendre dans ses bras. Avant de retourner à ses oignons.

« Merde, plus d'huile.

– T' veux qu' j'aille chez Zolli's? »

Petit épicier qui se trouvait à deux pas de chez Mira. Clark s'y rendit sans se faire prier. Mais Mira s'aperçut qu'elle n'avait plus de sel. Norm y alla; une heure plus tard, Clark alla chercher du soda, puis Norm du café. La cinquième fois – Clark avait terminé le papier hygiénique – ils se mirent à protester. Elle éclata de rire avant d'avoir pu les sermonner.

« Je crois que ma mémoire fonctionne mal! »

Clark dit :

« Ça m' gêne pas d'y aller, m'man, mais c't une p'tite boutique et le type là-bas i' nous prend pour des cinoques dès qu'on se montre... »

Mira rit et oublia ses sermons. Ils n'étaient pas paresseux, mais embarrassés. Elle leva le front et prit une attitude de grande dame.

« Dites-lui que votre mère est excentrique. »

Les garçons éclatèrent de rire et sortirent ensemble.

Ben arriva à cinq heures et demie avec une bouteille de vin, et Mira l'embrassa devant ses enfants. Iso arriva, sourit aux gamins et les prit à part pour leur parler base-ball. Val vint seule : Chris mangeait avec la « tante » de Bart et Tad passait quelques jours chez ses parents.

La soirée fut plus libre, plus « musclée » que dans le Rêve américain. Les garçons, que l'on prit soin de ne pas tenir à l'écart, entendirent, sans sourciller, parler de « récidivisme », « assumer », « révisionniste », « con », « cul » et « enculé ». Mira considéra cette soirée comme une sorte de triomphe.

Val et Iso partirent vers deux heures du matin – les garçons étaient toujours debout. Après leur départ, Ben lui jeta un regard implorant. Il ne demandait rien, mais elle comprit qu'elle, si. Elle se tourna vers ses fils :

« Bon, mes enfants, vous allez me faire le plaisir de n' pas dormir dans la chambr' cette nuit... L'un n'a qu'à dormir dans le canapé, l'autre dans un sac de couchage. Tirez au sort si ça vous chante... cette nuit, vous campez ! Pigé ? »

Ils acceptèrent sans difficulté. Elle les aida à faire leurs lits et Ben leur amena la télé dans le living-room. Dont il ferma la porte. Ils s'étalèrent en travers du lit avec cendriers et verres entre eux, et discutèrent. Les enfants frappèrent deux fois : Norm avait oublié son bas de pyjama et Clark son livre. Pouvaient-ils finir le reste de « minestrone » ? Ils ouvrirent chaque fois la porte timidement, mais avec curiosité. Et chaque fois, Ben et Mira leur parlèrent de façon décontractée, sans problème.

La lumière s'éteignit bientôt et ce fut le silence. Et Mira essaya de parler à Ben de ce qu'elle avait ressenti tout à l'heure, de son sentiment, déconcertant, du Rêve américain. Mais il ne comprit pas. Quelle que fût la façon dont elle le lui expliquât, il ne comprenait tout simplement pas ce qu'elle était en train de lui dire. En plus, cela ne l'intéressait guère. Il avait envie d'autre chose que des mots; elle, non. Leur amour fut court et peu brûlant.

Mira fut bien contente quand Ben se mit sur le dos et s'endormit.

6

Lorsque les garçons furent partis et qu'ils se retrouvèrent seuls, Mira parla de ce jour-là à Val. Val comprit tout de suite :

« Ça veut dire que tu es capable de croire que le bonheur peut durer.

– Oui, et tu dis que tu peux t'accrocher à lui – ce bonheur, quel qu'il soit – que tu peux, oui, arrêter le temps, congeler l'instant, mettre ton bonheur à l'abri de toute atteinte.

– Mais ce que tu dis est vrai pour tous les bonheurs !

– D'accord, mais une partie de ce qui m'a donné des soucis, c'est justement cette aspiration à la permanence; mais j'ai été aussi touchée, oui, par la façon dont je marchais, dont je me faisais au doux *ronron de la vie domestique,* tu comprends ?

– Mais c'est bien ce qui *a* été, non ?

– Ecoute, on s'est tellement amusé, cet après-midi-là, les garçons et moi... On a ri, on a chanté... – elle posa de grands yeux sur son amie – les légumes étaient si beaux et bons, le soleil si éclatant ! Moi qui n'aime pas faire la cuisine ! » insista-t-elle.

Valerie éclata de rire :

« C'est un peu comme moi, qui ne veux jamais apprendre à taper à la machine. Je tape à tout bout de champ et pourtant, après tant d'années, je tape toujours mal. Je n'ai jamais voulu briller dans quelque chose pour quoi j'étais *censée* être douée.

– Oh ! fit Mira dans un soupir, rien n'est jamais simple. Que faire lorsqu'on s'aperçoit que l'on *aime* une partie du rôle que l'on essaie de ne pas jouer ? »

Toutes les deux éclatèrent d'un rire désarmé.

« Tu te sens plus proche des gamins, pas vrai ?

– Oui, beaucoup plus proche. Mais... j' sais pas, c'est un souci. Je suis agitée... Val... sentiment de culpabilité, je crois, mais on dirait que je suis incapable de le tuer en moi. Je trouve toujours cela déplacé, que Ben soit là en même temps qu'eux. Et eux... euh!... j' sais pas... ils n' parlent jamais de lui, ils ne sont pas vraiment là quand je leur demande ce qu'i' pensent de lui. Et lorsqu'on est tous ensemble, ils blaguent avec lui... mais, il y a... euh!... quelque chose qui n' va pas.

— De l'hostilité. »

Mira acquiesça de la tête.

« C'est inévitable, tu sais? Un étranger, ils sont jaloux : c'est un intrus dans leur maison, dans leur vie. C'est déjà bien qu'ils s'en accommodent avec un semblant de bonne humeur. »

Mira soupira :

«Bien sûr. Pourquoi donc me mets-je martel en tête parce que les gens ne s'entendent pas parfaitement? La moindre discorde m'atterre, je me dis que je suis en train de faire une bêtise, qu'il faut que j'y remédie.

— Alors ça, c'est *vraiment* le Rêve américain, version femme.

— Harmonie complète, tout le temps. Mon Dieu, pourquoi est-ce que j'oublie qu'un peu de pagaille est bon pour l'âme? Tu sais — un sourire se dessina au coin des lèvres de Mira — hier soir, tard, le téléphone a sonné : c'était Clark. Il voulait me demander à quels cours s'inscrire pour le prochain semestre. Il a passé près de deux semaines avec moi sans ouvrir la bouche, mais hier il a parlé pendant deux heures. Et calmement, en plus.

— Ooooooh! Val mit sa tête dans ses mains. Ooooh! »

Chris partait pour la fac la semaine prochaine, et Val, indépendante Val, antifamille Val, était un peu paniquée. Elle et Chris avaient passé quinze ans ensemble; cela se terminait.

Iso, comprenant l'angoisse de Val et se disant que Chris devait être ennuyée de laisser sa mère seule pour partir à Chicago, Iso réunit les femmes et organisa quelque chose. Ils s'entassèrent dans deux voitures et conduisirent Chris à Logan — Val, Chris, Tad, Mira, Ben, Clarissa, Duke, Kyla (Harley ne pouvait pas venir) et Bart. Selon les indications d'Isolde, tout le monde était déguisé et portait pancartes et crécelles et trompettes. Chris était rose d'embarras et de plaisir quand ils traversèrent l'aéroport.

Au moment du départ, tous hurlèrent, soufflèrent dans leurs trompettes et firent des gestes du bras en même temps. Chris, qui portait pour la première fois un blue-jean présentable, un chemisier propre et des cheveux peignés, les regarda avec ses yeux de quinze ans et essaya de sourire, mais sa bouche se mit à trembler; elle détourna la tête et disparut à leur vue.

« Mon Dieu ! elle est partie ! » s'écria Val, que tout le monde entoura et dorlota jusqu'à la fin d'une partie qui dura jusqu'à deux heures du matin.

Ma sœur a une vie de ce genre. Elle vit dans une petite communauté : il y a les mêmes problèmes qu'ailleurs, mais lorsqu'un de ses amis a des ennuis, tous les autres le dorlotent, l'enrobent d'amour. Ils font des petites choses de tous les jours qui, si elles ne guérissent pas, apaisent. Sans doute y a-t-il partout des groupes de ce genre, qui n'ont pas un ordre légalement établi, codifiable.

Mes amies de Cambridge étaient comme cela et, plus que toute autre, ce fut Iso qui nous apprit cette façon d'aimer. Sa grand-mère, qu'elle aimait davantage que ses propres parents, avait vécu dans sa famille durant toute son enfance. C'était une femme alerte, intelligente, qui avait toujours du temps pour jouer, assez d'imagination pour mentir, et assez de bon sens pour dire la vérité, même à une petite fille. Mais Lamia Keith avait souvent été malade ces derniers temps : elle allait bientôt mourir. Mais cela ne l'empêchait pas de toujours fêter quelque chose. Elle achetait trompettes et crécelles et des cadeaux pour chaque vacance de la Saint-Patrick au jour de Christophe Colomb. Clarissa Dalloway dit : « Voici la mort, au milieu de ma partie ! » Et Limia de répondre : « Voici une partie, au milieu de ma mort ! » Iso s'en souvint.

Ce que l'on avait fait à l'aéroport donna des idées à tout le monde. Tout le monde envisagea de donner des parties; le problème : économiser l'argent pour ce faire et trouver de « bonnes » dates.

Le décor fut parfois misérable et les rafraîchissements rares, mais les parties furent étincelantes. Les gens qui y vinrent ne furent pas toujours les mêmes, mais au centre, il y avait : Iso, Clarissa, Kyla, Mira, Ben, Tad et Val. En réalité, la seule Iso était au centre de tout. Elle dominait toutes les situations qui intervenaient dans les parties. L'été l'avait beaucoup fait bronzer et ses cheveux s'étaient éclaircis sous l'hommage du soleil. Grande, bronzée, mince, comme dans la chanson, ses grands yeux verts se détachant de son visage hâlé, on aurait dit une apparition. Tout le monde se retournait sur elle. Un véritable aimant.

La façon qu'avait Iso de ne voir que le bon côté des gens n'avait rien d'affecté : cela venait de son sentiment d'elle-même et de la façon dont elle envisageait sa propre vie. Elle avait été guindée et farouche; elle avait décidé de prendre des risques. Elle resplendissait de satisfaction, elle y croyait. Et tout le monde dans le petit cercle était d'une certaine façon amoureux d'elle. Les visages – même celui de Harley – s'illuminaient lorsqu'elle apparaissait. Et pas qu'à cause de sa beauté ou de la grâce de ses attitudes : elle était fascinante parce qu'elle était insaisissable. Chacun sentait qu'il ne pouvait pas la connaître tout à fait, la démonter.

Même Mira, qui la connaissait bien, ressentait cela. Elle et Iso passèrent de nombreuses soirées ensemble : Iso essaya d'aider Mira à donner un sens à sa vie.

« Je ne sais pas quand je me suis aperçue que j'étais différente... peut-être en naissant. Mais, simultanément, je ne savais pas que j'étais différente. Comment expliquer ça ? C'est comme les gosses : certains ont les yeux marron et d'autres bleus. Tu peux bien réaliser que t'es la seule gamine du coin qui ait les yeux verts, mais ça ne te paraît pas avoir un sens. Tu n'y penses pas comme à une différence. Comme les gosses, l'un court plus vite, l'autre jette mieux la pierre, un autre est fantastique sur un « skate-board »... Tu comprends... tout ça les rend particuliers, mais pas différents. Ce n'est pas la différence qui est importante, mais la signification qu'on lui accorde. J'ai su très jeune ce que je pensais des filles, mais je croyais que tout le monde ressentait ça comme moi. Je croyais me marier et avoir des enfants, comme ma mère, comme mes tantes.

« Mais, à un moment ou à un autre, je me suis rendu compte que ma façon de considérer les filles n'était pas partagée par les autres femmes. Et j'ai découvert que ce sentiment, ma différence, avait un nom, que c'était un nom « moche », que j'étais quelqu'un de « vicieux », dépravé, malade. Cela m'a bouleversée. C'est à partir de ce moment-là que je me suis effacée, pour m'observer soigneusement, pour m'habiller et me comporter de façon à ne pas attirer l'attention, en espérant que personne ne découvrirait ma déviance dépravée. Ce qui, comme tu le sais, n'a servi à rien. D'autres femmes, qui étaient comme moi, s'en sont aperçues. Je ne pourrais pas te dire combien d'entre elles ont essayé d'être amies avec moi à la fac. Cela me terrifiait, je les rembarrais d'une façon cruelle. Je ne voulais pas être ce que j'étais.

« Je me disais que ça pourrait peut-être passer. J'ai accepté des rendez-vous, j'ai baisouillé dans des voitures, je me suis laissé aller — avec froideur et calcul, si je me souviens bien — à être séduite. A la fin, j'ai eu quelqu'un. Mes parents? Le bonheur! Ils avaient dû sentir que quelque chose n'allait pas en moi. J'étais avec un très beau gars, un étudiant en droit de l'université de Californie. Il était sympathique, un peu effacé, mais grand navigateur (il avait un bateau). Nous sortions chaque week-end. Ce qui arrangeait tout. Je me disais que je pourrais me faire au mariage avec lui. Je ne sais pas ce que je me figurais — que le mariage était une suite de week-ends sur l'eau, probablement? J'avais horreur de baiser, mais je m'interdisais d'y penser. Il n'était pas très pressant, et je parvenais à le contenir la plupart du temps. Quand je cédais, c'était que j'étais vachement grise.

« Un soir, il vint chez moi, très tard, à l'impromptu. J'étais en train de bosser. Je passais un examen de sciences éco, le lendemain, et c'était pas mon fort, tu t'en doutes? » dit-elle en riant à belles dents. L'imprévoyance d'Iso était bien connue de chacune. « Il était rond comme une queue de pelle... il était sorti avec une bande de copains, des phallos, je pense, qui avaient parlé de « nanas » et de « baise » toute la nuit. Il en avait marre de mon dégoût pour le sexe et était venu, dit-il, toucher son dû. Ça aurait été un autre jour, sans doute que j'aurais cédé pour qu'il la ferme et avoir la paix. Mais cette nuit-là, non. J'ai piqué une colère bleue. J'avais cet examen de sciences éco, il fallait que j' bosse, et pas pour avoir un A, pour ne pas être collée. Mais il s'en foutait. Il sentait l'acool et le vomi. Il m'a bousculée, claquée. J'ai répliqué, essayé de le pousser, mais il pesait quarante kilos de plus que moi. Il m'a violée. Ça a été cela, même si je ne pourrais jamais porter plainte. Le viol est un droit des maris et des amants.

« Quand ça a été terminé, il est parti; je me suis remise à ma table, mais je n'arrivais pas à me concentrer. Le lendemain matin, j'ai tout de même été à l'exam. Lorsque je suis revenue, il était assis à la table de la cuisine et buvait du café. Je l'ai regardé : on aurait dit qu'il ne s'était rien passé. Il a rigolé et s'est pris la tête dans les mains; il a parlé d'être « forcée » comme s'il avait fait quelque chose de bien et de marrant. Je lui ai demandé s'il se souvenait de ce qu'il avait fait. Il a pris une voix de gamin et un visage plein de componction pour dire que oui, il m'avait un peu forcée. Un peu forcée. Puis il a éclaté de rire, l'air content de lui-même : « Tu sais, t'as pas le plus rouge feu au cul d' la région », dit-il. Ce qui justifiait tout.

« J'enlevai très doucement ma bague de fiançailles – c'était un petit diamant, tu m' vois avec un truc comme ça? – et me rendis dans la salle de bain. Déconcerté, il se leva. Je me suis immobilisée au-dessus de la cuvette en attendant qu'il arrive. Puis j'ai laissé tomber la bague et tiré la chasse d'eau. Il a essayé de m'en empêcher, mais j'ai été plus rapide que lui. Il s'est mis à hurler : il ne comprenait plus. Le temps qu'il réalise et me courre après, j'avais décroché le téléphone : « Si tu « me touches, je porte plainte, lui dis-je, pour voie de « fait et viol. Ça f'ra bien quand tu te pointeras à la « barre! »

« Il resta immobile, furieux. Il m'a gratifiée de tous les noms d'oiseaux existant. En évaluant ses chances. Il avait vraiment envie de me dérouiller. Mais moi aussi, j'avais envie de le cogner, et même de le tuer. Alors il est parti.

« Ce fut tout; je n'ai plus jamais été avec un type. Mais je me sentais toujours bizarre. C'est pour cela que j'ai tout plaqué, beaucoup voyagé, pour essayer de trouver autre chose, pour essayer de me fuir... et puis j'ai rencontré Ava.

– Et ton examen ?

– J' l'ai raté; mais trouvé que c'était pas cher payé pour avoir découvert la nature de la bête avant le mariage. Il avait des raisons de se plaindre, je pense : jusqu'à cette nuit-là, je ne m'étais pas révélée. Mais... lui non plus.

– Je me demande ce que Norm aurait fait si j'avais simplement dit *non*. Uniquement *non*. Dieu sait qu'il le méritait.

– Et qu'est-ce que tu crois qu'il aurait fait ?

– J' sais pas. Je n' pense pas qu'il aurait été violent, mais comme ça... Mais si j'avais persisté... De toute façon, il avait toujours l'impression que me baiser, c'était me violer... je pense que ça l'excitait.

– Ah ! les hommes », dit Iso en secouant la tête. Elle s'étira et laissa ses cheveux pendre contre le dossier de sa chaise. « Comme c'est bon de n'être que ce que l'on est, c'est bon, hum ! C'est bon de s' sentir bien », dit-elle en souriant à Mira.

Les yeux d'Iso brillaient, ses lèvres aussi, et ses cheveux étaient un halo de soleil. Mira aurait aimé qu'Iso lui tendît les bras. Elle avait envie de s'approcher de son amie, de la prendre dans ses bras, d'être dans ses bras. Mais elle ne parvenait pas à bouger.

Je ne l'intéresse pas, se dit-elle, pas dans ce sens. Je suis vieille, pas attirante.

Elles se regardèrent pendant un long moment. Iso détourna les yeux dans un bâillement :

« Il est tard, dit-elle, autant que j' m'en aille. »

7

Mira alla passer Noël dans le New Jersey, chez ses parents. Elle partit sans joie. Les Ward étaient âgés et très collet monté. Depuis quarante ans qu'ils étaient mariés, pas plus lui qu'elle ne s'étaient jamais montrés en robe de chambre au petit déjeuner – ni un seul de leurs enfants, jusqu'au Noël précédent, où Mira, venue les voir, non seulement était descendue en peignoir, mais avait traîné dans un fauteuil une ou deux heures, ensuite, dans cet accoutrement. Ils en avaient été si scandalisés qu'ils étaient restés muets.

M. Ward ne paraissait jamais à la table du dîner sans veste par-dessus sa chemise et sa cravate, même les week-ends où il employait sa journée à soigner sa pelouse, et Mmc Ward ne dînait pas sans avoir passé une « bonne » robe et des bijoux. A la vue de Mira en pantalon de toile et chandail, ils retinrent un cri. Cela leur posait un problème d'autant plus difficile qu'il leur semblait presque indécent de réprimander une de leurs filles, du moment qu'elle avait trente-neuf ans, des enfants déjà grands et qu'elle ne leur rendait visite qu'une fois par an. Ils se taisaient, mais n'en étaient pas moins secoués et tendus.

Ils avaient des habitudes fixes. Ils se changeaient pour le dîner, buvaient un verre à cinq heures de l'après-midi : deux Manhattan chacun. C'était le seul alcool qu'ils prenaient et ils ne pouvaient comprendre que l'on boive autre chose, ni plus. Le dîner se composait régulièrement de plats comme une seule côte d'agneau par personne, avec l'équivalent de deux cuillerées à thé de petits pois, le tout accompagné de pommes de terre de conserve et suivi, disons, d'un peu de laitue hachée, coiffée d'une demi-pêche et abondamment arrosée de mayonnaise. Ou peut-être : blanc de volaille rôti et la valeur de deux petites cuillerées de haricots verts en boîte. Ou encore : tranche de rosbif et pommes de terre au four – mais seulement dans les occasions exceptionnelles. Le repas se terminait obligatoirement par un gâteau aux fruits confits, tantôt brun tantôt blanc, et confectionné chaque semaine par Mme Ward en personne – et ce, depuis près de quarante ans.

La maison ressemblait assez à la chère. Tout y était de bonne qualité, mais triste, choisi pour durer et dans les règles du « bon goût » selon les Ward, c'est-à-dire sans rien qui « tirât les yeux », comme ils disaient. Le tapis fané était d'un brun plus foncé que le papier beige des murs; le tweed qui recouvrait les sièges tenait bon depuis dix-huit ans. Une des raisons de l'excellent état du mobilier, aimaient-ils à bien rappeler à Mira, était qu'ils ne fumaient pas. Quand Mira était en visite, ils ouvraient ostensiblement les fenêtres.

Pourtant ils l'adoraient. Mais la maison était si propre, si tranquille, si rangée en son absence, qu'ils souffraient presque physiquement du désordre qu'elle créait. Oh ! elle faisait attention, oui, ils en convenaient : elle vidait les cendriers, le soir; elle apportait sa provision de gin et de brandy et lavait scrupuleusement son verre. Mais l'odeur de tabac restait accrochée au salon, plusieurs jours après son départ, malgré la cire au citron vert; tous les matins il y avait un léger relent d'alcool dans la cuisine; sa brosse à dents bouchait le lavabo de la salle de bain – sans parler de son peigne, de sa brosse à cheveux et des cheveux eux-mêmes, parfois. Ils ne se plaignaient pas. Elle n'en sentait pas moins tout le mal qu'ils avaient à admettre ce qui était une forme de souillure à leurs yeux, tant elle violait dans leur étroitesse les principes établis de leur existence.

Elle aurait voulu pousser plus loin ce viol : leur parler. Mais impossible : les règles de la conversation étaient strictement appliquées. Il y avait divers degrés de convenance. Les amies de Mme Ward pouvaient passer boire le café un après-midi et chuchoter une histoire scandaleuse. M. Ward pouvait aussi rencontrer quelqu'un à la quincaillerie, qui lui raconte une fable effrayante. Dans le secret de leur chambre à coucher, ils avaient le droit de se faire part de ces horreurs, et parfois Mme Ward les murmurait à l'oreille de l'épouse d'un couple en visite, en profitant d'un petit tour en commun à la cuisine pour aider à servir le café et le cake, après que les hommes auraient bu chacun leurs trois grands verres de whisky noyé et glacé. Mais jamais au grand jamais on n'aurait discuté ces histoires en public, surtout en présence des enfants. Mira, qui n'était plus une enfant, pour le moins, pouvait recevoir, par faveur, une confidence de sa mère, tandis que, assises au salon, elles entendaient M. Ward clouer bruyamment quelque chose à la cave. Mais la confidence serait faite à voix basse, en surveillant les bruits derrière la porte de la cave, et étant bien entendu que l'information en question ne ferait l'objet d'aucune allusion, lorsqu'on se retrouvait à trois par la suite. Enfant, Mira avait parfaitement et tacitement compris ces nuances. Sans même y réfléchir beaucoup, il lui était apparu clairement que la ligne de séparation passait entre les hommes d'un côté et les femmes de l'autre. Il y avait certaines réalités de la vie que les hommes n'avaient pas la force de regarder en face, ou dont ils ne voulaient pas se soucier, et qui se chuchotaient entre femmes. En même temps, Mira était certaine que sa mère, de temps en temps, en privé, relatait ces incidents à M. Ward. Elle avait l'impression d'assister à un jeu rituel sans rime ni raison, qu'elle avait envie d'interrompre brutalement en étalant son mystère au grand jour.

Dans sa jeunesse, toute conversation en public ne pouvait englober que certains sujets bien définis. On pouvait parler de ses enfants, mais sans la moindre allusion à la plus petite difficulté, sauf s'ils étaient encore bébés. L'art d'enseigner la propreté, oui. La cancrerie au lycée, non. Les escapades nocturnes, jamais. De même, on pouvait parler à l'infini de ménage, voire d'argent, mais de difficultés monétaires, non, jamais. Le prix du nouveau chauffe-eau ? D'accord. L'escalade des impôts ? Tant qu'on voulait. Les difficultés de paiement ? Surtout pas. On pouvait parler de son époux, de son épouse, mais uniquement d'une certaine façon. Du mari, on avait le droit de dire qu'il venait d'adhérer au club de golf, d'acheter une tondeuse à gazon dernier modèle, de recevoir de l'avancement. Toute allusion à une vérification du fisc était en revanche terrain miné. Et si l'on racontait que, l'autre samedi soir, il avait trop bu au club et déclenché une bagarre, le scandale venait moins du fait en soi que de la décision d'en faire part. Il y avait des choses que l'on pouvait suggérer, mais qu'il était défendu de spécifier. Par exemple, quand la petite des Adams, « ceux qui vivent trois maisons plus loin, vous savez bien », s'était fait violer une nuit d'été, personne n'ignorait que ça lui était arrivé à dix heures du soir, sur le trajet de l'arrêt du bus à la maison, lorsqu'un homme l'avait abordée, et ensuite... enfin, quoi, oui... la pauvre gosse avait bien crié tout ce qu'elle pouvait, mais personne ne s'était montré... elle est encore à l'hôpital, mais ça à l'air d'aller à peu près. Soupir. Tttt, ttt. Résultat de ces lacunes : chacun imaginait l'épisode sous les couleurs les plus brutales, les plus dégradantes qu'il était capable d'inventer. « On l'a assaillie » signifiait sans nul doute des montagnes de choses pour les amis des deux sexes de Mme et de M. Ward, et les tableaux vivants que l'on se brossait en silence, à part soi, illuminaient l'inconscient de détails dont la truculence laissait loin derrière elle la pâleur du récit.

Les Ward désapprouvaient les juifs, les gens de couleur, les catholiques parce qu'ils croulaient sous les enfants, le divorce, les comportements insolites. Mme Ward, pour sa part, avait en outre piètre opinion des Irlandais (leur goût du bidonville!), des Italiens (crasseux, sentant l'ail), des Anglais et de leur froideur (sans jamais dire si elle incluait son mari dans cette catégorie), des Allemands (ivrognes et brutaux), des Français (tous des obsédés sexuels, bien qu'elle n'en connût aucun) et des communistes, qui planaient dans l'ombre comme une force du mal, vague mais puissante. D'autres catégories ethniques étaient bien trop étranges pour être admises au sein de l'espèce humaine. Toutefois, en vingt ans, le voisinage avait changé; des gens de toutes sortes s'y étaient installés. Mme Ward, curieuse et grégaire de nature, s'arrêtait souvent pour bêtifier, penchée sur une voiture d'enfant, et se prenait à converser avec la maman. Elle n'avait aucun mal à expliquer cela aux autres; elle disait couramment : « Mon Dieu, ce sont des... (remplir le blanc), mais au fond ils sont très gentils. » Elle avait même une amie juive.

Le divorce de Mira avait été un coup terrible pour ses parents. Ils n'arrivaient pas à lui pardonner d'être le premier membre de la famille a éclabousser celle-ci d'une telle honte. Tout en sachant que c'était Norm qui avait réclamé le divorce et que leur fille avait toujours été une épouse exemplaire, ils restaient foncièrement convaincus que le premier devoir de la femme est de s'accrocher à son mari et que Mira y avait failli. Cela leur faisait mal au cœur de penser que Norm habitait maintenant sa somptueuse maison avec une autre femme; quand ils évoquaient le sujet devant Mira, c'était brièvement, certes, mais chaque fois avec une ride qui se creusait douloureusement au-dessus du nez : « L'autre jour, en rentrant de chez les Baxter, nous sommes passés devant ton ancienne maison, Norm plante de nouveaux arbustes », disaient-ils par exemple.

Chaque arrivée de Mira était le prétexte à un déluge d'embrassades et de baisers, à une offre de déjeuner; après quoi on s'asseyait autour de la table de la salle à manger en buvant du café. Le voyage s'était bien passé ? Y avait-il eu beaucoup de circulation ? Et la voiture, elle tenait encore le coup ? Et les études ? Encore un sujet délicat, Mme Ward ne pouvant pour rien au monde comprendre quel besoin une femme d'âge mûr pouvait avoir de retourner en classe, et quelle raison de se murer dans le silence quand on abordait ce sujet. Où en était-elle à présent ? Elle passait des oraux ? Oui. C'est-à-dire ? Ah ! bon, et après ? Quand, s'entêtait-on à demander, en finirait-elle un bon coup et se déciderait-elle à rejoindre l'univers des adultes ? Une thèse ? Ah ! oui, oui évidemment. Mais cela menait à quoi ?... Les fois précédentes, c'étaient déjà les mêmes questions, comme ce le serait la prochaine fois.

L'amitié était un thème de conversation permis; Mira leur donnait donc des nouvelles, s'il y en avait, de ses propres amies. Mais ses parents ne se souvenaient que de Val, en dépit de ses fréquentes allusions à Iso et, plus récemment, dans ses lettres, à Clarissa et à Kyla. Il semblait que, Val ayant le même âge qu'elle, on pût ainsi la classer parmi les amies, tandis qu'on fourrait les autres en vrac dans le sac des « jeunes étudiantes ». Mira décida de parler des soirées, des parties. On l'écoutait avec étonnement; Mme Ward ne comprenait pas comment de jeunes étudiantes, toutes plus ou moins pauvres, pouvaient avoir envie de gaspiller leurs maigres ressources dans des entreprises aussi sottes.

« Pour le plaisir de l'amusement », disait Mira. Mais c'était un mot qui n'éveillait aucun écho chez les Ward.

Tout en parlant, elle glissa plusieurs fois le nom de Ben dans la conversation; ni son père ni sa mère ne lui demandèrent qui c'était.

Puis, vint le tour de Mme Ward. Les Ward avaient de nombreux amis, des couples qu'ils connaissaient depuis trente ans et plus, et dont ils connaissaient aussi les enfants et petits-enfants, les cousins, tantes, oncles (morts pour la plupart, maintenant). Cela donnait un trésor d'histoires. La fille d'Une Telle avait déménagé, son mari ayant reçu de l'avancement et un nouveau poste à Minneapolis. Telle autre était décédée. Un enfant était né. Celle-ci était à présent à l'université; celle-là (la voix de Mme Ward baissait de deux tons) avait obtenu le divorce. Et (trois tons plus bas encore) le fils des Chose se droguait.

Stupéfaction de Mira : le monde changeait, même ici. Elle se rappelait combien, dans son enfance, l'univers immédiat de sa famille lui paraissait pur de toute souillure. C'était elle qui avait toujours le sentiment d'une tare tant elle était convaincue d'être inférieure à leur échelle de valeurs. Naturellement, on l'envoyait dans sa chambre chaque fois que des amies de sa mère venaient en visite. Après son mariage, et alors qu'elle-même espaçait ses propres visites – pas plus d'un après-midi de temps à autre – elle se souvenait encore d'avoir eu conscience de l'aura de péché qui environnait certains des plus vieux amis de la famille. La rumeur d'un divorce chez les Martinson courait – un frère, apparemment. Il y avait eu une période où le silence tombait au seul nom de Harry Cronkite; puis, on avait fini par dire que « la crise » était passée. Mais voilà que maintenant on en était à discuter de divorce, et même de drogue – et où ? A table ! Les deux Ward secouaient la tête : le monde entier vivait sous la menace d'un péril imminent. Et c'était vrai, songeait Mira : *leur* petit monde à eux, oui, dès lors que des choses comme la drogue et le bruit d'un avortement pouvaient briser la façade soigneusement entretenue de leurs mondanités. La vie finit toujours par casser les vitres, songeait Mira.

N'empêche, il lui fallait prêter l'oreille au palmarès assommant des actes accomplis par de parfaits inconnus ou par des êtres qu'elle avait à demi oubliés. Il s'agissait d'actes sans raison, sans conséquence, à peu près aussi passionnants que l'énumération des détails anatomiques d'un sous-marin atomique. Mais les Ward se délectaient de ces récits. Parfois, M. Ward interrompait sa femme : « Non, ce n'est pas Arthur; c'était l'autre frère, Donald; celui qui vivait à Cleveland » – et de là pouvait naître toute une petite dispute pour savoir lequel des deux c'était vraiment. De quoi occuper trois journées pleines. Cela finissait par rappeler à Mira un bouquin porno emprunté à Iso. Le récit était mis dans la bouche d'un mâle qui, à chaque page ou peu s'en fallait, faisait l'amour. Il donnait des détails : il baisait avec A, B ou C, sur un tapis de fourrure devant l'âtre, sur une balançoire, dans la baignoire. Mais l'essentiel du livre était consacré à l'énumération morne et répétitive des minuties physiques de l'acte.

« C'est leur façon de s'exciter, expliquait Iso. C'est de la masturbation. Il faut que ça prenne l'allure d'un rite.

– Tout dans la tête, ajouta Kyla.

– Je croyais que tu les aimais bien, dit Mira, toujours incapable d'employer le mot juste.

– Oh ! oui, en compagnie avec d'autres gens. Tu sais, quand on jouit ensemble et que mentalement ça fait clic de part et d'autre et que tu sens comme une gerbe d'étincelles. Formidable ! Mais tel n'est pas le cas. »
Mira se demanda ce que feraient ses parents, si elle leur disait jamais qu'ils baisaient mentalement. Au lieu de

cela elle lança : « Qu'est-ce que vous penseriez d'un gin-tonic? » Ce qui les scandalisa de toute façon.

Après qu'on eut épuisé les bonnes nouvelles, vint le tour des mauvaises. Les perversions morales et les problèmes d'argent étant interdits, les seules mauvaises nouvelles autorisées touchaient la maladie et la mort. Et là, les Ward étaient une encyclopédie ambulante. Ils connaissaient dans tous les détails tous les symptômes de toutes les maladies de tous leurs amis. Ils étaient au courant des honoraires médicaux payés par chaque famille. Et comme leurs amis et eux étaient septuagénaires, c'étaient des sommes considérables. Le fait était que les frais d'hôpital ou de clinique étaient stupéfiants. Les Ward étaient horrifiés par la maladie en soi et l'extravagance des dépenses; mais, au fond, ils étaient intrigués, sans parvenir à formuler leur interrogation. « On se demande où va le monde! » disaient-ils, inquiets.

La plupart de leurs amis avaient, comme eux, connu la pauvreté durant la grande crise des années 30. Ils avaient vécu frugalement, travaillé dur et, vers la fin des années 40, la guerre aidant, ils avaient retrouvé une certaine affluence. Ils n'avaient jamais envisagé ce que sous-entendait la nécessité d'une guerre pour redresser l'économie; ils n'avaient conscience d'aucune question morale posée par leur regain de prospérité. Ils avaient foi en la technologie et dans la certitude que le progrès, comme ils disaient, était une bonne chose. Ils frémissaient au mot de *socialisme,* même la médecine *sociale* leur semblait porter la marque du Mal. Etrange société, pensait Mira, que celle qui détruit ceux-là mêmes qui défendent ses principes. Car tous ces gens se ruinaient en frais médicaux; même les Ward, qui pour l'heure n'avaient pas d'accidents de santé trop graves, s'en tiraient péniblement avec la pension de M. Ward, vu l'inflation! Le faible intérêt que Mira portait à la politique s'était quelque peu accru avec Ben, qui ne parlait que de cela; mais c'était la première fois qu'elle en voyait l'application pratique. Toute considération morale mise à part, un régime qui ne soutient pas ceux qui la soutiennent est condamné à mort. Avec des mots simples, elle tenta de suggérer vaguement cette conclusion à ses parents; mais ils étaient sourds. Tout se classait en deux catégories dans leur esprit : le capitalisme était une bonne chose, la cherté de la médecine en était une mauvaise, mais il n'y avait pas le moindre lien entre les deux. Elle y renonça.

Vers neuf heures et demie la migraine la prit. Elle attendit impatiemment dix heures : les Ward mettraient les nouvelles, après quoi l'on irait se coucher. Elle cessa d'écouter vraiment. Demain serait veille de Noël : elle aurait quelques petites choses à acheter, les cadeaux à envelopper, et dans l'après-midi les garçons arriveraient. Ils passeraient la nuit et, après le déjeuner de Noël, iraient rendre visite à leur père. Ensuite, second dîner de Noël, puis un peu de ménage, puis commentaires autour des cadeaux. Encore une journée – le surlendemain – et elle pourrait partir. Les Ward ne seraient pas trop tristes de la voir s'en allcr. Ils pourraient, de leur côté, aérer la maison, laver à fond le verre à brandy et le ranger soigneusement dans un recoin du placard à verrerie. Elle s'efforçait de calculer un moyen d'avancer si possible son départ, indifférente aux calamités qui s'étaient abattues sur le foie de la cousine germaine de M. Whitcomb, quand, brusquement, sa mère se tut.

Sur le coup du silence, Mira redressa la tête. Assise sur un siège à dossier droit, près d'une lampe basse à la lumière tamisée, Mme Ward gardait les mains posées sur son giron, immobiles et légèrement jointes.

« Nous serons bientôt tous morts », dit-elle.

Mira la regarda, stupéfaite. Mme Ward ne paraissait pas son âge. Elle avait les cheveux gris, mais depuis l'approche de la trentaine déjà. C'était une femme vive, énergique, qui faisait son ménage à fond de train, sur talons hauts, boucles d'oreilles tintant. Ses gestes étaient plus rapides que ceux de Mira. Son mari, plus lent depuis toujours, s'était encore ralenti et tassé depuis la retraite. Il enfreignait les principes au point de se traîner, du moins à la maison, en pantoufles de tapisserie jusqu'à l'heure du dîner. Il passait son temps à jardiner et à bricoler : à l'en croire, il ne chômait pas.

Mira les observa. Ils n'étaient pas plus vieux qu'ils ne

l'avaient jamais été. Elle les avait toujours connus vieux, n'avait pas d'autres souvenirs d'eux. Elle se rappelait une photo de sa mère, prise avant son mariage, et la montrant d'une grande beauté, très brune : Gloria Swanson, tout à fait. Sur cette photo, elle portait un chapeau à large bord, très souple, qu'elle retenait d'une main. A en juger par le mouvement de ses cheveux, il devait y avoir beaucoup de vent ce jour-là. Elle souriait, les yeux brillants et pleins de vie, les lèvres vibrantes, image de vigueur et de joie. Il y avait aussi une photo de M. Ward en soldat de la Grande Guerre de 14-18, avant son départ pour l'Europe : mince et blond. On l'imaginait tout rose, comme Clark à présent. Avec des yeux pleins de nostalgie et un air timide et délicat – un air de poète romantique.

Que leur était-il arrivé ? Sûrement, ce n'étaient plus les mêmes êtres qu'elle voyait en ce moment dans cette pièce, enfermés dans ce corps qui ne leur ressemblait plus – elle, jeune, vibrante, triomphante, et lui, le rêveur sensible ? Pour eux, la vie entière s'était réduite au versement des intérêts d'une hypothèque. Etait-ce vraiment tout ? La simple lutte pour la vie leur avait-elle coûté si cher que tout le reste n'avait plus été qu'un luxe ? Et elle, Mira, qui se sentait si miraculée d'être encore en vie, avait-elle eu seulement plus de chance qu'eux ? Sans nul doute, la survie de l'esprit dépend de celle de la chair; pourtant, les duretés de l'existence ne tuent pas toutes leurs victimes. Ou quoi ? L'existence avait-elle été *vraiment* si dure pour ses parents ? A moins que cela ne tînt à leur conception de la vie, de leur devoir, de leurs espérances ? Et pourtant, réfléchissant à leurs actes dans le passé, à l'espace dans lequel ils s'étaient mus, elle n'arrivait pas à les prendre en défaut. Ce qui leur avait manqué, c'était l'espace, la place. Et aujourd'hui, ce n'était pas seulement ce qu'ils étaient devenus qui les accablait, c'était leur refus de permettre à quiconque de devenir autre chose. C'est ça le prix, croyait-elle entendre Val dire – ça le prix qu'ils exigent, à force d'avoir payé trop cher de leur côté. Quelles étaient leurs ambitions ? Servir le thé dans une théière en argent et sur une nappe brodée aussi belle que celle de Mme Carrington – la perle des Carrington? Le service à thé en argent était rangé, inutile, recouvert de plastique, dans un coin de l'armoire aux porcelaines. Gravir les échelons de la société? Oui. Ce qui requérait certains objets, certaines manières. Ils avaient monté à l'échelle. Très haut. Ils étaient maintenant la vieille garde de cette société, les Carrington et leurs amis étant depuis longtemps partis pour Paris, Palm Beach, Londres. La vieille demeure des Carrington était à présent une école privée, celle des Miller une maison de retraite pour vieillards.

A peine le commentateur des nouvelles avait-il dit : « Bonsoir », que M. et Mme Ward se levèrent, éteignirent la télévision et se tournèrent vers Mira pour lui souhaiter une bonne nuit. Elle se leva à son tour, les embrassa – pour de bon, sans se contenter de leur donner le baiser poli de rigueur, du bout des lèvres. Surpris, ils se raidirent un peu tous les deux, lui sourirent, lui, timidement, adorablement, elle, non sans vivacité. Mais tout ce que Mme Ward trouva à dire fut : « Ne veille pas trop tard, veux-tu, ma chérie? » Et le père : « N'oublie pas de baisser le thermostat, surtout, Mira. » Après quoi, ils se replièrent, montant au pays des rêves.

8

Depuis toujours, les Ward « fêtaient Noël » tôt le matin dudit jour. Déballage rapide des cadeaux, suivi d'une folle agitation de Mme Ward à la cuisine, afin d'aboutir à une sorte de dîner vers le milieu de l'après-midi. Ensuite, repu et hébété, tout le monde venait s'asseoir au salon. Un homme du groupe – un homme, forcément – piquait éventuellement un roupillon. Les autres bavardaient jusqu'à huit heures du soir, heure à laquelle on servait des sandwiches à la dinde arrosés de café, la nourriture prenant le relai de la conversation languissante. Le divorce de Mira et la nécessité de partager les enfants avec leur père durant les fêtes et les vacances, avaient entraîné une cassure dans la tradition – cassure que M. et Mme Ward n'avaient jamais acceptée et qui faisait chaque fois l'objet de remarques.

Maintenant, la coutume était de donner une petite fête la veille de Noël, en invitant une partie de la famille, « de façon que ces enfants *connaissent* au moins un peu leur parenté », disait inévitablement Mme Ward, en ravalant sa peine. Les enfants allaient retrouver leur père avant le milieu de l'après-midi du lendemain, manquant donc le dîner de Noël de leur grand-mère. Laquelle invitait alors le reste de la famille à venir l'aider à digérer cette situation anormale.

Mira alla accueillir les garçons à l'arrêt du bus. Ils avaient le sens de l'étiquette : ils étaient bien peignés, vestonnés, cravatés, tout en ayant les cheveux un peu trop longs. Dans la voiture, ils firent preuve de pas mal de vie; mais, sitôt franchi le seuil des Ward, ils s'éteignirent, se raidirent presque. Echange de bécots à la chaîne, d'informations sur la circulation, la température et le temps, questions polies sur les études. Munis de coca, ils s'installèrent au salon et Mira dit :

« Attendez d'avoir vu mes achats ! »

Elle monta en courant s'habiller rapidement. Avec l'aide de Val, elle avait fait emplette d'une chemise indienne éclatante, verte et bleue. Elle la passa par-dessus son pantalon, sans mettre de soutien-gorge. Elle ombra ses paupières supérieures de bleu brillant, ce qui fit paraître ses yeux plus bleus encore, et s'accrocha aux oreilles d'énormes pendentifs en or – ça faisait mal, mais elle serra les dents. Ils auront droit au message, se disait-elle farouchement, ce faisant. Car la famille, elle le savait, serait vêtue comme d'habitude : les hommes en sombre, chemise blanche, cravate de soie à raies rouges et bleues, ou rouges et or, ou bleues et or; les femmes en costume jersey trois-pièces, coiffure travaillée puis figée à la laque, et souliers à hauts talons assortis au sac à main. Peut-être une audacieuse irait-elle jusqu'au pantalon en jersey.

Elle descendit théâtralement les marches de l'escalier et se planta avec un grand sourire devant ses fils. Ils lui retournèrent le sourire : « Ça te va drôlement bien », dit Clark. Norm demanda, un soupçon d'irritation dans la voix : « Où diable as-tu trouvé ça ? » Comme elle ne répondait pas, il insista : « Dans cette petite boutique de Massachusetts Avenue, près de l'endroit où on vend des vases ? Dans Battle Street ? » Il tenait vraiment à le savoir.

« Pourquoi est-ce que ça t'intéresse tant ? dit-elle à la fin.

– Oh ! répondit-il d'un air un peu honteux, c'est qu'ils en vendent aussi pour hommes, je crois, non ?

– Tu veux dire que ça te fait envie ?

– Peut-être bien. » Il haussa les épaules.

Les sourcils de Mme Ward s'étaient remontés tandis qu'elle inspectait du regard sa fille. Mais elle finit par sourire légèrement et reconnut : « Mon Dieu, cela change. » M. Ward marmonna des mots d'où il semblait résulter que Mira avait l'air de débarquer droit d'Afrique; puis, après avoir vaguement secoué la tête, il rentra dans sa coquille.

La petite villa des Ward avait, sur le devant, une véranda surélevée, séparée de la grande pièce de séjour par des parois de verre coulissantes. Pour diminuer les chances de gâchis, c'était là qu'on installait l'arbre de Noël, sur une banquette en bois elle-même disposée juste sous les fenêtres de devant. Les cadeaux étaient amoncelés au pied de l'arbre. La véranda ne contenait que la banquette et un secrétaire en pan coupé. La pièce de séjour-salon était toute brillante de bois cirés et cendriers propres, si bien que, lorsqu'elle eut envie de parler à ses fils, Mira les entraîna sur la véranda en emportant un cendrier, et ils s'assirent en chœur à même le plancher. Mira cria à sa mère qu'elle préparerait tous les légumes dans une heure, après qu'elle aurait bavardé un peu avec ses enfants. Mais Mme Ward, les lèvres pincées, se piqua dans sa cuisine, épluchant et hachant furieusement. M. Ward était descendu au sous-sol pour préparer le « Fort Bravo » (comme il disait) pour les jeunes visiteurs. Mira savait parfaitement que son geste – s'asseoir par terre en enfumant la véranda avec ses cigarettes avant l'arrivée des invités – constituait un défi et provoquait la colère de ses parents. Mais elle se refusait à céder.

Norm et Clark semblaient avoir passablement mûri depuis l'été. Ils s'exprimaient avec aisance, maintenant, racontaient à leur mère la faute « marrante » commise par un type dans une partie de football, parlaient d'un prof de maths, « une vraie terreur », et de gars qui passaient de la bière en fraude au dortoir. Norm déclara qu'il tenait à avoir une longue conversation avec elle à propos de ses études; son père voulait à tout prix qu'il commence sa médecine, pour ouvrir un cabinet plus tard. Mais lui n'avait pas envie d'être médecin. La question était de savoir si c'était parce qu'il n'avait pas envie d'être médecin qu'il ne voulait pas le devenir, ou bien parce que son père voulait qu'il le devienne. Mira lui répondit en riant qu'il trouverait probablement lui-même la réponse à cette énigme en temps voulu. Quant à Clark, il désirait faire part à Mira d'une dispute avec son père, d'où il était sorti complètement déboussolé. A l'entendre, il était clair qu'il était perturbé pour avoir crié des horreurs à son père : « Il m'engueulait », conclut-il d'un air boudeur. « Je ne vois pas pourquoi tu n'aurais pas aussi ton caractère, lui dit Mira avec une petite tape sur la tête. Comme tout le monde. » Norm, de son côté, avait fait la connaissance de la Fille Idéale, à une soirée mixte organisée par le lycée. Il voulait savoir si toutes les Filles Idéales étaient pareilles. Mira se leva pour aller se servir un gin-tonic.

« Vraiment, maman je finirai le reste avec les garçons! » cria-t-elle de nouveau à sa mère. Mais Mme Ward continua sombrement à éplucher et hacher. Mme Ward détestait faire la cuisine et en voulait au monde entier d'avoir inventé les fourneaux.

Mira revint sous la véranda et tous trois reprirent leur bavardage et leurs éclats de rire. Elle leur parla de ses surboums à elle et leur raconta comme Iso avait changé. Fascinés, ils posaient question après question. Ils avaient envie, à grand bruit, de savoir ce que les femmes font entre elles et les hommes entre eux. Ils lui débitèrent les bruits qui couraient à l'école sur les homos, lui rapportèrent les blagues et les bonnes histoires qu'ils avaient entendues sans les comprendre. Ils demandèrent, non sans prudence, comment on pouvait savoir si on était pédale. Jamais encore Mira ne les avait vus porter autant d'intérêt à quoi que ce fût, et elle réfléchit longuement à la fascination qu'exerçait ce sujet.

« Val pense que tout le monde est à la fois homo et normal, mais que la plupart d'entre nous sont conditionnés dès le plus jeune âge pour devenir l'un ou l'autre. Iso n'est pas d'accord : elle prétend qu'elle a toujours été lesbienne et rien d'autre. Moi, je ne sais pas, je crois que personne au monde ne le sait. A bien y songer, cela n'a pas l'air terriblement important — je veux dire : peu importe qui on aime. Sauf que j'imagine que cela pose des problèmes d'identité. Mais comme personne n'y échappe de toute façon... »

Les deux garçons étaient mystifiés.

« Enfin quoi, vous êtes tous les deux tellement fascinés par ça? Vous vous demandez à quoi vous ressemblez, non?

— Ben, tu sais, il y a ce type, Bob Murphy, Murph comme on l'appelle, c'est vraiment un gars formidable, un joueur de foot fantastique et un mec terrible, quoi, tu sais? Tout le monde l'aime, moi aussi; parfois j'en ai le cœur qui se gonfle, rien que de le regarder, et tout le monde est toujours en train de le toucher, tu sais, au vestiaire et ailleurs. Toujours à lui taper dans le dos et à lui prendre le bras. Lui il en rit, mais un jour, un gars — un vrai con, Dick il s'appelle, a dit qu'on n'était qu'une bande de pédales. Tu crois que c'est vrai?

— Je crois que vous l'aimez beaucoup. Ça te paraît bizarre, que j'aime Val et Iso?

— Non, mais tu es une dame!

— Parce que tu crois que les dames et les hommes ont des sentiments différents? »

Ils haussèrent les épaules : « C'est pas le cas? » demanda Norm, méfiant.

« J'en doute, répondit-elle en souriant et en se levant. Allons, venez... »

Mme Ward avait renoncé à tenter de leur donner du

remords : elle était montée s'habiller. Mira et les deux garçons se rendirent à la cuisine. Mira se versa un autre verre, leur en offrit un – ce qui aboutit à des gloussements de rire – et ils continuèrent à bavarder tous les trois. A son tour elle éplucha et hacha, pendant qu'ils mettaient le couvert, allaient quérir de grands plats en haut des étagères, remuaient une sauce à la crème, allaient chercher le vinaigre à l'office, riant et bavardant tout le temps.

« Les grands de ma classe... y en a qui sont vraiment plus vieux et d'autres qui en ont seulement l'air, tu sais ? Y ne parlent que de bibine et de nanas, de nanas et de bibine. (Norm imitait la basse d'une voix d'homme.) Tu crois qu'ils font vraiment ce qu'ils disent ?

– Qu'est-ce qu'ils disent ?

– Oh ! tu sais quoi... avec les filles et tout !

– Je ne sais pas, Norm, que disent-ils qu'ils font ?

– Oh ! baiser et le reste », répondit-il tout rouge. Dans la cuisine, la tension avait monté : elle croyait les entendre vibrer, suspendus à sa réponse.

« Certains, peut-être, oui, répondit-elle lentement. Et les autres en rajoutent, probablement.

– C'est bien ce que je pense ! explosa Norm. Tout ça c'est du bidon !

– Possible. Disons tout de même qu'il y en a qui baisent vraiment. (Mira entendait le pas de son père dans l'escalier.) Il faut bien que vous compreniez qu'ils ne savent pas très bien ce qu'ils font, et qu'ils sont tout aussi trouillards et collet monté que vous. Ils sont certainement très maladroits. A écouter Val, beaucoup le restent pour la vie. »

M. Ward était dans le vestibule menant à la cuisine.

« Ils racontent que les filles aiment ça, dit Norm, le front plissé. Ils prétendent que les filles ne demandent que ça.

– Certaines d'entre elles, peut-être. Mais la plupart font probablement semblant. La sexualité ne vient pas naturellement à beaucoup d'entre nous. Pas dans cette espèce de monde. Autrefois, oui, peut-être, quand les gens vivaient dans des fermes. »

Le pas de M. Ward vira vivement dans une autre direction et s'évanouit dans l'épaisseur du grand tapis du salon. Les deux garçons jetèrent un coup d'œil vers le vestibule, puis sur leur mère. Ils rougirent, eurent un petit rire silencieux, la main devant la bouche. Debout, Mira leur sourit, mais avec gravité.

« Cela ne signifie pas que la sexualité ne vient pas tôt aux gens, poursuivit-elle imperturbablement, en revenant à la carotte qu'elle raclait. Je me souviens de m'être masturbée à quatorze ans. »

Ils restèrent muets à ces mots, pendant qu'elle se penchait sur l'évier, leur tournant le dos, incapable de voir la tête qu'ils faisaient. Norm s'approcha d'elle et lui posa doucement la main sur le dos : « Tu veux que je vide l'eau des oignons, m'man ? »

La famille arriva à six heures pile, tout le monde en même temps. Il y avait là la sœur et le frère de Mme Ward et leurs moitiés, ainsi que leurs trois grands enfants, avec deux moitiés et cinq petits-enfants. Il y avait aussi le frère de M. Ward, sa femme et l'une de leurs grandes filles avec son mari et ses trois enfants. Après des salutations ultra-brèves, les jeunes enfants furent expédiés au sous-sol, au « Fort Bravo », construit spécialement par M. Ward à l'intention de ces occasions, afin d'y regarder la télévision ou de jouer au ping-pong ou aux fléchettes. Les adultes, eux, s'entassèrent au salon et M. Ward leur servit des Manhattan. Mira était la seule à boire autre chose. Clark et Norm descendirent un moment au sous-sol, mais revinrent dans la demi-heure s'asseoir comme s'ils avaient fait tapisserie. Personne ne parut les remarquer. Peu importait : la conversation était parfaitement convenable; on n'y parla pas une seule fois de sexe.

Il ne manquait pas d'autres sujets. Mira en venait à se demander si vraiment elle les avait jamais écoutés auparavant, s'ils avaient changé ou si le fait qu'elle était à Harvard ne fournissait pas une cible à leurs attaques. Les gens semblaient très secoués, ces temps-ci. Toutes ces tantes, ces oncles, ces cousins qui lui étaient si familiers paraissaient unis par la plus virulente des haines. Ils parlaient avec un mépris scandalisé des drogués, des hippies, des enfants gâtés et sans reconnaissance qui se laissaient pousser la barbe et les cheveux et se moquaient bien des sacrifices des parents. Apparemment, les juifs étaient encore plus nocifs que les une ou deux années précédentes, sans toutefois tenir la vedette comme autrefois. C'étaient les noirs, maintenant. Quand Mira protesta, on passa à l'expression « ceux de couleur ». Ceux de couleur, donc, avec les hippies et les pacifistes conduisaient le pays à la ruine. « Ils » s'infiltraient partout; « ils » avaient droit aux bourses pour entrer à l'université, tandis que ce pauvre Harry, qui ne gagnait que 35000 dollars par an, devait payer pour y envoyer ses enfants. Et ensuite, quand ceux de couleur et les hippies étaient admis, et pas pour leurs mérites, on pouvait en être sûr, ils n'avaient rien de plus pressé que d'essayer de tout casser. Les jeunes de Harvard étaient les pires. Il n'y avait pas de groupe de jeunes plus privilégiés qu'eux, et ils trouvaient encore le moyen de se plaindre. « Nous », ce qu'on avait, on le devait à notre travail; « nous », on ne nous donnait rien et on n'aurait pas osé protester; mais « eux », ils n'en avaient jamais assez.

Mira écoutait. Elle s'efforçait de rassembler des arguments *contre* tout en distinguant des bouts de vérité dans ces discours.

« Vous ne pouvez pas les juger selon les valeurs d'un monde qui n'existe plus », dit-elle. Mais ils bondirent furieusement sur elle : c'étaient des valeurs éternelles. Travailler dur, se contenter de peu, ne pas écouter ses désirs, c'était cela la recette du succès, et qui disait succès disait honnêteté et vertu. Et on restait fidèle à sa femme, et on payait les intérêts de ses hypothèques et on créait un semblant d'ordre, sinon le monde entier se serait écroulé.

« Sais-tu, demanda une cousine, presque de l'âge de Mira, mariée et mère de trois enfants, sais-tu que les étudiants de notre collège, les étudiants noirs — ils ne sont que dix sur deux cent trente — ont eu le front de réclamer au principal un cours spécial de Culture Noire? Tu imagines? J'en étais renversée. Dès que j'en ai entendu parler — et cet imbécile de principal se préparait à le leur accorder! – je suis allée droit à son bureau et je lui ai déclaré que si ces gens-là avaient droit à un cours de Culture Noire, je voulais, moi, faire un cours de Culture Anglo-Irlandaise! S'ils obtenaient ce qu'ils voulaient, moi aussi je l'aurais!

– Ils n'ont pas obtenu grand-chose de plus jusqu'à présent, dit Mira. Mais sa cousine n'entendit pas.

– Et le professeur qui est à l'autre bout du hall par rapport à moi est une Française. J'ai dit au principal qu'elle avait bien le droit, elle aussi, de faire un cours de Culture Française. Hah! Ça lui plairait ça, hein? Des élèves de première apprenant *ce genre* de choses!

– Quel genre de choses?

– Mais enfin, Mira, pour l'amour du Ciel, c'est une *Française*! (Son regard fit rapidement le tour de la pièce et découvrit les deux garçons.) Tu imagines! » conclut-elle avec un sourire sarcastique.

Et cela continua. Durant le dîner et après, cela continua sur ce ton. Mira sondait sa mémoire : en avait-il toujours été ainsi? A un moment de la soirée, elle se servit un whisky sec. Norm, qui se servait un coca, le remarqua.

« Tu mélanges les boissons?

– Apparemment, le gin-tonic ne suffit pas à me soûler.

– Pourquoi pas le brandy, alors?

– Ça, c'est pour plus tard. Pour m'aider à veiller.

– J'aurai droit à une goutte, dis, ce soir? Si on reste debout tard?

– Bien sûr », répondit-elle en souriant et en le prenant par la taille. De son côté, il la prit par les épaules et ils restèrent ainsi debout tous les deux un moment.

Ils veillèrent tard, effectivement, longtemps après que tout le monde se fut retiré. Ils burent chacun un brandy, mais les garçons ne firent qu'y tremper les lèvres : ça ne leur plut pas et ils recommencèrent bientôt à engloutir du coca. Mira leur demanda : « Est-ce que cela vient de moi, ou est-ce qu'ils étaient encore pires, cette année? »

Ils n'en savaient rien. Apparemment, tous trois n'avaient pas prêté l'oreille, à travers toutes ces années. Mira vitupéra sa famille. Elle mit en pièces les opinions politiques de ses membres, les envoya au diable et fulmina contre leur bigoterie. Les deux garçons écoutaient. Quand elle leur demanda leur avis, ils n'en eurent pas, pas même sur la bigoterie. Ils savaient, expliquèrent-ils, que les préjugés sont censés être une mauvaise chose, mais ils n'entendaient que ça partout où ils allaient. Et comme ils ne connaissaient guère de juifs et pas de Noirs du tout, comment auraient-ils pu juger ?

« Enfin, ça a l'air dingue ! expliqua Clark. Mais je ne sais pas. Peut-être que les Noirs sont vraiment ce qu'ils racontent. Je sais tu dis que tout ça est faux, et je te crois, mais je ne sais pas. Quant à moi, vraiment je ne sais pas. »

Mira se mit un bœuf sur la langue : « Oui, dit-elle finalement. Tu as raison. Naturellement. Il faut que tu attendes de juger par toi-même. »

Mais les deux garçons avaient d'autres plaintes à formuler. Il y avait eu trop de haine. Jamais encore ils n'avaient vu tant de haine ni tant de colère :

« Elle était d'un fielleux !

– Et lui, il avait l'air tellement furieux.

– Il est toujours aussi furax que ça ?

– Et Oncle Harry, il parle toujours sur ce ton ? »

Ils lui ouvraient des perspectives nouvelles. Elle songeait à tous ces visages, qu'elle connaissait depuis l'enfance, auxquels elle n'avait jamais pensé en termes de beauté ou de manque de beauté, et qu'elle ne regardait plus, dans lesquels elle n'essayait plus de voir le caractère sous l'aspect familier. Mais en écoutant ses fils, elle revoyait tout cela : les visages durs, marqués, coléreux, avec leurs rides amères et profondes, leurs yeux exorbités de fureur, leurs lèvres serrées de haine. Et elle se rappelait ses premières semaines de Harvard, où elle se regardait dans le miroir en remarquant la mince cicatrice d'amertume qu'était sa bouche.

« Est-ce que je leur ressemble ? » demanda-t-elle à ses fils, la voix tremblante.

Ils hésitèrent. Son cœur se serra. Elle savait qu'ils trouveraient le moyen de lui dire la vérité.

« Autrefois, oui, répondit Norm. Mais tu as grossi. »

Elle poussa un gémissement. C'était vrai.

« Tu es devenue plus douce, ajouta Clark. De visage, je veux dire... plus ronde. »

Sa vanité refusa de laisser passer la remarque : « J'ai l'air si grosse ?

– Non ! protestèrent-ils tous les deux. Vraiment, non. Un peu plus ronde, c'est tout, répéta Clark en cherchant ses mots.

– Tu as la bouche moins amère », dit Norm. Elle leva les yeux vers lui.

« Parce que ma bouche avait l'air amère ? »

Il haussa les épaules. Il se sentait incompétent : « Ouais, un peu. On aurait cru qu'il fallait que tu te mettes en colère, sans quoi tu aurais pleuré.

– Ah ! » Puis elle tourna vers eux son regard où luisait une étincelle. « Vous voulez que je vous dise en quoi vous avez changé, vous ?

– NON ! » hurlèrent-ils en riant.

Elle revint à la soirée. Elle voulait souligner certains points. Elle ne voulait pas qu'ils grandissent sans réfléchir, en répétant comme des perroquets ce qu'ils avaient entendu ce soir-là. Elle tenait à tirer une morale. Mais ils se bouchèrent les oreilles. Ils étaient incapables, protestèrent-ils, de juger les opinions, les positions prises au cours de la soirée.

Elle était un peu « ensuquée », réduite aux impulsions fondamentales. Elle aurait aimé marteler la table du poing, insister véhémentement sur les méfaits de la bigoterie, de la stéréotypie, des préjugés. Insister sur le fait qu'elle avait raison. Elle commença sur le ton de la colère : « Oui, tout ça est très bien ! vous ne *préjugerez* pas. Magnifique ! Sauf que, vous l'avez reconnu vous-mêmes, tout et tout le monde autour de vous est contaminé par la bigoterie et le besoin du stéréotype, et d'ici à ce que vous rencontriez pour de bon certaines de leurs victimes, vous ne serez même plus capables de les reconnaître, sauf à travers les lunettes qu'on vous aura mises. »

Ils continuèrent à se dérober, à discuter : « Et pourquoi est-ce qu'on te permettrait à *toi* de nous laver le cerveau ? » demanda Norm.

Elle eut envie de se dresser tel un père noble de Grand Opéra, pour proclamer LA VERITE, pour tonner, fulminer, les réduire à la soumission. Comment osaient-ils refuser de plier devant son savoir plus grand, son expérience morale plus vaste !

Soudain, elle s'effondra, contemplant fixement son verre, la gorge pleine de sanglots. Ils n'avaient pas confiance en son jugement moral, parce qu'elle avait manqué gravement à son droit de leur servir de guide, en laissant transparaître à leurs yeux qu'elle était un être doué de vie sexuelle. Elle renifla ses larmes; elle débordait de compassion pour son sort. Plus jamais ils ne se tourneraient vers elle; plus jamais elle ne pourrait les guider doucement, avec la tendre fermeté d'une mère. Elle se moucha. Eux, cependant, ne s'occupaient pas du tout d'elle. Ils bavardaient entre eux, se répétant les remarques qu'ils avaient faites durant la soirée et riant.

« Tu parles ! Et la tête de l'oncle Charles quand il s'est penché vers m'man en ricanant, pour lui demander si ça lui plairait d'avoir des petits-enfants avec des yeux de Chinetoque !... »

Ils éclatèrent tous les deux de rire. Elle écouta.

« Oui, et m'man a répondu que des yeux de Chinois valaient peut-être encore mieux que certains autres comme elle en voyait autour d'elle. J'ai cru que les boules de loto de l'oncle allaient lui gicler de la tête ! »

Ils continuèrent ainsi leur survol de la soirée, presque sans cesser de rire. Ils parlaient de laideur. C'était cela qui les tracassait : tous ces gens étaient laids. L'idée de leur ressembler ne leur plaisait pas. A leur âge, ils devinaient qu'il y avait quelque chose de faux et de mal dans ces existences, ces opinions, ce monde, puisque cela rendait les êtres laids à ce point. Elle respira : c'étaient deux garçons bien, sans problème.

9

Mira et Ben passèrent la soirée de la Saint-Sylvestre seule à seul. Il y avait bien des parties à droite et à gauche, mais, étant donné qu'ils ne s'étaient pas vus depuis avant Noël (Mira était allée chez les siens), ils voulurent passer le Jour de l'An à deux. Ben amena son téléviseur et le brancha dans la chambre. Ils s'étendirent à moitié nus sur le lit, burent du bourbon – boisson préférée de Ben – et parlèrent de leurs visites de famille. Le sujet les intéressait profondément l'un comme l'autre. L'un comme l'autre avaient noté des différences dans le climat de leurs relations avec leurs parents, un accroissement de colère, de haine, de peur. Et l'un comme l'autre avaient le sentiment qu'ils s'étaient comportés différemment et que cela avait été remarqué.

« Après trente-quatre années, ma mère a cessé de m'appeler Benny. »

Mira raconta en détail ses discussions avec les garçons. Ben parla de sa jeunesse et établit des comparaisons; fit des suggestions.

Ben ouvrit le champagne quand le compte à rebours commença. Ils croisèrent si bien le coude que du champagne se répandit sur les draps, qu'il leur fallut changer. Et même prendre un bain; peu rancuniers, ils emmenèrent la bouteille avec eux.

« C'est comme de s' baigner dans du sperme chaud, dit Mira en éclatant de rire.

– Non, c'est comme se baigner dans ce qui sort de toi. Comment on appelle cela ? »

Mira ne savait pas :

« Du lubrifiant, décida-t-elle, ce qui n'apaisa pas leur hilarité.

– Mira, lui dit soudain Ben, j'ai quelque chose à te dire... »

Il avait l'air sérieux, et elle sentit son cœur ralentir de rythme, comme la terreur était toujours proche de la joie...

« Eh bien ?
– J'ai horreur du champagne. »
Elle ricana :
« Moi aussi. »
Il saisit la bouteille :
« Je te baptise, Mira Voler », dit-il en lui en versant sur la tête. Ils s'amusèrent, se firent des mamours, rirent, discutèrent, disputèrent, rampèrent nus dans la cuisine, sortirent le repas de luxe qu'ils avaient préparé, quand, soudain, Ben dit :
« Tu sais, je l' pense... marions-nous. »
Mira s'immobilisa. Elle se rendait compte que, depuis quelque temps déjà, ils avaient rarement parlé de l'avenir en termes de pronoms personnels du singulier, c'était presque toujours des « nous ». L'un pouvait dire « lorsque j'aurais mon examen », mais cela se terminait toujours par « nous pourrions faire un voyage ».
« Ce n'est pas la peine qu'on s' marie, on est très bien comme ça, et puis peut-être que le mariage salirait ce que nous sommes.
– Mais on serait tout le temps ensemble.
– On pourrait très bien être tout le temps ensemble si on le voulait. I' m' semble qu'on préfère ne se voir que de temps en temps. »
Il se pencha vers elle :
« Ce n'est pas la peine de le faire maintenant, mais, un jour... j'aimerais avoir un gosse... et tu es la seule personne au monde avec qui j'aie jamais eu envie d'en avoir... »
Elle ne répondit pas, n'aurait pas pu répondre à ce moment, ni durant la nuit qui suivit.
Après les vacances, les amis décidèrent de se faire un nouveau Jour de l'an. Tout se passa si délicieusement bien que, au retour de chez Kyla (qui avait organisé la chose), dans la voiture, Mira s'exclama :
« Ça a été la plus belle soirée de ma vie ! »

10

Val dit :

« Ça a été une vision. »

Les femmes se trouvaient chez Val, un après-midi, et discutaient après de longues heures de travail silencieux au « Child » en buvant café, Cola, bière et gin. Toutes étaient encore imprégnées de l'atmosphère de la partie du Jour de l'An, resplendissantes... elles s'y seraient encore crues. Elles gardèrent le silence quand Val dit cela, et attendirent qu'elle continuât.

« Ça a été une vision de communauté. D'un possible. De l'individu inséré dans le groupe, mais cependant séparé, distinct. De l'harmonie. Pas de l'ordre, de l'ordre inamovible du moins : chacun vivait, était, d'une façon légèrement différente. Même les hommes avaient une petite individualité. Nous avons fait ce groupe parce que nous le voulions, non parce que nous le devions, non parce que nous avions peur...

— Pourquoi ne t'es-tu pas jointe à nous plus tôt ?

— Parce que je voulais *voir*. J'avais envie de vous rejoindre, beaucoup, mais il fallait que je *voie* avant.

— Et qu'est-ce que t'as vu ? lui demanda Clarissa.

— La façon dont les choses pourraient être », dit Val sur un ton abrupt et triste avant de se lever pour prendre une autre bière. Sur la table, près d'elle, il y avait un rapport sur les conditions de détention des prisonniers politiques au Sud-Viêt-nam. Elle donnait un coup de main à une organisation qui le rédigeait. Val négligeait de plus en plus son travail pour la fac.

« Je ne comprends pas, lui dit Iso lorqu'elle revint, quel rapport cela peut avoir avec d'autres gens que nous ? »

Val haussa les épaules comme pour s'excuser :

« Eh bien, tu sais, j'ai tout un tas de visions. J'ai grandi à la fin des années 40 et dans les années 50, quand les meilleurs esprits pensaient que l'on ne pouvait pas se réaliser comme personne si l'on était trop lié au monde extérieur. Oh ! bien sûr, il y avait les socialistes, et ils avaient des théories, eux, mais ils ont été joliment mis sous l'éteignoir au début des années cinquante. Ma génération a grandi entre les lignes de Joyce, Woolf, Lawrence et des poètes à la manque des années cinquante. Et même si Lawrence était partisan d'une communauté à trois, même si Woolf entendait aller au-delà de l'isolement du moi, tous trouvaient que le monde était sinistre vallée de larmes, le pouvoir maladie, mort. Et notre culture quotidienne aussi. Les rubriques des cœurs écrasés donnaient toutes le même conseil : si vous avez des ennuis, quittez votre belle-mère, fuyer la ville où tantes acariâtres et oncles pontifiants vous mènent un train d'enfer.

– C'est vrai, nous avons toutes vécu émotionnellement seules, dit Mira.

– Oui, le salut était une affaire personnelle. Mais regardez-nous ! Nous avons une communauté, une véritable communauté; nous partageons presque tout, mais nous conservons notre intimité. Nous pouvons nous aimer et nous enrichir les unes les autres sans nous opprimer. C'est fantastique, que cela soit possible ! Ça me... laisse à penser que ma vision pourrait avoir été prophétique.

– Mais quelle vision ? lui demanda Clarissa dans un sourire.

– Bon, d'ac. » Elle alluma une cigarette et se rencogna comme le « speaker » de la Chambre s'apprêtant à lire le budget. Nous nous rencognâmes également toutes pour ce qui, nous le savions, allait être un cours.

« Attends ! ricana Kyla, il me faut mon carnet pour prendre des notes !

– Les vieux voisinages d'autrefois n'ont absolument pas du tout collé. Les Italiens haïssaient les Irlandais, et les Irlandais haïssaient les juifs : les voisins guerroyaient les uns contre les autres. Mais la fin du bon voisinage marqua également la fin de quelque chose qui était cardinalement une extension de la famille : seuls les Noirs connaissent encore cela. Avec la fin de l'extension de la famille, trop de choses ont pesé sur cette dernière seule. M'man n'a plus eu personne pour rester avec mémé, dont on ne pouvait pas être sûr qu'elle ne mettrait pas le feu à la maison pendant que m'man ferait les commissions. Les voisins du quartier n'étaient plus là pour garder un œil sur le gosse de quinze ans qui était l'idiot du coin et, soit le traiter gentiment, soit le tourmenter – je ne dis pas que tous les voisins étaient des gens sympas. C'est ainsi que l'on est arrivé à l'idée du « chacun chez soi ». On a enfermé les gens en prisons, hôpitaux psychiatriques, machins pour le troisième âge, maisons de retraite, maternelles, banlieues pas chères où femmes et enfants ont été mis hors circuit, riches banlieues où chacun a une cour et une pelouse entretenue par un jardinier, de sorte que tout le monde a la même pelouse et que personne n'en fait jamais rien, d'ailleurs. Avez-vous déjà vu des gens marcher sur leur pelouse? Quoi qu'il en soit, plus on a enfermé vite, et plus le pourcentage de crimes, de suicides et de dépressions nerveuses a été élevé. Au rythme actuel, il y en aura bientôt un qui sera plus élevé que celui des vies « normales ». Il faut donc s'interroger sur le pourcentage de la population qui n'est pas bouclé, ceux qui prétendent que les autres cinquante-cinq pour cent sont composés de fous, de criminels ou de séniles.

« Il faut trouver autre chose. Les gosses qui vont en communauté, c'est une bonne idée, mais pas utilisable sous cette forme, car la plupart des communautés rejettent la technologie. Et c'est impossible. Nous en avons besoin et, d'une façon ou d'une autre, il faut que nous apprenions, un jour, à aimer la technologie, à vivre avec elle, à l'humaniser. Parce que non seulement on ne peut pas vivre décemment sans son aide, mais encore on ne peut pas vivre du tout sans elle. Ce n'est pas possible. C'est une seconde nature – je le pense profondément – c'est notre environnement aujourd'hui, et il n'est pas plus artificiel que la première terre qu'on ait cultivée, le premier animal domestique, le premier outil. N'empêche que les communautés sont une bonne idée. Les gens critiquent les communautés parce qu'elles ne durent pas, mais pourquoi diable, je vous le demande, devraient-elles durer? Pourquoi faut-il qu'un ordre devienne un ordre permanent? On peut p't-être quand même vivre un certain temps d'une certaine façon, puis d'une autre...

« Bon, moi je pense à tout ça depuis longtemps et il y a longtemps que j'en discute avec les gens; je ne prétends pas avoir des idées originales, je sais que je les ai piquées un peu partout, et je ne prétends pas plus proposer une « bonne » idée; une autre voie, oui, peut-être...

« Imaginons qu'on construise des maisons en cercle, ou en carré, des maisons de différentes dimensions mais belles et simples. Au milieu, il y aurait un jardin avec des bancs et des arbres et les gens feraient pousser des fleurs – ça serait une partie commune. Et, à l'extérieur, tout l'espace d'ordinaire consacré aux pelouses serait commun. Il y aurait des potagers, des champs et des bois où les mômes joueraient. De l'autre côté, il y aurait un petit centre communautaire. Il y aurait une blanchisserie commune – pourquoi faut-il que chacun ait sa machine à laver? – des salles de jeux, un petit café et une cuisine communautaire. Le café serait à terrasse à panneaux de verre mobiles comme à Paris. Ce ne serait donc pas une communauté totale : chacun serait libre de gagner sa vie comme il l'entendrait, chacun paierait ses impôts et les frais d'habitation seraient proportionnels à l'espace occupé. Chacun aurait une p'tite cuisine au cas où certains entendraient manger seuls, un logement de bonnes dimensions, mais pas gigantesque, car il y aurait le centre communautaire. Le centre communautaire serait peut-être beau, luxueux même : salles de jeux pour les enfants et les adultes, salles de lecture... Mais chaque membre de la communauté, même le plus petit gosse capable de marcher, y aurait une tâche. »

Mira ouvrit des yeux incrédules.

« Les gosses peuvent faire quelque chose! insista Val. Ça leur fait plaisir. Bon d'accord, il peut y avoir un p'tit pépin... mais de toute façon, il arrive toujours des choses avec les mômes... Ils peuvent pousser le caddy, choisir et porter des victuailles, ranger les jouets, mettre la table, écosser les petits pois...

– En Europe, des tas de petits gosses travaillent : ils

donnent un coup d' main dans la boutique ou le café de leurs parents, dit Iso.

– Bien sûr; ils auraient le droit de fairc tout ce qu'ils voudraient. Si tout le monde acceptait de faire quelque chose, eux aussi. Il y aurait une hiérarchie très stricte des tâches à remplir, mais pour quelques heures. Les petits enfants ne se verraient demander que quelques heures à la semaine tandis que les adultes en consacreraient, oh! je ne sais pas, disons douze ou seize. Mais si quelqu'un entendait s'y consacrer davantage – un retraité, ou un poète qui ne voudrait pas avoir un travail régulier – ce quelqu'un le ferait et aurait une réduction de loyer. Les plus âgés pourraient être d'accord pour se consacrer à veiller sur les enfants ou à s'occuper des légumes. Mais la communauté aurait un gouvernement, chacun aurait une voix et serait responsable de ses ordures, de ses lois, de ses cuisines et de son – j'insiste là-dessus, dit-elle dans un grand sourire – café à terrasse.

« Une chose importante qui pourrait poser des problèmes : il faudrait qu'il y ait un système de quotas. Les âges devraient être mélangés, afin que les jeunes grandissent en connaissant leurs aînés. Je pense qu'il faudrait également qu'il y ait différents genres, sinon on tomberait dans les mêmes errements que les milieux de jadis. Une certaine proportion de religions, couleurs, familles, célibataires, couples, vous comprenez?

« Dans la communauté, il y a un certain nombre de groupes, dont le nombre dépend de la topographie. Chaque groupe s'insérera dans une cité plus grande. Des bus feront l'aller et retour toutes les heures. Dans le centre, des écoles, mais elles ne seront pas comme les nôtres; elles ne sépareront pas rigoureusement les gens par classes d'âge. Elles seront facultatives et des gens de tous les âges pourront les fréquenter. La division en pièces sera fondée sur l'activité que l'on entendra attribuer à chacune. Certaines renfermeront des animaux, des plantes, des peintures. D'autres seront exclusivement consacrées à la lecture et à l'écriture, mais il s'agira de lecture et d'écriture pour s'amuser, pas pour remplir des cahiers scolaires. Vous comprenez? Le centre comprendra également des boutiques, des églises, des édifices publics, des bureaux; ce sera une zone piétonnière. Il y aura des minibus dans les grandes rues, mais la plupart seront petites, avec arbres, cafés à terrasse, peut-être même square et fontaine, et galerie couverte comme celle de Milan. Et l'une des écoles aura un auditorium assez bon pour que l'on y donne des concerts, des réunions, pour accueillir des troupes théâtrales ou des ballets; des troupes amateurs aussi. Et quelque part, je pense dans la « galeria », il y aura une galerie d'art. Peut-être d'art local. »

Elle s'interrompit et fronça les sourcils. « Non, un peu des deux. Mais je crois qu'il faudra du verre, jusqu'à ce que les enfants sachent qu'il ne faut pas toucher avec des doigts gluants de glace. Une galerie ouverte, sans rideaux, de façon que tout le monde voie les choses exposées.

– Val, as-tu lu *Walden II* ?

– Hum, t'as noté des emprunts ?

– Un p'tit peu.

– Moi, je ne mets pas les bébés derrière des vitres, et puis, il n'y avait aucun enfant dans *Walden II*[1]. Il y avait des bébés mis sous verre et des garçons et des filles nubiles. Pas d'enfants. Parce que ça a été écrit par un homme. J'ai entendu un jour Mortimer Adler dire que dans un monde idéal personne n'aurait à s'occuper du caca. Les bébés seraient langés par des machines. Mon Dieu ! j'espère qu'il n'a rien à dire concernant le monde de demain. Non que j'aime tellement langer. Mais ce dont les bébés ont besoin, c'est d'être tenus, cajolés, caressés, touchés. Et laissés tranquilles. On fait tout à l'envers. On ne veut pas beaucoup les tenir quand ils sont petits, mais lorsqu'ils sont un petit peu plus grands, on ne les laisse pas tranquilles tellement on fait tout pour les protéger. Lorsque j'habitais dans le Sud avec Chris, on a résidé quelque temps dans une banlieue « bien », et tous les gosses avaient des emplois du temps pour leur après-midi ! Si, si ! Médecin, dentiste, orthodontiste, leçons de danse, cathé, église, scouts,

1. Œuvre de Thoreau, que l'auteur a évoquée *supra*. *(N.d.T)*.

club, leçons de musique... ils n'avaient pas une minute à eux. Je me demande bien ce qu'ils vont donner.

« Quoi qu'il en soit, se résuma-t-elle sur un ton très sérieux, ces centres constituent des genres de communautés. Ils ne sont pas très grands; ils ont leur propre gouvernement, leur centre médical, etc., mais les gens y travaillent – ils n'offrent pas leur boulot, ils sont payés. Les gens qui ont environ, euh, dix-douze ans, travaillent une journée par semaine, les gens entre, disons, quinze et dix-neuf travaillent deux jours par semaine, et les plus âgés trois ou quatre jours par semaine, selon que cela les intéresse ou qu'ils veulent gagner davantage. Les personnes encore plus âgées peuvent travailler moins si bon leur semble. Les gens vraiment âgés, ou les infirmes qui ne veulent pas travailler au centre, peuvent ne travailler que dans la communauté. Mais on se partage toujours les travaux de merde. Quelqu'un qui est toubib quatre jours par semaine peut très bien être affecté aux poubelles pendant deux semaines, et un ouvrier être chargé de décorer le centre pendant des vacances. Comprenez ? Tout le monde cuisine à tour de rôle, sauf ceux qui détestent vraiment cela. Et, de même, tout le monde fait le ménage. De temps en temps, selon la population, il y aura une ville. Ah ! j'oubliais, les centres industriels seront comme cités et villes : construits pour le plaisir autant que pour le travail, entourés de campagne afin de préserver l'équilibre écologique. Un peu comme les Suisses ont bâti Genève, vous voyez ? Les villes auront les universités, les grands musées, les bureaux principaux, les salles de concert. Les gens vivront dans les villes comme dans les villages, c'est-à-dire dans des bâtiments de dimensions normales, semblables à ceux de la campagne. Eux aussi auront droit à des jardins, un par pâté de maisons. Et si on veut écouter la musique de Gunther Schiller ou voir du théâtre d'avant-garde, faudra aller en ville. Quoique... on n' sait jamais : le groupe « théâtre » peut décider de monter quelque chose d'inhabituel. Voilà... » dit-elle avant de boire une gorgée.

Tout le monde la fixa. Combien d'heures avait-elle passées à faire ce rêve-là ? Mira se le demandait.

« C'est plutôt chouette, dit Kyla, en préparant ses critiques.

– Je sais, dit Val sur un ton triste. Je n'entends pas suggérer qu'on fasse parfait... je ne pense même pas essayer; non, simplement, on essaye de découvrir une façon de vivre plus humaine, une façon qui nous paraisse plus, plus appropriée. Je me souviens quand Chris était petite : j'en ai bavé pendant quelques années après avoir quitté mon mari; je n'avais pas un rond et il me menait la vie dure, car il croyait ainsi me faire revenir. Ce foutu con n'a jamais compris qu'il aurait eu beaucoup plus de chances s'il avait joué la carte de la gentillesse. On dirait que les hommes pensent toujours que la force plaît plus que l'amour. J'imagine qu'ils ont des raisons pour croire cela. Bref, ma vie était plutôt moche et dure, et tout ce qu'elle avait de bon c'était qu'il n'était pas là avec son caractère à la manque et sa voix de stentor. Je prenais Chris chez la baby-sitter, je rentrais, faisais à manger et le ménage, et j'étais crevée de ces heures de boulot dans ce bureau à la gomme, de devoir m'arrêter au supermarché et de ramener un gros sac de commissions avec Chris pendue à mon autre bras. Elle était fatiguée et grognonne. Je faisais couler un bain pour elle, heureuse que ce fût l'heure de la coucher, je la mettais dans l'eau avec un joujou et retournais dans la cuisine laver ces putains d'assiettes... puis je retournais auprès d'elle, crevée, exténuée, je détestai la vie que je menais; je la regardais assise dans la baignoire, gazouillant pour elle-même et son bateau en plastique, me remarquant à peine; j'étais un accessoire... Prendre soin de Chris, quelque dur que ce fût, faisait que je demeurais humaine. Et si nous faisions tous cela, si nous prenions tous soin les uns des autres, si cela devenait, oh non, pas un devoir, mais une habitude, quelque chose que les gens feraient au lieu de tout simplement ne pas vouloir... je pense à une scène : un jardin de roses entretenu par un petit vieux un peu grognon. Des gosses viennent le voir, de temps en temps, alors qu'il s'occupe des roses. Il commence par les rembarrer, par grogner, mais ils n'ont pas peur – il est là depuis si longtemps – ils reviennent et, par un beau jour de printemps, après quelques années, il commence à leur expliquer comment s'occuper des roses; il leur mct même le sécateur entre les mains et leur explique comment couper les branches mortes. Bon, eh bien... – elle ouvrit les mains et émit un petit rire – permettez-moi d'être le Fou. Il faut bien que quelqu'un assume la part du rêve. »

Kyla courut à travers la pièce et prit la tête de Val dans ses mains. Iso se leva et lui apporta un autre verre; et Clarissa lui sourit de toutes ses dents.

« Nous t'élisons, à l'unanimité, Fou de notre communauté », dit-elle.

11

L'image de la partie demeura présente à l'esprit de Mira. Elle y repensa en termes qui contredisent son athéisme, comme à un moment de grâce qui leur avait été octroyé par quelque chose de divin. Toutes en étaient touchées, et aucune ne serait plus tout à fait ce qu'elle avait été avant ce jour-là. Il y avait eu beaucoup de parties, beaucoup de rencontres amicales, mais celle-là les surpassait toutes – c'était un symbole de concorde, d'Amour. Cela durerait-il? Lorsqu'elles se rencontreraient de nouveau, en irait-il de même, sentiraient-elles de nouveau la grâce de la liaison des cœurs? Une telle grâce ne pouvait pas être forcée, organisée, ni même espérée; rien ne pouvait la créer. Val essaierait : elle occuperait son temps à essayer de concevoir une structure qui ne tuerait pas l'esprit. Louée soit-elle de ses efforts, se disait Mira, mais c'était sans espoir. Mieux valait s'abandonner à la danse lorsque musique il y avait, devenir musique, mouvement, puis se souvenir. Mais toutes avaient été touchées par cette grâce : aucune ne serait plus ce qu'elle avait été auparavant. Elle en était complètement persuadée.

L'hiver fut long, froid, havre de solitude. Personne ne suivait plus de cours. « Lehman Hall » brillait par son absence de visages familiers. Tout le monde était entassé au « Child », à « Widener » ou chez soi avec des listes de livres, un tas de notes, et des bouquins que chacun épluchait uniquement pour ajouter d'autres notes à sa liste. Mira avait des dizaines de pages de listes de choses du genre différents commerces des *Contes de Canterburry,* ordres des paragraphes dans la controverse de Marprelate, date de toutes les éditions de *Les lois de l'Ecclésiaste* et de l'*Anatomie de la Mélancolie.*

Seule Val ne travaillait pas pour les oraux; elle travaillait selon d'autres modalités sur quelque chose qui réclamait de sa part l'interview de plusieurs centaines de personnes très soigneusement choisies. Mais elle ne cessait pas de courir de réunion politique en réunion politique. Elle était agitée et de plus en plus sujette à une idée fixe : la situation dans le Sud-Est asiatique lui devint de plus en plus intolérable à mesure que les bombardements augmentèrent, en même temps que les forces américaines. Mais nous étions toutes affolées : Kyla était pâle, et son visage était bouffi; les yeux de Clarissa étaient creusés; Mira était préoccupée et silencieuse. Seule Iso rayonnait.

Le plus grand luxe que les femmes se permissent était constitué par une visite à Iso deux ou trois fois la semaine. Seule Kyla s'arrêtait presque chaque jour. Elle s'y rendait dès qu'elle en avait envie – parfois à onze heures du matin, parfois à deux, quatre ou six heures. Si Iso n'était pas là, elle l'attendait assise sur les marches, petit visage à l'air perdu dont l'expression changeait sans cesse. Elle lisait, mais, même alors, elle tordait la bouche. Lorsqu'elle apercevait Iso, elle relevait la tête et souriait, et son visage se rassérénait.

Iso n'avait pas d'argent, mais elle essayait d'avoir un réfrigérateur plein de soda, bière et vin pour ses amies. Elle aussi travaillait pour ses oraux, mais elle ne donnait jamais l'impression d'en vouloir à celle qui mangeait sur son temps d'étude. Elle souriait à Kyla et l'aidait à se relever, comme si sa visite avait constitué la chose du monde la plus importante de sa journée. Elle voyait la bouche déformée, les doigts crispés. Elle lui versait un verre convenant à l'heure de la journée, et s'asseyait calmement pour écouter, et écouter encore. Elle posait des questions à Kyla, pas à propos du présent, mais concernant son passé, son enfance, ses gagneurs de frères, papa et maman, l'école primaire, le lycée. Les sujets étaient innocents, et Kyla parlait sans difficulté. Elle déversait histoires, souvenirs, blessures, triomphes; elle parlait comme elle n'avait jamais jusque-là parlé à âme qui vécût, ce qui l'étonnait elle-même. Mais Isolde avait l'air intéressée, vraiment intéressée : « Je ne t'ennuie pas, au moins? » disait souvent Kyla en s'interrompant et en se mordant les lèvres. Les mots jaillissaient hors d'elle comme s'ils avaient été jusque-là bloqués, enfermés, et comme si une lézarde dans le mur de leurs prisons leur avait permis de sortir en balayant tout sur leur passage.

« Même lorsque j'étais très petite, je me souviens que je lisais des choses et que je disais : « C'est comme cela « que je veux être. » Ou : « Je ne veux pas être comme « ça. » A l'âge de neuf ou dix ans, j'ai commencé à tenir mon journal – plutôt un registre – dans lequel je faisais une liste des qualités que je voulais avoir et de celles que je voulais éviter. Je me donnais une note chaque jour. Comme Benjamin Franklin, quoi! Sauf que j'étais pas si « bonne » que lui... Contrairement à lui, je n'ai pas acquis toutes les qualités, modestie comprise, en quatre semaines. Elles éclatèrent de rire; Kyla mordit sa lèvre inférieure : Ni aucune, d'ailleurs, se corrigea-t-elle nerveusement. En réalité, je n'en ai jamais acquis aucune. Je n'ai pas cessé de rechuter... C'était si dur, tu ne peux pas savoir! si important pour moi d'acquérir ça.

– Quoi par exemple?

– Oh! l'honnêteté. L'honnêteté est toujours venue en tête. Puis justice... bonté, mets-y le nom qu'i' te plaît. Et joyeuse soumission... » Elle changea brusquement de ton et passa à une histoire apparemment sans rapport qui évoquait ses jours de lycéenne, chef des supporters, sur la moto d'un copain et tombant dans un fossé sans raison. « Je l'avais bien en main; je n'ai jamais compris ce qui s'est passé. » Elle avala une gorgée de gin. « Et l'excellence; non, la perfection. Dans le moindre de mes actes...

– Et les défauts ?

– Lâcheté, fourberie, méchanceté, manque de self-contrôle, glapit-elle. Hummm, comme je détestais tout cela... Voilà pourquoi j'aime tant Harley : il n'a rien de tout ça ! »

Ses propos concernant Harley commençaient toujours par de beaux compliments de ce genre, avant de se détériorer, après deux verres de vin ou de gin, en larmes hystériques, convulsives. Après coup, la conclusion de Kyla était toujours identique : Harley était fantastique, tout allait bien, elle ne devrait pas boire.

Puis elle se levait d'un bond, invariablement en retard pour ceci ou cela, saisissait à la diable ses affaires et dégringolait les escaliers, courait dans la rue; croisait et décroisait les jambes, allumait une cigarette, toujours en mouvement, même en cours, sauf quand elle était avec Iso. Elle se grattait la tête, faisait des grimaces, haussait les sourcils, les abaissait, gesticulait sur sa chaise, tripotait des papiers... Ses gestes étaient aussi déconcertants et brusques que la course d'un animal pourchassé qui court d'un terrier à un autre, pour s'apercevoir que tous sont bouchés, mais qui ne s'immobilise pas pour autant. Le plus souvent, lorsqu'elle arrivait chez Iso, elle commençait par dire pendant dix minutes qu'elle n'aurait pas dû venir parce qu'elle avait ceci ou cela à faire, et par agencer des emplois du temps impossibles qu'elle remplirait, précisait-elle à toute force, dès qu'elle aurait fini cette tasse de café, ce Cola, ce verre de vin, ce verre de gin. Ce « petit dernier » menait invariablement à d'autres, puis, invariablement, aux larmes. Elle n'avait pas l'air de se rendre compte qu'elle venait voir Iso tous les jours ni qu'elle y restait des heures. Souvent, lorsqu'elle arrivait dans l'après-midi, elle ne repartait que tard le soir. Harley venait voir si elle était là et, de temps en temps, il y avait un coup de téléphone à sept, huit ou neuf heures, et Kyla sortait de la chambre le visage décomposé en se mordant la lèvre inférieure : « J'ai encore oublié », disait-elle alors d'une voix abattue en parlant d'un dîner. A deux reprises, elle manqua des dîners qu'elle était censée avoir préparés. Son esprit était plein de cases vides.

Un jour, Iso insista sur ce point. Mauvaise époque : un mois avant les oraux de Kyla, une semaine avant ceux d'Iso. Kyla avait mordu sa lèvre jusqu'au sang et ses mains étaient couvertes d'eczéma. Ces temps-ci, elle était ivre avec un seul gin-tonic ou un petit verre de vin. Elle sirotait du vin et relatait d'une voix tremblante sa conduite indescriptible de la veille au soir à une partie en l'honneur d'étudiants qui avaient décroché leur diplôme de physique.

« Kontarsky! Le grand Kontarsky! C'est le maître de recherches d'Harley, il tient son avenir entre ses mains! A n'importe qui ça n'aurait déjà pas été bien, mais lui avoir dit cela à lui! Harley était livide... Il ne m'a pas dit un mot dans la voiture en rentrant et, dès qu'on a été à la maison, il a rempli un sac et est parti comme une flèche. Sans dire un mot. Je pleurais, moi, je m'excusais. Je pense qu'il a dormi au labo. Je ne lui en veux pas. Je me demande comment je fais pour faire des trucs pareils!

— Mais qu'est-ce que tu as fait exactement? »

Elle essaya de le dire, mais n'arrêta pas d'éclater en sanglots. Son poing droit était si crispé que les jointures en étaient bleues. Elle n'arrêtait pas d'en frapper ses genoux. « Comment ai-je pu? comment ai-je pu? » continua-t-elle de dire en pleurant et d'une voix à peine compréhensible. Elle se calma bientôt.

« J'avais bu quelques verres; Kontarsky me parlait, de haut, c'est un grand type, tu sais, et me souriait d'un air paternel, mais je sais ce que cette attitude, ce regard veulent dire... il était en train de jauger ma capacité et ma volonté d'aider mon mari dans sa carrière. Il y avait pas mal de gens tout autour, des profs surtout, et puis tous ces petits étudiants avides, ne rêvant que de dire quelque chose de lumineux, de respirer l'oxyde de carbone que ces grands cerveaux expiraient. Et il parlait de l'Académie et de la vie merveilleuse que ça serait pour Harley et moi. Moi, je l'ai regardé, j'ai fait tomber la cendre de ma cigarette, et je lui ai dit que je ne trouvais pas cela si formidable et que, pour autant que je susse, tous les hommes de l'Académie n'étaient que des grosses têtes sans bittes. »

Iso se mit à se racler la gorge, avant d'éclater de rire, et d'en avoir bientôt les larmes aux yeux; Kyla la fixa d'un air horrifié :

« Tu comprends, moi, je savais pas qu'il comptait sur moi ! J' veux dire, i' ne m'avait pas dit... » Elle continua de protester, Iso continua de rire, et Kyla se mit à ricaner, avant d'éclater à son tour d'un grand rire joyeux : « Quel con ! fit-elle. Quel foutu con ! J' suis bien contente de l'avoir dit ! » Mais elle renifla aussitôt : « Pauvre Harley... je ne suis vraiment pas sortable.

– Je trouve ça vachement bien, dit Iso dans un soupir en s'essuyant les joues. C'te pompeux tas d'ego bidonnant ! ce trou du cul de cheval de Troie, pauvre Kon-tarsky ! Et eux qui croient qu'ils font quelque chose de très important... Comment peut-on faire quelque chose de très important quand on n'a qu'un esprit détaché de tout ? Mira dirait qu'il faudrait qu'ils nettoient les chiottes une fois par semaine. Ils en ont besoin, il leur faudrait ça.

– Oh ! Iso, tu crois ce que tu viens de dire ? dit Kyla en mordant sa lèvre. Mais comment pourrais-je faire ça à Harley ?

– Ecoute, Kyla, pour quelqu'un qui révère honnêteté et courage, tu es étonnamment vautrée dans fourberie et lâcheté.

– Moi ? Kyla se frappa la poitrine. Moi ? » Elle posa vigoureusement son verre sur la table en renversant du vin sur sa robe. Elle sauta sur ses pieds et chercha quelque chose dans son sac. « Je suis bourrée et je suis une foutue putain, mais je ne suis pas malhonnête ! C'est pas vrai ! » Elle essuya sa robe.

Iso la regarda avec tendresse :

« Tu es la pire menteuse que j'aie jamais rencontrée. »

Kyla s'assit sur le bord de sa chaise. Il y avait à nouveau des larmes dans ses yeux.

« Tu mens aux autres et tu te mens à toi-même. Tu

dis et redis, comme si tu pouvais rendre cela vrai, qu'Harley est merveilleux, que tu es heureuse, que ton mariage est fantastique. Mais tu t'écroules, tu te sens misérable... C'est évident dès qu'on te regarde. Je n'arrive pas à comprendre comment Harley ne voit pas cela. Dieu sait pourtant si tu pleures aux parties auxquelles vous allez. Tu pleures sans cesse. »

Kyla éclata en sanglots. Cette fois-ci, cela dura plus longtemps. Le frêle corps de Kyla se soulevait comme s'il devait être anéanti par les spasmes qui le parcouraient. Iso s'approcha d'elle et lui prit la main. Kyla enfouit sa tête contre le cœur de son amie sans cesser de pleurer. Kyla s'accrocha si fort après Iso que des marques demeurèrent sur son bras. Elle parla, entre deux hoquets. Elle débita une histoire tout entière parcourue de mépris pour elle-même. Harley était fantastique mais il ne semblait pas l'aimer, mais c'était parce qu'elle en attendait trop étant donné que c'était un type merveilleux. Bien sûr, il en avait marre de rentrer pour lui parler d'un truc sensationnel qu'il avait trouvé au laboratoire et qu'elle ne soit pas là. Et aussi quand elle était là et qu'elle voulait parler alors que lui travaillait dans son bureau et entendait ne pas être dérangé. Son travail était si délicat, si important... Tout cela était compréhensible. Elle n'était qu'une sale putain, voilà tout! Elle continua de se mordre la lèvre inférieure; du sang coula sur son menton :

« Mais moi aussi ça me passionne et je veux en parler avec lui, mais il a toujours à faire, il ne veut jamais m'écouter. Puis ces oraux... Quand il bossait pour ses oraux, je m'occupais de tout, je faisais tout, pour qu'il puisse bosser en paix. J'avais des cours et des réunions moi aussi, mais je faisais les commissions, la cuisine, la vaisselle et le ménage. Je ne passais l'aspirateur que lorsqu'il n'était pas là; je murmurais en répondant au téléphone; je me comportais comme si son boulot avait constitué un acte sacré dont j'aurais été la fidèle commise au nettoyage de la chapelle.

« Mais aujourd'hui, c'est moi qui bosse pour mes oraux, et lui, que fait-il? Ri-en. Il veut que je fasse tout et me ramène ses copains à la baraque! Il n'a plus tellement à faire maintenant, son travail est presque terminé, il a du temps pour ses copains; oh! je comprends, je ne lui en veux pas, j'aime Harley, il a tellement bossé, il a bien droit de s'amuser un peu. Il ne me veut aucun mal... tout simplement il ne se rend pas compte combien j'ai les j'tons. Il croit que l'anglais c'est une matière facile et que je suis suffisamment intelligente pour réussir sans vraiment travailler. Elle était toujours assise sur le bord de la chaise, mais ses jambes étaient immobiles. Je trouve que c'est frustrant pour moi... C'est comme s'il ne me prenait pas au sérieux.

– Est-ce qu'il pense la même chose de tous les gens d'anglais?

– Oui. Il considère l'anglais comme moins que rien. Il aime l'art et la musique, et dit que l'histoire a quelque raison d'être, philosophie et philologie aussi... il respecte les linguistes. Mais personne en littérature. Il dit que tout le monde est capable de lire... il croit qu'il en sait aussi long en littérature que n'importe laquelle d'entre nous. Et c'est vrai, il en connaît un vaste rayon. Pas facile de coller Harley, tu sais? Il s'y connaît. Il me fait me prendre pour moins que rien. »

Sur le coup de onze heures, Iso se rendit dans la cuisine et ouvrit une boîte de soupe avant de mettre quelques gâteaux salés et du fromage dans une assiette. Elle avait déjà discuté avec Kyla, lui disant combien elle était brillante et combien son boulot lui semblait passionnant.

« J'ai déjà entendu Harley parler de littérature, il est excentrique. Il trouve que James Branch Cabell est un grand écrivain. Bon, écouter des opinions excentriques, pourquoi pas? Mais ça n'a que peu de rapport avec ce que nous faisons. Nous travaillons sur une tradition critique et littéraire, des changements d'idées incarnés dans des variations stylistiques... »

Kyla ricanait :

« Va dire ça à Harley! Oh! comme ça paraît respectable dans ta bouche! »

Iso était devant ses fourneaux et préparait la soupe; Kyla glissa un bras autour de sa taille et Iso posa son bras sur l'épaule de Kyla, se pencha et l'embrassa légèrement sur le sommet de la tête.

Elles mangèrent, burent encore, parlèrent. Kyla exultait :

« Y' a des années que je ne me suis pas sentie aussi bien ! Tu me fais me sentir utile, comme si ce que je fais avait un sens, une valeur ! » Iso était assise sur le canapé, avachie; Kyla s'approcha d'elle et s'assit au creux de son bras, qui se referma autour d'elle. A deux heures, elles allèrent se coucher, et Kyla dormit enroulée autour de son amie.

Lorsqu'elles sortirent, elles flottèrent ensemble sur l'asphalte des rues. Leur exaltation était visible; n'importe qui aurait pu la voir, se dit Mira; Iso flotta tout aussi à sa main à travers ses oraux, ce que l'on fêta. Kyla était étonnamment changée : toujours agitée et vigoureuse, toujours prête à jeter des verres et des cuillères aux quatre coins de la boussole, mais sa bouche était apaisée, et souriait ou parlait le plus souvent.

Quelques jours plus tard, Kyla et Iso étaient en train de lire chez Kyla — Iso vérifiait ses connaissances des sources médiévales des écrivains de la Renaissance — quand Harley rentra. Il ne comprenait pas, bien entendu, leur relation. Il fut agréable avec Iso, froid mais poli avec sa femme, qui se mit immédiatement à croiser et décroiser les jambes d'un air guindé.

« Si Iso me le permet, j'aimerais bien te parler.

— Je suis occupée, Harley, je travaille.

— C'est assez important », dit-il d'un air doux et sarcastique.

Kyla se mordit la lèvre inférieure et se tourna vers Iso d'un air implorant.

« De tout' façon, il faut que j' m'en aille, mentit Iso. J'ai rendez-vous avec Mira. »

Kyla sauta sur ses pieds et mit ses bras autour de son amie :

« Merci beaucoup, Iso. Merci de m'aider. Merci pour tout; je t'appellerai.

— J'aimerais bien rentrer chez *moi*, commença Harley, en se passant la main dans les cheveux, geste qui trahissait plus de nervosité qu'il n'en avait jamais montrée.

Le père d'Harley avait fait West Point et avait appris à ses enfants ce qu'il appelait le « maintien », ce qui signifiait éviter tout geste expressif.

– Mais je ne t'ai rien fait...

– Si, Kyla », dit-il d'une voix ferme. Il débita ses récriminations sans émotion, comme un juge lit les alinéas d'un acte d'accusation. Il y en avait beaucoup : engagements, et même dîners, manqués. L'impardonnable manquement aux dîners qu'elle avait été censée donner; ivresse larmoyante aux parties, répétée; et – le bouquet – ce qu'elle avait dit à Kontarsky : « Heureusement, sa première femme a eu plusieurs dépressions nerveuses...

– Ça se comprend ! lança Kyla.

– Alors il comprend, continua Harley avec calme, en se contentant de froncer les sourcils. J'ai eu une longue conversation avec lui...

– Me concernant ? Tu as parlé de moi avec lui ? hurla-t-elle.

– Kyla ! Mais qu'es-tu en train de me faire ? J'ai l'impression que tu essaies de me perdre ! Je te trouve folle à lier !

– Ah ! bon, explosa-t-elle en lançant ses deux bras en avant et en percutant un vase en verre qui se trouvait sur le bord de la table. Et tout est d' ma faute ? »

Le visage soigneusement inexpressif, les mouvements résolument débonnaires, Harley se leva, ramassa le vase et le posa sur la cheminée, hors de portée. Kyla bondit sur ses pieds, fonça dans la cuisine et se versa un verre de gin pur.

« Si tu te bourres la gueule, je m'en vais. Il est impossible de parler avec toi lorsque tu es dans cet état-là. »

Elle revint, s'allongea sur le canapé et entama ses litanies. Il n'était jamais à la maison, et lorsqu'il y était...

« Ce n'est pas logique.

– Tu me comprends très bien ! » Lorsqu'il était là, il ne s'intéressait pas à elle, à son travail, à ce qui la passionnait, ce qu'elle découvrait, il ne la voulait qu'en guise d'auditoire. Elle avait tout fait pour lui quand il passait ses oraux, mais lui n'avait rien fait pour elle. Et, et (elle se mordit la lèvre et détourna la tête) sexuellement, il était... inconsidéré.

Harley était assis, semblable à une sculpture grecque, son délicat et noble profil serein, mais, sous le dernier assaut, il battit des paupières et la regarda.

« Inconsidéré, comment ça ?

– Tu le sais très bien. Tu le sais; tu es toujours si rapide, je ne suis jamais assez excitée et tu me rentres dedans avant que je sois prête et ça me fait mal : tu sais tout cela. Comment peux-tu me demander comment, alors que tu le sais parfaitement ? »

Harley la regarda droit dans les yeux, et on lisait de la peur dans les siens. Puis il les détourna, mais l'expression de son visage avait changé, on y voyait une ombre de tristesse. Cette trace fit souffrir la pauvre Kyla. Qui essaya d'arrondir les angles :

« Ecoute, on... on en a déjà parlé... je t'ai demandé... mais tu sembles oublier tout le temps. »

Il fixait le parquet, les mains légèrement crispées entre ses jambes.

« C'est donc cela... Pendant tout ce temps, tu as emmagasiné de la haine contre moi à cause de ça. Cette attitude dingue...

– Non ! » Kyla s'entendit parler d'une voix pleine de calme assurance, de maîtrise d'elle-même. « Non. Mais parce que tu ne me prends pas au sérieux. Dans aucun domaine.

– Ridicule ! »

Elle entama une autre litanie, mais sa voix était calme, plus digne, cette fois... Il considérait son travail comme quelque chose de frivole, son caractère comme émotif, donc comme nul, ses préoccupations comme autant de trucs insignifiants. Elle lui fournissait exemple après exemple... Harley se leva et passa de nouveau sa main dans ses cheveux. Il s'approcha d'elle, mais ne la regarda pas en face. Le visage à moitié tourné vers la fenêtre, il dit :

« Je n'ai jamais voulu te faire de mal, Kyla. »

Elle ferma les yeux; une larme apparut sur ses cils. Harley était debout devant elle, les yeux baissés.

« J'essaierai, Kyla. »

Elle ne l'avait jamais vu si mal à l'aise et comprenait ce que cela pouvait lui coûter. Il ressemblait à un ange aux cheveux blancs dans la dernière lueur du soleil couchant. C'était un ange tombé à cause d'elle, happé par elle dans le monde de la chair, de la douleur, des limites, de la dysharmonie, un monde où il n'était pas à son aise. Il appartenait au monde de la pensée pure. Son visage n'avait jamais eu l'air aussi triste qu'à présent, sa voix n'avait jusque-là jamais tremblé. Elle saisit ses mains et les embrassa, mit sa joue contre; Harley se baissa et embrassa ses cheveux; elle frotta sa joue contre ses mains et, ce faisant, elle sentit l'odeur de sous ses bras; lorsque Harley se plia en deux pour la prendre dans ses bras, elle prit conscience qu'elle transpirait, elle aurait pu sentir son entrejambe, ses règles devaient... elle se sentit malodorante et tachée, s'écarta de lui, lui intima l'ordre de retourner à sa chaise, se gratta la tête et en sentit le sébum :

« J'ai une « liaison » avec Iso », dit-elle.

Harley la regarda d'un air incrédule; elle lui expliqua comment c'était arrivé, combien elle était hors d'elle-même, combien Iso avait été sympathique, combien elle s'était raccrochée désespérément à Iso.

« Hummmmm ! Harley ne dit rien, sans cesser de la regarder très attentivement tandis qu'elle lui expliquait. Es-tu en train de me dire que j'ai été remplacé dans ton affection par une femme ? finit-il par lui demander, et sa bouche tremblait un peu.

– Non; c'est différent. C'est pas te remplacer, ça complète.

– Alors laisse tomber, dit-il en se relevant. – Ça te va si je te reviens ? »

Elle débordait d'amour; il lui sortait des yeux quand elle le regarda.

« Oh ! oui, Harley, oh ! oui, mon chéri.

– Bon, alors, je vais aller chercher mes affaires dans la voiture.

– D'accord. Moi je prends une douche en vitesse. »

Elle ronronna tandis que l'eau emportait sa sueur, ses exhalaisons, sa graisse; elle se lava soigneusement chaque orifice. Il était encore plus fantastique qu'elle ne le croyait. Il était large d'esprit, il acceptait les critiques, il savait pardonner et comprendre. Ce serait un nouveau départ. Peut-être feraient-ils bien d'avoir un bébé? Elle pouvait très bien avoir un bébé sans interrompre la faculté. Ça serait chouette.

Cet après-midi-là, quand ils firent l'amour, Harley fut attentif et se donna du mal; il caressa son corps, se blottit contre son cœur, lui frotta le clitoris. Il ne s'enfonça pas en elle mais, à deux reprises, lui demanda si elle était prête. La troisième fois qu'il le demanda, elle fut trop embarrassée pour encore dire non, alors elle dit oui; il la pénétra difficilement : elle fut si reconnaissante pour sa délicatesse et si pleine de remords pour sa lenteur à elle, si embarrassée par son échec, qu'elle fit semblait d'avoir un orgasme; après, Harley se mit sur le dos, rayonnant de joie et d'un sentiment de plénitude.

La bouche de Kyla frémissait.

12

Kyla, qui fumait nerveusement, expliqua à Mira ce qu'elle avait décidé avec Harley. Il s'occuperait complètement de la maison durant deux semaines — jusqu'à ce que ses oraux soient terminés — et après, ils se partageraient les tâches. Elle rentrerait toujours à la maison à l'heure qu'elle aurait dite. Il l'aiderait dans son travail autant qu'elle l'avait aidé. Et elle n'aurait plus de rapports sexuels avec Iso, même si elles demeuraient amies.

« Lehman Hall » était pratiquement désert, mais les tables, tout autour d'elles, n'étaient qu'un amoncellement de cendriers pleins, de tasses à café, de sacs de chips vides et roulés en boule, de paquets de cigarettes. Mira écoutait Kyla en essayant de répondre par ses yeux et son silence à la confiance, à la joie de Kyla; mais elle se sentait cafardeuse. L'endroit était déprimant, se dit-elle, avec tous ces restes, cette lie du passé, ces repas et après-midi café qui avaient semé la pagaille sans en valoir la peine – ils n'avaient satisfait que les estomacs. Val, qui était assise à côté de Mira, tenait son rôle habituel et, bientôt, Kyla sauta sur ses pieds en regardant sa montre et sortit faire ce qu'elle devait.

« Je n'y crois tout simplement pas, dit Mira d'un air triste.

– Je sais.

– Je devrais, pourtant. Ben et moi, ça va toujours... mais Harley est différent.

– Il est remarquable qu'il ait si facilement accepté l'histoire avec Iso.

– Oui.

– Bof! grogna Val. Ça veut tout simplement dire qu'une liaison avec une femme, ça ne compte pas; il ne l'a pas prise au sérieux.

– Tu crois? Mira était surprise. Oh! Val, un peu de charité, je t'en prie. »

Val fit la grimace :

« C'est de plus en plus difficile. »

Val avait l'air épuisée. Elle consacrait presque tout son temps au comité contre la guerre. Elle insistait devant quiconque voulait bien l'écouter sur le fait que, à notre insu, la guerre s'étendait au Laos et au Cambodge, et que nous étions partis pour ravager toute l'Indochine. Elle était triste et en colère la plupart du temps. Elle soupira et regarda Mira.

« Et toi et Ben?

– Ça va. Du moins, je le pense. Ça doit être cet endroit, dit-elle en regardant autour d'elle, plein de merde et de restes comme si on ne pouvait jamais se débarrasser des choses... »

Val haussa les sourcils :

« Quelles choses?

– Je ne sais pas. Je ne sais pas pourquoi je me sens si moche. J'écoutais Kyla, son enthousiasme. Elle se voit un avenir vraiment rose, moi je n'arrive pas à voir cela pour elle et Harley. Et puis cette idée d'avoir un bébé... Tu sais, on se promène en se sentant très bien et peut-être que quelqu'un nous trouve aussi déçues que

Kyla me paraît être », finit-elle par dire d'un air interrogatif.

Val éclata de rire :

« Je parie que tu me le demandes. Tu ne me sembles pas déçue. Ben est très chouette.

– Mais, dit Mira d'un air inquiet, lui aussi veut un bébé. » Elle regarda Val droit dans les yeux.

Celle-ci ne changea pas d'expression.

« Et toi, qu'en penses-tu ? »

Ce fut au tour de Mira de fumer nerveusement.

« Ben, dit-elle en riant d'un air gêné, ça peut paraître étrange dans ma bouche, mais je ne suis pas certaine d'être très chaude pour un mariage. » Elle développa son idée; Val l'observait intensément. Elle oubliait que la plupart des choses qu'elle était en train de dire, elle les avait déjà entendues dans la bouche de Val, une année plus tôt. Le mariage habituait les gens aux bonnes choses, si bien qu'on les considérait comme un dû, mais grossissait les mauvaises, si bien qu'elles pouvaient devenir aussi douloureuses qu'une poutre dans l'œil d'un être aimé. Une fenêtre ouverte, un demi-litre de lait oublié, une télévision non éteinte, des bas sur le carrelage d'une salle de bain pouvaient donner lieu à d'incroyables colères. Et quelque chose se passait du point de vue sexuel dans le mariage. La promesse de l'invariance, même si elle était peu respectée avait de profondes conséquences. Certains se sentaient prisonniers, empêchés d'affirmer ce qu'ils appelaient leur liberté. Certains acceptaient cela comme un mors, et dans leur effort pour s'éviter la douleur d'un désir sans espoirs, se coupaient les occasions du désir, évitaient d'avoir de longues conversations dans les parties avec d'attirants membres de l'autre sexe. Avec le temps, tout sentiment pour l'autre sexe était coupé et les rapports se limitaient à la plus stricte politesse. Les hommes se réunissaient alors pour parler travail et politique, et les femmes pour causer des gens. Mais quelque chose se passait en vous lorsque vous faisiez cela, une sorte de mort montée du sexe vers tout le reste de votre corps jusqu'à être visible dans vos regards, dans vos gestes, dans une certaine aboulie à l'égard de la vie même.

D'un autre côté, elle mourrait si Ben devait avoir des rapports sexuels avec quelqu'un d'autre et elle espérait – oui-da – qu'il pensait la même chose. Mais s'ils se mariaient, que se passerait-il? Ben se sentirait-il mis à l'écart de la fête de la vie? Elle, non. Elle n'avait aucun désir de quelqu'un d'autre; bien sûr, dans les parages, il n'y avait personne qui... peut-être que cela serait différent ailleurs... mais devrait-elle se passer de ses copines? Les nuits merveilleuses qu'elle et Val, elle et Isolde avaient passées à parler magnifiquement jusqu'à tard le matin, seraient-elles encore possibles? Elle et Ben deviendraient un couple. Alors le temps qu'ils passeraient ensemble perdrait de son intensité, deviendrait plus quotidien.

Et... Elle hésita, sa voix devint plus grave... Un bébé. Un bébé. Elle secoua vigoureusement la tête :

« Je ne pourrais pas à en revenir à ce stade, je ne le supporterais pas. J'aime mes enfants, je suis heureuse de les avoir, mais non, non et non! Mais après tout – n'est-ce pas? – il a le droit d'avoir envie d'un enfant? Sauf que ça n' serait pas l' genre à s'en occuper. Si je ne devais que l'avoir... eh bien, j'aurais les jetons, mais je le ferais. Mais je l'aurais pour la vie, et tu sais ce que ça représente. Et s'il me quitte, quand j'aurai soixante ans et lui cinquante-quatre et que le gosse soit encore à la faculté, je l'aurais toujours. Cependant, il veut un enfant, et s'il sait insister...

– Oui. S'il... pas la peine d'insister; il lui suffit de te pousser un peu.

– Oui; que ferais-je? » Elle rejeta la fumée nerveusement. « Je ne sais pas, tu comprends? Je sais qu'il ne faut pas que j'aie un enfant. Je le sais. Mais j'aime tellement Ben... Je peux flancher. La seule pensée de ne plus être avec lui me donne l'impression d'être dans un ascenseur qui descend brusquement de dix étages. C'est le centre de ma vie : tout va bien parce que je l'ai. Mais si je faisais cela... mon Dieu! je n'en sais rien. »

Val la regarda, et Mira comprit ce qui en faisait quelqu'un de si extraordinaire. Son visage était marqué de stries et de rides, pas profondes, mais complexes. Et l'expression de Val à ce moment-là comportait tout :

compréhension, compassion, connaissance de la douleur, et conscience de l'impossibilité de ce que, lorsque l'on est jeune, on considère comme le bonheur et, simultanément, joie amusée ironique, la joie du survivant qui sait le prix des petits plaisirs.

Mira ouvrit ses mains.

« Il n'y a pas de solution, dit-elle en haussant les épaules.

– Le problème, c'est qu'il faut faire quelque chose. »

Mira haussa les sourcils d'un air interrogateur.

« Il faut que tu fasses quelque chose : vous allez continuer ensemble ou non, vous marier ou non, avoir un bébé ou non. »

Mira s'écroula :

« C'est ce que je suis incapable d'affronter. » Elle se raccrocha à Val. « Crois-tu qu'il me pardonnera si nous continuons ensemble, mais sans avoir de bébé ?

– Crois-tu que tu lui pardonneras si vous restez ensemble et que vous ayez eu un bébé ? »

Mira éclata de rire; toutes les deux rirent de bon cœur. « Aux chiottes l'avenir ! » claironna Val et Mira saisit sa main et elles se regardèrent, visages plus très jeunes, marqués par le temps, brillants de vie, survivants riant à belles dents d'une plaisanterie que ce lieu jeune ne partageait pas tout à fait. Et Mira se rappela l'arrivée de Val à une partie costumée qu'elles avaient donnée quelques mois auparavant : tailleur-pantalon noir à plumes sexy, reflet d'argent dans les cheveux, mascara bleu éclatant, long porte-cigarette noir. Tout le monde s'immobilisa quand elle entra avec une dégaine extravagante : elle aussi, elle éclata de rire. Absolument pas gênée tant par sa rondeur que par son âge elle se comporta comme une vamp des années trente, riant, paradant, se moquant d'elle-même, de ses illusions et de ses désirs, et de la sottise comme des joies de la fascination, et de ce qu'avait de terne un monde où elle ne s'exerçait point. Quelques-unes d'entre nous comprirent. Nous étions toutes parties de ce rire, toutes celles qui savaient que leurs cous maigrissaient, que leurs mentons mollissaient, que leurs jambes s'alourdissaient, que leurs déliés se changeaient en pleins. Même les plus jeunes en étaient parties, celles qui n'acceptaient pas encore l'idée qu'elles vieilliraient ou que la belle vie qu'elles avaient imaginée ne serait pas, mais qui savaient qu'il y avait quelque chose de pas tout à fait idéal dans la taille de leur corps ou la rondeur de leurs genoux; même les plus jeunes et belles d'entre nous avaient une paupière ou une narine dont elles n'étaient pas satisfaites; nous étions toutes belles mais vieillissantes, en train de nous bichonner au sein de notre mort, dorlotant notre vie, écartant la mort d'un haussement d'épaules. Elle nous fit toucher tout cela du doigt, joyeuse, riante, gaie. Ah! indomptable Val!

13

Elle fit son premier cauchemar une semaine avant ses oraux; il se répéta toutes les nuits. Elle se réveillait en sueur et tremblante, se levait, fumait et faisait les cent pas dans l'appartement. Mais elle ne le dit pas à Harley. Elle ne le dit à personne.

Elle rêvait qu'elle se trouvait dans la salle d'oral, une pièce à panneaux de bois avec de petites baies vitrées et une grande table au milieu. Les trois hommes qui allaient l'interroger étaient assis à un bout de la table et discutaient lorsqu'elle entrait. Elle n'avait pas mis un pied dans la pièce qu'elle avisait la chose dans le coin. Elle comprenait immédiatement ce que c'était, mais était incrédule; elle s'en approchait, pleine de honte, pour vérifier qu'elle avait bien vu. Elle avait bien vu. Elle était horrifiée. Ces serviettes hygiéniques tachées étaient là, et à elle, elle savait que c'étaient les siennes, et elle savait que les trois hommes aussi le sauraient. Elle essayait de se mettre devant, mais il n'y avait aucun moyen de les dissimuler. Les hommes avaient cessé de discuter, s'étaient tournés vers elles, l'observaient...

Son appréhension se fit anxiété. Elle fit encore des listes, rapidement, tristement; elle courait à la bibliothèque dès le lever du jour et y restait jusqu'à la fermeture du « Child », mais, au soir, elle savait qu'elle n'avait rien acquis : elle n'avait lu que des mots, des mots et encore des mots. Elle parla bien de sa panique à Harley, mais il ne parvint pas à la prendre au sérieux.

« Kyla, pour l'amour de Dieu! C'est ridicule! Tu n'as aucune raison de te faire du mauvais sang! »

Les peurs répétées de sa femme l'énervaient; il insistait sur son idée que tous les examinateurs étaient des trous du cul et qu'elle mettrait n'importe lequel d'entre eux dans sa poche. Derrière cet énervement, elle distinguait son mépris pour des hommes d'âge respectable qui passaient leur temps à quelque chose d'aussi trivial que la littérature anglaise, mais elle était trop affolée, trop prisonnière de sa terreur, pour en discuter. Elle parlait à peine à Harley : elle lisait, jour et nuit, faisait des listes, mélangeait tout et, chaque nuit, faisait le même rêve.

Le jour de l'examen, elle entra dans la pièce aux panneaux de bois, vit la grande table et les trois mandarins qui y étaient assis. Ils discutaient au sujet d'une fenêtre à ouvrir, et de combien de centimètres? Leur querelle dura plusieurs minutes chargées de pas mal d'étincelles : une fenêtre? se dit-elle. On aurait dit trois vieillards qui vivaient ensemble depuis cinquante ans de chamailleries. Elle regarda dans le coin, mais il n'y avait rien. Elle s'assit. Elle tremblait comme une feuille.

Un peu plus de deux heures plus tard, le verdict lui ayant été murmuré dans le creux de l'oreille par le président du jury, elle descendait en tremblant les marches de bois de « Warren House ». Elle n'y voyait rien, mais gardait le menton levé. Elle ne pleurerait pas ici, pas devant eux, pas dans « Warren House ». Elle descendit à pas lents en se tenant à la rampe. Elle ne tomberait pas ici, pas ici. Des objets scintillaient et se déplaçaient devant ses yeux, mais elle vit un groupe de gens, ils avaient l'air familier, c'était, oui, c'était Iso, Clarissa, Mira et Ben; quelqu'un lui demanda : « Alors? – elle répondit d'une façon presque inintelligible – J'ai réussi – ils l'embrassèrent, mais ils avaient dû voir, sentir car ils la prirent dans leurs bras et l'aidèrent à marcher vers la sortie dans le brouillard; alors, avec l'air libre, dans leurs bras, avril qui était là, des bourgeons partout.

Ils l'emmenèrent au Toga et commandèrent des boissons, l'interrogèrent; elle répéta quelques-unes des questions qui lui avaient été posées et contempla leurs visages horrifiés avant d'éclater de rire :

« N'était-ce pas l'impossible? Ils l'ont fait pour me secouer, mais, justement, ça m'a secouée, dans le bon sens! »

Ils burent; à l'envi. Quelqu'un alla téléphoner à Val, qui se pointa au bout d'une demi-heure, et quelqu'un, elle en eut la vague impression — Mira, se dit-elle, après qu'Iso lui eut murmuré dans le creux de l'oreille — téléphona à Harley. Mais Harley ne vint pas. Kyla ne demanda pas pourquoi, elle n'en parla pas. Ils commandèrent à manger et à leur sortie achetèrent deux litres de vin bon marché qu'ils emmenèrent chez Iso, où l'on discuta tard dans la nuit. Kyla ne partit pas.

Ce n'est qu'après une heure qu'Iso referma la porte sur Val; elle revint dans la pièce et trouva Kyla perchée sur le bord d'une chaise, bras autour du corps, se frottant les bras, frissonnante.

« J'ai raté, Iso, voilà la vérité », dit-elle.

Iso pâlit. Elle s'assit :

« Tu veux dire que tu nous as menti?

— Oh! non, non, ils ont dit que j'avais réussi. Hooten est venu vers moi et m'a murmuré que j'avais réussi. Iso soupira. Mais j'ai raté. »

Iso versa d'autre vin.

« Iso, ça ne sert à rien. J'y arrive pas. Je ne tiens pas le coup dans leur monde. Je ne tiens pas le choc. Elle raconta son rêve à Iso.

— En as-tu parlé à quelqu'un? Ça t'aurait peut-être aidée. L'as-tu raconté à Harley? »

Elle secoua la tête :

« Il n'en aurait eu que plus de mépris pour moi. Elle parla de la façon dont Harley avait pris sa frayeur. C'est tout le même tabac : Harley, Harvard, ce bon dieu de merd' de mond'! Je crois que je vais rentrer à la maison et avoir des loupiots et passer le reste de mes jours et de mes nuits à faire du pain, pousser des fleurs et des beaux habits. Je ne tiens pas le coup, tu sais...

– Merde ! murmura Iso.

– Tu trouv' qu' j'ai tort ?

– Oh ! mon Dieu ! » Iso sauta sur ses pieds et se mit à arpenter la pièce. « Je ne supporte pas ce que tu viens de dire.

– Ils m'ont flanqué le moral à zéro, ils avaient ce pouvoir-là, je leur ai donné ce pouvoir-là ! Et, d'après mon rêve, tu peux voir sur quoi il a reposé. Je ne me sens pas moi-même en face d'eux ; j'en ai ma claque d'essayer. J'en ai ma claque d'essayer de prouver à Harley que je suis un être humain aussi rationnel et intelligent que lui, j'en ai ma claque d'essayer de prouver à Harvard que moi aussi je peux écrire des morceaux de bravoure sans sens. »

Iso arpentait la pièce, *ses* bras autour du corps. Kyla vit cela et comprit qu'Iso ressentait sa douleur aussi intensément qu'elle-même.

« Le problème, dit Iso d'une voix qui luttait avec elle-même pour être calme, c'est que tu te lasserais de faire du pain et de t'occuper de fleurs.

– Non, il y a plein de choses fantastiques à faire.

– D'accord. Et la plus grande partie de moi-même me dit que c'est ce qu'il y a de mieux à faire, que ce sont là les choses qui comptent vraiment.

– C'est pas ce que pense Harvard ou le Pentagone.

– Non. Mais ce n'est pas que je pense que Harvard ou le Pentagone aît raison, ni l'establishment mâle, sous quelque forme que ce soit, ou que si tu en fais partie tu feras des choses plus importantes que cuire le pain ou t'occuper des fleurs, car la plupart de leurs activités sont beaucoup plus futiles, moins nourrissantes pour l'esprit, moins créatives... et puis que avoir des bébés soit la chose la plus importante du monde, non, mais – elle se tourna pour regarder Kyla en face – le germe est en toi depuis très longtemps. Tu ne peux pas y échapper. Ne comprends-tu pas cela ? »

Elle s'assit en tremblant et prit une gorgée de vin.

Kyla la fixa.

« Je le sais parce qu'il est également en moi, – dit Iso en frissonnant.

– Le germe ?

– Je suis intelligente, tu es intelligente; on est peut-être même brillantes. On a eu des chances que tout un tas de femmes n'ont jamais. Nos aspirations sont à la mesure de notre intelligence et de nos antécédents. Nous voulons nous insérer dans ce foutu con de monde. Mais imaginons que nous arrêtions, que nous disions au diable ! qu'ils se détruisent entre eux, moi, je me taille cultiver mon jardin. Eh bien, imagine que tu fasses cela. Pour moi, ça serait différent. Imagine que tu te tailles avec Harley ou quelqu'un d'autre, que tu quittes cette merde et que tu te contentes d'enfants, de fleurs et de pain. Tu ne te sentiras toujours pas à ta place. Tu seras toujours pleine de haine, peut-être même plus qu'ici, envers le monde. Tu haïrais doublement, parce que tu aurais échoué. Et puis tu le haïrais, lui – l'homme – qui s'en tire ici sans paraître y laisser son âme.

– Uniquement paraître, dit durement, sarcastiquement, Kyla. Au fait, Mira a bien appelé Harley, ce soir, pas vrai ?

– Oh ! je n' sais pas.

– Et il est pas v'nu. Je suppose que c'est parce que tu étais là. Mais pourquoi n'était-il pas au pied de l'escalier ? »

Iso plongea les yeux dans son verre.

« Ainsi donc je suis un fer de lance ? dit Kyla dans un grand sourire en allongeant ses jambes. Le germe antinomique de la destruction me possède ? » Iso éclata de rire.

« Approche, damnatrice, et embrasse-moi ! »

Iso continua d'arpenter la pièce :

« Ecoute, dit-elle en souriant, je ne veux pas être un succédané ! Tu comprends... si Harley n'est pas là, il y a toujours Iso. »

Le visage de Kyla changea complètement d'expression :

« Mon Dieu ! J'ai essayé de faire... Iso, je t'aime ! Je

ne peux pas tout te promettre, mais toi, le peux-tu ? »

Iso éclata de rire et s'assit par terre; Kyla glissa de sur sa chaise et s'assit à côté d'elle. Elles s'enlacèrent et s'embrassèrent longuement.

14

« Pas facile de savoir où ils en sont, dit Mira en regardant tout autour d'elle la pagaille du living-room de Val. Des papiers partout. Pour autant que je sache, elle est chez Iso et Harley fait des histoires. Il dit des choses vraiment dures. Je pense que tu avais raison. Au début, il n'a pas pris cela au sérieux.

– Ces hommes ! » dit Val d'un air dégoûté.

Mira l'observa :

« Il y a longtemps que je n'ai pas vu Tad. Est-ce que ça va pas ? »

La bouche de Val s'agita :

« Oh ! c'est terminé.

– Mais toi, ça va ? »

Val rejeta la fumée de sa cigarette :

« On dirait qu'on a toutes le cafard, ces temps-ci. Hey ! prof d'anglais, quelle est donc l'origine de c' mot-là, « cafard » ?

– Je ne sais pas. Que s'est-il passé ?

– Ce n'est pas Tad. Je veux dire, je ne crois pas. Bien sûr, il est possible que je l'aie aimé plus que je ne l'ai pensé. C'est *mon* problème. Certains, leur problème, c'est qu'ils croient qu'ils aiment beaucoup alors qu'en fait, non. Moi, c'est que je pense toujours que je n'aime pas tellement, que je peux très bien me passer d'eux, et que je m'aperçois que je les aime ou que j'ai besoin d'eux davantage que je ne le pensais. Mais je ne pense pas que cela soit le cas cette fois-ci. C'est la culpabilité, j'ai laissé entrer la fée du sentiment de culpabilité. Dès que l'on s'interroge sur ses actes, dès que l'on se laisse aller à se dire que l'on a peut-être mal agi... tout vacille, parce qu'un mauvais choix effectué la semaine dernière se fondait sur un autre choix fait quinze ans plus tôt; si bien qu'on s'interroge sur tout, absolument tout. »

Val se prit la tête à deux mains.

Mira la regarda d'un air terrorisé; il ne lui était jamais venu à l'esprit que Val pût être vulnérable comme le reste de l'humanité; elle avait, inconsciemment, attribué à Val une imperméabilité surhumaine. Mais Val vacillait.

« Qu'est-il arrivé?

– C'était à Pâques », commença-t-elle.

Chris était venue pour les vacances. C'était la première fois qu'elle et Val se voyaient depuis Noël, et elles étaient complètement enveloppées l'une dans l'autre. Elles parlèrent très tard le soir où Chris arriva. Elles ne voulaient pas que Tad reste avec elles, elles voulaient parler seules, mais Tad insistait pour rester. C'était ennuyeux, cela les gênait, mais Val ne voulait pas le blesser. Finalement, sur le coup de deux heures et demie, il alla se coucher, et elles purent parler seules, ce qu'elles firent jusqu'au matin.

Mais le lendemain, Tad était de mauvaise humeur. Les femmes dormirent tard – elles étaient allées se coucher à sept heures – et lui resta seul jusqu'au milieu de l'après-midi, moment auquel elles émergèrent. Il était de mauvaise humeur parce qu'on l'avait exclu hier au soir. Et, sans la moindre délicatesse, il s'ent prit à Val dès qu'il la vit, avant même qu'elle n'eût avalé une tasse de café. Il lui jeta un regard mauvais et lança une remarque sarcastique concernant l'heure de son réveil. Elle l'ignora et s'assit avec son café. Il se tut alors et tourna bruyamment les pages du *Times*, qu'il fit semblant de lire.

« Et tu me donnes l'impression d'être un étranger! dit-il brusquement. Hier soir, ni l'une ni l'autre, vous n'avez voulu me dire un mot; vous vous comportiez comme si je n'avais pas été là. Vous m'avez *ignoré*! » dit-il en saisissant la cafetière, vide, qu'il maudit avant de mettre la casserole sur le feu. Il se retourna vers Val avec un regard mauvais et dit : Je fais partie de la famille ou non ? »

Sans doute, si elle avait été mieux réveillée, Val eût-elle dit les choses différemment. Quoi qu'il en soit, elle leva les yeux et le regarda d'un air sarcastique :

« Il est évident, dit-elle d'une voix douce mais ferme, que tu n'en fais pas partie. »

Il réagit comme si elle lui avait donné une claque. Son visage se décomposa et, l'espace d'un instant, elle crut qu'il allait pleurer. Elle regretta ce qu'elle avait dit dès qu'elle le vit ainsi. Elle eut envie de le prendre dans ses bras et de lui dire qu'elle était confuse, mais il était trop tard. Il vacillait sur place.

Elle essaya de se reprendre :

« Du moins, dit-elle d'une voix plus tendre, quand il s'agit de ma relation avec Chris... c'est ma fille, après tout. Nous sommes très liées, et nous ne nous sommes pas vues depuis très longtemps. Il y a des moments où nous avons envie d'être seules. »

Peut-être cela aurait-il pu coller; elle n'en savait rien. Elle l'avait blessé, et il lui faudrait payer pour cela. Sans doute comprenait-il, mais il ne se consolerait pas facilement. Peut-être avait-ce été, mais, méchamment, comme elle s'en rendit d'ailleurs parfaitement compte en le disant, elle ajouta :

« En réalité, tu n'es qu'une toute petite partie de ma vie, Tad, il faut que tu le comprennes. J'ai presque quarante et un ans, j'ai eu une vie difficile. Tu me fonces dessus et décides qu'il faut que nous soyons amants; j'acquiesce, et on dirait que tu t'imagines que ça te donne carte blanche pour entrer dans ma vie jusqu'à la fin des temps. Mais d'où tu débarques ? M'as tu seulement demandé si je voulais avoir une relation stable dans ma vie ? Monsieur s'amène... tu es complètement insensible. Soit tu te retires complètement, soit tu t'affirmes à cent pour cent, et tu ne te demandes jamais ce que les autres pensent. Tu te comportes comme si nous étions mari et femme. Tu parles comme si tu souhaitais que je n'aie plus jamais de relations sexuelles avec d'autres que toi. Beu ! »

Au moment où elle s'interrompit, le visage de Tad

était complètement décomposé. Il la regarda d'un air sans expression, sortit de la cuisine et s'assit dans le living-room en se prenant la tête à deux mains.

Elle termina son café. Elle était échauffée, en colère et surprise. Elle n'avait pas réalisé qu'elle était si en colère.

« L'amour, murmura-t-elle. Il vous fait vous dissimuler votre propre colère, par peur, si bien que lorsqu'elle éclate, elle peut tuer. » Mais elle ne regrettait rien. Elle ressentait la même chose que lorsqu'elle lui rivait son clou. Chris entra d'un pas mal assuré dans la cuisine, yeux mi-clos, grognonne.

« Qu'est-ce qui s' passe avec Tad ? »

Val le lui dit :

« Humm », marmonna Chris. Cette nuit, elle en avait voulu à sa mère de ne pas écarter Tad. Ce matin, elle trouvait qu'elle avait été injustement méchante. « Tu as été plutôt dure, non ?

— Si ! s'exclama Val, exaspérée. Crois-tu que j' puisse tout faire bien ?

— Tu te comport's comme si tu l' pouvais », dit Chris, et Val eut envie de la gifler.

Elle prépara deux petits déjeuners et envoya Chris demander à Tad s'il en voulait un. Non. Les deux femmes mangèrent et lurent le *Times* en silence. Elles furent bientôt bien réveillées et échangèrent quelques répliques. Val était toujours en colère après Chris et lui répondait du bout des lèvres.

« Je suis désolée, dit Chris; j'ai dit ça uniquement parce qu'il avait l'air malheureux. Quand j'ai traversé le living-room, j'ai même cru qu'il pleurait. Il me semble que je me suis toujours dit que tu étais capable d'embrasser tous les bobos pour les faire disparaître, et que si tu ne le faisais pas, c'était par pure malice.

— Oui, dit Val d'un ton amer. Et, bien sûr, j'aurais pu, mais cela aurait été au prix de ce que je ressentais. Voilà ce que les gens attendent de MAMAN !

— Je sais ! je sais ! Mais je t'ai dit que j'étais désolée !

— Enfants, m'mans ! marmonna Val, vous êtes censées ne pas ressentir ce que vous ressentez, afin de pouvoir être un perpétuel bandage pour quiconque. »

Chris la regarda.

« Si je ne te connaissais pas bien je jurerais que tu t' sens coupable. »

Val se prit la tête dans les mains :

« Et c'est vrai. Ça m'ennuie de l'avoir blessé. Elle releva la tête : et, qui plus est, j'ai voulu le blesser. J'ai été plus violente que je ne m'en croyais capable. Il y a longtemps que je voulais le contrer ! »

Plus tard dans l'après-midi, Val commença à surmonter sa colère envers Tad. Elle sentait l'odeur du « H » dans le living-room et comprit qu'il fumait pour affaiblir ses sentiments. Son cœur fondit de pitié pour lui : il lui paraissait si désarmé... Il y avait quelque chose d'impardonnable dans le fait de frapper quelqu'un de vulnérable. Elle se rendit dans le living-room. Elle s'assit à côté de Tad, mais sur une autre chaise.

« Tad, pardonne-moi, j'ai été cruelle, dit-elle; j'étais en colère et je crois que je l'étais depuis longtemps sans m'en rendre compte. Ça s'est accumulé et ça a jailli comme ça. Oui, tu es une partie de ma vie... »

Il releva brusquement la tête :

« As-tu couché avec un autre ?

– Quoi ?

– Tu m'as très bien entendu, Val ! As-tu couché avec quelqu'un ?

– Du con, va ! » Elle était surprise. « En quoi est-ce que ça t' regardes ?

– Tu l'as dit ! Tu as dit que si je pensais le contraire, j'étais dingue. Je veux savoir si tu l'as fait, il faut que je l' sache – sa voix craqua, et la tension de Val baissa un peu.

– Qu'est-ce que cela changerait ?

– Tout ! Crois-tu que je resterais avec une putain ? »

Elle le fixa, froidement à présent :

« Si tu prends les choses comme ça, autant t'en aller tout d' suite. Que crois-tu que j'ai fabriqué ces vingt dernières années ?

– Peu importe, c'était avant que nous nous rencontrions.

– Je vois... Tu as l'esprit suffisamment « large » pour accepter quelqu'un qui n'aurait pas été qu'à toi, mais pas suffisamment pour admettre que, une fois que tu es entré dans la ronde, elle ne devienne pas ta propriété exclusive. »

Il semblait ne pas comprendre :

« Alors, tu réponds ?

– Oui, répondit-elle.

– Avec qui ? » Il était assis contre les coussins du canapé, la tête déjetée, l'air perdu.

« Ce n'est pas une question à poser. Je te le dirais si j'avais envie de le faire. »

Il eut soudain l'air très concentré :

« Qui ? Qui ? Il faut que je le sache, Val, je dois le savoir !

– Oh ! pour l'mour de Dieu ! » Elle avait la nausée. « Tim Ryan. »

Tim Ryan était l'un des membres d'un groupe pour la paix, un lycéen de Tufts.

« Mais, Val, il a dix-huit ans ! Plus jeune que Chris !

– Et alors ? Tu n'as que quelques années de plus que Chris. Depuis quand est-ce important ?

– Je le tuerai, dit Tad entre ses dents.

– Pour l'amour de Dieu ! » Val se leva. « Continue, tu tiens l' bon bout ! Mais je te jure que je ne vais pas perdre mon temps à l' tenir avec toi ! » Elle quitta la pièce, se rendit dans sa chambre et se mit à travailler sur le rapport sur la détention. Des heures passèrent. Elle entendit Tad aller dans la cuisine à plusieurs reprises pour se verser à boire, mais il ne lui dit rien. Sur le coup de vingt et une heures, Chris eut faim et prépara à manger. Chris demanda à Tad s'il voulait manger, mais il dit que non. Mais, alors qu'elle et Val mangeaient, il entra dans la cuisine à deux reprises pour se verser à boire. Il vacillait, et manqua même une fois de tomber. Il ne disait mot et retournait dans le living-room.

Chris haussa les sourcils :

« M'man, j'avais l'intention de sortir ce soir, chez des copains. On m'a dit que Bart y serait peut-être. Il y a des mois que je suis sans nouvelles, et j'ai très envie de le voir.

– Ne t'en fais pas, ma chérie, je me débrouillerai très bien toute seule avec Tad. Que peut-il se passer ? Il est déjà ivre mort. Il va sans doute être malade. Si ça va de mal en pis, j' peux courir, pas lui... » dit Val en éclatant de rire.

Elles achevaient leur repas quand Tad entra en trébuchant, mais, cette fois, après s'être versé un verre, il se traîna jusqu'à la chambre de Val et s'effondra sur le lit, avant de se mettre à parler. Il débita un torrent d'insultes :

« Salope, putain, traînée, conne, salle con puant, je croyais en toi, je croyais que je t'aimais, mais je te le dis, Val, je ne t'aime pas tant qu' ça, pas tant qu' ça, je ne te pardonnerai jamais, sale pétasse, salope, putain... »

Il continua. Val se leva et s'approcha du seuil de la chambre.

« Va-t'en d'ici, toi et tes foutues valeurs perverties », dit-elle. Mais il se mit à crier plus fort. Elle claqua la porte. Il se leva avec difficulté – elles l'entendirent presque tomber – et l'ouvrit avant de retomber sur le lit et de continuer sa litanie.

Val secoua la tête :

« Marrant, hein, la façon dont il tourne ça. Je comprends qu'il ait été blessé parce que je lui ai dit qu'il ne faisait pas partie de ma vie. J'aurais été blessée si, lui, il m'avait dit cela. Mais... »

Elles se regardèrent. Tad n'arrêtait pas.

« On pourrait le foutre dehors, à nous deux, dit Val. Dans l'état où il est, on y arriverait. »

Elles se regardèrent. C'était inconcevable. Jeter dehors quelqu'un d'ivre au point de ne pas pouvoir marcher droit, quelqu'un de blessé comme il l'était? Non. Il fallait le supporter. Elles n'en discutèrent même pas; elles en écartèrent tout simplement l'hypothèse.

« Je pourrais appeler la police », dit Val en fixant son café. Chris ne répondit pas.

Elles gardèrent le silence un moment. Tad continuait.

« Putain, sale putain, salope, traînée », continuait-il de dire, comme si ses mots pouvaient anéantir Val.

Soudain, il se mit à hurler. Il sanglota un moment, puis cria d'une voix étouffée :

« Chris! Chrissie! »

Elle releva la tête et regarda sa mère.

« Chris, Chrissie, viens me parler, je t'en prie, je t'en prie, viens me voir ! »

Val, déconcertée, fronça les sourcils; elle se méfiait, mais Chris se leva.

« Chris, je t'en supplie, viens ici, viens ici. »

Chris y alla en ignorant le vigoureux signe de tête négatif de sa mère.

« Assieds-toi, Chris. » Il posa la main sur le lit, et elle s'assit. « Viens au lit avec moi, Chris, d'accord, toi et moi, Chris, ne t'occupe pas de la putain qu'est là-bas, ferme la porte, viens et faisons l'amour, Chris, j'ai toujours eu envie de baiser avec toi, depuis le jour où je t'ai connue. Pas la peine de se faire du souci pour elle, elle n'a qu'à aller se chercher dix autres mecs pour baiser... Viens Chris, couche-toi, embrasse-moi. »

Val ne bougea pas. Elle apercevait Chris. Chris n'avait l'air ni en colère ni effrayée. Elle lui caressait le front. Il semblait ne pas se rendre compte que ses mots n'avaient aucun effet. Il se répétait sans cesse, et empoigna son poignet à plusieurs reprises. Elle était assise, calme et le regardait avec des yeux pleins de pitié. Au bout d'un long moment, Chris se leva. Elle se pencha sur lui et l'embrassa sur le front :

« Il faut que j' sorte », dit-elle doucement.

Elle rentra dans la cuisine.

« Où sont les clefs de la voiture ? » demanda-t-elle à sa mère d'un air pas troublé du tout.

Val lui indiqua son sac d'un geste de la tête. Tad se leva péniblement.

« O.K., putain, tu veux que je m'en aille, eh ben, je m'en vais, je m'en vais, je vais m'en aller avec Chris, Chrissie et moi on s'en va boire quelque chose. »

Il vacilla à travers la pièce et franchit le seuil en titubant. Val se leva et le suivit. Une chose était susceptible de la rendre violente : qu'il veuille conduire la voiture avec Chris dedans. Elle n'était pas sûre de Chris. Pas sûre de l'étendue de sa pitié, pas sûre de jusqu'où elle était prête à aller. Elle se planta sur le pas de la porte, hors de leur vue, et observa. Chris avait déjà mis le moteur en marche; quand elle vit Tad, elle abaissa son carreau. Il voulait conduire. Il insistait. Il discutait avec elle et la priait de glisser à la place d'à côté.

Val ne voulait pas s'en mêler : c'était l'affaire de Chris. Mais elle était tendue, comme un coureur avant le coup de feu. Si elle voyait le bras de Chris se déplacer pour ouvrir la portière, elle courrait dehors et mettrait un holà musclé à toute cette histoire. Si elle hésitait une seconde de trop, il serait trop tard. Mais elle n'entendait pas la voix de Chris, uniquement celle de Tad, mais même pas ce qu'il disait. Il lui sembla que le bras de Chris bougea; Val mit la main sur la poignée de la porte qu'elle commença à ouvrir. Mais Chris n'avait fait que remonter sa glace. Tad ne voulait pas lâcher la portière. Il lâcha soudain mais, avant qu'elle n'ait pu démarrer, il courut vaille que vaille à l'autre portière et entra dans le véhicule. Chris coupa le moteur. Ils restèrent ainsi dans le véhicule plongé dans l'ombre. Ils discutaient encore, se dit Val. Val ne voyait pas bien : l'éclairage public ne permettait pas de voir à l'intérieur de la voiture. On n'y voyait que la tache blanche du visage de Chris. Val avait envie d'uriner, mais elle resta là. Cela parut durer une éternité et Val maudit Chris entre ses dents :

« Foutue gosse, pourquoi est-elle si délicate? »

Soudain, la porte de la voiture s'ouvrit, Chris en sortit, monta les marches et entra dans la maison. Val avait battu en retraite, pour que Chris ne sût pas combien elle avait été inquiète. Chris posa les clefs de la voiture sur la table.

« Je vais passer par-derrière, dit-elle d'un air froid. J'ai besoin de marcher. »

Elle disparut avant que Val ne pût l'arrêter. Val s'inquiétait de la voir sortir le soir; mais Chris lui répondait que toutes ses amies le faisaient et que, si l'on ne voulait pas qu'il vous arrive quelque chose, il ne vous arrivait rien.

Tad rentra bientôt et se versa un nouveau verre, en renversant du whisky partout.

« Tu as assez bu, Tad, lui dit Val d'un ton sec. Tu vas être malade.

– Toi, la pute, tu fermes ta grand' gueule ! » parvint à dire Tad, mais il était trop épuisé pour pouvoir continuer. Il voulut se rendre dans le living-room, mais n'y parvint pas, et dériva jusqu'au lit de Val sur lequel il tomba; la lumière était allumée. Elle rangea la cuisine, ferma les portes, laissa la lumière de l'entrée allumée pour Chris, et se rendit dans le living-room. Elle avait l'intention de veiller jusqu'au retour de Chris. Mais elle s'endormit dans son fauteuil. Elle fut réveillée par un grand fracas, sauta sur ses pieds et courut dans le couloir. Tad était dans la salle de bain, il vomissait – il y en avait partout. Elle retourna dans le living-room et alluma une cigarette. Tad sortit de la salle de bain, glissa sur son vomi, jura et se traîna vers son lit. Elle se dit : il va se coucher dans mon lit avec des fringues couvertes de vomi; elle le maudit, se maudit, maudit tous les hommes. Sur le coup de cinq heures, Chris revint, à pas de loup. Val ouvrit les yeux alors qu'elle passait du living-room à sa chambre; mais Chris ne la regarda même pas.

« Le lendemain, il se sentit assez mal, bien entendu. Il a commencé par s'excuser pour le bordel, comme si ça avait été tout ce qu'il avait fait. Je lui ai rappelé le reste. Il était vraiment bouleversé. Il a pleuré. Mais, je te le jure, Mira, ça ne m'a rien fait. Ou plutôt si, je me suis dit qu'il fallait qu'il récupère un peu avant que je le flanque dehors. Chris dormit pendant presque toute la journée. C'était le dimanche de Pâques. Nous étions censés aller tous les trois dîner chez Brad. Il recevait foule pour célébrer ce qu'il appelait la naissance de la nouvelle année en nous rappelant que jadis elle s'ouvrait avec le jour de l'Annonciation, le 25 mars, c'est-à-dire près de Pâques. Bref, il fallait que je crève l'abcès avec Tad. Il a crié, pleuré, souffert, s'est excusé; il a écrit des petits mots à Chris, puis les a déchirés.

« La seule chose qu'il ne faisait pas, c'était écouter ce que je lui disais. Car il n'arrêtait pas de s'excuser d'avoir essayé de séduire Chrissie. Je n'arrivais pas à lui faire comprendre que ce n'était pas cela qui me faisait enrager. Il n'avait jamais eu la moindre chance de séduire Chris.

– Mais, Val, ça a été terrible... la traiter comme ça...

– Oui, ça a été terrible, dit-elle à voix basse d'un air doux et tragique à la fois; un air lui aussi terrible. Mais pas pour les raisons qu'il croyait. Je veux dire, il trouvait cela terrible parce qu'il avait enfreint une norme, parce qu'il avait insulté l'honneur de Chris, ou sa morale, ou une autre sottise de ce genre. Je veux dire, en somme, que c'est un enculé jusqu'à la nuque. »

Mira avait l'air ahurie.

« Ecoute, il m'en veut, bon ? Il a le droit, je lui ai fait du mal; je ne lui en veux pas pour ça; je ne m'attends pas qu'il reste immobile comme un foutu saint et tende l'autre joue. Je pense qu'il va se mettre en colère... Mais, la façon dont il le fait est importante. Et la façon dont il le fait consiste à se dire : Qu'est-ce que je peux faire qui fasse vachement mal à Val ? je peux baiser sa gosse. Ou alors il se dit que ce qui me fera le plus mal, c'est de traumatiser ma fille. Peu importe; bref, c'est à travers Chris qu'il peut me faire le plus mal. Ce qui, de sa part, est dégoûtant et lâche. Mais si t'ajoutes à cela que Tad et Chris s'aimaient bien, cela prend encore une autre dimension. Je veux dire, ils s'aimaient vraiment beaucoup. Chris ne l'aimait pas de la façon dont elle m'aime – c'était plus sexuel que cela, et moins personnel. Elle n'avait pas toujours envie de lui parler, elle n'avait pas toujours envie qu'il soit là quand elle voulait parler avec moi. Mais ils s'aimaient. Et il n'y a jamais pensé. Il ne lui ai jamais venu à l'esprit, tandis qu'il cherchait à me faire mal, qu'il était en train de sacrifier sa relation avec Chris, qu'il traitait les sentiments qu'elle avait pour lui comme de la gnognotte.

« Et elle comprenait tout, elle. Elle était désolée pour lui, pour la façon dont je l'avais traité. Elle se disait – et je pense qu'elle le croit encore – qu'un type jeune est désavantagé avec moi. Je ne dirai pas qu'elle a raison en cela, mais comme elle est ma fille et pense cela, elle éprouve de la sympathie pour tout le monde... enfin, pour tous les types jeunes avec qui je suis.

Enfin... ceux qu'elle ne déteste pas au premier coup d'œil. Dans ces cas-là, elle est tout à fait capable d'être aussi dure et cruelle qu'elle trouve que je l'ai été avec Tad. Mais lorsqu'elle est rentrée avec les clefs de la voiture – je l'ai lu sur son visage – il y avait quelque chose de glacé et de furieux en elle. Elle ne savait pas comment s'orienter. Elle n'éprouvait, je pense, qu'un dégoût général... aussi bien pour Tad que pour moi; plus le désir de s'en aller. Compréhensible.

– Je ne comprends pas pourquoi tu ne l'as pas fait taire, Val. Pourquoi l'as-tu laissé parler ainsi à Chris? Moi, j'y serais allée et... je ne sais pas... je pense que j' l'aurais frappé. »

Val secoua la tête :

« Oui. » Elle secoua de nouveau la tête quand Mira leva la bouteille de vin d'un air interrogateur. Mira, Chris a dix-huit ans. Il lui parlait, à elle... Si je m'en était mêlée, ça aurait été affirmer qu'elle n'était pas capable de s'en tirer toute seule. Les faits le montrent, elle en était tout à fait capable. Si elle m'avait demandé de l'aider, je l'aurais fait. Elle ne m'a rien demandé. »

Mira secoua la tête lentement, sans comprendre, mais elle ne discuta pas.

« Ecoute, lui dit Val d'un air las, il y a belle lurette que j'ai cessé de m'occuper de normes. Si je me passe d'elles dans la vie de tous les jours, je ne vais quand même pas en appeler à elles lorsque quelque chose n' va pas. – Comment osez-vous, monsieur! Veuillez lâcher ma fille! – Connerie. Chris et moi, on a survécu à des trucs presque aussi moches, pires même, peut-être. Humainement. Pas la peine d'ameuter les représentants de la loi.

– Qu'est-ce que Chris a ressenti après coup?

– Un dégoût général. Tad s'est requinqué et je l'ai prié de partir. Il a discuté; il voulait rester. Il voulait parler avec Chris, mais elle était couchée. J'ai insisté, parce qu'il allait bien, je m'en rendais compte. Chris s'est levée après son départ. Je pense qu'elle avait attendu cela pour le faire... Nous nous sommes regardées. Elle a pris un peu de café et nous avons parlé... Je lui ai dit que je pensais qu'il avait essayé de me blesser de la pire façon possible et qu'il avait décidé que ce serait à travers elle, par son intermédiaire. A un moment, elle a levé les yeux vers moi et m'a dit : « Mais « il voulait quand même me baiser déjà auparavant. « Moi aussi, mais j'ai décidé que non... Tad n'a pas « essayé, mais j'aurais pu... J'aurais aimé... »

« – Alors, pourquoi ne l'as-tu pas fait? » Elle a haussé les épaules : « Je ne voulais pas être comparée « avec toi; *lui*, si. » Elle a insisté sur ce point. Elle est restée jusqu'à la fin de ses vacances. Tad a appelé quelquefois pour parler avec elle, mais elle a toujours refusé. Elle allait bien quand elle est partie.

« Mais, oh! Mira, quand j'y repense, je me mets à trembler. Toutes sortes de fautes me tombent dessus. Je me dis que si je n'avais pas fait ceci, ceci et ceci, ça ne serait jamais arrivé. Je pense que ça s'est produit parce que j'ai enfreint les règles... Mais comment pourrais-je vivre sans enfreindre les règles? Mais ça ne m'empêche pas de penser que ma gosse a dû payer parce que j'avais enfreint les règles.

– Et les miens ont dû payer parce que je ne l'ai pas fait... Leurs vies ont été beaucoup plus perturbées par notre divorce que celle de Chris par cette histoire... Et je n'ai enfreint aucune règle, aucune.

– Tes gosses n'ont jamais été embarqués dans une aussi sale histoire.

– Non... mais s'il n'y avait pas eu Martha – ou peut-être n'avais-je pas coupé assez profond, je n'en sais rien – ils auraient été embarqués dans pire : le spectacle de leur mère morte, poignets tailladés, sur le carrelage de la salle de bain.

– Tu ne m'avais jamais raconté cela, dit-elle en haussant les sourcils, tandis que Mira remontait dans son estime.

– Est-ce que cela change l'idée que tu te fais de moi?

– Un peu, dit Val en posant sa main sur l'épaule de son amie. La première fois que je t'ai rencontrée, je me suis dit que tu étais un peu... superficielle, sans doute. Je ne le pense plus, depuis longtemps. Mais il me semble que je pensais que tu t'étais « approfondie » au cours des deux dernières années. Que tu aies essayé de te charcuter me révèle que tu as toujours eu du caractère.

– Tu as raison, mais il était enterré. Je l'avais enterré moi-même, et planté des fleurs par-dessus. C'est mon divorce qui a renversé les dispositions funéraires. Elle s'interrompit pour réfléchir. Et Dieu seul sait quel effet cela a eu sur les garçons... un père absent et une mère qui n'avait que la moitié de sa tête. Chris est beaucoup plus intelligente, plus profonde que mes gamins.

– Peut-être. Tu as raison, c'est vrai, on ne peut pas savoir. Mais le sentiment de culpabilité s'en prend quand même à nous; est-ce que tu crois que ça a quelque chose de profitable ?

– Un petit quelque chose, oui. Comme quand on a été vache avec quelqu'un dans une partie la veille au soir et qu'on se sent coupable le lendemain matin... ça conserve. »

Val secoua la tête :

« J'espère. C'est si foutrement difficile à supporter que j'espère que ça a quelque chose de profitable. »

On sonna à la porte; c'était Iso :

« Nom de Dieu, l'univers s'écroule ! s'écria-t-elle d'un air préoccupé. Je viens de rencontrer Tad dans le parc et il m'a dit que vous étiez sur la mauvaise pente.

– Pas sur la mauvaise pente. Fini. Val raconta rapidement l'histoire à Iso.

– Bah ! c'est bandant, comme on dit.

– Qu'est-ce qu'i' a d'autre sur la mauvaise pente ?

– Oh ! bah ! Kyla. Elle a passé une semaine avec moi, pendant laquelle Harley a été chanter sur tous les toits que j'étais un taureau en rut prêt à séduire tous les cœurs féminins et qu'il fallait faire attention à moi; enfin des trucs gentils de ce genre... Et elle lui revient, qu'on se le dise ! Je n'arrive pas à avaler ça. On était si bien ensemble, elle est si bien avec moi. Je ne me vante pas, n'est-ce pas ? On voyait pas la différence ?

– Comme le nez au milieu de la figure.

– Mais qu'est-ce qu'elle t'a dit ? lui demanda Val.

– Oh ! tout un tas de conneries... enfin, ça m'a paru être des conneries. Elle m'a dit qu'elle était venue à moi sur un coup de dépit parce que Harley n'était pas venu après les oraux. Je veux dire, c'est un vrai tordu... il aurait quand même dû savoir combien elle était terrorisée... S'il n'y est pas allé, c'est vraiment qu'il s'en fiche comme de l'an quarante ! On ne prend pas une décision dans de telles conditions; il faut s'assurer que l'on fait un bon choix, à tête reposée...

– Mais Kyla est faite ainsi, elle ne s'en remet jamais à ce qu'elle éprouve.

– Je sais. Iso porta une main à sa tête et s'essuya le front comme s'il avait été humide. Il lui a dit qu'elle devait apprendre à être indépendante et que c'était pour cela qu'il n'était pas venu, et qu'il n'était pas venu après parce que j'y étais, et que maintenant qu'elle n'était plus sous pression ils devraient essayer de nouveau; et puis, qu'il fallait qu'elle loue l'appartement car ils devaient aller à Aspen pour une conférence de physiciens. Et hop ! elle y est retournée !

– A Aspen ?

– Non, sous-louer leur appartement. Et essayer de nouveau. Merde ! » Elle secoua la tête comme si elle essayait de la libérer de quelque chose. « Je sais qu'elle ne fait pas confiance à ce qu'elle éprouve, mais j'aimerais qu'elle se soucie un peu plus de ce que j'éprouve, moi. Oui, non, oui, non. Vous comprenez, je l'aime, moi ! Iso ajouta ceci d'un air surpris : Il a fallu que je lui dise, il a fallu que je lui dise que je la trouvais cruelle. Elle m'a caressée, dorlotée, traitée comme une gosse de deux ans au genou écorché. Elle m'a assise calmement pour m'expliquer qu'elle devait ses premiers devoirs à Harley, parce qu'elle l'avait connu avant et qu'elle s'était engagée envers lui avant, et qu'en plus c'était son mari, et que c'était là un truc signé ! Vous vous rendez compte !

– Je me la représente très bien faisant cela. Elle a un bouquin de morale sous les cheveux, dans lequel les priorités sont notées comme ceci : I,A,i,a.

– Ça ne durera pas, dit Val; deux ou trois semaines avec Harley, et ses beaux raisonnements s'envoleront en fumée. Avec lui, elle n'est qu'émotivité.

– N'importe qui ne serait qu'émotion avec Harley !

– Crois-tu qu'elle reviendra ? – Air songeur.

— Beh, je suis prête à parier qu'elle ne passera pas l'été avec lui... A moins qu'elle n'ait encore plus de détermination et de haine pour elle que ce que je lui sais. »

Iso soupira :

« Je pensais qu'on avait été si bien cet hiver. »

Val lui caressa la main :

« Mais, Iso, nous pouvons aller à la plage, faire de grandes balades, toutes les deux... »

Iso éclata de rire :

« Je vois tout à fait à quel genre de balade tu penses, ma p'tite; une marche sur Washington, non merci ! »

L'allusion à la politique fit froncer les sourcils à Val :

« Bon Dieu, j'oubliais, il faut que je prépare un rapport pour ce soir... on était si bien. Dites donc, je ne vous vois plus, toutes les deux... Alors j'ai oublié toute cette merde pendant une heure... » Elle ramassa quelques papiers. « Je suis désolée », dit-elle en les mettant gentiment à la porte.

Elles partirent en souriant mais, arrivées dans la rue, se regardèrent. Elles avaient un peu mal et n'étaient pas peu inquiètes à propos de Val :

« Crois-tu qu'il soit sain de tant se préoccuper de quelque chose qui est si loin ? Je veux dire, ne crois-tu pas que c'est une sublimation ou quelque chose de c' genre ? »

Mira haussa les épaules.

« Je ne sais pas. Val ne me paraît pas du tout névrosée. »

Elles rentrèrent à petits pas :

« Je trouve ça bien que les gens fassent quelque chose.

— Même si ça ne sert à rien », cnclut amèrement Iso.

15

En février 1970, Duke fut transféré dans une base de la Nouvelle-Angleterre, à distance raisonnable de Cambridge par le train. Il fut ravi : depuis leur mariage, lui et Clarissa n'avaient jamais vraiment vécu ensemble. Leur temps passé ensemble avait été limité à celui de ses permissions et avait eu le goût doux-amer de nombreuses séparations. Parfois, il ne la voyait pas pendant des mois. Bien que son boulot l'occupât beaucoup, elle lui manquait dès qu'il n'était plus avec elle. Clarissa était pour lui un centre, quelque chose de chaud et de vivant où réchauffer son corps et son cœur. Cela n'était pas que sexuel : la chaleur mentale de Clarissa le réchauffait tout autant que le reste.

Mais durant l'année et demie qu'il avait passée à Harvard, il avait eu l'impression – qu'il n'était pas parvenu à s'expliquer – qu'elle lui glissait entre les mains, qu'il ne pouvait plus la posséder tout à fait. Il en fit porter la responsabilité à ses neuf mois de Viêt-nam et à l'influence de ses amis à elle. Il considérait Harvard comme un endroit saturé d'élitisme intellectuel et de « gauchisme ». Aussi, voyait-il leur nouvel arrangement du meilleur œil du monde, et même comme quelque chose d'utile : il rétablirait leurs liens profonds. Il s'acheta une Porsche et s'installa dans l'appartement de Clarissa.

La réserve et le sérieux de Clarissa, sa grande attention à toute chose lui donnaient l'air d'avoir beaucoup de maturité et d'expérience, et elle était intelligente. Mais la douceur de son visage, sa tendance à la timidité et son allure naturelle la faisaient paraître moins que ses vingt-cinq ans.

Clarissa était la fleur de son époque, le genre de produit que les magazines, les psychologues, les éducateurs et les parents rêvent tous de réaliser. Elle étonnait tout le monde parce qu'elle disait qu'elle n'avait aucun problème et que la pire douleur qu'elle eût éprouvée avait été un muscle froissé. Nées de parents cultivés, elle et sa sœur furent aimées, bien nourries et jamais reléguées dans un coin avec leurs poupées. Les deux sœurs réussirent très bien en classe, en sport aussi, et furent aimées. Sa sœur était devenue pédiatre, s'était mariée et avait cinq enfants, et exerçait dans une gigantesque maison, en Californie. Les relations des deux sœurs paraissaient parfaites : il n'y avait eu aucun sentiment de compétition entre elles, étant donné qu'une telle chose n'eût été fondée sur rien.

Lorsque les femmes firent sa connaissance, elles écoutèrent en silence ses rares confidences concernant son passé. C'était incroyable – elles répétaient souvent cela. Elles contemplaient la chose comme un miracle, puis retournaient à leur merde et à leurs haricots verts. Clarissa, pour sa part, était fascinée par leurs histoires. Elle leur demandait souvent : qu'est-ce que ça *t'a fait ?* Les idées qu'elle avait concernant les douleurs morales ne venaient que de son imagination ou de livres; vers l'âge de seize ans, elle avait passé des heures à essayer d'imaginer ce qu'Anna Karénine ou Ivan Karamazov ou Emma Bovary éprouvaient. Bien que sa famille fût religieuse, la religion ne l'avait jamais tourmentée.

Elle avait rencontré Duke à une partie donnée par un ami de ses parents, et s'était donc arrangée pour tomber amoureuse de la façon la plus correcte du monde. Duke était un parti bien sous tous les rapports. Le mariage enchanta les deux familles. Leur vie semblait devoir être heureuse à jamais. Et le front calme de Clarissa, son bonheur tranquille après quatre années de mariage semblait le confirmer.

Mais il y avait une autre face de Clarissa, dont elle ne parlait que rarement et dont la plupart des gens ne soupçonnaient même pas l'existence. Durant toutes ses années de fac, elle avait travaillé avec un comité qui aidait les enfants des ghettos à apprendre à lire. Elle s'en occupa tellement qu'elle finit par passer la plus grande partie de son temps à faire cela, à Roxbury. Ce qui ne plaisait pas à Duke, qui insista pour qu'elle conservât un appartement à Cambridge. Mais Clarissa aimait Roxbury; elle s'y trouvait mieux que partout ailleurs auparavant. Elle y eut même des amants, ce qu'elle ne nous révéla que beaucoup plus tard.

En dépit de ses résultats, le programme de Roxbury fut interrompu sous Nixon – ce fut l'une des premières décisions de son administration – et Clarissa dut quitter Roxbury. Elle avait déjà commencé une licence à Harvard. Plus que tout autre étudiant d'anglais, quoique discrètement, elle remettait en cause sa place ici. Mais parfois, tard le soir, elle en parlait :

« Tu sais, on pense quc si l'on aide à former les jeunes étudiants et les jeunes profs, on peut faire quelque chose, changer la façon de penser des gens. Mais je me demande vraiment si d'apprendre la liste des rois d'Angleterre ou de connaître les passages clés de Shakespeare ou, dans le même genre d'idées, tous les trucs que nous faisons ici, est favorable pour faire cela demain. C'est plutôt le contraire, on vous prend dans la compétition.

– En somme, tu aimerais mieux retourner à Roxbury, lui dit Val dans un sourire.

– Non; c'est impossible. Il n'y a plus d'argent, les gens que j'avais réunis sont dispersés, c'est devenu dangereux pour les Blancs – il n'y a plus moyen d'y retourner, pas pour moi, du moins, et même peut-être pour aucun Blanc. Et puis c'était un truc « parasite » : je suis contente de l'avoir fait, mais, d'un certain point de vue, c'est eux qui me donnaient la vie... je ne la créais pas moi-même. Mais je ne pense pas que Harvard va m'aider à le faire. »

Cependant, elle travaillait très bien et semblait destinée à un poste de rêve. Il y a trois postes de rêve pour un étudiant d'anglais d'Harvard : assistant à Harvard, Yale ou Princeton. Etant donné qu'en 1970, il était inconcevable qu'une femme pût en obtenir un à Harvard, et peu vraisemblable pour Princeton, le poste de Yale était ce que tout le monde prévoyait pour Clarissa. Cela allait tout simplement avec tout le reste. Ce que son talent et son attitude ne feraient pas, les relations de sa famille le feraient.

Après le transfert de Duke, nous vîmes moins Clarissa. Comme nous toutes, elle potassait pour les oraux. Mais, début avril, elle reparut chez Iso à la fin de l'après-midi; elle ne semblait plus être aussi sereine. La différence était imperceptible; Mira déclara qu'elle avait une ombre sur le visage. Mais Clarissa ne disait rien.

Ses oraux se passèrent très bien, et les amies sortirent pour fêter ça. Duke les rejoignit dès qu'il fut de retour. Il s'était arrangé pour avoir deux jours de libres et tous ceux qui passèrent chez eux à ce moment-là les trouvèrent tous les deux joyeux et en pleine forme; Clarissa, particulièrement, semblait rose de sensualité. Iso dit qu'on avait toujours l'impression de les avoir fait sortir du lit. Duke retourna en Nouvelle-Angleterre et, devant ses amies, Clarissa se mit à parler de problèmes. Les choses étaient difficiles pour Duke.

« Il est obligé de mener une vie schizophrénique. Il rentre à la maison, enlève son uniforme, met un jean et une chemise indienne, sans parler d'un bandeau, parce qu'il n'a pas le droit de se laisser pousser les cheveux. Moi je l'aime bien comme ça, mais les cheveux longs lui iraient mieux. Il met son collier et on descend jusqu'au parc. Mais le lendemain, il doit remettre son uniforme, etc., et même entendre ses pairs parler de junks et de hippies portant bandeaux indiens. Je pense que ce changement perpétuel lui pose des problèmes.

– Comment cela se manifeste-t-il? lui demanda Iso en lui jetant un coup d'œil coquin. Te demande-t-il de te mettre au garde-à-vous lorsqu'il passe la porte? Dois-tu rédiger un ordre du jour en trois exemplaires chaque matin? »

Tout le monde éclata de rire, mais Clarissa haussa les sourcils.

« C'est plus cela que tu ne le penses! Car tout en voulant être de son temps, de sa génération de monde, il considère Harvard comme un bastion du gauchisme.

– Il devrait nous entendre parler! dit sérieusement Kyla.

– Non, non, il a raison », protesta Val.

Les autres la huèrent. Elles étaient, insistèrent-elles, aussi dégoûtamment apolitiques qu'il était possible de l'être, Val mise à part. Leur apathie politique était une vraie honte!

« Je suis bien de cet avis, j' suis bien d' cet avis, dit Val en éclatant de rire, mais vous êtes quand même politisées. Vous n'êtes pas très actives, je l'avoue... mais l'une des raisons qui fait que vous n'êtes pas plus actives, c'est que les préoccupations politiques d'ici sont trop vagues, trop détachées de votre radicalisme pour vous intéresser...

– Nous ? Nous ? lui crièrent quatre voix.

– Mais ouais, mes mignonnes ! insista-t-elle en riant. Pourquoi sommes-nous ensemble ? Nous partageons presque tout ; nous venons des quatre coins de ce pays, nous ne nous intéressons pas aux mêmes choses, nous sommes d'âges différents, notre passé n'a que peu de points communs. Pourquoi haïssons-nous tant Harvard ? Pourquoi la majorité des étudiants se détourne-t-elle de nous comme elle le fait ?

– Nous haïssons la structure politique, économique et morale de Harvard, de ce pays pour la même raison, comme le fait le S.D.S. Et je ne suis – même pas moi – du S.D.S. J'ai été à deux meetings, avant de laisser tomber. Mon Dieu, quelle bande ! Ce n'est pas leur militantisme qui m'ennuie, c'est qu'ils ont les mêmes valeurs à la CON que les gens qu'ils veulent anéantir ! Ils sont tout aussi patriarcaux que l'Eglise catholique, qu'Harvard, que la « General Motors » ou que le gouvernement des Etats-Unis ! Nous sommes en révolte contre toutes les institutions parce que nous sommes en révolte contre la suprématie mâle, la caution mâle, le pouvoir mâle, les structures mâles. Nous voulons un monde complètement différent, un monde si différent qu'il est difficile de le mettre en mots, impossible de concevoir une structure qui le renferme...

– Un monde dans lequel je pourrais cuire du pain et cultiver des fleurs tout en étant considérée comme une personne intelligente, murmura Kyla en se mordant la lèvre.

– Oui.

– Ou dans lequel Duke n'aurait pas le sentiment d'insister pour que je fasse de la cuisine tous les soirs parce que ce qu'il fait toute la journée est du travail tandis que ce que je fais, non. Et pourtant, il aime faire la cuisine, alors que je déteste cela », dit Clarissa avec humeur.

Toutes les femmes se tournèrent vers elle. Elle n'avait encore jamais dit cela.

« Oui. Nous sommes toutes révoltées contre le pompeux, le prétentieux et bête monde du mâle blanc et contre ses illusions de légitimité ! Nous sympathisons avec les bâtards de tous les genres parce que nous nous sentons bâtardes nous-mêmes. Nous sommes toutes contre la guerre, contre les institutions, contre le capitalisme...

– Mais nous ne sommes pas communistes », dit Kyla en croisant et décroisant ses jambes. Elle se tourna vers Clarissa : « Nous sommes honteusement apolitiques.

– Mais nom de Dieu, qu'est-ce que le communisme pour nous? C'est... en pratique du moins... uniquement une variété du même cochon.

– D'accord, répondit Clarissa d'un air songeur, mais je pense que la plupart d'entre nous acceptent les principes du socialisme. »

Elles se regardèrent les unes les autres. Toutes approuvèrent de la tête.

« Vous savez, c'est assez étonnant, dit Kyla en sautant sur ses pieds, nous n'avons encore jamais parlé de cela, nous n'avons jamais déballé nos convictions en détail! Moi, je n'aurais pas su dire ce que pensait la moindre d'entre nous, sinon que nous partageons quelque chose de profond...

– Mais tout le monde pense ce que nous pensons », dit Mira d'un air déconcerté.

On la hua :

« Qu'est-ce que tu nous a raconté à propos de ce Noël chez les Ward? »

Elle répondit dans un petit ricanement :

« J'en suis revenue depuis trop longtemps... le reste du monde a complètement disparu.

– Et Duke, il ne pense pas ce que nous pensons. Je me demande bien s'il existe un homme qui le fasse! » dit Clarissa dans un froncement de sourcils douloureux.

Val la fixa avec une expression pleine de sympathie :

« Je sais... et c'est ce qui fait que tout est si difficile. Et, bien entendu, notre forme de gauchisme est la plus menaçante qui ait jamais frappé à la porte de l'Histoire. Non que nous ayons des armes et de l'argent. On a essayé de nous nier le droit à la vie par le rire, maintenant on tente de le faire par le respect – comme on l'a fait avec les Noirs, ce qui, je pense, n'a pas tellement marché – mais le refus de nous prendre au sérieux montre combien Ils nous craignent. »

Kyla se redressa et regarda Val. Elle tirait alternativement sur deux cigarettes sans s'en rendre compte.

« Car ce que nous menaçons, c'est la légitimité même des mâles. Prenez un homme ou une femme de la bonne société protestante, tous les deux bien élevés, riches – bref, dotés de tout ce que la société « bien » offre. L'homme sera pris au sérieux, la femme non, quelle que soit son activité ou celle qu'elle tentera d'avoir. Regardez la façon dont ils ont traité Eleanor Roosevelt. Et lorsqu'un homme perd son sentiment de légitimité, ce qu'il perd en réalité est un sentiment de supériorité. L'homme en est venu à considérer sa supériorité sur les autres comme une nécessité pour son existence même... Les bâtards, noirs ou chicanos, c'est pareil, sinon qu'ils ne peuvent affirmer cette supériorité que sur les femmes... Lorsqu'un homme perd sa supériorité, il perd de la puissance. Voilà pourquoi ils parlent tant de femmes castratrices. Les femmes castratrices sont celles qui refusent d'admettre que les hommes leur sont supérieurs tant à elles-mêmes qu'aux femmes en général. La vérité – à savoir que les hommes ne sont pas nos égaux – peut faire plus de mal à une culture qu'une bombe atomique. La subversion, c'est de dire la vérité. »

Les femmes gardèrent le silence.

« Mon Dieu ! murmura Kyla.

– Certains hommes échappent à la norme, oui, insista Mira.

– Pour un certain temps, peut-être. Et d'eux-mêmes, en tant qu'individus, c'est possible... Mais les institutions nous ont tous, en fin de compte. Nul ne leur échappe, dit Val d'un air triste.

– Je ne crois pas, dit Mira.

– Ça viendra », dit Val en se tournant vers elle.

Mira détourna son visage.

« Bah ! commença lentement Clarissa. Duke, par exemple, a le sentiment qu'il y a quelque chose d'hostile dans son environnement. En réalité, c'est chez nous, mais il ne veut pas l'admettre, alors il accuse Cambridge ou Harvard... Et puis il se sent frustré, parce qu'il est habitué à tirer sur un ennemi, et ici il n'y en a pas. Il le sent pourtant, dans les parages, et essaie sans cesse de le prendre, mais il n'y a rien.

– Mais il est toujours inquiet.

– Oui, et dès qu'il y a quelque chose dans le journal, dans un magazine ou à la télévision... il se vautre dans la lecture et me fait de grands discours sur les méfaits du libéralisme. Nous nous disputons parfois, et ça se termine toujours par une bagarre.

– Ecoute, je ne suis pas du tout la personne pleine de tact qu'il faudrait pour te dire cela, mais je suis quelqu'un qui ose le dire : est-il possible de vivre avec quelqu'un dont on ne partage pas les valeurs ? » dit Iso en se penchant en avant vers Kyla, qu'elle prit grand soin de ne pas regarder.

Val regarda Clarissa :

« Qu'en penses-tu ? Duke restera dans l'armée jusqu'à la fin de ses jours ? »

Le visage de Clarissa se ferma. Elle répondit en desserrant à peine les lèvres :

« Je crois que l'amour peut transformer les gens », dit-elle, mais sa voix était dure; tout le monde se rendait compte que l'on était allé trop loin. On changea de sujet, on fit circuler la bouteille de vin, mais personne n'en prit à l'exception de la seule Isolde. Toutes les femmes, à l'exception de la seule Iso, détestèrent Val ce soir-là, et, assez étrangement, elles ne s'aimèrent pas beaucoup les unes les autres. Elles ne voulaient pas contempler leurs propres concessions, leur propre complicité avec les choses que Val avait décrites en évoquant la vie de l'une d'entre elles. Leur mouvement de recul par rapport à Val et les autres fut subtil, à peine notable, mais perceptible – et chacune le sentit. Mais cette brèche laissa apparaître un manque, et chacune se sentit encore plus proche d'Iso, qui, en quelque sorte, était innocente dans toute cette affaire, inoffensive.

16

Ce fut de nouveau le printemps à Cambridge, et les gens fleurirent sur les trottoirs. Le changement de vêtements évoquait la parure retrouvée de la végétation. On entendit de nouveau de la musique dans « Holyoak Center ».

Val avait eu des problèmes avec ses poumons : elle avait là une douleur qui ne partait pas. Elle était persuadée que ce n'était que de l'anxiété, ou pas-que-de l'anxiété. Elle négligeait son travail scolaire à cause du comité, et elle se sentait coupable, et frustrée, et terriblement en colère du fait des rapports qu'elle lisait et que personne n'écoutait, ou n'appréciait. Les choses n'avaient pas été très fort ces derniers mois. Mais elle ne s'arrêtait pas à y réfléchir. Elle était trop occupée, trop engagée avec une dizaine de groupes différents mais, d'une façon ou d'une autre, cela n'allait pas. Elle perdait contact avec ce qu'elle appelait d'un mot vague « la vie », mais elle ne pouvait pas y remédier. Il fallait bien que *QUELQU'UN* s'occupe des gens que nous massacrions dans le Sud-Est asiatique.

La journée était merveilleuse, aussi décida-t-elle de passer par le parc en s'en revenant de sa réunion. Elle ne désirait rien, mais une petite marche lui ferait du bien. Peut-être ainsi respirerait-elle mieux. Peut-être, après tout, n'était-ce dû qu'au manque d'exercice et à l'abus de cigarettes; bref, ça lui ferait du bien...

La lumière avait baissé quand elle se mit en route pour la maison. Les visages étaient bronzés et joyeux et la croisaient comme autant de petits signes de vie s'agitant au long de sa route. Les conversations, les rires même passaient devant elle; derrière aussi : partout. Elle réfléchit combien cela était important – la façon dont les gens se sentaient dans la rue. A Varsovie, les gens courent, courent, avec des visages crispés; à Washington, les gens ne passent pas par les rues en parlant joyeusement. Elle réalisa soudain qu'elle fredonnait.

Elle décida de faire ce genre de promenade plus souvent.

Oui, elle ferait cela plus souvent, et même chaque jour. Mais maintenant, elle rentrait chez elle pour rédiger les minutes de la réunion de l'après-midi. Mais elle se mijoterait d'abord une sauce pour les spaghetti; oui, elle allait couper fin, minutieusement, des carottes, des oignons, de l'ail, du persil, pour les faire cuire doucement avec des tomates, sel, poivre, basilic, origan et tout; après quoi, elle ajouterait le jus et les morceaux de bœuf qui lui restaient de l'avant-veille, et elle ferait cuire le tout à feu réduit – la salive lui en venait à la bouche. Et elle mettrait son nouveau disque et écrirait à Chris – quinze jours qu'elle n'avait pas écrit, une honte! – et puis elle passerait une robe de chambre bien chaude et s'assierait pour écrire cette saloperie de rapport en essayant de ne pas s'énerver.

Toujours fredonnant, elle fit revenir les légumes et traversa la cuisine pour regarder à la télévision le journal du soir. Il était trop tôt, c'était encore un vieux western; elle ne le regarda pas, prépara sa sauce, mit le couvert et but son vin. La sauce frissonnait – cela sentait très bon – elle souleva la casserole pour renifler – chose qu'elle faisait toujours – puis quelqu'un le dit, elle l'entendit le dire, ce n'était pas possible, mais il le disait; elle se retourna pour regarder l'écran, ce n'était pas possible, mais si, elle voyait le film, cela se déroulait là, devant ses yeux, elle n'arrivait pas à y croire; puis le film s'arrêta et quelqu'un se mit à parler de tout autre chose, comme si l'on pouvait parler d'autre chose, et elle entendit ce cri, infernal, qui venait de l'arrière de sa tête, elle l'entendit, c'était une femme qui poussait un cri d'agonie et, quand elle ouvrit les yeux, il y avait du sang partout autour d'elle sur le sol de la cuisine.

Nous ne savions pas alors que ce ne fut là qu'un début. C'est à cette époque que le cauchemar envahit la conscience de chacun. Parfois, alors que je marche sur la plage où tout a l'air si calme, si tranquille, je me demande ce qu'est devenu ce cauchemar. Je crois que les cauchemars c'est comme le feu bouillonnant des entrailles de la terre : toujours présents, mais n'entrant en éruption que de temps en temps pour découper des crevasses, des brèches meurtrières.

Val reprit bientôt ses esprits. Elle cessa de hurler, bien qu'elle sanglotât toujours, des larmes coulaient le long de son visage. Elle se mit à quatre pattes et essuya la sauce qu'elle avait renversée avant de s'immobiliser, courbée, pleurant dans ses mains, incapable d'y croire, incapable de ne pas y croire, hurlant : « Nous tuons nos propres enfants! Nous tuons nos propres enfants! »

Il y eut des coups de téléphone, des meetings. Toute cette époque est très embrouillée dans mon esprit. Mais soudain les petits groupes pour la paix ne firent plus qu'un; les effectifs grossirent, triplèrent, quadruplèrent et plus. Quelques jours plus tard – ce fut *quelques* jours plus tard, non? – ils tuèrent des enfants à Jackson State, sans le vouloir, mais comme s'ils pouvaient tuer quelques gamins blancs sans tuer aussi quelques noirs.

Tout le monde fut consterné, stupéfait. Certains pensèrent que l'heure du loup avait sonné. Le gouvernement, un gouvernement élu, comme l'avait été Adolf Hitler, s'était soudain révélé être une bande de tueurs. C'était là un fait accompli, nous ne nous en étions même pas aperçus. Certains des plus jeunes parmi les étudiants étaient à la limite de l'hystérie : qui viendrait après? S'ils avaient pu les tuer, pourquoi ne nous tueraient-ils pas, nous? Les plus âgés marchaient du pas du survivant qui se demande ce qui va suivre. Les mères étaient conscientes que ces enfants tués auraient pu être les leurs. Un accident, disait le télégramme, désolé.

On écrivit des lettres, on envoya des télégrammes. Le groupe installa des tables dans le parc et proposa des télégrammes à un dollar; il suffisait de signer une feuille. Des gens qui, deux années plus tôt, un an plus tôt, avaient protesté contre les caches d'armes et la révolution ne disaient plus rien et regardaient derrière eux en marchant. Il y eut une marche; nous nous rassemblâmes à Cambridge Common et écoutâmes des discours au mégaphone, sans comprendre ce qui se disait. Peu importait. Les plus âgés, croyant aux traditions qu'on leur avait apprises, tenaient la tête haute. Les plus jeunes, flairant la trahison partout, marchaient avec précaution et écoutaient d'un air préoccupé : cela leur coûta davantage. La marche vers le Common commença. Tout au long du parcours, des gens observaient, des gens avec des caméras, des hommes en tenue de travail et aux visages durs. Le monde entier s'était transformé en agents du F.B.I. et en indicateurs. Ils étaient également dangereux. Les gens parlaient, marchaient, plaisantaient, mais les plus jeunes tremblaient à chaque fois qu'un hélicoptère nous survolait. Certains d'entre nous s'étaient trouvés au People's Park, à Berkeley, quand la foule avait eu droit au gaz lacrymogène; nous nous souvenions tous de cela.

Nous arrivâmes au Common. On aurait cru que nous étions des millions. Nous nous installâmes dans l'herbe. Le soleil était chaud. Sur un podium que nous n'arrivions pas à voir, des gens chantaient et disaient des choses que nous ne parvenions pas à entendre. Il n'y avait que peu de possibilités : soit ils nous anéantiraient, soit ils ne nous accorderaient aucune attention; ou alors nous parviendrions à leur dire arrêtez, arrêtez, arrêtez, arrêtez, arrêtez ! Personne ne croyait vraiment à cela. Tout le monde voulait y croire. Nous gardions le silence. Les esclaves n'ont pas beaucoup de respect les uns pour les autres, et les plus jeunes d'entre nous avaient l'impression d'être des esclaves — des êtres vivants et voulant vivre dont le gouvernement pouvait tout aussi bien les exterminer que non, et préférerait de beaucoup les tuer plutôt que de les écouter. Silencieux, impuissants, terrorisés, les jeunes restaient assis; les plus vieux aussi, sentant l'arthritisme et les rhumatismes aiguiser en eux leurs crampes et leurs douleurs. Et puis tout fut fini; personne n'avait même essayé de vendre sa camelote, et par milliers et milliers nous marchâmes vers le métro. Personne ne courut — c'était inutile. Les gens marchaient comme s'ils se rendaient à l'église, oui, comme s'ils se rendaient à l'église. Puis, nous prîmes le métro. Je me souviens m'être demandé comment le réseau avait bien pu s'en tirer. La rame était bondée, mais personne ne poussait, personne ne criait.

Nous sommes tous descendus et nous avons été acheter des sandwiches. Puis tout le monde est rentré chez Val – Mira, Ben, Iso, Clarissa, Kyla, et Bart, qu'elles avaient rencontré sur la marche, plus Grant et quelques autres – tout le monde s'assit dans la cuisine de Val et regarda la télévision, regarda les mêmes nouvelles être annoncées sur les différentes chaînes, et but du café en mangeant des sandwiches; de temps en temps, quelqu'un disait : « Qu'ils fassent attention, on est nombreux! » puis le silence retombait. Je crains que nous n'ayons été un peu puritains. C'étaient eux qui tuaient les enfants, les jaunes, les noirs, les rouges, les blancs enfants. C'étaient eux, pas nous. Nous avions manifesté notre opposition. Nous avions prouvé que nous étions purs, nous! Si, toutes pauvres que nous étions, nous vivions bien, c'était parce que nous exploitions les peuples d'Afrique ou d'Asie; nous n'avions rien à voir directement avec les holdings de Mobil en Angola ou avec les profits dus aux armements réalisés par Ford. Du moins nous l'espérions. Il est certes facile de se moquer de notre moralisme. J'en suis capable moi-même. Mais que pouvions-nous faire d'autre? Envahir le Pentagone? Croyez-vous que cela aurait servi à quelque chose? Nous étions prêtes à être plus pauvres si cela devait permettre d'arrêter le massacre. Et nous étions déjà pauvres.

On n'a jamais donné d'explication à cette affreuse tragédie. Pas que je sache, du moins. Quelques jours après le gouverneur de l'Ohio – celui-là même qui avait envoyé la Garde nationale – fut battu aux élections primaires, et Mira se tourna vers Ben, qui la tenait enlacée tandis qu'ils regardaient la télévision, et cria : « Tu vois! Tu vois! Tout le pays pense comme nous! »

Lentement, tristement, Ben lui dit :

« On s'attendait qu'il perde par un écart plus grand. Il a gagné en popularité en faisant ce qu'il a fait. »

Mira se retourna vers l'écran, le visage complètement décomposé.

Mais cela, ce fut plus tard. Pour l'heure, ils étaient assis dans la cuisine de Val, parlaient du nombre de participants à la marche, des hélicoptères qui les avaient survolés pour tenter d'estimer leur nombre. En fait, ils attendaient les nouvelles de onze heures du soir et tuaient le temps en parlant. Ils voulaient surtout se sentir... non, pas bien, c'était impossible, ni puissants, non, cela n'était pas possible non plus... ils voulaient sentir qu'ils étaient assez forts pour parler. Ils avaient besoin de sentir qu'ils avaient été une toute petite partie d'une action de communication, donc d'une action sensée. Ils avaient lancé leur misérable petite offre et attendaient une réponse, fût-elle insignifiante.

Le téléphone sonna soudain; tout le monde sursauta. Nous gardâmes le silence tandis que Val se dirigeait vers le mur où se trouvait le téléphone, le silence quand elle décrocha. Aussi perçûmes-nous la voix qui était à l'autre bout. Car elle criait, elle hurlait, elle était très aiguë, une voix de petite fille, et elle hurlait : MAMAN, MAMAN !

« Mais qu'y a-t-il, Chris ? » dit Val tandis que tout son corps se glaçait. Ses doigts, Mira le remarqua, étaient crispés et blancs. Mais sa voix était calme.

« M'MAN ! hurla Chris, j'ai été violée ! »

17

Cela semble incroyable maintenant, à y repenser, que tout cela ait été ainsi imbriqué. Je me demande encore comment le moindre d'entre nous a pu survivre à tout ça. Mais je pense que la race humaine a survécu à pire. Je le sais. Mais une question se pose : à quel prix ? Car les blessures laissent des cicatrices, et le tissu cicatriciel est insensible. C'est une chose que les gens oublient quand ils apprennent à leurs fils à être des « hommes » en les blessant. Cela coûte quelque chose, de survivre.

Val parla calmement à Chris. Elle obtint vite des détails, lui dit de fermer sa porte à clef, de raccrocher et d'appeler la police tandis qu'elle, Val, resterait à côté du téléphone; que Chris l'appelle dès que la police serait là, ou même avant, dès qu'elle aurait fini de les appeler.

Elle parla vivement, vite, et Chris ne cessait pas de dire :

« Oui, oui, m'man; d'accord. » On aurait dit qu'elle avait douze ans.

Val raccrocha. Elle était debout à côté du mur, elle se tourna et appuya sa tête contre. Elle resta comme ça. Tout le monde avait entendu, et personne ne savait quoi faire. Finalement, Kyla s'approcha d'elle et lui toucha le bras.

« Veux-tu que nous restions avec toi? Ou veux-tu qu'on parte?

– Vous n'avez aucune raison de rester », dit Val, sans cesser de regarder le mur.

Tout le monde se leva rapidement et en silence. Non qu'ils s'en moquassent. Non, c'était une forme de délicatesse, de crainte d'entrer dans quelque chose d'intime, de bien plus intime que les aventures sexuelles de Val ou que ce qu'elle disait de son cycle menstruel. Ils s'approchèrent d'elle, lui donnèrent une petite tape, puis dirent au revoir.

« Si je peux t'être utile... » lui dit chacun. Mais il n'y avait rien qu'ils pussent faire. Que faire en face de la douleur, sinon la respecter? Seuls, Bart, Ben et Mira restèrent. Val était debout contre le mur. Mira versa à boire pour tout le monde. Val fuma. Bart lui avança une chaise et l'assit dessus, et lorsque le téléphone sonna à nouveau, il décrocha, et Val – craignant qu'il ne prît la communication – eut un sursaut; mais il lui passa l'écouteur avant de lui apporter un cendrier. La voix à l'autre bout était à présent plus basse, et ils n'entendirent pas. Soudain, Val raccrocha. La police était arrivée chez Chris. Le type qui l'avait violée s'était enfui. Il l'avait violée à quelques mètres de chez elle, et elle était parvenue à rentrer et à appeler la seule personne à laquelle elle pensa, qui se trouvait, dit Val d'un air sombre, à des centaines de kilomètres de là. La police l'emmenait à l'hôpital. Val avait écrit son nom sur le mur. Elle composa le numéro des renseignements de Chicago pour obtenir le numéro de l'hôpital.

« C'est dingue, mais i' faut que je fasse quelque chose, dit-elle en tirant nerveusement sur sa cigarette. Il faut que quelqu'un s'occupe d'elle, même à des kilomètres de là. »

Ils restèrent ensemble jusqu'à trois heures du matin. Val ne cessa pas de téléphoner. Elle appela l'hôpital, qui la fit attendre si longtemps qu'elle raccrocha et rappela. Plusieurs fois. On finit par lui dire que Chris n'y était plus. La police l'avait emmenée au commissariat. Val appela la police de Chicago. Il fallut quelque temps et plusieurs appels pour savoir vers quel commissariat Chris avait été dirigée, mais elle finit par trouver et demanda ce qui était arrivé à sa fille. On la fit attendre, mais elle patienta. Soudain, Chris fut à l'appareil. Sa voix, devait dire plus tard Val, avait quelque chose d'hystérique, mais contrôlé.

« Ne porte pas plainte », lui dit Val.

Chris discuta. La police voulait qu'elle le fasse. Elle connaissait le nom et l'adresse du garçon qui l'avait violée. Ils avaient d'autres charges contre lui et voulaient, comme ils disaient, l'épingler.

« Ne le fais pas, répétait Val. Tu ne sais pas ce qu'il t'en coûterait. »

Mais Chris tenait bon :

« Ils veulent que je le fasse, et je vais le faire », dit-elle avant de raccrocher.

Val s'assit, complètement abattue :

« Elle ne sait pas ce qu'elle fait », dit-elle sans même avoir reposé l'écouteur sur sa fourche. La tonalité résonnait dans la pièce. Elle se leva et composa de nouveau un numéro, celui du commissariat. L'homme qui lui répondit en avait vraiment par-dessus la tête. Il la pria de raccrocher. Il ne lui répondit pas. Elle attendit dix minutes, puis décrocha et fit de nouveau le numéro. Au bout de quelque temps, quelqu'un lui répondit. Il ne semblait pas être au courant de ce dont elle lui parla.

« Je vais voir, dit-il. Ne quittez pas. »

Elle attendit longtemps.

« Désolé, m'dame, mais elle n'est plus ici. On l'a reconduite chez elle. »

Val le remercia, raccrocha et se rencogna dans sa chaise. Elle se releva bientôt, pêcha l'annuaire dans un placard et regarda dans les pages jaunes. Elle composa le numéro d'une compagnie aérienne et fit une réservation pour le lendemain matin. Elle se tourna vers Mira.

« Crois-tu que tu pourras me conduire à l'aéroport ?

— Bien sûr. »

Val attendit en fumant une cigarette. Au bout de vingt minutes, elle fit le numéro de l'appartement de Chris; cela ne répondit pas. Elle attendit encore dix minutes et recommença. Pas de réponse. Les trois autres restèrent encore une heure avec elle. Pas de réponse au bout de six tentatives. Les doigts de Bart étaient rose pâle.

Val soupira avant de s'effondrer comme une masse.

« Elle est allée quelque part. Evident. Sans doute chez une copine. » Elle se leva et saisit un petit carnet sur une étagère, le feuilleta en hâte et composa un autre numéro. Il était quatre heures du matin. Sa voix était assez bien maîtrisée mais tremblait un peu. Elle raconta ce qui était arrivé. « Oui, j'y vais demain matin. » — Un silence. Puis elle dit : « Oui », avant de raccrocher. Elle se tourna vers ses amis.

« C'était le père de Chris. J'ai pensé qu'il avait le droit de savoir. J'ai pensé qu'il le souhaiterait. Elle passe des vacances avec lui depuis quatorze ans. Ce n'est pas une étrangère pour lui. Elle parlait sur un ton vindicatif.

— Qu'a-t-il dit ?

— Que j'avais raison d'y aller. »

Elle se versa un verre, l'avala et essaya de leur sourire. Son sourire, tant il souligna ses rides, donna l'impression de lui dégrafer le visage.

« Rentrez donc vous coucher. Et merci d'être restés. Merci de vous être dit que vous resteriez que je le veuille ou non. Car je ne voulais pas que vous restiez, mais à présent je suis heureuse que vous l'ayez fait, et je m'aperçois que les seules gens que je voulais voir rester sont ceux qui se sont foutus que je l'aie voulu ou non. »

Tout le monde éclata de rire : quel raisonnement complexe pour un tel moment !

Sur le coup de neuf heures et demie, Mira et Ben la

conduisirent à Logan. Son avion partit à onze heures. Elle avoua ne pas avoir dormi, mais Val n'était pas trop moche après une nuit sans sommeil. Ce fut le lendemain qu'elle eut l'air claquée. Aussi avait-elle, lorsqu'elle partit, un certain éclat, un certain chic.

Mais pas lorsqu'elle revint. En réalité, ses amis ne la virent pas lorsqu'elle revint. Chris et elle avaient pris un taxi à l'aéroport et ce ne fut que plusieurs jours plus tard que Val appela l'un d'entre eux. Elle n'était partie que quelques jours... quatre, peut-être cinq. Tout le monde leur rendit visite, mais elles se comportèrent de façon très étrange. Chris parlait à peine et jetait des regards mauvais aux gens qu'elle avait embrassés en leur disant au revoir à l'automne précédent. Elle restait assise dans un coin, l'air renfrogné. Val n'était pas non plus très souriante. Elle essayait de parler, mais elle se faisait violence. Elle ne les encouragea pas à rester, et ne sachant que faire, ils partirent. Cela les inquiéta, ils en discutèrent. Ils décidèrent de la laisser seule pendant quelques jours, le temps que ça se tasse, puis de lui rendre visite chacun son tour.

J'ai vu Val à cette époque, et ce qui m'a frappée, ce furent ses yeux. J'ai revu des yeux comme ceux-là depuis : ceux d'une juive polonaise qui avait passé son enfance dans un camp de concentration. Les causes semblaient extrêmement différentes, mais peut-être ne l'étaient-elles pas tant que cela. Car j'ai appris plus tard ce qui s'était passé.

Chris revenait d'une manifestation contre la guerre à Chicago et avait très bon moral, car elle se disait qu'elle avait fait quelque chose de bien en s'amusant beaucoup. Après la manifestation, elle, quelques amis et un jeune assistant d'université étaient allés prendre une pizza avec de la bière. L'appartement de Chris se trouvait dans un endroit assez tranquille et elle venait de la station de métro. Elle avait mal aux jambes et de mauvaises chaussures – semelles compensées et attaches autour des chevilles. Elle n'était qu'à quelques dizaines de mètres de chez elle et marchait sur le trottoir lorsqu'un garçon bondit vers elle d'entre deux voitures garées là. Il avait bondit, et non marché, et se mit carrément en travers de son chemin. Elle eut immédiatement peur et pensa qu'elle avait de bien mauvaises chaussures. Impossible de courir vite avec, et impossible de les enlever. Il lui demanda une cigarette. Elle lui en donna une et essaya de passer tranquillement son chemin, mais il la prit par le bras. « Qu'est-ce que tu veux ? » lui cria-t-elle. – « Une allumette, dit-il en pointant la cigarette dans sa direction. » – « Lâche-moi », dit-elle, mais il n'en fit rien. – « Je ne peux pas te donner une allumette si tu ne me lâches pas », dit-elle. Il la lâcha mais se déplaça de façon à se trouver juste en face d'elle. Derrière elle, elle le savait, il n'y avait que les immeubles déserts qui surplombaient la station de métro. Il n'était que neuf heures et demie, mais les rues étaient complètement désertes. Elle lui tendit la boîte d'allumettes en réfléchissant à toute vitesse. Les immeubles n'avaient aucune lumière allumée. Elle n'avait pas envie de crier. Peut-être voulait-il simplement l'effrayer – ses cris pourraient lui faire peur à son tour, le rendre violent. On tuait des gens toutes les semaines dans les rues de Chicago. Elle décida de jouer la carte de la décontraction. Elle lui demanda de s'écarter de son chemin avant d'essayer de le contourner. Il la saisit et la poussa hors du trottoir; il lui mit une main sur la bouche. Il la poussa entre deux voitures en maintenant sa main sur sa bouche. Il se pencha contre son oreille et lui dit qu'au cours de ces derniers mois, il avait tué trois personnes dans ce quartier et que si elle criait, il la tuerait. Elle ne vit pas d'arme, elle ne sut pas s'il fallait le croire, mais elle était trop terrifiée pour le provoquer. Elle secoua la tête, et il lui lâcha la bouche.

Il tira sur le pantalon de Chris et mit son pénis, qui était déjà raide, à l'intérieur d'elle. Il poussa fort et éjacula très vite. Elle resta allongée sur le dos, incapable de respirer. Lorsqu'il eut terminé, il s'allongea sur elle.

« Est-ce que je peux me relever ? » demanda-t-elle en s'apercevant que sa voix tremblait. Il éclata de rire. Elle réfléchissait intensément. Il n'était pas peu fréquent que les violeurs tuent leur victime. Il n'allait pas la laisser partir facilement. Chris chercha quoi faire. Elle n'avait jamais envisagé de lui résister physiquement. Il ne lui était jamais venu à l'esprit qu'il y avait un autre moyen pour lui échapper que de se montrer plus rusée que lui. Elle essaya de se représenter ce qui faisait que l'on devenait un violeur. Elle pensa à toutes les excuses pour les crimes qu'elle avait entendu mentionner, plus toutes celles qu'elle trouva.

« Je parie que tu as eu une vie difficile », lui dit-elle.

Le garçon s'écarta d'elle et lui demanda une cigarette. Ils s'assirent et fumèrent tandis qu'il parla. Il lui dit des choses contradictoires, confuses; il lui parla de sa mère, qui était violente, et des choses qu'elle lui avait faites quand il était petit garçon. Chris murmura.

Il y eut soudain un bruit; le garçon la plaqua au sol en lui mettant la main sur la gorge. Des gens étaient sortis d'un immeuble et discutaient sur le trottoir. Chris espéra qu'ils verraient la fumée de la cigarette monter de la rue. Elle n'osa pas hurler. Elle eut l'impression que si elle le faisait, sa voix s'étranglerait dans sa gorge. Les hommes montèrent en voiture – elle n'était pas garée bien loin – et démarrèrent. Le garçon lui maintint la tête baissée et lui enfonça sa verge dans la bouche. « Allez ! » lui ordonna-t-il en lui tenant la tête et en remuant d'avant en arrière au-dessus d'elle. Elle étouffait, elle crut qu'elle allait avaler sa langue, mais il continua et éjacula dans sa bouche; le chaud sperme salé lui brûla la gorge. Elle releva la tête et recracha le sperme. Il sourit. Elle essaya de se relever, mais il la saisit par le bras.

« Tu vas rester comme ça. »

Elle se rassit. Elle se sentait complètement vaincue. Elle essaya de se reprendre et de le faire parler. Si elle parvenait à lui faire croire qu'il était son ami... Elle lui parla gentiment, et il se raconta. Il parla de l'école, de son quartier, de sa connaissance des environs, de la plus grande partie de Chicago. Il connaissait, se vanta-t-il, toutes les allées et culs-de-sac du coin. Elle l'écouta avec énormément d'attention en se disant que le moindre mouvement lui serait fatal si elle le faisait avant qu'il ne soit dans l'état d'esprit approprié. Il fallait attendre le moment. A un moment donné, elle remua un tout petit peu; il la jeta par terre et sauta sur elle avec le pénis raide. Il était évident pour elle que ce qui l'excitait était sa propre violence ou le sentiment de son impuissance à elle.

Ils se rassirent et fumèrent :

« Ecoute, je suis complètement claquée. J'aimerais bien rentrer, finit par dire Chris.

– Pourquoi ? Il est encore tôt. Et pis on est bien ici, dit-il.

– Oui, mais je suis claquée. Ecoute, laisse-moi rentrer, on pourrait se voir un autre soir. D'accord ? »

Il lui sourit d'un air incrédule.

« Tu parles sérieusement ? »

Elle lui rendit son sourire. Oh ! sacrées roublardes de femmes !

« Bien sûr. »

Il s'anima :

« Hey, file-moi ton nom et ton adresse et je te file les miens... et je t'appellerai demain, d'ac ?

– D'ac », dit Chris. Ils firent l'échange. Chris eut peur de donner un faux nom, car il pouvait apercevoir le véritable sur son carnet. Et elle eut peur de donner une fausse adresse : il la regarderait sans aucun doute rentrer chez elle. Mais elle écrivit un faux numéro de téléphone en se disant que ça pourrait toujours servir. Il la laissa alors se lever. Elle se rhabilla comme elle put et l'observa un moment. Il ne fallait absolument pas courir, se dit-elle.

« Bon, ben salut.

– Salut, et à la r'voyure Chris.

– O.K. » Elle se tourna doucement et monta sur le trottoir. « Salut », répéta-t-elle. Il la regarda marcher d'un pas raide jusqu'à son immeuble, se battre avec ses clefs – ses mains tremblaient – sans cesser d'essayer d'entendre par-delà les forts battements de son cœur s'il ne courait pas pour la rattraper. Mais il n'en fit rien. Elle ouvrit la porte, entra, mit le verrou et courut vers l'autre pièce. Elle l'ouvrit, entra et mit le verrou. Elle avait trop peur pour donner de la lumière, trop peur pour regarder à l'extérieur, comme s'il avait eu le pouvoir de l'anéantir de la rue. Elle n'arrivait pas à penser. Elle se précipita vers le téléphone et composa le numéro de sa mère à Boston. Mais dès qu'elle ouvrit la bouche, il n'en sortit que hurlements et sanglots.

Après avoir parlé avec sa mère, elle suivit soigneusement, méthodiquement ses instructions. Elle continua de hurler et de pleurer : cela ne voulait pas cesser. Elle appela l'opératrice et demanda la police. Elle parvint à dire où elle demeurait et ce qui lui était arrivé. Ils arrivèrent rapidement : elle vit la lumière à éclats sur les murs de sa chambre. On frappa à la porte et, malgré le tremblement de ses mains, elle parvint à les faire entrer. Sa bouche continuait de sangloter – cela montait de l'intérieur, de profond.

Ils écoutèrent son histoire et prirent le papier du garçon en haussant les sourcils. Ils lui dirent qu'ils allaient la conduire à l'hôpital. Ils la traitèrent courtoisement. Elle se souvint qu'elle devait appeler sa mère. Lorsqu'elle raccrocha, elle se tourna vers eux en ayant l'impression d'avoir largué toutes ses amarres et de s'abandonner à un effrayant océan. Ils l'emmenèrent à l'hôpital où on l'étendit sur un brancard à roulettes avant de la laisser toute seule dans une pièce. Elle pleurait toujours. Elle n'avait jamais cessé. Mais son esprit s'était remis à fonctionner. Des gens entrèrent et se mirent à l'examiner. Ils examinèrent son vagin; il lui fallut mettre ses jambes dans des arçons. Et tandis qu'elle pleurait et se sentait démolie, eux ne s'intéressaient qu'à un seul endroit, c'était tout ce qu'elle était, une vulve, un vagin, un con, un con, un con, rien qu'un con. Ils l'examinèrent et l'ignorèrent. Ils ne lui donnèrent pas un sédatif, ni ne lui adressèrent la parole. Elle n'arrêtait pas de se répéter en pleurant, je suis, je suis, je suis Christine Truax, je suis étudiante, je fais sciences Po, je suis, je suis Christine Truax, je suis étudiante, je fais sciences Po, sans arrêt de façon hypnotique, quand ils la firent sortir, ignorant toujours ses sanglots, pour la faire de nouveau monter dans la voiture de police.

Son hystérie s'était un peu calmée; elle pleurait toujours, mais ses brusques hurlements d'angoisse se firent moins nombreux. Sa tête continuait : je suis, je suis Christine Truax, je suis étudiante. On l'emmena au commissariat, où on la fit asseoir. Elle les entendait; ils lui parlaient doucement. Ils voulaient prendre ce type, lui disaient-ils. Ils avaient trois trucs contre lui, ils voulaient le pincer. Elle réalisa soudain, et ouvrit de grands yeux de terreur. Il avait son nom, son adresse, il savait où elle habitait, il avait vu les cahiers sur lesquels était écrit « université de Chicago », elle ne pouvait pas lui échapper, il la retrouverait...

Sa mère était au bout du fil :

« Ils veulent que je signe une déposition, dit Chris d'une voix très faible entre deux sanglots.

— Ne le fais pas! Ne porte pas plainte! Chris, fait ce que j' te dis! »

Il connaît mon nom, il a mon adresse, il sait où j'étudie.

« Ils veulent que je le fasse, et je vais le faire », dit-elle, et elle raccrocha. Elle se rassit. Ils recommencèrent à l'inciter à cela, à la prier. Elle accepta. Elle signa. Ils se détendirent. Ils lui demandèrent où elle voulait qu'ils la conduisent; elle les regarda. Et recommença à pleurer. Ils s'impatientèrent. Elle n'arrivait pas à penser. Elle ne pouvait pas rentrer chez elle. Il a mon nom, il a mon adresse.

Derrière elle, des téléphones sonnaient, des policiers étaient assis à des bureaux, des policiers traversaient la pièce. Nom, adresse. Quel est votre nom? Je m'appelle Christine Truax et je suis étudiante. J'étais dans un restaurant avec des amis et mon prof, Evelyn : en rentrant chez moi, sur le coup de neuf heures et demie du soir...

« Emmenez-moi chez Evelyn. »

18

Quand Val arriva, elle prit un autobus à l'aéroport et trouva un métro qui la laissa à quelques mètres de l'appartement de Chris. Elle marcha de la station à l'immeuble en regardant autour d'elle. Etait-ce ici que cela avait eu lieu? Ou ici? La rue était jolie sous l'agréable soleil de mai. Il y avait des arbres, des femmes promenaient leurs nouveau-nés. Chris était assise dans le living-room. Une amie, Lisa, était avec elle. Elle courut vers sa mère et la serra fort dans ses bras, longuement.

« Eh bien, tu as l'air d'aller bien, dit Val en regardant son visage.

– Ça va, oui, lui répondit Chris dans un sourire. J'ai passé la nuit chez Evelyn, elle a été formidable. C'est mon prof, elle fait aussi de l'anglais, c'est elle qui donne les cours d'initiation. Tu ne peux pas savoir combien elle a été chouette, m'man! Elle m'a dit que j'étais la cinquième fille de sa connaissance qui ait été violée cette année. Cette année! Elle a veillé toute la nuit avec moi. J'étais hystérique, tu sais? Elle m'a donné du scotch, dit-elle dans un petit rire, et j' l'ai bu! » Chris se tourna vers Lisa. « Et Lisa aussi. Je l'ai appelée de chez Evelyn et elle est venue... Elles ont été toutes les deux fantastiques. Evelyn m'a fait couler un bain et m'a mis dans un truc extra, moussant, et puis quelle odeur extra! Après elle m'a fait asseoir et m'a coiffée, peignée, peignée longuement. On a parlé. Après... elle m'a fait un sandwich et m'a mise au lit. C'était comme si t'avais été là, dit-elle, et sa voix se brisa avant qu'elle ne s'agrippe de nouveau après sa mère.

– On est venu faire les bagages de Chris, disait Lisa.

– Oui. » Val s'assit et Chris courut à la cuisine chercher une tasse de café pour sa mère.

Lorsqu'elle me raconta cette histoire, Val s'arrêta ici :

« On aurait dit qu'elle savait, que nous savions toutes les deux; ce que nous allions faire, comment nous allions réagir... J'ai continué de faire des choses pour Chrissie et elle a continué d'en faire pour moi, mais... »

Val demanda à Chris de lui raconter l'histoire, et l'interrompit souvent, car elle insista pour connaître chaque détail et l'interrompit à chaque fois que ces détails manquaient de précision. Elle l'écouta très attentivement. Cela dura longtemps. Lisa partit bientôt : elle avait un rendez-vous. La nuit commençait à tomber et Chris, pour sa part devenait de plus en plus nerveuse...

« O.K. dit Val en se levant, fais un sac, ma chérie, et on va aller à l'hôtel. »

Chris fut ravie de la simplicité de cette solution. Tout allait bien à présent que m'man était là. M'man s'occuperait d'elle. Elle ferma l'appartement à clé et elles sortirent dans la rue en portant chacune une petite valise. Chris enlaça sa mère. Elles descendirent ainsi la rue. Au croisement d'une plus grande rue, Val héla un taxi, et elles se rendirent dans un petit hôtel qui n'accueillait que les femmes; elles dînèrent dans un petit restaurant des environs. Puis elles mirent leurs chemises de nuit, Val prit une bouteille de scotch dans sa valise, et elles s'assirent pour discuter. Tandis qu'elles s'habillaient et pendant le repas, elles avaient déjà tout organisé. Comme Chris était étudiante et rentrerait vite chez elle, on lui avait attribué une heure de passage matinale. Val mit tout en place d'un rapide et efficace coup de pinceau. Elles iraient le lendemain, de bonne heure, faire les bagages de Chris. Elles achèteraient des boîtes pour ce faire en s'y rendant. Il leur faudrait deux jours pour faire cela. Elles expédieraient ce qu'elles ne pourraient pas emmener elles-mêmes. Val appela des compagnies de fret pour savoir leurs prix. Chris passait devant la cour dans trois jours. Comme elles ne pouvaient pas savoir combien de temps cela leur prendrait, elles décidèrent de partir le jour suivant. Val appela la compagnie aérienne et fit les réservations. Elles s'arrêteraient à la banque de Chris, inviteraient Evelyn à dîner. Chris se sentait bien; elle ne cessait pas de caresser sa mère. C'était si bon d'avoir quelqu'un qui vous organisait tout. Chris commençait à se sentir en sécurité.

Val se versa un scotch en demandant à Chris si elle en voulait un, mais cette dernière éclata de rire :

« J'ai pas été violée aujourd'hui. »

Val s'assit sur le lit :

« Il y a un certain nombre de choses que je voudrais te demander. Est-ce qu'on t'a donné un sédatif à l'hôpital? Est-ce qu'ils ont fait quelque chose pour ton hystérie?

– Non.
– T'a-t-on fait un test syphilitique, un test gonorrhéique?
– Non.
– La police t'a-t-elle proposé de te protéger au cas où elle ne parviendrait pas à prendre le gars?
– Non. »
Val se rencogna. Chris était inquiète. Elle se pencha vers sa mère. Elles étaient toutes les deux allongées sur le lit et Chris se glissa au creux du bras de sa mère.
« Et alors, m'man?
– Bon, bon, dit Val, mais sa voix était dure. Ecoute, on fera faire les tests dès qu'on arrivera à Cambridge. Ça ira comme ça. » Elle caressa sa fille. « Chris, commença-t-elle sur un autre ton, as-tu essayé de résister? »
Les yeux de Chris ne firent qu'un tour :
« Non! Pourquoi, tu crois que j'aurais dû?
– Je sais pas... Que crois-tu qu'il se serait passé si tu lui avais donné une bourrade, que t'étais passée et que tu t'étais mise à hurler? »
Chris réfléchit :
« J' sais pas. » Elle réfléchit longuement. « J'avais trop les jetons », dit-elle et Val dit : « Bien sûr » avant de la caresser de nouveau. Mais, plus tard, Chris lui dit d'un air préoccupé :
« Tu sais, m'man, il y avait quelque chose que je sentais... Te rappelles-tu de la fois où je marchais dans Mass Avenue et que ce type, un type d'une quarantaine d'années, s'est arrêté et m'a appelée? Je suis allée vers lui, je suis descendue du trottoir. Il m'a demandé si j'avais déjà fait du covering, j'ai dit que non, mais ça m'a flattée, il m'a dit que si je montais dans sa voiture, il me donnerait sa carte et que je pourrais venir le trouver à son bureau, il avait une agence de mannequins; je l'ai fait, je suis montée dans la voiture bien que tu m'aies dit mille fois quand j'étais môme de ne jamais faire cela; j'étais complètement hypnotisée, comme si je faisais cela parce qu'il l'avait dit, comme si je n'avais eu aucune volonté au moment où il m'avait parlé. Rappelle-toi, on en a parlé? Et ça s'est bien passé, parce que j'ai bientôt réalisé et que je suis sortie de la

voiture avant qu'il ne soit allé trop loin... J' me souviens que t'as remercié le Ciel pour les embouteillages de Mass Av. Tu t' rappelles ? »

Val acquiesça de la tête :

« Tu avais dans les quatorze ans.

– Oui; eh bien, il y avait un peu de ça dans ce qui m'est arrivé hier... Un peu comme quand on est resté assises quand Tad était si dégueulasse. Ça aurait été un crime pour nous de le foutre dehors ou d'appeler les flics. J' veux dire, personne ne dit que c'est un crime, mais c'est *nous* qui le pensions. On se serait senties très mal à l'aise, comme si nous n'avions pas fait ce que nous pensions que nous aurions dû.

– Dans ce cas précis, je pense que nous avons eu raison.

– Ah ! bon. Toi tu t'es dit qu'il fallait que tu le supportes, mais pourquoi ai-je pensé cela, *moi* ? Le sais-tu ?

– Oui.

– Bah ! il y avait quelque chose de bizarre dans ce type, comme s'il avait eu le droit de se comporter comme il l'a fait. Comme si, une fois qu'il s'en était pris à moi, je ne *pouvais* rien faire. Tu sais, comme dans les films ou à la télé. Les femmes ne font jamais rien, jamais. Elles pleurent, elles se font toutes petites et attendent la venue de l'homme qui les aidera. Ou, si elles essaient de faire quelque chose, cela ne marche jamais, et le mec les chope, et tout va encore plus mal pour elles. Je ne te dis pas que je pensais à ça à c' moment-là... c'est simplement pour te décrire ce que je ressentais... Comme s'il n'y avait tout simplement rien eu à faire pour moi. J'étais complètement désarmée. Et annulée. Il avait le pouvoir de m'annuler. Oh ! et puis ce n'était pas tout; il m'a dit qu'il avait un couteau, et j'étais assez effrayée pour le croire sur parole. Je n'avais aucun courage, m'man. » Elle se redressa en disant ces mots, comme si elle venait de découvrir quelque chose d'important. « J'ai toujours été courageuse. Tu sais, j'ai toujours discuté avec les profs; mais cette nuit-là, je n'avais aucun courage, rien. »

Val l'enlaça avant de lui parler longuement, et Chris se réchauffa à l'amour de sa mère, qui lui parla de conditionnement, de courage et de bon sens. Elle dit à Chris qu'elle avait fait tout ce qu'il y avait de mieux à faire.

« Je pensais sans arrêt qu'il pouvait me donner un coup de couteau au visage, dit Chris. Le reste de mon corps ne me préoccupait pas. »

Elles passèrent la journée du lendemain à faire les bagages de Chris et à nettoyer l'appartement. Chris enlaçait toujours Valerie dans les rues, et, bien qu'il y eût deux lits dans la chambre, dormit avec elle. Val s'occupa de tout et, en réalité, fit le plus gros du travail. Mais Chris sentit qu'il y avait quelque chose qui n'allait pas chez sa mère. Elle sentit que Val était tendue, comme si quelque chose de terrible allait lui arriver. Val avait l'air et se comportait de façon assez calme. Mais Chris se démenait pour lui faire des tasses de café ou de thé, et pour lui apporter des petits morceaux de fromage et des amuse-gueule. Elle était attentive à la moindre expression de sa mère et s'approchait souvent d'elle pour l'enlacer. « Comme si elle me protégeait de quelque chose, me dit-elle. Comme si elle savait déjà qu'il lui faudrait le faire. »

Lorsqu'elles marchaient dans les rues, les yeux de Val couraient fébrilement dans toutes les directions. Parfois, des voitures s'arrêtaient carrément au milieu de la route et des hommes criaient à Chris : « Hey! chérie! » Chris était très jolie. Elle s'accrochait à sa mère et se cachait presque en elle en espérant qu'ils allaient s'en aller. Car, bien entendu, elle avait l'habitude de cela, cela lui arrivait régulièrement depuis qu'elle avait treize ans. Elle n'avait jamais su quoi faire : elle feignait de les ignorer et passait son chemin. Lorsqu'elle demanda à sa mère, Val lui répondit : « Dis-leur d'aller se faire enculer! » Ce qui choqua Chris. « Tu veux pas baiser, chérie? » lui disaient des hommes en la croisant; elle détournait les yeux. A présent, accrochée au bras de sa mère, elle voyait clair. Ce n'était que viol, viol, viol, et elle voyait que c'était cela aussi que voyait Val. Elle s'entraîna à répliquer. Va te faire foutre, se répétait-elle mentalement. Val, quant à elle, le dit pour de bon un soir qu'elles revenaient du restaurant. Elles marchaient bras dessus bras dessous, lorsqu'elles passèrent devant deux types d'aspect jeune.

« Hey! les filles, dit l'un d'entre eux.

– Vous voulez vous amuser? On peut vous donner un coup d' main!

– Allez vous faire enculer », dit la mère de Chris avant d'accélérer le pas.

Chris ne cessa pas de rigoler sur le chemin de l'hôtel, mais il y avait quelque chose d'hystérique dans son rire.

Le matin de l'audience arriva. Il leur fallut prendre le bus. Elles traversèrent des quartiers de Chicago que Chris ne connaissait pas. Elle regarda, mais regarda également le visage de Val. Quelque chose la préoccupait dans le visage de sa mère. Dehors, il y avait des immeubles en briques jaunes. Chacun présentait une cour cimentée entourée d'une haute grille. Ils devaient avoir été construits pour des Noirs car, dans les cours, il n'y avait que des Noirs, des dizaines et des dizaines, debout immobiles et qui regardaient dans la rue. Chris regarda le visage de Val avant de regarder de nouveau. Elle aussi ressentait cela. Une vague de haine s'élevait de tous ces visages et se déversait sur l'autobus, un rayon laser de haine qui balayait tout ce qu'il rencontrait, bus, rues, voitures, tout...

« Daley sait s'y prendre pour maintenir les Noirs dans la merde, murmura amèrement Val, oh! oui, il sait ce qu'il fait, il leur construit un tas de prisons en prétendant qu'ils sont libres de les quitter, et il les balance là-dedans et leur donne confort et assistance. Toute personne qui a lu le moindre conte de fées sait que, quand on enferme un dragon dans un cachot, il en sort pour ruiner le pays. Je crois que Daley n'a jamais lu de contes de fées. »

Chris frissonna :

« Est-ce que tu crois qu'ils nous haïssent?

– Je me demande bien pourquoi ils ne le feraient pas. Si j'étais eux... pas toi? »

Chris frissonna de nouveau et garda le silence.

« Qu'y a-t-il?

– Le garçon... celui qui m'a violée... Mick... c'était un Noir.

– Ah ! oui ? Et Bart, alors ? »

Chris se détendit :

« C'est vrai. »

Lorsque Val et Chris entrèrent dans le commissariat de police, tout le monde les regarda. Les yeux des hommes apprécièrent Val, mais s'attardèrent sur Chris. Val se raidit, et Chris s'accrocha plus fermement encore au bras de sa mère. Val avait les yeux fixes. Chris suivait son regard. Elle regardait les hanches de ces hommes. Leurs hanches et leurs derrières étaient larges et raides dans leurs pantalons sans forme de la police, et chacun portait un ceinturon pourvu d'un holster et d'un pistolet. Ils faisaient les paons et leurs pantalons s'avachissaient sous le poids de leurs armes. Comme une paire de couilles et une bitte. Ils ne se souciaient pas de leur aspect, étant donné que le poids et la taille de leurs armes étaient bien visibles. La bouche de Val remuait.

Elles se rendirent à la salle d'audiences. Mais, une fois à l'intérieur, Chris ne cessa pas de se râcler la gorge :

« Il est ici ! haleta-t-elle en regardant une nuque avant de tourner la tête. Non, le voilà ! »

Val lui dit bientôt :

« Je vais te laisser un petit moment; je vais passer devant. » Elle se leva et alla parler aux hommes qui se tenaient sur le devant de la pièce. Puis elle appela Chris et la conduisit dans une autre pièce. C'était une pièce de rangement longue et étroite avec des armoires de chaque côté et des bancs au milieu. Plusieurs grandes fenêtres s'ouvraient sur une rue agréable et plantée d'arbres. Elles entendirent des chiens aboyer, beaucoup de chiens, trop pour une banlieue. Elles restèrent immobiles à fumer. Au bout d'un quart d'heure, Chris se recroquevilla sur le banc et s'endormit. Des policiers venaient jeter un coup d'œil de temps en temps et les dévisageaient d'un air soupçonneux. Val imagina que les toilettes pour hommes devaient se trouver de l'autre côté du mur.

Au bout de trois heures, deux hommes en bourgeois entrèrent brusquement et s'approchèrent d'elles. Ils les regardèrent brièvement et l'un d'entre eux dit à Val en indiquant Chris du doigt.

« C'est elle ?

– Elle quoi ? » répliqua Val, mais ils l'ignorèrent. Chris se redressa. Elle faisait très jeune, plutôt quinze ans que dix-huit. Les deux hommes s'assirent. Tous deux portaient des écritoires et avaient un stylo à la main. Ils lui posèrent un tas de questions au hasard et attendirent à peine ses réponses. Val observa cela d'un air horrifié. Chris était immobile, bloquée. Elle répondit à leurs questions d'une voix faible et sans expression. Elle n'insista pas quand ils contestèrent certaines de ses déclarations. Ils attaquèrent, donnèrent des coups de patte et essayèrent de la faire revenir sur ses déclarations... Elle paraissait ne pas se rendre compte de la façon dont ils la traitaient. Elle battait des paupières et répondait, répondait à tout. Elle ne changea pas un mot à ses dires, mais ne se mit pas en colère, ne répliqua pas. Ils cherchaient à présent à l'intimider :

« Vous ne voulez quand même pas nous faire avaler ça... que vous êtes restée assise avec lui pendant une heure ! Il a dit que vous étiez amis; il avait votre adresse. Allez, ma petite, dites-nous la vérité. »

Val comprit qu'ils étaient en train de voir si Chris pourrait faire un témoin, mais elle vit également que leur comportement allait beaucoup plus loin qu'il n'était nécessaire en pareille circonstance. Ce garçon n'était qu'un garçon, pas le fils d'un milliardaire aidé par des avocats qui mettraient leur réputation, et leurs salaires en jeu dans cette affaire. Ils posaient une question à Chris, l'interrompaient au beau milieu de sa réponse puis, avant qu'elle ne pût prononcer deux ou trois mots en réponse à la question suivante, lui en hurlaient une troisième. Chris était calme, maladivement calme. Elle semblait ne pas les voir, même si elle les regardait. Elle commençait à répondre à une question; lorsqu'ils l'interrompaient, elle s'arrêtait poliment, écoutait, réfléchissait pendant un instant, puis répondait à la suivante, quand ils l'interrompaient de nouveau, elle arrêtait simplement de parler, et les regardait d'un air impassible, soumis et obéissant. Ils ne l'avaient jamais appelée par son nom. Ils n'avaient jamais laissé deviner qu'elle pût en posséder un. Lorsqu'elle arrêta de parler, ils recommencèrent à lui poser les mêmes questions. Elle les regarda comme un robot ayant épousé la forme d'une jolie fille et, de nouveau, se mit à leur répondre d'une voix calme, neutre, la même chose, sans sourciller.

Après quelque quinze minutes de cet ordre, l'un d'entre eux se tourna brusquement vers Val.

« Z'êtes la mère? »

Elle le foudroya du regard :

« Et vous, qui êtes-vous? »

Il garda le silence un instant en la regardant comme si elle avait été folle. Il lui cracha quelques mots et se tourna de nouveau vers Chris.

« Une minute, s'il vous plaît, dit-elle d'une voix impérieuse en tirant un petit carnet de son sac. Dites-moi vos nom et fonction. »

L'homme la regarda d'un air incrédule. Il dit son nom... Fetor; sa fonction... avocat général adjoint.

« Et brutal, je le note », dit Val.

Les deux hommes la fixèrent. Ils murmurèrent entre eux. Puis se levèrent. Chris s'allongea de nouveau sur le banc et s'endormit.

Val observa les deux hommes. L'avocat général était jeune, la trentaine, pensait-elle, et aurait été attirant si ses manières n'avaient pas été aussi grossières. Ils s'arrêtèrent près de la porte et parlèrent de nouveau. L'avocat général revint vers Val et la regarda avec des yeux pleins de mépris :

« Madame, savez-vous ce que dit le gamin? Il déclare qu'elle est sa petite amie, voyez-vous? Elle en voulait autant que lui; peut-être cela vous choque-t-il, lui dit-il avec un sourire moqueur, mais beaucoup de jolies petites princesses blanches ont envie de se taper un coup de viande noire... » Il ferma le dossier qu'il tenait à la main et quitta la pièce, suivi par l'homme qui l'accompagnait.

Val s'approcha de la fenêtre. Les chiens aboyaient, aboyaient. Le bruit semblait venir de l'immeuble dans lequel elles se trouvaient, de la cave sans doute. Il devait y avoir une fourrière dans l'immeuble. Elle resta immobile avec une cigarette. Elle pensa à l'avocat général. Elle se demanda si c'était le même homme dans l'intimité. Regardait-il sa femme et ses enfants comme s'ils étaient des criminels ? Menait-il des interrogatoires sur fond de poulet à la béchamel ? Val savait qu'elle perdait pied. Elle glissait, et n'avait aucun moyen de se retenir de le faire. Elle ne voulait pas le faire, car cela aurait signifié de dire un tas de mensonges, désavouer la vérité qu'elle voyait la regarder tout autour d'elle, partout.

Plusieurs heures passèrent. Val et Chris eurent faim; mais elles ne savaient pas si elles avaient le droit de s'en aller chercher un endroit où manger. La fumée de leurs cigarettes pesait lourdement sur leurs estomacs. Bientôt, un autre homme, également en bourgeois, pénétra dans la pièce. Il avait le même pas rapide que l'autre, le pas de qui sait qu'il dispose du pouvoir dans son petit monde. Il était brun et mince; il s'approcha de Val, qui était toujours debout près de la fenêtre. Il fut plus poli que l'autre.

« Etes-vous la mère de l'affaire de viol ?

– L'affaire de viol, comme vous dites, est ma fille, Christine Truax. Qui êtes-vous ? » Elle sortit de nouveau son petit carnet.

Il donna son nom, qu'elle nota : Karman, avocat général adjoint.

Il lui posa des questions – les mêmes que tout à l'heure – mais sur un ton plus poli.

Elle lui dit :

« Le rustre de tout à l'heure nous a déjà demandé cela. »

Le juriste leur expliqua qu'il devait le leur demander de nouveau.

« Mais pourquoi me le demandez-vous à moi, demandez-le à Chris. C'est à elle que c'est arrivé... »

Ils s'approchèrent d'elle. Elle semblait minuscule et fragile assise seule sur le banc, son petit corps recroquevillé, ses longs cheveux encadrant un visage à l'expression apeurée. Le juriste recommença donc, mais il fut plus poli que son confrère. Il n'appela pas Chris par son nom mais fut presque sympathique.

Au bout d'un certain temps, Val comprit : elle avait

offensé Fetor, qui s'était déchargé de l'affaire. Karman avait été prévenu contre elle. Elle éclata soudain de rire, et Karman lui jeta un coup d'œil : oui, elle avait offensé Fetor !

L'interrogatoire prit fin, l'avocat quitta la pièce en disant qu'il allait revenir. Puis un groupe d'hommes qui se disputaient entrèrent dans la pièce. La police. Un moment de la procédure avait été omis : Chris n'avait pas été confrontée avec le garçon. Le garçon n'avait pas été pris et mêlé à un groupe dans lequel Chris aurait dû le reconnaître... Le soleil de l'après-midi déclinait. Les chiens continuaient d'aboyer. Des policiers entrèrent dans la pièce et ordonnèrent à Chris de descendre. Val la suivit.

« Ici, dit un policier.

– Non ! » s'exclama Val. Ils se tournèrent tous vers elle. Ils avaient entendu parler d'elle, elle s'en rendait compte.

« Vous n'avez pas le droit de la confronter à ce garçon sans un écran... c'est la loi. »

Ils détournèrent les yeux sur elle et poussèrent légèrement Chris.

« Chris ! » cria Val, mais Chris se tourna vers elle avec un regard hostile et entra là où on le lui disait. Val se mit derrière elle, mais les policiers lui barrèrent le passage comme si elle avait eu l'intention d'entrer derrière sa fille. Val regarda à l'intérieur. Chris lui tournait le dos. Six jeunes garçons noirs se tenaient sur une file. Un policier leur aboya un ordre :

« Gauche, droite, de face ! »

Les garçons obéirent. Ils avaient l'air décontractés, mais leurs bras étaient contractés, et certains dos raides. Ils savaient déjà, se dit-elle. Elle se serait jetée sur le policier s'il lui avait parlé, à elle, sur ce ton-là. Mais elle était privilégiée, car blanche, et femme. Elle, ils la cogneraient ou lui tordraient le bras et la mettraient à l'asile. Les méthodes seraient différentes avec ces gamins. Les garçons se tournèrent. Les policiers – *tous* ceux qu'elle avait vu ce jour-là – étaient des Blancs. Les jeunes gens avaient des visages impassibles. Ils ne se souciaient même pas d'afficher leur haine.

Chris dit quelque chose à un policier, puis sortit et passa son bras sous celui de sa mère. Val comprit et Chris saisit qu'elle avait compris. Il faut que tu me laisses continuer, lui disait Chris. Il faut que j'en finisse avec cette affaire. Si je ne le fais pas, j'aurai peur de sortir dans la rue. Laisse-moi faire ce que je dois faire. Peu m'importe que cela soit légal ou non.

Elles retournèrent dans la pièce à rangement.

Au bout de quelque temps, Karman s'approcha d'elles et dit qu'il leur conseillait d'abandonner l'idée de porter plainte. Chris fut abasourdie. Ils discutèrent pendant plus d'une heure. Il semblait que le garçon prétendait qu'elle avait été d'accord. Karman dit cela comme si *cela* était établi, comme si cela avait été établi par la justice! Malheureusement, expliqua-t-il, Chris n'avait pas reçu de coup de couteau. Elle avait quelques mauvaises égratignures, croyait-il (il vérifia ses notes)... du moins le prétendait-elle. Le mieux que l'on pouvait faire, étant donné qu'elle n'avait pas reçu de coup de couteau, était de porter plainte pour coups et blessures, ce qui ferait six mois pour le garçon. Mais le garçon était très ferme dans sa déclaration qu'ils étaient amis et il doutait que la plainte pût aboutir à quoi que ce fût. Autant ne pas la porter, répéta-t-il à plusieurs reprises à Val sans regarder Chris. Chris avait toujours le même regard glacé. Le garçon allait comparaître sous deux autres chefs d'accusation de coups et blessures et un de viol – et cette fois il y avait eu de jolies petites blessures – de toute façon, il irait en prison.

Chris le regarda droit en face :

« Non », dit-elle.

Le juriste parla et parla encore. Chris ne cessa pas de dire non. Le juriste déclara qu'il refusait de se charger de cette affaire.

« Si vous ne le faites pas, tempêta Val, je prendrai un avocat et poursuivrai le gouvernement. A moins que la meilleure solution ne soit que j'achète une carabine et que je descende le type afin que ma fille puisse circuler tranquillement dans les rues. »

Il rit d'un air gêné. Il était sûr – joliment certain, oui – qu'elle ne descendrait jamais personne. Il fut agréable, conciliant, mais Chris continua de dire non. Il ne cessa pas de regarder Val, mais elle ne sourcilla pas. Elle ne devait pas dire un seul mot pour influencer Chris. Chris dit non.

« Bon, bon », finit-il pas soupirer. C'était ironique, se dit Val. Il répugnait à plaider la cause pour Chris : parce qu'il ne voulait pas qu'elle soit humiliée devant le tribunal. Il croyait complètement aux déclarations du garçon. Le garçon n'avait discuté aucun des détails. Il ne niait pas avoir bondi d'entre deux voitures, ni l'avoir jetée au sol. Personne ne demanda à voir les égratignures de Chris, mais elle en avait beaucoup, une profonde sur l'épaule, où plusieurs couches de peau avaient été arrachées. Et une dans le dos, pas large, mais profonde et à vif. Personne ne s'intéressa à cela. Et Val se dit que seul un homme pouvait croire qu'une femme « approchée » de cette façon-là pouvait apprécier, se trouver d'accord avec qui la violait. Elle avait déjà lu des choses de ce genre – dans des romans écrits par des hommes. Soumission. Oui, qu'ils doivent obtenir. Rois, empereurs, maîtres d'esclaves obtenaient cela. Et complaisance. N'est-ce pas à cela que servent esclaves et femmes ?

Son esprit battait la campagne. Chris la conduisit dans la salle d'audiences. Chris la fit asseoir et l'enlaça. Elle maugréait. Dans la salle d'audiences, elle ne pouvait pas fumer, et le fait de fumer avait constitué tout ce qui l'avait aidée à tenir le coup. Elle continua de maugréer. Tout autour d'elles, il n'y avait que des hommes : flics, juristes, criminels, victimes. Ils regardèrent les débats, et Val se mit à maugréer plus fort encore. Des têtes commencèrent à se tourner dans sa direction. Il y avait une différence frappante dans la manière dont juges et juristes en général traitaient les Blancs et les Noirs : c'était si manifeste que Val s'étonnait que la chose n'éclatât pas d'elle-même au beau milieu de la salle en les écrasant tous.

« Sales pourris de sexistes! » dit-elle. Puis : « Racistes! » Chris lui avait passé un bras autour de la taille, et la caressait doucement.

« Du calme, du calme, m'man, lui murmura-t-elle.

– Tuer, tuer, tuer ! C'est tout ce que vous savez faire ! Ils sont trop nombreux, confia-t-elle à Chris. Pas moyen de les prendre un par un. Il faut des armes. Tue, tue ! »

Chris l'embrassa et posa sa joue contre celle de sa mère.

« Il va falloir leur jeter des bombes. C'est la seule chose à faire, dit Val. Il faut les dégommer tous, d'un coup ! »

Ce fut bientôt le tour de leur affaire. On envoya chercher le garçon. Le juriste s'approcha d'elle une dernière fois. Il avait un visage agréable, il était préoccupé. Mais ce n'en était pas moins un salaud de sexiste. Val garda ses mains devant sa bouche quand elle lui parla, afin de ne point le lui hurler. Chris serrait fortement le coude de sa mère. Elle suppliait sa mère de ne pas le faire. Val entendit alors ce que le juriste était en train de dire : il était en train de les avertir de l'humiliation que Chris allait se voir infliger. Il essayait de l'adoucir, mais disait en même temps qu'elles seules en portaient la responsabilité.

« Vous êtes certaine de vouloir continuer ? demanda-t-il à Val. Vous pouvez toujours renoncer. »

Val enleva la main de devant sa bouche. Cette dernière était déformée par la haine.

« Un petit coup de chair noire, c'est bien comme ça que vous avez dit tout à l'heure, non ? »

Le juriste parut choqué. Il lui jeta un regard plein de dégoût.

« Bah ! si elle avait voulu prendre un petit coup de noir, elle aurait pu le faire entre de beaux draps et dans son appartement; pas la peine de se faire griffer dans la rue. Si vous croyez que nous nous soucions de sa virginité ou de sa chasteté, vous vous trompez... Nous luttons pour sa sécurité, pour son droit d'exister dans ce monde ! Un monde plein de *vous* – les hommes ! » Elle s'arrêta. Le visage de l'homme était incrédule et horrifié à la fois. Il avait le front plissé. Il se disait qu'elle était folle, peut-être dégoûtante, certainement, lamentable, à coup sûr. Mais c'était un pro. Il retourna vers la barre et farfouilla dans ses papiers. Le défenseur

public[1], un Irlandais au gros visage rouge demanda :
« Ensuite ? et Karman murmura quelque chose.
– Oh ! Mick », dit-il en éclatant de rire. Tout se trouvait déjà dans ce petit rire : la petite lueur vicieuse dans l'œil, la connaissance de cause, le plaisir. « Nous savons tous c' que c'est qu'un con, quoi qu'en disent nos p'tites vierges effarouchées. Allons, vous n'allez pas plaider ce truc-là ? – il sourit à Karman – C'est de la blague. C'te pépée n'a pas d' culott'. »

On fit entrer le garçon. Il était jeune. Il ne paraissait pas plus de dix-huit ans, mais en avait en réalité vingt et un. Il avait un joli petit visage poupin. Il était plus grand que Chris, et plus musclé, mais c'était loin d'être un géant. Il lança un coup d'œil rapide à Chris, mais elle ne le regarda pas. Elle avait l'air minuscule et frêle.

Le juge demanda à Chris ce qui s'était passé; elle le dit en peu de mots. Le juriste irlandais se tenait derrière son client et la salle le voyait de profil. Il riait de toutes ses dents.

Le juge se tourna vers le garçon. Le défenseur public tenait son dossier à la main et s'apprêtait à l'ouvrir pour contester le chef d'accusation. Tout était prêt.

« Et que plaidez-vous ? demanda le juge au garçon.
– Coupable. »

Ce fut tout. Les deux juristes furent surpris mais n'en refermèrent pas moins leurs dossiers calmement. Seule Chris ne bougea pas. Elle attendit que le juge ait condamné le garçon à six mois pour coups et blessures, puis dit d'une petite voix éteinte qu'elle en avait attendu davantage de la justice américaine, qu'elle l'avait étudiée pendant des années car elle entendait en faire son travail, et que ce à quoi elle avait assisté aujourd'hui lui en avait ôté tout désir. Elle était petite et paraissait très jeune, et sa voix était aiguë et mal assurée; ils la laissèrent achever, puis le juge donna un grand coup de son marteau pour l'affaire suivante, et plus personne ne se soucia d'elle. Qu'était-elle, après tout ?

Chris revint vers sa mère en tremblant. C'était fini. La justice était rendue. Un jeune Noir qui avait cru à

1. Equivalent d'avocat commis d'office. *(N.d.T.)*

tout ce que sa culture lui avait enseigné et avait agi d'après elle, allait passer six mois en prison. Bien sûr, il y avait d'autres charges contre lui. Peut-être passerait-il toute sa vie en prison. Et il deviendrait sans cesse plus amer et plus haineux. Elle lui avait dit qu'elle était son amie et il l'avait crue. Comme tous les autres hommes, il avait été trahi par une femme. Il ne se souviendrait pas du reste, d'avoir bondi sur elle, de lui avoir mis la main sur la gorge. Il ne se souviendrait uniquement qu'elle l'avait abusé et qu'il l'avait crue. Un jour, peut-être, à cause de Chris, il tuerait une femme.

Val resta immobile à se dire qu'en bas, tout à l'heure, elle s'était sentie gênée pour les Noirs mis sur une file, et que cette sympathie lui avait passé, définitivement. Peu importait qu'ils fussent noirs, blancs, ou jaunes, ou le reste... C'était les hommes contre les femmes, la guerre à mort. Ces Blancs préféraient faire de Chris une victime que ne pas croire un mâle qui était membre d'une race qu'ils détestaient. Mais alors que pensaient-ils donc des femmes? De l'une de leurs femmes? Que voyaient-ils lorsqu'ils regardaient leurs filles?

Elle se leva. Elle avait l'impression que ses os n'étaient plus irrigués. Chris la fit sortir de la pièce comme si elle avait été infirme; et parvint à regagner l'hôtel. Chris paya la note et fit appeler un taxi. Mais tout faisait problème : l'homme de la réception discuta à propos de quelque chose; le chauffeur de taxi protesta contre l'importance de leurs bagages; le steward de l'avion hurla à Val que si sa fille ne gardait pas ses chaussures aux pieds, il les flanquerait dehors! Et partout où elles tournaient les yeux, elles ne voyaient que des hommes, policiers avec leurs gros engins à tirer des balles réelles, et les autres, les hommes prévenants qui ne disaient jamais « merde » devant les dames. Ces gens-là avaient, se dit Val en frissonnant, oui, ils avaient des filles. Ils avaient également de petits garçons. Mais que leur enseignaient-ils?

Chris s'occupa de Val jusqu'à la maison. A leur arrivée, Chris s'écroula. Elle se roula en boule dans un coin du canapé et ne dit plus mot. Elle ne pouvait supporter que la présence de sa mère. Elle dormit dans le lit de sa mère, ce qui ne l'empêcha pas d'avoir beaucoup de mal à dormir. Etant donné qu'elle dormait très mal, elle était fatiguée toute la journée et faisait de fréquents petits sommes. Elle essaya de lire, mais ne parvint pas à se concentrer. Elle passait ses journées devant un miroir et se coupait des mèches de cheveux. Si quelqu'un venait chez elle – des gens qu'elle avait pourtant aimés naguère, Iso, Kyla, Clarissa ou Mira – elle restait immobile d'un air absent, parlant très peu à l'hôte, rembarrant sa mère, ou même elle se repliait sur sa chambre et fermait la porte.

Val lui fit passer des tests antivénériens et une visite médicale complète. Tout allait bien. Chris suivait sa mère partout, car elle ne voulait pas sortir, ni rester toute seule. Mais même Val sortit peu : marché, blanchisserie. Elle cessa d'aller aux réunions de diverses organisations qu'elle fréquentait, sans leur donner d'explications. Les gens ne cessèrent pas de se présenter à sa porte. Val leur tendait les documents militants qui lui restait comme s'il s'était agi de saloperies. Lorsque Val essayait de lire, elle parcourait quelques lignes, puis jetait, pour de bon, son livre contre un mur. Elles ne pouvaient même pas écouter de la musique. Chris grogna contre le rock et Val grogna contre Beethoven. « Musique de pères tout-puissants ! » murmura-t-elle. Le monde entier leur semblait pollué; lorsque Tad sonna, un jour, aucune des deux ne voulut le regarder.

La seule personne que Chris voulût bien voir était Bart, et, lorsqu'il vint, elle et Val lui offrirent du thé et Chris lui raconta son histoire. Ses yeux (de Bart) se remplirent de larmes, il fixa la table d'un air sombre, mais, lorsqu'elle eut terminé, il leur expliqua sur un ton lugubre ce que les Noirs pensaient des femmes blanches, comment les femmes blanches ne constituaient que les véhicules de leur revanche sur les hommes blancs.

Chris et Val le regardèrent. Il ne s'attarda pas.

Val comprit qu'il lui fallait faire quelque chose, mais elle n'en avait pas le cœur. Elle se dit qu'elle n'avait plus d'amies; elles semblaient ne pas comprendre la vraie signification de ce qui était arrivé à sa fille. Elles essayaient d'être gentilles, de parler d'autre chose que du viol, comme si cela n'avait pas été plus que d'avoir été cambriolé d'une chaîne stéréophonique. Elle ne leur en voulait pas; elle ne voulait tout simplement pas les voir.

Elle écrivit à des amis qu'elle avait à Somerville et qui vivaient en faisant eux-mêmes leurs aliments. Leur réponse fut positive. Chris était la bienvenue et le calme de la nature lui ferait sans aucun doute beaucoup de bien. De plus, il y avait, dans la communauté, une autre femme qui avait été violée; elle comprendrait.

Val dissimula la lettre. Cet après-midi-là, tandis que Chris faisait la sieste, elle sortit faire un petit tour. Lorsqu'elle rentra, Chris était pâle, paniquée.

« Où étais-tu ?

– J'ai besoin d'être seule de temps en temps, Chris », fut tout ce qu'elle répondit. Elle insista pour que Chris dormît dans son propre lit cette nuit-là. Elle l'entendit toute la nuit, mais tint bon, cette nuit-là comme les suivantes. Chris cessa de faire les cent pas, mais il était évident, à voir son visage, qu'elle ne dormait pas. Au bout d'une semaine, Val sortit un soir. Elle déclara à Chris, incrédule, qu'elle ne pouvait pas l'accompagner. Chris en eut le souffle coupé, fut terrorisée et, lorsque sa mère rentra – après minuit – elle lui jeta des regards mauvais.

Val finit par suggérer à Chris qu'elle quitte la ville pour quelque temps. Il y avait ce truc-là, dans le Berkshire. Chris regarda sa mère, bouche agitée, yeux cernés, avec un visage qui disait qu'il ne ferait plus jamais confiance.

« Je parie que tu veux que j'y aille.

– Oui, tu ne peux pas passer ta vie collée après moi.

– Je suis sûre que je t'entrave dans tes mouvements. J' suis certaine que tu meures d'envie de t'envoyer en l'air avec quelqu'un et que je te mets des bâtons dans les roues.

– Non », dit Val à mi-voix en baissant les yeux. La haine de Chris était la chose la plus dure qu'elle eût jamais éprouvée.

« Si tu veux t' débarrasser de moi, je vais aller vivre avec Bart.

– Bart travaille. Tu ne pourrais pas aller travailler avec lui tous les jours. Il faudra que tu restes seule. Et le quartier est dangereux.

– STOP, STOP, STOP! hurla Chris en sautant sur ses pieds. Pourquoi me fais-tu ça! J'en peux plus, j'en peux plus! » Elle courut à sa chambre et claqua sa porte. Val but et se traînailla au lit.

Le lendemain matin, Chris lui jeta un regard glacé par-dessus sa tasse de café au lait :

« D'accord, j'y vais. »

Val soupira, rayonna de joie, sourit de toutes ses dents et tendit la main à Chris. Mais Chris la repoussa. Elle dévisagea froidement sa mère.

« J'ai dit que j'irai. Mais je ne te pardonnerai jamais d'avoir voulu te débarrasser de moi au moment où j'avais le plus besoin de toi. J'irai... Mais ne t'imagine pas me revoir, ni avoir de mes nouvelles... jamais. »

Quelques jours plus tard, Val conduisit Chris à la ferme. Elle marchait comme une prisonnière conduite en cellule et n'embrassa ni ne salua sa mère lorsque Val partit.

19

Stella Dallas avait-elle dit. Oui, mais pas tout à fait. Sa fille ne se trouvait pas dans une baraque formidable dont se serait échappée de la musique; elle ne se mariait pas avec un fils de famille. Et Val n'était pas dehors, sous la pluie. Et ne pleurait pas.

Si seulement elle avait été Stella Dallas. Si seulement elle avait pu pleurer. Je pense que cela aurait rendu les choses supportables et qu'elle en aurait passé le cap. Je pense, oui. Mais c'est une pensée de l'escalier.

La vérité est qu'elle essaya d'oublier Chris. Elle s'endurcit contre la douleur et décida qu'elles ne seraient pas ensemble pendant quelque temps, mais qu'elles se reverraient dans quelques années. Elle se dit que la trahison était inévitable dans des relations aussi intenses que les leurs avaient été. Chris dépendait trop d'elle. Il est essentiel au développement des enfants que leurs parents les déçoivent, par mésentente ou malice. Et étant donné que Chris était forte et intelligente, sa trahison reposait plutôt sur la malice. Bien sûr, elle aurait pu laisser Chris ramper derrière elle, accrochée à ses basques. Mais elle s'y refusa. L'avenir serait ce qu'il serait. Elle ne pouvait rien faire pour Chrissie, sauf mourir, dit-elle à Mira, et je n'ai pas l'intention de le fair'.

Elle écrivit à Chris de temps en temps, mais n'obtint aucune réponse. Et Val ne lui écrivit pas de vraies lettres, car elle était *hors* d'elle-même. Nul ne le savait — sauf elle-même.

C'est bien la morale, mais c'est limité. La morale sert aux gens qui vivent ensemble. Elle suppose la convivialité. Elle ne peut rien pour qui a franchi les limites, la mesure. Exemple, un an plus tard, un avion s'est écrasé dans la cordillère des Andes, et les survivants durent en venir à manger de la chair humaine. Cela posa ce que l'on appelle un problème de morale. En fait, non, car qui pourrait y répondre, lui donner une solution ? Vous pouvez en parler jusqu'à votre mort, mais vous ne parviendrez jamais à dire s'ils ont eu raison ou non ? Vous êtes juive et votre mari et vos gosses sont morts dans un camp de concentration nazi (vous, vous en êtes tirée parce que votre corps a plu à quelques-uns d'entre eux) et vous marchez dans une rue d'Argentine; soudain vous rencontrez l'homme qui était commandant du camp de concentration où vous étiez; vous avez un revolver dans votre poche, un revolver qui ne vous quitte pas, le doigt toujours près de la détente. Et vous apercevez cet homme... A quoi bon continuer ? Certaines choses ne peuvent pas être rangées selon les catégories chères à Kant, on ne peut que les vivre, si on le veut bien, ou, peut-être, si on le doit. Les gens qui sont dans ce cas ne se soucient pas des conséquences de leurs actes.

Je me demande si cela est vrai. C'est si bon d'être assise là au soleil, de boire du thé glacé et de déambuler sur la plage; et d'écrire à propos de gens qui se moquent des conséquences de leurs actes. Sont-ils bien ainsi ? Est-ce que le militant le plus engagé, quand il agit, ne pense pas, l'espace d'un soupir, à la possibilité de déposer les armes, de rentrer chez lui, au coin du feu, de parler du bon vieux temps en versant quelques larmes au-dessus d'une tasse de thé glacé ?...

Mm, quelle importance ? Tout ce que j'écris est mensonge, j'essaie de dire la vérité... mais comment dire la vérité ? Il y a longtemps que je pense que les circonstances extraordinaires placent qui les vit hors de l'humanité, hors des préoccupations communes, et que les autres n'ont pas le droit de juger ceux qui se trouvent dans de telles circonstances. Mais alors même que j'écris cela, quelque chose s'agite dans mon dos, rampe vers le haut jusqu'à mon cerveau et me suggère que toutes les vies sont ainsi, toutes.

Mais s'il en est bien ainsi, comment peut-on raconter ne serait-ce que la plus simple des histoires ? J'arrête. Je n'arrive plus à penser. Tout ce que je peux faire, c'est de parler, parler, parler. Eh bien, je vais faire ce que je peux. Je vais parler, parler, parler. Je vais vous raconter le reste de ce que je sais, prenez-le pour la sorte de fin que cela constituera ! Car ce n'est pas fini. Cela ne finira jamais. Mais, moi, je le suis, finie... C'est la seule raison qui détermine l'existence d'une fin à ce livre.

Val se comporta d'une façon si distante et calme après son retour de Chicago, que les femmes, que cette attitude dérangeait dans leurs vies même, ne s'arrêtèrent pas souvent chez elle. Chris était lymphatique et impossible, et cela les blessait. Elles ne savaient pas tout de l'histoire du viol, mais, étant donné que le sexe n'avait jamais été un tabou sous le toit de Val, elles se dirent que le « choc » de Chris venait de là et qu'il serait bien vite du passé. Val, pour sa part, n'en appela jamais aucune au téléphone, et elles se dirent qu'elle était brouillée avec elles.

Mira, qui était sans doute la plus proche d'elle, se sentait coupable, et ne cessait pas de projeter d'aller la voir. Mais quelque chose en elle prenait peur quand elle voyait Val. Elle ressentait la même chose que lorsqu'elle avait connu Val – que Val pouvait lui apprendre des choses qu'elle ne connaissait pas, mais qu'elle n'était pas certaine de vouloir connaître, elle ressentait cela encore plus intensément aujourd'hui. Elle avait comme l'impression que Val avait une maladie contagieuse. Mais, un jour, elle passa outre ses réticentes; elle l'appela, et Val lui dit, assez peu emballée, qu'elle l'attendrait.

Val portait un jean et un chemisier; elle avait maigri. Son visage avait perdu sa plénitude, il était plus dur, plus ferme, plus vieux. Ses cheveux étaient tout mêlés de sel. Les changements étaient minces, mais on ne la reconnaissait pas.

Elles parlèrent de tout et de rien. Kyla et Harley étaient partis pour Aspen; Clarissa et Duke avaient des problèmes. Iso était plongée dans les recherches pour sa thèse; les garçons étaient avec Norm et iraient dans le Maine avec Ben et Mira en août.

« Comment va Chris? »

Val lui répondit d'une petite voix froide :

« Elle est dans le Berkshire, dans une ferme. On dirait que ça va mieux.

– Elle a vraiment été secouée », dit Mira d'un air mi-interrogateur, mais elle nota ce que sa propre voix avait de compassé. Chris avait été horriblement secouée, voilà ce qu'elle avait eu l'intention de dire.

Val comprit cela. Elle secoua à peine la tête en signe d'acquiescement.

« Je suis désolée, Val, je ne comprends pas, j'en ai peur... Je n'ai jamais été violée.

– Non, mais presque, si je me souviens bien. »

Mira écarquilla les yeux.

« La nuit au Kelley's? Mon Dieu! » Elle frissonna. « J'avais oublié, je voulais oublier. Pourquoi?

– Par santé, je pense. La plupart des femmes ne tiennent pas à en savoir trop long sur ce qu'est le viol. Ça concerne les hommes! Les femmes essaient d'ignorer ça, essaient d'affirmer que les victimes l'ont cherché. Elles ne veulent pas regarder la vérité en face. »

Mira sentit qu'elle commençait à trembler à l'intérieur. Mais elle était allée trop loin.

« La vérité ?... » dit-elle d'une voix tremblante.

Val se rencogna dans sa chaise et alluma une cigarette. Elle avait la même autorité que jadis, et même plus car elle n'avait plus son élégance de mouvements d'antan. Elle était plus concentrée et plus étroite, comme un rayon de lumière qui, ayant déterminé son objectif, se fixe sur lui. Elle raconta l'histoire du viol à Mira, de A jusqu'à Z. Lorsqu'elle acheva, Mira avait les mains crispées sur les bras de son fauteuil. Val se rencogna, et sa voix se libéra un peu.

« A l'automne dernier... à un meeting de Concorde ou de Lexington, je ne me souviens plus... l'un des participants m'a demandé un passage jusqu'à Cambridge; il était jeune, un peu guindé et pompeux, un curé, quoi. Il avait envie de parler. Il a parlé pendant tout le trajet.

« Un gentil petit mec, le genre de personne qui fait toujours gaffe à ce que pense autrui ou qui en donne l'impression, le genre de personne qui ne peut pas dire « merde » comme ça et absolument pas « enculé ». Inutile de te dire que ma façon de parler l'a choqué. »

Mira rit un petit peu, mais Val ne sourit même pas.

« Ce dont il avait envie de parler, c'était le rêve qu'il n'avait pas cessé de faire depuis des mois. Il était, déclara-t-il, heureusement marié — il avait dans les vingt-cinq ans, je pense — et ils avaient un petit garçon. Il avait des problèmes avec le gosse et se disputait avec sa femme. Elle trouvait qu'il était trop autoritaire et perfectionniste à l'égard de l'enfant. Mais son rêve n'avait pas trait à cela. Il concernait une fille qu'il avait connue en fac, des années plus tôt. Il rêvait sans cesse d'elle, mais ne se souvenait jamais du contenu de son rêve. Qu'est-ce que ça voulait dire ?

« Je lui ai demandé ce qu'il avait éprouvé pour c'te fil'. Il l'avait aimée, adorée, mais ça n'avait été qu'un flirt, elle allait d'homme en hom' et ne lui rev'nait que lorsqu'elle avait b'soin d' lui. Il la recevait toujours à bras ouverts; je lui ai demandé s'il se l'était faite. Il répondit que non, non, il ne l'avait jamais fait. Il n'avait — là, Val rit à belles dents — jamais eu de relations sexuelles avec elle et, pensait-il, personne non plus. Ils se seraient sentis trop coupables. C'était dans une petite université religieuse de campagne.

« Je lui ai demandé ce qu'il éprouvait pour elle à présent. Il la trouvait parfaitement désirable, mais le souvenir qu'il avait d'elle était marqué de colère. Il l'avait aimée, il l'avait désirée, et il n'avait rien fait. Il lui en voulait, mais s'en voulait encore davantage à lui-même. – Mais qu'aurais-tu pu faire ? – J'aurais pu la violer.

« Ça ne m'a même pas surprise. Ce type était incroyablement guindé et chiant, impossiblement courtois, chrétien, tout ce que tu veux... Mais dans son cœur, c'était un violeur.

– Je sais cela, je l'ai toujours su, dit Mira.

– Cette histoir', et Dieu sait combien d'autres, combien d'autres événements, de lois, de traditions, de coutumes, tout s'est glacé pour moi quand j'ai marché dans les rues de Chicago avec Chris et quand j'ai vu la façon dont les hommes la regardaient. C'est maintenant une vérité absolue. Quoi qu'ils fassent dans la vie, quelles que soient leurs relations avec les autres hommes, dans leurs relations avec les femmes, tous les hommes sont des violeurs. Ils nous violent avec leurs yeux, leurs lois, leurs codes. »

Mira posa sa tête sur sa main.

« J'ai deux fils, dit-elle à voix basse.

– Oui. C'est une des façons qu'ils ont de perpétrer leur pouvoir. Nous aimons nos fils. Dieu merci, je n'en ai pas. Cela me reporterait en arrière », dit-elle.

Mira se redressa :

« Te reporterait en arrière ?

– Tout m'est remonté à la mémoire en même temps : ce type – le ministre – la façon dont Tad a traité Chris, le mec qui l'a violée, les juristes qui ont violé son âme, la justice et la façon dont elle l'a jugée, les flics et leurs flingues pendants et la façon dont ils la regardaient, et les hommes des rues, l'un après l'autre la regardant et faisant des remarques. Je ne pouvais absolument pas la protéger contre cela, et ce qu'elle éprouve à présent, je n'ai aucun moyen de l'aider à le porter.

« Mon esprit battait la campagne. Je ne parvenais pas à me contrôler. J'ai pensé au mariage et à ses lois, à la peur de sortir la nuit, à la peur de voyager, à la conspiration des hommes pour traiter les femmes comme des êtres inconséquents... Il y a plusieurs façons de violer quelqu'un. Les femmes sont invisibles, triviales, ou des diables, des castratrices; elles sont servantes ou cons, et parfois les deux à la fois. Et les homosexuels peuvent être aussi mauvais que les hommes dits normaux – certains homosexuels haïssent plus les femmes que les autres. Toutes ces années, tous ces siècles, ces millénaires, et cette haine – voir les bouquins – et derrière cela, la même violence, le même acte : le viol.

« Je me suis dit : Nom de Dieu ! J'ai travaillé pendant des années dans le Mouvement pour les droits civils, dans le Mouvement pour la paix, pour la libération des prisonniers politiques. J'ai bossé avec des comités à Somerville, avec ceux de Cambridge. Pendant tout ce temps, j'ai pensé... gens, ou enfants. Mais la moitié des gens que j'ai essayé d'aider étaient des mâles qui auraient aussi bien pu violer ma fille que nous regarder. Dire que j'ai passé ma vie à les aider ! Une bande de violeurs ! Car il n'y a plus moyen d'en revenir une fois que l'on a compris cela. Tous les hommes sont des ennemis. »

Ses yeux étaient pleins de fureur, sa voix, passionnée, mais elle la contrôlait.

Mira n'arrivait pas à respirer. Non, non, puisse-t-il n'en être pas ainsi, ne cessait-elle de se répéter.

« On veut que tu jouisses de ton annulement ! Que peut faire une femme si elle est violée ? « Reste allongée et prends ton pied ! » Que doit faire un pacifiste si sa femme est violée ? « Joins-toi à eux. » Impossible à un mari de violer sa femme. Le mot n'a pas de statut légal dans ce contexte-là, parce que, là, le viol est tout bonnement un droit.

« Je te le dis, Val baissa la voix, mais elle enrageait, j'en ai marre. Merde, moi qui prenais des auto-stoppeurs, c'est fini. Qu'ils se servent de leurs jambes, qu'ils livrent leur bataille à la con, pas un homme, jamais, non pas un seul ne recevra plus jamais la moindre aide de ma part. Je ne traiterais plus jamais un homme comme autre chose qu'un ennemi. Je te parie tout ce que tu veux que Fetor, s'il avait une fille et qu'il lui arrive la même chose qu'à Chris, la traiterait comme il a traité ma fille. Je suis désolée – Val regarda brièvement Mira dans les yeux – je sais que tu as des fils. C'est bien, ça te fera rester vivante au monde, cela te fera demeurer... saine », dit-elle sur un ton sarcastique.

Le visage de Mira était marbré de tristesse. Val, quant à elle, était parfaitement nette, comme un vieux soldat donnant la leçon de vie à une jeune recrue.

« Mais pour ma part, je suis contente de ne pas en avoir – cela ferait des interférences dans la conception que je viens de t'exprimer, il faudrait que je pense à eux et cela me ferait descendre, en rabattre question vérité. Un fils ferait que je ne verrais plus ceci, que je ne le sentirais pas, que je l'enfouirais dans mes fins fonds intimes, comme je l'ai fait pendant des années, ce qui m'a lentement empoisonnée.

– Mais comment pourras-tu vivre sans hommes? J' veux dire, tu sais, les hommes sont les patrons si tu veux trouver du travail, ils ont la haute main sur les bourses, c'est un homme qui corrige les thèses...

– J'ai plaqué ce monde-là. J'appartiens désormais à tous les groupements de femmes. Je fais mes courses dans un marché féministe, vais à la banque dans une banque de femmes. J'ai rejoint un groupe de femmes militantes, et je ne travaillerai plus que là. Merde à la dissert, aux diplômes et à Harvard! Tout ça, c'est le monde des mâles. Impossible de me compromettre avec. Cela te bouffe vivante, cela te viole corps et âme...

– Mais, Val, comment vivras-tu? »

Elle haussa les épaules.

« De toute façon, je veux vivre; il y a un tas de filles dans une vieille baraque de North Cambridge. Je vais les rejoindre. Le plaisir ne m'intéresse plus dans la vie. C'est un luxe que je ne peux pas me permettre. Pendant près de quarante années, j'ai été membre d'une classe opprimée pactisant avec l'ennemi, défendant même sa cause. Il y a des pays où cela s'appelle l'esclavage. Tout ça c'est fini pour moi. J'ai envie de bosser avec ces

filles, celles qui donnent leur vie pour notre cause.
– Qui donnent leurs vies !
– OUI...
– Sacrifice.
– Non, ce n'est pas un sacrifice; c'est une réalisation. Le sacrifice, c'est de donner quelque chose que tu apprécies pour quelque chose que tu apprécies davantage. Ce n'est pas mon cas. J'ai aimé cela – plaisir, joie, rire – mais quoi que je fasse, où que j'aille, c'est fini pour moi. Il n'y a pas de retour possible, tu ne comprends donc pas ? »

Elle regarda Mira avec gravité :

« Tu as l'air submergée par l'angoisse. »

Mira dit d'une voix triste :

« Mais tu étais si formidable.
– Une grande compromise, oui. Ce que tu considères comme ma déformation, je le tiens, moi, pour une purification. La haine permet de se définir. Tu perds quelque chose, mais tu développes complètement quelque chose d'autre. Un peu comme les aveugles qui entendent à merveille. La haine m'a enfin rendue capable d'agir comme j'aurais toujours dû le faire. Mon foutu amour de l'humanité m'a empêché d'être amie de la féminité. »

Mira soupira. Elle avait envie de crier, de faire redevenir ce qu'elle avait été à Val, comme l'on rembobine un film. Elle ne se faisait pas à ce à quoi elle assistait, à ce qu'elle entendait : elle était dépassée. Elle se pencha vers Val.

« Buvons donc un verre de vin. En souvenir du bon vieux temps. »

Val sourit véritablement pour la première fois. Elle alla chercher la bouteille et remplit deux verres.

« J'ai l'impression que ta nouvelle vie va complètement t'écarter de nous, de moi, dit-elle d'un air sombre.
– Bah ! soupira Val, c'est pas qu' j'ai cessé de t'aimer. Mais ce serait difficile. Tu ne voudrais pas beaucoup m'écouter, je pense. Et nous ne verrions rien de la même façon. Tu as deux mômes, Ben... il faut que tu te compromettes. Je suis sérieuse, je ne moralise pas, je te semblerais fanatique, et toi, tu me semblerais lâche. Je

fais partie des fous à présent, fit-elle en éclatant de rire, les quelques fous, folles, qui se donnent l'énergie de dépasser la norme. Et ça me va. »

C'était un adieu, se dit Mira. Des larmes coulèrent sur son visage tout le long du chemin jusqu'à chez elle.

20

Cet été eut tout l'air de constituer une période de renonciation pour beaucoup d'entre nous. Jouions-nous toutes les Stella Dallas ?

Kyla avait été convaincue par les arguments de Harley de donner une nouvelle chance à leur mariage. Elle lui revint, et promit de ne plus voir Iso. Il était vraiment en colère après Iso cette fois. Ce qui la déconcertait :

« Tu avais l'air si compréhensif...

– Je ne prenais pas ça au sérieux.

– Et pourquoi ? Je t'ai dit que je l'aimais, quand même...

– Kyla, c'est une femme, nom de Dieu !

– Et alors ?

– Bah ! ça ne me gêne pas d'avoir un complément, mais je ne veux pas être supplanté. »

Il donna à sa colère toutes les couleurs de la jalousie, ce qui plut plutôt à sa femme. Il ne pouvait pas être jaloux s'il ne l'aimait pas, n'est-ce pas ? Elle se débrouilla pour sous-louer l'appartement et commença à faire les bagages. Harley l'aida plus que d'habitude, mais cela n'empêcha pas que sa vie à elle recommença à lui paraître vide. Elle se mit à s'arrêter chez Iso dans l'après-midi, pleine d'un sentiment de culpabilité, mais incapable de s'empêcher d'y aller. Elle ne parla pas de ces visites à Harley. Elle se convainquit qu'à Aspen, elle ne pourrait plus du tout voir Iso. Ce qui, d'une façon ou d'une autre, justifiait sa tromperie.

Elle cherchait un sujet de thèse, mais le cœur n'y était guère. Elle en vint à être d'accord avec ce qu'Harley disait de ses chers poètes romantiques : ils étaient ennuyeux comme des fioritures de complaisance sur le canevas des réalités de la vie. Elle se sentait incapable de retrouver ses vieux enthousiasmes devant l'échelle des valeurs très particulière de Wordsworth ou la langue de Keats. Coleridge semblait tout à coup suer l'ennui, Byron n'était plus qu'un enfant gâté piquant des caprices, Shelley un adolescent constamment perdu dans des géographies nocturnes de rêves érotiques. Elle lisait de plus en plus, mais plus elle lisait et relisait, plus ils lui apparaissaient tous comme des enfants de quinze ans exaltant leur sensualité ou récitant une sagesse prétentieuse et trop pleine d'elle-même. Elle se demandait comment elle avait jamais pu les prendre au sérieux. Chaque jour, elle refermait son livre, dégoûtée. Quand vint le moment d'empaqueter les volumes pour Aspen, aux piles de Harley elle n'ajouta pour elle que les œuvres complètes de Shakespeare. Elle résolut de passer l'été à faire au four leur pain, à soigner des fleurs et, peut-être, à devenir enceinte. Elle n'y voyait pas une forme d'abandon – au contraire : de repos, de hiatus. Toutefois, en montant en voiture pour leur première étape : l'Ohio et la demeure de ses parents, elle n'eut pas le sentiment de légèreté et de liberté de ceux qui partent en vacances. Elle jeta un coup d'œil sur le profil de Harley et sentit naître en elle la même vague violente d'amour que toujours, quand elle le regardait à son insu, la même admiration à distance de son excellence; mais en même temps elle se sentait diminuée, abjecte même. Elle avait la vague sensation d'être emmenée en prison. Elle balaya pourtant cette impression, et son humeur s'éclaira dès que Harley commença à réclamer une aide pour lire la carte. Kyla adorait ce genre d'exercice. Et lorsque Harley lui demanda de l'aider à trouver la route, elle prit du plaisir à lire les cartes...

Après le départ de Kyla, Iso se désespéra pendant quelques jours, mais, avec sa spectaculaire capacité de retournement, au bout de quelques jours, il n'en paraissait plus rien : elle était plus occupée que jamais. Et, remplaçant les visites quotidiennes de Kyla, elle reçut les visites quotidiennes de Clarissa.

Clarissa et Duke se disputaient à tout bout de champ. Elle ne voulait pas en parler.

« C'est toujours les mêmes conneries, tu sais, à propos de qui doit faire la vaisselle... Moi, je déteste tout ça, la cuisine, le ménage, la vaisselle, trois mousquetaires de la femme au foyer... Lorsque Duke était au Viêtnam, je me faisais des repas avec assiettes en carton... je ne lavais les couverts que quand je n'en avais plus de propres... Je ne faisais le ménage que lorsque je savais qu'il venait... La nourriture, je m'en moque... Pourquoi devrais-je faire d' la cuisin'?

– Ouais... Qu'est-ce que tu dirais d'une femme de ménage? Moi, ça me fait rien l' ménage, Clarissa, dit Iso dans un grand sourire, et j'ai besoin d' fric. Je t'en f'rais, disons pour trois dollars par heure... »

Clarissa ne sourit pas :

« Ça n' ferait que masquer le problèm'.

– Ça a l'air d'être sérieux, dit Mira.

– Bah! on s'en sortira », dit Clarissa en écartant la question; mais, lorsqu'elle revenait, elle remettait de nouveau cela sur le tapis, et l'écartait de nouveau.

Ces temps-ci, Grete faisait souvent partie d'un petit groupe qui rendait visite à Iso. Grete s'intéressait à l'art. Elle redonna vie au groupe et tout l'été durant, les conversations furent très agréables.

Clarissa continua d'avoir des problèmes. Un beau jour, elles parlaient de la coexistence en politique; elle déclara :

« C'est exactement ce que fait Duke!

– Je pens' qu'i' a pas tell'ment de différenc' entr' Duke et la General Motors, dit Grete. Grete venait d'une famille pauvre et avait un préjugé contre toute personne qui avait un compte en banque intéressant.

– Bah! je le pige à présent, chaque fois que Duke va à une partie à Harvard – et il déteste ça – ou s'il écoute un nouvel album et qu'il admette qu'un groupe de rock que j'aime est valable, il se comporte comme s'il avait le droit d'attendre quelque chose en retour, comme si je lui devais quelque chose. Moi ça me fait gueuler, mais, vous savez, on n'a pas tellement envie de gueuler toutes les cinq minutes...

– C'est l'idée qu'il se fait de la coexistence, dit Mira en éclatant de rire.

– Oui, « quid pro quo », c'est logiquement défaillant. Mais je n'arrive pas à trouver en quoi cela n'est pas logique.

– Il veut que tu remplisses le rôle traditionnel... commença Grete; alors que lui...

– Oui. Alors que lui quoi ?

– S'y perd dans tes valeurs. »

Clarissa releva le menton et commença à marteler des arguments.

« Bah !... et un « quid pro quo », ce serait que moi je me perde dans *ses* valeurs. Mais je le fais : je vais à des parties d'officiers et je ne critique jamais Nixon. Je suis allée rendre visite à ses parents de Rhinebeck et j'ai bu le café avec les femmes tandis que les hommes discutaient politique dans la salle à manger.

– Les gens *se comportent* encore comme cela ! glissa Grete.

– Je n' sais pas c' que font les gens; mais *eux* font comme ça... »

Un autre jour, Clarissa discutait du poids des structures sociales dans le roman britannique du XIXe siècle, ce qui était le sujet de sa thèse.

« Cela a commencé très tôt et bien entendu c'est déjà présent au XVIIIe – dans De Foe, par exemple – mais chez des gens comme Crabble ou Austen c'est présent à tous les instants : le fric, le fric, le fric... C'est à la base de tout. Comme Duke..., ajouta-t-elle.

– L'argent ! J'aime l'argent ! cria Grete en agitant son bracelet en l'air. Mais pas trop d'argent. »

Clarissa leva lentement la tête :

« Oui, moi aussi. Mais pas comme Duke; il en parle à tout bout de champ, c'est une obsession. Depuis qu'il vit ici. Il veut acheter des toiles de David, non qu'il l'aime, mais il pense que David sera célèbre un d' ces quatre et qu' ça fera du fric... Il parl' de quitter l'armée – même si, sans aucun doute possible, il aime vraiment ça – et de rejoindre les typ's de l'institut de techno qu'il a rencontrés grâce à Harley.

– Tu ressembles à Katharine Ross.

– J' t'en fous!
– Je trouve que tu ressembles à Katharine Ross, Iso.
– Est-ce que tu l'aimes bien?
– Boooooooooo, dit Clarissa dans un grand sourire en se suçant la lèvre.
– Alors ça m' va, dit Iso dans un éclat de rire, je lui ressemblerai.
– Ils veulent résoudre des problèmes. Ils croient que les gens viendront les voir, qu'ils fileront des données à l'ordinateur et qu'ils diront aux gens, aux villes, ce qu'ils peuvent faire à propos de la pollution, des écoles, de l'émigration intérieure, de la natalité. Ils croient pouvoir planifier notre avenir. Ils croient que les choses sont un tel bordel parce qu'elles ne sont jamais planifiées, qu'elles interviennent toujours à l'aveuglette, au hasard. »

Grete grogna. Mira dit : « BOO. » Iso ricana : « Dieu veuille que la planification foire complètement. »

« Duke pense qu'il pourrait faire fortune là-dedans. Moi je m'en fous – c'est son affaire! Mais je ne comprends pas qu'il attache tant d'importance au fric... Dire qu'il était très idéaliste!

– C'est vrai, dit Isolde d'un air songeur. Il y a quelque chose de désespéré en lui, on ne peut pas parler de cupidité, même si cela en a tout l'air. Mais j'ai toujours considéré la cupidité comme le désir de quelque chose que l'on n'aime pas vraiment par seul souci de possession. Duke se comporte comme s'il avait terriblement besoin d'argent, comme s'il était enlisé dans des dettes colossales. » Elle se tourna vers Clarissa. « Peut-être qu'il joue en cachette?

– Peut-êtr', dit Mira en se souvenant de Norm, que c'est la façon de penser des types.

– Ce que je trouv' effrayant, dit Grete en agitant les bras, c'est que ce sont les gens que je trouve incapables de comprendre quoi que ce soit qui veulent planifier notre vie. »

Mira jeta un coup d'œil rapide à Clarissa. Elle savait qu'elle était un peu susceptible concernant Duke, que l'on pouvait le critiquer, mais dans certaines limites. Mais Clarissa sourit à Grete :

« Et ouais... Je leur ai dit que s'ils avaient réellement l'intention de faire ça, ils devraient demander à un poète, femme de préférence, de se joindre à eux. »

Mira en conclut que la situation entre Clarissa et Duke était réellement sérieuse. Mais Clarissa cessa de parler de Duke après avoir prononcé cette phrase. Iso en parla aux autres femmes. Cela allait très mal avec Duke. Mais Clarissa n'en parlait qu'à Iso. Mira sentit que la défection de Clarissa, après celle de Val et celle de Kyla, mènerait à la désintégration du groupe.

La défection de Clarissa fut, néanmoins, davantage liée à ses sentiments pour Isolde qu'à une quelconque désaffection pour les autres membres du groupe. Elle se sentait extrêmement proche de son amie. Elle avait infiniment confiance en elle et se sentait très, très bien à ses côtés. Tout était facile lorsqu'elle était avec Iso. Elle passait parfois la nuit sur le canapé d'Iso. Duke essayait de regagner Clarissa. Il était devenu convaincu que c'étaient ces femmes qui, d'une façon ou d'une autre, lui arrachaient sa conjointe, et il chercha un moyen de les discréditer, de leur tirer dessus à boulets rouges. Sa haine et sa crainte du groupe l'amenèrent à inclure dans ces sentiments ce qu'il appelait la libération des femmes. Avec le temps, ses remarques s'en prirent aux femmes en général. Clarissa criait : « Mais je suis une femme! » Il s'écriait avec colère : « Mais t'es différent'! » Clarissa sortait en claquant la porte. Plus fort il tirait, plus fort elle tirait. Il alla deux fois trouver une prostituée, la suivit dans sa chambre, mais n'« y » arriva pas. Ce dont il avait envie-besoin, c'était de parler. Son sentiment de puissance était sapé, et, une nuit, il essaya de violer Clarissa. Elle le repoussa; il la battit; elle lui décocha un magnifique coup de poing dans la joue, ce qui l'éberlua complètement : comment des gens qui s'aimaient comme eux pouvaient-ils en arriver là? Elle sortit en fermant doucement la porte au lieu de la claquer, comme elle le faisait à chaque fois qu'ils se disputaient. Duke resta assis immobile à tapoter sa joue endolorie; il comprit que quelque chose de décisif venait de se produire.

Les soirées de Clarissa chez Iso étaient devenues de

plus en plus intimes. Elles s'embrassaient à son arrivée; elles s'enlaçaient fréquemment.

Clarissa ne savait pas ce qui lui arrivait avec Duke, ni pourquoi cela. Ils ne pouvaient pas être aussi médiocres que les gens. Sans aucun doute, ils étaient meilleurs, plus nobles, plus intelligents...

« Il dit que lire toute la journée, n'est pas travailler. Il essaie de me transformer en femme-bonniche! dit-elle à Iso. Pourquoi? mais pourquoi? Je croyais que l'une des choses qu'il aimait en moi était mon intelligence, mon indépendance, ma personnalité. Pourquoi donc essaie-t-il de me transformer en quelque chose qu'il a toujours dit détester plus que la douleur par temps de guerre? »

Cela n'avait aucun sens. Cela dépassait l'entendement.

Clarissa se redressa. Elle prit une gorgée de vin.

« Quelque chose m'est venu à l'esprit cette nuit. Val – et je me souviens de lui en avoir voulu ce soir-là – a dit que les institutions finissaient toujours par vous avoir. Quelque rigoureux que puisse être le combat que l'on mène. »

Iso approuva de la tête.

« Moi aussi, je lui en ai voulu, non parce que ce qu'el' disait ne me paraissait pas vrai, mais parce qu'elle était dure avec toi, Mira et Kyla... Je veux dir', il y a des moments où il ne faut pas dire la vérité... »

Clarissa la regarda et toutes deux éclatèrent de rire.

« Même pas à sa meilleure amie? fit Clarissa d'un air malicieux.

– Si on dit toujours la vérité, on n'a pas de meilleure amie. »

Un moment de silence.

« Est-ce que tu m' dis la vérité? »

Iso marqua une pose :

« Oui, pour autant que je pense pouvoir la connaître. »

Clarissa la regarda intensément :

« Je te dis la vérité.

– Je sais, dit Iso en lui souriant tendrement et en lui caressant la joue.

— J'ai fait un rêve horrible la nuit dernière. Horrible.

— Raconte.

— Duke et moi on est assis dans le living quand Callahan frappe à la porte et entre. Kevin est quelqu'un de réel. Dans mon rêve, c'est un homme jeune, deux ou trois ans de plus que moi, mais, dans la vie, je ne l'ai pas revu depuis l'enfance, huit ou neuf ans... La dernière fois que je suis allée voir mes parents, ma mère m'a dit que lui et sa femme avaient adopté un enfant. Je ne lui ai pas demandé mais je pense que je me suis dit qu'ils l'avaient fait parce que Kevin Callahan était impuissant... Je ne sais pas pourquoi je me suis dit cela... Peut-être parce que, quand il était gosse, Kevin était extrêmement féminin. Bref, Kevin remarque que la maison est un vrai capharnaüm et dit à Duke qu'il devrait exiger que je sois meilleure ménagère. Ça me rend furieuse... Je dis à Kevin d'aller se faire pendre ailleurs, et je m'en vais dans la chambre en me disant que seul un impuissant peut insister pour que chacun tienne son rôle de façon parfaite dans le couple.

« Mais à peine ai-je mis les pieds dans la chambre que je m'en veux de mon éclat... Je prie Duke d'expliquer à Kevin que j'ai pris une pilule qui modifie mon comportement. J'ai pris cette pilule parce que Duke et moi, on va se marier dans quarante-huit heures. Cette pilule me plongerait bientôt dans le coma, dans un état très proche de la mort. Lorsque la pilule ferait son plein effet, on me transporterait dans un endroit lointain où le mariage serait célébré.

« L'heure de mon transport arriva. Droguée, je suis placée dans une voiture. Soudain — je ne sais pas si je n'ai pas oublié certains détails — nous arrivons à l'endroit où le mariage doit avoir lieu. Un ami de mes parents, qui dans la vie est pour de bon croque-mort, s'occupe de tout. Il fait un mannequin à partir de mon physique en prenant bien soin de tous les détails — la carnation de ma peau, les différentes couleurs de mes cheveux. La poupée qu'il fabrique marche, remue les cils et fait tout ce que l'on demande à une fiancée le jour de son mariage. On décide que le corps de la poupée « fera » la cérémonie à ma place. Les gens croiront qu'il s'agira de moi, et comme ça j'éviterai la cérémonie. Le croque-mort fait également une couche-cercueil que l'on mettra sur l'autel. Et, à la fin de la cérémonie, le couple se couchera sur la couche-cercueil devant tout le monde.

« Tout se passe ainsi – le mariage, le « coucher » nuptial.

« Mais, pendant ce temps, Duke et moi, nous nous enfuyons vers New York. On ne s'aperçoit même pas de notre absence.

– Elle, la poupée, peut coudre, elle peut faire la cuisine, elle peut parler, parler et parler, nota Iso, mais tu t'échappes, vous vous échappez Duke et toi.

– J'ai l'impression d'avoir rêvé tout éveillée toute ma vie durant. Comme si j'étais la Belle au bois dormant et que je ne sois pas encore réveillée. »

Iso regarda le visage rond et enfantin de Clarissa, toujours aussi mignon en dépit des premières atteintes des rides.

« Les rêves étaient si doux dans ce lit de roses... M'man et p'pa aiment leur petite princesse, et elle n'a jamais besoin d'avoir envie de quoi que ce soit, parce que la bonne fée lui apporte tout rôti... A l'école, ce fut le même tabac. Et Duke. Regardez-vous, un jeune et beau p'tit couple à sa maman, certain d'avoir des enfants merveilleux, un avenir merveilleux. Un appart' bourré d'estampes ravissantes et plus, tapis, vases, le tout acheté pour une minuscule bouchée de pain au marché noir viêtnamien...

– Iso !

– Alimenté par et pour de sinistres fantoches, des familles installées à Rhinebeck et Newport, possédant des appart's dans le Dakota...

– Iso !

– Tu m'as demandé de te dire la vérité. Tu as cru pouvoir échapper à tes valeurs en faisant Roxburry, mais tu as toujours su que tu y reviendrais et que tu pourrais y revenir. »

Clarissa bondit sur ses pieds et sortit en courant de

chez Isolde. Elle ne referma même pas la porte. Et courut dans les escaliers.

Iso resta immobile jusqu'à ce que le bruit des pas de Clarissa se fût évanoui. Elle ne se leva même pas pour fermer la porte. Elle se sentait blessée, abusée, utilisée. Elle termina son cigare puis, lentement, comme une vieille femme, alla vers la porte, la ferma, la ferma à clef, les trois verrous. Depuis plus d'un an, elle se sentait vraiment bien, elle avait l'impression de pouvoir être elle-même. Et elle-même, c'était une paire de bras ouverts. Et tout ce qui en avait résulté, c'était que les gens avaient considéré son appartement comme un restaurant, avaient vidé ses bouteilles, vidé son garde-manger, se prélassant au soleil de sa bonté et parfois de son amour, et une fois guéris, rendus à leur respect d'eux-mêmes, ils s'en étaient allés. Et il en venait – ça n'en finissait plus ! Il en viendrait toujours, tant qu'elle laisserait son cœur ouvert comme sa porte et garderait son réfrigérateur plein.

Elle se souvint d'une journée qu'elle avait passée avec Kyla, une journée qu'elles avaient organisée. Kyla avait la voiture, elles étaient allées à Concorde, s'étaient garées et avaient marché. Kyla était agitée et nerveuse, elle se mordait de nouveau la lèvre inférieure, elle sautait sur les branches tombées. A un certain moment, elle se prit la tête dans un barbelé. Iso courut vers elle et essaya de la détacher. Mais Kyla commença à hurler, à l'injurier.

« Laisse-moi ! bordel ! Laisse-moi, j'y arriverai bien toute seule. »

Iso alla donc s'asseoir dans l'herbe, le dos tourné à Kyla. Il y avait des larmes dans ses yeux. Kyla finit par se détacher; elle s'avança vers Isolde, lui fit face, et lorsqu'elle la regarda, se mit en face d'elle et sanglota.

« Je n'ai pas besoin de toi ! Je ne veux pas avoir besoin de toi ! »

Les yeux d'Iso se séchèrent. Elle regarda Kyla tristement. Elle savait que Kyla pleurait parce qu'elle était cruelle avec elle, Iso, et parce qu'elle n'aurait pas voulu l'être, mais ne pouvait s'en empêcher. C'était sa façon de pétitionner en rond, de se dissimuler dans un cercle d'émotions qui n'effleurait Iso que par la tangente. C'était son voyage.

« Mais moi ? demanda-t-elle calmement au bout de quelque temps. Je suis un être humain qui a appris à ne rien demander à personne. Mais est-ce que j'existe ?

– TOI, Toi, Toi ! Quoi Toi ? Ce n'est que du plaisir, c'est de l'amour, je ne te dois rien. »

Elle se rencogna, alluma un autre cigare et puis contempla les ronds de fumée. Elle se sentait complètement vide; elle avait trop donné d'elle-même, et ils l'avaient vidée, et tant qu'elle continuerait, eux aussi. Mais si elle arrêtait, qui viendrait encore la voir, pourquoi viendraient-elles encore ? Elle et son étrangeté. Les hommes venaient parce qu'ils avaient envie de se la sauter; les femmes, parce qu'elle leur offrait son amour. Il n'était jamais venu à l'idée de personne qu'elle-même pût désirer quoi que ce fût. Il fallait reconnaître qu'elle n'avait jamais affiché le moindre désir.

Elle se leva et se mit à faire les cent pas.

Elle se sentait complètement seule au monde. Elle n'était qu'une mère aimante dont les enfants avaient grandi et l'avait abandonnée. Elle se dit : je suis aussi seule que si je ne les avais pas connues, comme si je n'avais jamais rempli la coupe d'amour et d'amitié, de tendresse et de compréhension. Elle s'assit, buste droit, regard attentif. Telle était la nature des choses, son ordre. Elle était la femme de tout le monde; elle jouait la femme pour la femme des hommes; et on la traitait comme les hommes traitaient les femmes. Bâtarde de bâtardes, servante de servantes. Bon; c'était mieux que dans le temps. Mais cela ne suffisait pas. Il lui faudrait trouver un petit bout d'homme en elle. Cela ne voulait pas dire devenir un marin de premier ordre, ou un dévoreur de torrents, ou être capable de se battre à fleuret moucheté – toutes choses qu'elle faisait à ravir. Cela signifiait insister sur son moi, pas comme elles le faisaient, Dieu merci, mais au moins un peu. Sinon l'on était le paillasson des autres. Un petit peu. Mais comment fait-on cela ?

Elle ne se releva que tard. Elle aurait aimé pouvoir parler avec Val, et fit son numéro plusieurs fois, mais il n'y eut pas de réponse. Val possédait le secret, Val savait véritablement mener sa barque. Demain.

Elle alla se coucher les lèvres serrées. Mais elle fut incapable de décider en quoi changer sa vie. Elle ne décida qu'une seule chose : fermer sa porte. Désormais, elle consacrerait plus de temps à son travail. Elle l'aimait, cela l'ennuyait toujours d'arrêter, mais elle l'avait – toujours – fait pour elles, ses amies. Fini. On ferme!

Ce n'est que plusieurs soirs plus tard que Clarissa sonna tard, sur le coup de vingt-deux heures et, sans y penser, Iso alla ouvrir la porte.

Elle se planta sur le pas de la porte et observa froidement son amie. Clarissa était immobile.

« Je suis v'nue m'excuser », dit-elle. Iso ouvrit sa porte :

« Je travaille », dit-elle sèchement. Clarissa s'arrêta.

« Iso. Je suis confuse, dit-elle avec cœur. Tu m'as dit la vérité, tu m'as rendu service, simplement je n'ai pas pu supporter ça, c'était trop douloureux, et je t'en ai voulu. Je sais que c'est ridicule... »

Iso s'efforçait de ne pas sourire, mais elle était ravie, et finit par rendre son étreinte à Clarissa.

« Oh! et puis j'étais crevée. On s' boit quelqu' chose? » Clarissa lui tendit un sac en papier. « J'ai acheté du scotch. »

Elles s'installèrent dans le living. Leur ancien rapport reprit. Mais quelque chose avait néanmoins changé. Iso était moins affectueuse, moins démonstrative. Elle semblait retenir une partie d'elle-même.

« Je suis venue te demander si je peux dormir ici. Je ne veux pas retourner avec Duke; je te paierais avec plaisir toutes les dépenses que je t'occasionnerai si tu me permettais de rester ici jusqu'à ce que j'ai trouvé un nouvel appart.

– D'ac, bien sûr. Elle faillit dire : Et tu ne me paieras pas, mais elle se retint à temps.

– Ce que je ne comprends pas, ce que je n'arrive pas à me pardonner, c'est d'avoir été aveugle si longtemps. »

Iso lui sourit.

« Faut-il que j'appelle Mira? Elle t'a devancée de plus

de dix ans. Vous pourriez chanter votre lamento en chœur.

– Mais, tu sais, ce genre de chose te sape toute confiance en ta propre intelligence, te mine la sensibilité.

– Qui est-ce qui ne passe pas par là? »

Clarissa se pencha en avant en souriant.

« Et puis merde! dit-elle en tendant la main vers celle d'Iso : Est-ce que je peux dormir avec toi cette nuit? »

Clarissa s'installa donc très agréablement avec Iso. Duke en devint fou. Il se jeta dans le travail avec le groupe d'études de l'Institut de technologie, tous les soirs et tous les week-ends. Il ne savait pas qu'Iso et Clarissa s'aimaient; mais il savait que « les femmes » avaient gagné. Insupportable; il avait l'impression d'être castré. Il le dit à tous ceux qui voulurent bien l'écouter. Il ne réalisa jamais ce qu'il y avait derrière ce mot, ce que « castrer » signifiait pour lui. C'était un terme destiné à lui gagner la sympathie, et cela marchait avec ses amis hommes et quelques prostituées. En réalité, il n'avait toujours pas d'érection, mais il ne comprenait pas que cela pouvait avoir des causes affectives, personnelles; tout cela était de la faute à la pute, Clarissa. Ses amis secouaient la tête avec commisération : ils savaient ce que c'était.

Cependant, tout continuait à aller bien, d'ailleurs, entre Mira et Ben. L'été fut pour eux une sorte d'idylle, uniquement interrompue par les ennuis de leurs amis et par la façon dont Mira resta secouée durant quelques jours, après sa visite à Val. Elle avait commencé des recherches pour sa thèse le lendemain de ses oraux, et découvert qu'elle adorait toute l'entreprise. Elle était de ces gens bizarres qui sont heureux de compiler les bibliographies et prennent plaisir à la lecture d'articles et de bouquins d'érudition. Elle mettait autant de sérieux et d'application à ce travail qu'elle en avait mis à tenir une maison; elle s'était acheté de petites fiches spécialement conçues pour permettre, grâce à une série d'ingénieuses perforations, de confronter les références. Elle travaillait méthodiquement, de neuf heures trente du matin à trois heures trente de l'après-midi, et chez elle le soir. Et pourtant, loin de lui paraître un esclavage, c'était une liberté. Pour la première fois, elle comprenait ce que les études de maîtrise avaient signifié pour elle ; tout avait tendu à la rendre libre pour son occupation présente. Elle n'avait pas à entrer dans tous les détails : elle avait des connaissances suffisantes pour avancer certaines affirmations, et assez de lucidité pour acquérir la science lui permettant d'en avancer certaines autres. C'était cela la délivrance. Elle était libre d'être aussi méthodique qu'elle le voulait, dans le cadre d'un travail qui semblait chargé de signification. Que pouvait-on demander de plus ?

Elle avait le sentiment d'accomplir l'œuvre à laquelle elle était destinée depuis la naissance. Elle fonçait dans le tas de ses livres et de ses articles avec le genre d'exultation que doit ressentir l'explorateur, pensait-elle, quand il part bien avant le lever du soleil, qu'il respire la fraîcheur et la pureté de l'air matinal, qu'il écoute le chant des oiseaux et le bruit de ses propres pas dans les herbes sèches, tandis qu'il choisit sa route dans l'étendue sauvage. Chaque jour, quand elle ouvrait ses livres, son pouls s'accélérait : allait-elle retrouver là, gracieusement déployées dans ces pages, écrites avec aisance par un autre alors qu'elle n'était pas née, ses propres découvertes péniblement acquises ? Ou encore la précision aiguë d'un terme ou d'une phrase qui ferait germer soudain dans son esprit la graine qui y dormait ? Parviendrait-elle jusqu'aux Indes, cette région où la littérature, la logique et la vie se rejoignent pour former un tout de beauté, une ove de cristal qui tient dans le creux d'une main ? Ou une interprétation si pénétrante et si fortement argumentée qu'elle démolirait les bouts de mosaïque qu'elle avait élaborés, avant même qu'ils deviennent cohérents ?

Elle avait le sentiment profond, qu'elle ne confiait qu'à Ben, que son activité requérait du courage. Ridicule ! Du courage, rester assise dans une bibliothèque jour après jour, à lire et écrire ? Courage des muscles fessiers, à la rigueur. Mais cela ne changeait rien à son sentiment. Elle roucoulait devant Ben, l'illuminait de son bonheur, de sa joie et de son impression d'être une pionnière, de sa fureur des commentaires scandaleux de X., de sa tendresse respectueuse pour le malheureux Y., mort depuis tant d'années et qui avait été si intelligent, et de son adhésion passionnée aux idées de Z., qui était à la fois brillant et bourré de préjugés. Ben réfléchissait cette lumière, écoutait, la prenait dans ses bras juste un instant ou deux avant qu'elle ait terminé, l'interrompant régulièrement en plein milieu d'une phrase, mais toujours au bon moment, pour l'embrasser. C'était, estimait-elle, l'épreuve la plus impitoyable pour l'amour, et le score de Ben était vertigineux.

Les cartons de livres de Ben avaient finalement tous été déballés, leur contenu disposé en piles soigneuses dans les deux pièces et l'entrée de son petit appartement. Il avait commencé à écrire, mais il souffrait mille morts et refusait de montrer ses pages à Mira. Son principal souci, lui expliquait-il, était l'état des pointes de ses crayons, qu'il aiguisait tous sans relâche chaque jour : « Un crayon me fait cinq jours maximum. J'ai l'impression que s'ils sont bien aiguisés, mon esprit le sera aussi. »

A l'occasion, ils s'accordaient une journée de congé. Il leur arrivait de partir en automobile pour la côte, avec Iso et Clarissa et Grete, ou avec les amis de Ben : David et Armand, ainsi que la femme d'Armand, Lee. Mais souvent, parce qu'ils travaillaient chacun de leur côté la plupart du temps, ils éprouvaient le besoin de se retrouver seuls tous les deux, tout en ayant le sentiment de trahir un peu leurs amis qui n'avaient pas de voiture et qui souffraient dans la chaleur de Cambridge — mais néanmoins avec le sentiment de ravissement délicieux des enfants qui font l'école buissonnière. Et puis en août, Mira, Ben et les deux garçons partirent pour le Maine. Ils avaient loué un petit cottage au bord d'un lac, barque à rames, canoë et barbecue compris. Ils envoyèrent tous promener leur travail et s'amusèrent follement pendant deux semaines. Ben fut le plus ardent à ne plus penser à rien. Il galopait sur la plage comme un sauvage, jouait au ballon et à l'anneau avec les garçons, nageait, montait à cheval et les emmenait se promener en bateau, comme si son corps avait été un animal échappé de la cage. Mira jouait aussi de temps à autre avec eux, ou alors s'asseyait en compagnie d'un livre et de gigantesques lunettes de soleil, et les regardait, un sourire de contentement total sur le visage.

Ils faisaient la cuisine tous ensemble, ainsi que le peu de ménage qui s'imposait. Ils se livraient à des expériences : Norm concocta un *chili* (selon la recette de Mira) et Clark une sauce pour spaghetti (recette Ben) qui leur valurent des applaudissements. Ben se lança dans un gâteau aux noix de pécan, et Mira tenta de cuire à la nage des homards vivants : expériences qui furent moins heureuses. Le soir, ils veillaient en bavardant, jouant aux cartes et enseignant le bridge aux garçons. On recevait très mal la télévision au bord de ce lac, mais apparemment nul ne s'en souciait. Et tard, fatigués, Mira et Ben tombaient sur le lit dans les bras l'un de l'autre, le plus souvent pour se tourner sur le côté et sombrer dans le sommeil. Quand il leur arrivait de faire l'amour, c'était sans bruit : la chambre des garçons était contiguë à la leur. Mais s'ils y mettaient moins de passion, la tendresse était là, avec un sentiment de complète sécurité. Rien ne les arrêtait, ni vents ni marées, ni pets ni rots. Ils auraient pu tout aussi bien, songeait Mira, être mariés.

21

Kyla et Harley avaient décidé de quitter Aspen à la mi-août pour aller rendre visite aux parents de Harley, dans le Wisconsin, puis rentrer à Boston au début de septembre. Mais, une nuit d'août, le téléphone d'Iso sonna, tard, bien après minuit, et une voix nerveuse lança : « Iso, j'ai plaqué Harley. Pour de bon... » Elle était à la gare; son appartement était sous-loué et elle ne savait pas où aller.

C'est dans des moments de ce genre que la vie de quelqu'un révèle ce qu'elle est. Les gens écrivent des pièces de théâtre et font des films parlant de décisions mûries par l'angoisse, mais je pense que nos décisions importantes, nous les prenons instantanément, et que les mots ne sont que rationalisation d'après coup. La vie d'Iso avait toujours été en retrait, et là elle se trouvait exposée.

« Prends un taxi jusque chez Mira et attends-moi là. Elle n'est pas chez elle, mais j'ai sa clef. J'y serai dans une demi-heure. »

Clarissa était dans le living-room et regardait une partie de base-ball à la télévision, mais Iso avait parlé bas. Lorsque, plus tard, Mira devait lui demander pourquoi elle n'avait pas tout simplement invité Kyla à venir loger avec elle et Clarissa, elle ne sut que lui répondre. Elle savait seulement qu'il fallait qu'elle mentît.

« C'était Peggy! dit-elle à Clarissa dans un froncement de sourcils rageur.

– Peggy!

– Oui, elle avait l'air de ne pas aller fort, mais je ne pouvais pas lui dire de venir ici... dit-elle.

– Mais pourquoi t'a-t-elle appelée, toi? Vous n'êtes pas copines.

– Bah! je pense qu'elle a pas des masses de copines... et je lui ai parlé à Lehman Hall il y a quelques jours. Peut-être qu'elle pense que j'ai de l'amitié pour elle. Elle avait l'air assez hystérique. Je lui ai dit que j'allais y aller... »

Iso savait que Clarissa ne discuterait pas, ne mettrait pas en question la nécessité pour Iso de se rendre là-bas, n'appellerait pas Peggy ni ne lui parlerait jamais de tout cela.

Iso courut jusque chez Mira, mais Kyla l'y avait devancée, petite silhouette solitaire plantée sur le trottoir, valise posée à côté d'elle, l'air plutôt déconfit. Iso la repéra sous le réverbère : on eût dit une prostituée épuisée par l'attente du client, ou une fille de magasin attendant son bus, à la fin de sa journée de dix heures, pour rentrer dans sa chambre glacée et dîner d'un bout de pain et de fromage. Kyla la vit donc et s'élança vers elle. Elles s'étreignirent, riant et pleurant presque, tandis que Kyla parlait, parlait sans arrêt, d'avions, de cars, du Wisconsin, de l'Ohio. Et Iso dut l'empoigner par le bras, la traîner presque à l'intérieur, la forcer à s'asseoir et à commencer par le commencement, tout en explorant les placards de Mira, en quête de quelque chose à boire. Elle ne trouva que du brandy.

Aspen avait été à mourir. L'ennui crasse. Harley était à la conférence chaque jour; le soir, un soir sur deux – eh oui ! – des dîners professionnels avec des célébrités de passage et des physiciens du cru – peu remarquables pour leur conversation. Au bout de deux semaines, elle avait décidé de partir, de prendre la voiture et d'aller au Nouveau-Mexique, en Arizona, n'importe où hors d'Aspen ! Harley voulait bien qu'elle partît, mais pas avec la voiture. Harley était très heureux; il était dans son élément. Elle fréquenta bars et cafés et connut des gens qui passaient par là, des auto-stoppeurs. Elle décida bientôt de partir avec quelques-uns d'entre eux. Ils se rendaient à Santa Fe. Harley se mit dans tous ses états, mais elle fit sa valise, enfin elle prit un sac à dos, où elle mit également le seul livre qu'elle avait apporté – Shakespeare – et s'en alla. Ils traînèrent, campèrent, firent de l'auto-stop, prirent des autobus, tout cela jusqu'en Arizona. Elle s'envoya en l'air avec deux des types. Elle essayait d'avoir une « véritable » expérience, mais, dit-elle en éclatant de rire : « Malgré les loques qu'ils portaient, l'un faisait un doctorat de philo à Berkeley et l'autre était diplômé d'une fac du Colorado. Un autre était géologue. Les filles étaient toutes étudiantes mais, plus jeunes, lycéennes dans le Colorado et l'Utah. Une « aventure » vachement tranquillos, quoi ! »

La semaine précédente, elle était retournée à Aspen; Harley avait refusé de lui adresser la parole.

« Je ne sais pourquoi, soudain j'ai *vu*. C'est toi qui m'as montré ce que peut être l'amour. Elle frôla la main d'Isolde. Chaque jour était si magnifique avec toi. Je me sentais bien dans ma peau, bien dans ma vie, dans la vie. Mais je pense que je n'arrêtais pas de me dire que c'était parce que tu étais une femme et que seules les femmes savaient aimer. Et je crois que je ne peux pas voir mon avenir comme cela... désolée, Iso. Iso la fixait intensément; elle n'avait pas l'air meurtrie. Tu sais... je conservais la conception traditionnelle – mariage, marmots, la bonne vie – surtout après avoir rendu visite aux parents. Elle se mordit la lèvre et Iso remarqua alors qu'elle était presque refermée et donna une petite tape sur la joue de son amie.

– Cesse! C'est presque guéri! »

Kyla cessa.

« Oui, et mes paluches aussi! » Elle les leva. « C'est quand je faisais la route. Pas que ça ait été chouette, tu vois. Bien sûr, c'était fantastique de voyager, et de voyager de cette façon-là, et j'ai aimé visiter tous ces coins. Mais les gens avec lesquels j'ai voyagé, bon, ils étaient sympas, mais ils étaient un peu déphasés aussi et, finalement, pas follement intéressants. Les filles me paraissaient terriblement jeunes. Mais jamais je ne me suis sentie comme avec Harley. Pour le sexe, c'était pas formid, mais il y a pire. Ça m'a permis de voir que la vraie différence n'est pas entre toi et Harley, mais entre Harley et presque tout le monde. Et cette différence, c'est exactement ce que j'adore chez Harley : sa supériorité, son excellence, sa froide intelligence. Elle rit. Avec ces gens de la route, je me sentais bien et il me faut admettre que pour une fois j'ai eu le sentiment d'être hyper-intelligente! Je ne me sentais pas enfoncée, comme c'est toujours le cas avec Harley. Je ne sentais pas que ce que je pouvais faire de mieux dans la vie c'était de faire du pain et de m'occuper de fleurs. Je me sentais futée comme pas une, et débordante d'énergie. Je voulais *faire* quelque chose. Alors je suis retournée à Aspen pour le dire à Harley. Mais il a refusé de m'adresser la parole. Il m'a craché au visage dès mon arrivée que je l'avais insulté devant ses confrères en m'en allant comme ça avec une bande de connards. Je l'ai humilié *de nouveau.* Encore avec Kontarsky. Mais cette fois-ci je ne me suis pas sentie coupable, et cette fois-ci j'ai compris quelle était la substance de mon problème. Car j'aimais Harley, j'aime Harley : je le trouve incroyable! Mais il m'écrase... Il est incroyable pour lui-même, mais dégueulasse pour moi. Je ne sais pas pourquoi, je pens' pas qu'il le veuill'.

– Kyla, c'est un égoïste, froid et pas plus tendre que

la viande de mon boucher, s'écria Iso. Elle n'avait jusque-là jamais dit un seul mot contre Harley.

– Non, il s'absorbe uniquement, totalement dans son boulot... Il le faut. »

Iso haussa les épaules.

« N'importe, dit Kyla en écartant les cheveux de devant ses yeux. Au cours des deux dernières années, elle avait laissé ses bandeaux pousser et ses cheveux pendaient à présent de chaque côté de son visage. Ils avaient l'air gras et sales. On aurait dit qu'elle n'avait pas changé de vêtements depuis un bon mois. Et si ses mains étaient cicatrisées, ses ongles étaient mangés jusqu'à la limite de la peau. J'ai dit à Harley que j'étais revenue pour lui dire pourquoi je le quittais, il est devenu tout pâle. C'est marrant. On dirait souvent qu'il me déteste, mais il ne veut pas que je m'en aille d'avec lui. Il veut que je reste près de lui pour pouvoir me haïr tout à son aise, dit-elle dans un petit ricanement. N'est-ce pas étrange, hein ? Mais elle souriait, ce qui parut encore plus étrange à Isolde. Il a immédiatement affirmé que j'allais courir de nouveau vers toi et s'est mis à te casser du sucre sur le dos. Bizarre, vraiment. Tu sais ce qui le rend dingue ? Ce qu'il veut ? Avoir une liaison avec toi ! Il croyait que tu l'aimais bien !

– C'était vrai !

– Mais il croyait qu'il t'attirait sexuellement.

– Certains ne savent pas distinguer une courgette d'un avocat.

– Affectivement, il n'a aucune éducation. Sur le plan de l'affectivité, il est d'une ignorance crasse, oui, crasse... » La voix de Kyla était maintenant amère, furieuse même; cela aussi, c'était nouveau : « Il était vraiment en colère, parce que, comme il a dit : « Elle est « venue dans *ma* maison, elle s'est montrée amicale « avec *moi,* elle a mangé à *ma* table, elle a bu *mes* « alcools, et tout cela pour séduire *ma* femme ! » Je lui ai fait remarquer que c'était autant *ma* maison, *ma* table, *mes* alcools que les siens. Après tout, la bourse que j'ai obtenue participait aux frais autant que la sienne, et je ne suis pas seulement sa femme, non j'ai *voulu* cette situation. Il a dit : « Je refuse d'en parler.

« Je refuse de me laisser entraîner dans la pollution de
« cette fosse septique qu'est Cambridge! C'est dégoû-
« tant! Et ne me raconte pas que tu la *voulais,* elle. Tu
« essayais seulement de me toucher à travers elle, de
« prouver je ne sais quoi. Va, mais vas-y donc la retrou-
« ver, ta godemiché! Mais quand tu seras affamée de
« vrai amour, ne viens pas frapper à ma porte! »

Kyla eut un sourire cruel et glacé : « Je suis restée assise, très calme, tout le temps de cette sortie. Je m'interdisais de penser que j'étais raide amoureuse de lui. Quand il a eu terminé, je lui ai dit très froidement : « Tu n'as pas besoin de t'en faire, Harley. « Quand je veux du vrai amour, je vais trouver Iso. » Il s'est contenté de demeurer sur son siège. On voyait bien sous son indifférence apparente qu'il était sonné; mais il n'a rien dit, il n'a pas bougé pendant quelques minutes, et ensuite il s'est levé et il a quitté la maison. J'ai téléphoné à une compagnie aérienne, et pris une place pour le premier vol en partance. J'avais filé avant son retour, si bien que nous ne nous sommes jamais dit adieu officiellement. Je regrette de lui avoir fait mal. Mais il était d'une telle laideur, d'une assurance si stupide... Je ne peux pas tolérer la stupidité chez Harley.

– Aucune d'entre nous ne supporte ça chez son idole. »

Kyla jouait avec les doigts d'Iso : « Tu crois que j'ai été cruelle?

– Oui. Mais je crois aussi qu'il était grand temps. »

Kyla posa la tête sur l'épaule d'Iso, qui l'enlaça : « Et où as-tu été traîner, depuis?

– Chez mon frangin. J'ai passé quelque temps chez eux. C'était bon, très bon. Tu sais, ils ont tout grande baraque, belle vie, trois marmots. A mourir. Les choses dont ils parlent, les trucs qui les préoccupent! Pfffff! Je tiendrais pas l' coup, moi! si c'était à cela que menaient la cuisson du pain et le jardinage! Les mômes sont très mignons, dit-elle d'un air quelque peu songeur, comme si elle avait déjà renoncé à l'idée d'en avoir un jour. Elle se redressa soudain : Comment se fait-il que je puisse pas aller chez toi? »

Iso lui parla des histoires entre Duke et Clarissa :

« Elle reste avec moi pendant quelque temps jusqu'à ce qu'elle se soit trouvé un autre appartement. J'avais envie d'être seule avec toi, mais je ne pouvais pas lui dire de s'en aller comme ça. Elle n'a nulle part où aller. Tu sais, Clarissa est si discrète qu'elle n'a guère d'amies.

– Boooo. En tout cas, tu es un chou, Iso, tu es merveilleuse. » kyla se blottit dans les bras d'Iso.

Iso passa la nuit avec elle, et réfléchit à ses mensonges du lendemain, cependant que son amie s'était abandonnée à sa fatigue.

Car, ayant commencé de la sorte, elle n'avait plus le choix, elle devait continuer. Il fallait qu'elle fasse rentrer Kyla à Cambridge, il fallait qu'elle invente des histoires pour expliquer pourquoi Clarissa resterait, et pourquoi Kyla ne pourrait pas afficher ses sentiments pour Iso en présence de Clarissa. Elle fut aidée en cela par le désir de secret de Clarissa, par les soupçons de Duke, et par l'appartement vide de Mira. Durant les deux semaines qui suivirent, elle passa son temps avec Kyla et Clarissa, alternativement, et à comploter. C'en était fini de son travail. Elle se sentit inquiète et piégée, mais elle se donna de la peine.

Mira revint à Cambridge; l'appartement de Kyla était libre, mais Harley le réintégra. Kyla ne voulait pas y habiter et elle insista sur le fait qu'il était temps que Clarissa se mît en quête d'un autre appartement. Iso devint une fidèle du mensonge improvisé : Clarissa était amoureuse d'Iso. Iso ne lui rendait pas son affection, mais n'entendait pas blesser Clarissa, qui n'allait pas fort après sa rupture avec Duke. Clarissa ne paraissait pas être mal en point à Kyla; elle lui semblait même plus gaie que jamais, même si elle avait vieilli. Clarissa ne comprenait pas pourquoi Iso était si longtemps absente, et quand elle se rendit au « Child », Isolde n'y était pas. Iso courut, de plus en plus paniquée. Elle ne s'arrêta pas pour se demander où elle courait.

Débordée et accablée, elle en parla un jour à Mira :

« Les Français en tireraient une farce, dit Mira dans un large sourire.

– Je sais, je sais, je sais, dit Iso en se tordant les mains.

– Mais pourquoi ne leur dis-tu pas tout simplement la vérité ?

– Je ne peux pas. Je ne peux pas leur faire ça. »

Mira ouvrit de grands yeux :

« *Leur* faire ça ?

– Tu as raison, dit Iso sans lever les yeux, je n'arrive pas à choisir. »

Mais Iso perdit le contrôle de la situation. Kyla, qui bataillait ferme avec Harley pour savoir qui garderait l'appartement – même si aucun des deux n'était en mesure de l'occuper seul – fut dégoûtée par ce qu'elle voyait, comme la tendresse de son amie pour Clarissa et aller trouver Clarissa elle-même. Elle comprenait que Clarissa fût perturbée par sa séparation d'avec son mari, mais tout était perturbé, et il était nécessaire qu'Iso emménageât avec Kyla et que Clarissa soit prenne l'appartement d'Isolde, soit qu'elle s'en trouve un autre; Clarissa fronça les sourcils; quoi ? Mais c'était Kyla qui était perturbée par la rupture de son mariage, ce qui expliquait qu'Iso devait passer beaucoup de temps avec elle, à écouter ses malheurs. Kyla fronça les sourcils. Elles revinrent trouver Iso de conserve.

« J'ai abandonné toute idée de mener une vie normale ! hurla Kyla, j'avais l'intention de vivre au grand jour avec toi, de renoncer à mon mariage, d'oublier l'idée d'avoir des gosses !

– Et moi aussi ! approuva Clarissa.

– Pas vrai, tu voulais le secret.

– Oui, dit amèrement Clarissa. Mais j'ai beaucoup réfléchi. J'ai décidé il y a quelques semaines qu'à peine le processus de divorce serait entamé, je le ferais, je sauterais le pas, j'abandonnerais complètement cette vie-là... »

Les choses pouvaient sans doute trouver encore leur solution à ce moment-là, se dit Mira – car elle s'était jetée par hasard dans la cage cet après-midi-là. Si seulement Iso avait été capable de dire : « Mais toi, toi, je ne peux pas vivre sans toi ! » à chacune des deux, il y aurait eu blessures et larmes et hurlements, mais cela aurait quand même eu son effet. Mais elle ne le fit pas. Elle les regarda avec des yeux ironiques et un petit sourire méchant :

« Bon, bon! Et si nous vivions toutes ouvertement ensemble? » dit-elle en gloussant de plaisir.

Clarissa se leva d'un bond, saisit la chaise de bois sur laquelle elle s'était assise, la fracassa par terre et courut dans la salle de bain. Kyla frappa Iso à la tête. Iso mit les mains devant son visage et cria :

« Hey, arrête, t'es folle! » mais elle ricanait en même temps.

Mira essaya d'apaiser les choses, mais elle ressemblait plutôt à une femme essayant de donner un thé dansant dans le blitz de Londres. Les cris, les larmes, les accusations, les hurlements durèrent une bonne heure. Mira s'assit dans un fauteuil avec un verre de bourbon sec — que quelqu'un avait laissé. Iso s'assit au milieu de la pièce avec un visage de martyre chrétienne en butte aux cruels assauts des Romains.

Bientôt, Kyla s'écroula de fatigue sur une chaise et Clarissa, étonnée par le silence qui venait de tomber, s'assit par terre, les mains croisées sur le cœur, sans regarder quiconque... Iso se leva alors, pénétra dans la cuisine et revint avec quatre verres de gin et tonic. Chacune en saisit un sans regarder les autres. Puis Clarissa dit, sans cesser de regarder le mur : « Tu ne nous a pas prises au sérieux. C'est ça ta faute. »

Iso posa sur elle un regard débordant d'amour. Clarissa se tourna à ce moment-là et le vit; elle se détourna aussitôt.

« Tu as raison », fit doucement Iso, et chacune se tourna pour la regarder. Calme, elle regardait ses mains, mais avec la terrible force de qui domine une situation de la tête, des épaules et du cœur.

« Je ne vous demanderai pas de me pardonner; je ne ressens pas le besoin d'être pardonnée. Je suis désolée de vous avoir fait du mal, mais je ne le suis pas d'avoir été capable de vous aimer toutes les deux en même temps, ou que vous m'aimiez... Et si la douleur est le prix qu'il faut payer pour un tel présent, eh bien, je veux, je tiens à le payer, et il me faut vous dire que je ne me sens pas formidablement bien en ce moment...

— Mais toi, tu as accepté cela, dit Clarissa; nous autres, on n'a pas eu le choix. »

Iso approuva de la tête :

« C'est vrai... c'est vrai. Je n'essaie pas de dire que j'ai eu raison d'agir comme je l'ai fait, ou que vous devriez penser que j'ai eu raison, ou que vous ne devriez pas me détester pour cela, ou... je veux tout simplement vous dire ce que je ressens. Je ne prends *pas* cela au sérieux. Ce n'est pas à cause de vous, ce n'est pas parce que je ne vous respecte pas, vous ou vos sentiments. C'est... dur à expliquer. Je ne prends rien au sérieux, vous comprenez ? Ce n'est pas vous, c'est moi. Je pense avoir sans doute pris Ava plus au sérieux que quiconque d'autre, mais même quand j'étais avec elle... il y avait toujours une partie de moi-même qui ne marchait pas. Essayez de comprendre, je vous en prie. Qu'est-ce qui fait que l'on prend quelque chose au sérieux ? Ce n'est pas l'ardeur, l'affection ni l'amitié — parce qu'il y avait cela entre nous trois, et c'était bon; ce ne sont pas là les raisons de votre haine pour moi. Ce qui vous fait prendre quelque chose au sérieux, c'est la conviction que ce quelque chose va durer. Vous tiriez toutes les deux des plans roses sur la comète — et je n'ai rien fait contre, je ne peux pas le nier — mais j'oublie, moi, vous savez, j'ai tendance à « glisser » sur le fait que les autres ne sont pas faits comme moi. Vous avez eu l'impression d'avoir sacrifié quelque chose — la bonne et respectable vie, mari, gosses, carrière, maison, et tout le topo — une place dans le monde, que vous auriez obtenue sans trop lutter, qui vous attendait parce que vous êtes ce que vous êtes et parce que vous vous comportiez comme il le fallait.

« Tout cela n'a jamais existé pour moi. Bon, enfin, j'ai essayé dans le temps, je me suis fiancée avec un homme, mais cela n'a pas duré longtemps, c'était sans espoir. Aussi ai-je passé ma vie comme un mendiant debout à la porte du restaurant, à attendre les restes...

— OOOOOOOOooo !!! brailla Kyla.

— Non, non, laisse-moi achever. Je ne suis pas en train, vous devriez vous en rendre compte, je ne suis pas du tout en train de me désoler. Enfin, pas trop, dit-elle sur un ton plein de mépris pour elle-même; les trois autres se rendirent compte qu'elles lui souriaient.

« Cette image est vraie quand il s'agit de décrire mes capacités à m'insérer dans le grand courant de la vie ordinaire, de ce que fait la majorité d'entre nous.

— Mais aimerais-tu ça ?

— Peu importe, je ne peux pas, c'est tout ce que je sais. Je ne supporterais pas de coucher avec un homme. Une vie normale, mari, gosses, maison, tout ça, que l'on appelle la belle vie, la vie « juste », la vie enrichissante, cela a toujours été hors de question pour moi. Ne le comprenez-vous donc pas ? C'est une grande différence, cela modifie la façon de voir les choses. »

Les femmes ne dirent rien, mais quelque chose changea dans la pièce. Elles remuaient, croisaient les jambes, buvaient un petit coup, allumaient une cigarette, et toutes avaient conscience d'un murmure inaudible d'assentiment, dont la tentation vibrait au fond de leur gorge.

« Alors, j'ai appris à prendre ce qui se présentait à moi : le plaisir au vol, ou quelque chose comme ça... Je ne pense jamais en termes de pour-toujours car le pour-toujours est quelque chose que je ne peux pas espérer. Que je vous aime... pouvez-vous en douter ? Non ? dit-elle en se tournant vers elles d'un air presque désespéré.

— Non, dit Kyla avec ferveur, doucement, en se penchant vers elle.

— Non, dit Clarissa, en se rencognant et en croisant les bras, et son visage ressembla à un masque tragique.

— Oh ! soupira-t-elle. Bon, dit-elle en soupirant à nouveau. Vous savez, d'une certaine façon, je suis contente que cela soit fini. J'étais de plus en plus à bout : la tromperie n'est pas un jeu amusant, pour moi. » Elle s'interrompit, comme si elle pensait que c'était bien fini, et sourit à chacune d'un air radieux, comme une gosse qui sent que toute la famille approuve ce qu'elle a fait.

« Tu n'as pas encore tout à fait décroché », dit Clarissa.

Iso lui lança un rapide coup d'œil.

« Il est une chose que nous ne pouvons te pardonner, c'est de ne pas nous avoir prises au sérieux; je pense que nous pouvons arriver à comprendre cela... Mais ce que nous ne pouvons vraiment pas te pardonner, c'est de ne pas en aimer une plus que l'autre. »

Iso se rejeta violemment en arrière sur son siège et se frappa le front de la main.

« Je ne peux pas, je ne peux pas! Et pourquoi ne puis-je pas? » demanda-t-elle à Mira.

Toutes se tournèrent vers Mira, comme si elle seule avait *su,* et elle retint un petit rire gêné. Il fallait qu'elle parle. Désespérément, elle aurait aimé que Val soit là. Val aurait *su.* Mais *elle,* comment pouvait-elle *savoir?* Elle s'entendit chercher ses mots :

« Il me semble que ce qu'Iso voulait dire, c'est qu'elle a depuis longtemps perdu l'espoir de jamais trouver le Graal. Vous savez bien... Il faut aimer Dieu parce que Lui seul peut être aimé pour l'Eternité. L'amour qui comble tous les besoins, qui guérit toutes les blessures, qui excite et stimule quand l'ennui descend, et qui est absolu, absolu, je dis bien, cet amour ne fait jamais défaut, quoi que l'on fasse ou ne fasse pas, que l'on soit ou que l'on ne parvienne pas à être. Je crois que nous passons tous notre vie à sa recherche et que, manifestement, nous ne le rencontrons jamais. Et même si nous le rencontrons – il y a des gens que leur mère a aimés de la sorte, vous savez – cela ne suffit pas, cela n'apporte pas la plénitude, c'est trop étouffant ou cela requiert trop de soumission, ce n'est pas assez excitant; alors on continue à chercher, insatisfait, sentant que le monde ou ce qu'il nous promettait nous a trahis, ou pis même... (Elle regarda vivement Kyla)... que c'st nous qui avons failli. Et certaines d'entre nous apprennent, trop tard j'en ai peur, que tout cela est impossible. Si bien que nous perdons tout espoir. Et cela fait, nous nous retrouvons dans une position différente de celle des autres : impossible d'en parler aisément, parce que nous n'avons plus la même échelle de valeurs. Nous nous contentons plus facilement, nos joies sont moins exigeantes. L'amour, cette chose rare, quand il survient, est un présent merveilleux, un jouet, un miracle, mais nous ne comptons pas sur lui pour nous protéger des jours de pluie ni de celui où la machine à écrire tombe en panne, et cela vaut autant puisque les mots ne viendraient pas en tout cas, mais si l'article n'est pas prêt pour lundi, il n'y aura pas de quoi payer le loyer du mois prochain... vous savez ce que je veux dire. L'amour est une pluie d'or qui s'abat sur vous quand il lui plaît, et lorsqu'elle éclabousse votre paume ouverte, vous vous exclamez devant son éclat, devant la rosée qu'elle met sur la sécheresse de votre vie, devant son scintillement, sa chaude douceur. Mais c'est tout. Impossible de s'y cramponner. Jamais elle ne pourra vous combler entièrement. S'il se trouvait cinq Ben là-bas, à Cambridge, je pourrais les aimer tous avec la même force que je l'aime, lui. Mais vous deux, sans compter quelques autres, Grete, Val, ma vieille amie Martha... Seigneur Dieu ! Vous êtes une corne d'abondance de miracles. Iso est incapable de choisir entre vous parce qu'elle n'a pas besoin de vous, parce qu'aucune de vous ne peut la combler; mais, toutes les deux, vous la nourrissez, et en même temps elle n'imagine pas, ne se figure pas qu'aucune de vous lui apportera jamais ce que lui apporta le ventre de sa mère. »

Elles se tournèrent toutes cette fois vers Iso, qui avait vraiment les larmes aux yeux maintenant et qui contemplait Mira avec une immense tendresse : « Tu as oublié quelqu'un, dit-elle. Toi. »

Cette nuit-là elles se séparèrent aussi gracieusement que des danseuses de ballet, et aussi solennellement. La solennité ne provenait pas d'une restriction ni de la colère, mais bien du sentiment, qu'elles avaient toutes, que c'était la fin de quelque chose, de certains rapports humains, alors que rien de nouveau ne s'était encore présenté pour remplacer cela. En attendant, une certaine délicatesse de comportement, une profonde courtoisie, voilà tout ce qui pouvait exprimer leur intimité vraie et les distances infranchissables qui les séparaient. La compréhension peut bien s'étendre à l'infini; n'empêche que les besoins demeurent. Elles restaient amies; mais la visite presque inéluctable à Iso, chaque après-midi, devint finalement une soirée de temps en temps, le vendredi ou le samedi. Clarissa trouva une chambre ailleurs; Kyla, quelqu'un pour partager son appartement. Celui d'Iso continuait à recevoir des visiteurs l'après-midi, mais moins fréquemment, et c'était un nouveau groupe.

Les exposés poursuivaient leurs cours, ou tombaient à plat. Kyla passait toujours ses journées à feuilleter des livres, incapable de rien découvrir qui la remuât jusqu'au fond de l'être. Elle regrettait de ne pas s'être spécialisée dans la Renaissance, avec ses catégories éthiques, ou de ne s'être pas consacrée à l'étude de la morale. Clarissa étudiait dur, mais de façon de plus en plus vagabonde. Le lien entre les structures sociales et la forme romanesque est ténu; pourtant, les structures en elles-mêmes la fascinaient de plus en plus. Quant à Iso, elle s'absorbait entièrement dans son travail; elle sollicita une bourse pour aller étudier en France et en Angleterre des manuscrits introuvables en Amérique. Grete s'appliquait lentement. Elle passait beaucoup de temps avec Avery et, même en son absence, pensait à lui. Grete avait été un prodige; à vingt-quatre ans, elle était encore toute jeune. « Je crois, disait-elle à ses amies, qu'il doit être bon d'assurer son terrain, d'arriver à une certaine *sécurité* dans la vie affective, avant de pouvoir s'asseoir vraiment devant sa table pour commencer à travailler. »

Cependant, le travail de Mira allait aussi bien qu'à l'accoutumée; Ben avait écrit cinquante pages; ils espéraient tous les deux avoir fini d'ici à un an. En novembre, Ben reçut une lettre du Lianu, une offre de travail en tant que conseiller du président du pays. Les Africains avaient du mal à comprendre la tournure d'esprit particulière des Américains. Ben fut naturellement aux anges. On ne pouvait guère compter sur ce boulot – les Blancs pouvaient être chassés du pays d'un jour à l'autre – mais, oh! comme c'était passionnant, oh, Mira tu verras les chutes d'eau, les volcans, les jungles, les déserts...

Mira convint que c'était formidable, oui, « il faut que tu partes là-bas et que tu y restes jusqu'à ce qu'ils te flanquent dehors à coups de pied, ce qui est inévitable;

n'empêche, ta carrière sera faite, tu seras le grand expert en matières africaines, ce dont rêvent tous les pays de Blancs : un européen qui connaisse à fond l'Afrique. » Elle ne pouvait maîtriser une nuance de sarcasme dans sa voix, et Ben le sentit. Bon, il battrait en retraite, et la prochaine fois qu'ils seraient avec des gens, il recommencerait tout de A à Z, avec la même passion, la même impatience. Il fallut à Mira deux semaines pour isoler la source de son irritation.

Ben ne lui avait jamais demandé si elle avait envie d'aller en Afrique; il avait simplement considéré comme allant de soi que la réponse était oui.

Cela seul suffisait à infléchir sa façon de considérer la chose. Elle se souvint de Normie disant qu'il se demandait si, lorsqu'il n'avait pas envie de devenir médecin, c'etait parce qu'il n'en avait pas envie ou parce que son père voulait qu'il le devînt, et d'elle lui rétorquant que le jour où il le saurait, ce serait trop tard.

Elle dut s'enivrer pour oser parler à Ben – ce qu'elle fit au bout du compte, sans beaucoup s'en sentir mieux.

Il commença par se défendre, et mentit même pour ce faire. Il insista sur le fait qu'il lui avait – oui – demandé et qu'elle avait accepté. Il insista là-dessus pendant plus de deux heures. Elle lui rétorqua que si cela avait été le cas, elle s'en souviendrait, mais il n'en démordit pas. Il passa de l'attente d'un accord complaisant à la flatterie. C'était si douloureux pour lui d'imaginer d'être sans elle qu'il avait pensé à ces propos que, disait-elle, ils n'avaient jamais tenus ni l'un ni l'autre – alors qu'il se souvenait parfaitement du contraire – et avait simplement considéré comme évident qu'elle irait avec lui.

Elle hurla :

« *Tu me fais chier, Ben !* »

L'un des avantages du fait de ne jamais employer de mots dits grossiers est que, lorsqu'on s'en sert, ils constituent une tonitruante volée de bois vert. Au cours de cette année, Mira avait employé plusieurs mots qui jusque-là ne franchissaient jamais la frontière de ses lèvres, mais cela avait presque toujours été en présence de ses amies, très rarement en présence de Ben. Comme sa mère, elle avait des catégories.

Il s'arrêta net en plein milieu d'une phrase. La regarda, baissa les yeux. Et dit :

« Tu as raison; excuse-moi! Je ne sais pourquoi j'ai agi comme ça. Mais je pense – Mira, là, je suis sincère – que la dernière chose que j'ai dite était vraie. Je ne peux pas imaginer d'aller là-bas seul. Ce serait trop douloureux. Je ne le supporterais pas. »

Il releva les yeux. Elle le regardait en se mordant les lèvres, et des larmes coulaient le long de son visage.

« Oui, je le crois, Ben... dit-elle d'une voix étouffée, tu avais envie d'y aller et cela te ferait mal d'y aller sans moi, alors tu t'es tout bonnement dit que je vienne avec toi était la solution la plus simple. Et tu n'as jamais, pas une seule fois, dit-elle en se levant et en élevant le ton, tu n'as jamais pensé à moi! A mes désirs, à ma vie, à ce que j'aurais pu, voulu faire! Tu m'as gommée, en tant que personne distincte de toi, et le plus tranquillement du monde, comme Norm avant toi. »

Elle courut aux toilettes et ferma la porte à clef. Elle pleura. Ben resta longtemps assis à fumer ses petites cigarettes. Soudain, la porte de la salle de bain s'ouvrit, Mira sortit et alla se verser un verre dans la cuisine. Ben resta assis; sa bouche se tordait et se détordait. Il sortit une cigarette de son paquet et l'alluma. Mira revint et s'assit juste en face de lui, dans la position du lotus. Elle avait les yeux gonflés, mais son visage avait une expression dure, austère, et elle se tenait très droite.

« Bon, dit-il, bon, ta vie, tes souhaits, tes désirs, c'est quoi? »

Mira parut presque être au supplice :

« Je ne sais pas exactement. »

Il bondit sur ses pieds, le doigt tendu en avant.

« Ahaha!

– Ta gueule, Ben, dit-elle sèchement, je ne sais pas exactement parce que je n'ai jamais eu assez d'espace, de champ pour penser à ce que je voulais vraiment... Mais je sais que j'aime ce que je fais en ce moment, et que j'ai bien envie de continuer à le faire. Je veux terminer ma thèse. En dehors de cela, je ne peux rien désirer, car je ne sais pas ce que l'on peut désirer. Il y a longtemps que je sais, avant même d'avoir vingt ans, dit-elle amèrement, qu'il ne faut pas désirer ce que l'on ne peut pas obtenir. Cela fait trop mal; quoi qu'il en soit, je pense que j'aimerais enseigner, je sais que je veux faire de la critique littéraire, et je *veux* achever ma thèse. Et – elle détourna les yeux et dit ces mots d'une voix faible – je t'aime également, et n'ai pas envie de me séparer de toi. Moi aussi, j'ai besoin de toi. »

Il traversa la pièce en deux pas et mit sa tête sur les genoux de Mira.

« Oui, moi je t'aime aussi, ne le vois-tu pas ? Mira, ne le vois-tu pas ? Je ne peux pas supporter l'idée de ne plus être avec toi.

– Oui, dit-elle sèchement, je le vois. Je vois également que tu avais l'intention de me déraciner pour me garder auprès de toi. Ironique! C'est l'adjectif qu'emploie Val. Le paradoxe de ce que l'on appelle l'amour. »

Il s'assit par terre et croisa les jambes. But une gorgée au verre de Mira.

« Bon, mais que pouvons-nous faire, alors ? Mira, veux-tu venir à Lianu avec moi ?

– Et qu'est-ce que j'y ferais, à Il-Lianu, chantonna-t-elle, mais il ne saisit pas l'allusion.

– Je ne sais pas, moi. Je ne sais pas. Ecoute, je ferai tout ce que je pourrai... Je ne sais pas ce qu'il y aura là-bas. Mais nous achèterons tous les bouquins dont tu as besoin, nous photocopierons tous les articles... je t'aiderai. On emmènera tout ça avec nous. On s'abonnera à toutes les revues que tu considères comme importantes. Tu pourras rédiger ta thèse là-bas. Il n'y a, en somme, pas de problèmes. Tu pourras envoyer ta copie à Everts. Et après...

– Et après... » dit-elle d'une voix qui la surprit elle-même. Elle était très grave, très basse, très maîtrisée. Elle ne s'y retrouvait pas.

Il soupira, lui prit la main :

« Ecoute, ma chérie, je ne peux pas te dire qu'il y ait beaucoup de choses pour toi, là-bas. Je pourrai sans aucun doute te trouver un boulot de secrétariat dans un ministère, peut-être même un boulot de trad... non, tu ne parles pas le lianais. Mais quelque chose...

– Je veux enseigner. »

Il soupira et laissa retomber sa tête.

« Il y a dix ans, dit-il en écartant les bras, cela aurait encore été possible. Aujourd'hui ? Je ne le pense pas. Certes, il y a encore quelques professeurs blancs, mais on les congédie petit à petit, et beaucoup sont dans des écoles privées... » Il la regarda droit dans les yeux. « Je ne pense pas que cela soit possible.

– Et malgré cela – sa bouche se tordit comme si elle était sur le point de pleurer de nouveau – tu t'es dit que je viendrai. Sachant que j'ai passé ces cinq dernières années à me préparer à enseigner. »

La tête de Ben retomba.

« Pardon », dit-il d'une voix chargée de tristesse.

Ils gardèrent un moment le silence.

« Je n'y vais pas pour la vie, finit-il dire par dire. Les jours des Blancs sont comptés en Afrique. Nous reviendrons », dit-il en relevant la tête.

Elle le regarda d'un air songeur.

« Oui, c'est vrai. Son cœur se mit à battre plus fort. La chose était possible. S'excitant un peu, elle lui dit : Et si tu n'es pas flanqué à la porte d'ici à deux ans et que je me sente abusée, je pourrai toujours m'en aller. Ma thèse sera finie. Bien entendu, ça sera difficile à faire loin de toute bibliothèque. Cela prendra davantage de temps... Mais je pourrai attendre les bouquins qui m'arriveront par la poste en jardinant », dit-elle en souriant pour la première fois.

Il eut l'air ravi.

« Mais, Mira, ma chérie, tu ne pourrais pas t'en aller comme ça, en abandonnant ton enfant.

– Mon enfant ? »

Il commença :

« Bah ! oui... est-ce qu'on n'est pas en train de parler de cela, de l'enfant que nous allons avoir ? »

Elle se sentit littéralement geler. Son corps tout entier se glaça. Elle se sentait comme si elle avait pris un médicament ou qu'elle agonisait, écrasée contre un mur où seules des vérités essentielles pouvaient être proférées; elle avait trouvé les siennes, et cela la terrifia : *je suis, je suis, je suis.*

Et la seconde vérité essentielle vint juste après la première, à la façon dont le creux de la vague suit sa crête : *Je veux, je veux, je veux.* En l'espace d'une seconde, elle comprit que c'était là deux choses qu'elle ne s'était jamais permis de dire, ni même de penser. Glacée, bloquée dans un endroit glacial, elle ouvrit ses lèvres bleuâtres :

« Je ne veux pas avoir d'autre enfant, Ben. »

C'est alors que tout se brisa. Ben fut blessé, choqué, etc. Il pouvait comprendre qu'elle ne voulût plus avoir d'enfant avec Norm, ou quelqu'un d'autre, d'accord, mais pas avec lui. Ils discutèrent et disputèrent, lui passionnément, elle désespérément, car elle se battait contre elle-même. Elle aimait Ben, elle aurait aimé (des années plus tôt) avoir un enfant de lui, elle aurait adoré aller avec lui dans un endroit nouveau (des années plus tôt), faire pousser des fleurs et cuire du pain, et parler à un petit gosse qui aurait rampé autour d'elle en apprenant à dire : Haud ! Rop haud !, de le voir rentrer le soir pour lui expliquer les subtilités de la pensée marcusienne avant qu'elle ne lui explique celles de la versification de Wallace Stevens. En admettant qu'il ait toujours le loisir de s'intéresser à de telles discussions. Mais à présent (à plus de quarante ans), elle voulait avoir son propre travail, elle voulait poursuivre ce truc, ces études qu'elle aimait tant. Cela serait un sacrifice que d'aller en Afrique — cela entraverait sa carrière et ralentirait son travail. Et elle avait envie de la faire, elle emmènerait ses bouquins avec elle, elle se ferait envoyer des documents. Mais elle ne pouvait pas, non... elle ne pouvait pas avoir un autre enfant. Assez, se dit-elle. Assez.

Il y aurait beaucoup d'aide en Afrique, dit Ben. Et lorsque nous reviendrons ? Ou imagine que j'aie besoin de quelque chose et que je doive revenir ici pour quelques mois ? On pourrait s'arranger, dit-il à contrecœur. Elle avait assez d'expérience pour comprendre que ce qui était répugnance aujourd'hui serait furieux refus demain. Et lorsqu'ils reviendraient ? Le gosse serait toujours à elle, même si c'était lui, Ben, qui le désirait. Il serait sous sa responsabilité à elle. Il n'y avait *pas* beaucoup d'aide ici. Il ferait ce qu'il pourrait, déclara-t-il, mais il était trop honnête pour en promettre davantage.

Elle resta assise tard, seule, avec sa bouteille de brandy. Elle et Ben ne rompirent pas – simplement, ils ne se virent plus très souvent. Ils en avaient peu envie, car à chaque fois ils disputaient. Elle se dit que Ben la regardait de haut, qu'une certaine partie de son esprit la regardait de haut, cette femme qu'il avait aimée pendant près de deux ans et qu'il venait de découvrir égoïste et plus encore. Lorsqu'ils faisaient l'amour, cela n'allait guère : il agissait de façon mécanique, elle, passive. Elle se sentait écrasée; elle avait vivement envie de protester, de se justifier, de se venger de ses récriminations tues. Mais elle était trop fière pour agir de la sorte, elle comprenait que la supériorité de Ben, son abaissement, à elle, n'avaient rien à voir avec eux, que c'étaient là des métastases culturelles...

Elle se sentait complètement seule. Val ne répondait pas au téléphone. Iso, Clarissa et Kyla ne lui furent d'aucune aide : elles l'écoutèrent, mais elles ne comprirent pas ce que c'était que d'avoir quarante ans et de se sentir seule, et puis que savaient-elles de la solitude? Elle essaya de mettre les choses en colonnes. Colonne numéro un – dernière chance pour un amour heureux; numéro deux... quoi ? Moi. MOI ? Elle se souvint d'avoir insister sur cela lorsqu'elle était enfant. Quel égoïsme ! Après tout, peut-être était-elle bien comme Ben semblait le penser.

Tout ce qu'elle avait à faire, c'était de saisir le téléphone, de dire, Ben, je viens, Ben, je t'aime. Il serait là dans la minute et l'aimerait de nouveau de la bonne vieille façon... Sa main s'immobilisa en pleine course. La bonne vieille façon. Donc, il ne l'aimait plus? Non, pas quand elle insistait sur ses désirs à elle. Mais s'il ne l'aimait pas lorsqu'elle insistait sur ses désirs à elle, comment l'aimait-il donc ? Lorsque ses désirs étaient les mêmes que les siens. Elle se servit un autre brandy.

Elle remarqua qu'elle buvait trop, mais ne s'en soucia pas. L'ébriété permet parfois de découvrir des vérités. S'il ne l'aimait que lorsque ses désirs à elle coïncidaient avec les siens, et qu'il cessait de l'aimer lorsque les désirs de Mira étaient différents des siens, cela signifiait qu'il ne l'aimait pas, qu'il aimait uniquement un reflet de lui-même, un complément qui pût comprendre et apprécier, mais qui était inférieur et flatteur.

Mais il en avait été ainsi au début. Elle se sentait inférieure à lui, elle le flattait, de tout cœur, parce qu'elle le trouvait plus important, plus grand, mieux qu'elle-même.

Et il s'était habitué à cela.

Elle reposa son verre.

Voilà ce qu'elle l'avait habitué à lui demander. Et maintenant elle se reniait.

Mais elle était différente à présent.

Elle était différente, en partie à cause de lui.

Cela ne comptait pas. Lui aussi était maintenant différent en partie à cause d'elle.

Elle reposa sa tête contre le dossier de la chaise. Imagine que tu cours passionnément vers lui comme jadis en lui criant : « Je t'aime, je te veux ! Reste à Cambridge avec moi. Continuons comme cela. Ici aussi tu peux trouver un boulot bath... »

Elle eut un pâle sourire et saisit la bouteille :

« Hah ! » s'entendit-elle s'exclamer. Avec la voix de Val.

Le téléphone sonna bientôt. Elle bondit sur pieds; plus d'une heure; sans doute l'un des garçons. Mais c'était Iso.

« Mira, je viens d'apprendre la nouvelle : Val est morte. »

VI

1

Oui. C'était bien cela : tout semblait possible, tout s'ouvrait, et puis tout se refermait. A la fin on était possédé. Diastole, systole. Mais elle disait aussi : Pourquoi faut-il que tout ordre soit un ordre permanent ? C'est tout cela qui m'a conduite à cette plage. Je m'aperçois que j'ai des pissenlits dans la main. Comment sont-ils arrivés là, à votre avis ?

Si tout n'est que dilatation et constriction, tout doit se dilater de nouveau. Sinon c'est la mort. Si ce n'est pas une loi de la nature, cela mériterait d'en être une.

Val était morte. Cela s'est passé sous nos yeux, mais nous n'avons rien remarqué. Mira ne pensa à Val que lorsqu'elle eut envie de lui parler. Non, ce n'est pas vrai. Val comptait pour elle, pour chacune. Mais peut-être pas autant qu'elle aurait aimé compter, pas autant que chacune d'entre nous aimerait compter.

Ce qui arriva fut la résultante de plusieurs petites données. Voici, rapidement, ce qui s'est passé. Une jeune Noire, Anita Morrow, qui travaillait comme domestique durant la journée, allait le soir à Northesaten. Elle voulait devenir professeur d'anglais. (La justice déclara cela ridicule durant le procès en disant qu'Anita était presque illettrée.) Anita se rendait de l'école à chez elle lorsqu'un homme l'avait attaquée. Il lui mit la main au collet et la tira dans un coin sombre. Il la jeta par terre et releva sa jupe. Mais Anita, qui avait grandi dans la rue, avait un couteau. Elle le frappa au menton, se releva rapidement, et, quand il la saisit de nouveau, lui donna un coup de couteau. Des gens la virent s'acharner sur lui alors qu'il était déjà à terre; on dut la tenir ferme jusqu'à l'arrivée des flics.

On l'accusa de meurtre. L'homme appartenait à une famille respectable, il était marié et avait six enfants. Le couteau appartenait à Anita. L'accusateur public affirma que c'était une prostituée, qu'elle l'avait attiré dans le coin sombre et que, lorsqu'il avait voulu partir, elle l'avait poignardé pour le dévaliser. L'enjeu du procès était d'importance : si Anita ne fréquentait l'école que pour plus de clients, elle n'était qu'une prostituée, et les prostituées ne peuvent pas être violées. On ne déclara pas cela; on le sous-entendit, sans équivoque.

Anita fut interviewée par le *Phoenix* de Boston. Certains prétendirent qu'on avait épuré sa grammaire et sa syntaxe pour la gratifier d'une certaine éducation. Le *Phoenix* la citait : « Je veux retourner là où j'ai été à l'école. Ils ne pouvaient pas me tenir, les profs... On n'écoutait rien. Mais je sais que je pourrais leur apprendre des choses, à ces gosses-là, parce que je viens de là-bas, je suis l'une d'entre eux. Et je sais que je pourrais leur faire voir ce que je sais. Un peu comme dans le poème de Blake :

> Ma mère geignait, mon père pleurait,
> Lorsqu'au monde je sautai.

Mais, vous le savez, les bébés ne sautent pas... Blake dit aussi :

> Désarmé, nu et flûtant fort.
> Comme un ennemi cellé dans le vent.

Comme si les pleurs d'un bébé étaient une musique, un sifflotement dans le noir. Et aussi :

> Comme un démon caché dans un nuage.

Un bébé est un démon, qu'il dit. Vous entendez? Vous le savez comme moi que c'est vrai. C'est vrai! » Elle éclata de rire, dit le reporter et continua de parler poésie.

L'Etat chargea des experts de juger les capacités grammaticales d'Anita. Ils déclarèrent qu'elle ne serait jamais professeur. Anita fut déclarée coupable de meurtre. Son procès fut suivi, tout du long, par un groupe de féministes. Le jour du jugement, elles envahirent le palais de justice. Seul le *Phoenix* couvrit cet événement. Il publia une photographie des femmes hurlant et se démenant. Val était parmi elles. Anita fut condamnée à vingt ans de réclusion criminelle. « Il a essayé de me violer et je l'ai poignardé », déclara-t-elle d'un air incrédule au groupe de féministes avant qu'on ne la fît monter dans le fourgon cellulaire.

Le groupe de Val était peu important et n'avait guère de moyens, mais il était apparemment suffisamment important pour « intéresser » les fédéraux, car un informateur du F.B.I. y fut infiltré; le groupe fut scandalisé par ce qui était arrivé à Anita, et les femmes envisagèrent de la libérer. C'était un plan complètement fou, né dans le noir berceau du désespoir. Peut-être ne s'attendaient-elles pas que cela marchât. Peut-être pressentaient-elles inconsciemment ce qui allait survenir, et voulaient-elles que cela eût lieu pour attirer l'attention de l'opinion publique.

Le jour où l'on transféra Anita à la prison fédérale (comme on la jugeait irrécupérable et dangereuse pour la société, on ne la relâcha pas jusqu'à la réunion de la juridiction d'appel) les femmes arrivèrent une par une, vêtues de jeans ou de jupes. Lorsqu'on fit sortir Anita pour qu'elle monte dans le fourgon, elles sortirent des armes.

Mais les autorités s'y attendaient. Derrière le mur de brique, il y avait un, deux, trois policiers : ils découvrirent des mitrailleuses – les femmes n'avaient que des pistolets – et visèrent. Deux passants furent blessés, les six femmes tuées. Anita Morrow fut balancée dans le fourgon qui fila à toute vitesse. C'était terminé. Mais la police avait tellement tiré dans deux des corps qu'ils explosèrent et blessèrent légèrement deux des flics qui s'approchaient. On déclara par la suite que les femmes étaient porteuses de grenades qui, pour une raison ou pour une autre, n'avaient pas éclaté plus tôt. Val était l'une des femmes dont le corps avait explosé. L'un des flics succomba, et l'on organisa une cérémonie funèbre à laquelle participa même le maire. L'autre survécut, mais il garda de belles cicatrices au visage et sur les cuisses.

Il y eut beaucoup de monde à l'enterrement de Val. Iso dit que pour moitié ce devait être des agents du F.B.I., mais je ne le pense pas.

Je crois que Val avait des tas d'amis secrets, des gens à qui elle avait parlé une fois et dit une vérité. Je parie que le fameux pasteur qui ne rêvait que de viol était là. Et Neil Truax, l'ex-mari de Val. Chris, pâle, absente, sans défense nous le présenta : beau, élégant, jolies tempes grises, joli hâle pour décembre. Il secouait la tête :

« Elle avait sa fille... Elle a toujours été irresponsable... Viens, mon chou, papa va te ramener à la maison... »

Chris avait l'air frêle et désarmée sous l'énorme patte posée sur son épaule.

Howard Perkins s'approcha de nous, paupières palpitantes autour d'une larme :

« C'était une fille formidable, vous savez, vraiment sensationnelle. Autrefois. Mon opinion est qu'elle est devenue dingue avec la ménopause. Ça arrive aux femmes, vous savez. Elle vieillissait, elle n'attirait plus les hommes; son hostilité fondamentale à leur égard a pris le pas...

– Va te faire foutre, Howard ! » dit Mira. Et tout le monde se retourna pour la regarder.

Les amis attendirent que la foule se fût écoulée. Ben était là, un bras autour de l'épaule de Mira.

Et Harley, et Iso, Clarissa, Kyla, Tad, Grant, Bart. Le petit groupe regagna lentement les voitures.

En rentrant chez elle, Mira prit sa bouteille de brandy et s'assit près du téléphone, la tête dans les mains. Le téléphone ne sonna pas. Ben ne l'appela pas...

Et si cela prenait fin comme son mariage l'avait fait ? Et si elle avait un enfant à quarante et un – quarante-deux ans et ne rédigeait jamais sa thèse. Cela ne s'arrêterait jamais. Leur amour demeurerait peut-être brûlant comme au premier jour...

Ridicule, tout ça... ridicule. Elle se sentait folle à en mourir. Elle se leva, passa un manteau, saisit sa bouteille de brandy et se rendit chez Iso. Kyla et Clarissa y étaient déjà. Elles étaient assises, bouches closes. Elle fit circuler la bouteille. Elles remplirent leurs verres puis les levèrent :

« A Val, dirent-elles avant de boire.

– Il n'y a rien à dire... il n'y a pas de mots pour... » dit quelqu'un.

Aucun mot dont on eût pu l'entourer comme d'un suaire purificateur qui garantirait qu'elle ne dérangerait plus ni ne menacerait, qu'elle ne se dresserait pas, folle de colère, un couteau à la main et hurlant : « Tuez, non, non, tuez, TUEZ plutôt que d'accepter ! »

« Oui, mais elle, elle a accepté. Elle a accepté d'être anéantie, comme si elle avait été Stella Dallas.

– Mais comment ne pas le faire, hein ? Je veux dire, que tu luttes ou que tu te soumettes, que tu grimpes après un rocher, ou que tu rampes dans une cave, tu participes à ton destin – tu le crées – tu en es responsable, non ?

– Mais, merde ! on ne va quand même pas prêter la main à cela, aider à la foutre au congélateur après l'avoir étiquetée, définie. Non, on ne va quand même pas dire : elle était ci, ou ça, aussi sec qu'une notice nécrologique !

– Mais ne rien dire a le même effet ! Tu sais, le mot grec pour vérité – *aletheia* – n'est pas le contraire de mensonge. Il signifie le contraire de *lethe,* oubli. La vérité, c'est ce dont on se souvient.

– D'accord... Alors disons : elle est morte pour la vérité, et elle est morte *de* la vérité. Certains péchés sont autant de maladies mortelles.

– Toutes les vérités sont des maladies mortelles. »

Elles trinquèrent, et burent.

2

Le reste d'entre nous survécut.

Kyla en eut marre de chercher un sujet de thèse. Elle alla à l'école de la magistrature et demanda si elle pourrait suivre les cours. Au bout d'un mois, elle était en ébullition – les lois ne s'occupent que de la propriété! – mais pleine de vie.

J'ai reçu une lettre d'elle le mois dernier. Elle est diplômée de l'école de la magistrature et potasse pour sa soutenance. Elle a un « petit boulot » de conseil d'un juge. Cela ne me semble pas être un petit boulot. Je m'attends à la voir entrer par la fenêtre comme Batwoman, brandissant les dix nouveaux commandements.

En juin, Clarissa alla rendre visite à un cousin de Chicago et entra dans une station de télé du cru. Elle nous déclara que la télévision était la plus puissante force de changement social de toute l'histoire de l'humanité. J'ai répliqué que je pensais que c'était la force la plus conservatrice qui fût, l'Eglise catholique mise à part. Comme toujours avec Clarissa, nous avons été d'accord au sein de notre désaccord.

Grete a épousé Avery. Grete a fait du cinéma. Je ne sais pas comment. Elle m'a écrit qu'elle avait l'intention de changer les us et coutumes d'Hollywood dès qu'elle aurait assez d'argent et qu'elle serait suffisamment célèbre.

Avery est dans le sud de la Californie et enseigne dans une école parallèle. Il n'a pas de fric, mais Grete en a à la pelle. Ils passent tous les week-ends ensemble et s'efforcent de préserver leur mariage. On dirait que cela leur plaît beaucoup...

Ava est, elle aussi, mariée. Iso m'a écrit à son propos ces temps-ci. Ava ne se rendit à New York qu'avec de tout petits espoirs, mais cela marcha. Elld a pourtant craqué. Je n'arrive cependant pas à la voir faire cuisine, vaisselle et ménage.

Mais Iso jure qu'elle est mariée et qu'elle vit à Pittsburg. Ça doit être vrai. Iso dit qu'elle va assister au spectacle des ballets qui visitent la ville. Elle a écrit à Iso : « Je ne cesse de tomber, je suis vieille... plus d'espoir. »

Iso, quant à elle, est fantastique. Elle est toujours au centre de notre vie. Kyla et Clarissa, après quelques gros petites nuages, lui écrivent. Mira et Grete n'ont jamais cessé de le faire. Nous correspondons toutes...

Ben s'est rendu en Afrique. Mira découvrit par la suite qu'Harley l'avait conduit à l'aéroport; il avait repoussé son départ pour assister aux funérailles. Il est resté un an et demi en Afrique; à trente-huit ans, tout va magnifiquement pour lui. Il s'est marié avec la femme qui était sa secrétaire au Lianu. Ils vivent dans une grande maison d'un agréable quartier, et les gens les considèrent comme un couple modèle. On les invite tout le temps et lui attire beaucoup les femmes. Sa femme se montre plus qu'attachée à lui. Oui.

Ainsi, vous le voyez, cette histoire n'a pas de fin. Tad, m'a-t-on dit, est entré dans un monastère Zen. Mais il ne s'agit peut-être que d'un potin. Grant enseigne dans une petite fac de l'Oregon ou du Washington District of Columbia où il passe pour une lumière de mille watts mais où son salaire n'est pas folichon. Et Chris. Mon cœur se serre lorsque je pense à elle. Je ne sais pas ce qu'il est advenu d'elle.

Voilà, ah non, il reste Mira. Elle acheva sa thèse, et lorsqu'elle fut reçue, toucha l'argent de son divorce et se rendit en Europe, où elle voyagea pendant huit mois. Puis elle s'en retourna et essaya de trouver un emploi; personne ne voulut engager une femme de plus de quarante ans, quand bien même elle était diplômée de Harvard; alors elle a abouti dans cette petite école de la côte du Maine, et elle fait les cent et quelques pas sur la plage chaque jour, boit du brandy chaque soir, et se demande si elle n'est pas en train de devenir folle.

Clark m'a appelée à deux heures du matin l'autre nuit. J'étais, comme à l'ordinaire, assise avec brandy et cigarettes, mes intimes. Il a dit : « Salut b'jour, j'avais rien de mieux à faire et j'avaie envie de parler à quelqu'un et je m' suis dit... qui est encore debout à deux heures du matin ? Voilà, et je t'appelle... » Je lui ai parlé du manque d'homme dans ma vie. J'ai quarante-quatre ans, ce qui n'a plus rien de commun avec vingt et un ans. J'arrive encore à faire des choses, mais j'ai des cauchemars. Je les trouve beaucoup plus effectifs, beaucoup plus réels que ce qui se passe dans ma vie de tous les jours.

Je fais ces « rêves » chaque nuit. La nuit passée, j'ai rêvé que j'étais, que je vivais seule dans un appartement en tout point semblable à celui que j'occupais à Cambridge. Je suis dans mon lit et un homme apparaît dans la pièce. Je suis un petit peu effrayée, mais je le regarde avec curiosité. C'est un Blanc, il est plus grand que moi, et il a une cicatrice à la lèvre. Mais ce qui me frappe le plus, ce sont ses yeux. Ils sont vides. La menace qu'il représente en étant là ne m'effraie pas, mais l'expression sans expression de ses yeux, si. Il est terrifiant et repoussant. Il a des choses à la main — une pipe et un canif. C'est son absence d'expression, pas ces objets, qui le rendent physiquement menaçant. Mais je me redresse dans mon lit, je prends un air naturel, avenant même. Je dis : « Il fait froid, ne trouvez-vous pas? Me permettez-vous de hausser un petit peu le chauffage? » Il fait non de la tête, et je sors de la pièce; à peine cela fait, je cours dans les escaliers, bref, jusqu'à la porte d'entrée; il faut alors que je décide quoi faire. J'entends ses pas à l'étage au-dessus. Je décide de tenter ma chance dehors.

Brusquement, je me rapproche un petit peu de l'état de conscience. Cela m'arrive souvent quand je rêve. J'ai alors l'impression d'être complètement éveillée et décide de changer quelque chose dans mon rêve. Plus tard, lorsque je suis réellement réveillée, je me rends compte que je ne me suis jamais réveillée, que je n'ai fait que rêver que je me réveillais. Bref, c'est ce qui est arrivé dans ce rêve-là. J'ai repris suffisamment conscience pour réaliser qu'à ce moment, dans la rue que j'habite à Cambridge, toutes les maisons sont noires à pareille heure. Je décide donc de mettre une petite boutique tout près de chez moi, une boutique qui, bien entendu, est ouverte. Je cours à l'intérieur de la boutique en question et demande que l'on me cache et que l'on appelle la police. On le fait. Ouf! J'ai déjà fait cela dans d'autres rêves, ct ils ont refusé, ont eu peur eux-mêmes et ont refusé.

Il y a plusieurs scènes dont le souvenir m'échappe. Après, je suis en ville, je suis dans un commissariat de police, je suis dans un fourgon de police. Je donne des indications, ils trouvent ma maison et y pénètrent. Mais ils sont cinq à présent, tous aussi brutaux les uns que les autres dans leur inexpressivité même, assis en cercle dans mon living-room. Je sais parfaitement que ce ne sont pas leurs corps qui me font peur, mais leurs yeux. La police les emmène, et je vois sans y prendre garde que l'appartement est vide, complètement vide. La police les embarque et je me dis que c'est déjà ça; puis je retourne dans mon living-room et m'aperçois qu'ils sont de nouveau là. Je me précipite dehors pour rappeler la police. Mais il n'y a plus d'escaliers. Je ne sais pas quoi faire. Je m'accroche après la rampe sinueuse et glisse jusqu'en bas.

Plus tard, je remonte. Ils sont partis. Comme tout... L'appartement est vide, glacial. La police arrive voir ce qui se passe et me dit de bien fermer la porte.

Je vais pour la fermer, mais le verrou intérieur a disparu. Je crie. « Il a enlevé la poignée. » Si je ferme la porte, je ne pourrais plus jamais la rouvrir de l'intérieur. Elle ne pourra plus être ouverte que de l'extérieur, mais je ne crois pas au conte de la Belle au bois dormant. Et, si c'était le cas, ça ne me servirait pas à grand-chose. Quel prince charmant traverserait les ronces pour arriver jusqu'à *moi?* La panique. Si je ferme la porte, je serai prise au piège; si je nc le fais pas, tout pourrait bien recommencer avec ces bonshommes. Je me réveille.

Le mois d'août est presque passé. L'école reprendra dans deux semaines et je n'ai rien fait. Je n'ai pas lu Chomsky, ni aucun nouveau conte de fées... Peu importe.

J'ai l'impression que je continue d'espérer qu'il se passe quelque chose qui rende la vie ici plus belle. Comme les liparis, vous savez? Ils n'ont rien d'autre à faire qu'exister. Cela n'est pas le monde que j'aurais souhaité...

J'ai fait une chose : je les ai apaisés, mes chers, très chers fantômes — Non! crie l'un d'entre eux. D'accord. Peut-être vous ai-je laissés en vie, mes chers fantômes. Elle repose en terre, mais elle me regarde. Je sens ses yeux posés sur moi.

C'est terminé. C'est l'heure de commencer quelque chose de nouveau, si je trouve l'énergie pour cela, si j'en trouve le courage.

La plage se dépeuple un peu plus chaque jour. Je peux à présent marcher sans que personne ne se retourne sur la folle. En réalité, les gens ne m'ont pas trop regardée ces temps-ci. On dirait qu'ils sont habitués. Parfois même quelqu'un secoue la tête en disant : « B'jour! » en passant, comme si j'étais de la même espèce que lui.

Le sable redevient progressivement blond.

Le ciel est très pâle. Il devient chaque jour plus pâle et est tout blanc vers le nord...

La vie est très brève.

Le ciel est plus froid de jour en jour; il est grand, vide, irraisonné.

Il y a des jours où j'ai l'impression d'être morte, je me sens comme un robot. Il y a des jours où je me sens en vie, terriblement au monde. De temps en temps, mon esprit déraille et je me dis que j'en suis revenue à mon rêve et que j'ai fermé ma porte — celle qui n'a pas de poignée à l'intérieur. Je me dis que le lendemain je hurlerai et taperai pour être libérée, mais personne ne m'entendra, personne n'accourra. D'autres fois, je me dis que j'ai décroché, comme Lily, comme Val, et que je ne puis plus dire autre chose que la vérité. Un vieil homme m'a arrêtée l'autre jour alors que je marchais le long du rivage, un vieillard aux cheveux blancs et au visage laid; il m'a souri avant de me dire : « Belle journée, n'est-ce pas? » Moi, je lui ai jeté un regard mauvais avant de le rembarrer : « C'est normal que vous disiez cela, c'est le seul jour qui vous reste! »

Il réfléchit à cela, secoua la tête, et passa son chemin.

Sans doute, ai-je besoin d'un tranquillisant. Je ne

veux pas que l'on m'enferme et que l'on me fasse des électrochocs jusqu'à ce que j'ai oublié. Oublier : *lethe :* le contraire de la vérité.

J'ai ouvert toutes les portes de ma tête
J'ai ouvert tous les pores de mon corps.
Mais seule, la marée y pénètre.

« Composition réalisée en ordinateur par IOTA »

IMPRIMÉ EN FRANCE PAR BRODARD ET TAUPIN
7, bd Romain-Rolland - Montrouge - Usine de La Flèche.
LE LIVRE DE POCHE - 12, rue Francois 1er - Paris.
ISBN : 2 - 253 - 02728 - 6

30/5538/1